Kathryn Wesley
Das zehnte Königreich

Zu diesem Buch

Die junge New Yorkerin Virginia lebt mit ihrem eigenwilligen Vater am Rand des Central Park und fristet ein eher freudloses Dasein als Kellnerin. Da läuft ihr eines Tages ein Hund vors Fahrrad, und unversehens nimmt ein phantastisches Abenteuer voll bizarrer Überraschungen seinen Lauf. Der Hund ist kein Geringerer als ein verzauberter Prinz, seines Zeichens Nachkomme von Aschenputtel und Schneewittchen. Virginia gerät in ein magisches Paralleluniversum, wo sich allerlei Fabelwesen, üble Trolle, ein blutrünstiger Wolf und eine böse Königin tummeln. Vom Traum der märchenhaften Zufriedenheit bis ans Ende aller Tage bleibt freilich wenig übrig: Neun Königreiche stehen vor der Katastrophe, die nur Virginia, ihr Vater, der Prinz und der böse Wolf abwenden können …

Hinter dem Pseudonym *Kathryn Wesley* verbirgt sich ein Autorenehepaar: *Kristine Kathryn Rusch*, geboren 1960, studierte Geschichte und war Journalistin, bevor sie eine der bekanntesten amerikanischen Science-Fiction- und Fantasy-Autorinnen wurde. 1991 bis 1997 war sie Herausgeberin des berühmten »Magazine of Fantasy and Science Fiction«. Sie schrieb über zwanzig Romane, die mehrfach mit Preisen ausgezeichnet wurden, unter anderem mit dem begehrten Hugo Award. *Dean Wesley Smith*, geboren 1950, studierte Architektur und Jura. Er schrieb fast siebzig Romane unter verschiedenen Pseudonymen und wurde vor allem als Star-Trek-Autor bekannt.

Kathryn Wesley

DAS ZEHNTE KÖNIGREICH

ROMAN

Aus dem Amerikanischen von
Frauke Meier

Piper München Zürich

Ungekürzte Taschenbuchausgabe
Piper Verlag GmbH, München
1. Auflage April 2003
2. Auflage März 2004

Titel der amerikanischen Originalausgabe:
»The 10th Kingdom«, Hallmark Entertainment Books,
New York 2000

Umschlagkonzept: Büro Hamburg
Umschlaggestaltung: Nele Schütz Design, München
Umschlagabbildung: 2000 Hallmark Entertainment Books
Autorenfoto: Nina K. Hoffman
Satz: Greiner & Reichel, Köln
Druck und Bindung: Clausen & Bosse, Leck
Printed in Germany ISBN 3-492-26506-5

www.piper.de

Für Paul

Teil 1

Der Hund, einst bekannt als Prinz

Kapitel 1

Virginia stützte ihre Ellbogen auf den Fenstersims und beugte sich hinaus in die Brise. Wenn sie die Augen halb geschlossen hielt, erweckten die Bäume vor ihrem Fenster den Eindruck einer ausgedehnten Waldfläche: schattig, grün und angefüllt mit neuen Möglichkeiten und Abenteuern. Manchmal saß sie stundenlang so da und stellte sich vor, sie wäre eine in einem Turm gefangene Prinzessin, die darauf wartete, dass ein Prinz aus dem Wald herausträte, den Schlüssel fände und sie befreite.

Sie berührte ihr braunes Haar, das sie am Hinterkopf zu einem ordentlichen Knoten hochgesteckt hatte. Es war kaum lang genug, einen Mann, geschweige denn einen Prinzen zu beeindrucken – und auf keinen Fall konnte sie es herablassen, um jemanden daran hochklettern zu lassen. Außerdem, wenn sie es recht bedachte, erschien ihr eine solche Tortur ohnehin unvorstellbar. Sie konnte es nicht einmal leiden, wenn andere Leute ihr Haar kämmten – meistens zogen sie viel zu heftig daran. Wie schmerzhaft musste es erst sein, wenn jemand an ihm *hinaufklettern* würde …

Als hätte der Wind ihre Gedanken gelesen, zupfte er an einer losen Strähne ihres Haares. Sie beugte sich noch ein wenig weiter hinaus in der Hoffnung, einen Vogel singen oder vielleicht sogar ein wildes Tier brüllen zu hören.

Stattdessen heulte in der Ferne eine Sirene.

Blinzelnd riss Virginia die Augen auf. Die Bäume vor dem Fenster gehörten nicht zu einem undurchdringlichen Wald. Sie bildeten lediglich einen kleinen Hain auf dieser Seite des Central Parks in der wohl urbansten Umgebung der Welt – New York City, das Land des Asphaltdschungels, ein von Abgasen beherrschter Ort, an dem nur selten die Sonne schien.

Nun konnte sie auch das Parfüm der Großstadt riechen, giftig und stinkend. Auf der Straße unter ihr stieß gerade ein Bus eine widerliche Qualmwolke aus, und ein Passant, der von dem schwarzen Rauch eingehüllt wurde, brüllte wüste Beschimpfungen.

Virginias Turm war ein einfaches Apartment, das sie sich mit ihrem Vater teilte. Sie lebten nicht am Rande des Parks, weil sie besonders reich waren – davon waren sie weit entfernt –, sondern weil ihr Vater der Hausmeister dieses Gebäudes und das Apartment Teil seiner Bezahlung war.

Ihr Schlafzimmer war winzig, so wie der Rest der Wohnung, aber zumindest war es ihres. Sie warf einen Blick auf den Wecker neben ihrem Bett und seufzte. Während ihrer Tagträume war der Nachmittag wie im Flug vergangen. Bald war es Zeit zur Arbeit zu gehen, aber sie fühlte sich noch nicht bereit dafür. Ihre Füße schmerzten noch von der letzten Schicht.

Sie arbeitete im *Grill on the Green*, einem Restaurant am Rand des Parks. Kellnern machte ihr Spaß; es ermöglichte ihr, unter Menschen zu kommen. Manchmal war es allerdings auch eine Plage – so wie in der letzten Nacht, als das Lokal voller Touristen auf der Suche nach dem authentischen New York gewesen war. Dennoch erlaubte ihr die Arbeit, andere Dinge zu sehen und den Alltagstrott für einige Stunden zu vergessen.

So viele Frauen in dieser Stadt waren genau wie sie: mit einem Job ohne Aufstiegschancen und ohne Hoffnung, jemals weiterzukommen; wenig Möglichkeiten, neue Freunde zu gewinnen, und ohne Chance, irgendjemanden kennen zu lernen. Letzte Nacht hatte eine Touristin zu ihr gesagt: »Es muss toll sein, in New York zu leben.«

Sie hatte genug von solchem Gerede. Tatsächlich war sie gestern zu spät zur Arbeit gekommen, weil irgendein Witzbold im Park ihr Fahrrad festgehalten hatte und sie ihn mit dem Fuß hatte abwehren müssen. Und dann hatte der Koch in der Küche eine Schüssel mit Götterspeise über sie gekippt, und das Hemd, das sie deshalb aus dem Wäscheschrank ihres Chefs geklaut hatte, war einige Nummern zu groß für sie. Die ganze Nacht über war sie deshalb gezwungen gewesen, die Vorderseite des Hemdes festzuhalten, während sie in der anderen Hand das Tablett balancierte.

Ob es toll ist, in New York zu leben? Was für eine Frage. Ebenso gut hätte die Frau ein rotes Tuch vor der Nase eines Bullen hin- und herschwenken können. Trotzdem hatte Virginia sich zurückgehalten. »Toll?«, hatte sie die Touristin gefragt. »Schließen Sie Ihre Augen.«

Die Frau, eine Blondine mittleren Alters aus einer Stadt im Mittleren Westen, tat, wie ihr geheißen.

»Gut. Und jetzt stellen Sie sich den langweiligsten Tag in Ihrem Leben vor.«

Die Frau nickte.

»Schön«, hatte Virginia daraufhin erklärt. »Jetzt haben Sie eine perfekte Vorstellung von meinem Leben.«

Das schwache Lächeln auf den Lippen der Frau erstarb. Mit verwirrter Miene öffnete sie die Augen, doch Virginia befand sich schon wieder auf dem Weg zur Küche, ihr Tablett dabei wie einen Baseball balancierend.

Jedenfalls habe ich nicht gelogen. In der letzten Zeit war sie zu der Überzeugung gelangt, dass eine Frau, wenn sie ein bestimmtes Alter erreicht hatte – und noch immer mit ihrem Vater zusammenlebte –, schließlich erkennen musste, dass niemals mehr etwas Aufregendes in ihrem Leben geschehen würde. Das Beste, was sie sich erhoffen konnte, war, einen Partner zu finden und ein eigenes Restaurant zu eröffnen.

Als ob das je passieren würde ... Das ist in etwa so wahrscheinlich, wie direkt vor der Eingangstür über eine wohl gefüllte Brieftasche zu stolpern.

Virginia legte die Hand auf den abblätternden Lack des Fensterrahmens und schloss den Flügel. Dann verließ sie ihr Zimmer, um sich zu vergewissern, dass alle häuslichen Pflichten erledigt waren, bevor sie zur Arbeit ging.

Ihr Vater verbrachte seine Abende in seinem kunstledernen Lehnstuhl, trank Bier und spielte mit der Fernbedienung. Würde sie ihm nicht die Mahlzeiten bereitstellen, würde er vermutlich überhaupt nichts essen.

Sie hastete durch das Wohnzimmer in Richtung Küche, blieb dann aber wie angewurzelt stehen. Neben dem Lehnstuhl vor dem Fernseher lagen Chipstüten und leere Bierdosen verstreut. Sie wusste, die Unordnung würde sich noch um ein Vielfaches verschlimmern, wenn dieser Abfall bis zum nächsten Morgen liegen blieb.

Mit einer Hand raffte sie die leeren Verpackungen zusammen, während sie mit der anderen die Dosen einsammelte, und warf das Ganze in den Müll in der Küche. Danach öffnete sie den betagten Kühlschrank und starrte auf die reifbedeckte Eisfachtür, die sich genau in Augenhöhe befand.

Vielleicht werde ich eines Tages einen dieser tollen selbstabtauenden Kühlschränke mit zwei Türen und Eiswürfel- und Wasserspender kaufen. Oder, ganz extravagant, einen frei stehenden Kühlschrank anstelle dieses steinzeitlichen Kastens, der kaum dazu im Stande ist, Eis zu bereiten oder Essensreste länger als zwei Tage frisch zu halten.

Sie nahm ein Fertiggericht aus dem Eisfach, stieß die Tür mit der Hüfte zu und stellte die Mahlzeit neben den Mikrowellenherd. Dann ging sie zurück in ihr Zimmer, um ihr Fahrrad zu holen.

Es war ein gebrauchtes Modell, das ihr Vater bei einem Pfandleiher entdeckt hatte. Allerdings hatte er gelogen und ihr erzählt, es stamme aus einem dieser teuren Fahrradläden von der Upper West Side. Sie ließ ihn in dem Glauben, sie habe ihm sein Märchen abgekauft. Aber sie war in einigen dieser Läden gewesen und wusste, dass man dort stets den Fahrer persönlich sehen wollte, um ihm ein Bike verkaufen zu können, das seiner Größe angemessen war. Sie selbst war eher klein und der Rahmen des Fahrrads, das ihr Vater mitgebracht hatte, ein wenig zu groß für sie. Inzwischen hatte sie sich daran gewöhnt, doch es war einer ihrer kleinen Wunschträume, eines Tages ein Rad zu besitzen, das zu ihr passte.

Als sie das Rad aus dem Zimmer schob, musste sie den Werkzeugen und Farbtöpfen ausweichen, die sich an der Wand des Korridors stapelten. Ein paar Mal hatte ihr Vater dort Nägel verschüttet und vergessen, sie wieder einzusammeln. Nachdem sie sich so einen Reifen ruiniert hatte, hatte sie gelernt, sich im Arbeitsbereich ihres Vaters vorsichtig zu bewegen.

Ehe sie zur Tür hinausging, vergewisserte sie sich, dass sie ihre Schlüssel eingesteckt hatte. Dann, eine Hand auf dem harten Sitz, die andere an der Lenkstange, schob sie das Rad ins Treppenhaus.

Sie erblickte die kräftige Gestalt ihres Vaters vor dem Fahrstuhl. Seine hellblaue Uniform bildete einen scharfen Kontrast zu der braunen Velourstapete. Er hatte die Schalttafel mit der Ruftaste aufgeschraubt; allerlei Kabel hingen heraus. Zwischen die automatischen Türen des Fahrstuhls hatte er seinen Werkzeugkasten geklemmt.

Damit war ihr der Weg zur Straße versperrt.

»Schau dir das an«, sagte ihr Vater. »Ist das nicht eine Augenweide?«

Er hielt ihr ein Kabel entgegen und sie betrachtete es, als wäre sie tatsächlich interessiert.

»Das«, erklärte er mit einigem Pathos, »wurde zerbissen.«

Na, großartig. Ratten zerfressen also die Verkabelung, dachte sie. *Ich frage mich, warum ich noch keinen dieser pelzigen Nager, die einem Stromschlag zum Opfer gefallen sind, hier habe herumliegen sehen.* Doch sie hatte nicht die Absicht, ihn danach zu fragen. Ihr Vater hatte dafür bestimmt bereits eine Theorie parat.

Ihr Vater hatte immer und für alles eine Theorie. Seine Saufkumpane schienen seine Ausführungen jedenfalls zu mögen und manchmal tat sie das ebenfalls. *Tony*, pflegten sie zu sagen, *was denkst du über …?* Dann nannten sie ihm ein x-beliebiges Thema und lehnten sich bequem zurück. Wenn er dann seine Gedanken ausbreitete, leuchteten seine braunen Augen, und sein zerfurchtes Gesicht verlor ein wenig den vom Leben enttäuschten Ausdruck.

Doch heute war es nicht notwendig, ihn herauszufordern. Er hatte im Geiste bereits eine Ansprache vorbereitet und nur auf ein Publikum gewartet.

»Das ist nämlich nicht *mein* Job, weißt du. Das ist die Aufgabe eines Elektrikers. Doch wer muss sich jetzt darum kümmern?«

Das war ihr Stichwort. Nun hätte sie ›Natürlich du, Dad!‹ sagen sollen. Doch sie verpasste ihren Einsatz.

Er schob die Kabel zurück in den Schaltkasten und sah seine Tochter mit gerunzelter Stirn an. »Wohin gehst du?«

»Zur Arbeit, Dad«, sagte sie seufzend. »So wie jeden Tag.«

Tony schnaubte, brachte einen Aufkleber mit der Aufschrift *Außer Betrieb* über dem geöffneten Kabelkasten an und bedeutete ihr, in den offenen Fahrstuhl zu treten.

Sie schob ihr Fahrrad in die Kabine und wendete es, um ihm Platz zu lassen, zur Schalttafel vorzustoßen. Auch hier war die Abdeckplatte über dem Bedienfeld entfernt worden. Einen Augenblick betrachtete Tony eingehend das Kabelwirrwarr, ehe er zielsicher seinen Schraubenzieher in die Elektrik rammte. Rasselnd schlossen sich die Türen und der Fahrstuhl setzte sich in Bewegung.

»Nimm die Treppe, wenn du zurückkommst«, sagte ihr Vater, während er das Kabeldurcheinander vor seinem Gesicht studierte. »Nur für den Fall.«

Sie nickte. Das hatte sie sich ohnehin vorgenommen.

Während er mit einer Hand noch immer den Schraubenzieher hielt, griff Tony in den Werkzeugkasten und kramte eine Notfall-Bierdose hervor. Es war ihm nicht erlaubt, während der Arbeit zu trinken – das war ein Kündigungsgrund –, aber Virginia hatte es längst aufgegeben, ihn deswegen zu warnen. Stattdessen hatte er sich eine neue Art des Biertrinkens ausgedacht: Dose gut verstecken und nicht laut schlürfen! Auch ein Fortschritt, wenn man so wollte.

Seine Hand glitt vom Schraubenzieher, und der Fahrstuhl ruckte so stark, dass Virginia sich abstützen musste. Tony stellte den Kontakt wieder her und schüttelte den Kopf, als wäre die Technik an der Unterbrechung schuld.

»Weißt du, ich glaube langsam, die einzigen Menschen, die in diesem Land erwünscht sind, sind Leute wie ich, Burschen, die für ein Butterbrot arbeiten; die alles machen und sechs Jobs auf einmal stemmen. Kerle, die sich grundsätzlich erst mal ducken und nehmen, was sie kriegen können.«

Virginia nickte, so, wie es von ihr erwartet wurde. Sie wusste um die angemessene Reaktion auf derartige Ansprachen, immerhin vernahm sie beinahe täglich eine seiner bahnbrechenden Theorien.

»Zehn, fünfzehn Jahre noch, dann hat sich dieses Land als Demokratie erledigt, dann hat die soziale Gesellschaftsform als ein Ort, an dem Menschen auch noch was für andere tun, ausgedient.« Tony nahm einen weiteren Schluck Bier. »Dann sind wir fertig. Weg vom Fenster.«

Virginia glaubte nicht an ein humanes soziales Miteinander. Schon früh hatte sie gelernt, dass andere Menschen Ärger bedeuteten. Ihr Leitspruch – oft überdacht, doch nie ausgesprochen – lautete: *Vertraue auf dich selbst, dann kann dir auch niemand etwas anhaben*. Für sie hatte sich dieses Motto in den meisten Fällen als richtig erwiesen.

Ihr Vater hatte zu reden aufgehört. Sie fragte sich, wie lange er schon schwieg. Doch ehe er zu einer neuen Ansprache ansetzen konnte, sagte sie: »Die Grillrippchen liegen neben der Mikrowelle.«

Tony runzelte die Stirn – vermutlich hatte sie ihm nicht die erwartete Antwort gegeben –, doch dann hielt der Fahrstuhl plötzlich an. Als die Türen aufglitten, erkannte sie, dass sein finsterer Blick nicht ihr gegolten hatte, sondern dem unerwarteten Zwischenstopp.

Drittes Stockwerk.

Tony bückte sich und verstaute sein Bier rasch im Werkzeugkasten. Er wühlte noch immer darin herum, als Mr. Murray und sein elfjähriger Sohn die Kabine betraten.

Mr. Murray war der Eigentümer des Gebäudes. Aus irgendeinem Grund schien er zu glauben, das gäbe ihm das Recht, sich als kleinlicher Tyrann aufzuspielen, und Virginia bereitete sich im Geiste schon auf irgendeine Misshelligkeit vor. Sie lächelte nicht einmal wie üblich dem Jungen zu; der Kleine war so oder so ein hoffnungsloser Fall. Er trug einen winzigen Anzug, der genau zu dem seines Vaters passte, und beider Mienen wirkten stets so, als hätten sie soeben etwas Abstoßendes erblickt.

Ihr Vater hatte Haltung angenommen. Mr. Murray erfüllte ihn gleichermaßen mit Furcht wie Ärger. Furcht, weil Tony wusste, dass Mr. Murray ihn jederzeit rausschmeißen konnte, und Ärger, weil Mr. Murrays Benehmen im Allgemeinen eine Frechheit war.

Seit sie hierhergezogen waren, hatte Virginia ihren Vater oft über dieses Thema predigen hören. Und in diesem Punkt stimmte sie mit ihm überein.

Argwöhnisch betrachtete Mr. Murray den geöffneten Schaltkasten mit den heraushängenden Kabeln und dem Schraubenzieher mitten in dem Durcheinander. »Tony, ich habe den Aufzug bereits vor einer halben Stunde gerufen. Ich dachte, Sie hätten ihn repariert.«

»Das hatte ich, Sir«, entgegnete Tony. »Aber er ist wieder kaputtgegangen.«

»Halten Sie sich nicht den ganzen Abend damit auf«, sagte Murray. »Sie müssen sich auch noch um die Heizung kümmern. Sie bringt uns noch alle um den Verstand. Es ist Luft in den Leitungen.«

»Ich weiß«, antwortete Tony so leise, dass Virginia sich fragte, ob Mr. Murray ihn überhaupt gehört hatte.

»Das System muss trockengelegt und entlüftet werden, Tony.«

»Ich muss noch den tropfenden Wasserhahn in Nummer Neun reparieren, Sir, dann kümmere ich mich darum.«

Wenn er mit Mr. Murray sprach, verfiel ihr Vater in einen Tonfall, den Virginia sonst nie zu hören bekam: eine Mischung aus Unmut und dem eifrigen Gehorsam eines jungen Hundes.

In diesem Moment deutete Murray junior mit einem seiner Stummelfinger auf Tony. »Der Atem von dem Mann stinkt, Daddy.«

Für eine Sekunde schloss Virginia die Augen. *Das Bier! Ich habe ihn gewarnt.* Aber offensichtlich war Mr. Murray im Augenblick nicht an Tonys Mundgeruch interessiert.

»Ich werde das nur einmal sagen«, setzte Mr. Murray an. *›Einmal am Tag‹ wäre zutreffender gewesen.* Virginia widerstand dem Impuls, den Rest des Satzes, der nun folgte, laut mitzusprechen: *›Es gibt verdammt viele Leute, die Ihren Job gern machen würden. Verdammt viele Leute.‹*

Virginia ballte die Hände zu Fäusten, doch Tony nickte nur lächelnd.

Der Fahrstuhl erreichte das Erdgeschoss, die Türen glitten auf und Murray und Sohn traten hinaus. Selbst Gang und Bewegungen glichen einander.

Tony wartete, bis der Hausbesitzer ihnen den Rücken zugekehrt hatte, ehe er den ausgestreckten Mittelfinger hochhielt.

»Entwässern Sie das System. Entwässern Sie das System«, äffte er den Eigentümer nach. »Ich würde zu gern mal dessen System entwässern.«

Mit diesem Wunsch stand er nicht allein, doch Virginia hütete sich, ihrem Vater in diesem Punkt zuzustimmen. Das hätte lediglich die Geburtsstunde einer weiteren Theorie begründet, und sie käme wieder zu spät zur Arbeit.

»Bis später, Dad.« Virginia stellte sich auf die Zehenspitzen und gab ihm einen Kuss auf die Wange. Dann schob sie ihr Fahrrad aus der Aufzugkabine.

Sie dachte, sie wäre noch einmal davongekommen, als ihr Vater sagte: »Fahr nicht durch den Park, hörst du?« Jeden Tag sagte er das. »Versprichst du es?«

Und wie jeden Tag sagte sie: »Sicher, Dad.«

Beinahe hatte sie die Tür erreicht.

»Hast du eine Jacke dabei?«, rief Tony.

Noch wenige Sekunden zuvor hätte er sich selbst davon überzeugen können, doch er war viel zu sehr mit seinen eigenen Problemen beschäftigt. Virginia machte sich nicht die Mühe zu antworten.

»Was hast du mir zu essen dagelassen?«

Das, was ich dir jeden Tag dalasse, dachte sie und verzichtete erneut auf eine Antwort.

Der Portier am Empfang bedachte sie mit einem mitleidigen Blick. Sie schob das Rad an ihm vorbei zur Vordertür hinaus. Als sie auf die Straße trat, atmete sie tief ein.

Abgase. Widerlich. Der Asphaltdschungel.

Sie schwang sich auf ihr Fahrrad und musste auf ihrem Weg zum Park über die viel befahrene Straße unzähligen Autos ausweichen. Die Bäume verschönerten ihr den Tag. Die Bäume und ihr heldenhafter Kampf gegen die verpestete Luft, gegen die Künstler, die beständig versuchten, ihr Liebesleben in der Rinde zu verewigen, und gegen die Hunde, die Erdreich und Wurzeln verunreinigten. Und dennoch: Wenn Bäume an einem Ort wie diesem überleben konnten, dann konnte sie es auch.

Virginia verließ den Weg und nahm eine Abkürzung, die sie über eine kleine Anhöhe zu einem weiteren Pfad führte. Von hier aus konnte sie ihr Haus nicht mehr sehen. Sie konnte überhaupt nichts mehr von der Stadt sehen.

Sie liebte diesen Ort. Er war ihre Belohnung für das tägliche Einerlei ihres Lebens.

Seine Füße schmerzten in den magischen Schuhen, doch der Rest von ihm fühlte sich recht gut an.

Relish, der Trollkönig, widerstand dem Drang zu kichern, als er durch die düsteren Korridore des Schneewittchen-Gedächtnis-Gefängnisses schritt.

Hineinzugelangen war denkbar einfach gewesen: ein bisschen rosa Trollstaub, dann hinein in die magischen Schuhe, schon war er durch den Haupteingang geschlüpft. Nur der Geier draußen vor dem Eingang, der tagein, tagaus auf dem Schild hockte, hatte gesehen, wie er die polierten Balken der Zugbrücke überquert hatte. Doch dieser Vogel würde niemandem irgendetwas erzählen.

Der Korridor war lang und schlecht beleuchtet, die Schatten finster. Alle paar Meter zeichneten sich lichte, gestreifte Rechtecke auf dem Boden ab, wenn der Mondschein durch eines der vergitterten Fenster fiel. Die Fackeln an den Wänden loderten hell, doch sie konnten die Dunkelheit nicht vertreiben.

Er mochte die Dunkelheit, die Finsternis hier kam seinen Absichten sehr entgegen. Hier würde er keine Schwierigkeiten bekommen.

Er streckte die Hand vor sich aus. Nichts. Die Schuhe erfüllten ihren Zweck. Niemand konnte ihn sehen. Und wenn er vorsichtig war, konnte er sein Vorhaben zu Ende führen, ohne dass irgendjemand etwas bemerkte.

Er bog in einen anderen Gang ab. Dort schienen die gemauerten Wände weiter auseinander zu stehen, doch die Decke hing tiefer, sodass der Korridor wie eine Katakombe wirkte.

Ein Wärter mit einer eisernen Laterne machte seine Runde. Für einen Menschen war er groß und sein Gesicht war so scheußlich, dass er fast ein Troll hätte sein können. Sein Schädel war rasiert; in den Schatten, die ihn umgaben, sah er aus wie eine fahl schimmernde Kugel. Er trug die dunkelgrüne Uniform aller Bediensteten des Vierten Königreiches und sie sah an ihm ebenso lächerlich aus.

Der Wärter blieb stehen – offenbar hatte er Schritte gehört. Dann schüttelte er den Kopf und setzte seinen Weg fort. Relish folgte ihm. Die magischen Schuhe, die er über den Stiefeln an seinen Füßen trug, verursachten leise Geräusche.

Der Wärter hielt erneut inne und drehte sich um. Relish grinste, wohlwissend, dass der Mensch ihn nicht sehen konnte.

»Wer ist da?«

Relish rührte sich nicht und wartete. Schließlich schüttelte sich der Mensch, als rügte er sich selbst für seine Einbildungen, und ging weiter. Relish verfolgte ihn im Gleichschritt.

Die fragliche Zelle war nun bereits sehr nah und er wollte sein Ziel erreichen, ehe ihm die magischen Schuhe und das womöglich trügerische Gefühl von Sicherheit, das sie ihm vermittelten, am Ende doch noch einen Strich durch die Rechnung machten.

Einmal mehr blieb der Wärter irritiert stehen. »Wer ist da?«

Dieses Mal ging Relish jedoch beherzt weiter, die Hand tief verborgen in dem Beutel mit dem rosa Trollstaub. Der Wärter wich erschrocken zurück, als er die nun deutlich zu hörenden Schritte vernahm, doch Relish schloss rasch zu ihm auf und schleuderte ihm blitzschnell eine Hand voll rosa Trollstaub ins Gesicht.

Die Augen des Wärters weiteten sich; für einen Moment sah er aus, als würde er gleich niesen. Dann fiel er rücklings zu Boden. Relish sah auf ihn hinab. Rosa Staub bedeckte das Gesicht des Menschen. *Er wird sich ziemlich unwohl fühlen, wenn er wieder erwacht, ganz besonders nach dem Winkel zu urteilen, in dem dieser Arm gebeugt ist. Tausend Nadelstiche und vielleicht der eine oder andere gezerrte Muskel …*

Grinsend bückte sich Relish und nahm dem Wärter seine Schlüssel ab. Dann ging er hinüber zu der Zelle, in die sich seine idiotischen Kinder wieder einmal hatten einsperren lassen.

Die Tür war stabil, gebaut aus massivem Holz mit Metallbeschlägen zur Verstärkung. Ein schwerer Holzriegel lag über der Außenseite und wurde von einem Schloss gesichert. Relish benutzte den Schlüssel, schob dann den Riegel zur Seite und öffnete die Tür.

Sofort sprangen seine idiotischen Kinder aus ihren Kojen und wirbelten einige Male um die eigene Achse, bis sie sich schließlich in einer Reihe vor der Tür aufstellten. *Nicht einmal zu einer guten Abwehrhaltung sind sie fähig. Ich kann nicht glauben, wie wenig sie von den Dingen behalten haben, die ich sie gelehrt habe.*

Sein Nachwuchs hatte sich der Größe nach vor ihm postiert. Burly und Blabberwort maßen sieben Fuß – perfekt für einen Troll. Doch Bluebell war nur fünf Fuß groß. Er stand in geduckter Haltung neben seiner Schwester und sah noch Mitleid erregender aus als die beiden anderen.

Mit gerunzelter Stirn betrachtete Relish seinen Nachwuchs. Was für ein kunterbunter Haufen. Burly hatte sein verfilztes schwarzes Haar zurückgestrichen, was seine grauen Augen und seine sehr helle Haut, die der seines Vaters glich, noch betonte. Seine beiden unteren Eckzähne ragten in die Höhe wie Wildschweinhauer und berührten beinahe den stählernen Knochen, der sich durch seine Nase bohrte. Er sah nicht ganz so abstoßend aus, wie es einem Troll gut zu Gesicht gestanden hätte, aber er war nahe dran.

Blabberwort hingegen wäre Relishs ganzer Stolz gewesen, hätte ihr Gehirn mit ihrem überragend abstoßenden Äußeren Schritt gehalten. Ein Teil ihres drahtigen orangefarbenen Haares war am Oberkopf zu einem Zopf von der Form eines Pudelschwanzes zusammengebunden. Auch sie war gepierct und trug einen goldenen Ring in einem der Nasenflügel. Sie hatte die lehmfarbene Haut ihrer Mutter geerbt, doch sie stand ihr besser als ihrem jüngeren Bruder Bluebell.

Bluebell hingegen wirkte aus Trollsicht trotz seines dunklen

Erscheinungsbildes irgendwie unfertig. Sein krauses schwarzes Haar entzog sich jeglicher Kontrolle und seine Hakennase verbarg seine unzureichend krummen Zähne. Wenn er grinste, senkte er den Kopf, was ihn schüchterner aussehen ließ, als es für einen Troll angebracht war.

»Ihr seid Mitleid erregend«, sagte Relish, als er die Zelle betrat. »Ihr nennt euch Trolle? Eine Schande seid ihr.«

Beim strengen Klang seiner Stimme blickten die drei überrascht auf.

»Tut uns Leid, Vater«, sagte Burly.

»Tut uns Leid, Vater«, echote Blabberwort.

»Es wird nicht wieder vorkommen«, sagte Bluebell wenig überzeugend.

»Das ist das letzte Mal, dass ich komme, um euch zu retten. Ganz besonders, wenn es sich um geringfügige Vergehen handelt.«

»Komm schon«, sagte Burly, »zieh die magischen Schuhe aus.« Offensichtlich machte es ihn nervös, wenn sein Vater unsichtbar war.

Und das ist gut so. »Ich werde sie ausziehen, wann immer ich es will«, erklärte Relish.

»Musst sie nicht länger tragen als nötig«, mischte sich Blabberwort ein.

»Sei still!«, befahl Relish. »Ich kann mit ihnen umgehen.«

Möglicherweise hatte er in diesem Punkt den Mund ein wenig zu voll genommen, denn er fühlte sich bereits leicht benommen. Doch es bereitete ihm viel zu großen Spaß, seine Kinder zu quälen, und das Gefühl der Trunkenheit missfiel ihm durchaus nicht. Ein Zustand, der ihm jedoch gefährlich werden konnte, insbesondere solange er sich in einer Zelle im Schneewittchen-Gedächtnis-Gefängnis aufhielt. So viel war klar: Wenn er sich aufgrund mangelnden Urteilsvermögens an einem Ort wie diesem schnappen ließ, war er beinahe so ein Schwachkopf wie seine idiotischen Kinder.

Eine Vorstellung, die ihm ganz und gar nicht passte.

Er stützte sich mit einer unsichtbaren Hand an der kalten Steinmauer ab und zog einen magischen Schuh vom Fuß. Dann legte er auch das Gegenstück ab und taumelte ein wenig, als er wieder sichtbar wurde.

Seine Kinder wichen vor ihm zurück, als er wieder Gestalt annahm. *Gut. Sie haben immer noch Angst vor mir. Genauso soll es sein.*

»Nimm das«, sagte er, nachdem er sein Gleichgewicht wiedergefunden hatte, und drückte Burly den Beutel mit Trollstaub in die Hand. »Ich glaube, ich hab alle Wärter erwischt, aber vielleicht hab ich ja jemanden übersehen.«

Mit einer Miene, als hätte er so etwas noch nie zuvor gesehen, nahm Burly den Beutel an sich und legte, als Relish ihn ungehalten ansah, schützend die Hand darüber.

»Wollt ihr für immer hier drinbleiben?«, knurrte Relish.

»Nein, Vater«, sagte Burly.

»Nein, Vater«, echote Blabberwort.

»Ich will nie wieder hier drin sein«, sagte Bluebell.

»Dann lasst uns gehen.«

Relish führte das Trio aus der Zelle. Noch immer hielt er die Schlüssel in den Händen und noch immer besaß er die Schuhe, doch das reichte nun nicht mehr. Er fühlte sich nackt, nun, da er nicht mehr unsichtbar war, und er litt unter beginnenden Kopfschmerzen – ob sie durch die magischen Schuhe verursacht wurden oder durch die bloße Anwesenheit seiner idiotischen Kinder, vermochte er nicht zu sagen.

Vorsichtig schlichen sie durch zwei Korridore den Weg zurück, den Relish gekommen war. Er hatte seine Arbeit gut gemacht. Nicht einer der von ihm betäubten Wärter war in der Zwischenzeit wieder erwacht.

Warte!

Eine Frauenstimme sprach in seinem Kopf. Sie war leise, aber kraftvoll und verlockend. Relish blieb stehen und seine Kinder taten es ihm gleich. Sie blickten einander verdutzt an. Offensichtlich hatten auch sie die Stimme gehört.

Komm zu mir.

Nun, das ließ er sich nicht zweimal sagen. Die Wärter waren außer Gefecht und er wollte wissen, welches weibliche Wesen eine derartig betörende Stimme besaß. Er hatte da so seine Vorstellungen – und seine Söhne, die plötzlich eifriger wirkten, als er es je zuvor erlebt hatte, offensichtlich auch. Sogar Blabberworts Neugier schien geweckt, wenn auch vermutlich in anderer Weise.

Sie verließen den Hauptkorridor des Gefängniskomplexes und gingen auf ein Schild zu, auf dem »*HOCHSICHERHEITSTRAKT*« stand. Er war noch nie in diesem Teil des Gebäudes gewesen, nicht einmal aus eigenem Verschulden. Und natürlich waren seine idiotischen Kinder außer Stande, jene Art verachtenswerter Delikte auch nur in Erwägung zu ziehen, die eine Unterbringung in diesem Bereich nach sich ziehen würden.

Am Ende des Ganges befand sich eine solide Eichentür. Sie sah noch robuster aus als die, hinter der seine Kinder gefangen gewesen waren. Relish kramte sich durch die Schlüssel, bis er den richtigen gefunden hatte, und öffnete die Tür. Dahinter kam ein weiterer Korridor zum Vorschein.

Relish war enttäuscht. Er wollte endlich die Besitzerin dieser Stimme sehen.

Wieder ging er seinen Kindern voran, und nach wenigen Augenblicken erreichten sie eine weitere verschlossene Tür.

Burlys Fangzähne gruben sich tief in seine Oberlippe. »Hier haben sie ... die Königin eingesperrt«, flüsterte er, und Furcht begleitete jedes seiner Worte. »Niemand darf hier hinein.«

Das hatte auch Relish fast vermutet, doch er war einfach zu neugierig, um jetzt aufzugeben.

Er öffnete die Tür. Vor ihnen lag ein weiterer Gang, an dessen Ende sich eine einzelne Zelle befand, deren Tür noch stabiler war als alle vorherigen – das konnte er sogar aus der Entfernung erkennen.

Als er seine erwachsenen Kinder über den Korridor führte, passierten sie ein Schild, auf dem »MAHLZEITEN AUSSCHLIESSLICH IN DER SCHUBLADE DEPONIEREN!« stand. Relish fühlte sich plötzlich sehr unbehaglich, denn wann immer er in diesem Gefängnis eingesessen hatte, hatten ihm Wärter das Essen stets persönlich überbracht.

Bald darauf erreichten sie ein weiteres Warnschild: »KEIN

KÖRPERKONTAKT!« Seine Kopfschmerzen wurden schlimmer. Trotzdem trieb ihn die Neugier weiter voran.

Als er das dritte Schild passierte – »ZELLE DARF NUR VON ZWEI WÄRTERN GLEICHZEITIG BETRETEN WERDEN!« –, sah Blabberwort ihren Vater an, als zweifelte sie an seinem Entschluss, weiterzugehen. Hätte er nicht die gleichen Bedenken gehegt, so hätte er sie allein für den Gesichtsausdruck geohrfeigt. Dann sah er das vierte Schild: »NIE MIT DER GEFANGENEN SPRECHEN!«

»Zählt eine Stimme in meinem Kopf als Gespräch?«, murmelte Relish

Öffne die Tür.

Relish sah seine Kinder an. Sie sahen ihn an.

Öffne die Tür zu allem, was dein Herz begehrt.

Okay, das reichte. Dies war mehr als genug, um ihn zu überreden.

Rasch trat er einen Schritt vor und blickte durch das verriegelte Guckloch, das sich knapp über seiner Augenhöhe befand.

Die Menschenfrau saß auf dem Rand einer Pritsche. Sie trug eine graue Kapuze, die jedoch weit genug zurückgezogen war, um ihr überwältigend schönes Antlitz zu offenbaren. Sie besaß zarte Züge und weise Augen. Bei einem Trollweib hätte ihm das nicht gefallen, aber bei einer Menschenfrau ... Beinahe hätte er einen bewundernden Pfiff ausgestoßen.

Neben der Frau saß ein Golden Retriever, den sie mit ihrer behandschuhten Hand zärtlich streichelte. Wie gebannt verfolgte Relish jede ihrer Bewegungen.

Die Frau sah auf und ihr Blick begegnete dem seinen. Sie lächelte.

Das Lächeln hatte etwas Beruhigendes, trotzdem lief ihm erneut ein Schauer über den Rücken. In diesem Lächeln lag seine Zukunft. Er wusste nicht, woher er das wusste, aber er glaubte daran.

Das Schicksal der ganzen Welt dreht sich nur um dieses Lächeln.

Und um meine nächste Entscheidung.

Kapitel 2

Die Sonne schien, die Vögel sangen, und Prinz Wendell wünschte sich nichts sehnlicher, als dass diese damit aufhören würden.

Diese Heiterkeit erzürnte ihn, ganz besonders, da er nicht selbst in der freien Natur sein und sich dieses Tages erfreuen konnte.

Gelangweilt beugte er sich aus dem Kutschenfenster. Der Wald zu seiner Seite sah dicht und saftig aus, laubgefiltertes Licht drang durch die Baumkronen. Hier musste es eine Menge Jagdwild geben. Und er wäre hier lieber mit Pfeil und Bogen oder ähnlichen Waffen auf der Pirsch, als mit dieser Kutsche in das Hinterland zu reisen.

Er lehnte sich zurück und legte den Kopf an das Samtpolster. Wenigstens musste er kein Holz unter sich spüren, denn diese Kutsche war gut ausgestattet. Tatsächlich waren die Polster so üppig, dass man auf ihnen wie auf einem Bett hätte schlafen können. Die alte historische Kutsche, die nun im Keller des Palastes stand, besaß gerade einmal hölzerne Sitzbänke. Er fragte sich, wie seine königlichen Vorfahren und ihre ebenfalls königlichen Hinterteile es geschafft hatten, derartige Reisen zu überleben.

»Wohin genau fahren wir?« Es gelang ihm, so desinteressiert zu klingen, wie er sich fühlte. Immerhin widerstand er dem Drang, dabei seine Fingernägel zu inspizieren. Sein Faktotum Giles, der Wendell schon als Baby gekannt hatte, hatte ihn sofort durchschaut.

»Nach Beantown, Sire, in den südwestlichen Teil Eures Königreiches, um genau zu sein.« Giles musterte ihn ungehaltenen Blickes. »Ihr werdet dort den Thron entgegennehmen, den die Handwerker anlässlich Eurer Krönung angefertigt haben.«

Die düstere Miene eines Siebzigjährigen war weitaus wirkungsvoller als die eines jungen Mannes, das konnte Wendell jederzeit beschwören. Und Giles sah ihn immer so an, wenn er Fragen stellte, deren Antwort er eigentlich hätte kennen sollen.

Glücklicherweise hatte er ja Giles, der stets aufmerksam dem Geplapper seiner Minister lauschte. *Ja, ich bin über diese Reise informiert worden, und, nein, ich habe nicht aufgepasst. Dafür ist schließlich Giles da.*

»Ist es noch weit?« Und dann, da Giles seine Unruhe sowieso nicht entgangen war, fügte Wendell hinzu: »Können wir nicht anhalten und auf die Jagd gehen?«

»Sehr bald, Sire.« Giles Lippen spannten sich in den Mundwinkeln, eine kaum merkliche Regung, die vermutlich niemandem außer Wendell auffiel. Der einzige Grund, warum Wendell auf sie zu achten gelernt hatte, war, dass sie Giles' Worten eine noch missbilligendere Wirkung verlieh. »Zuvor müssen wir jedoch kurz am Schneewittchen-Gedächtnis-Gefängnis Halt machen.«

Wendell seufzte. *Ein Gefängnis. Was für ein Ort, um an einem so schönen Tag einen Besuch zu machen. Verdammung und Finsternis statt Sonnenschein und einer vergnügten Tollerei in den Wäldern.*

Wieder sah er zum Fenster hinaus, doch dieses Mal richtete er den Blick nach vorn. Die beiden lebhaften Pferde, die das Gespann zogen, waren mit Federbüschen geschmückt. Es sah aus, als wäre die Kutsche Teil einer Parade. Was natürlich auch der Fall gewesen wäre, wäre irgendjemand da gewesen, der ihnen hätte zujubeln können.

»Ich hasse diese abgelegenen Provinzen«, sagte er. »Die Leute hier sind so ... gewöhnlich.«

Giles zog erneut ein langes Gesicht. Er hasste es, wenn Wendell auf seine Untertanen in einer solchen Weise herabsah. Wäre es nach ihm gegangen, hätte Wendell aus erzieherischen Gründen ein ganzes Jahr unter ihnen leben müssen, sich die Hände bei irgendeiner aufgezwungenen niederen Arbeit beschmutzen und auf ein anständiges Bad verzichten müssen.

»Eure Stiefmutter hat erneut um Haftentlassung ersucht«, erklärte Giles, »die wir natürlich ablehnen werden. Das ist nur ein einfacher Höflichkeitsbesuch.«

Die Kutsche bog um eine Kurve. Vor einiger Zeit war der Wald hier einer offenen, saftig grünen Ebene gewichen. Wendell wusste nicht genau wann. Er wusste nicht einmal mit Sicherheit zu sagen, ob sie auf ihrem Weg durch eine Stadt gekommen waren. Er hatte die Pferde beobachtet, nicht die Umgebung.

Das Schneewittchen-Gedächtnis-Gefängnis war gebaut wie ein alter Palast zu jener vergangenen Zeit, als Herrschersitze so wehrhaft wie Festungen errichtet worden waren. Es verfügte über hoch aufragende Steinmauern und eine graue Fassade, die wenig Gutes verhieß. Das Gelände dagegen war recht freundlich, verunstaltet nur durch einen Geier, der das braun-weiße Schild am Sockel des Gemäuers nie zu verlassen schien.

Die Kutsche folgte der schmalen Straße. Sie war so uneben, dass selbst Wendells königlicher Hintern, der auf dem feinsten Samt aller neun Königreiche gebettet war, jede einzelne Erschütterung deutlich spürte.

Als sie sich ihren Weg hinauf zum Gefängnis bahnten, fiel Wendells Blick auf Giles, dessen Miene nun noch finsterer erschien. Auch Wendell hatte die Stirn in Falten gelegt. Als er zum letzten Mal hier gewesen war – und er wusste keineswegs, wie lange das her sein mochte –, hatte allerlei Volk vor den Toren gestanden und gelacht, durcheinander geschrien und ihm zugewunken. Auch die Wärter und der Oberaufseher waren da gewesen, die in einem feierlichen Halbkreis im Inneren der Anlage gewartet hatten, um den Prinzen und seine Gefolgschaft zu begrüßen.

Doch heute fehlte sowohl die jubelnde Menge als auch das feierliche Willkommenskomittee. *Ob sich Giles womöglich im Datum geirrt hat?*

»Das ist schon erstaunlich, nicht wahr?«, meinte Wendell. »Sieht nicht nach dem üblichen roten Teppich aus.«

»Ich bin überzeugt, sie können unseren Besuch nicht vergessen haben, Eure Majestät«, sagte Giles, aber sein Tonfall strafte seine Worte Lügen.

Vor der alten Holzzugbrücke, die herabgelassen war, hielt die Kutsche an, und noch bevor Wendell sich rühren konnte, hatte Giles die Kutschentür aufgerissen und eilte auf den Eingang zu.

Oh, der alte Mann ist wütend. Gleich wird er zur Tür stürmen, auf sie einhämmern und verlangen, dass mir die Behandlung zuteil wird, die mir zusteht.

Als Wendell aus der Kutsche ausgestiegen war, hatte Giles die Tür schon halb erreicht. Ein Lächeln umspielte seine Lippen, als er ihm folgte. Er konnte die Konfrontation kaum erwarten. Niemand verstimmte diesen alten Mann, ohne es bitter zu bereuen.

Und tatsächlich: Als Giles die großen hölzernen Rundbogentore erreicht hatte, packte er den Türklopfer und hämmerte ihn so hart gegen das Holz, dass das Donnern vermutlich noch drei Königreiche weiter zu hören war.

Wendell schloss zu Giles auf und blieb neben ihm stehen, um eine ernsthafte Miene bemüht. Das misslang, denn stattdessen studierte er gelangweilt die Gegend, wobei er spürte, dass Giles ihn mit einem missbilligenden Blick bedachte.

Sein Adlatus klopfte erneut. Wendell hörte, wie die Tür geöffnet wurde, und blickte sich gerade rechtzeitig zu Giles um, um zu beobachten, wie der alte Mann zurücktaumelte. Sein Diener blutete am Hals. Man hatte ihm die Kehle aufgeschlitzt.

Plötzlich war Wendell hellwach. Er wollte nach Giles greifen, doch im gleichen Moment packte jemand seinen Arm und zerrte ihn in das Gebäude hinein. Wendell versuchte, sich zu befreien, doch vergebens. Der Griff um seinen Arm war fest wie ein Schraubstock. Hinter ihm schloss sich die Tür und er musste blinzeln, um in der Dunkelheit etwas erkennen zu können.

Er war nicht sicher, was um ihn herum vorging, aber er wusste, dass Trolle daran beteiligt waren. Er erkannte sie an ihrem Gestank – ein Geruch von altem Leder, Schweiß und etwas Ranzigem, das an verdorbenes Fleisch erinnerte.

Die Hand ließ seinen Arm los und er tat einen Schritt voran, in dem Versuch zu entkommen. Im gleichen Moment trat ihm jemand ins Hinterteil, sodass er beinahe gestürzt wäre, aber er konnte sich gerade noch fangen. Er unternahm einen weiteren Versuch, fortzurennen, doch da schlug ihm jemand mitten ins Gesicht. Er strauchelte zurück, wurde von mächtigen Händen aufgefangen und erneut in den Hintern getreten. Verzweifelt ruderte Wendell mit den Armen, doch auch das half ihm nicht. Er hatte es mit mindestens zwei Angreifern zu tun, und es musste sich um Trolle handeln. Schlimmer noch, einer von ihnen schien so groß wie ein Haus zu sein.

Halb zerrten, halb traten seine Peiniger ihn über den Gang und sie schlugen ihn, wann immer er versuchte, ihre Attacken abzuwehren – also unentwegt. Schließlich hatten sie die Empfangshalle erreicht. Die Tür war offen. Wendell wollte gerade um Hilfe schreien, als er auch schon hineingestoßen wurde.

Alle viere von sich gestreckt, landete er auf dem Bauch und krümmte sich, als ein Stiefel auf seinen Kopf zukam. Er wehrte den Tritt ab, fühlte aber sogleich ein halbes Dutzend anderer in seinem Körper. Als er sich schließlich hochmühte, nur um gleich wieder zu stürzen, erhaschte er einen kurzen Blick auf seine beiden Schinder. Der eine war recht klein für einen Troll – von ihm mussten die weniger festen Hiebe und Tritte stammen. Der andere, der, hinter dessen Schlägen bei weitem mehr Kraft steckte, war offensichtlich weiblich und hatte orangefarbenes Haar. Wendell konzentrierte sich auf den goldenen Ring, der an ihrer Kartoffelnase baumelte. Wenn er den zu packen bekam, brachte ihn das vielleicht weiter.

»Genug«, sagte in diesem Moment eine weibliche Stimme. Eine sehr vertraute weibliche Stimme.

»Seit wann gebt Ihr hier die Anweisungen?« Das war eine männliche Stimme, und sie war keineswegs vertraut.

Die Tritte wurden eingestellt. Wendell kam ächzend auf die Beine und unterdrückte den Drang, sich den Staub von den Kleidern zu klopfen. Zu voller Größe aufgerichtet, war er immer noch deutlich kleiner als die Trolle. Und als er in Richtung Eingang blickte, bekam er ein Gefühl dafür, in welchen Schwierigkeiten er tatsächlich steckte.

Die beiden Trolle, die ihn geschlagen hatten, waren zur Tür gegangen. Bei ihnen standen zwei weitere ihrer Artgenossen –

beide männlich, groß und scheußlich –, die Wendells Stiefmutter, die Königin, flankierten.

Ja, jetzt *war* er in Schwierigkeiten. Alle neun Königreiche waren jetzt in Schwierigkeiten. Es sei denn, er konnte etwas dagegen unternehmen. Aber er hatte im Moment nicht die geringste Ahnung, was das sein könnte.

Giles hat mich davor gewarnt, ohne Gefolge zu reisen, aber habe ich auf ihn gehört? Natürlich nicht. Dafür ist schließlich Giles da. Zumindest ist er das gewesen … Nun muss ich mich auf mich selbst verlassen.

»Du bist weit von deinem Schloss entfernt, Wendell. Vielleicht hättest du dort bleiben sollen.« Die Königin lächelte ihr geheimnisvolles kleines Lächeln.

Er schluckte schwer. Dieses Lächeln hatte er nie vergessen.

»Dafür wirst du bezahlen«, sagte er, vor allem, um Zeit zu schinden. Er brauchte nur einen Augenblick Bedenkzeit, dann, dessen war er sich sicher, würde er einen Weg finden, aus dieser Sache herauszukommen.

Die Königin lachte. Es war ein sanftes Lachen, doch das machte es nur noch bedrohlicher. »Im Gegenteil. Ich denke, du wirst bald zu meinen Füßen um Essen betteln.«

Erst jetzt bemerkte er den Hund an ihrer Seite. Er war groß und goldfarben, und er hatte fremdartige Augen. Sie schienen heller zu sein als die eines normalen Hundes …

»Weißt du, was das ist?«, fragte sie, während sie den Hund streichelte. »Das ist ein ganz besonderer Hund. Er ist magisch. Ich hoffe, du magst Hunde, Wendell, denn du wirst den Rest deines Lebens als ein solcher zubringen.«

Während ihrer letzten Worte hatte sie sich nach unten gebeugt und das Tier losgelassen. Der Hund rannte auf Wendell zu. Er versuchte zurückzuweichen, doch das Tier hatte ihn bereits angesprungen und legte ihm nun die Pfoten auf die Brust.

In einer Geste der Unterwerfung riss Wendell die Arme hoch – *verdammtes Weib, sie weiß genau, wie sehr ich Hunde hasse* –, als er sich plötzlich sonderbar fern von seinem Körper fühlte. Es war, als hätte er keine Verbindung mehr zu ihm.

Er schrumpfte und der Raum um ihn herum war düsterer geworden. Außerdem war es lauter geworden. Auch seine Perspektive hatte sich verändert. Eben noch hatte er seiner Stiefmutter Aug in Aug gegenübergestanden, doch jetzt sah er seine eigene Schärpe vor sich ... Was war geschehen?

Er sah an sich herunter und stellte fest, dass seine Hände nun Füße waren. Haarige Füße. Goldhaarige Füße ...

»Komm schon, Wendell«, sagte die Königin in einem Tonfall mütterlichen Tadels. »Du begrüßt die Leute doch nicht auf allen vieren, nicht wahr?«

»Damit kommst du nicht durch«, sagte Wendell. Wenigstens versuchte er, das zu sagen. Statt dessen bellte er.

»Ich glaube, er versucht, uns etwas zu mitzuteilen«, meinte die Königin spöttisch.

Die Trolle applaudierten. Wendell schüttelte den Kopf, fühlte, wie seine Ohren um seinen Schädel schlackerten und wie sich etwas an seinem königlichen Hinterteil bewegte. Er blickte über seine goldene haarige Schulter und sah, wie er mit dem Schwanz wedelte.

Ich bin tatsächlich ein Hund!

Die Trolle lachten und klatschten in die Hände.

Der echte Hund – der nach der Verzauberung nun in jeder Hinsicht wie Prinz Wendell aussah – *habe ich wirklich so lockiges blondes Haar und einen so bekloppten Ausdruck im langen Gesicht, oder liegt das an der Boshaftigkeit der Königin?* – betastete seine neue, menschliche Statur. Dabei schwankte er unsicher hin und her, als wäre er es nicht gewohnt, sein Gewicht auf zwei Beinen zu balancieren.

Das Lächeln der Königin erstarb. »Packt ihn!«

Einer der größeren Trolle stürmte auf Wendell zu – *diese Kreaturen können sich wirklich verdammt schnell bewegen* – und als er ihn erreicht hatte, tat Wendell das Einzige, was er tun konnte. Er biss der Kanaille in die fahlen, schmutzigen Stummelfinger. Sie schmeckten genauso, wie sie stanken.

»Autsch!«, schrie der Troll und zog seine Hand zurück.

Wendell widerstand dem Drang auszuspucken. Stattdessen wirbelte er herum, wobei er sich beinahe in seinen vier Beinen verfangen hätte, und rannte aus dem Raum. Es war vermutlich leichter für einen Hund, auf allen vieren zu laufen, als für einen Menschen. Dennoch benötigte er einen Augenblick, seine Bewegungen zu koordinieren und in einen schnellen Schritt zu fallen. Der Schwanz beeinträchtigte seine Balance, doch er hätte wetten können, dass er sich auch daran gewöhnen würde.

Er erreichte einen Gang und hetzte durch ihn hindurch, als er die Königin brüllen hörte: »Haltet ihn auf!«

Wendell fluchte und der Laut entfuhr als Knurren seiner Kehle. Da war so furchtbar viel, an das er sich in diesem Hundekörper erst gewöhnen musste, ganz zu schweigen von der Notwendigkeit, die bösartigste Frau der Königreiche zu überlisten, während er versuchte, ihr zu entkommen.

Und zu allem Überfluss hegte er den Verdacht, dass er immer tiefer in das Gefängnis hineinrannte, anstatt sich ins Freie zu retten. Außerdem wollte er nicht einmal daran denken, verschlossene Türen öffnen zu müssen …

Wer hätte gedacht, dass Wendell, dieser Versager, so ein Problem darstellen würde?

Die Augen der Königin verengten sich zu schmalen Schlitzen, als sie sah, wie Wendells Hundeschwanz in dem dunklen Korridor verschwand. Zudem stellte sich heraus, dass die stinkenden Trolle, auf die sie angewiesen war, weitaus weniger flink waren, als sie es erwartet hatte.

»Wir kriegen ihn!«, brüllte Burly. »Der wird nirgendwo hingehen.«

»Er kann uns nicht entkommen«, stimmte Blabberwort zu. »Das hier ist schließlich ein Gefängnis.«

Welch geistreiche Kommentare. Die Königin war drauf und dran, das hässliche Troll-Gesindel aus dem Raum zu scheuchen, als die vier auch schon wild fuchtelnd hinausrannten.

Wenn Wendell nur ein bisschen Verstand besitzt, wird er sie stundenlang beschäftigen. Und Wendell hat gerade erst bewiesen, dass er weit mehr Verstand besitzt, als ich ihm jemals zugebilligt habe.

Sie wandte sich dem Hundeprinzen zu, der sich und seine menschliche Gestalt noch immer erstaunt untersuchte. Offensichtlich war Wendell doch klüger als ein Tier. Der Ausdruck auf dem Gesicht des Hundeprinzen war in puncto Intelligenz definitiv schwächer ausgebildet.

Wie kommt es nur, dass ich von Wendells Verstand vorher nie etwas bemerkt habe? Vermutlich, weil er stets den verwöhnten Thronerben gemimt hat.

»Nun?«, fragte sie den Hundeprinzen. »Habt Ihr irgendetwas zu sagen, Eure Hoheit?«

Der Prinz blickte langsam über die eigene Schulter und knurrte: »Wo ... ist Schwanz?«

Unwillkürlich entfuhr ihr ein Laut des Missfallens. Sie hatte die winzige Hoffnung gehegt, den Hundeprinzen auf Wendells Spur hetzen zu können, doch das funktionierte ganz offensichtlich nicht. Stattdessen würde sie anderweitig Hilfe suchen müssen.

Sie umklammerte die Schlüssel, die sie dem Trollkönig gestohlen hatte – sie war dabei vorsichtig vorgegangen, nicht weil sie befürchtet hatte, er könnte es bemerken, sondern weil sie seine schmierige Lederkleidung nicht hatte berühren wollen –, und ging zurück in den Gefängnistrakt. Sie mied ihren alten Korridor, den, der in den Hochsicherheitsbereich führte, und wandte sich stattdessen direkt in Richtung der Zellen.

Als die Insassen sie bemerkten, brach lautes Geschrei los, und die Männer verlangten, sie möge sie befreien. Einige hingen an den Gittern ihrer Zellentüren, andere versuchten nach ihr zu greifen, während sie vorbeiging. Es war ein bunter Haufen, Männer allen Alters und aller Rassen, vom Leben gezeichnet und grobschlächtig.

Aber massige, kräftige Kerle können nicht schnell laufen. Ich brauche jemanden, der schnell, behende und schlau ist. Nicht, dass ich erwarte, einen solchen Mann hier zu finden. Jeder, der schnell, behende und schlau ist, ist auch im Stande gewesen, den Pferden des Königs samt seinen Häschern davonzulaufen.

Dann lächelte sie. *Der einzige König, den die neun Königreiche bald haben werden, wird ein Hund sein.*

Sie wollte sich gerade abwenden, als sie einen Blick auf dunkles Haar, intelligente Augen und ein attraktives Gesicht erhaschte, das irgendwie den Eindruck wölfischer Verschlagenheit erweckte.

Schnelligkeit, Behendigkeit – und Verschlagenheit. Hah! Wie unglaublich perfekt.

»Du!«, sagte sie.

Der Mann kam näher. Er war schlank, aber kräftig und bewegte sich mit der Art von Gewandtheit, nach der sie gesucht hatte. Er grinste sie mit einem schiefen Lächeln an.

»Hallo«, grüßte er.

Was für eine melodische Stimme, tief und tragend. Die Art Stimme, die ein Mann haben sollte. Sie reckte das Kinn ein wenig vor. *Auch verfügt er über Charme und er weiß ihn zu nutzen. Doch er ist mehr als nur ein Mann. Da ist noch etwas anderes …*

»Was bist du?«, fragte sie.

»Ich?« Er zog die Augenbrauen hoch, als würde er die Frage nicht begreifen. »Ein wirklich netter Bursche, inhaftiert aufgrund einer falschen Beschuldigung …«

»Lass mich nicht noch einmal fragen!« Sie wusste, dass da noch etwas anderes war. Ihre Blicke trafen sich. Offenbar erkannte er, dass sie nicht der Mensch war, der mit sich spielen ließ.

Seine Augen verengten sich, flackerten für einen Augenblick grün auf und wurden dann wieder normal. »Ich bin … ein Halbwolf.«

Sie öffnete die Zellentür, blieb jedoch im Eingang stehen, um ihm ihre Machtposition zu verdeutlichen. »Wenn ich dich herauslasse, musst du mir servieren, wonach es mich gelüstet.«

Er grinste. »Frühstück, Mittagessen, Abendessen, ich werde Euch alles servieren. Ich bin Euer Wolf. Loyalität ist mein zweiter Vorname, und ich …«

Sie ließ die Tür los und trat einen Schritt auf ihn zu. Sein Grinsen erstarb und er verstummte. Sie sah ihm unverwandt in die Augen, bis er die Ohren anlegte, wie es ein Tier tun würde, das nicht wusste, wie es mit seiner Furcht umgehen sollte.

»Unterwirf dich mir!«, befahl sie mit ihrer magischen Stimme.

Er hielt ihrem Blick stand.

Er wird nicht leicht zu überzeugen sein. »Gehorche meinem Befehl und beuge dich meiner Macht, wann immer ich dich rufe.«

Für einen Augenblick fürchtete sie um den Erfolg ihrer Magie. Doch dann blinzelte er, wandte den Blick ab und nickte.

Nun war sie es, die lächelte. *Er gehört mir, und ich weiß, dass Wendell so schlau sein mag, wie er will, es fehlt ihm doch an Verschlagenheit.*

Niemals kann er einem menschlichen Wolf entkommen.

Kapitel 3

Wendell hastete durch die Gefängniskorridore und haderte noch immer mit dem hinderlichen Schwanz, der an seinem Hinterteil wedelte. Schließlich fand er heraus, wie er ihn zwischen seine Beine klemmen und dabei so einrollen konnte, dass er nicht dauernd über ihn stolperte.

Er hatte keine Ahnung, wohin er lief. Dieser Korridor schien größer zu sein als die, die er kannte. Die Decke war hoch, die Wände befanden sich in großem Abstand voneinander. Er hegte jedoch den Verdacht, dass der Eindruck von Weitläufigkeit nur deshalb entstand, weil er nun kleiner war als zuvor.

Auch argwöhnte er, dass ihm bei seiner Flucht viele Gelegenheiten entgingen, die ein echter Hund erkennen würde, weil er sich immer noch größer wähnte, als er tatsächlich war. Es galt also, sich an die Hundeperspektive zu gewöhnen. *Wozu ist ein Golden Retriever fähig?*

Hätte ich doch nur besser aufgepasst! Man hat mich schließlich wieder und wieder gewarnt, auf der Hut zu sein, sobald ich mich meiner Stiefmutter nähere. Giles ist nicht müde geworden, mich ... doch selbst Giles ist offensichtlich nicht in vollem Umfang über ihren wahren Charakter informiert gewesen.

Beim Gedanken an Giles tat Wendells Herz einen kleinen Sprung. Der alte Mann war ihm in all den Jahren ein guter Kamerad gewesen. Aber wenn er nun nicht vorsichtig war, so würde er ebenso enden wie Giles. Oder schlimmer noch: Er würde sich am Ende einer Leine wiederfinden, seiner bösen Stiefmutter auf Gedeih und Verderb ausgeliefert.

Seine Krallen kratzten über das Kopfsteinpflaster, als er um eine Biegung rannte. Wenn wenigstens der Untergrund gleich bleibend wäre, doch er musste sich dauernd umstellen, von glatten Steinplatten über Pflastersteine und Fliesen bis hin zu

Kopfsteinpflaster. Er war nicht an den Gebrauch von vier Beinen gewöhnt und er war nicht daran gewöhnt, barfuß zu laufen. Zudem trieb ihn das Geräusch, das seine Krallen auf jeglichem Boden verursachten, beinahe in den Wahnsinn.

Wenigstens habe ich eine Lösung für die Sache mit dem Schwanz gefunden.

Sein Herz raste – und er hatte sich verirrt. Nach wie vor wusste er nicht, wohin er rannte. An jeder Tür blieb er stehen, doch sie waren alle verschlossen. Zumindest lief es für ihn darauf hinaus. Nie hätte er gedacht, dass er seine Daumen eines Tages so sehr vermissen würde.

Überall waren Wärter. Bewusstlose Wärter, die am Boden lagen, die Gesichter mit rosafarbenem Staub bedeckt. So viel war klar: Es hatte ein Putsch im Schneewittchen-Gedächtnis-Gefängnis stattgefunden, und er war der Einzige, der davon wusste.

Was würden seine Berater denken, wenn er als Hundeprinz zu ihnen zurückkehrte? Würden sie ihn überhaupt erkennen? Würden sie sich erschrecken, wenn er sie anbellte?

»Da! Da ist er!«, brüllte einer der Trolle.

Die Stimme war weit hinter ihm und doch konnte er sie gut hören. Er hatte gelernt, dass Hunde ein wesentlich besseres Gehör haben als Menschen. Das machte die verlorenen Daumen ebensowenig wett wie das schlechte Sehvermögen oder die scharrenden Krallen, aber es war wenigstens eine kleine Hilfe.

Er blickte über seine Schulter und registrierte eine Bewegung hinter sich. So groß war sein Vorsprung nicht.

Vor sich erblickte er eine Treppe. Abwärts. *Abwärts ist gut. Vielleicht gibt es einen Hinterausgang. Einen Hinterausgang in Hundegröße ...*

»Aus dem Weg, ihr Amateure!«, rief eine neue Stimme, und sie war eindeutig nicht die eines Trolls. »Das ist die Aufgabe eines Wolfes.«

Wolf? Ein sprechender Wolf? Sind Wölfe Hunden nicht überlegen? So viel zu der Hoffnung, ich könnte mich in einem Versteck von Hundegröße verkriechen. Der Wolf wird mich im Handumdrehen wittern.

»Wir sind gut im Fährtensuchen!«

Diese Trolle sind echte Jammerlappen.

»In deinen Träumen, Trollbursche«, sagte der Wolf.

Die Stufen brachten ihn zu einem schmalen Korridor, der durch unzählige Rundbögen führte. Er folgte ihm und landete schließlich in einem feuchten, vergessenen Raum, angefüllt mit Spinnweben, Staub und mehr altem Plunder, als er je zuvor gesehen hatte. Im Halbdunkel sah er Kisten und Truhen und sogar eine halb verrottete Kutsche – blau, mit einem weißen Emblem. Ganz oben lagen modernere Kleidungsstücke und Vorhänge. Der ganze Raum roch nach Vergessen.

Er widerstand dem Drang zu niesen. Noch immer rannte er mit voller Geschwindigkeit, nicht zuletzt, da er nicht so recht wusste, wie er zum Stehen kommen konnte. Also hetzte er um eine Biegung auf die andere Seite des Raumes, verlor das Gleichgewicht – *diese Hundepfoten beginnen zu schwitzen, wenn ich nervös werde* – und schoss geradewegs in einen gewaltigen Berg von Trödel.

Mit einem ohrenbetäubenden Scheppern krachten Geschirr, Kelche und irgendwelche undefinierbaren Dinge auf den steinernen Boden. Er schlitterte noch immer vorwärts und musste feststellen, dass er geradewegs auf einen großen Spiegel am anderen Ende des Raumes zuraste.

Es war ein mannshoher alter Spiegel, auf dessen Rahmen ein kunstvolles Symbol prangte. Als er näher kam, begann seine Oberfläche zu vibrieren.

»Da drüben ist er!«, hörte er einen der Trolle brüllen.

Wendell sah den Spiegel auf sich zukommen, und ... eine aufregende Welt entfaltete sich vor seinen Augen. Er sah einen Ozean – oder vielleicht einen Himmel – und dann die Statue einer riesigen grünen Frau mit einer Fackel.

Das Bild veränderte sich. Nun erkannte er eine Brücke und eine ... Stadt, wie er sie noch nie gesehen hatte. Gebäude, die bis in den Himmel reichten, drängten sich aneinander wie Landvolk, das auf seine Kutsche wartete. Die Sonne schien auf diesen Ort und er glitzerte wie tausend Edelsteine in ihrem Licht.

Hinter sich hörte er Schritte, scheppernd und stampfend kamen sie auf ihn zu.

Das Bild auf dem Spiegel schwenkte auf die Gebäude zu. Sie schienen glatte Glasfenster und ungewöhnlich gleichmäßig und sorgfältig gemauerte Wände zu haben.

Am unteren Ende des Spiegels entdeckte er sein eigenes Spiegelbild, das ihm bestätigte, was er bereits wusste. Der falbfarbene Körper gehörte ihm. Der einzige Unterschied zu dem Hund, den die Königin an ihrer Seite hielt, waren die Augen. Es waren *seine* Augen. Er erkannte sie, wenn er auch nicht wusste, wie das möglich war.

Die Schritte wurden jetzt sehr laut. Wendells Herz klopfte heftig. Jemand war nun ganz nahe. *Es gibt keinen anderen Ausweg aus diesem Raum. Ich muss durch diesen Spiegel gehen.*

»Was ist da los?«, hörte er den Wolf fragen.

Nun zeigte ihm der Spiegel eine riesige grasbewachsene Fläche. Sie sah gepflegt aus, war jedoch baumbestanden, also voller Schlupfwinkel, in denen er sich verstecken konnte.

Wendell sprang auf den Spiegel zu und hoffte im Stillen, dass er sich nicht lediglich den Kopf einschlagen und sich sieben Jahre Pech einfangen würde – nicht, dass es dadurch noch in irgendeiner Weise schlimmer werden konnte.

Die befürchtete Kollision blieb aus, stattdessen tauchte er in einen zähen Strudel ein, in den sich der Spiegel verwandelt haben musste. Plötzlich wurde es um ihn herum vollkommen dunkel. Doch noch schlimmer war die Stille. Er konnte nicht einmal seinen eigenen Atem hören.

Und dann war er zwischen den Bäumen, und Zweige schlugen ihm ins Gesicht, als er zu Boden fiel. Unter seinen Pfoten spürte er Erde, aber in der Luft lag ein Gestank, wie er ihn noch nie wahrgenommen hatte – ein schwerer, öliger Geruch, als hätte jemand in einem Raum zu viele Lampen entzündet.

Er sprang davon, fest entschlossen, diesen Ort so schnell wie möglich hinter sich zu lassen. Der Wolf würde ihn verfolgen und wenn Wendell nicht vorsichtig war, dann würde er ihn finden. Er musste Wasser suchen, um den Wolf von seiner Fährte abzubringen. Und vielleicht würde er an diesem fremdartigen Ort ja auch Hilfe finden können.

Vor ihm lag ein Weg. Er schien aus Erde und Kies zu bestehen, doch so genau konnte er das nicht erkennen. Eine junge Frau auf einem seltsamen Apparat aus Metall raste von einem Hügel herab auf ihn zu. Erschrocken versuchte Wendell, beiseite zu springen, aber das Gefährt erwischte ihn doch.

Er wurde durch die Luft geschleudert und ein Hund winselte. Dann erkannte er, dass er selbst dieser Hund war. Noch während er flog, sah er, wie die Frau von ihrem Vehikel stürzte und sich den Kopf anschlug. Dann landete er hart neben einem Stein, wollte aufstehen und konnte es nicht.

Stattdessen glitt er, so sehr er auch dagegen ankämpfte, in tiefe Finsternis.

Leises Klirren hallte durch das Gefängnis, begleitet von drei entrüsteten Trollstimmen.

Die Königin schloss die Tür zur Empfangshalle. Sie mochte das Gejammer nicht mehr länger mit anhören.

Wendell ist entkommen, für den Augenblick jedenfalls. Aber er kann nicht ewig davonlaufen. Als Hund wird er es nicht leicht haben und nicht einmal wissen, wie er überleben soll. Aber ich will meine neu gewonnene Freiheit nicht mit der Suche nach diesem kleinen Problem vergeuden, nicht solange ich noch so viele andere herrlich bösartige Pläne habe.

Sie faltete ihre behandschuhten Hände und wandte sich dem Trollkönig zu. Was für ein abstoßendes Exemplar seiner Art er doch war. Groß, kräftig und mit einer überaus hässlichen Knollennase ausgestattet, die er zweien seiner Kinder vererbt hatte. Seine großen spitzen Ohren standen, wie bei Trollen üblich, seitlich vom Kopf ab und wurden nur unzureichend von schmutzigen, verfilzten Haaren verdeckt. Seine vernarbte Haut war so fahlgrau wie die seines ältesten Sohnes, doch anders als dieser besaß der Trollkönig Augen, in denen ein Funke von Intelligenz zu flackern schien.

Sie konnte ihn gebrauchen. Sie konnte ihn sogar sehr gut gebrauchen.

»Innerhalb eines Monats«, sagte sie, um seine Aufmerksamkeit zu erlangen, »werde ich die Nachkommen Schneewittchens vernichtet haben. Wendells Schloss und sein Königreich werden mir gehören.«

Sie trat einen Schritt auf den Trollkönig zu und achtete darauf, dass ihre Stimme besonders verführerisch klang. »Und dafür, dass du mir geholfen hast zu fliehen, sollst du über sein halbes Königreich regieren.«

Die Augen des Trollkönigs weiteten sich und er leckte sich die Lippen. Halb erwartete sie, dass er sich schadenfroh die Hände reiben würde, doch offensichtlich hatte er sich noch in der Gewalt.

»Das halbe Vierte Königreich?«, fragte der Trollkönig. »Aber es ist so groß …«

Das Wort musste etwas in seinem armseligen Gehirn ausgelöst haben, denn plötzlich legte er die Stirn in Falten.

»Wie lautet Euer Plan?«, erkundigte er sich. »Was habe ich zu tun?«

Sie reckte das Kinn ein wenig, modulierte ganz sacht ihre Stimme. »Gestatte mir, deine Kinder zu benutzen, bis sie den Prinzen für mich gefangen haben.«

»Das ist alles?« Der Trollkönig klang erleichtert.

»Und natürlich darfst du niemandem sagen, was du gesehen hast.«

Zu ihrer Verblüffung antwortete der Trollkönig zunächst nicht. Stattdessen kniff er die Augen zusammen. Sie konnte beinahe sehen, wie sein Trollhirn sich mühte zu arbeiten.

Er denkt doch tatsächlich darüber nach. Offensichtlich glaubt er, dass es dabei einen Haken geben muss.

Natürlich gab es einen, aber den würde sie ihm jetzt bestimmt nicht offenbaren.

Endlich fragte er: »Kann ich mir aussuchen, welche Hälfte des Königreiches mir gehören wird?«

Die Königin schloss die Augen. *Es ist stets ein Fehler, die Macht der Gier zu unterschätzen.* Dann sah sie Relish lächelnd an und erzählte ihm, was er ihrer Meinung nach zu hören wünschte.

Ein magischer Spiegel.

Wolf gefiel der Anblick nicht. Ebensowenig gefiel ihm der Anblick des Hundes – jenes Hundes, der ihm zur Freiheit verhelfen würde, wenn er ihn erst gefangen hatte. Dieser Hund sah gescheit aus. Er studierte die wechselnden Bilder im Spiegel, als würde er auf das richtige warten.

Wolf hatte nicht versucht, leise zu sein. Er hatte seine Anwesenheit gerade erst wieder deutlich zu erkennen gegeben. Nun aber blickte der Hund über seine Schulter, als er sich näherte, und sah ihn.

Diese Augen waren zu intelligent für Hundeaugen.

Dann sah der Hund wieder nach vorn. Das Bild im Spiegel zeigte nun Bäume und Grünpflanzen. Am Fuß des Spiegels sah er den Hund und gleich dahinter seine eigene Reflexion. Er war ein gut aussehender Mann, falls er das von sich selbst sagen durfte. Gerade groß genug, gerade schön genug ...

In dem Moment, als er sich auf den Hund stürzen wollte, sprang sein Opfer und verschwand im Spiegel. Für einen Augenblick erlosch das Bild.

Wolf knurrte einen Fluch, dachte eine Sekunde darüber nach, wie idiotisch es war, einem Hund durch einen magischen Spiegel zu folgen, und stürzte sich in dem Moment hinein, in dem das Bild der Bäume und Sträucher zurückgekehrt war.

Das Innere des Spiegels legte sich zäh um seine Haut und hüllte ihn in totale Finsternis. Er konnte nichts riechen, nichts sehen und nichts hören.

Dann landete er unsanft in einer Strauchgruppe. Äste zerrten an seinen Kleidern und Grashalme verfingen sich in seinem Haar.

Er war draußen! Er war schon sehr lange nicht mehr draußen gewesen. Am liebsten hätte er ein Freudengeheul angestimmt, doch damit hätte er sich und seine Position verraten. Er erhob sich, klopfte sich den Schmutz aus den Kleidern und sah sich um.

In den Büschen schimmerte etwas von der Größe eines Spiegels. Vage erkannte er auf der Oberfläche das Bild des Lagerraums. Ganz wie er es vorhergesehen hatte, polterten nun mit hoffnungsloser Verspätung die drei Trolle in den Raum. *Sie ha-*

ben keine Ahnung davon, wie man irgendetwas auf der Spur bleibt.

Fährtensuche. Das ist meine Aufgabe. Ich muss mich von diesem Spiegel entfernen, damit die drei mich nicht sehen und so herausfinden können, wo ich geblieben bin.

Schnüffelnd setzte er sich in Bewegung. Die Luft war nicht wirklich frisch, aber angenehmer als in vielen anderen Städten. An dieser Stelle gab es nur einen schwachen Urinhauch, der den Duft des Grüns überlagerte. Nein. Der dominante Geruch war undefinierbar, irgendwie metallisch. Plötzlich witterte er die schwache Ausdünstung von Furcht und hinter ihr – Hund!

Grinsend folgte Wolf der Spur und seine Aufgabe erschien ihm von Minute zu Minute reizvoller.

Langsam setzte sich Virginia auf.

Ihr ganzer Körper schmerzte, doch am schlimmsten war die Stirn. Sie war schon öfter vom Rad gefallen, doch nie war sie so heftig gestürzt wie heute. Sie hatte den Hund erst gesehen, als es schon zu spät war.

Ihre Hände zitterten. Sie befahl ihnen, damit aufzuhören, und eine gehorchte tatsächlich. Das war die Hand, die sie nun benutzte, um ihre Stirn zu betasten. Sie blutete. Nachdem sie das Blut an ihren Fingerspitzen einen Augenblick lang angestarrt hatte, beschloss sie, dass es nicht genug war, um sich Sorgen zu machen. Vermutlich hatte sie sich eine Platzwunde zugezogen. Es wäre nicht die erste in ihrem Leben.

Dann betrachtete sie ihr Fahrrad und stöhnte.

Das Vorderrad war total verbogen. Auf keinen Fall konnte sie damit weiterfahren und auf keinen Fall konnte sie es reparieren, nicht hier.

Sie würde zu spät zur Arbeit kommen, aber dieses Mal hatte sie wenigstens eine gute Entschuldigung.

Der Zustand des Vorderrades verriet ihr, dass sie den Hund schwer getroffen haben musste. Sie sah sich um und entdeckte ein Bündel goldenen Fells am Wegesrand.

Reglos.

»O mein Gott«, stöhnte sie. »Ich habe ihn umgebracht!«

Nie zuvor hatte sie irgendetwas getötet, nicht einmal aus Versehen. Langsam näherte sie sich dem Tier und während sie das tat, zuckte der Hund leicht. *Gott sei Dank, er lebt noch.* Mit einem leisen Seufzer legte sie ihre Hand auf das weiche Fell.

Der Hund blickte sie aus überraschend intelligenten Augen an.

»Geht es dir gut?«, fragte sie, während sie den warmen Körper betastete und nach gebrochenen Knochen, Blut oder irgendetwas anderem absuchte, das eine sofortige Behandlung erfordern würde. Sie konnte nichts dergleichen entdecken.

»Wo ist dein Herrchen?« Sie sah sich um. Ein so gepflegtes Tier war normalerweise nicht allein unterwegs. Oder war es ausgerissen? Das war ein überaus unerfreulicher Gedanke. In New York musste es Millionen von Hunden geben und das bedeutete, es gab auch Millionen von Hundehaltern, und sie alle gingen mit ihren Schützlingen in den Central Park. Wie sollte sie jemals den rechtmäßigen Eigentümer finden?

Was soll ich mit dem Hund machen, während ich arbeite?

Sie betastete seinen Hals, aber natürlich trug er kein Halsband. *Manche Leute sind wirklich furchtbar verantwortungslos.*

»Warum hast du denn kein Halsband, hm?« Ihre Stimme schien eine wohltuende Wirkung auf den Hund zu haben.

Er rührte sich. Erst jetzt erkannte sie, dass es ein Rüde war.

Plötzlich vernahm sie hinter sich ein tief tönendes Geheul. Es klang wie ein ... Wolf! Ihre Nackenhaare richteten sich auf. Selbst der Hund machte einen alarmierten Eindruck.

Nun erst wurde ihr ihre Lage bewusst. Eine Frau, allein und schutzlos, in einem abgelegenen Bereich des Central Parks, nach Einbruch der Dunkelheit ... Es gab zwar keine echten Wölfe in Manhattan, aber die menschlichen waren nicht minder gefährlich.

Sie sah den Hund an. Der Hund sah sie an. Offensichtlich gehörten sie nun zusammen, zumindest in dieser Nacht. Sie erhob sich und richtete das verbogene Vorderrad wieder so weit her, dass sie ihr Gefährt schieben konnte.

Der Hund kam ebenfalls auf die Beine, und als sie den Park verließ, folgte er ihr vertrauensvoll.

Kapitel 4

Blabberwort trat aus dem Spiegel hinaus ins Gras. Um sie herum waren Bäume, doch die schienen harmlos zu sein. Es war dunkel und es roch köstlich. In der Luft hing ein lieblicher Duft, wie sie ihn nie zuvor wahrgenommen hatte. *Beinahe faulig, also genau der Zustand, in dem Verdorbenes besonders schmackhaft ist …*

Bluebell schubste sie zur Seite, als er aus dem Spiegel kletterte. Sie wollte sich gerade umdrehen und ihm einen Schlag versetzen, als Burly sie finster anstarrte. Offenbar war er immer noch wütend, dass der Wolfsmensch dem Hund noch vor ihnen durch den Spiegel gefolgt war.

»Ich fress ’nen Kobold!«, brüllte Bluebell hinter ihr. »Wo sind wir?«

Darüber hatte sie bisher nicht einmal nachgedacht, aber sie war bestimmt noch nie hier gewesen. Die Augen weit aufgerissen, fuhr sie mit der Zunge über ihre abgebrochenen Zähne. Jenseits der Bäume erhoben sich Gebäude, die voller Licht waren. Selbst über dem Pfad vor ihnen brannte eine große Lampe und durchbrach die Finsternis mit ihrem hellen Schein.

Was für ein sonderbarer Ort.

»Seht euch das an«, sagte Burly und deutete auf eines der hoch aufragenden Gebäude. Es schien sehr weit weg zu sein. Und offenbar war dies hier das einzige Grün in einem Meer aus … Häusern?

Blabberwort wusste eine Menge über die Neun Königreiche. Das war das Einzige, worin sie wirklich gut war.

»Das ist kein Teil der Neun Königreiche«, sagte sie bestimmt. »Es ist ein magischer Ort. Seht euch nur all diese Lichter an.«

»Die müssen tonnenweise Kerzen haben«, stellte Bluebell fest.

Wenn dies kein Teil der Neun Königreiche ist, dann ist es ein anderer Ort. Blabberwort grinste, erfreut ob der eigenen Logik. *Und wenn dies ein anderer Ort ist, so gibt es hier keinen Herrscher, so viel ist klar.*

»Vielleicht sollten wir Anspruch auf dieses Königreich erheben«, sagte sie.

»Das ist eine großartige Idee!«, brüllte Burly. »Wir holen es uns, bevor uns jemand zuvorkommt.«

Blabberwort breitete die Arme aus und sprach, so laut sie nur konnte: »Im Namen der Trollnation beanspruche ich dieses Land und all seine Bewohner. Von nun an soll es unter dem Namen ...« Sie unterbrach sich. Sie war nicht gut im Erfinden von Namen. Wäre sie es gewesen, hätte sie sich längst einen neuen für sich ausgedacht. Fragend sah sie ihre Brüder an. »Wie sollen wir es nennen?«

»Das Zehnte Königreich«, rief Bluebell.

Blabberwort grinste. *Was für ein wunderbarer Name.* Sie klopfte ihrem kleinen Bruder so fest auf den schwächlichen Rücken, dass er ins Stolpern geriet. Dann sah sie sich nach etwas um, das ihnen helfen konnte, ihre neue Macht zu feiern.

Weiter unten neben dem Pfad saß ein Menschenpaar auf einer Bank. Es waren magere Kreaturen, einigermaßen jung, und sie küssten sich auf diese widerwärtige Art, wie es nur Menschen taten.

Mehr noch, sie schienen völlig darin versunken zu sein.

Blabberwort deutete auf die beiden. Burly nickte zustimmend und drehte Bluebells Kopf so, dass auch er die Opfer sehen konnte. Dann krochen sie auf die Bank zu. Ein kleines Gemetzel, ein kleiner Diebstahl, das wäre eine perfekte Feier.

Blabberwort erreichte das Paar gleichzeitig mit ihren Brüdern und sie umzingelten die beiden Menschen, als hätten sie ihr Vorgehen genau geplant. Die Frau – scheußlich blond – schrie und der Mann – ein Paradebeispiel für die abscheulich langweiligen menschlichen Züge – tat nichts, um ihr zu helfen. Stattdessen schützte er sein eigenes Gesicht.

Menschen. Wie widerwärtig sie doch sind. Blabberwort beschloss, die beiden dafür zu bestrafen, dass sie einer derart verachtenswerten Gattung angehörten. Bald verlor sie sich in einer Raserei aus Schlägen und Tritten, bis ihr schließlich bewusst wurde, dass ihre Opfer nur noch stöhnend über der Bank hingen.

Das abscheulich blonde Haar der Frau verbarg ihr hässliches Gesicht. Der Mann hatte den Kopf in den Nacken gelegt, als könnte er das alles nicht länger ertragen.

»Was haben wir denn nun?«, fragte Burly, offenbar ebenso bereit wie Blabberwort, endlich zum diebischen Teil ihrer Feier überzugehen.

Sie griffen nach den Füßen der Frau und starrten auf die winzigen weißen Schuhe. Blabberwort betastete einen davon. Er war weich und breiig, ganz und gar nicht so, wie sich ein gutes Paar Stiefel anfühlen sollte.

»Plunder!«, sagte Bluebell verärgert. »Seht euch das nur an. Das ist nicht mal Leder.«

Sie ließen von den Füßen des Paares ab und der Mann stöhnte. Burly ohrfeigte ihn. Bluebell nahm die Jacke der Frau in Augenschein. Eigentlich passte sie nicht zu einem Troll, trotzdem hatte sie ihren Reiz: Das Emblem irgendeines Herrschers prangte auf dem Revers. Bluebell zerrte sie seinem Opfer vom Leib.

Blabberwort gefiel es nicht, dass ihr Bruder bereits Beute gemacht hatte, und griff nach der riesigen Tasche, die die zwei Menschen zwischen sich gestellt hatten.

»Sind da noch mehr Schuhe drin?«, fragte sie das halb bewusstlose Paar. Als die beiden nicht antworteten, kippte sie den Inhalt der Tasche einfach auf den Boden. Dosen mit Pulver, kleine Blechröhrchen und Papierblätter fielen in den Schmutz, gefolgt von einem schwarzen Kasten.

»Was ist das?« Blabberwort hob das Ding auf. Es fühlte sich glatt an und es bestand aus einem Material, das sie noch nie zuvor berührt hatte.

Nett. Stabil. Schwer.

Der Mann richtete sich ein wenig auf und Blabberwort schlug ihm mit dem Kasten gegen den Kopf. Er fiel zurück, doch der Kasten wurde plötzlich lebendig. Er vibrierte, und dann erklang Musik und hohe Stimmen, die eine flotte Weise über Nächte und Fieber zum Besten gaben.

Blabberwort fühlte, wie sie sich unwillkürlich im Takt der Musik wiegte, und als sie aufsah, stellte sie fest, dass ihre Brüder das Gleiche taten.

»Mehr Magie!«, brüllte Burly und alle drei hüpften wild zu der Musik umher. *Wie wundervoll das ist!*

Doch natürlich musste Bluebell wieder alles kaputtmachen. Abrupt hielt er inne und starrte Blabberwort und Burly an. »Kommt schon. Wir nehmen den Kasten mit, denn wir müssen den Prinzen finden, ehe er uns entwischen kann.«

Blabberwort seufzte. Sie wollte bleiben, aber sie wusste, dass ihr Vater furchtbar wütend werden würde, wenn sie es täte.

Burly wandte sich an die Menschen auf der Bank. »Ihr seid nun unsere Sklaven. Wartet hier, bis wir zurückkehren.«

Der Mann und die Frau umarmten sich langsam, so als litten sie Schmerzen.

Blabberwort folgte ihren Brüdern, die bereits vorangegangen waren, konnte aber nicht widerstehen, sich noch einmal umzudrehen.

Dort, im Schein des fremdartigen Lichts, erkannte sie die krakelige Handschrift ihres Bruders Bluebell auf der Lehne der Bank. Mit einer Art Kreide hatte er *»TROLLE HÄRSHEN«* darauf gekritzelt.

Blabberwort grinste. *›Trolle herrschen‹. Ja, in der Tat, das tun sie.*

Virginia fühlte sich ein wenig steif und angeschlagen, als sie weiterging.

Neben der schmerzenden Kopfwunde hatte sie sich Prellungen und Zerrungen zugezogen, die sich nun nach und nach bemerkbar machten. Ihr Fahrrad verursachte bei jedem Schritt ein schleifendes Geräusch und der arme Hund folgte ihr artig.

Sie hatte keine Ahnung, wie lange sie bewusstlos gewesen war. *Vermutlich lange genug, um ausgeraubt zu werden, ohne dass ich es bemerkt hätte.* Bei diesem Gedanken schob sie die Hand in die Manteltasche und stöhnte.

»Meine Geldbörse ...«

Der Hund sah sie an, als hätte sie etwas besonders Wichtiges gesagt. Seufzend blieb sie stehen und wandte sich um. Sie zweifelte daran, überfallen worden zu sein. Immerhin trug sie noch ihre Halskette, und ein Parkräuber hätte ihr Brieftasche und Schmuck gleichermaßen gestohlen. *Was bedeutet, dass die Geldbörse noch immer in der Nähe der Unfallstelle liegen muss ...*

Sie machte kehrt, und der Hund blickte sie an, als zweifelte er an ihrem Verstand. *Aber dazu ist ein Hund nicht im Stande, oder doch?* Sie beschloss, sich keine weiteren Gedanken darüber zu machen.

Als sie die kleine Baumgruppe erreicht hatte, sah sie etwas Grünes im Unterholz aufblitzen. Es sah beinahe wie ein Augenpaar aus.

Der Wind hatte zugenommen und es war kalt, und doch schien die Nacht dunkler als gewöhnlich zu sein.

Der Hund starrte sie noch immer mit einer Mischung aus Angst und Ratlosigkeit an.

»Lass es«, murmelte sie zu sich selbst. »Im Moment wirst du es so oder so nicht finden.«

Sie drehte sich rasch um und rannte auf den Rand des Parks zu. Der Hund beeilte sich, mit ihr Schritt zu halten.

Glücklicherweise lag der *Grill on the Green* so nahe am Central Park, wie es für ein Restaurant gerade noch legal möglich war.

Virginia ging zur Hinterseite des Gebäudes und ließ ihr Fahrrad im Durchgang zurück. Der gewohnte Geruch von Fett und Bier wogte aus der Küche und die vertrauten Lichter wirkten beruhigend auf sie.

Virginia trat ein und ließ die Tür, die selten geschlossen wurde, offen. Der Koch ignorierte sie, wie üblich, doch als sie am Bratrost vorbeiging, betrat Candy die Küche. Sie sah Virginia und, wie nicht anders erwartet, gab es für sie kein Halten mehr.

»Wo bist du gewesen?«, fragte sie. »Ich habe schon für dich ...«, und dann, als sie Virginia beinahe erreicht hatte, rief sie: »... dein Kopf! Du blutest ja!«

»Ich bin vom Fahrrad gestürzt«, sagte Virginia. »Außerdem

habe ich mein Portemonnaie verloren und einen neuen Freund gefunden.«

Der Hund stand in der Tür, den Schwanz zwischen die Beine geklemmt. Er sah benommen, fast erschöpft aus.

»Oh, was bist du denn für ein niedlicher Bursche?«, sagte Candy und stürzte sich sogleich auf den Hund. Sie kauerte sich neben ihn und fing an, ihn zu streicheln. »Was für ein süßer Kerl.«

»Ich habe ihn mit dem Fahrrad angefahren, aber ich glaube, es geht ihm gut«, erklärte Virginia. »Jedenfalls blutet er nicht.«

Candy schien eine echte Tierfreundin zu sein. Inbrünstig kraulte sie das Fell rund um das Hundegesicht, und das Tier sah gleichermaßen verblüfft wie gemartert aus. »Pass bloß auf, dass der Boss ihn nicht sieht. Wie heißt er denn?«

»Ich weiß es nicht«, entgegnete Virginia. »Er trägt kein Halsband.«

Candy sah den Hund einen Augenblick lang nachdenklich an. »Für mich sieht er aus wie ein Prinz«, sagte sie. »Hallo, Prinz«, flüsterte sie dem Tier zu.

Virginia nahm eine Serviette vom Tisch. »Hallo, Prinz«, sagte sie ebenfalls. *Candy hat Recht. Der Name ist irgendwie passend.*

Der Hund schien ein klein wenig zu wachsen.

Virginia betupfte ihre Stirnwunde mit der Serviette und stellte erleichtert fest, dass sie nicht mehr blutete. Candy stand auf und nahm ein Stück Hamburger von einer der Platten, die der Hilfskellner eher planlos aufeinander gestapelt hatte. Sie ging zu Prinz und hielt ihm das Hackfleisch vor die Nase.

Der Hund starrte es angewidert an.

Candy blickte sich über die Schulter fragend nach Virginia um, doch die zuckte nur die Schultern. Sie bildete sich nicht ein, diesen Hund zu verstehen. Sie war nicht einmal sicher, ob sie das wollte.

Blabberwort roch Blut. Frisches Blut.

Und anscheinend ging es Burly ebenso. »Hier!«, brüllte er und rannte zu einem Fleck auf dem Weg.

Da ist Blut, ja, und der Geruch eines Hundes, ja, und Metallsplitter, die herumliegen. »Hier hat es einen Unf …«, er suchte nach dem richtigen Wort, »… Vorfall gegeben.«

Blabberwort eilte zu ihm. Sie wollte nicht, dass er sich alles allein unter den Nagel riss. Natürlich trödelte Bluebell wieder hinter ihnen her.

Burly starrte die schimmernden Dinge am Boden an, aber Blabberwort entdeckte noch etwas anderes im Gras. »Guck mal, guck!«, rief sie und stürzte sich auf den Fund, noch ehe ihre Brüder ihr zuvorkommen konnten.

Leder. Sehr gutes Leder. Sie hielt es an ihre Nase und sog gierig den fabelhaften Duft ein. »Kalbsleder«, sagte sie. »Schön. Quietschsauber.«

Burly beobachtete sie, offensichtlich enttäuscht, dass nicht er diese Entdeckung gemacht hatte. Bluebell stand so dicht neben ihr, wie es nur möglich war, ohne dass er ihre Beute berührte.

Blabberwort beschloss, ihre Brüder noch ein wenig zu quälen. Sie hielt das Objekt vor sich und nahm es umständlich in Augenschein. *Es ist kein Schuh, so viel steht fest. Es ist was anderes. Ein Behältnis … Und es sind sonderbare Sachen darin …*

In diesem Moment entriss Bluebell seiner Schwester das lederne Ding, öffnete es und zog Papiere und andere Sachen heraus. Er ließ alles auf den Boden fallen, doch Blabberwort konnte nichts Interessantes entdecken.

Als das Ledertäschchen vollständig geleert war, hielt Bluebell es dicht vor sein Gesicht. Seine glänzenden Knopfaugen blinzelten, als er las: »Bitte an Virginia Lewis zurückgeben, Apartment 17a, No. 2, East 81. Straße.«

Aha. Blabberwort grinste. *Endlich. Ein Ziel.*

Helle Lichter und röhrende Geräusche, ein Metallobjekt, dreimal so groß wie ein Haus, raste auf einer fremdartigen überfüllten Straße auf ihn zu.

Wolf stand am Rand der Grasfläche und staunte. Nie zuvor hatte er so viele Lichter gesehen. Und so viele magische Dinge. Kutschen in jeder Form und Größe, die sich aus eigener Kraft zu bewegen schienen. Gigantische Gebäude mit allerlei exotischen Namen. Gerüche, die er noch nie wahrgenommen hatte.

»Was für ein Ort«, sagte er bewundernd.

Er wollte all den Gerüchen folgen – wollte sich sogar in einigen wälzen –, doch er verwarf diesen Gedanken sofort. Er sah sich selbst gern als eine Art höheres menschliches Wesen an, aber manchmal gewann seine animalische Natur die Oberhand.

Doch auf keinen Fall hier. Das würde er nicht zulassen. Er hatte einen Job zu erledigen und er würde ihn erledigen, genauso, wie es von ihm erwartet wurde.

Er schnüffelte, trennte die verschiedenen Gerüche voneinander und identifizierte die, die ihm bekannt waren. Dann erhaschte er einen Duft, der seinen Magen knurren ließ. »Fleisch!«

Wie lange war es her, dass er zum letzten Mal echtes Fleisch gegessen hatte? Nicht Haferschleim, keine dünne Gefängnissuppe, sondern echtes, köstliches, saftiges Fleisch?

Er wusste es nicht mehr.

Er untersuchte seine Umgebung, bis er den Ort entdeckte, von dem der Geruch stammte. Er war hell erleuchtet und sogar über dem Schild brannten verdeckte Lampen: *Grill on the Green.*

Er überquerte die belebte Straße und blieb vor der Tür stehen. Das Fensterglas war glatt und klar und gestattete ihm einen wunderbaren Blick auf die Tische im Inneren. Zwei ziemlich fette Menschen hockten vor Tellern, die mit Nahrung beladen waren. Die Frau gleich neben ihm aß ein Steak. Englisch.

Speichel sammelte sich in seinem Mund und er begann zu sabbern. *Diese verflixte animalische Seite in mir!* Er hasste es zu sabbern, aber er konnte nicht anders. Fast konnte er das Steak, das die Frau aß, schmecken, während er sich die Lippen leckte.

Wie wundervoll. Wie sensationell.

»Vergiss nicht, warum du hier bist«, ermahnte er sich. Er musste seine tierische Natur unter Kontrolle bringen, musste dem Verlangen widerstehen, musste aufhören, an Steaks zu denken ... »Suche den Prinzen.«

Die Frau nahm einen weiteren Bissen, fühlte sich offensichtlich beobachtet und sah ihn mit einer Mischung aus Verärgerung und Abscheu an.

Kein Mensch soll mich je so ansehen. Er presste das Gesicht noch dichter an das Glas.

»Aber, huff-puff«, murmelte er, »ein Wolf muss auch essen, oder nicht? Ich kann doch nicht mit leerem Magen arbeiten.«

Er ging zur Tür, stieß sie auf und trat ein. Es war, als hätte er einen Vorratsraum für Gerüche betreten. Hähnchen, Fisch, sogar etwas frisches Lamm. *Mmmm.* Sein Magen knurrte erwartungsvoll.

Dann überlagerte ein anderer Geruch die Aromen.

»Ich rieche … Hund«, sagte Wolf laut. »Ist das zu glauben? Arbeit und Vergnügen in einem.«

Die Frau starrte ihn irritiert an und ließ langsam die Gabel mit dem Fleisch, die sie an ihre Lippen geführt hatte, sinken. Er widerstand dem Drang, ihr das Steak vom Teller zu stehlen.

Wenn sie es nicht isst, werde ich es ohnehin bekommen, nicht wahr? Vielleicht sollte ich mich aber doch zuerst um den Hund kümmern. Vielleicht kann ich währenddessen einen kleinen Happen zu mir nehmen. Vielleicht.

Arbeit und Vergnügen. Ich habe mich nicht geirrt. Dieser Job wird immer besser!

Kapitel 5

Virginias Stirn schmerzte noch immer, nachdem sie die Wunde mit Antiseptikum behandelt hatte.

Nun musste sie sich um Prinz kümmern, ehe ihr Boss ihn entdeckte. Sie wollte ihn nicht draußen lassen, also führte sie ihn in den Lagerraum. Dort ging ihr Boss nie hinein.

Der Raum war düster und ziemlich schmutzig. Große Restaurantpackungen, von Hühnerbrühe bis hin zu Kichererbsen, stapelten sich in den Regalen. In der Luft hing ein trockener Essensgeruch und, wie in jedem Gebäude, das so dicht am Park stand, der unterschwellige Gestank von Mäusen.

Zumindest wollte sie glauben, dass es sich um Mäuse handelte, obwohl sie wusste, dass es vermutlich Ratten waren.

Prinz blieb an der Tür stehen. Sie musste ihn zwingen, hereinzukommen. Er gehorchte, den Schwanz noch immer eingezogen. *Hat er Schmerzen? Er hat noch nicht einmal mit dem Schwanz gewedelt, seit ich ihn mit dem Fahrrad angefahren habe.*

»So, und jetzt sei ganz still«, sagte Virginia und ging in die Knie, um in das Hundegesicht zu sehen. *Er hat wirklich intelligente Augen. Fast könnte man glauben, er versteht mich.* »Ich werde zurückkommen, sobald ich kann, und nach dir sehen. Gib keinen Laut von dir, sonst verliere ich meinen Job.«

Prinz bellte, und Virginia umfasste sanft seine Schnauze. »Psst! Oder ich bringe dich nach draußen.«

Das schien ihm noch weniger zu gefallen. Prinz setzte sich und sah sie mit der traurigsten und zugleich ernsthaftesten Miene an, die sie je auf einem Hundegesicht erblickt hatte. Beinahe – nur beinahe – hätte sie sich bei ihm entschuldigt, aber sie hatte noch nie viel von Menschen gehalten, die bei ihren Haustieren Abbitte leisteten. *Nicht,* ermahnte sie sich schnell, *dass er mein Haustier wäre. Aber ich bin schließlich für ihn verantwortlich.*

Sie verließ den Vorratsraum, ohne sich noch einmal umzusehen, um nicht von Schuldgefühlen übermannt zu werden. Dann nahm sie den Schlüssel von der Wand und verschloss die Tür. Auf diese Weise konnte der Boss nicht zufällig über Prinz stolpern, und Prinz – mit seinem scharfen Verstand – konnte keinen Weg hinaus finden.

Virginia griff sich einen Bestellblock und stopfte ihn zusammen mit einem Stift in ihre Schürzentasche. Dann stürzte sie sich ins Getümmel.

Candy hatte sämtliche Tische zu bewirten, weil Virginia so spät gekommen war. Und da Virginia sauber machen musste, übernahm sie auch die Neuankömmlinge. Erneut fühlte Virginia sich schuldig. Sie sollte sich wenigstens um das Nebengeschäft, die Salate und Getränke, kümmern, bis der größte Andrang nachgelassen hatte.

Zwei neue Tische waren zu bedienen, einer mit einer großen Gruppe rüpelhafter Leute, die mit den Speisekarten auf die Tischplatte schlugen, um die Aufmerksamkeit auf sich zu lenken, und einer mit einem gut aussehenden Mann an der Rückfront des Raumes. Natürlich ging Candy zuerst zu ihm. Virginia runzelte die Stirn. *Gut aussehend, aber irgendwie fremdartig. Etwas in seinen Augen scheint nicht menschlich zu sein …*

Sie vertrieb den Fremden aus ihren Gedanken. Vielleicht hatte sie sich den Kopf schlimmer gestoßen, als sie geglaubt hatte. An diesem Abend jedenfalls schien sie ziemlich viel in alle möglichen Augen hineinzulesen.

Sie ging zu dem lauten Tisch und zückte Block und Stift. Gerade als sie die Bestellung aufnehmen wollte, hörte sie ein Krachen aus dem Hintergrund.

Genauer gesagt, aus dem Vorratsraum.

Im Stillen fluchend, ließ sie den Mann, der gerade seine Drinks bestellen wollte, einfach sitzen. Obwohl er entrüstet hinter ihr herbrüllte, stürmte sie in die Küche. Der Koch, dessen Gesicht vor Schweiß glänzte, blickte überrascht vom Grill auf.

»Warst du das?«, fragte sie ihn.

Er schüttelte den Kopf und wendete einen Hamburger. *Das Restaurant könnte überfallen werden und er würde immer noch seelenruhig an seinem Herd stehen und zubereiten, was bestellt wurde.*

Virginia umklammerte die Schlüssel, als sie zur Tür des Vorratsraums lief. Mit zitternden Fingern öffnete sie das Schloss und stieß die Tür auf.

Ein zerbrochenes Glas hatte überall Splitter hinterlassen, zudem war eine heruntergefallene Mehltüte aufgeplatzt und hatte ihren Inhalt über den Boden verstreut. Prinz stand mit zögerlich wedelndem Schwanz neben der Bescherung.

»Das reicht«, sagte Virginia. »Ich bringe dich jetzt raus und …«

Sie erstarrte. In das Mehl auf dem Boden war ein einzelnes Wort gescharrt worden: *Gefahr*. Einen Augenblick lang fixierte sie fassungslos die Botschaft – dieser ganze Abend war so seltsam, dass ihr die Worte fehlten – und dann wurde ihr klar, was vorging.

»Okay, Candy, komm raus«, rief sie, während sie sich umsah. »Wirklich witzig.«

Halt. Candy ist im Gastraum und nimmt gerade die Bestellung eines gut aussehenden Burschen auf, der mich vage an einen Wolf erinnert. Ihr Blick fiel auf die Schlüssel in ihrer Hand. *Ich selbst habe diese Tür verschlossen und sie wieder aufgeschlossen. Und es war niemand sonst im Raum.*

Sie kam sich ein wenig dumm vor, als sie den Hund fragte: »Ich nehme nicht an, dass du das geschrieben hast, oder?«

Prinz bellte und bewegte sich ein kleines bisschen rückwärts. *Diese Nacht wird immer seltsamer. Er kann das nicht getan haben. Das Mehl muss schon vorher da gewesen sein, ich habe es nur übersehen.*

So wie sie übersehen hatte, dass das Mehl, das Prinz' ganzes Fell eingestäubt hatte, sich größtenteils an seiner rechten Vorderpfote gesammelt hatte. Genau so, als hätte er mit dieser Pfote … etwas geschrieben …

Hunde können nicht schreiben, oder etwa doch? Was ist er? Ein Dressurtier, das aus dem Zirkus fortgelaufen ist?

Lange Zeit sah sie ihn einfach nur an, und der Blick seiner intelligenten Augen traf sie mitten ins Herz.

Endlich ergab sie sich der verrückten Situation. »Bell einmal.«

Prinz bellte einmal.

»Bell zweimal.«

Prinz bellte zweimal. Virginia erschrak so sehr, dass sie zurücktaumelte.

»Hör auf!«, brüllte sie. Dann atmete sie tief durch. »Okay, Virginia, du bist vom Fahrrad gefallen, hast dir den Kopf aufgeschlagen und liegst in einem Krankenhaus ... du liegst in einem Krankenhausbett, und sie haben dir Morphium oder so etwas gegeben, und darum ...«

Prinz bellte erneut zweimal. Virginia starrte auf das Wort *Gefahr*, ehe ihr Blick zu dem Hund zurückkehrte. *Er ist von Mehl bedeckt. Aber es gibt keine vernünftige Erklärung für die große Menge Mehl an seiner rechten Vorderpfote. Er kann auf Kommando bellen.*

Und er hat die intelligentesten Augen, die ich je bei einem Hund gesehen habe. Zur Hölle, es gibt Menschen, deren Augen weit weniger intelligent dreinschauen.

Prinz starrte sie so eindringlich an, dass sie ihn einfach nicht ignorieren konnte.

»Kannst du ... kannst du alles verstehen, was ich sage?«

Prinz bellte einmal.

Virginia widerstand dem Drang, ihm das Maul zuzuhalten. Der Boss würde ihn hören. Jeder würde ihn hören.

»Hör auf!«, sagte sie. Plötzlich saß sie mit dem Rücken zur Wand, und sie hatte keine Ahnung, wie sie dahingekommen war. Ihr Herz klopfte so heftig, dass sie dachte, es müsste ein Loch in ihre Brust reißen.

Okay, dachte sie in einer Weise, wie nur ihre Großmutter mit ihr sprechen würde. *Okay, reiß dich zusammen. Der Hund sagt, es bestünde Gefahr, also finde heraus, worum es geht, egal wie verrückt es auch scheint.*

»Wer ist in Gefahr?«, fragte sie. »Wir beide?«

Prinz bellte einmal. Dann packte er vorsichtig ihren Ärmel mit den Zähnen und zerrte ihren Arm Richtung Tür. Sein Ansinnen war unmissverständlich. Er wollte, dass sie ging. Mit ihm.

Das bedeutete, sie beide waren in Gefahr. Sie wusste nicht, welche Art von Gefahr, aber sie erinnerte sich noch gut an dieses Gefühl im Park, das Gefühl, in der zunehmenden Finsternis angestarrt zu werden.

Gefahr. Für uns beide. Und jetzt folge ich den Anweisungen eines Hundes. Prinz zerrte immer heftiger an ihrem Ärmel.

Kann diese Nacht überhaupt noch schlimmer werden?

Wolf hatte sich seiner animalischen Seite ergeben und studierte die Speisekarte. Das Angebot war recht vielseitig.

Außerdem hatte er Zeit. Der Hund versteckte sich ganz in der Nähe und würde vermutlich nicht herauskommen, weil er glaubte, er hätte ein sicheres Schlupfloch gefunden. Wolf konnte ihn riechen, er war verlockend nahe.

Doch nicht so verlockend wie das Steak. Das Hähnchen. Der Fisch …

Die Kellnerin neben ihm kaute die ganze Zeit auf irgendetwas herum und sah absolut fade aus. Ihre Nähe machte ihn nervös. Menschen waren Fleisch. Gutes Fleisch, obwohl ihres vermutlich ein bisschen zäh sein würde. Und er wollte heute Nacht auf keinen Fall einen Menschen reißen, obwohl sie ziemlich dicht neben ihm stand …

So viel Auswahl, so wenig Zeit.

»Nein, ich kann mich einfach nicht entscheiden«, sagte Wolf.

Die Kaubewegungen der Kellnerin wurden heftiger. Sie sah ihn nicht wirklich an, als sie sagte: »Unsere Spezialitäten sind Lamm und …«

»Lamm? Das ist gut!« Er hatte das Lamm gerochen, als er hereingekommen war. Gutes, saftiges frisches Lamm. Er hatte sich gerade vorgestellt, wie köstlich es munden würde, als er den Geruch des Hundes wahrgenommen hatte.

»Ahhh!«, fuhr er fort. »Junge Lämmer, hoffe ich. Jung und saftig, eine Augenweide, wenn man sie provozierend munter in ihrem weichen Wollfell umhertollen sieht …« Er schüttelte den Kopf. *Hör auf, und reiß dich zusammen!*

Die Kellnerin hatte den Kopf ein wenig zur Seite geneigt, als lauschte sie auf ein weit entferntes Geräusch.

Und er dachte an Lammfleisch und war unfähig, seinen Speichelfluß zu stoppen. »Manch eine Schafhirtin achtet nämlich nicht sorgsam genug auf ihre Herde«, referierte er, während seine Gedanken von dem köstlichen Lamm zu der Bedienung wanderten. »Vermutlich schlafen sie einfach ein, ich meine, wenn ich Schafhirtinnen richtig einschätze ... natürlich würde ich sie nicht essen, nicht, wenn ich dafür einen Lammschenkel kriegen kann ... nein ... ich meine, ich könnte sie natürlich essen ... ähem ... aber wenn es Lammfilet gibt oder ein paar nette fette Koteletts ... im Grunde bin ich nicht gierig. Na schön, ich bin gierig, ich weiß auch nicht, warum ich das gesagt habe. Ich habe, nun ja ... einen kräftigen Appetit. Geboren, um zu schlemmen, das bin ich.«

Die Kellnerin hatte ihm nicht wirklich zugehört, und wenn doch, so ließ sie das alles ziemlich unbeeindruckt. »Also«, sagte sie. »Soll es dann das Lamm sein?«

»Aber natürlich soll es das Lamm sein. Aber nur, wenn es frisch ist. Wenn nicht, dann will ich ein Steak.«

»Es ist frisch«, antwortete die Kellnerin. Plötzlich kam eine Blase aus ihrem Mund hervor, die schließlich zerplatzte. Es war ein scheußliches Geräusch. Er konnte nicht glauben, dass er daran gedacht hatte, sie zu essen. Immerhin war er größtenteils menschlich, und Menschen aßen ihresgleichen nicht. Nicht einmal höhere menschliche Wesen mit wölfischem Geschmackssinn taten das.

»Also, das Lamm, richtig?«, sagte sie, als wäre sie nicht ganz sicher.

»Ja«, entgegnete er. »Und sorgen Sie dafür, dass es roh ist.«

»Bei uns ist nichts roh.«

»Ich will es aber roh.«

Sie runzelte die Stirn.

Dieses Mädchen verkörpert nicht gerade die aufgeweckteste Vertreterin ihrer Art. Allmählich verlor er die Geduld. »Wie ist Ihr Name?«

»Candy«, sagte sie.

Sie ist also nach Nahrung benannt worden. Nicht die rechte Art Nahrung, aber immerhin. »Candy, meine Liebe«, sagte er, »ich möchte mein Lamm *roh.*«

»Sie meinen … *englisch*?«

»Nein«, widersprach Wolf. »Englisch bedeutet scheußlich gar. Wenn ich sage roh, dann meine ich, Sie sollen das Fleisch einen angstvollen Blick auf den Ofen werfen lassen und es mir sogleich servieren.«

»Wollen Sie Fritten, Röstkartoffeln, Kartoffelbrei, Kohlsalat oder Reis dazu?«

Wolf zog scharf die Luft ein. »Keine Kartoffeln, kein Gemüse, keinen Schimmelkäse, keinen Rahm, nur Fleisch! Fleisch. Und sechs Gläser warme Milch, bitte.«

»Das Lamm nach Wunsch und sechs Gläser warme Milch«, wiederholte Candy leiernd. »Hab' ich.«

Wolf seufzte. *Das klingt herrlich. Ich könnte mir gut vorstellen, die ganze Nacht hier zu sitzen und zu essen, bis ich genug habe.*

In diesem Moment glaubte er, das Bellen eines Hundes zu hören, leise, und jenseits der Wand hinter ihm. Wolf packte den Arm der Kellnerin, ehe sie davongehen konnte.

»Eins hätte ich beinahe vergessen«, sagte Wolf. »Ich suche nach dieser reizenden jungen Dame, die mein Hündchen gefunden hat.«

Zu seiner Überraschung lächelte Candy. *Sie sieht jünger aus, wenn sie lächelt. Frischer …*

»Ach, das ist Ihrer? Virginia ist hinten. Ich sage ihr gleich Bescheid.« Sie eilte davon, als hätte sie eine Mission zu erfüllen.

Rasch erhob er sich und folgte ihr durch die Küche – Rindfleisch brutzelte auf dem Herd, *ah, diese Gerüche, diese köstlichen, würzigen Gerüche!* – bis zu einem Vorratsraum.

Dort entdeckte ihn Candy. »Gäste dürfen hier nicht rein, Sir!«

Der Hundegeruch war hier sehr stark. Und da war noch ein anderer Duft. Ein wunderbar weiblicher Duft. Verführerisch. Wundervoll.

Wolf griff an Candy vorbei nach der Tür und stieß sie auf. Der Raum war verlassen. Aber noch nicht lange. Der Geruch des Hundes war noch sehr ausgeprägt, ebenso wie dieser reizende weibliche Duft. Sie waren beide hier gewesen. *Der Hund hat also einen Helfer.*

Dann sah er das Wort *Gefahr* in dem Mehl auf dem Boden, und er fluchte. *Der verdammte Hund hat eine Möglichkeit gefunden, sich verständlich zu machen.*

Mit dem Fuß verwischte er die Botschaft, ehe Candy sie bemerken konnte.

Candy runzelte nachdenklich die Stirn. »Vielleicht ist sie nach Hause gegangen. Sie hat sich verletzt, als sie heute gestürzt ist.«

Sie. Candy hatte von einer Sie gesprochen. Eine Virginia. Das war gut. Sie mit dem köstlichen Duft.

»Ach, das arme kleine Ding«, sagte Wolf. »Wo wohnt sie denn, die reizende Dame? Ich kann es gar nicht erwarten, ihr zu danken.«

Hinter ihnen fiel die Tür des Vorratsraums ins Schloss. Wolf unterdrückte ein Lächeln. Candy sah nervös aus.

»Ich kann Ihnen nicht einfach so ihre Adresse geben. Ich weiß ja nicht mal, wer Sie sind ...«

Wolf versuchte, sie anzusehen, wie es ein potenzieller Liebhaber tun würde, doch er musste ständig daran denken, wie wohl ihr Fleisch schmecken mochte ... Egal, er musste herausfinden, wo der Hund geblieben war ...

»Oh«, sagte er unendlich sanft, »natürlich kannst du sie mir geben.«

Am Ende des Wohnblocks stieg Virginia aus dem Bus.

Es war erstaunlich, wie leer manche Straßen in New York bei Nacht sein konnten. Vielleicht war es ihr einfach nie aufgefallen, weil sie zumeist mit dem Fahrrad unterwegs war.

Ihr armes, angeschlagenes Rad war am Restaurant zurückgeblieben, aber Prinz war bei ihr. Der Hund war ihr gehorsam in den Bus gefolgt, obwohl er sich umgesehen hatte, als hätte er so etwas noch nie getan, und er folgte ihr noch immer. Es schien, als sähe er jetzt weniger besorgt aus als zuvor.

Jetzt versuche ich schon, die Stimmung eines Hundes zu beurteilen. Sie schüttelte den Kopf. »Ich werde jetzt direkt nach Hause gehen«, erklärte sie dem Hund, »und dann die Polizei anrufen. Oder das Tierheim.«

Prinz schien nicht übermäßig aufgebracht ob dieser letzten Bemerkung. *Vielleicht versteht er meine Sprache doch nicht so gut, wie ich angenommen habe.*

Nachdenklich blickte sie ihn an. »Ich weiß nicht, ob du aus einem Zirkus ausgerissen bist, aber mir geht es offensichtlich nicht gut, und ich muss ins Bett.«

Die Straße lag im Schatten. Kurz vor ihrem Haus schienen zwei Menschen auf dem Bordstein zu schlafen, an die Eisengitter gelehnt. Das war ungewöhnlich. Obdachlose nächtigten normalerweise im Park. Er war nicht weit entfernt, und dort hätten sie es bestimmt bequemer gehabt als auf dem harten Bürgersteig.

Oder auf den Treppen. Sie runzelte die Stirn. Auf dem Aufgang zu ihrem Haus lag ein Mann ausgestreckt auf den Stufen, in der einen Hand eine Papiertüte, das Gesicht abgewandt. Sie konnte zwar keine Alkoholfahne riechen, doch sie hätte darauf gewettet, dass er eine hatte.

»Das war mal eine ziemlich nette Gegend«, murmelte sie mehr zu sich selbst als zu Prinz. Der Hund machte einen großen Bogen um den Mann und folgte Virginia ins Haus.

Der Empfangstresen war nicht besetzt, was erstaunlich war, und das Foyer war unbeleuchtet. *Bin ich denn später als sonst heimgekommen? Eigentlich müsste ich doch früher dran sein, immerhin bin ich nur kurz an meinem Arbeitsplatz gewesen.*

Der alte Fernseher in der Pförtnerloge lief noch, doch niemand saß davor. Möglicherweise hatte ihr Vater in dieser Nacht Dienst am Empfang. Er war dafür bekannt, dass er manchmal einfach verschwand, den Kühlschrank plünderte und Bier in die Empfangshalle schmuggelte.

»Dad?«

Keine Antwort.

Sie versuchte es lauter. »Dad?«

Er war offensichtlich nicht da. Prinz starrte sie erwartungsvoll an. Achselzuckend ging Virginia zum Fahrstuhl. Mehrere Male betätigte sie den Rufknopf. Er leuchtete nur kurz auf und erlosch dann wieder. Mit einem tiefen Seufzer drückte sie ihn so lange, bis die Signallampe anblieb und sie das Klirren und Rasseln der alten Trossen hörte.

Prinz blickte auf und starrte die verschlossenen Aufzugtüren an, als wären sie ihm unheimlich.

»Hör zu«, sagte sie zu dem Hund. »Heute Nacht kannst du bei mir bleiben, aber danach musst du allein zurechtkommen. Hast du verstanden?«

Prinz bellte einmal. Seine prompte Reaktion überraschte sie auch jetzt noch.

Vorsichtig berührte sie die Wunde an ihrer Stirn. »Wie kann ich nur mit einem Hund reden? Ich habe den Verstand verloren.«

Prinz bellte zweimal.

»Doch, das habe ich.« Sie klang verärgert, aber das war ihr egal. »Versuch nur nicht, mich zu beschwichtigen!«

Dieses Mal schwieg der Hund.

Der Fahrstuhl traf ein, und die Türen glitten zischend auf. Sie betrat die Kabine und drückte den Knopf für ihr Stockwerk, nur um sich gleich darauf zu fragen, ob das eine kluge Entscheidung gewesen war. Ihr Vater hatte ausdrücklich gesagt, sie solle die Treppe nehmen, wenn sie zurückkäme, nur für den Fall ...

Na großartig. Nun bleibe ich womöglich mit einem sprechenden Hund im Fahrstuhl stecken. Selbst Prinz schien sich nicht ganz wohl zu fühlen, denn er winselte aus tiefster Kehle. *Offenbar hat es dort, wo er aufgewachsen ist, keine Aufzüge gegeben.*

Glücklicher Hund.

Rumpelnd hielt die Kabine im siebten Stock. Im ersten Moment rührte sich die Tür nicht und stand still – ebenso wie Virginias Herzschlag –, ging dann aber Gott sei Dank doch noch auf.

Im Korridor war es ungewöhnlich finster. Außerdem lagen Menschen am Boden. Einer von ihnen schnarchte. Vorsichtig trat Virginia aus dem Fahrstuhl. Prinz folgte ihr. Er hatte aufgehört zu winseln.

Eine der reglosen Gestalten hielt eine Leine, die zu einem ebenfalls schlafenden Hund führte. Ein Dackel. Prinz ging zu ihm und beschnüffelte seinen Artgenossen. Plötzlich fletschte er knurrend die Zähne.

Nun klopfte Virginias Herz heftiger. »Das ist Mrs. Graves von nebenan«, flüsterte sie. »Und ihr Mann und ihr Sohn Eric. Was ist bloß mit ihnen passiert?«

Fast erwartete sie, dass Prinz eine verständliche Antwort bellen würde. Hinter ihr glitt die Fahrstuhltür zu, ging wieder auf und wieder zu. Virginia sah sich um. Der Aufzug setzte seinen kleinen Türentanz fort, und sie entdeckte die Werkzeugkiste ihres Vaters unter dem nach wie vor offenen Schaltpult. Ihren Vater konnte sie jedoch nirgends entdecken.

»Du wartest hier«, sagte sie zu Prinz. »Ich werde nachsehen, ob es Dad gut geht.«

Es war so still in diesem Haus, wie sie es noch nie erlebt hatte. Keine gedämpften, blechernen Stimmen aus Fernsehlautsprechern, keine Streiterei in dem Apartment am anderen Ende des Korridors, kein bellender Dackel gleich hinter der Tür der Graves.

Licht drang durch das Dachfenster herein, verdunkelt durch einen sonderbaren Schatten. Virginia sah auf. Ein Vogel lag mit gespreizten Schwingen auf dem Glas. Auch er schien zu schlafen.

Erneut betastete sie ihre Stirn. *Vielleicht ist das nur ein besonders intensiver Traum. Vielleicht bin ich es, die mit gespreizten Armen im Park liegt, während sich das Hinterrad meines Fahrrades träge unter dem Schwung dreht, der nach meinem Unfall übrig geblieben ist. Andererseits erscheint mir das alles zu realistisch für einen Traum …*

Sie erreichte die Wohnungstür und hielt inne. Ihr Herz hämmerte wie ein Presslufthammer. Die Tür hing zersplittert in den Angeln, als hätte sie jemand mit einer Axt bearbeitet.

Drinnen fiel das kalte Licht des Fernsehers auf das Gesicht ihres schlafenden Vaters. Es war mit rosarotem Staub bedeckt.

»Dad?«, flüsterte Virginia. »Wach auf …«

Voller Furcht – wer auch immer die Tür zerstört hatte, könnte noch in der Wohnung sein – vermied sie es, lauter zu sprechen. Ratlos starrte sie ihren Vater an, der gurgelnd im Schlaf ein- und ausatmete. Zumindest war er am Leben.

Auf Zehenspitzen durchquerte sie den Wohnraum und den Flur. Die Tür zu ihrem Schlafzimmer stand gerade weit genug offen, sodass sie hineinschauen konnte. Das Licht war an, und im Raum hielten sich drei der hässlichsten Gestalten auf, die sie je gesehen hatte.

Zwei waren so groß wie Basketballstars – einer hatte orangefarbenes Haar, das sogar Dennis Rodman vor Neid hätte erblassen lassen, der andere hatte dunkle Locken. Der Dritte war kleiner, schien aber lebhafter als die beiden anderen zu sein. Und sie alle wühlten in ihrer Habe, als suchten sie nach etwas.

»Schaut!«, kreischte der große Dunkelhaarige gerade. »Hier sind sie!«

Er zog einen Schuh aus ihrem Kleiderschrank hervor und schnüffelte mit geschlossenen Augen verzückt an ihm herum. Erstaunt hob Virginia eine Braue. *Diese Sache wird immer merkwürdiger.*

»Weiches Rindleder«, seufzte der Eindringling. »Schön, schön, schön!«

Virginia blickte zu Boden. Prinz stand reglos neben ihr und starrte in ihr Zimmer. Er schien nicht sonderlich überrascht zu sein angesichts der sonderbaren Gestalten. Und erstaunlicherweise bellte er nicht.

Der große Dunkelhaarige versuchte, seinen gewaltigen plumpen Fuß in ihren Schuh zu bohren. Der Kleinere sah ihm einen Augenblick zu, ehe er sagte: »Nein! Probier den roten.«

Virginia wollte sich gerade lautlos zurückziehen, als drei Köpfe herumruckten und in ihre Richtung blickten.

»Hallo da, Mädchen«, sagte die Kreatur mit dem orangefarbenen Haar.

Virginia erschrak. Orangehaar war der Stimme nach zu urteilen weiblich, und sie presste mit beiden Armen ihre Schuhe an sich.

»Die sind furchtbar schlecht gepflegt«, sagte Orangehaar so vorwurfsvoll, als hätte Virginia einen Massenmord begangen. »Abgestoßen, rissig und vernachlässigt.«

Orangehaar ließ die Arme sinken, und die Schuhe purzelten zu Boden. Die beiden anderen Gestalten stolperten unterdessen wackligen Schrittes auf Virginia zu. Irgendwie war es ihnen gelungen, ihre riesigen Füße in hochhackige Pumps zu zwängen.

»Du hast hübsche Schuhe«, meinte der Größere. »Und so winzig.«

»Wir haben zu Hause Hunderte«, sagte Orangehaar nicht ohne Stolz.

»... und deshalb wissen wir, wovon wir sprechen«, fügte der Kleinere hinzu.

Langsam ahnte Virginia, wie sich Alice gefühlt haben musste, als sie Hals über Kopf ins Wunderland gestolpert war. Sie fragte sich, ob Alice auch dieses unangenehme Gefühl in der Magengrube gehabt hatte, dieses Gefühl, vom Regen in die Traufe geraten zu sein.

Die Kreaturen stolperten weiter auf sie zu. Virginia wich zurück und schaffte es bis ins Wohnzimmer, ehe sie mit dem Rücken zur Wand in der Falle hockte.

Was lehren noch all diese Selbstverteidigungskurse? Haltung ist alles. Ich muss ihnen zeigen, dass ich keine Angst habe.

»Wer seid ihr?«, verlangte Virginia zu erfahren. »Und was habt ihr mit meinem Vater angestellt?«

»Wir haben ihm nur ein bisschen Trollstaub ins Gesicht gestreut«, erklärte der Große.

Prinz war unterdessen unbemerkt hinter das Sofa geschlichen und beobachtete die Szene, überhaupt nicht hundetypisch, ohne Bellen und ohne einen Angriff. *Fast scheint es, als hätte er einen Plan. Das hoffe ich zumindest. Wenn Dad durch Trollstaub betäubt werden konnte, dann kann ich mich auch von einem Hund retten lassen.*

»Trollstaub?«, fragte sie.

Der Große schlug sich mit der Hand an die Brust. »Ich bin Burly, der Troll, gefürchtet in allen Neun Königreichen.«

Dann verneigte er sich, gefolgt von Orangehaar, die sagte: »Ich bin Blabberwort, der Troll, angstvoll geachtet in allen Neun Königreichen.«

»Und ich bin Bluebell, der Troll«, verkündete der Kleine, während er sich ebenfalls verbeugte. »Verängstigt in allen Neun Königreichen.«

Neun Königreiche. Trolle. Hunde, die schreiben können. Magisches Schlafpulver ... Virginia bemühte sich, all das halbwegs zu erfassen, als Burly plötzlich herumwirbelte. Er hielt eine Axt in Händen und schlug damit auf den Fernseher ein. Das Gerät implodierte in einer Rauchwolke und einem wilden Funkenregen.

»*Also, wo ist er?*«, brüllte Burly.

Okay, habe verstanden. Trolle sind ... Psychopathen ... »I-i-ich weiß nicht, wovon ihr sprecht.«

»Von Prinz Wendell«, erklärte Blabberwort. »Wir werden jetzt bis drei zählen, und wenn du dann nicht redest, machen wir Schuhe aus dir.«

Burly packte Virginias Bein und drückte so fest zu, dass sie beinahe aufgeschrien hätte. In der Hand, die zuvor die Axt gehalten hatte, lag nun eine Schere. *Wo bewahrt er nur das ganze Zeug auf? Unter der muffigen Jacke?*

»Eins!«, sagte Burly. »Ich schneide das Leder.«

Blabberwort strich mit einem kleinen, gekrümmten Messer über Virginias Arm. Die Klinge fühlte sich glatt und sehr scharf an. Virginia hielt die Luft an und wünschte sich, der Hund würde irgendetwas tun.

»Zwei!«, sagte Blabberwort. »Ich gerbe das Leder.«

Bluebell packte Virginia, zog sie zu sich und hielt ihr eine gewaltige Nadel vor die Augen. Vielleicht aber schien sie nur deshalb so gewaltig, weil sie direkt vor ihren Pupillen war.

Diese drei meinen es ernst, und sie sind ernsthaft verrückt, und sie pflegen einen ernsthaft verrückten Schuhfetischismus, und sie können jederzeit etwas ... nun, etwas ernsthaft Verrücktes tun.

»Drei!«, sagte Bluebell. »Ich nähe das Le ...«

»Schon gut, schon gut!«, rief Virginia. »Ich werde euch sagen, wo er ist.«

Prinz verkroch sich nun vollständig hinter dem Sofa. *Keine Hilfe von dieser Seite also. Ich muss mir eine Lüge ausdenken. Eine gute Lüge.*

»Er ... er ... er ist hier«, sagte sie. »Gleich draußen vor der Tür.«

»Zeig ihn uns«, befahl Burly. »Bring uns zu ihm.«

Sie hatte kaum eine andere Wahl. Die drei Gestalten packten sie und zerrten sie aus dem Apartment, und die metallenen Nieten und Beschläge ihrer Kluft klirrten bei jeder Bewegung. Das Geräusch reichte nicht aus, ihren Vater zu wecken, und auch Prinz rührte sich noch immer nicht.

Im Hausflur sah es noch genauso aus wie zuvor. Die Menschen schliefen einen komatösen Schlaf, und mindestens zwei von ihnen schnarchten. Virginia versuchte vergeblich, sich zu befreien. Sie musste sich etwas einfallen lassen.

Als das Trio sie über den Flur schleifte, sah sie, dass Prinz zur Wohnungstür herauskam. Er hielt sich im Schatten, sodass man ihn nicht sofort entdecken konnte. *Kluger Hund, bedenkt man die reglose Gestalt des Dackels.*

Bluebell schüttelte sie, und Virginia, der nichts mehr einfallen wollte, deutete auf die geschlossene Fahrstuhltür. »Er versteckt sich dort, hinter dieser Tür.«

Als sie sich dem Aufzug näherten, glitt die Tür auf. Die Trolle schnappten nach Luft.

»Aha!«, rief Burly. »Dieser Raum war gerade noch nicht da. Du bist schlau.«

Die Trolle schoben Virginia in den Fahrstuhl und traten ebenfalls ein. Dann sahen sie sich staunend um, berührten jeden Zentimeter der Kabinenwände und stießen leise Entzückenslaute aus. Virginia hatte den dringenden Verdacht, dass die drei noch nie zuvor einen Fahrstuhl gesehen hatten.

Schließlich sah Blabberwort ihre Geisel misstrauisch an. »Hier ist niemand.«

»Oh, doch, er ist hier«, log Virginia. »Ich ... äh ... ich muss nur die Geheimtür öffnen, hinter der er sich versteckt.«

Sie drückte auf die Taste mit der Aufschrift *TÜR SCHLIESSEN*. Erstaunlicherweise gehorchte die Elektrik ihrem Wunsch. Im gleichen Moment trat sie aus der Kabine, packte die losen Drähte, die außen aus dem Schaltkasten hingen, und riss sie heraus. Ein kleiner Stromschlag jagte durch ihre Hand, doch sie hoffte nur, dass die Trolle nicht herausfinden würden, wie sie die Tür offen halten konnten.

»Nein!«, brüllte Burly. »Das ist ein Trick.«

Die Tür war schon fast geschlossen, als sich fleischige, schmutzige Finger durch den Schlitz schoben.

»Öffne!«, befahl Blabberwort von drinnen.

Die Finger versuchten, die Tür wieder aufzudrücken, und wie es schien, würden sie Erfolg haben. Doch das Letzte, was Virginia wollte, war, dass diese Kreaturen wieder marodierend durchs Haus tobten. Sie riss beherzt den Feuerlöscher von der Wand und schmetterte ihn so hart sie nur konnte auf die Finger.

»Au! Au! Au!«

Die Hand wurde eilig zurückgezogen, und die Tür schloss sich endlich ganz. Sofort riss Virginia die restlichen Kabel aus dem Schaltkasten und drosch sicherheitshalber auch noch ein paar Mal mit dem Feuerlöscher darauf ein.

Dieses Mal blieb die Fahrstuhltür geschlossen, und sie dankte den Göttern des Maschinenbaus für diese kleine Gunst. Von drinnen hörte sie die Trolle an die Tür hämmern.

»Lass uns raus!«, schrie Bluebell. »Lass uns sofort raus!«

Prinz rannte auf sie zu, und zum ersten Mal seit langer Zeit bellte er wieder. Und er wedelte mit dem Schwanz, was sie bisher noch nicht ein einziges Mal erlebt hatte. Es schien beinahe, als wollte er sie beglückwünschen.

»Schon gut, alles in Ordnung«, sagte Virginia, und sie fühlte, wie sich ihre Lippen zu einem halbherzigen Grinsen verzogen. *Das habe ich wirklich gut gemacht, aber ich muss in Bewegung bleiben.* »Lass uns von hier verschwinden.«

Das ließ sich Prinz nicht zweimal sagen, und gemeinsam rannten sie zum Notausgang und die Feuertreppe hinab. Als sie das Haus verließen, verebbte das Geschrei der Trolle allmählich.

Es gefiel Virginia nicht, ihren Vater dort zurückzulassen, aber anscheinend waren die drei Verrückten nicht wirklich auf Zerstörung aus, sondern nur darauf, arme Schuhe zu retten.

Sollten sie allerdings auf die Idee kommen, in Dads Schrank nachzuschauen, könnten sie womöglich richtig sauer werden …

Kapitel 6

Langsam erwachte Tony.

Ein scheußlicher Gestank wie von verrottetem Fleisch drang in seine Nase und er fragte sich, ob die Rippchen, die Virginia ihm dagelassen hatte, wirklich frisch gewesen waren. Er hatte sie wie üblich schnell hinuntergeschlungen und war dann eingeschlafen.

Seine Augen fühlten sich an wie zugeklebt und ein widerlicher Geschmack lag auf seiner Zunge. Außerdem hatte er gesabbert. Er wischte sich das Gesicht ab und fühlte, wie er wieder einzuschlafen drohte, doch etwas kam dem zuvor. Etwas Lautes.

Die Türglocke klingelte.

Und klingelte.

Und klingelte.

»Wer auch immer da ist«, lallte Tony, »soll verschwinden.«

Vor der Tür stand ein Mann. Ein Mann, den er nicht kannte. *Warum kann ich ihn durch die Tür sehen?* Matt rieb er sich die Augen. *Ich muss endlich wach werden.*

»Guten Abend.« Der Mann schenkte ihm ein warmes Lächeln, als er eintrat.

Deshalb hab ich ihn sehen können. Jemand hat die Tür in Stücke geschlagen. Hab ich das geträumt? Das ist genau zu der Zeit geschehen, als ich eingeschlafen bin. Nicht, dass das im Moment was ausmacht. In meinem Apartment steht ein Fremder!

Tony schwankte ein wenig, als er sich erhob, und wünschte, er würde endlich ganz wach werden.

Der Mann begutachtete unterdessen das Apartment und schien irgendetwas zu … wittern. »Die Trolle waren vor mir hier, wie ich sehe.«

Trolle? Tony runzelte die Stirn. *Was hat der Bursche hier zu suchen?*

»Nicht wichtig«, sagte der Mann gerade. »Mein Name ist Wolf, und ich will Ihnen einen Vorschlag unterbreiten. Heute Nacht, und nur heute Nacht, bin ich autorisiert, Ihnen ein einmaliges Angebot zu machen, das allen Ihren persönlichen und finanziellen Problemen ein Ende bereiten wird.«

Ach, du Scheiße, ein Vertreter! Tony verschränkte die Arme vor der Brust. »Noch einen Schritt, und ich rufe die Polizei.«

Wolf grinste.

Der Name passt zu ihm. Und er machte Tony sehr, sehr nervös. »Ich bin ... ich bin hier verantwortlich«, sagte er. »Das ist Privateigentum.«

Wolf schritt durch das Wohnzimmer, prüfte das Sofa und strich mit dem Finger über die Rückenlehne von Tonys Sessel. Dann griff er in seine Tasche und zog ein kleines, offensichtlich kostbares goldenes Etui hervor. Als er es öffnete, quoll ein sanfter Lichtschimmer hervor. Dem Licht haftete ein schwacher, Übelkeit erregender Geruch, ähnlich getrockneter Kuhscheiße, an.

Tony legte den Kopf schief und blies Luft durch den Mund, um den Gestank von seiner Nase fern zu halten.

Im Inneren des Etuis lag eine schwarze Bohne von der Größe seines Daumens.

Wolf sagte: »Angesichts dieser Umstände bin ich – im Austausch gegen Informationen über den Aufenthaltsort Ihrer Tochter – in der Lage, Ihnen diese magische Bohne zu überlassen, die Ihnen, wenn Sie sie gegessen haben, sechs Wünsche erfüllen wird.«

Sechs Wünsche? Was soll der Scheiß? Sind das normalerweise nicht immer drei ...

... wenn Tony Teil eines Märchens gewesen wäre, was definitiv nicht der Fall war. Er war, so stellte er erleichtert fest, nach wie vor in seiner Wohnung.

Wolf schien sein Zögern nicht zu bemerken. Er entdeckte eine gerahmtes Foto von Virginia und nahm es an sich. »Ist sie das?«

Was weiß dieser Bursche von meiner Tochter? Was geht hier verdammt noch mal vor?

»Das kann sie nicht sein«, sagte Wolf jetzt.

»Warum nicht?«

»Sie ist saftig«, sagte Wolf. »Wow, was für ein traumhaft sahniges Mädchen.«

Wie gebannt strich er mit der Hand über das Bild. Tony war nicht sicher, ob ihm gefiel, wie dieser Wolf Virginia ansah – oder zumindest ihr Bild. Erst hatte er es angehimmelt wie ein liebestoller Schnösel, und jetzt schielte er lüstern darauf.

»Köstlich, oder nicht?«, sagte Wolf. »Wo ist sie?«

Als ob ich ihm das auf die Nase binden würde. Nicht nach diesem letzten Blick. »Sie ... sie ist noch nicht von der Arbeit zurück.«

Wolf schüttelte tadelnd seinen Kopf, als hätte er Tony bei einer Lüge ertappt. »O doch, sie ist zurück, ganz sicher. Ich kann sie riechen.«

Er warf ihm die Bohne zu, und Tony fing sie auf. Sie war heiß, und sie sprang in seiner Hand umher.

»Hey«, rief Tony. »Was ist das für ein Ding? Was tut es?«

Wolf kam näher, und seine Augen blitzten grün auf. Smaragdgrün schien die gesamten Augenhöhlen auszufüllen.

»Sechs große Wünsche«, sagte Wolf. »Stellen Sie sich vor, Sie könnten alles haben, wonach es Sie gelüstet.«

Noch immer hüpfte die Bohne in seiner Hand auf und ab. *Alles, wonach es mich gelüstet. Hmmm.*

»Und wenn ich mir Ihre bescheidene Wohnung so ansehe«, fuhr Wolf fort, »dann bin ich mir, mit Verlaub, sicher, dass es einige Dinge gibt, die Sie gern ändern würden.«

Natürlich gab es die. Zuerst würde er einen neuen Sessel kaufen, dieses Mal aus echtem Leder, und dann würde er sich um die Wände kümmern. Die alte Velourstapete vermittelte ihm dauernd das Gefühl, in einer heruntergekommenen Absteige zu leben. Er nickte unmerklich. »Nun, ich ... nein!«

Was ist bloß mit mir los? Ich hab tatsächlich ernsthaft darüber nachgedacht. Ich hab wirklich daran gedacht, diesen ... diesen ... Wolf in die Nähe meiner Tochter zu lassen. »Raus aus meiner Wohnung!«

Tonys Geschrei beeindruckte Wolf offenbar nicht. Seine Augen funkelten nun so grün, dass sie Tony an einen Wald erinnerten. An einen Zauberwald.

»Sechs Herzenswünsche, mein Herr ...«

»Ich ...« Es gab einen Grund zu widersprechen, er konnte sich nur nicht mehr an ihn erinnern.

»Ja?«, fragte Wolf.

Sechs Wünsche. Alles, was ich will. Ich könnte viel mehr als nur einen Sessel haben. Ich könnte tausend Sessel haben. Ich könnte genug Geld haben, mir jeden Tag einen neuen zu kaufen. Nun lächelte er. Es war ein dümmliches Lächeln, und er wusste es, aber der Gedanke, einfach alles besitzen zu können, war etwas, wovon er früher nicht einmal zu träumen gewagt hatte.

»Nur mal angenommen, das ... das Ding funktioniert«, sagte Tony lahm. »Was könnte mich dann daran hindern, mir eine Million Dollar zu wünschen?« Noch immer hüpfte die Bohne hartnäckig in seiner Hand.

Wolf griff nach einem der Rippenstücke auf dem Teller neben Tonys Sessel. Er riss das Fleisch mit seinen Zähnen sauber und lautlos vom Knochen. Sein Blick ruhte unverwandt auf Tony.

»Sie können sich wünschen, was immer Sie wollen.« Wolf warf den Knochen über die Sessellehne.

Tonys Hirn arbeitete nicht so, wie er es gern gehabt hätte. Der lange Schlaf wirkte noch nach. *Oder liegt es an diesen Augen?* »Aber da muss es doch 'nen Haken geben.«

»Keineswegs.« Wolf zog einen Vertrag aus seiner Tasche und sprach nun sehr schnell. »Dies ist ein Standard-Mehrfachwunsch-Vertrag: sechs Wünsche, kein Rücktritt von einem geäußerten Wunsch, kein Wunsch für weitere Wünsche ... Kommen Sie, das ist doch fair, oder nicht? Also, wo ist nun Ihre liebliche Tochter?«

Er warf Tony einen Stift zu, und seine Augen schienen noch grüner zu leuchten.

Tony umklammerte den Stift. *Sechs Wünsche. Sechs wunderbare Wünsche.* Beinahe berührte seine Hand den Stift, als er innehielt. *Was hat dieser Wolf über meine Tochter gesagt?* »Warten Sie 'ne Minute«, sagte Tony. »Was wollen Sie eigentlich von ihr?«

»Oh, nichts Schlimmes«, sagte Wolf. »Ich möchte nur meinen kleinen Hund zurückholen, den sie gefunden hat.«

»Ihren Hund?«

»Es gibt sogar eine Belohnung«, sagte Wolf. »Aber die möchte ich ihr *persönlich* geben.« Er lächelte.

Dieser Wolf hat prima Zähne. Und so hübsche grüne Augen. Die Bohne hüpfte in Tonys Hand. Er starrte erst sie und dann seine rechte Hand an, die nun eine Unterschrift auf den Vertrag kritzelte. Er erinnerte sich nicht, ihr diesen Befehl erteilt zu haben, aber irgendwie schien das nichts auszumachen. *Dieser Mann ist doch ganz nett, und er vermisst seinen Hund ...*

»Wenn sie nicht bei der Arbeit ist«, sagte Tony, »dann wird sie bei meiner Schwiegermutter sein.« Der Gedanke an die erwähnte Schwiegermutter verursachte ein flaues Gefühl in seinem Magen. »Sie versucht dauernd, Virginia gegen mich aufzuhetzen.«

»Mag diese Schwiegermutter Blumen?«, fragte Wolf.

»Sie mag Geld«, entgegnete Tony. »Das ist das Einzige, was sie beeindruckt.«

»Die Adresse, bitte«, sagte Wolf.

Tonys Hand reagierte erneut, ohne dass er einen entsprechenden Beschluss gefasst hätte, und schrieb die Adresse nieder. Aus dem Augenwinkel sah er, wie Wolf Virginias Foto liebkoste und es dann in seiner Tasche verschwinden ließ. Tony wollte protestieren, stellte aber fest, dass er das nicht konnte.

»Es war mir ein Vergnügen«, sagte Wolf.

Die Bohne hüpfte munter auf Tonys Handfläche auf und ab, und er sah sie unschlüssig an. *Sie sieht eigentlich nicht wie eine Bohne aus, eher wie ein übergroßer Käfer. Vielleicht will ich sie lieber doch nicht essen.*

»Wie lange hält die Wirkung an?«, fragte er.

»Keine Sorge«, entgegnete Wolf. »Die ersten drei Stunden sind die schlimmsten.«

»Gut«, sagte Tony. *Das klingt sinnvoll. Und irgendwie auch nicht.* Er runzelte die Stirn. »Was meinen Sie damit?«

Doch Wolf war fort. Tony hatte nicht einmal bemerkt, dass er gegangen war. *Nun, wir haben einen Vertrag geschlossen, und Wolf hat mir etwas versprochen.*

»Alles, was ich will ...«, flüsterte Tony.

Er atmete tief durch und schluckte die Bohne. Er wartete. Nichts. Er fühlte sich nicht einmal wacher. *Wenn ein Mann eine magische Bohne isst, sollte er dann nicht irgendetwas fühlen? Wenigstens ein klitzekleines Prickeln als Zeichen der ungeheuren Zauberkraft?*

Doch nichts dergleichen geschah. Er zuckte die Schultern. »In Ordnung«, sagte er. »Nun denn, zu meinem ersten Wunsch ...«

In diesem Moment krampfte sich sein Magen zusammen, gefolgt von höllischen Schmerzen, die durch seinen Unterleib und seine Rücken hinauf in den Hals jagten. Er konnte kaum mehr sein Essen bei sich behalten.

›Die ersten drei Stunden sind die schlimmsten‹, hat Wolf gesagt. Das also hat er damit gemeint.

Tony schloss die Augen. »Lieber Gott, hilf!«, stöhnte er, als die Schmerzen schlimmer und schlimmer wurden.

Virginia schloss die Tür zum Apartment ihrer Großmutter am Gramercy Park auf.

Sie legte einen Finger an die Lippen, damit Prinz nicht bellte – nicht dass er den Eindruck hinterlassen hatte, je unmotiviert loszukläffen wie jeder andere Hund –, und trat leise ein. Prinz folgte ihr.

»Wer ist da?«

»Ich bin's nur, Großmutter.« Virginia wandte sich um. Großmutter stand am anderen Ende des Korridors. Sie trug ihren Veloursbademantel und hatte das pfirsichfarbene Haar auf eine Art hochgesteckt, die schon seit sechzig Jahren aus der Mode war. Wie immer trug sie viel zu viel Make-up, doch es passte zur Wohnung. Die war feudal und pompös eingerichtet, ganz, wie es sich für die dreißiger Jahre gehört hatte.

»Was machst du um diese Zeit hier?« Großmutter presste die Hand an ihr Herz. »Ich bin vor Schreck beinahe gestorben.« Dann sah sie Prinz. »Und was in Gottes Namen ist das?« Sie zerrte an dem Hund und starrte ihn feindselig an.

Verzweifelt versuchte Prinz sich zu befreien, während Virginia feststellte, dass ihr nicht gefiel, wie Großmutter mit dem Tier umging.

»Ich habe ihn gefunden«, sagte Virginia. »Er ist ein Streuner.«

Prinz bedachte die alte Frau mit einem vernichtenden Blick.

»Ein Streuner?«, fragte Großmutter angewidert. »Dann bring ihn weg und lass ihn einschläfern. Bestimmt hat er Flöhe.«

Prinz hat vermutlich weniger Flöhe als irgendein anderer Hund auf diesem Planeten. Nicht, dass Großmutter das interessieren würde.

Endlich ließ die alte Frau von Prinz ab. Sie schwankte leicht.

Virginia seufzte. *Sie ist mal wieder betrunken.*

»Ich will ihn nicht in der Nähe von Roland haben.«

Roland, Großmutters verhätschelter Pudel, lag auf seinem Satinkissen und betrachtete Prinz misstrauisch aus zusammengekniffenen Hundeaugen. Roland hatte knopfartige Pudelaugen und eine Pudelintelligenz. Prinz hatte menschliche Augen, davon war Virginia mehr und mehr überzeugt. Bis zu diesem Abend hätte sie niemals geglaubt, dass irgendjemand in den Augen eines Tieres Intelligenz entdecken konnte.

»Als ich dich gesehen habe«, setzte ihre Großmutter an, »dachte ich für einen Augenblick, du wärst deine Mutter.«

Immer das gleiche Lied. »Tut mir Leid, dich enttäuscht zu haben«, seufzte Virginia.

»Eines Tages wird sie zurückkommen«, sagte Großmutter. »Sie wird einfach wortlos hier hereinschweben. Denkst du nicht auch, sie könnte in Aspen sein? Sie liebte den Schnee.«

»Ich denke, in diesem Fall wäre sie inzwischen längst wieder da. Vierzehn Jahre sind eine ziemlich lange Zeit für Après-Ski, meinst du nicht?«

»Rede nicht so gewöhnlich, Liebling«, sagte Großmutter. »Möchtest du vielleicht ein Glas Champagner?«

Sie schenkte ihr aus der fast leeren Flasche ein. Virginias Blick wanderte den langen Flur hinab zum Schlafzimmer ihrer Großmutter. Die Satinbettwäsche war ein wenig in Unordnung, und im Fernseher lief eine Dauerwerbesendung.

Hier zu bleiben, wird mich in den Wahnsinn treiben, aber es scheint immer noch besser, als nach Hause zu gehen, zurück zu der zertrümmerten Tür und den psychopathischen Trollen im Fahrstuhl …

»Ist es dir Recht, wenn ich heute Nacht hierbleibe?«, fragte Virginia.

Großmutter lächelte. Es war ein hämisches Lächeln. »Er hat dich rausgeworfen, stimmt's? Ich wusste, das würde eines Tages passieren.« Ihre Stimme wurde lauter, als sie sich ihre Version der Dinge ausmalte. »Deine Stirn ist blutig. Er hat dich geschlagen …«

»Sei nicht albern«, unterbrach Virginia barsch. Sie hasste es, sich mit ihrer Großmutter abgeben zu müssen, wenn diese betrunken war. Was eigentlich ständig der Fall war. »Ich bin vom Fahrrad gefallen.«

Roland näherte sich Prinz und kläffte. Prinz wandte sich ab, als wäre der kleine Köter nur eine lästige Fliege.

»Warum bleibst du nicht einfach für immer bei mir?«, fragte Großmutter. »Ich habe genug Platz. Du könntest jemand sein in dieser Gesellschaft, Virginia. Du siehst genauso gut aus wie deine Mutter.«

»Ich will niemand sein in dieser Gesellschaft«, meinte Virginia.

»Mein Debüt im Ritz Carlton war wie eine Krönung«, schwärmte Großmutter unbeirrt weiter. »Ich war auf dem Cover eines jeden Gesellschaftsmagazins. Und deine Mutter … mit siebzehn war sie so schön, dass es beinahe wehtat, sie nur anzusehen. Sie hätte jeden reichen Junggesellen in New York haben können und bei wem ist sie gelandet?«

Virginia kannte die Leier, als wäre sie zusammen mit den Zehn Geboten in Stein gemeißelt worden. »Bei Dad.«

»Damit ist ja wohl alles gesagt«, erklärte Großmutter. Sie beugte sich vor und schenkte sich aus der Flasche nach. Dann erhob sie ihr Glas, als sie erneut das Wort ergriff.

»Ich habe ihr alles gegeben. Wenn sie doch nur wie du gewesen wäre. Du wirst niemals wütend und brüllst herum, nicht wahr? Du bist so ein gutes Mädchen.«

Ein braves, stilles Mädchen, das viel zu häufig einfach nur eine Faust in der Tasche macht. Virginia biss sich buchstäblich auf die Zunge.

Großmutter schien nichts davon zu merken. Sie steckte eine

Zigarette in ihre Zigarettenspitze, zündete sie an und verzog die rot geschminkten Lippen wie ein Filmstar aus der Zeit der Rezession.

»Und nun muss ich zusehen, wie sich alles wiederholt. Du bist Kellnerin, um Gottes Willen. Wen willst du denn da kennen lernen? Irgendeinen Schnellimbisskoch? Wirf dein Leben nicht so weg, wie sie es getan hat.«

Roland kläffte Prinz an. Virginia beobachtete die beiden aus den Augenwinkeln, während sie sich fragte, wie Prinz reagieren würde. Prinz sah sich rasch um, ehe er Roland einen Schlag ins Gesicht versetzte.

Der kleine Pudel jaulte empört auf und Großmutter nahm ihn rasch auf den Arm. »Ich glaube, ich muss Roland von deinem schlimmen alten Hund fern halten«, sagte sie, ehe sie in ihr Schlafzimmer stolzierte und die Tür hinter sich ins Schloss zog.

Ein Schlag ins Gesicht? Virginia runzelte die Stirn. *Vermutlich hat es nur so ausgesehen.* Seufzend ging sie den Flur hinab zum Gästezimmer. Prinz folgte ihr mit erstaunlich selbstgefälliger Miene. Sie wartete, bis er im Zimmer war, und schloss die Tür.

Bin ich eine Versagerin, wie Großmutter sagt? Ich fühle mich nicht wie eine Versagerin. Aber ich fühle mich auch nicht gerade erfolgreich. Ich bin nur eine Kellnerin, die einen Schlag auf den Kopf erlitten und einen Hund geerbt hat, der eher menschlich als hündisch zu sein scheint. Eine Kellnerin, die bösartige Trolle in Fahrstühle einsperrt …

Sie wusste nicht, wie das alles am nächsten Morgen aussehen würde, aber sie hatte das Gefühl, dass es schlimmer nicht werden konnte.

Kapitel 7

Blabberwort konnte beim besten Willen nicht ausmachen, aus welcher Quelle das Licht stammte, das immer wieder aufflackerte.

Sie hatte noch nie ein so kaltes Licht gesehen. Es zischte und knisterte, aber es verströmte keine Wärme, und es gab keine Flammen, nichts, das es ihr ermöglicht hätte, es zu löschen.

Der ganze Raum war seltsam. Die Tür funktionierte nicht. Die Wände waren mit einem samtigen und glatten Material verkleidet, das aufgeklebt zu sein schien. Sie hatte jeden Zentimeter mit den Fingern ertastet und doch hatte sie nicht herausgefunden, wie sie diesen Raum verlassen konnten.

Hier gibt es eine starke Magie, so viel ist klar, eine, vor der wir uns hätten schützen müssen, bevor wir einfach so in dieses Gebäude gestolpert sind.

Ihre Brüder rieben sich die Füße. Sie hatten sich die Schuhe ausgezogen und dann und wann nahmen sie sie zur Hand und pressten sie fest an sich, als wären es Glücksbringer.

»Wenn ich es recht bedenke«, sagte Blabberwort, »dann ist das wohl der schlimmste Bann, unter dem wir je gestanden haben.«

»Wir haben schon 'ne Menge Mist erlebt«, bestätigte Burly nickend, »aber so was ...«

Bluebell hatte die Arme vor der Brust verschränkt und starrte seine Geschwister finster an, als wären sie dafür verantwortlich, dass sie nun alle in der Falle saßen.

»Sie ist eine mächtige kleine Hexe«, knurrte Burly.

»Ich hätte sie gekriegt, wenn sie mich nicht vorher erwischt hätte«, murrte Blabberwort.

»Genau«, stimmte Burly zu.

Sie sahen einander an, ehe sie erneut die Wände ihrer Zelle

betasteten. Dieser Ort war schlimmer als das Schneewittchen-Gedächtnis-Gefängnis. Dort hatte es wenigstens ein bisschen natürliches Licht gegeben.

Und ein bisschen Essen.

Und ein Bett …

»Ich halte es hier nicht mehr aus!«, brüllte Burly. »Ich muss diesen Bann brechen.«

Er zog seine Axt hervor, und Blabberwort sprang schnell zur Seite, als er ausholte. Dann hieb er auf die Tür ein – einmal, zweimal, dreimal – und begutachtete sein Werk. Nichts schien sich verändert zu haben, was ihn noch wütender machte. Wie ein Berserker schlug er wieder und wieder zu und arbeitete sich von der Tür über die Wände bis zum Boden vor.

Plötzlich stolperte er und wäre beinahe schreiend im Boden verschwunden, hätten Blabberwort und Bluebell ihn nicht im letzten Moment gepackt und wieder in die Kabine zurückgezogen.

Im Boden war ein Loch. Blabberwort starrte hinein und entdeckte einen ölverschmierten seilartigen Strang, an dem dieser Kerker zu hängen schien. Schlimmer noch, das Seil führte hinab in einen undurchdringlichen finsteren Abgrund.

»Aha«, sagte Blabberwort, die Augen unverwandt auf den schwarzen Schlund unter ihnen gerichtet. »Sie ist noch viel mächtiger, als wir dachten.«

»Ich fress ’nen Kobold«, staunte Burly. »Das hört ja gar nicht mehr auf. Das Seil führt runter zu den tiefen dunklen Orten ohne Wiederkehr.«

»Ich hasse solche Orte«, erklärte Bluebell.

Tun wir das nicht alle?, dachte Blabberwort.

Im Badezimmer roch es nach frisch Erbrochenem und anderen Körperausscheidungen.

Tony stöhnte und hielt sich den Bauch. So mies hatte er sich noch nie gefühlt, nicht einmal als er die ach-so-leckeren und eine Woche alten Frikadellen seiner verdammten Schwiegermutter gegessen hatte. Er hatte keine Ahnung, was in ihn gefahren war, warum er diese Bohne oder was-auch-immer-das-war geschluckt hatte, die ihm irgendein Fremder gegeben hatte. *Was hab ich mir nur dabei gedacht?*

Er hegte den schlimmen Verdacht, dass er überhaupt nicht nachgedacht hatte.

Mühsam stemmte er sich vom Boden des Badezimmers hoch, drehte den Hahn auf und spritzte sich Wasser in das erhitzte Gesicht. Dann musste er wieder heftig aufstoßen und er hoffte, sich nicht noch einmal mit leerem Magen übergeben zu müssen – schließlich hatte er längst alles, einschließlich sämtlicher inneren Organe, von sich gegeben. In dem Moment klingelte es an der Tür.

Perfekt. Das passt mir jetzt gut! Wenn das nicht der beste Tag meines Lebens ist.

Er stützte sich an der Wand ab, als er aus dem Bad taumelte. Durch die Überreste der Tür erblickte er Mr. Murray, der ziemlich wütend aussah.

Tony überlegte, ob er die Tür öffnen sollte. Hätte sie noch ein Guckloch, statt in Fetzen zu hängen, dann hätte er vielleicht eine Wahl gehabt.

Murray ging wie erwartet sofort auf ihn los. »Sie haben sich natürlich nicht, wie versprochen, um die Rohre gekümmert. Damit habe ich, ehrlich gesagt, schon gerechnet. Aber das hier ...« Er deutete auf den Gang, »... was zur Hölle ist das?«

Tony lehnte sich noch weiter hinaus. Was für ein Chaos. Nicht nur, dass seine Tür zerstört war, der ganze Korridor war von rosafarbenem Staub bedeckt. Außerdem hatte jemand sämtliche Drähte aus dem Schaltkasten des Fahrstuhls herausgerissen und über den Boden verteilt.

Er fühlte, wie er unwillkürlich errötete. »Tut mir Leid, Mr. Murray, Sir, aber ich kann das alles erklären.« Natürlich konnte er das nicht, also versuchte er, Zeit zu schinden. »Doch dazu komme ich gleich ...«

»Nein!«, unterbrach ihn Murray. »Nicht gleich und auch nicht später. Ich will, dass Sie und Ihre Tochter heute noch ausziehen. Sie sind gefeuert.«

O nein! Ich kann's mir nicht leisten, schon wieder einen Job zu verlieren. Ich werde in meinem Alter nirgends mehr Arbeit fin-

den, vor allem keine Arbeit, zu der ein mietfreies Apartment gehört.

Nie zuvor hatte er versucht, jemandem in den Arsch zu kriechen, doch dies war eine besondere Situation. »Nein, ich bitte Sie, Mr. Murray ...«

»Was wollen Sie noch, Sie Scheißtyp?«, fragte Murray kalt.

Tony erstarrte. Seine Tür war zerstört und er mit rosa Staub angegriffen worden, er hatte einen Mann getroffen, der sich Wolf nannte, und eine Bohne gegessen, die nach Fledermausscheiße geschmeckt hatte. Dann hatte er sich die halbe Nacht hindurch die Seele aus dem Leib gekotzt – von anderen Kleinigkeiten ganz zu schweigen – und nun wurde er auch noch ohne eigenes Verschulden gefeuert.

Und Mr. Murray würde es sich auch nicht mehr anders überlegen, ganz gleich, wie tief ihm Tony in den Hintern kroch. Mr. Murray war ein Idiot, und er hatte es verdient, das auch zu wissen.

Tony beugte sich vor, als wollte er seinem Gegenüber das Geheimnis des Universums offenbaren. »Ich wünschte, Sie und Ihre verdammte Familie würden mir den Arsch küssen«, rief er, »und für immer meine Sklaven sein.«

Mr. Murray kniff die Augen zusammen. »Was haben Sie gesagt... Herr?« Das letzte Wort kam kaum hörbar über seine Lippen. Seine Augen wurden glasig und seine Haltung veränderte sich.

Dann kniete sich Murray auf den Boden, packte Tony bei den Hüften und küßte ... das Hinterteil seines Hausmeisters. Tony schrie auf, stieß Murray angewidert von sich und hielt dann erstaunt inne.

Ich wünschte, Sie und Ihre Familie ...

Tony verstand und lachte schallend.

»Was gibt es, Herr?«

»Mach den Hausflur sauber«, rief Tony fröhlich. »Und sorge dafür, dass jemand meine Tür repariert!«

»Ja, Herr.«

Murray eilte davon, und Tony schlenderte zurück in sein Apartment. Plötzlich fühlte er sich besser. Er hatte soeben einen erfolgreichen Wunsch geäußert – und er hatte noch fünf weitere.

Er betrat sein Schlafzimmer, schlüpfte in Bademantel und Hausschuhe und holte sich eine Zigarre aus seinem geheimen Versteck, einem, das selbst Virginia nie finden würde. Als er das Wohnzimmer betrat, erwartete Murray ihn bereits auf- und abhüpfend wie ein Kind, das dringend zur Toilette muss.

»Ich habe jemanden geholt, der den Korridor reinigt, Herr. Und meine Mutter wird Ihre Tür reparieren. Was kann ich sonst noch für Sie tun?«

Tony grinste. Murray hatte ihn jahrelang wie eine Kröte behandelt. Nun konnte er es ihm einmal so richtig heimzahlen.

»Ich will, dass du meine Schuhe putzt«, sagte er.

»Ja, Herr«, entgegnete Murray.

»Mit deiner Zunge.«

»*Ja*, Herr.«

Murray erschien ihm ein wenig übereifrig. Das trübte die Freude ein bisschen. Aber nur ein bisschen. »Sie stehen in meinem Schrank. Bring sie ins Wohnzimmer, damit deine ganze Familie zusehen kann.«

»Ja, Herr.«

Murray eilte ins Schlafzimmer, während Tony in die Küche schlenderte. *Ich habe meinen eigenen Kammerdiener, was kann sich ein Mann mehr wünschen?*

Er öffnete den Kühlschrank. Es war nur noch ein Bier da. *Das ist nicht genug für einen Mann, der gerade erst König seiner eigenen Burg geworden ist.* Er schloss die Tür.

»Okay, Wunscherfüller«, sagte er, »gib mir einen nie endenden Biervorrat.«

Er kicherte. *Daran hätte bestimmt niemand außer mir gedacht.* Wieder öffnete er die Kühlschranktür und sah, dass eine zweite Flasche neben der ersten stand. Wütend schlug er die Tür zu.

»Zwei?«, fluchte er. »Stellt man sich da, wo ihr herkommt, so eine wilde Nacht vor?«

Erneut riss er die Tür auf, und nun standen vier Flaschen im Kühlschrank. *Das ist schon besser.* Er schloss und öffnete die Tür wie ein Kind, das dergleichen gerade erst gelernt hatte. Dieses Mal waren es acht Flaschen.

Tony erkannte, dass jedesmal, wenn er im Kühlschrank nachsah, sich die Anzahl der Bierflaschen verdoppelt hatte. Er war begeistert und wiederholte das Prozedere noch einige Male, dann zählte er.

Zweiunddreißig Flaschen Bier. So gefällt mir das. Allerdings vermehrten sich die Flaschen schneller, als irgendjemand sie austrinken konnte.

»Na schön!«, sagte Tony. Er nahm sich eine Handvoll Bierflaschen und trug seinen Vorrat ins Wohnzimmer.

In diesem Moment stürzte Murray auf ihn zu und umklammerte mit beiden Händen seinen Stiefel. »Ich fürchte, sie sind nicht sauber genug, Herr. Soll ich sie noch einmal ablecken?«

O ja, das gefällt mir sehr. Tony lächelte. »Zeig mir deine Zunge.«

Murrays Zunge war schwarz, aber noch nicht schwarz genug. »Na ja, vielleicht noch fünf Minuten. Wie kommt deine Mutter mit der Tür voran?«

»Sie ist beinahe fertig, Herr«, rief Mrs. Murray vom Eingang her.

Tony warf einen Blick in den Flur. Die Mittsiebzigerin ächzte, als sie versuchte, die Tür zurück in den Rahmen zu stemmen. Vermutlich war es geboten, ihr zu helfen, aber dann erinnerte er sich an all die Male, bei denen sie ihm Schimpfworte nachgerufen hatte, wann immer sie ihm im Fahrstuhl begegnet war.

Nein. Die Alte kann die Tür gut allein in Ordnung bringen.

Etwas strich über sein Hinterteil. Tony fuhr herum und sah, wie Murray erneut nach seiner Kehrseite griff. Das war der einzige Nachteil seines Wunsches.

»Hey, danke!«, rief Tony, »einmal hat völlig gereicht.«

Murray nickte und zog sich zurück.

Tony schob seinen Hintern aus Murrays Reichweite, nur für den Fall ... Dann sank er in seinen Sessel, schlug die Beine übereinander und paffte an seiner Zigarre. Er fühlte sich besser und besser. Und es blieben ihm immer noch vier Wünsche. »Ich wünsche mir ... puh ... ja, was wünsch ich mir nur?«

Er betrachtete den rosa Staub auf dem Boden. Langsam begann er, die Farbe Rosa zu hassen.

»Ich wünsche mir, dass jemand diese Wohnung sauber macht, ohne dass ich nur einen Finger krumm machen muss.«

Die Schranktür sprang auf, und der Staubsauger, der seit drei Jahren nicht mehr funktionierte, kam mit einem derart machtvollen Röhren herausgerollt, wie er es nicht einmal in seinen Jugendtagen hervorgebracht hatte. Und dann begann das Ding den Boden zu saugen, als gierte es förmlich danach. Lachend klatschte Tony in die Hände.

Das Leben ist perfekt, und ich hab immer noch drei Wünsche frei.

Das Apartmentgebäude war hoch und schön und alt und aus Ziegelsteinen erbaut, wie Wolf sie nie zuvor gesehen hatte.

Gierig verschlang er den Rest seines BLT* – L und T hatte er weggeworfen, aber B war einfach köstlich. Mehr als köstlich. Es war lebensspendend. Es war herrlich. Es war der Vollkommenheit so nahe, wie ein Mensch – ein Wolf –, ein Mensch ihr in seinem Leben nur kommen konnte. Er leckte sich die Finger ab und kontrollierte die Adresse.

»Tja, huff-puff«, murmelte er. »Hier muss es wohl sein.«

Wie ein Welpe sprang er die Stufen hinauf und ging zu der Tür mit der Nummer, die Tony ihm genannt hatte. Kurz hielt er inne, strich sich das dunkle Haar zurück und setzte sein charmantestes Lächeln auf. Die gestohlenen Blumen lagen in seiner linken Armbeuge, die gestohlenen Pralinen hielt er in der linken Hand, sodass die Schachtel nicht zu übersehen war. Dann klopfte er.

Die Tür öffnete sich einen winzigen Spalt weit. Sie wurde von einer Kette gehalten. Eine Frau sah heraus. Sie sah viel älter aus, als er erwartet hatte, und sie roch nach Schweiß und Parfüm. Ganz offensichtlich nicht die Frau, die er suchte.

Dies muss die Eigentümerin der Wohnung sein. Die bereits erwähnte Großmutter.

Er lächelte sein gewinnendstes Lächeln. »Hier muss ein Fehler vorliegen«, sagte er. »Ich muss mich entschuldigen. Ich war auf der Suche nach Virginias Großmutter.«

Die Frau legte die Stirn in Falten. »Das bin ich.«

Wie wunderbar. Sie tut vornehm. Ihre Eitelkeit soll mir zum Vorteil gereichen.

Sein Lächeln wurde breiter. »Das kann nicht sein. Virginias Schwester, vielleicht, oder ihre Mutter, aber ihre Großmutter? Sie sind blendend schön.«

Die Alte berührte ihre welke Haut. Ihr Gesicht sah aus, als hätte sie mit Make-up geschlafen. »Oh, und dabei habe ich mich ja noch gar nicht zurechtgemacht.«

Offensichtlich. »Darf ich hereinkommen?«, fragte er lächelnd, wobei er einen Schritt voran tat, doch sie schob die Tür wieder ein Stück zu, gerade genug, ihn wissen zu lassen, dass er nicht willkommen war.

»Wer sind Sie?«

»Virginias Verehrer«, sagte Wolf. »Ihr Verlobter, um genau zu sein.«

Er zog das Foto hervor, das er ihrem Vater gestohlen hatte, und küsste es. Dann musste er es noch einmal küssen. Und gleich noch einmal, vielleicht brachte es Glück.

»Verlobter?«, wiederholte Großmutter langsam. Offenbar war sie überrascht. »Aber sie hat nichts über einen Verlobten erzählt.«

»Das klingt ganz nach ihr«, sagte Wolf sanft. »Wie bescheiden sie ist. Die meisten Mädchen würden damit angeben, mit dem Erben eines enormen Vermögens auszugehen, nicht so Virginia. Bitte folgen Sie ihrem Beispiel und beurteilen Sie mich nach meiner Persönlichkeit, nicht nach meiner gesellschaftlichen Bedeutung.«

Das war's. Wie in Trance löste Großmutter die Kette und zog die Tür weit auf. »Bitte, kommen Sie herein. Ich werde mich rasch anziehen.«

Er trat ein und legte Blumen und Pralinen auf einen Tisch ganz in der Nähe der Tür. »Sie müssen sich wegen mir nicht umziehen. Sie sehen, so wie Sie sind, einfach fantastisch aus.«

* BLT – Bacon, lettuce and tomato sandwich – Schinken-Salat-Tomaten-Sandwich, A. d. Ü.

Sie lächelte ihn an.

Wolf grinste. *Anders als bei Virginia gibt es an ihr wahrlich nicht viel zu sehen. Aber sie würde bestimmt eine köstliche Mahlzeit abgeben. Ihr Fleisch mag ein wenig zäh sein, aber sie steht gut im Futter und würde bestimmt delikat munden und …*

Ich bin so schlecht …

Sie fummelte an ihrem Haar herum. »Sehe ich wirklich ordentlich aus?«

Er nickte. »Keine Frage. Jetzt weiß ich, woher Virginia ihr gutes Aussehen hat.«

Großmutter lächelte, aber dieses Mal war es ein schiefes Lächeln. *Offensichtlich hält sie sich für schöner als Virginia. Schlimme Großmutter. Schlimm, schlimm.*

»Zu meiner Zeit«, sagte Großmutter, »war ich eine der schönsten Frauen in New York.« Mit der Hand deutete sie auf eine Wand, die mit seltsamen Bildern behängt war, die beinahe aussahen wie im richtigen Leben. Wolf folgte ihr.

»Sie sind noch immer eine der schönsten«, schmeichelte er.

Sie lächelte.

Diesem Lächeln konnte er nicht widerstehen. Er konnte sich nicht länger zurückhalten, also schlang er seine Arme um sie und schnüffelte an ihr. *Ja, köstlich.* Sie wehrte sich ein bisschen, schrie aber nicht. Seine Annäherung schien ihr zu gefallen.

Er mochte Großmutter weniger und weniger, aber mehr und mehr wollte er sie essen. Blitzschnell packte er die Kordel ihres Bademantels und fesselte damit ihre Hände. Er entdeckte auf einem Tisch eine Stola, mit der er sie knebelte. Schließlich benutzte er den Rest der Kordel, um ihre Füße zusammenzubinden.

Dann trug er sie in die Küche. Nun zappelte sie ein wenig in seinen Armen und versuchte zu schreien. Zum Essen jedoch zog er die Ruhe vor.

Er suchte, bis er in der Ofenschublade eine riesige Grillpfanne entdeckte, die er auf den Tisch stellte. Dann setzte er das Großmutter-Bündel hinein, was dazu führte, dass die alte Frau hinter dem Knebel noch lauter quiekte. Er band sich die Kochschürze um, die an der Wand gehangen hatte, und setzte die dazu passende Kochmütze auf. *Die beste Mahlzeit des Tages verdient auch die beste Vorbereitung.*

Als er sich umsah, entdeckte er ein Stück feste Schnur, mit dem er sein Opfer noch ein bisschen besser fesseln konnte. Außerdem fand er Salz und Pfeffer und gab beides reichlich über Großmutters widernatürlich gefärbtes Haar.

Dann hielt er inne und betrachtete sie eingehend. *Sie hat tatsächlich Angst. Tut ein menschliches Wesen einem anderen so etwas an? Nein, natürlich nicht.*

»Ich bin so schlecht«, klagte Wolf. »Ich kann nicht glauben, dass ich das wirklich tue. O jemine! Trotzdem denke ich, Sie werden auf einem Nest aus Kartoffeln viel besser aussehen.«

Sie muss hier irgendwo Kartoffeln haben. Schließlich besitzt sie sogar eine große Grillpfanne. Sein Blick fiel auf ein Gewürzregal, und er versetzte Großmutter einen Schlag an den Kopf.

»Nennen Sie das eine Küche?«, fragte er empört. »Wo ist der frische Knoblauch? Wo ist Rosmarin? Womit soll ich denn hier arbeiten – mit uralten Trockenkräutern?«

Die Hände auf die Hüften gestützt, starrte Wolf seinen zukünftigen Braten giftig an. »Was für ein Unbill! Außerdem werden Sie nicht in den Ofen passen, nicht wahr? Jedenfalls nicht in einem Stück.«

Quiekend schüttelte Großmutter heftig den Kopf.

Warum werden an diesem Ort keine Öfen gebaut, die groß genug sind, eine alte Frau hineinzuschieben? Eingehend betrachtete er die Herdtür.

Dann griff er nach dem Knoblauchgranulat – *Pfui Teufel, wer hat sich nur so etwas ausgedacht?* – und streute auch davon reichlich über ihren Kopf. Die alte Dame wimmerte. Er hielt inne und sah sie an. Sie weinte ein bisschen.

»Was tue ich nur?«, sagte Wolf. »Ich sollte Sie befreien, Sie arme alte Dame. Die Angst bringt Sie noch um den Verstand. Ich sollte Sie befreien ...«

Nachdenklich legte er einen Finger an die Lippen. »... aber zuerst werde ich das Backblech fetten ...«

»Großmutter?« Eine weibliche Stimme hallte durch das Apartment. »Bist du schon wach?«

»O nein«, stöhnte Wolf. »Die Gäste sind aufgestanden, und das Frühstück ist noch nicht fertig!«

Er betrachtete die verschiedenen Messer in der Schublade, bis er sich schließlich für ein altes Hackmesser entschied, mit dem er wütend vor Großmutters Gesicht herumwedelte. »Schärfen Sie eigentlich jemals Ihre Arbeitsgeräte?«

Sie wimmerte und wand sich, als befürchtete sie, dass er ihr gleich den Kopf abschlagen würde.

Mit dem Handballen schlug er sich an die Stirn. »Welch entsetzliche Worte. Wie kann ich nur so etwas sagen?«

Aus dem Gästezimmer kam ein Rascheln. *Das muss die schöne Virginia sein.* Wolf eilte aus der Küche und huschte durch eine offene Tür in den Raum, den er für Großmutters Schlafzimmer hielt. *Tarnung. Tarnung ist immer gut.*

Er schlich zum Bett, stülpte sich kurzerhand ihr Haarnetz über, zog ihren Bademantel an und schlüpfte unter die Decke.

»Großmutter?«, rief Virginia.

»Hier, Liebling«, rief Wolf, wobei er versuchte, seiner Stimme einen schwächlichen, ältlichen Klang zu verleihen.

Durch die dünne Decke erkannte er eine Bewegung im Flur. *Virginias Stimme ist so lieblich. So lieblich wie ihr Foto.*

»Möchtest du Kaffee? Toast?« Sie kam näher. Jetzt war sie im Zimmer, und er konnte das leise Quietschen ihrer Schuhe auf dem Hartholzboden hören.

»Mmmm«, gab Wolf in der höchsten Tonlage von sich, die er seinen Stimmbändern abringen konnte.

»Bist du erkältet, Großmutter?«, fragte Virginia.

Sie war jetzt direkt neben dem Bett. Er konnte sie riechen. *Ach, dieser wundervolle Duft. Aus der Nähe ist er so viel betörender.* Dann flog die Decke zur Seite.

»Überraschung!«, krähte Wolf.

Das Mädchen schrie. Er zückte das Hackmesser und – erstarrte, wie gebannt von dem Anblick, der sich ihm bot. Sie war kleiner, als er gedacht hatte. *Köstlich.* Und ihre Schönheit war überwältigend.

»Junge, Junge«, sagte Wolf, den Blick starr auf Virginia gerichtet. »Sie sind fantastisch. Ihr Bild wird Ihnen nicht gerecht. Wow!«

Nun erst bemerkte er das riesige Hackmesser in seiner Hand. Er hatte ganz vergessen, dass er es noch immer festhielt. Tatsächlich wusste er nicht einmal, warum. *Was habe ich bloß vorgehabt?*

»O jemine!«, stöhnte Wolf und versuchte verzweifelt, es zu verstecken. »Wie kommt das denn nur hierher?«

Langsam wich Virginia zurück in Richtung Tür.

Er sprang aus dem Bett und versuchte, sie aufzuhalten. »Übrigens«, fragte er, »wo ist eigentlich der Hund? Schläft vermutlich, wenn ich das Temperament unseres Herrscherhauses richtig einschätze.«

Virginia machte einen Satz auf die Tür zu, aber er war schneller. Mit einem Schritt hatte er den Raum durchquert und sie in die Enge getrieben. *Manchmal sind diese kleinen animalischen Talente doch ganz nützlich.*

»Sie riechen großartig«, sagte Wolf. »Ich habe schon vorher winzige Spuren Ihres Dufts gewittert, aber nun, in Fleisch und Blut ... Parfüm mag ich übrigens nicht. Nein, ich reagiere auf die wunderbare Verwegenheit einer Frau, die nur ihr eigenes Aroma präsentiert. Und Sie ... o Virginia, Sie riechen wie ein Feiertagsmahl.«

»B-bleiben Sie mir v-v-om Leib«, presste Virginia hervor.

»Wunderschöne Augen, wunderschöne Zähne, alles an der richtigen Stelle ... kein Zweifel, ich bin verliebt.«

Und er war es noch, als Virginia eine Vase vom nächsten Tischchen nahm und das gute Stück an seinem Schädel zertrümmerte. Er fühlte den Schlag, Scherben prasselten zu Boden, aber das alles störte ihn kaum.

Tatsächlich scheint sie mir mit dieser Aktion etwas Verstand eingebläut zu haben. Natürlich werde ich etwas Zeit brauchen, um dies zu verifizieren, aber es fühlte sich ganz so an.

Virginia riss die Tür auf, während er noch immer leicht benommen dastand, und rannte den Flur hinab. Er legte rasch Omas Sachen ab – *es liegt auf der Hand, dass ein Mann nicht um eine Frau werben kann, solange er die Kleider ihrer Großmutter trägt* – und folgte ihr. Irgendwie verstand er nicht so ganz, warum die Frauen dieser Familie so viel Angst vor ihm hatten.

»Seien Sie ganz beruhigt«, sagte Wolf, »nun, da ich Sie gesehen habe, werde ich Sie selbstverständlich nicht essen. Nicht einmal, wenn Sie auf der Speisekarte stünden.«

Demonstrativ legte er das Hackmesser auf einem Beistelltisch ab, um seine guten Absichten zu untermauern.

Virginia stand mit dem Rücken zur Wand neben einem offenen Fenster.

Der zerschlissene blaue Bademantel passt überhaupt nicht zu ihr. Ich werde in Zukunft dafür sorgen, dass sie anständig gekleidet ist. Bald, wenn wir einander näher stehen werden … »Ich weiß, das ist jetzt ein bisschen überraschend«, sagte Wolf, »aber wie wäre es mit einem Rendezvous?«

Sie griff nach einem Gehstock, der an der Wand lehnte, und schlug damit wie mit einem Schwert um sich, als wüsste sie tatsächlich, was sie tat. Er streckte die Hände aus und näherte sich ihr.

»In Ordnung«, sagte er, »wir hatten einen schlechten Auftakt.« Er wollte nach ihr greifen, doch Virginia versetzte ihm einen gezielte Schlag an den Kopf.

Verdammt, das hat weh getan! Die Stirn in tiefe Falten gelegt, versuchte er sich zu erinnern, was er gerade hatte sagen wollen. Oh, ja, das war es: »Es ist allein meine Schuld.« *Das sollte sie besänftigen.*

Er trat einen weiteren Schritt näher, und dieses Mal rammte sie ihm den Stock ins Gemächte. *Das war nicht nötig. Ganz und gar nicht nötig.* Er schrie und krümmte sich vor Schmerzen.

»Nun kommen Sie, geben Sie uns wenigstens eine kleine Chance«, bettelte Wolf keuchend. »Sie sind eine ganz besonders dynamische junge Dame, keine Frage.« Sie umkreisten einander wie zwei Ringer, offensichtlich versuchte sie mit diesem Manöver, in die Nähe der Tür zu gelangen.

Plötzlich nahm sie den Stock in beide Hände, schwang ihn wie eine Keule und traf ihn direkt unterm Kinn. Er taumelte rückwärts. Im letzten Augenblick erkannte er, dass sie das Fenster weit aufgerissen hatte. Er versuchte, den Rahmen zu packen, um nicht hinauszufallen.

Aber das wollte nicht klappen. Während er ins Bodenlose fiel, sah er, wie Virginia sich aus dem Fenster beugte, ihm nachschaute, das Gesicht verzog und dann das Fenster schloss. Dann, als er sich im Fall instinktiv drehte und den Müllhaufen unter sich entdeckte, hörte er aus dem Apartment ihren Aufschrei.

»O mein Gott! Großmutter!«

Er grinste, als er aufschlug und sich den Kopf an etwas Hartem stieß, und er grinste noch, als er das Bewusstsein verlor.

Kapitel 8

Verdrossen hockte Blabberwort in ihrer Ecke des magischen Raums, die Knie an die stattliche Brust gezogen.

Trotz des Lochs im Boden, jenes Lochs, unter dem sich die Ewigkeit zu befinden schien – vielleicht auch wegen dieses Lochs –, war es in diesem komischen Kerker extrem heiß geworden. Und es roch hier auf eine Art nach ihren Brüdern, wie sie es in der Gefängniszelle nie erlebt hatte.

Sie sind schuld, dass wir nun alle in der Falle sitzen. Wäre ich nur nicht mit ihnen gegangen. Hätte ich bloß nicht zugelassen, dass sie mich an diesen schrecklichen Ort führen, wäre jetzt alles in Ordnung. Ich wäre irgendwo anders, wo ich wüsste, ob es Tag oder Nacht ist, Nacht oder Tag oder sogar Tag ... Meine idiotischen Brüder starren mich an, als wäre ich diejenige, die verrückt ist. Ich kann das nicht länger aushalten. Irgendetwas muss ich tun ...

Sie sprang auf und starrte die magisch leuchtenden Knöpfe an der Wand an.

»Was tust du?«, fragte Burly.

»Ich will noch einmal all diese Knöpfe drücken«, sagte Blabberwort.

»Das hast du doch schon tausendmal gemacht«, erwiderte Burly verärgert. »Wie oft willst du das noch tun, bis du endlich kapierst, dass sie zu nichts gut sind, Zwergenhirn?«

Über ihr zischte und brodelte das sonderbare Licht. Sie wusste, dass Burly Recht hatte, aber sie hasste es, das zuzugeben, also sank sie wieder wortlos zu Boden.

»Wie lange mag dieser Bann halten?«, fragte Burly.

»So lange kann es nicht dauern«, erwiderte Blabberwort.

»Hundert Jahre?«, hakte Burly nach.

»Höchstens«, sagte Blabberwort. »Vielleicht auch nur fünfzig.«

Sie versuchte, ihre Lage herunterzuspielen, aber es half nicht. Stattdessen schien es ihre Brüder nur noch mehr zu bekümmern.

Es bekümmerte auch sie. *Fünfzig Jahre. Das ist länger als die Strafe, die wir im Schneewittchen-Gedächtnis-Gefängnis hätten absitzen sollen.*

»Machen wir einfach das Beste aus unserer Gefangenschaft«, sagte Burly, »und einigen uns darauf, nicht zu streiten.«

»Genau«, stimmte Blabberwort zu. »Wir schaffen die hundert Jahre und vielleicht haben wir Glück und müssen nur zwei Drittel der Strafe absitzen, ehe wir gehen dürfen.«

Bluebell war die ganze Zeit über schweigsam geblieben, doch nach dieser letzten Bemerkung wandte er sich zu Burly um und brüllte: »Nein! Ich ertrage keine hundert Jahre zusammen mit *deinen Socken!*«

Er stürzte sich auf seinen Bruder und sie fingen an zu kämpfen, rollten herum, schlugen, bissen, schrien und schimpften – und wären beinahe in das Loch gefallen.

»Hört auf!«, brüllte Blabberwort. »Das ist genau das, was sie will. Sie will, dass wir in Raserei geraten. Wir werden einen Weg finden, diesem Bann zu entkommen, vertraut mir.«

Sie packte die beiden und riss sie auseinander. *Meine Güte, sie starren mich an, wie hilflose Babys ...*

»Ich vertraue dir«, sagte Burly.

»Ich vertraue dir viel mehr«, sagte Bluebell.

Sie seufzte und stieß ihre Brüder von sich. *Ist ja schön und gut, dass sie mir vertrauen. Aber was hilft das, wenn ich ihnen nicht traue?*

Murrays Gattin war einfach prachtvoll.

Sie war groß – wenn auch nicht so groß wie Tony –, blond und blauäugig, und sie hatte die schönste Haut, die er je bei einer Frau gesehen hatte. Er wusste, Murray war stets eifersüchtig gewesen, wenn ein anderer Mann seine Frau auch nur angesehen hatte, aber jetzt war sein Diener mit dem wachsenden Bierproblem in der Küche beschäftigt.

Auch die anderen Mitglieder seiner Familie schien das nicht

zu stören, obwohl mindestens acht von ihnen im Zimmer waren. Ungewöhnlich für eine Bande von Klatschmäulern.

Tony hatte seinen Spaß daran. An allem, bis auf diese Sache mit dem Arschküssen. Jedesmal, wenn er sich umdrehte, stürzte sich ein anderes Mitglied von Murrays Sippschaft auf sein Hinterteil. Er musste sie fortwährend wegscheuchen wie Fliegen.

Murrays Frau stand vor ihm, und Tony hatte seine Hände auf ihre schmalen Schultern gelegt. Er fragte sich, wie viel er mit ihr anstellen konnte, ohne Murrays Zorn auf sich zu ziehen.

Und er fragte sich, wie viel er mit dieser Frau anstellen konnte, ohne seine eigene Selbstachtung zu verlieren.

Es gab nur eine Möglichkeit, das herauszufinden. »Murray, ich nehme jetzt deine Frau und kaufe ihr ein bisschen Wäsche, bist du einverstanden?«

»Sicher, Herr«, antwortete Murray. »Bedienen Sie sich.«

Tony hörte das Rasseln und Ächzen des Kühlschranks. Bei der letzten Zählung hatten 108 Bierflaschen darin gestanden. Vermutlich waren es inzwischen mehr. Bestimmt sogar mehr, als der Kühlschrank aufnehmen konnte ...

Wie aufs Stichwort war das Zerschellen von Glas aus der Küche zu vernehmen. Tony grinste. »Wo ist mein Bier?«

Die frisch reparierte Wohnungstür öffnete sich, und Mrs. Murray senior trat ein. Nach der Reparaturarbeit sah sie ein wenig erschöpft aus.

»Herr«, sagte sie, »ich glaube, da ist etwas im Fahrstuhl. Ich kann Stimmen und Klopfgeräusche hören.«

»Nun, für den Fall, dass du es noch nicht bemerkt hast«, entgegnete Tony, »ich bin nicht mehr euer Mädchen für alles. Also schieb deinen reichen Arsch da raus und kümmere dich selbst darum, du alte Hexe!«

»Sofort, Herr«, sagte Murrays Mutter.

Sie verschwand, und Tony fuhr fort, das Haar von Murrays Frau zu streicheln.

Irgendwann muss ich mir ihren Namen merken. Vielleicht nach einer sonnigen Woche auf den Bahamas? Sie wird mich die ganze Zeit Herr nennen und den ganzen Tag nackt herumlaufen

... Und ich werde sie bestimmt nicht daran hindern, sich auf meinen Hintern zu stürzen ...

Die Bahamas. Soll ich mir das wünschen? Oder soll ich doch lieber etwas pragmatischer sein? Immerhin bleiben mir dann nur noch zwei Wünsche.

»Okay, Wunscherfüller«, sagte Tony. »Mrs. Murray und ich brauchen ein wenig Taschengeld. Wie wär's mit einer Million Dollar?«

Es klingelte. Tony ließ von Mrs. Murray ab, eilte zur Tür und riss sie auf. Es war niemand da, doch auf der Fußmatte lag eine Aktentasche. Sie stand ein wenig offen und sie war voller Geld.

Er bückte sich und wühlte mit den Fingern in den Scheinen, als handelte es sich um Mrs. Murrays Haar.

»Reich!«, brüllte Tony. »Ich bin reich!«

Er packte die Tasche und schleppte sie in die Wohnung. Bei jedem Schritt verlor er Geld, das der Staubsauger unverzüglich beseitigte. Der Staubbeutel blähte sich bereits bedrohlich. *Irgendwann werde ich mich um eine Lösung dieses Problems kümmern müssen, aber nicht jetzt. Nicht, da ich zum ersten Mal in meinem Leben reich bin!*

Er zeigte Mrs. Murray das Geld.

»Reich!«, sagte er.

Wie bisher schien sie auch jetzt nicht sonderlich beeindruckt zu sein, aber das kümmerte ihn nicht.

Die Bahamas, Sonne, nie mehr arbeiten. Kann das Leben schöner sein?

Er träumte von Schinken, von einer wunderschönen Frau und von ... Müll.

Wolf öffnete die Augen. Sein Kopf schmerzte, und er brauchte einen Augenblick, um sich zu erinnern, wo er war. Das Gebäude, aus dem er hinausgefallen war, ragte wie ein Albtraum vor ihm auf. Er vermochte nicht einmal festzustellen, hinter welchem Fenster Virginia war.

Langsam kam er auf die Beine und wischte sich den Schmutz vom Leib. Er hatte einen Plan gehabt, aber der Schlag auf seinen Kopf hatte diesen aus seinem Gehirn herausgeprügelt. Er runzelte die Stirn. Irgendetwas musste er tun, also ging er zur nächstbesten Tür. Dort hielt er inne und versuchte, sich zu orientieren.

Eine Frau näherte sich. Sie trug eine große Brille und hatte das rote Haar streng aus dem blassen Gesicht zurückgekämmt. Für eine Mahlzeit sah sie eindeutig zu gewitzt aus.

»Kann ich Ihnen helfen?«, fragte sie.

»Oh, das hoffe ich«, sagte Wolf. »Ich bin nämlich furchtbar verwirrt.«

»Dann müssen Sie der Mann sein, den Paul überwiesen hat. Ich bin Dr. Horovitz.« Sie machte Anstalten, ihm die Hand zu schütteln, als sie bemerkte, dass sie eine Tasse mit einer dunklen Flüssigkeit und ein Stück Kuchen in Händen hielt. Sie zuckte die Schultern. »Paul sagte, Sie würden vorbeikommen, um einen Termin zu vereinbaren.«

»Können Sie mir sagen, warum ich hier bin?«, fragte Wolf.

Sie lächelte ihm freundlich zu. »Wir sollten uns ein bisschen besser kennen lernen, bevor wir diese große Frage angehen. Okay?«

Das ist okay für mich, dachte er, obwohl er nicht ganz sicher war warum. *Was habe ich vorgehabt? Einen Braten zubereiten?* Irgendwie schien ihm das zu vage.

Dr. Horovitz schloss die Tür zu ihrer Praxis auf. Als er ihr hineinfolgte, warf er einen Blick auf das Schild: *DR. MARIAN HOROVITZ, PSYCHOANALYTIKERIN.*

Er hatte keine Ahnung, was das bedeutete, aber es war bestimmt das Richtige. *Schließlich fällt ein Mann nicht aus dem Fenster und landete vor den Füßen eines Arztes, ohne Hilfe zu brauchen. Vielleicht bin ich verletzt. Vielleicht kann sie mich heilen.*

Sie schaltete eine Lampe an, und der Lichtschein offenbarte einen dunkel getäfelten Raum voller Bücher. Eine Ledercouch roch nach einer Mahlzeit, die zu alt war, um noch genießbar zu sein. Sie stellte ihre Tasse und den Kuchen auf einem hölzernen Schreibtisch ab und deutete auf das Sofa. Nach einem kurzen Augenblick der Überlegung wurde ihm klar, dass sie ihn aufforderte, sich dorthin zu setzen.

Zaghaft gehorchte er.

»Es ist besser, wenn Sie sich hinlegen«, sagte sie.

Irritiert starrte er sie an. Sie schien nicht die Absicht zu hegen, ihn zu verführen. Er wusste, wie Frauen aussahen, die solche Pläne verfolgten, und diese hier sah definitiv nicht so aus. Trotzdem tat er, wie ihm geheißen, zum einen, weil er wissen wollte, was sie nun tun würde, und zum anderen, weil er sich immer noch ein bisschen benebelt fühlte.

Sie setzte sich ihm gegenüber in einen Ledersessel und faltete die Hände im Schoß. »Nun gut«, sagte sie. Sie sprach mit einem Akzent, den er nicht einordnen konnte. »Ich werde nun ein Wort sagen, und ich möchte, dass Sie mir mit dem ersten Wort antworten, das Ihnen dazu spontan in den Sinn kommt.«

Er griff nach einem Bleistift, der auf einem Tisch in Reichweite lag. Das Holz fühlte sich gut an in seinen Händen. Dann steckte er den Stift in den Mund. Dr. Horovitz sah ihn erwartungsvoll an.

Was hat sie gesagt? Worte. Sie wird eins sagen, ich werde eins sagen. Das kann ich tun. Er nickte.

»Heim ...«, sagte Dr. Horovitz.

»Kochen«, antworte Wolf.

»Feigling ...«

»Küken.«

»Hochzeit ...«

»Kuchen.«

»Tod ...«

»Fleisch.«

»Sex ...«

»Appetit.«

»Liebe ...«

»Eine langweilige Mahlzeit.« Wolf brach den Stift in der Mitte durch. Er war nervöser, als er gedacht hatte.

Dr. Horovitz sah ihn fragend an, und er zuckte die Schultern. »Tut mir Leid, das war mehr als ein Wort. Fangen wir noch mal an.«

Sie beugte sich vor, als wäre sie ein Raubtier und er die Beute. Und er stellte fest, dass ihm dieses Gefühl irgendwie gefiel.

Das Staubsaugerproblem geriet allmählich außer Kontrolle.

Inzwischen hatte sich der Beutel zum Fünffachen seiner normalen Größe aufgebläht, und aus dem Gerät quoll schwarzer Rauch, als es versuchte, die Gardinen von der Stange zu saugen.

»Gib endlich Ruhe, hörst du?«, brüllte Tony den Staubsauger an.

Schließlich drosch er mit einem alten Baseballschläger auf ihn ein, doch das schien die Entschlossenheit des Gerätes nur noch zu steigern. Grollend wie ein wütender Hund zerrte es an den Vorhängen.

Wieder und wieder schlug Tony zu, bis das Gerät schnaufte, mit einem lauten Rülpsen noch mehr Qualm freisetzte und dann endlich verstummte. Stille. Gnädige Stille. Aber irgendwie schien der Staubsauger bei dieser Aktion Flüssigkeit verloren zu haben. Tony sah zu Boden. Seine Füße waren nass.

Die Flüssigkeit stammte jedoch nicht von dem Staubsauger. Sie roch verdächtig nach Bier.

Tony hetzte in die Küche. Murray umklammerte den Kühlschrank, als wäre er ein lebendiges Wesen und im Begriff, die Bewohner dieses Hauses zu überfallen. Er hatte das Ungetüm mit Gummigurten gesichert, doch die Seile spannten sich bedrohlich. Bierflaschen fielen durch die spaltweit geöffnete Tür.

»Ich kann nichts dagegen tun, Herr«, rief Murray in höchster Not.

Was für eine Schweinerei. Tony stemmte sich mit seinem ganzen Gewicht gegen die Tür. Dank seiner Kraft und Murrays Dienstbeflissenheit gelang es ihnen schließlich, die Tür zu schließen. Dann riss sich Tony seinen Gürtel aus der Hose, schlang ihn fest um den Türgriff und fixierte das Ganze mit weiteren Gummigurten.

Der mittlerweile arg verbeulte Kühlschrank schwankte wie ein Tier im Käfig.

»Das wird nicht halten«, meinte Tony.

Alles drohte, in einer Katastrophe zu enden. Aber Tony wollte sich nicht seinen letzten Traum zerstören lassen. Er musste das Apartment verlassen, ehe der Kühlschrank explodierte.

Hastig schnappte er sich die Tasche mit dem Geld und nahm Mrs. Murray am Arm. »Das reicht«, sagte er. »Wir gehen aus. Lebt wohl, alle miteinander.«

Er riss die Wohnungstür auf – und wich erschrocken zurück, als eine Horde Polizisten – ein SWAT-Team wie es aussah – auf ihn zukam. Die Männer trugen großkalibrige Waffen, deren Mündungen auf ihn gerichtet waren.

»Hände auf den Rücken und umdrehen! Sofort!«, brüllte einer von ihnen, als sie Tony an die Wand drängten. Zu allem Überfluss musste er feststellen, dass er irgendwo das Geld fallen gelassen und gleichzeitig Mrs. Murray verloren hatte.

Nun muss ich für mich selbst eintreten. Das ist meine letzte Chance. Davon abgesehen: Das sieht verdammt übel aus.

»Was geht hier vor?«, verlangte Tony zu erfahren. »Was hab ich denn getan?«

»Da ist das Geld«, sagte einer der Polizisten und deutete zu Boden.

»Nein, nein, nein«, widersprach Tony. »Das muss ein Irrtum sein. Das Geld ist gerade erst auf meiner Türschwelle aufgetaucht.«

Einer der Beamten packte seine Hände und riss sie grob hinter seinen Rücken. Tony wollte sich beschweren und die Burschen darüber aufklären, dass das wehtat, besann sich dann aber eines Besseren. Jemand legte ihm Handschellen an. Das Metall war kalt und schnitt in sein Fleisch.

Als die Cops ihn wieder umdrehten, hatten sich die Murrays im Korridor in einer Reihe aufgestellt und beobachteten die Prozedur wort- und regungslos. Zwei der Polizisten wühlten in seinen Sachen herum, ein anderer ging auf die Küche zu.

»Ich hab die Wohnung den ganzen Vormittag nicht verlassen«, schrie Tony. »Diese Leute hier können das bestätigen. Sie sind alle unabhängige Zeugen. Das seid ihr doch?«

»Ja, Herr«, sagte die Schar wie aus einem Munde, ehe sie sich demütig verbeugte.

»Hören Sie, Sie haben den falschen Mann«, hob Tony erneut an. »Ich wollte lediglich mit meinen Freunden in Ruhe ein Bier trinken.«

Die Cops sahen einander an, als würden sie ihm kein Wort glauben. Tony wusste, dass er bis zum Hals in der Scheiße steckte. Er wollte gerade noch etwas sagen, als der Kühlschrank explodierte.

Virginia stieg aus dem Bus. Sie war müde.

Prinz folgte ihr, und sie wünschte sich, er würde es nicht tun. Seit sie ihm begegnet war, war alles in ihrem Leben sonderbar verlaufen.

Sie ging um den Block in Richtung ihres Zuhauses. Auf der Straße standen mehr Streifenwagen als sonst. Vielleicht hatten sie sich diese sonderbaren Trollgestalten geschnappt, die sie in den Fahrstuhl eingesperrt hatte. Sie beschloss zu warten, bis sie mit was-auch-immer fertig waren. Danach würde sie versuchen, Kontakt zu ihrem Vater aufzunehmen.

Außerdem hatte sie so oder so mit Prinz sprechen wollen. Nahe dem Parkeingang blieb sie stehen. Prinz folgte ihrem Beispiel mit erwartungsvollem Schwanzwedeln.

»Da sind wir«, sagte sie. »Hier werden wir uns voneinander verabschieden.«

Prinz bellte zweimal, seine Art, ›nein‹ zu sagen.

»Doch«, widersprach Virginia. »Seit du in mein Leben getreten bist, wurde ich von Trollen und einem Wolf angegriffen und meine Großmutter will mich nie mehr sehen. Zumindest nicht, bis sie sich von dem Schreck erholt und sich die Gewürze aus dem Haar entfernt hat. Und nach Hause kann ich auch nicht gehen.«

Prinz stand an der Grenze zum Park. Virginia winkte ihm zu.

»Das war's«, sagte sie zu dem Hund. »Hasta la vista. Husch, fort mit dir.«

Prinz regte sich ebenso wenig wie Virginia. *Ich kann ihn nicht einfach hier zurücklassen. Aber ich muss es tun. Diese ganze Sache ist einfach zu unheimlich.*

Virginia seufzte. »Okay, wir machen es folgendermaßen: Ich werde dich zu der Stelle zurückbringen, an der ich dich gefunden habe, und dann geht jeder von uns seiner Wege. Okay?«

Prinz bellte zweimal. Sie ignorierte seinen Protest und betrat den Park. Dort schlug sie den Weg ein, auf dem sie üblicherweise zur Arbeit fuhr. Sie würde nicht lange brauchen, um die Unfallstelle wiederzufinden.

»Schau«, sagte sie, »ich bin nun mal nicht besonders abenteuerlustig. Ich bin nur eine einfache Kellnerin und diese Geschichte ist mir einfach eine Nummer zu heftig. Wer auch immer die Leute sind, die dich jagen, von mir aus sollen sie dich haben.«

Als sie ihrem Ziel näher kamen, rannte Prinz schwanzwedelnd voraus. Für einen Hund, der noch vor wenigen Augenblicken nicht von ihrer Seite hatte weichen wollen, schien er sich an diesem Ort auch ohne sie sehr wohl zu fühlen.

Furchen im Gras kennzeichneten die Stelle, wo sie mit ihrem Fahrrad ins Schleudern geraten war, und an einem der Äste in der Nähe hing ein Büschel Hundehaare.

»Okay, da sind wir«, sagte Virginia. »Jetzt müssen wir uns endgültig voneinander verabschieden.«

Rückwärts wollte sie davongehen, als Prinz seine wunderbaren – menschlichen – Augen auf sie richtete und sie traurig anblickte. Dann bellte er zweimal. Als würde sie ihn einem so grausamen Schicksal ausliefern, das nicht einmal sie sich vorstellen konnte.

Aber sie musste es tun.

Es war das Beste für sie beide.

Das zumindest versuchte sie sich einzureden.

Kapitel 9

»Ich denke, Sie verschweigen mir etwas«, sagte Dr. Horovitz. »Was belastet Sie wirklich?«

Diese Frau ist erstaunlich. Wolf biss sich auf die Unterlippe, schmeckte Blut, dachte sofort an Essen und erinnerte sich an sein Dilemma. Er setzte sich auf, strich sich mit der Hand durchs Haar und betrachtete die beeindruckende Bücherwand. Es waren ausschließlich wissenschaftliche Titel, und sie schienen wenig hilfreich zu sein.

»Schon gut, schon gut.« Wolf beugte sich vor und ergriff Dr. Horovitz' Arm. »Doktor, ich habe dieses fantastische Mädchen kennen gelernt, und ich mag sie wirklich sehr. Aber die Sache ist...«

Ich kann es ihr nicht sagen. Ich sollte es ihr nicht sagen. Dieser Konflikt, den meine animalische Seite so oft heraufbeschwört ist so... so... persönlich.

»Sprechen Sie es aus«, ermutigte ihn Dr. Horovitz freundlich. »Sprechen Sie es aus, Sie werden sich danach besser fühlen.«

Wolf umklammerte die Armlehne des Sessels und versuchte vergeblich, sich zusammenzureißen. »Ich bin nicht sicher, ob ich... ich... ich sie lieben oder... essen will.«

»Oh«, sagte Dr. Horovitz.

Wolf sprang auf. Dr. Horovitz rührte sich nicht, womit sie der erste Mensch war, der nicht vor ihm zurückschreckte, wenn er sich in einer solchen Stimmung befand. Die Hände hinter dem Rücken verschränkt, schritt er vor ihr auf und ab.

»Wissen Sie, ich gebe meinen Eltern die Schuld«, sagte Wolf. »Sie waren ungeheuerlich. Sie konnten einfach nicht aufhören zu essen. Jeden Tag, wenn ich von der Schule kam, hieß es: Iss dies, iss das, iss sie, iss ihn...«

»Sie sollten sich nicht selbst bestrafen«, sagte Horovitz.

»Doch, das sollte ich«, widersprach Wolf. »Ich bin schlecht. Ich habe so viele schlimme Dinge getan. Aber das war nicht wirklich ich, wissen Sie, das war, wenn ich ... ein Wolf war.«

Er warf sich zurück auf die Couch. Sie ächzte unter seinem Gewicht, was eigentlich kaum der Rede wert war – oder doch?

»Doktor, ich möchte mich ändern. Ich möchte ein guter Mensch werden. Kann der Löwe nicht das Lamm hätscheln? Kann der Leopard nicht all seine Punkte ausradieren?«

Dr. Horovitz sah auf die Uhr und schob die Brille auf ihrer Nase hoch. »Ich muss mich jetzt wirklich um meinen nächsten Patienten kümmern.«

Wolf konnte nicht glauben, was er da hörte. Er stand auf, und Dr. Horovitz stand auf. Dann legte sie eine Hand auf seinen Rücken und schob ihn zur Tür.

Er hatte soeben sein dunkelstes, sein am besten gehütetes Geheimnis offenbart, und das *interessierte sie überhaupt nicht.*

»Aber ich bin wirklich verzweifelt, Doktor«, sagte Wolf.

»Solch tief greifende Probleme lassen sich nicht während einer einzigen Sitzung lösen.«

»Aber ich bin verliebt, und ich bin hungrig«, protestierte Wolf. »Ich brauche *jetzt* Hilfe. Werfen Sie mir doch wenigstens eine Rettungsleine zu.«

Irgendwie hatte sie ihn zur Tür dirigiert. *Diese Frau kontrolliert mich, und ich will sie nicht einmal essen.* Sie beugte sich vor und nahm ein Stück Papier von ihrem Schreibtisch.

»Hier ist eine Liste von Büchern, die ich Ihnen wärmstens empfehlen möchte.« Ihr Ton hatte sich im Lauf der Sitzung nicht verändert. Offenbar empfand sie nicht die Dringlichkeit, die er verspürte. »Warum kommen Sie nicht nächste Woche wieder zu mir?«

»Verstehen Sie denn nicht?«, klagte Wolf. »Ich werde nächste Woche nicht mehr hier sein.«

Tadelnd legte sie den Kopf schief. »Sie werden mich mit Ihren Selbstmorddrohungen nicht beeindrucken können.« Mit diesen Worten schob sie ihn zur Tür hinaus und schloss sie hinter ihm.

Nie zuvor in seinem Leben war er so geschickt ausgetrickst

worden. Er drehte sich um und wollte schon gegen die Tür hämmern, als er befand, dass er schon zu viel von seiner Würde auf dieser Couch verloren hatte. Er musste nicht noch den Rest opfern, indem er wie ein halbwüchsiger Bengel mit den Fäusten auf eine Tür einschlug.

›Aus dem Nest geworfen‹ heißt, aus dem Nest geworfen zu sein. Das ist mir schließlich nicht zum ersten Mal passiert. Wenigstens hat sie mir eine Liste mit Anweisungen gegeben, und das ist mehr als meine Eltern je für mich getan haben.

Nun bin ich also wieder auf mich allein gestellt, und wenn ich ehrlich bin, ist das wohl auch das Beste.

Tonys Arme fühlten sich an, als würden sie aus ihren Gelenkpfannen gerissen.

Er war von Polizisten umzingelt und die ganze Wohnung stank nach Bier. Im Hausflur sah er Mrs. Murray senior, die an der Fahrstuhlelektrik hantierte. *Woher hat die alte Wachtel nur diese Fachkenntnisse?*

Einer der Polizisten stieß ihn vorwärts. Tony stolperte und fragte sich, wie er angesichts einer nie versiegenden Bierquelle, williger Frauen und einer Tasche voller Geld innerhalb von fünfzehn Minuten in diese Lage hatte kommen können.

»Wenn Sie kooperieren und uns den Namen Ihres Dealers nennen«, sagte einer der Cops, »dann können wir vielleicht ein gutes Wort für Sie einlegen.«

Tony schüttelte den Kopf. »Dealer? Ich nehme keine Drogen!«

Sie hatten den Fahrstuhl beinahe erreicht. Mrs. Murray blickte auf und sah sie an, schien jedoch nichts Außergewöhnliches zu bemerken.

Hätten die Murrays nicht versuchen müssen, mir zu helfen? Oder hätte ich sie darum bitten müssen? Aber wenn ich das jetzt tue, werden die Cops bestimmt auf sie schießen, und so wenig ich die alte Vettel ausstehen kann, will ich doch nicht für ihren Tod verantwortlich sein.

»Ich bin fast fertig mit dem Fahrstuhl, Herr«, sagte Mrs. Murray.

Bravo! Die Cops schoben ihn auf die Treppe zu.

»Sie haben selbst behauptet, sich nicht an den Raub des Geldes erinnern zu können«, sagte einer der Beamten, »weil Sie unter dem Einfluss dieser magischen Pilze standen.«

»Bohnen, nicht Pilze«, sagte Tony. »Ja, ich hab die Bohne gegessen, aber ... o Gott.«

Sie stießen ihn die Stufen hinunter, und er musste aufpassen, um nicht das Gleichgewicht zu verlieren. *Aus dieser Sache komme ich nicht mehr raus. Alles hat sich äußerst seltsam entwickelt, seit diese Kretins meine Tür zertrümmert haben. Und diese Bohne, die ... Zauberbohne. Was für ein Fluch sie doch gewesen ist!*

Fast wünschte er, er hätte sie nie gegessen, doch inzwischen hatte er die Macht nicht durchdachter Wünsche nur zu gut erfahren. Also hielt er die Lippen fest zusammengepresst und konzentrierte sich darauf, die nächsten paar Minuten zu überleben.

Das sonderbar flackernde Licht leuchtete wieder auf.

Blabberwort betrachtete ihre Brüder. *Die beiden sehen aus, als wären sie auseinander gefallen und dann wieder zusammengenäht worden. Ihre Augen sind riesig, stumpf und traurig.*

Dann ging das Licht wieder aus. Die Dunkelheit war undurchdringlich. Sie schlang die Arme um die Knie. *An diesem Ort wird die Ewigkeit einfach zu lange dauern.*

Als das Licht wieder aufflackerte, hatte Bluebell die gewaltige Stirn in tiefe Falten gelegt. Es schien, als wäre ihm tatsächlich ein Gedanke gekommen. »Ich glaube, wir könnten in ihrer Tasche sein«, sagte er.

Das Licht verlosch erneut. Was gut war. Auf diese Weise würde er Blabberworts Reaktion nicht sehen müssen.

»Was?«, fragte Burly.

»Ich glaube, sie hat uns geschrumpft und dann in einer Streichholzschachtel in ihre Tasche gesteckt.«

»Das ist lächerlich«, sagte Burly. »Reiß dich gefälligst zusammen. Wie sollten wir denn in eine Streichholzschachtel gekommen sein, du Idiot? Und wo sind die Streichhölzer?«

»Genau«, sagte Blabberwort. *Ich hätte es nicht besser sagen können. Wie ist Bluebell nur auf diesen Mist gekommen?*

Das Licht ging wieder an.

»Tut mir Leid«, sagte Bluebell. »Es war dumm von mir, so etwas zu sagen, aber ich bin nunmal schrecklich … hungrig.«

Sie alle waren hungrig. Blabberwort kniff die Augen zusammen. Das stellte sie vor ein vollkommen anderes Problem. Sie würden etwas essen müssen. Trolle waren schrecklich gefräßig, und keiner von ihnen hatte Proviant dabei.

»Was meinst du damit?« Offenbar dachte Burly das Gleiche wie sie. »Los, raus damit.«

»Ich meine gar nichts«, protestierte Bluebell. »Ich hab nur gesagt, dass ich Hunger hab. Fantasiere nicht immer in alles, was ich sage, irgendetwas hinein.«

Doch es war zu spät. Das überaus unerfreuliche Thema war auf dem Tisch. Blabberwort sah ihre Brüder prüfend an. Keiner von ihnen sah allzu appetitanregend aus, aber sie wusste, dass sich das noch ändern konnte.

»Ich bin auch sehr hungrig …«, sagte Blabberwort.

»Ich will raus aus dieser Kiste, bevor wir anfangen, uns gegenseitig aufzufressen«, brüllte Bluebell die Decke über sich an. »Ich kann es nicht mehr …«

Plötzlich bewegte sich ihr Gefängnis. Erschrocken versuchten sie, sich an den Wänden festzuhalten. Etwas sirrte. Die Lampen brannten wieder – alle, nicht nur die, die so scheußlich zischte, und die Kiste sank in die Tiefe.

Blabberwort sprang auf, ebenso wie ihre Brüder. Sie starrte die Wände an, als könnten sie ihr eine Erklärung liefern.

»Wir bewegen uns!«, brüllte Burly.

Blabberwort korrigierte ihn. »Wir bewegen uns abwärts.«

Bluebell schlang schützend die Arme um den Kopf. »Wir sind auf dem Weg in die Unterwelt! Bereitet euch vor!«

Die Kiste kam zum Stehen, und langsam öffnete sich die Tür. Blabberwort erkannte die Umgebung wieder. Sie hatte diesen Ort schon einmal gesehen, nur war es da dunkel gewesen.

»Das ist nicht die Unterwelt«, sagte Blabberwort. »Hier sind wir reingekommen.«

»Das ist wirklich Zauberei«, sagte Burly. »Wie hat sie das nur gemacht?«

Bei *ihrer* Erwähnung blickten sie einander furchtsam an. Jederzeit konnte von irgendwoher ein Angriff erfolgen. So pressten sie sich an die Wände und schoben sich vorsichtig aus dem Raum, wobei sie sich ständig umsahen, um sicherzugehen, dass niemand ihnen auflauerte.

Niemand lauerte ihnen auf.

Sie betraten den Vorraum, in dem in einem kleinen Kasten schwarzweiße Bilder von ihnen zu sehen waren. *So also bleibt sie ihren Gefangenen auf der Spur!* Blabberwort überlegte, ob sie die anderen darauf aufmerksam machen sollte, entschied sich aber dagegen, als ihr klar wurde, dass sie nicht angegriffen wurden.

Burly und Bluebell schienen sich dieser Tatsache nun ebenfalls bewusst zu werden. Mit einem Jubelschrei rannten sie in Richtung Vordertür.

Blabberwort folgte ihnen. Sie liefen zurück zu den Bäumen, dem Gras und all dem vertrauten Zeug, und sie konnten es kaum erwarten, dorthin zu kommen.

Er hatte noch nie auf dem Rücksitz eines Polizeiwagens gesessen, schon gar nicht mit Handschellen an den Händen.

Während sie durch die Nachbarschaft fuhren, sah Tony sich Hilfe suchend um. Wie üblich waren eine Menge Leute auf der Straße, aber sie hielten den Blick abgewandt, als wären sie diejenigen, die etwas verbrochen hatten.

Alles, was ich getan hab, war, eine Zauberbohne zu essen, die geschmeckt hat wie – na ja, darüber will ich lieber nicht nachdenken –, aber das ist schließlich um Himmels willen kein Verbrechen. Können diese Cops das denn nicht begreifen?

Vielleicht kann ich es ihnen erklären.

»Hören Sie«, sagte Tony zu den beiden Polizisten auf den Vordersitzen. »Können wir nicht ein Geschäft machen? Ich kann Ihnen alles geben, was Sie wollen, das verspreche ich. Ein Haus in Hampton, Autos, Boote, Frauen. Ich hab immer noch zwei Wünsche frei.«

»Sie werden es sich nicht leichter machen, wenn Sie versuchen, uns zu bestechen«, sagte einer der Cops.

»Was hab ich denn zu verlieren?«, konterte Tony. Er dachte kurz nach, schluckte heftig und seufzte. *Noch zwei Wünsche.* Nun, er würde nicht einmal einen davon nutzen können, wenn er nicht schnellstens hier herauskam. »Okay, ich wünsche mir, ich könnte aus diesem verdammten Polizeiwagen entkommen.«

Die Cops lachten.

Dann wurde der Fahrer plötzlich blass. »Paul«, schrie er. »Die Bremsen reagieren nicht!«

Na großartig. Das ist nun nicht unbedingt das, was ich mir vorgestellt habe.

Der Wagen schoss über eine rote Ampel und scheuchte einige Fußgänger von der Straße. Der Fahrer kurbelte hektisch am Lenkrad herum – *lernen diese Burschen denn in der Polizeischule nicht, wie man einen Wagen ohne Bremsen zum Stehen bringt?* Dann rammten sie den Bordstein, rasten über ihn hinaus, verfehlten nur knapp einen Bagel-Stand und krachten in ein Schaufenster.

Tony hörte Schreie. Glas splitterte. Er blinzelte. Er war nicht verletzt, aber die Polizisten schienen es zu sein. Einen Augenblick lang verharrte er regungslos auf dem Rücksitz, ehe ihm klar wurde, was er zu tun hatte.

Was für ein wunderbarer Ort.

Wolf hatte keine Ahnung, wer auf die Idee gekommen war, alle Bücher der Welt an einem einzigen Platz aufzubewahren, aber es war fantastisch. *Eines Tages, wenn ich nicht gerade auf der Suche nach Virginia und auf der Jagd nach Prinz Wendell bin, werde ich zurückkommen und all die Bücher lesen, die sich mit Nahrung, Zubereitung und Gewürzen befassen – immerhin füllen sie eine ganze Abteilung …*

Doch im Moment balancierte er schon mehr Bücher durch den Laden, als ein Mann allein tragen konnte. Krampfhaft hielt er den Stapel mit seinem Kinn fest und versuchte immer noch, das eine oder andere Buch dazwischenzuschieben, als ihm der ganze Packen entglitt und zu Boden purzelte.

Die Frau neben ihm, die »Verkäuferin«, wie sie sich nannte, sah ein bisschen überwältigt aus. Offenbar war ihr noch nie jemand begegnet, der einfach alles aus der Lebenshilfe-Abteilung zu lesen wünschte, zumindest nicht alles auf einmal …

»Sie waren wirklich sehr hilfreich, Miss«, sagte Wolf zu der Buchhändlerin. »Haben Sie vielen Dank. Wenn mein Vorhaben gelingt, werde ich Sie zur Hochzeit einladen.«

Ein wenig verunsichert lächelte die Frau ihm zu, ehe sie zwischen den Regalen verschwand. Wolf schlang die Arme um seine Schätze, damit kein anderer Kunde sie ihm wegschnappen konnte. Dann ging er zur Tür.

Das Schaufenster – *es ist völlig in Ordnung gewesen, als ich das Geschäft betreten habe* – war zerbrochen und eine dieser mechanischen pferdelosen Kutschen steckte im Rahmen. *Das ist wohl das Problem, wenn man einen Wagen ohne die Unterstützung von Pferden steuern will.*

Eine Menschentraube drängte sich um das Fahrzeug und blau gekleidete Männer versuchten, sich aus ihm zu befreien.

»Haltet den Mann auf!«, brüllte einer von ihnen.

Wolf blickte in die Richtung, in die der Blaugekleidete deutete und entdeckte eine vertraute Gestalt. Es war Virginias Vater, der gerade auf die Straße zurannte!

Besser und besser. Entschlossen packte Wolf seine Bücher und eilte zum Ausgang.

»Sir, haben Sie die bezahlt?« Eine Verkäuferin versuchte, ihn aufzuhalten, aber er beachtete sie nicht.

Er quetschte sich durch eine kleine Schranke und eine Sirene heulte auf. Er ignorierte auch das.

Tony lief in Richtung Park und Wolf rannte ihm nach, den Bücherstapel noch immer an seine Brust gepresst.

Kapitel 10

Es war nicht leicht, mit auf dem Rücken gefesselten Händen zu fliehen, aber Tony machte seine Sache recht gut.

Dann und wann geriet er ein wenig aus dem Gleichgewicht, stürzte aber nicht. Sein Lauftraining machte sich nun bezahlt, auch wenn es so viele Jahre zurücklag, dass er nicht einmal darüber nachdenken mochte.

Abgesehen von den zusätzlichen Pfunden auf seinem Leib, dem Alter und der Tatsache, dass er kaum Vorsprung vor den Cops hatte.

Sein Atem ging keuchend, als er die befestigten Wege verließ und Virginias alte Abkürzung einschlug. Hier wuchsen die Bäume dichter, und er fühlte sich etwas sicherer.

Als er um eine Biegung kam, sah er eine Gestalt vor einem Hund knien, die seiner Tochter verdächtig ähnlich sah.

»Virginia?«

»Dad?«

»Virginia!«

»Dad!«

Damit war die Sache klar. Tony rannte zu ihr. Er wollte nicht noch mehr schreien und die Polizei auf sich aufmerksam machen.

Er brauchte nur eine Sekunde, um zu ihr zu gelangen, aber fast eine Minute, um wieder zu Atem zu kommen. Dann sagte er: »Du wirst nicht glauben, was mir passiert ist.«

»Darauf würde ich nicht wetten«, meinte Virginia und deutete auf den Hund, der ihn aus unheimlichen goldenen Augen betrachtete.

Verrückte Leute, verrückte Bohnen, verrückte Hunde. Irgendwie passt alles zusammen ...

»Ist das der Hund, den alle suchen?«, fragte Tony. »Gib ihnen den Köter zurück. Bitte, ja?«

»Ich glaube nicht, dass er ein Hund ist«, sagte Virginia. »Er versucht, mit mir zu sprechen, aber ich kann nicht verstehen, was er sagt.«

Nun, dieses Problem kann ich lösen, vermutlich werden wir dann herausfinden, warum dieser verdammte Köter so wichtig ist.

»Pass auf.« Er schob Virginia aus dem Weg und kauerte sich vor dem Hund nieder. »Ich wünsche mir, alles zu verstehen, was dieser Hund zu sagen versucht.«

Virginia starrte ihren Vater an, als wäre er übergeschnappt.

Tony ignorierte es.

»Ihr beide seid in großer Gefahr«, sagte der Hund plötzlich mit überraschend aristokratisch klingender Stimme.

»Es funktioniert!«

»Was?«, fragte Virginia.

»Wenn dir dein Leben lieb ist, dann musst du meine Anweisungen genau befolgen«, sprach der Hund. »Wir müssen einen Weg zurück finden.«

»Er spricht«, sagte Tony und deutete auf den Hund. »Er spricht. Kannst du ihn denn nicht hören?«

Jetzt sah Virginia ihn an, als wäre er vollends dem Wahnsinn verfallen, der Art von Wahnsinn, für die Menschen eingesperrt wurden – ein Leben lang. »Nein«, sagte sie langsam, als spräche sie zu einem alten Mann, der sich weigert, ein Hörgerät zu tragen. »Ich kann ihn nicht hören.«

Hinter ihnen knirschte etwas.

»Psst«, zischte Tony.

Wieder knirschte es. Schwere Schritte. *Polizei? Aber was ist das für ein Ekel erregender Gestank?*

Er packte seine Tochter am Arm und zerrte sie zwischen die Bäume. Der Hund war schon da und sah sie aus seinen seltsamen Augen an.

Sekunden später erschien eine der abscheulichen Gestalten, die ihn unlängst überfallen hatten, auf der Bildfläche. Die, welche der Wolfsbursche als Troll bezeichnet hatte. Die Kreatur war nicht nur ziemlich groß und kräftig, sondern trug auch eindeutig zuviel Orange in der zerzausten Mähne, von der ein Teil auf dem Kopf zu einem starren Pferdeschwanz zusammengebunden war.

»Es muss hier irgendwo sein«, sagte der Troll, und seine Stimme klang erschreckend feminin. »Ich hab den Baum markiert.«

Der Troll, der ihr folgte, war etwas kleiner und von ebenso undefinierbarem Geschlecht. »Wir müssen nach dieser Hexe Ausschau halten«, sagte es, oder besser er, denn diese Stimme war tief und männlich.

Es waren die hässlichsten Kreaturen, die Tony je gesehen hatte. Hässlicher noch, als er sie aus ihrer ersten Begegnung in Erinnerung hatte. Das war, als sie sich den Weg in seine Wohnung mit der Axt freigeschlagen hatten ...

Ein dritter Troll erschien, doch er schwieg, weshalb sein Geschlecht bis auf weiteres ungeklärt blieb.

Tony sah Virginia an. Der Anblick der abstoßenden Gestalten schien sie nicht sonderlich zu überraschen. Stattdessen beobachtete sie das Trio aufmerksam. Nur der Hund wirkte nervös. So warteten sie, bis die drei Psychopathen außer Sicht waren, ehe sie sich aus ihrem Versteck wagten.

»Okay«, sagte Tony. »Was jetzt?«

»Nun«, sagte der Hund, während er sie vom Weg fortführte, »müssen wir hier raus. Ich muss den magischen Spiegel wieder finden. Er wird mich zurück nach Hause bringen. Hier kann ich, so wie ich bin, gar nichts ausrichten.«

»Ein magischer Spiegel?«, wiederholte Tony. Er wusste nicht, warum ihm dieser Gedanke so abwegig erschien. Trolle und Wunschbohnen bereiteten ihm offenbar weniger Kopfzerbrechen.

»Es ist ein Spiegel«, sagte der Hund in seine Gedanken hinein. »Aber von dieser Seite sieht er vielleicht nicht wie einer aus. Ihr müsst sorgfältig suchen.«

Tony blickte über seine Schulter und dachte, er sähe eine Vielzahl blau gekleideter Männer, die das Gehölz durchkämmten. Über ihnen sauste ein Polizeihubschrauber vorbei, und er zog den Kopf ein.

»Warum sind so viele Polizisten hinter dir her?«, fragte Virginia. »Und warum trägst du Handschellen?«

»Sie glauben, ich hätte 'ne Bank ausgeraubt«, flüsterte Tony. »Ich erklär's dir später.«

»Hört mit dem Gerede auf, und helft mir, den Spiegel zu finden«, sagte der Hund ungeduldig.

»Wir suchen einen magischen Spiegel«, erklärte Tony seiner Tochter.

»Ja, natürlich«, entgegnete Virginia.

Und wir finden ihn besser schnell, andernfalls werde ich im Knast landen. Ich hab keine Wünsche mehr frei.

»Sucht nach einem Teil des Waldes, der ... nicht passt«, sagte der Hund. »Ich bin sicher, das ist der Ort, an dem ich herübergekommen ... Da ist er! Schau doch.«

Tony starrte in das Unterholz, konnte aber nichts Ungewöhnliches entdecken. Nichts außer Laub, Gestrüpp und Baumstämme.

»Da drüben«, sagte der Hund. Er klang aufgeregt.

»Ja, da ist irgendwas ...« Tony runzelte die Stirn. Es schien beinahe, als wäre zwischen den Bäumen leerer Raum. Ein pulsierendes Vakuum von der Größe eines ... mannshohen Spiegels. Als er näher trat, erkannte er, dass er keinen Hohlraum, sondern eine schwarze Fläche vor sich hatte.

Virginia trat neben ihn. Während sie den Spiegel in Augenschein nahm, biss sie sich nachdenklich auf die Unterlippe.

Tony blinzelte. Es sah aus, als befände sich ein Zimmer hinter dieser seltsamen Fläche, ein Zimmer voller ... Gerümpel. »Was ist das?«, fragte er.

»Schauieee schau«, ertönte plötzlich die Stimme des weiblichen Trolls nicht weit hinter ihnen. »Da sind sie!«

Erschrocken fuhr Tony herum. Die drei Kreaturen stampften direkt auf sie zu, gefolgt von einigen Polizisten. Auch der Hubschrauber hatte kehrtgemacht und flog in ihre Richtung.

»Folgt mir, wenn euch euer Leben lieb ist«, rief der Hund und sprang in den Spiegel. Das Bild des Zimmers zerlief wellenförmig und tauchte dann wieder auf.

»Tu, was er sagt«, rief Tony, während er seine Tochter auf den Spiegel zuschob. »Schnell!«

Mit klopfendem Herzen sprang Virginia, und Tony folgte ihr. Er fühlte sich, als wäre er in eine zähe Gummimasse eingetaucht. Auch waren sämtliche Geräusche aus dem Central Park verstummt, selbst das ohrenbetäubende Dröhnen des Hubschraubers riss ab.

Und dann standen sie plötzlich in dem Raum, den sie durch die Spiegeloberfläche hindurch gesehen hatten.

Es roch nach Staub und Moder.

Überall lagen kaputtes Mobilar, metallenes Geschirr und zerfetzte Vorhänge und Stoffe herum. Hier sah es schlimmer aus als im Lagerraum des Apartmenthauses.

»Wo zur Hölle sind wir?«, flüsterte Tony.

»Ich weiß es nicht«, sagte Virginia. »Aber ich bezweifle, dass das noch der Central Park ist.«

»Wir sind im südlichsten Teil meines Königreiches, wo ich überfallen und in einen Hund verwandelt wurde.«

Prinz führte sie aus dem Raum hinaus und durch einen schmalen Korridor. »Dies ist das Schneewittchen-Gedächtnis-Gefängnis, in dem die gefährlichsten Verbrecher aller Neun Königreiche untergebracht sind.«

»Nochmal«, unterbrach Tony. »Aller Neun was?«

»Königreiche.« Der Hund stellte sich auf die Hinterbeine, und die Haltung erschien seltsam förmlich. »Ich bin Prinz Wendell, Enkel des letzten Königs am Hofe Schneewittchens, und ich werde bald zum Herrscher des Vierten Königreiches gekrönt werden. Und wer mögt Ihr sein?«

Tony sah Virginia an, die, da sie den Hund ja nicht verstehen konnte, keine Ahnung hatte, worum es ging. Also nahm Tony ein wenig Haltung an und antwortete: »Ich bin Tony Lewis, Hausmeister.« Er bemühte sich, der Berufsbezeichnung so viel Würde wie nur möglich zu verleihen. »Ich denke, du kennst meine Tochter Virginia.«

»Spricht der Hund wieder?«, fragte Virginia.

Der Hund – Prinz Wendell – Tony konnte nicht fassen, dass er ihm glaubte – sank zurück auf alle viere und legte den Kopf schief. »Psst«, sagte er. »Ich kann die Trolle riechen.«

»Psst«, sagte Tony zu Virginia. »Er kann die Trolle riechen.«

Virginia seufzte, aber dann rümpfte auch sie die Nase, und

ihre Augen weiteten sich angstvoll. Auch Tony erkannte den vertrauten Gestank wieder.

Gerade noch rechtzeitig versteckten sie sich hinter einigen Fässern und hielten den Atem an.

Offensichtlich hatten es auch die drei Kreaturen geschafft, durch den Spiegel zu kommen. Unter Führung der großen, hässlichen Trollfrau schlurften sie nun den Korridor entlang.

»Was machen wir als Erstes, wenn wir unser eigenes Königreich haben?«, fragte sie ihre beiden Begleiter.

»Diener einstellen«, sagte der kleine Trollmann. »Wir brauchen Hunderte von Dienern, die unsere Schuhe polieren.«

»Und wir werden Schuhpartys veranstalten, auf denen man sechsmal in der Stunde die Schuhe wechseln muss«, sagte der dritte Troll. Offenbar war auch er männlich.

»Und wir werden jedem, den wir mit dreckigen Schuhen erwischen, das Gesicht zerschneiden«, sagte die Trollfrau entzückt.

So schwatzten sie weiter, während sie vorübergingen, und stiegen schließlich, noch immer über Schuhe debattierend, eine Treppe hinauf. Als ihre Stimmen verhallten, verließen Tony, Virginia und Prinz Wendell ihr Versteck.

»Wir müssen die Zelle meiner Stiefmutter finden«, sagte Prinz Wendell. »Vielleicht finden wir dort einen Hinweis darauf, wohin sie gegangen ist. Folgt mir.«

»Er sagt, wir sollen ihm folgen«, sagte Tony zu Virginia.

Unschlüssig blickte Virginia über ihre Schulter zurück, als würde sie lieber zurück in den Spiegel als weiter in dieses unheimliche Gebäude hineingehen. Trotzdem folgte sie ihnen.

Prinz Wendell führte sie eine Treppe hinauf und da erkannte Tony, dass sie tatsächlich in einem Gefängnis waren. Überall waren Zellentüren und hohe, dunkle Korridore. Die Wärter jedoch lagen schlafend am Boden. Rosafarbener Staub bedeckte ihre Gesichter.

»Was ist mit ihnen geschehen?«, fragte Tony.

»Das Gleiche wie mit dir«, erwiderte Prinz Wendell. »Trollstaub.«

Kein Wunder, dass die Wohnung so verdreckt gewesen ist.

Schon die Erinnerung an das Zeug reizte Tony zum Niesen. Ein Wärter rollte sich herum und grunzte im Schlaf.

»Und die Wirkung lässt langsam nach«, kommentierte der Hund.

»Dad, lass uns zurück nach Hause gehen«, sagte Virginia.

»Ich kann jetzt nicht zurück«, schnappte Tony. »Die halbe New Yorker Polizei durchkämmt den Central Park auf der Suche nach mir.«

»Aber hier können wir auch nicht bleiben.« Sie zog die blaue Baumwolljacke enger um ihre Schultern. Sie fühlte sich sichtlich unwohl.

Ebenso wie er. Auf der Flucht vor dem Gefängnis war er im Gefängnis gelandet, und irgendwie behagte ihm die Ironie dieser Geschichte überhaupt nicht.

Prinz Wendell führte sie an einigen Pfeilern vorbei in den Speiseraum des Haupttraktes. Er war leer, aber es roch noch immer nach Fett und ungewaschenen Leibern.

An der Rückseite hing eine gigantische Karte an der Wand. Prinz Wendell sprang auf einen Tisch, während Tony und Virginia näher herantraten.

Die Karte war handgemalt und weitaus schöner als alle Exemplare, die Tony kannte. Ein großer roter Pfeil deutete auf einen Bereich, der als ›Schneewittchen-Gedächtnis-Gefängnis‹ bezeichnet war. Unter dem Pfeil stand *»Sie werden* hier *gefangengehalten«*. Zumindest war man hierzulande höflich.

Prinz Wendell hatte gesagt, er wäre der künftige König des Vierten Königreiches, das auf der Karte grün markiert war. Es war ein langer, schmaler Streifen in der Mitte, umgeben von anderen Ländereien.

Virginia betrachtete die Karte eingehend und las laut: »Trollkönigreich, Rotkäppchenwald, Drachenberg ...«

»Wo sind wir hier?«, fragte Tony. »Ist das das Land von Dornröschen und Aschenputtel? Märchen und so ein Zeug?«

»Nein, dieses goldene Zeitalter, als die Damen, von denen du sprichst, ihre großen Momente in der Geschichte hatten, liegt schon beinahe zweihundert Jahre zurück«, entgegnete Prinz Wendell. »Seither ist es hier ein wenig bergab gegangen. Die

Glückseligkeit für alle Zeiten hat nicht so lange angehalten, wie wir gehofft hatten.«

Tony gefiel die Vorstellung nicht. Wenn er nicht einmal mehr an Märchen und Glückseligkeit für alle Zeiten glauben durfte, woran sollte er dann noch glauben?

»Und wer ist diese Stiefmutter, die dich in einen Hund verwandelt hat?«, fragte Tony.

»Sie ist die gefährlichste und bösartigste Frau unter den Lebenden.«

Nun, das war etwas, das Tony verstand. »Ich hab einige Verwandte von dieser Sorte.«

Doch auch das vermochte ihn nicht wirklich zu beruhigen. Allmählich fragte er sich, ob es wirklich so klug gewesen war, durch den Spiegel zu springen.

Von oben betrachtet sieht das Gefängnis auch nicht besser aus.

Die Königin verschränkte ihre Arme vor der Brust und starrte den Hügel hinab auf das triste Gebäude. *Ich verstehe immer noch nicht, wie ich es habe zulassen können, so lange an diesem Ort festgehalten zu werden.*

Immerhin war sie nun draußen. Die Luft fühlte sich gut an, der Sonnenschein noch besser. Selbst der Hundeprinz schien seine Freude daran zu haben. Er kauerte auf allen vieren, riss sich die Hose auf und beschmutzte seine Handschuhe, während er den Boden beschnüffelte.

Möglicherweise hat er zu viel Freude daran.

Die Königin betrachtete ihn einen Moment. *Er ist einmal ein großartiger Hund gewesen, aber er gibt einen furchtbaren Prinzen ab.*

In diesem Moment kam Relish, der Trollkönig, aus dem Wald zurück und sah den Hundeprinzen angewidert an. Die Königin sagte nichts. Stattdessen betrachtete sie die königliche Kutsche. *Ich muss diesen Ort verlassen, und ich kann nicht mehr länger warten, anderenfalls werde ich womöglich meine Chance gefährden, die Neun Königreiche zu unterjochen.*

»Also, wo sind sie?«, verlangte die Königin zu erfahren. »Ich hätte niemals einem Troll vertrauen dürfen.«

»Überlegt Euch, was Ihr sagt«, entgegnete der Trollkönig. »Nur meinetwegen sitzt Ihr nun nicht mehr im Kerker.«

Ein wenig Luft entstieg ihrer Kehle, nicht ganz ein Seufzen, und nicht laut genug, als dass er es hätte hören können. *Für eine kurze Zeit brauche ich ihn noch, also bin ich gezwungen, ihn bei Laune zu halten.*

»Natürlich, Majestät«, sagte die Königin. »Und dafür werde ich ewig dankbar sein. Aber ich kann hier nicht länger verweilen. Niemand darf den Prinzen so sehen.«

Sie wandten sich zu dem Hundeprinzen um, der inzwischen auf dem Rücken lag und sich in irgendeinem widerwärtigen stinkenden Dreckloch herumwälzte. Dabei versuchte er, sich mit der Hinterpfote am Hals zu kratzen. Mit seiner gestiefelten Hinterpfote ...

Dieses Mal seufzte die Königin vernehmbar. »Sorge dafür, dass deine Kinder mir den Hund bringen, wenn sie zurückkehren.«

Der Trollkönig kniff die Augen zusammen. »Ich bin nicht Euer Lakai. Ich bin Relish, der König der Trolle, und ich möchte Euch empfehlen, das nicht zu vergessen.«

Eines Tages wird er dafür bezahlen. Doch nicht jetzt. Nicht, solange ich ihn noch brauchen könnte. Sie zwang sich, sanft zu sprechen. »Natürlich, Majestät, und ich werde Euch mit der Hälfte von Wendells Königreich großzügig für Eure Hilfe belohnen, wie ich es versprochen habe.«

Er trat näher, dicht genug, dass sie das Öl auf seiner Lederjacke riechen konnte. »Wann genau werde ich es erhalten?«

Er ist gescheiter, als ich gedacht habe. Das ist etwas, das ich nicht vergessen sollte.

»Bald«, sagte sie. »Aber jetzt muss ich gehen. Ich habe mich hier schon zu lange aufgehalten.«

Sie versetzte dem Hundeprinz einen Klaps hinter das rechte Ohr, so wie sie es getan hatte, als er noch ein Hund gewesen war. Er rollte sich herum und starrte sie mit trauriger Welpenmiene an.

»In die Kutsche«, rief sie. *Ich habe keine Zeit für das Gewinsel eines Hundes.*

»Wohin wollt Ihr fahren?«, fragte der Trollkönig. »Ihr könnt Euch nirgends verstecken. Wenn sie herausfinden, dass Ihr geflohen seid, wird es überall Straßensperren geben. Sie werden jedes Haus und jede Kutsche im ganzen Königreich durchsuchen.«

Der Hundeprinz sprang in die Kutsche, und sie folgte ihm. Dann beugte sie sich aus dem Fenster und berührte das königliche Wappen.

»Sie werden nicht jede Kutsche durchsuchen«, sagte sie lächelnd und klopfte an die Kutschenwand. Das Gespann setzte sich in Bewegung. Der Trollkönig trat aus dem Weg, und sie zog den Vorhang weit genug zu, dass sie noch hinaussehen konnte, ohne selbst erkannt zu werden.

Einen Augenblick verharrte Relish noch auf dem Hügel, dann schlüpfte er in seine Zauberschuhe und verschwand.

Der Hundeprinz neben ihr steckte seinen Kopf aus dem Fenster und hechelte, wobei ihm die Zunge aus dem Mund hing. Plötzlich bellte er aufgeregt. Die Königin versetzte ihm einen Schlag an den Kopf, und er winselte.

»Sprich anständig! Menschen tun so etwas nicht«, sagte sie.

Er nickte, doch sie wusste, dass er nichts verstanden hatte. Also lehnte sie sich in der Kutsche zurück und zog den Vorhang ganz zu. *Dies wird eine sehr lange Reise werden. Eine wirklich sehr lange Reise.*

Prinz Wendell führte sie an unzähligen Gefängniszellen vorbei.

Je tiefer sie ins Innere des Gebäudes vordrangen, desto unbehaglicher wurde Tony zu Mute. Virginia hatte die Arme um den Oberkörper geschlungen, als könnten sie ihr ein Schutzschild sein.

Tony war nie zuvor in einem Gefängnis gewesen, aber er glaubte nicht, dass auch nur eines in Amerika so wie dieses aussah. Alle Zellen hatten vergitterte Fenster und vergitterte Türen, und sie schienen größer als üblich zu sein. Zudem stanken sie nach Urin und Körperausdünstungen, die so alt zu sein schienen, dass er sich fragte, ob dieser Ort jemals sauber gemacht worden war. Unter jeder Zellentür gab es ein Schild, auf das der Name des Gefangenen, seine Nummer und sein Verbrechen geschrieben war. Glücklicherweise ging Tony zu schnell an ihnen vorbei, um irgendetwas davon lesen zu können.

Während sie durch den Korridor gingen, streckte sich ihnen aus einer Zelle eine Hand entgegen.

»Gebt uns was zu beißen.« Der Mann war kahl, und er sah brutaler aus als Jesse Ventura während seiner aktivsten Zeit. »Ich hab seit gestern nichts mehr zu essen bekommen.«

Prinz Wendell sah nicht einmal auf. Virginia machte einen großen Bogen um die Zelle, und Tony tat es ihr gleich.

Die nächste Zelle war kleiner. Tony sah hinein. In ihr hockte ein Zwerg – kein kleiner Mensch, sondern ein Zwerg, der direkt einem Märchen der Gebrüder Grimm entsprungen zu sein schien – und starrte ihn an. Und dann entdeckte Tony eine scheußliche Narbe, die sich über eine Seite seines Gesichtes zog.

»Lasst uns raus«, rief der Zwerg. »Kommt schon, holt euch die Schlüssel und lasst uns raus.«

»Schreckliche Leute«, bemerkte Prinz Wendell. »Sie haben alle verdient, was sie bekommen haben.«

Virginia blieb vor der nächsten Zelle stehen. Sie war kaum einen Fuß hoch. Das kam sogar Tony seltsam vor. Sie bückte sich und las: »Mörderische Mäuse?«

Tony kniete neben ihr nieder, um die Inschrift zu entziffern. Kein Zweifel. Da stand tatsächlich: *MÖRDERISCHE MÄUSE.*

»Sie müssen Gott sei Dank nur achtzehn Monate absitzen«, sagte Tony.

»Und das kommt für sie einer lebenslangen Strafe gleich.« Prinz Wendell klang ungerührt. »Kommt weiter.«

Sie passierten eine weitere Zelle, in der nur noch ein Skelett in Ketten hing. Tony sah davon ab, sich nach dem Schicksal des Gefangenen zu erkundigen.

Bald bogen sie in einen Korridor ab, an dessen Ende ein Schild mit der Aufschrift *HOCHSICHERHEITSTRAKT* hing. Tony hatte schon nicht gefallen, wo sie sich bisher befunden hatten. Er hegte den Verdacht, dass er das, was nun folgte, hassen würde.

Doch Prinz Wendell ging entschlossen weiter, und Tony ahnte, dass sie nichts anderes tun konnten, als ihm zu folgen. Sie passierten einige Zellen und dann eine Tür mit einem weiteren Schild, auf dem irgendetwas Beunruhigendes stand wie *NIE MIT DEN GEFANGENEN SPRECHEN* und *NUR ZWEI WÄRTER GLEICHZEITIG*. Er hatte nicht alles lesen können, aber was er gesehen hatte, reichte ihm.

Auch Virginia sah mit jedem Schritt unbehaglicher aus.

Endlich erreichten sie eine offene Zelle, die einzige in diesem Flügel. Prinz Wendell ging hinein. Tony folgte ihm. Hier war die Luft noch schwärzer, und er konnte eine Präsenz ahnen, die fort, aber nicht vergessen war.

Kein schönes Gefühl.

»Da, seht nur«, sagte Prinz Wendell. »Hier steht ein Napf. Der gehörte dem Hund, der nun meinen Körper hat. Das ist … empörend.«

Tony sah Virginia an. Sie umklammerte ihre Oberarme, und ihre Fingerknöchel traten weiß hervor.

»Was hat sie verbrochen, diese Frau?«, fragte sie.

»Sie hat meine Mutter und meinen Vater mit Gift getötet und danach versucht, mich ebenfalls aus dem Weg zu schaffen«, sagte Prinz Wendell.

Virginia reagierte nicht. Offensichtlich konnte sie immer noch nicht hören, was der Prinz sprach.

»Ganz kurz«, übersetzte Tony, »sie hat seine Eltern vergiftet und versucht, ihn ebenfalls umzubringen.«

Prinz Wendell schnüffelte mit herabhängendem Schwanz an der Tür. »Ich glaube, die Trolle waren hier. Wirklich sonderbar …«

Virginia schwankte. Tony griff nach ihr, doch sie fing sich selbst ab, indem sie sich mit einer Hand an die Wand stützte.

»Ist alles in Ordnung mit dir?«, fragte Tony.

»Mir ist ein bisschen komisch hier drin.« Sie sah tatsächlich nicht gut aus. Er kannte diesen Anblick noch gut aus ihrer Kindheit. Auf Coney Island gab es eine Achterbahn, die auch immer diesen Ausdruck in ihrem Gesicht hinterlassen hatte.

»Virginia, Liebling«, fragte Tony besorgt, »bist du okay?«

»Keine Sorge.« Sie richtete sich auf und versuchte zu lächeln. »Es ist alles in Ordnung. Ich muss nur eine Minute hier raus.«

Sie ging aus der Zelle. Irgendetwas trieb sie geradezu hinaus. Normalerweise war sie nicht so empfindlich. Tony sah ihr nach, unsicher, ob er bei Prinz Wendell bleiben oder sich um seine Tochter kümmern sollte.

Dann hörte er einen heftigen Schlag, gefolgt von einem dumpfen Aufprall, als wäre jemand gestürzt.

»Virginia?«, rief Tony hinaus. »Bist du in Ordnung?«

Sie antwortete nicht. Er wollte aus der Zelle rennen, doch im selben Moment krachte die Tür ins Schloss. Dann hörte er ein leises Kichern. Mit seinen immer noch mit Handschellen gefesselten Händen rüttelte er an der Tür und versuchte durch die Gitter zu schauen, konnte jedoch nichts außer den Füßen eines schlafenden Wärters entdecken.

»Virginia? Virginia?«

Sie antwortete nicht, und sie war die Einzige, die nicht in der Zelle hockte. Tony rüttelte noch heftiger an der Tür.

»Ich glaub's einfach nicht«, rief er aufgebracht. »Prinz?«

Er sah sich um, doch Prinz Wendell war verschwunden. Er war allein, allein in einem Hochsicherheitstrakt ohne jede Fluchtmöglichkeit.

Gerade als er in Panik geraten wollte, kroch Prinz unter der Koje hervor. »Ich hatte keine Angst. Es ist nur, dass die Leute mich nicht als Hund sehen sollen, Anthony. Das wäre mir furchtbar, furchtbar peinlich.«

Na großartig. Stolz statt Vernunft. »Du glaubst gar nicht, wie scheißegal es mir ist, dass du ein Hund bist«, sagte Tony. Dann wandte er sich wieder der Tür zu und rüttelte so gewaltsam an ihr, dass der Lärm in seinen Ohren schmerzte. »Virginia? Virginia?«

Plötzlich bewegten sich Füße in seinem Blickfeld und ein Stöhnen und Ächzen ertönte aus den Gängen.

Verdammt! Die Wärter werden wieder wach. Und sie werden mich in dieser Zelle finden, zusammen mit einem Hund, so wie zuvor die Königin.

Allmählich wünschte er sich, er säße noch immer in dem Polizeiwagen. Dieses Gefängnis war schlimmer als jeder Knast in New York je sein konnte. Hier gab es Magie und Dinge, die er sich kaum vorstellen konnte … Er zuckte zusammen und zog sich von der Tür zurück.

Er hatte keine Ahnung, was er tun sollte.

Wolf trat durch den Spiegel.

Die gestohlenen Bücher trug er in einem Beutel über der Schulter. Den hatte er einem Mann geklaut, der auf einer Bank geschlafen hatte – offensichtlich hatte er den Beutel ohnehin nicht gebraucht; er war voller schmutziger Kleidungsstücke und ungenießbarer Nahrung, die in jener Welt Proteinriegel genannt wurde. Wolf hatte einen davon gekostet und sofort wieder ausgespuckt.

Dann war er dem Geruch von Virginia und dem Hund gefolgt, der von dem Gestank der Trolle überlagert wurde, und war wieder hier gelandet.

Nun war sie in *seiner* Welt, und das Leben war damit um einiges besser.

Er wandte sich zu dem Spiegel um und erkannte den Park, den er gerade verlassen hatte. Die Männer in Blau rückten näher und näher. Bald würden sie das Tor finden und hindurchgehen, und alles würde sich zum Schlechten wenden.

Es muss eine Möglichkeit geben, den Durchgang wieder zu versperren. Alle magischen Gegenstände haben eine solche Vorrichtung – auf die eine oder andere Art. Wolf tastete den Rahmen des Spiegels ab und stieß auf ein hervorspringendes Stück Holz. *Das muss der geheime Verschluss sein! Der Hund wird ihn irgendwie aktiviert haben, bevor er hindurchgesprungen ist.*

Wolf schob den Riegel zurück in den Rahmen. Mit einem lauten Krachen verschwand das Bild der anderen Seite. Der Durchgang war verschlossen.

Auf der Oberfläche des Spiegels wurde ein dunkler, menschlicher Schatten erkennbar. Wolf erschrak, bis er erkannte, dass er sich selbst anstarrte. *Was für ein gut aussehender Bursche ich doch bin. Ich verstehe nicht, warum Virginia bei meinem Anblick geschrien hat. Sicher, ich brauche eine Rasur, aber trotzdem ...* Er rieb sich das Kinn, dann grinste er.

Ich bin der Einzige, der das Geheimnis des Spiegels kennt – und so soll es auch bleiben.

Kapitel 11

Es war ein gutes Gefühl, wieder zu Hause zu sein, soweit man das Schneewittchen-Gedächtnis-Gefängnis so bezeichnen konnte.

Aber sie waren zurück in den Neun Königreichen, in der richtigen Welt oder wie auch immer man das nun nennen wollte.

Blabberwort trottete hinter Burly her, der die Hexe über seiner Schulter trug. Kopf und Arme der Frau schlackerten hin und her wie die Glieder einer Stoffpuppe. Sie sah ziemlich leidend aus, aber für Blabberworts Geschmack konnte sie gar nicht leidend genug aussehen.

Sie waren außerhalb des Gefängnistraktes und gingen nun auf das Haupttor zu. Drinnen hatten sie bereits alles durchsucht. Hinter ihnen schrillten die Alarmglocken, und einmal hatte Blabberwort sich umgedreht und gesehen, wie die Wärter am Torhaus übereinander gestolpert waren, wie man es von Menschen gewohnt war, die sich gerade von Trollstaub erholten.

Burly runzelte angewidert die Stirn. »Wo ist Vater? Und wo ist die Königin?«

»Ich nehme an, wir sind ein bisschen zu spät gekommen«, sagte Blabberwort.

»Halt!«, brüllte einer der Wärter. »Ihr da! Bleibt, wo ihr seid.«

Er rannte vom Torhaus auf die drei zu, obwohl die Situation mit ›er versuchte zu rennen‹ wohl besser beschrieben wäre. Dabei schwenkte er einen großen Stock und sah ein bisschen erschreckend aus.

Doch Blabberwort und ihre Brüder wussten, dass man vor kürzlich eingestäubten Menschen keine Furcht haben musste.

Burly holte mit seiner fleischigen Faust aus und schlug dem

Wärter auf den Kopf. Er fiel um wie ein nasser Sack. »Sollten wir nicht zurückgehen und nochmal den Hund suchen? Die Königin wird wütend sein.«

»Die Königin soll Kobolde fressen, soweit es mich betrifft«, murrte Bluebell. »Wir haben die Hexe aus dem Zehnten Königreich gefangen. Lasst uns nach Hause gehen und es Vater erzählen.«

Blabberwort grinste. *Es ist an der Zeit für eine Wiedergutmachung. Vater wird so stolz auf uns sein. Und Vater ist selten genug stolz auf uns.*

Die allmächtige Hexe des Zehnten Königreiches gehört unwiderruflich uns!

Wolf hatte die Trolle gerochen, noch bevor er sie in den Korridoren des Gefängnisses mit der schönen Virginia entdeckte.

Sie trugen das Mädchen, als wäre es nur ein Stück Fleisch. Das erzürnte ihn mehr als alles andere. Sie behandelten Virginia wie ... Essen. Auch wenn er einmal auf ähnliche Weise mit ihrer Großmutter verfahren war, auch wenn er sie mit einem Hackmesser in der Hand begrüßt hatte: Er hatte sich geändert. Er war geläutert. Er trug einen Beutel mit Büchern über seiner Schulter, die das beweisen konnten.

Wolf folgte den Trollen aus dem Gefängnis hinaus. *Der Hund soll meinetwegen bleiben, wo der Pfeffer wächst. Jetzt habe ich bei Virginia eine Chance. Ich kann sie retten. Ich kann ihr Ritter in der glänzenden weißen Rüstung sein – oder genauer in einem etwas staubigen Mantel – und dann wird ihre Liebe für immer mir gehören.*

Das war eine so wunderbare Vorstellung, dass er einen Augenblick innehielt und bei ihr verweilte, ehe er den Hügel hinunter auf den Pfad zulief.

Die Trolle hatten den Fluss erreicht und ein Boot gefunden. Während er sich ihnen näherte, waren sie gerade dabei, den Besitzer über Bord zu treten. Er hielt sich im Schatten, damit sie ihn nicht entdecken konnten.

Dann ließen sie seine geliebte Virginia unsanft auf den Boden des Bootes fallen und legten ab.

Wolf schlich zum Ufer. Für einen Moment starrte er nachdenklich auf die Wasseroberfläche und dann auf das Schild in seiner Nähe, auf dem stand: *SIE VERLASSEN NUN DAS VIERTE KÖNIGREICH.*

Es ist schon ein arges Opfer, das meine Virginia mir da abverlangt. Aber ich bin mehr als gewillt, es zu bringen.

Für sie.

Plätscherndes Wasser, scheußliche Kopfschmerzen und etwas Feuchtes an ihrem Rücken …

Virginias Lider flatterten, als jemand sie hochhob und sich so brutal auf die Schulter lud, dass ihr die Luft wegblieb. Sie wollte husten, doch sie konnte nicht. Da war ein widerlicher Gestank, der von der Lederjacke vor ihrer Nase zu stammen schien. Darüber wollte sie allerdings nicht einmal nachdenken.

Sie drehte ein wenig den Kopf, und die Bewegung verursachte ihr Übelkeit. In der Ferne hörte sie eine Glocke, und als ihr Kopf hochgeschleudert wurde, sah sie, dass ihr Peiniger über einen schmutzigen Weg ging. Ein auf dem Kopf stehendes Schild – sie zwinkerte, um es zu entziffern – informierte: *SIE BETRETEN NUN DAS DRITTE KÖNIGREICH.*

Sie hatte eine Vorstellung von diesem Land. Eine Vorstellung, die sie einer wunderschönen Karte verdankte, die sie schon früher in diesem Traum gesehen hatte. *Das war doch ein Traum, oder nicht? Bitte!* Beim Dritten Königreich war auf der Karte irgendetwas über Trolle vermerkt gewesen.

Das Gras hier wucherte wild, und etwas musste darin gestorben sein, etwas, dessen Gestank die Ausdünstungen der Jacke beinahe angenehm erscheinen ließ. Alles, von den Bäumen über die Bojen bis hin zu den Booten, sah verrottet, verdreckt und verkommen aus.

Zu ihrer Linken erblickte sie etliche ungenutzte Kutschen und eine unbefestigte Straße, die sich zu einem dunklen, bedrohlich wirkenden Berg hinaufwand. Kurz unter dem Gipfel sah sie ein hässliches Schloss, und irgendwie wusste sie mit der Gewissheit des Träumers, dass dieses Schloss ihr Ziel war.

Erneut drehte sie den Kopf und sah eine Reihe hölzerner, schäbiger Hütten. Männer in gelben Uniformen saßen davor, rauchten und tranken, als wäre ihnen ihre Arbeit völlig egal. Über dem Pfad öffneten sich drei Rundbogentore.

Über dem ersten stand: *TROLLBÜRGER*. Über dem zweiten: *ANDERE BÜRGER*. Und über dem dritten: *SKLAVEN*. Dieses letzte war ein wirklich beängstigendes Schild.

Virginia wimmerte leise. Sie hatte Kopfschmerzen wie noch nie zuvor in ihrem Leben, und sie fühlte, wie sich auf der rechten Seite eine Schwellung bildete. *Was ist passiert? Ich bin in einem Gefängnis gewesen, und jemand hat mich niedergeschlagen ...*

Man trug sie durch den ersten Torbogen, womit sich ihr Peiniger als Troll zu erkennen gab. Wieder wimmerte sie, und ihre Benommenheit wurde schlimmer. *Das muss eine der Kreaturen sein, die ich in den Fahrstuhl gesperrt habe. Die Dinge entwickeln sich wirklich schlecht, sehr schlecht.*

Die Uniformierten mühten sich auf die Beine und verbeugten sich.

»Willkommen zu Hause, Eure Majestäten«, sagten sie wie aus einem Munde.

Wirklich sehr, sehr schlecht.

Tony hatte kein Gefühl mehr in seinen Händen.

Vielleicht hätte er sonst versucht, den Wärter, der ihn gerade festhielt, niederzuschlagen, und Prinz Wendell zugerufen, dass er loslaufen solle.

Andererseits, vielleicht auch nicht ... Die Wärter sahen brutaler aus als jeder Schläger, den Tony je gesehen hatte – und er war in einer wirklich üblen Gegend aufgewachsen. Die Wärter waren jedoch nichts im Vergleich zu dem Gefängnisdirektor, vor dessen Füße Tony nun gezerrt wurde. Der Mann sah böse aus, er sah gefährlich aus, und er war richtig sauer über den Trollstaub.

Aber wer wäre das nicht?

Das Büro war so finster und bedrohlich wie der Rest dieses schrecklichen Gebäudes.

»Es ist eine Art von Bann gewesen«, sagte einer der Wärter gerade zu dem Direktor. »Ich und meine Männer waren über einen Tag lang kalt gestellt. Wir haben jeden Quadratzentimeter des Gefängnisses durchsucht, aber die Königin ist weg, Sir.«

Die glänzenden Knopfaugen des Direktors fixierten den Wärter sehr, sehr lange, als wäre das Verschwinden der Königin allein seine Schuld. Dann richtete er diese glänzenden Knopfaugen auf Tony.

»Ich bin nun seit zwölf Jahren der Direktor dieses Gefängnisses. Nie zuvor ist ein Gefangener entkommen.«

Tony begann zu zittern. Trotzdem klang seine Stimme ruhig, als er versuchte, dem Mann in den Arsch zu kriechen. »Das ist eine wirklich beeindruckende Leistung, Sir.«

»Was auch immer du tust, sag ihnen nicht, dass ich ein Hund bin«, mahnte Prinz Wendell ganz in seiner Nähe.

»Warum nicht?«, fragte Tony.

»Sprich gefälligst nur, wenn du dazu aufgefordert wirst«, knurrte der Direktor.

»Weil die Königin einen üblen Plan verfolgt«, erklärte Prinz Wendell. »Mein ganzes Königreich könnte in Gefahr sein. Niemand darf wissen, dass ich hilflos bin.«

Der Direktor ließ seine Fingergelenke krachen. Tony zuckte zusammen.

»Wo ist die Königin?«, fragte er. Sein Ton war drohend, seine Schultern breit und diese krachenden Gelenke …

»Ich wünsche mir, wieder zu Hause zu sein, jetzt, in diesem Augenblick!«, brüllte Tony. »Ich wünsche mir, sicher zu Hause im Bett zu liegen.« Er schnippte mit den Fingern und schlug die Hacken zusammen, wie Dorothy es in Oz getan hatte.

Der Direktor starrte ihn an. Die Wärter starrten ihn an. Er war bereit, darauf zu wetten, dass auch Prinz Wendell ihn anstarrte.

Nichts geschah.

»Nun«, sagte der Direktor, »anscheinend sind Sie das nicht.«

Tonys Magen schlug Kapriolen, dann sackte er in sich zusammen und krümmte sich vor Schmerzen. Er würgte und hustete, und nur Sekunden später übergab er sich. Eine verschrumpelte schwarze Hülse schoss aus seinem Mund und landete direkt auf dem Tisch des Direktors.

»O nein, Anthony«, stöhnte der Prinz. »Du hast doch wohl nicht eine Drachendungbohne geschluckt? Du Trottel!«

Tony schloss die Augen. »Schätze, das bedeutet, dass ich alle Wünsche verbraucht hab, was?«

Der Direktor schnippte die zischende Hülse in einen Aschkübel, ehe er sich wieder Tony zuwandte. »Also, wie konnte die Königin entkommen?«

»Ich hab keine Ahnung«, sagte Tony gequält.

»Warum wurden Sie dann eingesperrt in ihrer Zelle gefunden?«

»Ich bin ein unschuldiges Opfer«, jammerte Tony. »Ich hatte in meinem ganzen Leben noch nie Ärger mit dem Gesetz.«

Der Direktor zog eine ausgesprochen dünne Braue hoch. »Warum tragen Sie dann Handschellen?«

»Weil ich wegen einem bewaffneten Banküberfall gesucht werde«, erklärte Tony. »Aber damit hab ich auch nichts zu tun.«

»Weiter, Anthony«, sagte Prinz Wendell. »Bisher machst du deine Sache sehr gut.«

Tonys Zittern war schlimmer geworden. »Ich bin aus einer anderen ... Dimension hierher gekommen und wurde von diesem Hund geführt, der eigentlich Prinz Wendell ist.«

»Ich habe dir doch gesagt, du sollst das nicht erzählen«, schimpfte Prinz.

»Prinz Wendell?«, fragte der Direktor. Er richtete seine glänzenden Knopfaugen auf den Hund, der seinem Blick standhielt. Dann konzentrierte er sich wieder auf Tony. »Ich sage Ihnen was. Ich kann dafür sorgen, dass Sie die nächsten hundert Jahre Steine brechen – mit Ihren Zähnen.«

Vermutlich kann er das tatsächlich. »Das ist die Wahrheit«, jammerte Tony. »Ich schwöre es.«

»Das ist der Hund der Königin«, sagte der Direktor. »Ihr wurde die letzten drei Jahre gestattet, ihn in ihrer Zelle zu halten. Beleidigen Sie also nicht meine Intelligenz.«

»Er ist Prinz Wendell«, beharrte Tony. »Ich werde es Ihnen beweisen.« Er bückte sich und sah den Prinzen an. »Bell einmal, wenn ich die Wahrheit sage.«

Prinz Wendell würdigte ihn keines Blickes. »Ich denke nicht daran, Anthony.«

Großartig. Einfach großartig. Dieser verdammte Köter wird uns alle das Leben kosten. Er und sein blöder Stolz.

»Es ist ihm peinlich«, erklärte Tony. Er starrte zur Tür. *Irgendwie muss ich hier rauskommen. Ich muss mir was einfallen lassen. Vielleicht bringt mich ja Aufrichtigkeit weiter.*

Er leckte sich die Lippen. »Sie müssen mich sofort freilassen, Sir«, sagte er. »Ich glaube, meine Tochter wurde von Trollen entführt ...«

Der Direktor schlug derart heftig mit der Faust auf den Tisch, dass jeder im Raum zusammenzuckte. »Genug jetzt!«, polterte er. »Ich werde die Wahrheit noch schnell genug aus dir herauskriegen. Wärter, nehmen Sie ihm die Handschellen ab, geben Sie ihm Gefängniskleidung und stecken Sie ihn in, hm ...«

Der Direktor fuhr mit dem Finger über die Liste seiner Gefangenen. Schließlich breitete sich ein böses Lächeln über sein hässliches Gesicht aus. »O ja«, sagte der er. »Stecken Sie ihn in 103 zu Acorn, dem Zwerg, und Clay Face, dem Kobold.«

»Clay Face?«, fragte Tony. »Ich will nicht in eine Zelle mit jemandem, der Lehm-Gesicht genannt wird.«

»Was ist mit dem Hund der Königin, Sir?«, fragte einer der Wärter.

Der Direktor betrachtete Prinz Wendell nachdenklich.

Der Hund sieht königlicher aus denn je. Wie schafft er das nur, während mir der Arsch auf Grundeis geht und ich nur daran denken kann, hier abzuhauen? dachte Tony.

»Heizt den Ofen an«, sagte der Direktor. »Ich werde heute Abend etwas Rattengift unter sein Futter mischen, und morgen wird er dann verheizt.«

Auf einen Schlag schwand die königliche Haltung des Prinzen dahin. »Hast du das gehört? Hast du gehört, was sie mit mir vorhaben, Anthony? Du musst mich hier rausholen. Das ist deine Pflicht.«

Ja, sicher, als könnte ich Wunder vollbringen mit gefesselten Händen und zwei Wärtern an meiner Seite, die mich zu zwei Verbrechern namens Acorn und Clay Face in eine Zelle schleppen. Ich kann nicht mal mit den Ellbogen zustoßen, so fest halten sie mich. Ich kann nicht entkommen. Und ich weiß nicht mal, wohin ich flüchten sollte.

Meine einzige Fluchtmöglichkeit ist dieser verdammte Spiegel. Wo auch immer der ist. Und obwohl er irgendwo in diesem Gebäude sein muss, ist er für mich unerreichbar.

Seine letzte Hoffnung ruhte nun allein auf Virginia, und er hatte keine Ahnung, wo sie war – und ob sie überhaupt noch lebte.

Kapitel 12

Virginias Benommenheit ließ nach, aber sie hielt die Augen weiter geschlossen.

Sie fühlte sich, als läge sie im Innern eines riesigen Schuhes, eines riesigen *alten* Schuhes, eines riesigen alten *Tennis*schuhes, der längst hätte verbrannt werden müssen, bevor er einen ganzen Raum verpesten konnte. Sie wollte die Hand an die Nase legen, aber es ging nicht. Sie war gefesselt.

Ihre Lider flatterten, aber sie wollte die Augen immer noch nicht öffnen. Ihr Arm schmerzte, brannte sogar, und sie konnte sich nicht rühren. Da das Letzte, woran sie sich erinnerte, war, getragen zu werden, wusste sie, dass das nichts Gutes zu bedeuten hatte.

Jemand kicherte ganz in der Nähe. Endlich schlug sie die Augen auf und sah die erfreuten Fratzen der drei Trolle, die sie im Fahrstuhl eingesperrt hatte. Einer von ihnen hielt eine riesige Nadel und ein Tintenfass in Händen. Sie blickte an sich herab. Sie hatten sie tätowiert! Und es war kein hübsches Tattoo, nicht die Rose, die sie in Erwägung gezogen hätte, oder ein zarter kleiner Schmetterling.

Stattdessen erblickte sie einen großen Trolltotenkopf, umgeben von Schlangen und Ratten und Dingen, die sie nicht identifizieren konnte, und unter ihm die Worte: *TROLLSPIELZEUG.*

»Sie ist wach«, sagte der Troll, der sie getragen hatte. Sie hatte ihn an seiner Lederjacke erkannt. »Zieht sie aus.«

Sie erschrak, doch zu ihrer Überraschung ergriffen sie ihre Füße, zogen ihr Schuhe und Socken aus und hielten ihre Waden fest.

»Du bist jetzt eine Gefangene der gnadenlosen Trolle«, sagte ihr Peiniger.

»Gnadenlos«, wiederholte der weibliche Troll.

»Ohne Gnade«, sagte der kurze.

Die drei schnüffelten an ihren Schuhen und untersuchten sie sorgfältig, wozu sie die Sohlen vor und zurück bogen. Virginia sah sich um. Sie befand sich in einem großen Raum mit steinernen Wänden, an denen Leopardenfelldrucke und andere halb verrottete Materialien hingen. Das Feuer in einem Kamin ganz in der Nähe überlagerte einen Teil des Gestanks durch seinen Rauch. Über ihr hing ein Kronleuchter, dessen Licht flackerte, als brannten Kerzen in ihm. Alles war dreckig und verfallen, und die Mischung aus Orange-, Braun- und Gelbtönen erinnerte sie an ein fehlgeschlagenes Sechziger-Jahre-Dekor.

»Schauieee, schau, Blabberwort«, sagte Virginias Peiniger und warf der Trollfrau einen Schuh zu.

Lächelnd fing sie ihn auf. »Danke, Burly.«

»Und was ist mit Bluebell?«, fragte der Kurze, und Virginia stutzte einen Augenblick, ehe sie begriff, dass er von sich sprach.

Aber die beiden anderen beachteten ihn gar nicht. Stattdessen packte die Trollfrau – Blabberwort – Virginias Fuß und betrachtete ihn eingehend.

»Hübsche kleine Füße«, sagte sie. »Schönie feine.«

Der kurze Troll, Bluebell, beugte sich über Virginias Zehen und schnüffelte an ihnen. Peinlich berührt wandte Virginia den Kopf ab. Irgendwie schien er weit mehr Freude daran zu haben, als sie es sich auch nur vorstellen konnte.

Er legte seine Handfläche an ihre Zehen und drückte sie sehr langsam hoch. »Wer führt dein Königreich?«

»Mein Königreich?«

Jetzt beugte er ihre Zehen so weit zurück, wie es möglich war, ohne sie zu brechen. Der Schmerz war kurz und heftig.

»Wer regiert?«, fragte Blabberwort.

Virginia blinzelte, unsicher, was sie sagen sollte. Es fiel ihr schwer, unter Schmerzen nachzudenken. »Der Präsident«, sagte sie schließlich.

Blabberwort beugte sich tief zu ihr herab. Sie hatte eine hervorspringende, wulstige Stirn, die in großem Maße für ihr misslungenes Aussehen verantwortlich war. »Wendell hat versucht, in deinem Königreich ein Heer aufzustellen, richtig?«

»Nein …«

Bluebell drückte noch stärker gegen ihre Zehen, und Virginia fragte sich, wann sie brechen würden. »Au!«, schrie sie.

Der Troll, der sie getragen hatte, Burly, nahm einen Krug und goss sich dessen Inhalt in den Schlund. Dann trat er näher an sie heran und spuckte ihr ins Gesicht. Das Zeug stank, war klebrig und roch entfernt nach Äpfeln.

»Das könnte eine lange Foltersitzung werden«, sagte er.

Angespuckt zu werden gefiel ihr noch weniger als der Schmerz in ihren Zehen. »Ich sage alles, was ihr wollt.«

»Erst werde ich dich peinigen«, sagte Burly. »Dann wirst du sprechen. So herum ist es besser. Wer überstürzt foltert, verdirbt den ganzen Spaß.«

In diesem Moment flog die hölzerne Tür auf, und Virginia hörte Schritte, konnte aber niemanden sehen. Dann wurde die Tür wieder zugeschlagen.

»Vater ist zurück«, sagte Burly, und er klang nicht sehr glücklich.

Die Schritte durchquerten den Raum und kamen direkt vor Virginia zum Stehen. Ihr Herz pochte heftig, doch sie wusste, dass der schwere Atem, den sie hörte, nicht der ihre war.

»Warum ziehst du nicht die Schuhe aus, Vater?«, fragte Bluebell. »Du brauchst sie im Haus doch nicht.«

An der nahen Wand erklang ein leises Klicken, und eine Tür, die Virginia bisher nicht bemerkt hatte, glitt zur Seite. Dahinter kam eine Wand zum Vorschein, in der Hunderte von Schuhen untergebracht waren. Jede Art von Schuh schien darin vertreten, und noch einige andere mehr.

»Ich kann in diesen Schuhen die Welt beherrschen«, sagte eine Stimme, die Virginia noch nie gehört hatte. »Ich bin allmächtig.«

»Ist ja gut, Vater«, sagte Burly. »Zieh sie aus.«

Es erklang ein leises Rascheln, gefolgt von einem dumpfen Aufschlag. Dann tauchte ein Troll auf, der noch abscheulicher anzusehen war als die anderen. Er war größer als die drei, die sie entführt hatten, hatte dunkle Haare und riesige Ohren, die so stark abstanden, dass Virginia sie erst für eine Hutkrempe gehalten hatte.

»Ich kann mit ihnen umgehen«, sagte der Troll. »Ich kann sie ausziehen, wann immer ich will.«

»Aber bisher hast du dir nicht morgens als Erstes die Schuhe angezogen«, sagte Blabberwort. »Stellt euch nur vor, der Trollkönig unter dem Einfluss ...«

»Genug!«, schnappte der Neuankömmling.

Das ist also der mächtige Trollkönig. Virginia versuchte sich auf ihrem Stuhl ganz klein zu machen, aber man hatte sie so stramm gefesselt, dass sie sich kaum rühren konnte.

Der Trollkönig legte die Schuhe in den Wandschrank und wandte sich seinen Kindern zu.

»Wo seid ihr gewesen? Ihr seid einen Tag zu spät dran.« Dann bohrte er seinen Finger in Virginias Bauch. »Und wer ist das? Ihr hattet den Auftrag, den Hund zurückzubringen.«

»Vergiss den Hund, Vater«, sagte Burly. »Wir haben ein neues Königreich entdeckt.«

»Es ist das legendäre Zehnte Königreich«, erklärte Blabberwort.

»Das man nur aus den Legenden kennt«, fügte Bluebell hinzu.

»Redet keinen Unsinn.« Die Drohung in der tiefen Stimme des Königs war unüberhörbar. Zudem spiegelten seine Züge eine Intelligenz wider, die seinen Kindern vollkommen fehlte. Virginia stellte fest, dass sie das Familienoberhaupt noch weniger ausstehen konnte als seine Nachkommen. »Es gibt kein Zehntes Königreich.«

»O doch«, widersprach Bluebell. »Und diese Hexe hat uns in eine Streichholzschachtel gesteckt.«

Streichholzschachtel? Meint er etwa den Fahrstuhl? Virginia blieb keine Zeit, darüber nachzudenken. Der Trollkönig fixierte sie, als versuchte er, direkt in sie hineinzuschauen.

»Ihr habt euch ... fangen lassen?«, fragte er langsam. »Von diesem ... Mädchen?«

»Sie ist eine Hexe«, sagte Bluebell.

Der Trollkönig schien daran erhebliche Zweifel zu haben. »Wie viele von ihren Soldaten habt ihr getötet, ehe ihr gefangen genommen wurdet?«

»Keinen«, sagte Bluebell.

»Keinen ...« Blabberwort sah ihren Vater mit schiefem Blick an, »... haben wir ... am Leben gelassen.«

Doch der Trollkönig schien nicht auf ihre Lüge hereinzufallen. »Wer will zuerst die Peitsche spüren?«

Virginia musste sich zusammenreißen, um nicht angstvoll zusammenzuzucken.

»Vater, es ist wahr«, sagte Burly. »Ich kann es beweisen. Sieh dir das an.«

Er zog einen Sack hinter dem Stuhl hervor. Virginia hatte bemerkt, dass der Kleine ihn bei sich trug, als sie das Trio in den Fahrstuhl gesperrt hatte, doch sie hatte angenommen, er wäre Teil seiner eigenwilligen Kleidung.

Burly griff hinein und brachte zu Virginias Überraschung einen kleinen Radiorekorder zum Vorschein. Stolz trug er das Gerät zum Teppich – einem Lumpen, der aussah, als wäre er aus mottenzerfressenen Fellen gemacht – in der Mitte des Raumes und stellte ihn verkehrt herum ab.

Die Jung-Trolle starrten den Kasten an, als erwarteten sie, dass nun ein Wunder geschehe. Burly betätigte die »Play«-Taste, und Virginia hörte das vertraute Rauschen des Bandanfangs.

Der Trollkönig runzelte die Stirn.

Dann, plötzlich, dröhnte »Saturday Night Fever« aus den Lautsprechern. Im gleichen Moment hüpften die drei Trolle zu der Musik auf und ab, als könnten sie ihrem Reiz nicht widerstehen. Der Trollkönig jedoch starrte den lärmenden Kasten an, als wäre er bissig.

»Sie werden die Gebrüder Gibb genannt«, erklärte Bluebell aufgeregt.

»Das Lied handelt von einem tödlichen Fieber, das nur samstags auftritt.« Blabberworts Finger vollführten einen Tanz zu dem Gesang.

Die Falten auf der Stirn des Trollkönigs wurden tiefer. »An dieser Sache ist mehr dran, als die Königin mir gesagt hat.«

Die Königin? Virginia erstarrte. *Sie arbeiten mit dieser schrecklichen Königin zusammen, von der Prinz uns erzählt hat? Die, die im Gefängnis gewesen ist? Die, die versucht hat, seine ganze Familie zu ermorden? Die, die ihn in einen Hund verwandelt hat?*

Der Trollkönig durchquerte den Raum und blieb direkt vor Virginia stehen. »Du wirst für mich tanzen«, sagte er. »Und wenn du deinen Tanz beendet hast, wirst du mir sagen, wie ich dein Königreich erobern kann.«

Virginia schluckte. »Ich bin keine gute Tänzerin. Wirklich nicht.«

Der Trollkönig ging zu der Wand mit den Schuhen und studierte die Auswahl. Er nahm ein Paar gewaltige Plateauschuhe zur Hand, prüfte dann die zierlichen hochhackigen Pumps daneben sowie ein Paar übergroße Reiterstiefel. Schließlich ergriff er die hässlichsten Schuhe, die in der ganzen Wand zu finden waren, ein eisernes Paar, das aussah, als wöge es eine Tonne.

»Du wirst tanzen, wenn du die hier trägst«, erklärte er, ging zum Kamin und stellte die Schuhe mitten in die lodernden Flammen.

»Weckt mich«, sagte er, während er die Reaktion seiner Gefangenen beobachtete, »wenn sie zu glühen beginnen.«

Virginia erbleichte. Sie musste erbleicht sein, jedenfalls hatte sie das Gefühl, dass auf einen Schlag alles Blut aus ihrem Gesicht gewichen war. Ein dünnes Lächeln zeigte sich auf den Zügen des Trollkönigs, ehe er den Raum verließ.

Sein Nachwuchs indes eilte zum Kamin und sah erwartungsvoll zu, wie die Eisenschuhe von der Glut erhitzt wurden.

Der Wärter stieß Tony in die Zelle hinein.

Tony rieb sich die Handgelenke. Sie waren von den Handschellen ganz wund gerieben. Hinter ihm fiel die Tür krachend ins Schloss, und er hielt einen Augenblick inne, um sich an das Halbdunkel zu gewöhnen.

»Mittlere Koje«, knurrte der Wärter im Davongehen, und Tony brauchte einen Moment, um zu begreifen, dass das ein Befehl war. An der Wand stand ein Hochbett mit drei Pritschen. Seine beiden Zellengenossen lagen bereits in ihren Betten und hatten ihm den Rücken zugedreht, sodass er ihre Gesichter nicht sehen konnte.

Tatsächlich war das einzige Gesicht, das er nun erblickte, das von Prinz Wendell – sein menschliches Gesicht –, das Tony bisher unbekannt gewesen war. Der Prinz sah, was kein Wunder war, ganz anders aus als der Hund, den er kennen gelernt hatte, abgesehen davon, dass sie beide goldblondes Haar und intelligente Augen hatten. Als Mensch war der Prinz auf eine kühle Art recht gut aussehend, lediglich das leicht fliehende Kinn verlieh ihm einen etwas naiven Zug.

Unter dem Bildnis des Prinzen prangten die Worte: *ARBEITE HART UND EHRLICH.* Offenbar sollte das inspirierend wirken, doch Tony fand es einfach nur grotesk. In New York wäre ein solcher Spruch innerhalb von Sekunden mit Graffiti übersprüht worden.

So leise wie möglich kletterte er über die Leiter zur mittleren Koje und zögerte einen Augenblick, ehe er auf die Matratze kroch. Sie roch nach Schweiß, Urin und Stroh, und er hegte den Verdacht, dass sie vor Ungeziefer nur so wimmelte. Aber er war furchtbar müde, und es gab keinen anderen Ort, an den er gehen konnte. Also legte er sich auf die Pritsche und versuchte, die Staubwolke zu ignorieren, die emporstob, als er sich auf ihr niederließ.

»Und«, fragte der Bursche auf der unteren Pritsche, »was hast du ausgefressen?«

Tonys Herz klopfte heftig. »Schwerer Banküberfall. Ein paar Leute wurden verletzt, weißt du, aber so ist das nun mal. Und wie steht's mit dir?«

»Tätlicher Angriff im Affekt«, sagte die untere Pritsche. »Ich gerate leicht in Affekt.«

Das ganze Bett begann zu beben, und dann spähte ein Männergesicht zu Tony hinauf. Es war ein kleines, aber brutales Antlitz mit bösen Augen und schmalen Lippen.

»Ich bin Acorn«, sagte er. »Hast du was aus Metall bei dir? Messer, Gabeln, Kleiderbügel?«

»Nein, tut mir Leid«, log Tony.

»Sie geben mir hier einfach nichts aus Metall«, klagte Acorn. »Wenn du erstochen wirst, vermachst du mir dann das Messer?«

»Natürlich«, sagte Tony.

Acorn grinste und schmiss sich wieder auf seine Pritsche. Tony lehnte sich vorsichtig zurück. Er fragte sich, ob die Matratze wohl feucht sei, und wenn ja, ob ihn das beunruhigen müsste.

Plötzlich rutschte ein kräftiger behaarter Arm von der oberen Koje, und Tony musste sich in die Hand beißen, um nicht laut aufzuschreien.

»Magst du Schnitzereien?«, fragte der Bursche über ihm, der nach dem Ausschlussverfahren Clay Face sein musste.

Tony musste dreimal schlucken, ehe er antworten konnte. »Äh, na ja, nicht, wenn sie aus Fleisch und Blut sind.«

»Sieh mal, was ich mache.« Die gewaltige Pranke öffnete sich und gab den Blick auf ein Stück Seife frei, das zu einer Skulptur umgearbeitet worden war. Bei näherem Hinsehen erwies sich das Wort Skulptur jedoch als ziemlich hochtrabend für das Ding, das, wenn Tony es in einer Ausstellung hätte unterbringen sollen, den Titel *Vier formlose Gestalten auf einem Sockel* getragen hätte.

»Du hast wirklich Talent«, sagte Tony.

Das Bett über ihm erzitterte, und der Häftling namens Clay Face lehnte sich über den Rand. Er hatte einen massigen Schädel.

»Mein Name ist Clay Face, der Kobold.«

Tony verspürte nicht den Wunsch, ihm zu sagen, dass er das bereits wusste. »Tony Lewis. Warum bist du hier?«

Clay Face lächelte. Irgendwie wirkte sein bulliges Gesicht dadurch noch scheußlicher. »Schnitzen …«

Er sagte das auf eine Art, wie Männer den Namen ihrer Geliebten aussprechen würden. Dann beugte er sich noch weiter zu Tony hinunter.

»Willst du mein Freund sein?«

»Was genau ist damit verbunden?«, fragte Tony und wünschte sich sogleich, er hätte es nicht getan.

Als sie sich dem Palast näherten, fühlte die Königin, wie sie sich ein wenig entspannte.

Sie verspürte auch nicht mehr das Bedürfnis, den Hundeprinz zu schlagen, der noch immer mit heraushängender Zunge seinen Kopf aus dem Fenster steckte. Wenigstens hatte er mit diesem schrecklichen Gebell aufgehört.

Der Palast sah schlimmer aus, als sie ihn in Erinnerung hatte. Vernachlässigt und verlassen. Sie würde dafür sorgen müssen, dass ihre Diener das in Ordnung brachten.

Jenseits der massiven Steinmauern hielt die Kutsche an, und sie stieg aus, gefolgt von dem Hundeprinzen, der für einen Augenblick den Anschein erweckte, als wollte er auf allen vieren laufen.

Sämtliche Fensterscheiben fehlten, und der Wind zerrte an den Vorhängen. Die Königin raffte ihre Röcke zusammen und schritt die verschmutzten Stufen zum Haupttor hinauf. Als sie eintrat, eilte ein Diener, an den sie eine vage Erinnerung hatte, herbei und verbeugte sich.

»Versteck die Kutsche«, befahl die Königin. »Und richte einen Raum für den Prinzen her.«

»Willkommen zu Hause«, sagte der Diener. »Wir haben Euch vermisst, Eure Majestät.«

Sie ignorierte seine Worte. *Er hätte es besser wissen müssen. Aber ich war schließlich jahrelang fort, vielleicht hat er einfach vergessen, wie man Befehle ausführt. Trotzdem muss ich ein Auge auf ihn haben. Mit Dienern, die meinen Wünschen nicht augenblicklich nachkommen, kann ich nichts anfangen.*

Der Hundeprinz war nun ebenfalls hereingekommen. Sein schmaler Körper zitterte, und er hielt seine Hände gekrümmt, gleich Hundepfoten, vor sich. Am Fuß der geschwungenen Treppe blieben sie stehen. Der Aufgang war einst so prächtig gewesen, und nun sah er sogar noch schlimmer aus als damals, als sie das Haus verlassen hatte. Das schwere Holz war vermodert und wurmstichig und Teile des Treppengeländers waren herausgebrochen.

»Wer ist denn das?«, fragte der Hundeprinz.

Sie folgte seinem Blick. Das Porträt hing noch immer da. Es war das lebensgroße Abbild einer wunderschönen Frau, deren Antlitz durch ihre grausame Heimtücke noch besser zur Geltung kam.

Die Königin lächelte. »Das ist die Stiefmutter, die Schneewittchen vor langer Zeit mit dem Apfel vergiftet hat. Sie war einst die mächtigste Frau aller Neun Königreiche, und dies war eines ihrer fünf Schlösser.«

»W-w-was ist mit ihr geschehen?«, fragte der Hundeprinz.

»Als sie schließlich erwischt wurde«, erzählte die Königin, »haben sie ein Paar Eisenschuhe über glühenden Kohlen erhitzt und sie gezwungen, damit auf Schneewittchens Hochzeit zu tanzen.«

Der Hundeprinz zuckte zusammen. Zum ersten Mal hatte sie sein Mitgefühl erregt. Sie widerstand dem Drang, seinen Kopf zu tätscheln, wie sie es getan hatte, als er noch seine Tiergestalt hatte.

»Ja«, sagte sie. »Ist es nicht erstaunlich, wie grausam die guten Menschen sein können, wenn sie erst einmal auf die passende Idee verfallen sind? Später ist sie dann hinaus in den Schnee gekrochen und hat sich auf ihren wunden, verbrannten Füßen zu einem nahe gelegenen Moor geschleppt, diese verkrüppelte arme Frau, die einmal die Schönste von allen gewesen war. Aber sie hat ihre magischen Spiegel mitgenommen und nach einer würdigen Nachfolgerin Ausschau gehalten. Und das war natürlich ich.«

Der Hundeprinz sah die Königin irritiert an. Sie musste sich beherrschen, um sich nicht die einzelne Träne aus ihrem Augenwinkel zu wischen. So oder so zeigte sie schon viel zu viel Gefühl.

Sie ballte eine Hand zur Faust und schien wieder Kraft aus ihren Plänen zu schöpfen. »Ich werde ihr Werk vollenden und die Familie Schneewittchens endgültig vernichten.« Ihre Stimme wurde leise und bedrohlich. »Und Gnade den Narren, die es wagen, sich mir entgegenzustellen.«

Kapitel 13

Die Eisenschuhe glühten inzwischen strahlend rot.

Virginia versuchte, nicht hinzusehen, versagte aber kläglich. Ihre Gedanken kreisten nur noch um diese Folterinstrumente und um die Frage, wie sie sich wohl an ihren kalten, nackten Füßen anfühlen würden …

Immer wieder hatte sie an ihren Fesseln gezerrt, aber sie war nicht im Stande gewesen, sie auch nur ein wenig zu lockern. Nun wusste sie nicht, was sie noch tun sollte, aber sie hegte den Verdacht, dass sie am Ende doch für den Trollkönig tanzen würde und das war gar keine angenehme Aussicht.

Die drei Trolle, die sie gefangen genommen hatten, betrachteten die Schuhe ebenfalls. Virginia wünschte, sie wüsste einen Weg, sie aufzuhalten, aber nichts, was sie versucht hatte, hatte geholfen.

Blabberwort griff nach einer großen Zange und ging zu dem lodernden Feuer hinüber.

Virginia biss sich auf die Unterlippe. *Sie werden diese Sache tatsächlich durchziehen!*

Sie konnte sich nicht erinnern, dass die alten Märchen derart bösartig gewesen waren. Sie runzelte die Stirn. Doch, jetzt erinnerte sie sich. In dem Märchen von *Aschenputtel* hatten sich die Stiefschwestern die eigenen Füße verstümmelt, damit sie in den goldenen Schuh passten. Und hatten am Ende nicht die Tauben den Stiefschwestern die Augen ausgepickt? Und was war mit all den Grausamkeiten in *Die kleine Meerjungfrau*? Sie fand, dass die Filme ihrer Kindheit niemandem einen Gefallen damit getan hatten, dass sie von den blutigen Szenen befreit worden waren. Andernfalls wäre sie jetzt besser vorbereitet gewesen.

Blabberwort packte die Schuhe mit der Zange und zog sie aus

dem Feuer. »Heute wird gegrillt«, krähte sie fröhlich. »Heute wird gegrillt.«

»Bleib mir damit vom Leib«, rief Virginia, als würde das etwas helfen. Trotzdem krümmte sie instinktiv die Zehen und versuchte, in dem Stuhl zu verschwinden.

Nur Sekunden später ertönte hinter ihr ein Krachen. Virginia drehte den Kopf und sah, dass ein hübsch verpacktes Geschenkpaket auf dem Balkon gelandet war. Sofort stellte Blabberwort die rot glühenden Schuhe ab – sie verbrannten den Staub am Boden, der in dünnen Rauchschwaden aufstieg – und rannte, gefolgt von ihren Brüdern, nach draußen auf das Päckchen zu.

Die drei umrundeten das Päckchen, als wäre es eine giftige Schlange.

»Das ist ein Geschenk«, sagte Burly.

»Steht da ›Für Bluebell‹?«, fragte Bluebell.

Zum ersten Mal seit ihrer Ankunft ließen die Trolle Virginia aus den Augen. Sie mühte sich mit aller Kraft, die Fesseln zu sprengen. Die Seile brannten auf ihrer Haut wie Feuer, aber das war immer noch besser als diese nach wie vor rot glühenden Schuhe an ihren Füßen ...

Burly bückte sich und schnappte sich die Karte an der Seite des Päckchens. »Es ist für mich«, sagte er. »Hört zu: ›Ein Geschenk für den stärksten und tapfersten Troll‹.«

Blabberwort entriss ihm die Karte. »*Du* willst der Stärkste sein, Hosenscheißer?« Sie lachte. »Es muss einfach für mich sein.«

Virginia zerrte noch heftiger an ihren Fesseln. *Irgendwie muss ich mich doch befreien können.*

»Ich habe es zuerst gesehen«, bemerkte Bluebell.

»Wer es zuerst findet, darf's behalten«, sagte Burly.

Die Brüder wollten sich gerade auf das Päckchen stürzen, doch Blabberwort zerrte sie zurück.

»Wartet«, sagte sie. »Das könnte eine Falle sein. Wer weiß, dass wir hier sind?« Langsam wich das Trio vor dem Päckchen zurück.

Virginia fluchte innerlich. Sie hatte gehofft, dass die Trolle sich noch eine Weile auf das Paket konzentrieren würden, sodass sie fliehen konnte.

»Ich fress 'nen Kobold«, sagte Burly. »Du hast Recht.«

»Ich frage mich trotzdem, was drin ist«, quengelte Bluebell.

Wieder starrten sie das Päckchen an. Virginia konnte die Gier in ihren Gesichtern sehen.

»Wisst ihr, wonach das riecht?«, fragte Burly jetzt.

Sie bückten sich und schnüffelten an dem Paket. Ein verträumtes Lächeln stahl sich in ihre Gesichter.

»Nach Leder!«, riefen sie wie aus einem Munde.

Virginia zerrte nun so heftig an ihren Fesseln, dass der Stuhl zu wackeln begann. Wären die Trolle nicht so abgelenkt gewesen, hätten sie das Klappern der Stuhlbeine sicherlich nicht überhört.

Virginia starrte die eisernen Schuhe an, die noch immer Brandspuren auf dem Boden hinterließen, und zerrte, diesmal leiser, an ihren Fesseln.

»Schuhe«, rief Bluebell und wedelte aufgeregt mit den Händen über dem noch immer verschlossenen Päckchen.

»Das könnten Stiefel sein«, sagte Blabberwort. »Seht euch nur an, wie groß das Paket ist.«

»Stiefel«, sagte Burly. »Und so, wie es aussieht, haben sie meine Größe.«

Er bückte sich, um das Paket zu öffnen. Virginia wandte den Blick ab und konzentrierte sich auf die verflixten Seile. Plötzlich hörte sie einen heftigen Schlag, gefolgt von einem dumpfen Aufschlag. Als sie sich umdrehte, sah sie Burly bewusstlos am Boden liegen. Blabberwort beugte sich mit einem Schürhaken über ihn, und Bluebell starrte seine Schwester an, als rechnete er mit Ärger.

»Musste ich doch tun«, sagte Blabberwort.

»Natürlich musstest du, natürlich«, stimmte Bluebell zu. »Ich hätte das Gleiche getan.«

»Sie gehören eindeutig nicht ihm, nicht wahr?«, sagte Blabberwort. »Sie sind nicht an ihn adressiert.«

»Du hast das Richtige getan«, bestätigte Bluebell. »Andernfalls wäre es ein Verbrechen gewesen, nicht wahr?«

»Genau«, sagte Blabberwort trotzig. »Ein Paket wie dieses kann nämlich nur eine Sache enthalten: Damenstiefel.«

Die beiden Trolle starrten einander lauernd an, und Virginia holte tief Luft. *Wer hätte gedacht, dass ich durch ein internes Gerangel der Trolle freikommen könnte?*

»Nein, sie gehören mir«, sagte Bluebell jetzt. »Das weißt du genau. Sie sind ein Geschenk für mich.«

»Sie gehören mir!«, brüllte Blabberwort.

»Nein, mir!«, kreischte Bluebell.

Schon begannen sie, aufeinander einzuschlagen, hielten aber kurz darauf inne und grinsten sich an. Der plötzliche Stimmungsumschwung wirkte ein bisschen bemüht, das vermochte sogar Virginia zu erkennen.

»Sieh mal«, sagte Blabberwort langsam, »wir können sie nun mal nicht beide haben. Lass uns einfach 'ne Münze werfen, um herauszufinden, wer sie bekommen soll.«

»Gute Idee«, stimmte Bluebell eifrig zu. »Sieh nach, ob du eine Münze in der Tasche hast.«

»Du musst aber auch nachschauen«, sagte Blabberwort.

Beide taten, als griffen sie in ihre Taschen, ließen jedoch stattdessen ihre Fäuste durch die Luft fliegen. Virginia hatte das kommen sehen, sie offenbar nicht. Wie in einem schlechten Film schlugen sie sich gleichzeitig nieder und gingen zu beiden Seiten ihres Stuhls bewusstlos zu Boden.

Sie seufzte leise. Ein Problem war gelöst, zumindest vorübergehend. Aber sie hatte immer noch keine Möglichkeit gefunden, sich aus diesen Fesseln zu befreien. Und der Trollkönig konnte jeden Augenblick zurückkommen. Er schien noch viel gefährlicher als seine missratenen Kinder, und vermutlich würde er sie für deren Zustand verantwortlich machen.

Sie fröstelte, und dann hörte sie hinter sich etwas rascheln. Als sie sich umwandte, erblickte sie den Mann, der sie im Haus ihrer Großmutter angegriffen hatte, wie er sich an einem Seil auf den Balkon herunterhangelte.

»Hallo«, rief er, während er hin und her baumelte. »Rettung naht.«

»Kommen Sie mir nicht zu nahe!«, rief Virginia.

Leichtfüßig sprang er auf den Balkon und ging lächelnd auf sie zu.

»Keine Sorge«, sagte er. »Ich bin nicht mehr der, der ich einmal war. Ich habe mich einer umfassenden Therapie unterzogen und erkannt, dass ich Essen als Ersatz für Liebe angesehen habe, und ich habe Bücher, um es zu beweisen.«

Er öffnete den schäbigen Beutel, den er auf dem Rücken getragen hatte, und zeigte ihr die Bücher. Gegen ihren Willen fasziniert, starrte sie die umfängliche Sammlung an.

»*Wie man trotz Eltern überlebt. Gegen alle Widerstände. Wie werde ich ein glücklicher Mensch?* und *Hilfe für bettnässende Kinder,* doch das letzte habe ich nur aus Versehen mitgenommen. Sie sehen, ich habe alle wichtigen Bücher.«

»Wenn Sie auch nur einen Zentimeter näher kommen, schreie ich mir die Lunge aus dem Leib.« Virginia zerrte an den Seilen.

»Das nennt man eine leere Drohung.« Nun trat er sehr nahe an sie heran und sie spürte seinen Atem in ihrem Nacken. Sie zuckte zusammen. Er leckte sich die Lippen, schnüffelte an ihr und stieß einen Seufzer der Wonne aus.

Sie erinnerte sich an ihre Großmutter, bratfertig wie eine Weihnachtsgans und noch immer wütend wegen der Trockengewürze in ihrem Haar, und sie erschauerte.

Der Fremde griff nach dem Seil und fing an, es zu lösen. Offenbar war ihm ihr Schaudern nicht entgangen. »Ich hoffe, Sie verzeihen, wenn ich das bemerke, aber ich habe das Gefühl, dass Sie mir immer noch nicht ganz vertrauen.«

»Ich vertraue Ihnen kein Stück«, entgegnete Virginia aufgebracht. »Immerhin haben Sie versucht, meine Großmutter zu fressen.«

»Aber nein«, widersprach Wolf. »Ich war nur ein bisschen verspielt. Wölfchen tun gern so, als wollten sie etwas Ungehöriges tun. Ich hätte sie niemals gegessen. Sie wäre ohnehin so zäh gewesen wie ein alter Schuh.«

Seine Augen leuchteten, doch sein Lächeln war ein bisschen tückisch. Und doch bezaubernd ... Virginia wappnete sich, um nicht von seinem Charme überwältigt zu werden.

»Ich würde niemandem etwas zu Leide tun. Nicht einmal Butter würde in meinem Mund schmelzen. Na ja, vielleicht doch, aber nur sehr langsam.«

In diesem Augenblick löste sich ihre Handfessel. Virginia sprang auf und wich vor ihm zurück, wobei sie beinahe über einen der am Boden liegenden Trolle gestolpert wäre.

Wolf kam mit ausgestreckten Händen auf sie zu. Es schien, als wollte er sie beruhigen, und es schien auch, als würde er dabei jämmerlich versagen. Hektisch sah sich Virginia nach einer Waffe um, konnte jedoch nichts Passendes entdecken.

»Huff-puff«, sagte er. »Ich gebe Ihnen mein feierliches Wolfswort, dass Sie bei mir in Sicherheit sind. So sicher wie in einem gemauerten Schweinestall. Aber jetzt warten Sie einen Augenblick, damit ich unsere Flucht vorbereiten kann. Wir stecken in einer äußerst romantischen Gefahrensituation.«

Er nickte ihr noch einmal zu, ging dann zum Balkon und starrte hinunter.

Wolfswort? Sie runzelte die Stirn. *Ist das wirklich sein Name? Wolf?*

Sie fuhr fort, sich nach etwas, irgendetwas, umzusehen, das ihr helfen würde, aus diesem Schlamassel herauszukommen.

»Wie gut können Sie klettern?«, fragte Wolf gerade. »Ich bin dreimal fast abgestürzt, als ich mich hochgehangelt habe.«

Ihr Blick fiel auf den Schuhschrank. Die magischen Schuhe des Trollkönigs glitzerten sie an. *Sie rufen mich. Sie sind wunderschön. Und wenn ich hineinschlüpfe, kann ich ihm entkommen. Ich kann ihnen allen entkommen.*

Sie ging auf den Schrank zu. »Diese unglaublichen Schuhe«, murmelte sie. »Sie haben ihn unsichtbar gemacht.«

»Ich weiß«, sagte Wolf.

»Aber sie haben ihn *unsichtbar* gemacht«, beharrte Virginia.

»Rühren Sie sie nicht an«, sagte Wolf, während er sich im Raum nach einer Fluchtmöglichkeit umsah. »Sie werden sie irgendwann nicht mehr ausziehen wollen.« Er runzelte die Stirn. »Balkon oder Korridor, das ist hier die Frage.«

Er durchquerte das Zimmer und öffnete die Tür einen Spalt

weit. Virginia ging zu den Schuhen. *Ich habe nie zuvor ein so schönes Paar gesehen.*

»Ich werde sie nicht anrühren«, sagte Virginia. »Ich habe mich nur gefragt, wie sie wirken.«

»Zur Zeit wirken sie auf Sie«, sagte Wolf, und er klang verärgert. »Lassen Sie die Finger davon.«

Sie packte die Schuhe und wollte gerade hineinschlüpfen, als Wolf murmelte: »Korridor, denke ich.«

Seine Worte brachten sie wieder zu sich. Sie sah ihn an. Ein panischer Ausdruck zeigte sich in seinen Zügen. »Nein! Schnell! Balkon!«, rief er. »Da kommt jemand.«

Und das kann nur der Trollkönig sein. Ich habe keine Zeit mehr für die Schuhe. Virginia rannte zum Balkon.

Wolf wartete schon auf sie, in den Händen das, was sie für ein Seil gehalten hatte. Tatsächlich war es eine Efeuranke, und sie konnte nur hoffen, dass die Pflanze stark genug war, sie beide zu tragen.

Sie kletterte an dem Efeu in die Tiefe, erstaunt, wozu die Furcht sie hatte treiben können, und rannte sofort los, kaum dass ihre Füße den Boden berührt hatten. Hinter sich konnte sie Wolfs keuchenden Atem hören. Bei der ersten Gelegenheit würde sie die gestohlenen Schuhe anziehen und ihm entwischen.

Zwei Wachen rannten auf sie zu, doch sie wich ihnen geschickt aus, während sie über den verwilderten Rasen hetzte. Sie rannte, so weit sie konnte, die zerfurchte Straße hinunter, aber sie war schließlich keine Marathonläuferin. Außerdem tat ihr Kopf immer noch weh. Erschöpft verfiel sie schließlich in einen schnellen Trott.

Dennoch hatte Wolf Mühe, mit ihr Schritt zu halten. Sie blickte über ihre Schulter. *Was habe ich diesem Burschen getan? Er scheint entschlossen zu sein, in meiner Nähe zu bleiben. Aber ich will nicht enden wie Großmutter, egal, wie sehr er glaubt, sich gebessert zu haben. Egal, wie süß er ist . . .*

Noch war Tag, doch der Himmel verdunkelte sich langsam. Es war allerdings nicht die Dunkelheit der heraufziehenden Dämmerung, sondern die eines näher kommenden Unwetters. Sie war den größten Teil der Reise zum Trollpalast bewusstlos gewesen. Sie hatte nichts von der Gegend gesehen und wusste nicht, wo sie tatsächlich war. Ein Blick in die Karte, die im Gefängnis gehangen hatte, wäre jetzt hilfreich gewesen.

»Entschuldigung, Miss?«, sagte Wolf jetzt. »Wohin genau, glauben Sie, dass Sie gehen?«

»Zurück zum Gefängnis«, erwiderte Virginia.

»*Zurück* zum Gefängnis?«, rief Wolf erstaunt.

»Ich muss meinen Vater suchen«, sagte Virginia. »Und dann will ich auf direktem Wege zurück nach Hause.«

»Schon gut, schon gut«, sagte Wolf. »Aber das ist der falsche Weg. Virginia, hören Sie, bitte, Sie werden hier keine fünf Minuten überleben, wenn Sie nicht auf mich hören. Wir müssen von der Straße herunter und dort entlang.«

Er war nun direkt hinter ihr. Sie wandte sich um und sah in die Richtung, in die er deutete. Dort lag ein Wald, aber er hatte keine Ähnlichkeit mit den Wäldern, die sie kannte. Zwischen den normalen Bäumen wuchsen Bohnenstangen. Gewaltige Bohnenstangen. So viele Bohnenstangen, dass sie sie nicht zählen konnte. Und sie wuchsen in den Himmel, hoch genug, die normalen Bäume wie Miniaturen erscheinen zu lassen. Und sie waren scheußlich. *Nie hätte ich gedacht, dass Bohnenstangen aus der Nähe betrachtet so hässlich sind.*

»O mein Gott«, stöhnte sie. »Da will ich nicht hingehen.«

Aber sie hegte den Verdacht, dass ihr keine andere Wahl bleiben würde.

Tony kauerte auf allen vieren im Korridor und schrubbte den Fliesenboden.

Seine Hände brannten – die Seife war nicht gerade hautfreundlich und roch recht eigentümlich –, und das Wasser war eiskalt. Schon war seine Haut gerötet und stellenweise wund. Er mochte sich nicht vorstellen, wie er aussehen und sich fühlen würde, wenn er mehrere Stunden mit diesem Zeug zugebracht hatte.

Wenn ich noch einen Wunsch übrig hätte, würde ich mir mein altes Leben zurückwünschen. Sicher, ich hab meinen Job als Hausmeister gehasst und Murray ebenfalls, aber es ist nie so schlimm gewesen wie das hier …

»Psst, Anthony?« Die Stimme gehörte Prinz Wendell.

Tony hielt inne und erkannte, dass er sich direkt vor dem Büro des Direktors befand. Wendell musste noch immer in diesem Raum sein.

»Woher weißt du, dass ich es bin?«, flüsterte Tony.

»Du hast einen charakteristischen ungewaschenen Gestank an dir«, sagte Prinz Wendell.

Tony errötete.

»Was machst du da?«, fragte der Prinz.

»Ich schrubbe den Boden«, erwiderte Tony. »Was denkst du, dass ich tue?«

»Hast du einen Seifenriegel?«

»Warum? Willst du, dass ich mich wasche?«

»Bleib an Ort und Stelle!«, sagte Prinz Wendell. »Geh nicht fort!«

Als ob ich irgendwohin gehen könnte ... Tony krabbelte zur Tür hinüber und spähte durch das Schlüsselloch. In dem Raum dahinter konnte er den Direktor erkennen, der gerade mit einer Gruppe Wärter sprach. Prinz Wendell war unterdessen lautlos auf einen Tisch gesprungen und lief auf einen Schlüsselring zu. Geschickt löste er mit Schnauze und Vorderpfoten einen Schlüssel von dem Ring, sprang wieder vom Tisch herunter und lief auf die Tür zu.

Tony zuckte zurück, als Prinz Wendell den Schlüssel durch die Ritze zwischen Tür und Steinboden schob.

»Das ist der Generalschlüssel des Direktors«, sagte Prinz Wendell. »Mach einen Abdruck davon mit der Seife. Schnell, er wird ihn gleich wieder an sich nehmen.«

Tony nahm den Schlüssel in die Hände. Er zitterte. Was würden sie ihm antun, wenn sie ihn mit dem Schlüssel erwischten? Er wollte nicht darüber nachdenken.

Er griff nach der Seife und drückte den Schlüssel mit aller Kraft hinein. In diesem Augenblick kam ein Wärter vorbei. Tony hätte vor Schreck beinahe seine Zunge verschluckt.

»Wirklich hartnäckiger Schmutz, Sir«, murmelte Tony.

Den Wärter schien es nicht zu kümmern. Tony wartete, bis er fort war, ehe er den Schlüssel vorsichtig aus der Seife nahm.

Dann schob er den Schlüssel rasch wieder unter der Tür durch und sah durchs Schlüsselloch zu, wie Prinz Wendell ihn wieder an dem Ring befestigte.

Tony betrachtete die Seife und seufzte. *Seltsam, wie etwas so Kleines wie ein Schlüsselabdruck einem Menschen Hoffnung geben kann.*

Relish, der Trollkönig, tobte.

Außer sich vor Wut riss er sämtliche Schuhe aus dem Schrank, doch er wusste bereits, dass die magischen nicht mehr da waren. Das Mädchen hatte sie gestohlen. Seine geliebten magischen Schuhe, die ihn unsichtbar machten. Und er hatte sie nicht einmal für sich tanzen gesehen.

Schlimmer noch! Als er hereingekommen war, hatte er die Eisenschuhe erkaltet, seine idiotischen Kinder bewusstlos und ein Päckchen mitten im Raum vorgefunden. Er hatte die drei geschlagen, bis sie wieder zu sich kamen, aber auch das hatte ihn nicht befriedigen können. Und nun, da er wusste, dass die Schuhe fort waren – nun, er warf die verbliebenen Paare Stück für Stück nach Burly, Blabberwort und Bluebell.

»Ihr Idioten!«, brüllte der Trollkönig. »Dummköpfe! Ich kann euch nicht einmal eine Minute allein lassen.«

»Es war nicht unsere Schuld«, sagte Burly. »Sie hat dieses magische Paket herbeigezaubert.«

Sie sind wirklich überzeugt, dass dieses zierliche Mädchen eine Hexe ist. Relish starrte seinen Sohn entgeistert an, ging zu dem Päckchen, das sie aus irgendeinem Grund nicht geöffnet hatten und riss es auf. Im Inneren fand er einen rosafarbenen Kindergeldbeutel und eine Notiz. Relish las laut vor: »›Mit besten Wünschen, Wolf‹.«

Seine Kinder senkten die Köpfe.

»Ihr Trottel!«, brüllte Relish. »Wir müssen sie sofort verfolgen. Holt die Hunde.«

Die Hunde werden sie und ihren Freund Wolf finden. Und meine Lieblingsschuhe. Und wenn ich sie erst mal habe, wird sie mir kein zweites Mal entkommen, so wahr ich Relish, der Trollkönig bin.

Kapitel 14

Die Bohnenstangen verbreiteten einen kräftigen, frischen Geruch, durchsetzt mit dem Duft von Heu und dem bitteren Gestank verbrannter Bohnen.

Der Geruch war überwältigend und mit nichts zu vergleichen, was ihr je zuvor in die Nase gestiegen war.

Sie schritten zwischen den Stangen hindurch, die sich weit über ihren Köpfen verzweigten und in die Höhe wanden. Ihre Größe erinnerte Virginia an eine Reise nach Kalifornien, als sie ein kleines Mädchen gewesen war. Die Mammutbäume waren ihr damals riesig erschienen, doch verglichen mit diesen Bohnenstangen waren sie geradezu winzig.

Inzwischen versuchte sie nicht mehr, Wolf zu entwischen. Es hatte einfach keinen Sinn. Er war derjenige, der wusste, wie sie aus diesem Bohnenwald zurück zum Gefängnis kamen. Sie konnte nur hoffen, dass er sie auch tatsächlich dorthin führen würde.

Die Schuhe allerdings reizten sie wie ein Hautjucken, an dem sie nicht kratzen durfte.

Plötzlich erblickte sie die Skulptur eines Knaben. Als sie näher kamen, erkannte sie, dass die Statue arg verwittert war. Zudem war sie von Ranken überwuchert, und ein Teil des Kopfes fehlte. Trollgraffiti bedeckte den Sockel, trotzdem konnte sie die Inschrift noch lesen:

DER TAPFERE HANS –
ERSTER BÜRGERMEISTER
VON BEANTOWN

Sie runzelte die Stirn. Alles hier war so fremdartig und doch so sonderbar vertraut. Die Geschichten, die sie als Kind gehört hatten, vermischten sich mit dem, was sie sah, und verwandelten die Welt, die sie gekannt hatte, in etwas, das nicht wirklich real war.

Sie wandte sich an Wolf. »Ist das Hans aus …«

»*Hans und die Bohnenstange*, richtig«, entgegnete Wolf.

Sie nickte. Die Schuhe riefen sie wieder. Sie griff nach ihnen, fühlte sie unter ihren Fingern. Sie schimmerten verlockend.

»Das war einmal eine sehr wohlhabende Gegend«, erzählte Wolf, den Blick in die Ferne gewandt. »Bevor die Bohnenstangen überall keimten und das ganze Land überwucherten.«

Sie schlüpfte in die Schuhe und fühlte ein Kribbeln am ganzen Leib.

»Die Trolle haben das Land als eigenes Königreich erhalten«, berichtete Wolf weiter.

Sie hielt sich eine Hand vor ihr Gesicht und hätte beinahe gekichert, als sie nichts sah.

»Und darum hassen sie Prinz Wendell, denn er wird über ein fruchtbares, wohlhabendes Reich herrschen …« Wolf unterbrach sich und drehte sich um. Dann drehte er sich noch einmal. Virginia musste erneut ein Kichern unterdrücken. Er konnte sie nicht sehen.

»Virginia?«, rief Wolf. Wie ein Spielzeug zum Aufziehen drehte er sich wieder und wieder um die eigene Achse. Dann hielt er inne und stemmte die Hände auf die Hüften.

»Bitte, sagen Sie mir, dass Sie die magischen Schuhe des Trollkönigs nicht angezogen haben«, rief Wolf unverkennbar entrüstet.

Na schön, dachte Virginia, *ich werde dir überhaupt nichts erzählen.* Sie legte eine Hand an den Kopf. Sie war ein wenig benommen, beinahe trunken. Wieder fühlte sie den Drang zu kichern. Sie fragte sich, wie lange sie ihn noch unterdrücken konnte. Lange genug, um dem hübschen Knaben hier zu entwischen?

Sie wusste es nicht, aber sie würde es herausfinden.

Tony stand an einem Tisch in der Mitte des Speisesaals und sah den Wärtern zu, die auf und ab patrouillierten.

Der Raum wirkte kleiner und schmaler, sobald sich der größte Teil der Gefängnisbewohner in ihm eingefunden hatte.

Soweit Tony es beurteilen konnte, waren sie alle menschlich, obwohl einige von ihnen Flügel hatten. Andere wiederum hatten so scheußliche Gesichter wie diese Trolle, vor denen er und Virginia geflüchtet waren. Wieder andere – so der Bursche an der gegenüberliegenden Seite des Tisches – hatten schlimme Narben, die ihre Köpfe wie genähte Lederbälle in einzelne Segmente zerteilten.

Der Direktor stand zusammen mit einigen Wärtern am Kopfende des Raumes. Die Karte hing direkt hinter ihnen. Und auf dem Tisch vor den Sträflingen standen Schalen mit etwas, das nach vier Tage alter Erbsensuppe, vermengt mit verbrannten Baked Beans und verrottetem Heu roch. Tony argwöhnte, dass die Mahlzeiten nicht zu seinen bevorzugten Erlebnissen im Schneewittchen-Gedächtnis-Gefängnis zählen würden.

Jedermann stand, die Hände vor dem Bauch gefaltet, doch niemand konnte ihm erklären, warum. Auf einen kurzen Wink mit der Peitsche des Direktors, begannen die Gefangenen rund um Tony etwas vorzutragen. Wie aus einem Munde sprachen sie:

»Wir geloben, Prinz Wendell, dem fürsorglichen und tapferen Herrscher des Vierten Königreiches, zu dienen, und bitten, gebessert zu werden, auf dass wir alle von da an glücklich leben können.«

Die Sträflinge setzten sich. Tony unterdrückte den Drang, die Männer anzustarren, als wären sie völlig verrückt. Verrückt mochten sie vielleicht sein, aber ganz bestimmt waren sie auch gefährlich.

»Ich habe schlechte Nachrichten«, hob der Direktor an. »Eine neue Ära der Bestrafung ist angebrochen. Von heute an sind alle Privilegien gestrichen.«

Die Sträflinge begannen, mit Blechtassen und Fäusten lautstark auf den Esstisch einzuhämmern. Der ganze Raum schien lebendig geworden zu sein.

»Unglücklicherweise hat sich nämlich ein neuer Insasse, der

zu seiner eigenen Sicherheit anonym bleiben muss, geweigert, mir zu sagen, wie er der Königin zur Flucht verholfen hat.«

Na großartig. Tony versuchte, den Kopf einzuziehen, doch vergeblich. Der Direktor ging direkt auf ihn zu und sorgte so dafür, dass wirklich jeder im Raum wusste, von wem er sprach.

»Solltet ihr dennoch herausfinden, wer dieser Mann ist, so behandelt ihn mit dem gleichen Mitgefühl, das ihr auch jedem anderen neuen Insassen entgegenbringen würdet.«

Direkt hinter Tony blieb der Direktor stehen. »Denkt nicht: ›Nur wegen diesem Abschaum darf ich keinen Besuch mehr empfangen und habe alle Freiheiten verloren.‹ Benutzt solche Gedanken nicht als Ausrede, ihn zu verprügeln, bis er das Bewusstsein verliert.«

Das Hämmern hatte aufgehört. Alle starrten auf Tony, sogar die Burschen mit nur einem Auge und, schlimmer noch, auch die mit nur einem Auge mitten auf der Stirn. Der Direktor entfernte sich und gab den Wärtern an der Tür ein Zeichen.

Noch immer starrten alle Gefangenen ihn an, und es war totenstill im Raum. Er quälte sich sein überzeugendstes Murray-Anschleim-Grinsen ins Gesicht und sagte: »Junge, jetzt verstehe ich, warum niemand diesen Typ ausstehen kann.«

Es überraschte ihn nicht, dass niemand lachte. Tony strich mit der Zunge über die Oberlippe und wandte sich dem grünlichen, stinkenden Zeug in seinem Napf zu. Die Pampe dampfte noch, wodurch sie noch abstoßender wirkte.

»Was ist das?«, fragte er.

Als hätte er das Stichwort gegeben, begannen die anderen zu essen. Auch Clay Face neben ihm schlürfte seine Mahlzeit direkt aus dem Napf, als hätte er seit Wochen gehungert. »Gebackene Bohnenstangen«, sagte er zwischen zwei Bissen.

»Gebackene Bohnen?«, fragte Tony hoffnungsvoll und schob sich einen Löffel in den Mund.

»Bohnen*stangen*«, sagte Clay Face.

Angewidert spuckte Tony das Zeug in seine Hand. »Ich kann das nicht essen. Es schmeckt wie alte Matratzen.«

»Nein, das tut es nicht«, widersprach ein älterer Sträfling. »Alte Matratzen schmecken verschwitzt und fleischig.«

Tony wollte lieber nicht wissen, woher der Bursche seine Kenntnisse hatte. »Wie oft steht dieser Fraß auf der Speisekarte?«

»Dreimal täglich«, antwortete Clay Face.

Tony hob sein Glas. Es war mit einem fahlgrünen Saft gefüllt, der aussah wie etwas, das Virginia in einer der vegetarischen Juice-Bars kaufen würde, von denen es in Manhattan neuerdings nur so wimmelte. Er atmete tief durch und nippte daran.

Das Zeug schmeckte wie kalte, verdünnte Erbsensuppe, vermengt mit Baked Beans und Heu, dem irgendetwas Ranziges zugefügt worden war, um das Aroma zu verstärken. Er spuckte den Saft quer über den Tisch.

»Das ist Bohnenstangensaft«, erklärte Acorn. »Dauert ein bisschen, bis man sich daran gewöhnt.«

Frustriert stellte Tony das Glas wieder ab. Er war durstig, aber nicht so durstig. Direkt hinter der Tür konnte er die Treppe zum Keller sehen. Dort unten war der Spiegel, der ihn in seine Welt zurückbringen würde, eine Welt, in der grüner Saft nach Limonen schmeckte und grüne Suppe wenigstens gesalzen war.

»Angenommen, ich möchte mit jemandem sprechen, um ... sagen wir, um in den Besitz von einem kleinen Stück Metall zu kommen«, fragte Tony. »Wie müsste ich das anstellen? Wer ist hier der Boss?«

Das Baseballgesicht sah sich in alle Richtungen um, um sicherzustellen, dass niemand zuhörte. Dann beugte er sich vor und flüsterte: »Wenn du hier drin irgendwas kaufen, verkaufen, leihen oder herstellen lassen willst, dann musst du die Zahnfee besuchen.«

Tony war nicht sicher, ob er richtig gehört hatte. »Die was?«

»Den Gefängniszahnarzt«, erklärte Acorn.

»Und wie komme ich zu ihm?«

»Kein Problem«, sagte Baseballgesicht, holte mit der Rechten aus und schlug Tony direkt auf die Kauleiste. Tony zuckte zurück; ein schlimmer Schmerz schoss durch seinen Oberkiefer. Er schmeckte Blut.

»Sag dem Direktor, was passiert ist, und du wirst den Morgen nicht mehr erleben«, warnte ihn Baseballgesicht, die Lippen über grünlich schimmernden Zähnen zu einem schmierigen Grinsen verzogen.

»Fähne …«, jammerte Tony, eine Hand über den blutenden Mund gelegt. »Er hat mir die Fähne eingeflagen.«

»Schhh«, zischte Acorn. »Wir kümmern uns darum.«

Tony fühlte Blut durch seine Finger sickern. Die anderen Gefangenen beobachteten ihn, als wäre ihnen die Show noch nicht gut genug. Acorn beendete seine Mahlzeit aus grünem Schleim und erhob sich. Er ging zu einem der Wärter und bedeutete Tony, ihm zu folgen.

Tony folgte.

»Dieser Mann hat sich die Vorderzähne am Essen verletzt«, sagte Acorn, als er näher trat. »Ich glaube, er muss zur Zahnfee.«

»Persönliche Kontakte außerhalb des Speisesaals sind den Gefangenen verboten«, sagte der Wärter.

»Dann werden *Sie* Prinz Wendell bei seinem nächsten Besuch erklären, dass ein Mann hier keine notwendige Zahnbehandlung erhalten kann.«

Der Wärter legte die Stirn in Falten. Offensichtlich hatte Wendell – in seiner menschlichen Gestalt – hier einigen Einfluss. »Gut, aber beeilt euch«, sagte er.

Acorn nickte. Er krümmte einen Finger, und Tony beugte sich zu ihm hinab. Der Schmerz in seinem Mund wurde schlimmer.

Acorn erklärte ihm knapp, wie er zur Zelle der Zahnfee gelangte und versetzte ihm einen Stoß in die richtige Richtung. Tony blickte sich noch einmal um und sah, wie die anderen Sträflinge grinsten. Möglicherweise würde er seine Mahlzeit beenden müssen, blutend oder nicht.

»Los«, flüsterte Acorn.

Tony seufzte und eilte den Korridor entlang. Die Blutung hatte aufgehört und einen metallischen Geschmack in seinem Mund hinterlassen. Seine Zunge spielte mit seinen lockeren Vorderzähnen. Sie wackelten bedenklich, und er fühlte Hautfetzen an seinem Gaumen, die vorher dort nicht gewesen waren.

Er brauchte nicht lange, um die Zahnfee zu finden. Ein schmutziges Schild über der Tür klärte ihn darüber auf, dass er sich am richtigen Ort befand. Überraschenderweise stand die Zellentür offen. Tony ging hinein.

Die Zahnfee wandte sich um und grinste. Doch die Zahnfee war nicht die liebliche Frau aus Kindermärchen, sondern ein untersetzter, grobschlächtiger Kerl mit langen blauen Flügeln. Und er hatte die schlechtesten Zähne, die Tony je gesehen hatte.

»Das sieht nicht gut aus«, sagte die Zahnfee. »Die müssen alle raus.«

»Du haft doch bifher noch nicht mal in meinen Mund gefehen«, protestierte Tony.

»Willst du Zucker?«

»Fucker?«, fragte Tony. »Du bift Fahnarft, du follteft niemandem Fucker anbieten.«

»Warum nicht?«, fragte die Zahnfee.

»Weil er die Fähne verdirbt.«

»Blödsinn«, lachte die Zahnfee.

»Nein«, sagte Tony.

»Also, entschuldige mal«, sagte die Zahnfee, »aber wer zieht hier die Zähne? Du oder ich?«

Nervös nahm Tony Platz. Hätte er nicht so furchtbare Schmerzen gehabt, er hätte es sich anders überlegt. Aber etwas musste geschehen. Zudem bekam er nun Kopfschmerzen, die über sein Nasenbein hinauf in die Stirn stiegen.

»Ich werde dir nur rasch die Riemen anlegen«, sagte die Zahnfee.

»Die waf?«, fragte Tony.

»Die Riemen des Trostes«, erklärte die Zahnfee.

»Ich laffe mich nicht anfnallen!«, rief Tony.

Die Zahnfee schnallte ihn auf einem Gestell fest, das aussah wie ein elektrischer Stuhl. Da alle Lampen mit Kerzen ausgestattet waren, durfte er zumindest hoffen, dass die einzige Art der Folter, von der diese Kreaturen noch nichts gehört hatten, ein elektrischer Stuhl war. Und er würde ihnen bestimmt nichts davon erzählen.

»Zahnfäule wird durch drei Dinge ausgelöst«, dozierte die Zahnfee gerade. »Erstens: schlechtes Essen; zweitens: schlechte Pflege; und drittens: böse Feen.«

Er zog ein aufgerolltes Diagramm herab, auf dem Bilder von Mündern dargestellt waren, und deutete auf ein Schaubild bösartig aussehender Feen.

Das war's. Das hier war nicht Oz, und der Kerl war nicht einmal so gut wie der schlechteste Zahnarzt in ganz New York. »Ich gehe lieber«, murmelte Tony.

Die Zahnfee beugte sich vor und griff mit schmutzigen Stummelfingern nach Tonys Mund. Tony versuchte, den Kopf wegzuziehen. Die Zahnfee rüttelte an Tonys Vorderzähnen, und der Schmerz war gewaltig.

»Tut das weh?«, fragte die Zahnfee.

»Ja!«

Der Kerl rüttelte noch ein bisschen stärker. Der Schmerz wurde schlimmer.

»Tut *das* weh?«

»Ja!«

»Und was ist *damit*?«

Die Zahnfee setzte ihre ganze Kraft ein und riss Tony mit einem Ruck beide Vorderzähne aus. Tonys Mund fühlte sich an, als stünde er in Flammen, und er schrie, als Blut auf seine Zunge tropfte.

Stolz hielt die Zahnfee Tony zwei riesige Vorderzähne vor die Nase, die er vorher noch nie in ihrer ganzen Pracht gesehen hatte. Es waren gute Vorderzähne gewesen. Tony vermisste sie jetzt schon.

»Zahnersatz«, sagte die Zahnfee, als hätte sie seine Gedanken gelesen. »Keine Sorge, ich habe einen vollen Beutel mit magischen Zähnen hier.«

Die Zahnfee griff nach einem verdreckten Beutel und öffnete ihn. In seinem Inneren lagen Hunderte von Zähnen in allen Größen und Farben.

Tony schob seine Zunge in die neue Lücke und seufzte. Er kannte sich mit Medizin gerade gut genug aus, um zu wissen, dass fremde Zähne – schmutzige fremde Zähne – ihn sterbenskrank machen würden. Er musste die Aufmerksamkeit der Zahnfee auf etwas anderes lenken, und zwar sofort.

So wandte er sich dem eigentlichen Grund für seinen Besuch zu. »Schau, ich brauche Hilfe«, sagte er. »Ich muss einen Schlüssel aus dem hier machen.« Er griff in seine Tasche und zog die Seife hervor.

Die Zahnfee kniff die Augen zusammen und schaute sich über beide Schultern um, um sicherzugehen, dass niemand sonst in der Nähe war.

»Was ist dir das wert?«, fragte die Zahnfee.

Tony nahm seine Uhr ab und wedelte damit. Er war überzeugt, dass diese Kreaturen so etwas noch nie gesehen hatten.

»Das ist ein Zeitmesser für das Handgelenk«, erklärte Tony. »Siehst du, er hat kleine Zeiger, die die Zeit genau anzeigen.«

Die Zahnfee durchquerte die Zelle und öffnete eine Tür. In dem Schrank dahinter lagen an die fünfzig goldene und silberne Taschenuhren. »Ich weiß, wir nennen sie Uhren.«

Tony schloss die Augen. Sein Mund schmerzte und blutete noch immer höllisch. Die Seife reizte die Haut an seinen Fingern, und jetzt war auch noch alles umsonst gewesen.

Die Hoffnung, mit der Wendells gute Idee ihn erfüllt hatte, schwand schnell.

Wolf konnte Virginia in dem Wald vor sich nur vage riechen.

Der Gestank der Bohnenstangen drohte sogar seine scharfen Sinne zu erschlagen. Wäre er nicht so sehr auf sie fixiert gewesen, hätte er ihr vermutlich nicht folgen können.

Sie ging auf eine gigantische, tausend Jahre alte Bohnenstange zu, die von Stacheldraht und spitz zulaufenden Eisengittern umgeben war. An ihrem Fuß befand sich ein Schild mit der Aufschrift: *KLETTERN VERBOTEN!*

Ergänzt wurde es von dem Bild eines Riesen und einer weiteren Warnung: *EINDRINGLINGE WERDEN GEFRÜHSTÜCKT!*

Nicht, dass irgendjemand hätte eindringen wollen. Aus der Höhe hörte Wolf das Donnern trunkener Stimmen und ein Geräusch, das sich nach splitterndem Glas anhörte.

Für einen Augenblick verlor er ihre Fährte und kniff die Augen zusammen.

»Virginia?«, rief er, und er war mehr als nur ein bisschen panisch. Wenn er sie jetzt verlor, dann für immer. »Ich weiß, du glaubst, du wärst in diesen Schuhen sicher, aber nichts könnte der Wahrheit ferner sein. Alles aus dem Besitz eines Trolls ist praktisch schlecht und gefährlich.«

Er schnüffelte, konnte ihren lieblichen Duft jedoch nicht mehr wittern.

»Oh, Virginia, wo bist du?«

Bald dachte er, er hätte ihre Fährte entdeckt, war sich aber nicht sicher, und sie sagte kein Wort. Dann flimmerte die Luft am Fuß einer Bohnenstange, und langsam wurde Virginia wieder sichtbar.

»O nein!«, sagte sie.

Er schenkte ihr sein verwegenstes Lächeln. Er war wirklich froh, sie wieder zu sehen. »Noch mal hallo«, sagte er.

Virginia zuckte zusammen. Offenbar hatte sie nicht bemerkt, dass er direkt neben ihr stand.

Wolf lehnte sich an einen Baum, erleichtert, sie gefunden zu haben. Dann sagte er: »Sie sind nicht ganz aufgeladen gewesen. Ohne eine angemessene Pause funktionieren sie nicht allzu lange. Das ist ein technischer Fehler dieser Schuhe, einer von vielen, genauer gesagt.«

Virginia versuchte davonzulaufen, aber er packte ihren Arm. Mit der freien Hand schlug sie nach ihm, bis er auch ihren anderen Arm festhielt.

»Sie kriegen sie nicht«, rief Virginia.

Sie redet wirres Zeug. »Kriege was nicht?«, fragte er.

»Die Schuhe«, sagte Virginia. »Sie gehören mir.«

Er warf sie zu Boden und kämpfte einen Augenblick mit ihr, ehe er ihr die Schuhe von den hübschen kleinen Füßen reißen konnte. Ihre Augen waren glasig, als wäre sie betrunken.

»Wenn du sie jetzt nicht loswirst«, sagte Wolf, »wirst du bald nicht mehr dazu in der Lage sein.«

Virginia erhob sich, schüttelte den Kopf, und ihr Blick klärte sich langsam. Vielleicht war der Bann gebrochen. »Sie haben

Recht. Ich will sie gar nicht. Sie ... geben mir ein seltsames Gefühl.«

Er hielt die Schuhe so fest umklammert, dass sich ihr fremdartiges Material tief in seine Handflächen grub. Virginia starrte sie an. Sie schimmerten ...

»Es war ein so machtvolles Gefühl, unsichtbar zu sein.« Sie lachte ein wenig, als wüsste sie, wie lächerlich das klang. »Woher wussten Sie, wo ich bin?«

»Ich habe dich gerochen«, sagte Wolf. »Folge mir.«

Er führte sie durch den Wald, vorbei an einer anderen gewaltigen Bohnenstange.

Er konnte sich nicht helfen, er musste einfach hinaufsehen. Virginia ging es ebenso. Die Bohnenstange schien in den Wolken zu verschwinden.

Plötzlich hallte eine laute, donnernde Stimme aus der Höhe zu ihnen herab, und der Schall ließ die Erde erbeben.

»Da oben ist jemand«, sagte Virginia.

»Er spuckt Gift und Galle.« Wolf schauderte. Er hatte so etwas schon einmal erlebt, und es war nicht gerade eine seiner schönsten Erinnerungen. »Lass uns hier verschwinden. Womöglich ist er krank.«

Sie rannten durch den Bohnenstangenwald davon und legten unter einem anderen Stengel eine Atempause ein. Dieser trug die Nummer 19 in roter Farbe auf seiner Rinde. Außerdem war eine Inschrift in den Stamm geritzt: *UNBEWOHNBAR. ACHTUNG: SCHIMMEL. KLETTERN VERBOTEN.*

Virginia konnte nicht glauben, was sie dort las.

»Es gibt noch etwa siebzig Bohnenstangen, aber heutzutage sind nicht mehr viele bewohnt«, erklärte Wolf. »Die Riesen saufen zu viel. Sie haben keine Zeit, sich fortzupflanzen.«

»Darf ich dich etwas fragen?«

»Natürlich«, sagte Wolf.

»Findest du mich sexy?«

Er drehte sich um und starrte sie verblüfft an. Sie lehnte mit dem Rücken an einer Bohnenstange und reckte ihm provozierend die Brust entgegen. *Sie ist schön. Von den zierlichen Zehen-*

spitzen über ihren perfekten Mund bis hin zu ihren ... er seufzte ... *glasigen Augen.*

»Du bist die Art von Mann, vor der ich, glaube ich, Angst haben sollte ...«, säuselte sie in einem Tonfall, der ihm zu verstehen gab, dass sie für ihn eine Ausnahme machen würde.

Eine Ausnahme, nach der er sich sehnte.

»Oh, Virginia«, sagte Wolf. »So gern ich glauben würde, was du da sagst, fürchte ich doch, dass aus dir nur die Schuhe sprechen. Du würdest alles sagen, um sie zurückzubekommen.«

Sie blinzelte und schüttelte den Kopf. »O mein Gott«, sagte sie. »Ja, stimmt. Es tut mir wirklich Leid. Ich weiß auch nicht, was über mich gekommen ist. Du hattest vollkommen Recht, sie mir wegzunehmen.«

»Sie bringen die seltsamsten Dinge zum Vorschein, diese Schuhe«, sagte Wolf. »Alles, was du sonst unterdrückst.«

»Ich unterdrücke gar nichts«, sagte Virginia.

Wolf glaubte ihr nicht. Außerdem fand er die ganze Sache ziemlich kurios – und ziemlich vielversprechend ... In diesem Moment trug die Luft einen Gestank herbei, der ihm die Nackenhaare aufstellte.

»Trolle«, sagte Wolf. »Sie haben uns gefunden. Verdammt! Jetzt sind wir in Schwierigkeiten. In großen Schwierigkeiten.«

In der Ferne konnte er zwischen den Bäumen Laternen hin- und herschwingen sehen, und auch Gebell drang schwach an seine Ohren.

»Sie haben Hunde«, rief Wolf. »Die werden uns wittern. Lauf! Lauf!«

Virginia rannte los, als wäre der Leibhaftige hinter ihr her. Wolf musste sich anstrengen, um mit ihr Schritt zu halten. Und er konnte nur hoffen, dass sie schnell genug waren. Wenn die Trolle sie jetzt schnappten, dann würde es mit ihnen ein böses Ende nehmen.

Ein wirklich böses Ende.

Kapitel 15

Prinz Wendell war am Tisch angeleint und betrachtete die drei vollen Näpfe, die man vor ihn gestellt hatte.

Mit seiner neu erworbenen Hundenase konnte er das Gift in der Nahrung wittern. Sein Magen knurrte, aber seine Selbstkontrolle ließ nicht nach. *Für wie blöd hält mich dieser Gefängnisdirektor eigentlich? Selbst ein Hund – ein richtiger Hund – würde darauf nicht hereinfallen.*

Ein vertrauter Geruch stieg ihm in die Nase. Wendell drehte den Kopf. Das war Tony, der sich direkt vor dem Büro des Direktors befinden musste. Wendell ging zur Tür, stellte sich auf die Hinterläufe und starrte durch das Schlüsselloch. Tony stolperte über den Korridor. Sein Hemd war blutverschmiert, und ... er schien neue Vorderzähne zu haben.

Wie ist das möglich?

Wendell setzte sich vor die Tür und wartete, in der Hoffnung, dass Tony auf dem Weg zu ihm war.

Einen Augenblick später hörte er ihn flüstern: »Ich habe ihn, Prinz.«

»Hervorragend«, sagte Wendell. »Der Direktor ist in der Küche, um mir noch ein vergiftetes Essen zuzubereiten. Versuch es jetzt. Öffne die Tür. Hier drinnen hängen Uniformen. Du kannst eine davon anziehen und einfach mit mir aus dem Gefängnis hinausspazieren.«

Wendell hörte, wie Tony am Schloss herumfuchtelte, den Schlüssel hineinschob und versuchte, ihn zu drehen. Ohne Erfolg. Wendell fing an zu hecheln, zwang sich aber, damit aufzuhören. Hecheln war so würdelos.

»Beeil dich«, drängte er und lugte unter dem Türspalt durch. Er sah, wie zwei Wärter Tony nun von hinten packten. Der Direktor stand mit einem Teller voll mit dampfendem Fleisch neben ihm.

Wendells Magen knurrte heftig.

»Du musst Schmerzen wirklich mögen«, sagte der Direktor.

»Nein, o nein, bitte nicht«, flehte Tony. »Ich bin doch nur den Korridor entlanggegangen, gestolpert, gegen die Tür geprallt und auf den Knien gelandet.«

Der Direktor zog den nachgemachten Schlüssel aus dem Schloss und betrachtete ihn eingehend. Er sah nicht sehr zufrieden aus.

»Bringt ihn runter«, befahl der Direktor. »Fesselt ihn auf den Esstisch und gebt ihm vor allen Insassen fünfzig Bohnenstangenhiebe. Sofort.«

Eine Züchtigung mit Bohnenstangen war das Härteste, was ein Mann sich vorstellen konnte. Wendell hatte manchen gepeitschten Rücken gesehen, und das war kein schöner Anblick. Er barg den Kopf zwischen den Pfoten. »Tut mir Leid, Anthony.«

Dann schwang die Tür auf, und der Direktor betrat den Raum. Tony war nirgends zu sehen, aber Wendell hörte seine Schreie auf dem Korridor.

Der Direktor stellte einen Teller mit Fleisch vor Wendell ab, und der ätzende Geruch des Giftes reizte ihn zum Würgen. *Beim nächsten Mal*, so hätte er gern gesagt, *nimm wenigstens ein Gift, das Tiere nicht riechen können.*

Doch der Direktor schien sich nicht allzu viele Gedanken darum zu machen. Stattdessen forderte er drei andere Wärter auf, ihm in das Büro zu folgen.

»Meine Schlüssel verschwinden«, sagte der Direktor. »Trolle, Wölfe und Königinnen verschwinden. Was ist nur aus den grundlegenden Sicherheitsmaßnahmen dieses Gefängnisses geworden?«

Wendell hörte einen gedämpften Peitschenhieb, gefolgt von einem weiteren Schmerzensschrei. *Armer Tony.*

»Sir«, sagte einer der Wärter, »als wir das Gefängnis durchsucht haben, haben wir eine Kellertür entdeckt, die zum Zeitpunkt des Ausbruchs der Königin unverschlossen war. Möglicherweise ist sie auf diesem Weg entkommen.«

Wieder ein Peitschenschlag. Wieder ein Schrei. Wendell zuckte zusammen.

»Was ist da unten?«, fragte der Direktor.

»Nur eine Ladung alten Plunders«, sagte der Wärter. »Das Zeug ist da schon vor hundert Jahren eingelagert worden, schon bevor es hier ein Gefängnis gab.«

Die Peitsche zischte, gefolgt von einem weiteren Schrei. Wendell wünschte, er könnte sich die Ohren zuhalten.

»Zieht den Arbeitstrupp der Wäscherei für morgen ab«, befahl der Direktor, »und lasst sie den Keller auf den Kopf stellen.«

Die Wärter nickten und gingen hinaus. Der Direktor ging mit ihnen, vermutlich um die Folterung Tonys zu überwachen. Wendell zerrte mit aller Kraft an dem Seil, das ihn festhielt, um einen Blick auf den Schreibtisch des Direktors zu werfen, denn dort lag der Arbeitsplan für die Wäscherei. Wendell hatte Mühe, ihn zu erreichen.

Mit den Zähnen bekam er einen Stift zu packen. Unbeholfen kritzelte er Tonys Namen ans Ende der Liste.

Weiter unten im Gebäude schlug die Peitsche wieder zu, und Tony schrie.

Es lag schon eine Weile zurück, seit Wolf zum letzten Mal auf eine Bohnenstange geklettert war.

Seine Hände waren zerkratzt. Diese Stange war nicht gut gepflegt worden.

Nun kauerte er auf einer Ranke, etwa zwanzig Fuß über dem Boden, und Virginia hockte neben ihm. Er verbarg die magischen Schuhe vor ihr, so gut er nur konnte, aber sie schien kein Interesse mehr an ihnen zu haben.

Doch nach allem, was er wusste, war das nur eine List, um ihn in Sicherheit zu wiegen. Und er würde unter diesen Umständen gewiss nicht unachtsam sein.

Sie starrten in die Tiefe, und Wolf fand, dass ihre Atmung erstaunlich beherrscht war. Er selbst hatte Mühe damit, so geräuschlos zu atmen. Ihre Nähe war einfach zu erregend, selbst in dieser Gefahrensituation, da gewalttätige Trolle und blutrünstige Jagdhunde ihnen auf den Fersen waren.

Wie zur Bestätigung seiner Gedanken erschien nun der Trollkönig mit zwei riesigen Dobermännern auf der Bildfläche. Am Fuß der Bohnenstange beschnüffelten die Hunde sabbernd und knurrend den Boden.

Wolf fühlte, wie sich seine Nackenhaare aufrichteten. *Am liebsten würde ich ihnen auf den Rücken springen und ihnen die Gedärme herausreißen, mich in ihren Kehlen verbeißen, bis sie tot sind. Aber ich werde es nicht tun! Ich werde mich verstecken wie jeder gute Mensch, bis sie wieder fort sind …*

»Weiter«, sagte der Trollkönig. »Sie müssen ganz in der Nähe sein. Die Hunde wittern sie. Lasst sie nicht noch einmal entkommen.«

»Nein, Vater«, ließ sich seine Brut im Chor vernehmen.

Eine Minute später waren Trolle und Hunde an ihnen vorbeigezogen. Wolf konnte nur noch die Hinterköpfe der Kinder sehen, was es ihm unmöglich machte, die Brüder voneinander zu unterscheiden. Lediglich Blabberworts orangefarbenes Haar stach deutlich hervor.

Dank seines ausgezeichneten Gehörs konnte er allerdings den Rest ihrer Unterhaltung verfolgen.

»… hast du noch ein paar Zauberpilze?«, fragte Burly.

»Ich hab ein bisschen Zwergenmoos«, sagte Blabberwort. »Das bläst dir den Kopf weg. Ich habe drei Tage lang Sterne gesehen, als ich es das letzte Mal genommen habe.«

»Dann dreh uns einen Riesenjoint«, sagte Bluebell. »Wir könnten eine lange Nacht vor uns haben …«

Virginia umklammerte die Ranke so fest, dass ihre Knöchel weiß hervortraten. Offensichtlich hatte sie sich hier oben nicht sonderlich sicher gefühlt.

Wolf drehte sich zu ihr um und flüsterte: »Bohnenstangen verbreiten einen kräftigen Geruch, der die Hunde von unserer Spur abbringt.«

»Was du nicht sagst.« Virginia rümpfte angewidert die Nase.

»Wir werden hier bleiben, bis sie weit genug weg sind«, sagte Wolf.

Die Laternen ihrer Verfolger schimmerten als kleine Lichtpunkte in der Ferne.

»Was hast *du* eigentlich mit dieser Sache zu tun?«, wollte Virginia wissen.

»Nun, ich wusste gerade nichts mit mir anzufangen ...« *Das Letzte, was ich ihr erzählen werde, ist die Wahrheit.*

»Du warst im Gefängnis, richtig?«, fragte Virginia. »Wofür hast du gesessen?«

Gescheites Mädchen. Er blickte sie an. »Für nichts Besonderes. Ich habe nur ein paar Schafe gehetzt. Und einen Wolf in eine Gefängniszelle zu stecken, wo er den Himmel nur sehnsüchtig durch die Gitter anstarren kann, das ist einfach inhuman.«

Virginia nickte. »Wie wäre es, wenn ich sie jetzt wieder anziehe?«

»Was?« Er starrte sie verständnislos an.

»Ich bin sicher, sie sind jetzt wieder voll aufgeladen«, sagte Virginia und versuchte, ihm die Schuhe zu entreißen. Aber Wolf hielt sie hinter seinem Rücken versteckt. »Nein!«

»Sie gehören mir«, protestierte sie. »Gib sie her! ... Was ... ist das?«

»Was? Oh, das ist nur mein Schwanz«, sagte Wolf. Es war ihm ein wenig peinlich, dass er bei dem Gerangel herausgerutscht war, und stopfte ihn rasch zurück in das kleine Loch auf der Rückseite seiner Hose. Seine wölfische Seite schien sich stets in den unpassendsten Momenten zeigen zu müssen.

»Dein ... was?«, Virginias Augen weiteten sich.

»Nun ja, er ist nicht sehr groß zu dieser Zeit des Monats«, sagte er. »Eher ein kleines buschiges Schwänzchen.«

»Du hast einen Schwanz?« Virginia schien nicht zu glauben, was sie da gerade gesehen und gehört hatte.

»Na und?«, schnappte Wolf. »Du hast saftige Brüste, aber ich beiße mich auch nicht die ganze Zeit daran fest, richtig?«

Virginia warf einen unsicheren Blick auf seine Kehrseite, die, wenn sie ehrlich sein sollte, gar keine so üble Sache war.

Wolf lächelte. »Nur zu«, sagte er sanft. »Berühr ihn ruhig. Er ist vollkommen normal.«

Sie streckte ihre Hand aus, ballte sie aber dann zur Faust. »Wenn er so normal ist, warum versteckst du ihn dann die ganze Zeit?«

»Weil die Menschen Wölfe nicht mögen, falls dir das bisher entgangen sein sollte.«

Ihre Blicke trafen sich,und er nickte ihr aufmunternd zu. »Streichle ihn«, sagte Wolf. »Nur zu, er wird dich nicht beißen.«

Virginia tat, wie ihr geheißen, und ihre Berührung war äußerst sanft.

Doch gleich darauf ächzte er und wich ein wenig zurück.

»Was?«, fragte Virginia und zog die Hand zurück.

»*Mit* dem Strich«, sagte Wolf. »Nicht *gegen* den Strich.«

Wieder streichelte sie ihn und dieses Mal fühlte es sich besser an.

»Er ist weich«, sagte Virginia.

»Danke«, sagte Wolf.

Langsam öffnete die Königin die Kellertür.

Staubwolken stieben auf, und die beiden Diener hinter ihr begannen zu husten. Sie nahm eine Lampe und leuchtete ihnen den Weg, während sie die Stufen der Kellertreppe hinabstieg.

Spinnweben und Staub und Finsternis überall. Alles roch nach Feuchtigkeit und Moder. Es war lange her, seit zum letzten Mal jemand hier gewesen war. Sie zitterte ein wenig. Es war hier auch ziemlich kalt.

Sie fühlte die Angst der Diener, aber sie wusste, dass sie sich nicht fürchten musste. Sie wusste genau, was sie hier unten wollte.

Als sie den Grund aus verdichteter Erde erreicht hatte, zog sie mit dem Fuß langsam einen Kreis in den Schmutz. Dann markierte sie sorgsam fünf Stellen mit einem X. Als sie fertig war, trat sie zur Seite.

Die Diener starrten sie an, als könnten sie noch immer nicht glauben, was sie von ihnen forderte. Aber sie hatte sie bereits instruiert und so nahmen sie ihre Schaufeln und lockerten vorsichtig den Boden unter dem ersten X, wie sie es ihnen erklärt hatte.

Sie brauchten nur wenige Augenblicke, um den Spiegel aus seinem flachen Grab zu befreien. Einer der Männer machte Anstalten, ihn anzuheben, doch sie hielt ihn mit einer Handbewegung auf. Es war besser, sie alle gleichzeitig aus der Erde zu holen.

Die Diener gruben ein zweites Loch, dann ein drittes, viertes und fünftes und legten die übrigen Spiegel frei.

Jeder der Spiegel war alt, und jeder von ihnen war ein Produkt seiner Zeit. Manche hatten Metallrahmen, andere waren schlicht in Holz gefasst. Einer war deutlich kleiner als die anderen, dennoch konnte sie seine Magie deutlich spüren.

Sie betrachtete die noch immer schmutzbedeckten Spiegel und sehnte sich danach, sich mit ihnen in die Privatsphäre ihrer Räume zurückzuziehen.

»Es tut so gut, die Macht zurückgewonnen zu haben.« Sie lächelte.

Kapitel 16

Tonys Füße waren in Ketten gelegt und er selbst an eine Reihe von vierzehn anderen Gefangenen gefesselt.

So schlurfte die Karawane der Verdammten in kurzem Gleichschritt den ganzen langen Weg hinunter in den Gefängniskeller. Er hatte sich gewünscht, an diesen Ort zurückzukehren, seit er herausgefunden hatte, was für ein Ort dies war – und nun konnte er doch nicht von hier entkommen.

Der Himmel wusste, dass er sich nichts sehnlicher wünschte. Die Peitschenhiebe der letzten Nacht bildeten einen neuen Tiefpunkt in seinem Leben. Er konnte das Brennen der Bohnenstangenhiebe noch immer auf seinem Rücken und an seinen Schultern spüren. Wenn er doch nur noch einen Wunsch übrig hätte, er hätte sich Gesundheit für den Rest seines Lebens gewünscht – oder vielleicht hätte er auch einen kombinierten Wunsch geäußert. Gesundheit *und* Freiheit. Das hätte ihm bestimmt niemand abschlagen können.

Niemand, außer dem Gefängnisdirektor.

Die Reihe der Gefangenen schleppte sich von dem Haufen alten Plunders bis zu einer Wand aus Holz auf der Rückseite des Raumes. Tony sah, wie die Wand aufglitt und den Blick auf eine Anlegestelle samt verankertem Boot freigab. Er selbst stand direkt neben dem Ausgang. Die frische Luft roch besser, als er erwartet hatte, sogar besser als im Central Park, und der Himmel war so blau und so wunderschön, dass er am liebsten geweint hätte.

Von seinem Standort aus konnte er kaum den Trödel erkennen, geschweige denn, selbst nach dem Spiegel suchen.

»Passt auf«, erklärte der Direktor. »Hier muss alles raus. Bildet also eine Kette und werft den ganzen Plunder in das Boot.«

Die Wärter stellten die Gefangenen so weit voneinander entfernt auf, wie es ihre Ketten zuließen – also etwa jeweils vier Fuß weit. Tony, der der Letzte in der Reihe war, starrte skeptisch zu dem Boot hinüber. Zwischen ihm und der Anlegestelle lagen mindestens zwölf Fuß.

»Äh, entschuldigen Sie«, sagte Tony.

»Was?«, fragte der Direktor.

»Na ja, das ist ziemlich weit weg«, meinte Tony, wobei er auf das Boot deutete. »Werde ich nicht die zerbrechlicheren Dinge kaputtmachen, wenn ich sie aus dieser Entfernung ins Boot schmeiße?«

»Was denkst du, wo du hier bist, Lewis?«, verlangte der Direktor zu erfahren. »Auf einer Dessousparty für Elfen? Das ist wertloser Müll. Und jetzt halt die Klappe und tu, was man dir sagt!«

Die Gefangenen in der Kette machten sich an die Arbeit, und so wurde der erste Gegenstand von einem zum nächsten geworfen. Es dauerte eine Weile, bis die brüchige Holzkiste bei Tony angekommen war. Kurzerhand warf er sie ins Boot, und natürlich zerbrach sie bei dem Aufprall. Ebenso wie das Porzellan, der Kronleuchter und nach ihm das Wagenrad …

Tony bemühte sich, nicht hinzusehen. Stattdessen hielt er Ausschau nach dem Spiegel. *Ich werde hindurchgehen, und wenn ich sämtliche Gefangenen hinter mir herzerren muss!*

Eine Schale fiel auf halbem Wege zu Boden und zersprang in tausend Stücke.

Ja, ich werde mitsamt meinen Mitgefangenen durch den Spiegel gehen, falls er den Weg zu mir unbeschadet überstehen sollte …

Blabberwort stand neben dem riesigen, Furcht erregenden Hund und würgte ihn ein bisschen mit seinem Halsband, um ihn winseln zu hören. Er tat es, und sie grinste.

Ihr Vater nahm keine Notiz davon. Die Nähe des Gefängnisses schien ihm Sorge zu bereiten.

Ihr gefiel es auch nicht, und ihren Brüdern offenbar genauso wenig. Auch die Trolle in ihrem Gefolge, von denen die meisten bereits die eine oder andere Strafe dort abgesessen hatten, schienen sich nicht sonderlich wohl zu fühlen.

Ihr Vater ging auf und ab und hin und her, was stets ein böses Omen war.

»Ich will deine Entscheidung ja nicht in Frage stellen, Vater, aber warum hängen wir jetzt schon wieder vor dem Gefängnis herum? Wir sind doch gerade erst da rausgekommen.« *Bluebell mag Vaters Entscheidung vielleicht nicht anzweifeln, aber er ist offensichtlich nicht recht bei Trost. Niemand wagt es, ihn anzusprechen, wenn er in einer solch miesen Stimmung ist.* In Erwartung eines Wutausbruchs ihres Vaters zog Blabberwort den Kopf ein, doch alles, was der Trollkönig sagte, war: »Halt die Klappe!«

Sie runzelte die Stirn. *Er achtet nur auf seine eigenen Schritte und das Mehl, das er im Aufundabgehen zu Boden fallen lässt. Er bewegt sich auf das Gefängnistor zu, und das Mehl färbt das Gras weiß wie der erste Schneefall.*

»Warum hat diese Hexe die Schuhe gestohlen?«, fragte ihr Vater plötzlich. »Es liegt auf der Hand. Sie will zurück ins Gefängnis!«

Um jemanden zu retten! Langsam ahnte Blabberwort, was ihr Vater plante. *Es gibt nur wenige Möglichkeiten, jemanden einzufangen, der magische Schuhe trägt.*

»Das Mehl wird sie verraten!«, rief Blabberwort. »Das ist eine hervorragende Idee, Vater.«

Relish ignorierte das Lob, aber er unterbrach seine Wanderung. »Burly, du wirst im Uhrzeigersinn um das Gefängnis gehen. Bluebell, du gehst gegen den Uhrzeigersinn. Blabberwort, du wartest mit mir in den Büschen dort drüben und überprüfst das Mehl alle fünfzehn Minuten auf Fußspuren.«

Sie nickte. Und obwohl ihr Vater ihr noch keine abschließenden Anweisungen erteilt hatte, wusste sie, was sie zu tun hatte. Sollte sie im Mehl Fußabdrücke entdecken, würde sie ihn benachrichtigen.

Sie wollte der Hexe nie wieder allein gegenüberstehen.

Die fahle Morgensonne spendete weniger Wärme, als Virginia erwartet hatte.

Sie hatte leichte Kopfschmerzen, als hätte sie zu viel getrunken. Und sie wollte unbedingt wieder diese Schuhe anziehen.

Sozusagen als Katermittel, wie der Alkohol am Morgen nach einer durchzechten Nacht.

Das ist so, als wolle man den Teufel mit Beelzebub austreiben oder dem Hund, der einen gebissen hatte, ein Haar ausreißen, wie manche meiner Gäste in New York sagen würden.

Oder dem Wolf.

Sie runzelte die Stirn. Der Gedanke gefiel ihr nicht.

Sie versteckte sich mit Wolf inmitten einer kleinen Baumgruppe, nicht weit vom Fluss entfernt. In der Ferne konnte sie die riesigen Hunde der Trolle und ihre Verfolger auf und ab gehen sehen. Wolf versicherte ihr, dass man sie von ihrem Standort aus weder sehen, hören noch riechen konnte und da er diesbezüglich wohl so etwas wie ein Experte zu sein schien, glaubte sie ihm.

Sie glaubte ihm so oder so immer mehr.

»Denkst du, dass es meinem Vater gut geht?«, fragte Virginia. »Ich bin krank vor Sorge um ihn. Aber er kann auf sich selbst aufpassen, nicht wahr? Er wird sich doch wenigstens einen Tag lang aus Schwierigkeiten heraushalten können?«

»Nach dem, was ich über deinen Vater weiß«, entgegnete Wolf, »bezweifle ich das sehr.«

Dann konzentrierte er sich wieder auf ihr Vorhaben und legte ihr eine Hand auf die Schulter, um sie am Weitergehen zu hindern. Vor ihnen erhob sich das Gefängnis, finster und bedrohlich, und Virginia konnte kaum glauben, dass sie dort tatsächlich wieder hineinwollte.

»In Ordnung«, sagte Wolf. »Du wartest hier. Ich werde die magischen Schuhe anziehen, in das Gefängnis zurückgehen und …«

»Auf keinen Fall«, unterbrach Virginia. »Du würdest nicht mehr zurückkommen. Du willst sie nur für dich allein haben.«

»Will ich nicht«, protestierte Wolf.

»Willst du doch«, sagte Virginia.

Wolf runzelte die Stirn. »Na schön, ich will es. Aber ich bekämpfe dieses Gefühl, im Gegensatz zu dir.«

Sie griff nach den Schuhen, und es gelang ihr, sie zu fassen zu bekommen, aber Wolf hielt sie ebenfalls fest.

Er grinste und leckte sich die Lippen. »Also, gut. Was meinst du dazu: Ich trage die Schuhe und du hältst dich an mir fest. Solange du mich berührst, werden wir beide unsichtbar sein.«

»Nein«, widersprach Virginia. »Ich trage sie, und du darfst dich an mir festhalten.«

»Aber du bist diesen Schuhen hoffnungslos verfallen«, gab Wolf zu bedenken. »Und ich bin nicht weit davon entfernt.«

Statt einer Antwort entriss sie ihm die Schuhe und schlüpfte hinein. Wolf ergriff ihren Arm, und sie sahen, wie sie gemeinsam nach und nach verschwanden.

Tony fühlte sich, als hätte er jedes Stück Plunder der Welt in Händen gehalten.

Zweifelnd betrachtete er den noch verbliebenen Trödel. Das meiste war schon im Boot.

Nur der Spiegel fehlte noch. *Irgendwo muss das verdammte Ding doch sein.*

Als hätte er seine Gedanken gelesen, zog der Mann am anderen Ende der Kette in diesem Moment den Spiegel hinter einer Truhe hervor. Tony sah, wie er seinen Weg von einem Gefangenen zum nächsten machte. Einige Male wäre das Objekt seiner Hoffnung beinahe zu Boden gefallen, aber schließlich erreichte es ihn dennoch unbeschadet.

Mit klopfendem Herzen drückte Tony den Spiegel an seine Brust wie einen verlorenen Sohn, hielt ihn dann hoch und flüsterte: »Spiegel an! Spiegel an!«

Einer der Wärter starrte ihn an, als hätte er den Verstand verloren.

»Spiegel an! Spiegel an!«

Tony betrachtete den Spiegel. Der Rahmen stimmte. Die Silberschicht stimmte. Nur konnte er kein Bild des Central Parks darin entdecken. Alles, was er sehen konnte, war sein eigenes zerschlagenes Gesicht mit den brandneuen Vorderzähnen.

»Lewis!«, brüllte der Direktor. »Was im Märchenwald tust du da?«

Tony klammerte sich an den Spiegel, berührte den Rahmen, das Glas, jedes Detail, in der Hoffnung herauszufinden, wie er ihn einschalten konnte.

»Er funktioniert nicht...«, murmelte er.

»Lewis, du kleine Knastprinzessin, wirf diesen Spiegel ins Boot. Sofort!«

»Ich kann nicht, Sir«, sagte Tony. »Ich habe Angst, er könnte zerbrechen.«

Langsam kam der Direktor auf Tony zu. »Wenn du mir nicht gehorchst«, sagte der Direktor kalt, »dann werde ich dich in den Fluss werfen lassen. Und da du an deine Kameraden gefesselt bist, werden die Unglücklichen mit dir ersaufen.«

Die anderen Gefangenen bedachten ihn mit drohenden Blicken. *Sie würden vielleicht mit mir ertrinken, aber bevor sie das tun, werden sie mir die Scheiße aus dem Leib prügeln. Was für ein scheußlicher Tod.*

Der Direktor kam näher und näher. *Scheiße! Wenn er den Spiegel selbst ins Boot wirft, wird er sicher bersten.*

»In Ordnung«, sagte Tony. »Ich werde es tun.«

Er starrte auf den Haufen zertrümmerten Plunders im Boot. Mit einer einzigen Bewegung würde er sogleich seine ganze Zukunft wegwerfen. Weg damit. Doch so sehr er sich bemühte, seine Hände wollten sich einfach nicht von dem Spiegel lösen. Er biss sich auf die Unterlippe und versuchte es noch einmal.

Der Direktor beobachtete ihn eisigen Blickes.

Tony atmete flach. Er versuchte, den Abstand zwischen dem Boot und sich einzuschätzen, während er sich fragte, mit wie viel Kraft man einen Spiegel werfen konnte, ohne dass dieser zerbrach. Schließlich erkannte er, dass er keine andere Wahl hatte. Er musste es versuchen.

Mit einem gewaltigen Schwung schleuderte er den Spiegel fort, schloss die Augen und wartete auf das Klirren splitternden Glases. Er hielt den Atem an, und im gleichen Moment ertönte ein Krachen aus dem Boot.

Er drehte sich um und öffnete die Augen in der Erwartung, den zerbrochenen Spiegel zu erblicken. *Was mögen sieben Jahre Pech an einem Ort wie diesem für mich bedeuten? Was kann schlimmer sein als das Pech, das jetzt schon an mir zu kleben scheint?*

Doch der Spiegel war noch ganz. Der irdene Topf hingegen,

auf dem er gelandet war, war vollkommen zersplittert. Tony wäre am liebsten auf und ab gesprungen und hätte jubelnd applaudiert.

»Danke, Lewis«, sagte der Direktor. »Und zur Strafe für deinen Ungehorsam wirst du deine Zelle nicht verlassen für die nächsten sieben – ja, du hast richtig gehört – *sieben* Jahre.«

Erneut schloss Tony die Augen. *Hat dieser Mann meine Gedanken gelesen? Oder ist das hierzulande der derzeit übliche Kurs für das Werfen von Spiegeln?*

Die Wärter ergriffen ihn, lösten ihn aus der Kette und führten ihn zurück zu seiner Zelle.

Ich kann verdammt noch mal den Spiegel nicht zurücklassen! Das ist meine einzige Chance. Tony kämpfte und schlug um sich, aber die Wärter hielten ihn unerbittlich fest. Einer von ihnen drückte seine Pranke auf die Wunden an seinem Nacken, und er musste sich einen Schmerzensschrei verkneifen. Seine Kehle war ohnehin schon rau und wund von den Schreien der vergangenen Nacht.

Endlich hatten sie die Zelle erreicht. Sie stießen ihn hinein und schlugen die Tür hinter ihm zu. *Sieben Jahre. Bis dahin ist der Spiegel längst fort.*

Als er zu seiner Pritsche ging, fühlte er sich kläglicher als je zuvor in seinem Leben. Er benötigte einen Augenblick, ehe er bemerkte, dass seine Zellengenossen Acorn und Clay Face ihn aus schmutzigen Gesichtern anstarrten.

»Was?«, fragte Tony. »Was habe ich getan?«

»Verdammt«, sagte Acorn.

»Jetzt werden wir ihn umbringen müssen«, sagte Clay Face.

Erschrocken starrte Tony die beiden an. Dann fiel sein Blick auf die Außenwand der Zelle. Das Bild des Prinzen war an Scharnieren zurückgeklappt worden und gab den Blick auf ein klaffendes Loch in der Wand frei.

»Ein Tunnel?«, fragte Tony.

Statt einer Antwort packte Clay Face ihn, und Acorn hielt ihm mit seiner schmutzigen Hand den Mund zu. »Pssst.«

»Wir graben schon seit einunddreißig Jahren«, flüsterte Clay Face.

Tony befreite seinen Mund von Acorns Hand. »Nehmt mich mit. Ihr könnt mir vertrauen. Ich habe *Flucht aus Alcatraz* auf Video, und ich denke, ich bin ein echter Experte auf diesem Gebiet.«

Acorn sah ihn einen Augenblick lang zweifelnd an und sagte dann: »Besser, wir bringen ihn um.«

»Nein«, widersprach Clay Face. »Ich traue ihm.« Er wühlte in seiner Tasche, zog einen Gegenstand hervor und übergab ihn Tony. Es war die kleine Seifenplastik, die er geschnitzt hatte.

Tony nahm sie, ohne sie wirklich anzusehen. »Danke«, sagte er. »Ich würde dir ja gern meine Uhr schenken, aber die ist schon weg.«

Clay Face zuckte die Schultern. Dann klopfte er Tony mit seiner fleischigen Hand auf die Schulter und schob ihn auf das Loch zu.

Der Tunnel war dunkel und Furcht erregend. Aber er bot den einzigen Weg hinaus zu dem Boot, dem Spiegel und in die Freiheit.

Tony kroch hinein und betete, dass der Weg in die Freiheit nicht in einer Sackgasse endete.

In das Gefängnis hineinzukommen, war eine Sache. Alles, was sie zu tun hatten, war anzuklopfen. Ein Wärter öffnete die Tür, sie traten ein. Virginia genoss es, unsichtbar zu sein. Sie genoss sogar Wolfs Berührung, als sie gemeinsam durch die Gänge des Gefängnisses wanderten.

Sich darin zurechtzufinden, war die andere. »Folge diesen beiden Aufsehern«, sagte Wolf. »Das Büro des Schließers liegt direkt vor uns am Ende dieses Ganges.«

Sie folgten den Männern, die unterwegs allerlei Türen öffneten. Virginias magisch umnebelter Verstand brauchte eine Weile, bis ihr klar wurde, dass sie sich dem Hochsicherheitstrakt näherten.

Schließlich erreichten die Wärter die Tür zum Büro des Schließers. Ein Aufseher saß darin auf einem Stuhl und las ein Buch. Die Zellenschlüssel hingen hinter ihm an einem Haken an der Wand. Gleich neben ihm waren die Namen der Gefangenen samt ihrer Zellennummern auf einer Tafel notiert. Erleichtert stellte Virginia fest, dass keine gefährlichen Mäuse aufgeführt waren.

Wolf hatte den Arm um sie gelegt und zog sie fest an sich. Es störte sie nicht sonderlich. Für einen Moment dachte sie zwar, dass es sie stören sollte, aber dem war nicht so. Im Gegenteil: Auch sie hatte den Arm um ihn gelegt, und sie hatte an seinen Schwanz gedacht, daran, wie weich er war, und – sie schüttelte den Kopf – ganz bestimmt würde *das* ihrem Vater nicht helfen.

Sie führte Wolf zu der Tafel. Gemeinsam entdeckten sie den Namen ihres Vaters und seine Zellennummer. Wolf nahm den dazugehörigen Schlüssel vom Haken.

Gerade als sie den Raum verlassen wollten, erhaschte Virginia einen Blick in das Büro nebenan. Dort saß Prinz, festgebunden an einem Tischbein. Vor ihm stand ein Dutzend Schalen mit Futter.

Daneben thronte ein kahler Mann mit grimmiger Miene hinter einem Schreibtisch. Er aß, und wie es schien, konzentrierte er sich voll und ganz auf seine Mahlzeit.

»Das ist Prinz«, flüsterte Virginia. »Wir müssen ihn holen.«

»Das können wir nicht«, gab Wolf leise zurück. »Diese Schuhe werden nicht noch jemanden unsichtbar machen können. Wir werden sie mit einer solchen Aktion entladen und wieder sichtbar sein.«

Virginia schüttelte den Kopf, ehe ihr klar wurde, dass Wolf sie nicht sehen konnte. »Nein«, zischte sie. »Ich werde nicht ohne ihn gehen.«

In diesem Augenblick spitzte Prinz die Ohren und bellte. Einmal. Seine Art der Zustimmung.

»Gib es auf«, sagte der Mann zu Prinz. »Irgendetwas von dem Zeug muss dir einfach schmecken.«

Virginia schlich in das Büro und löste das Seil von dem Tischbein. Der Mann über ihr schien nichts zu bemerken. Sie legte die Hand auf Prinz' Kopf, während Wolf verärgert in ihr Ohr schnaufte.

»Wenn du mich verstehen kannst, Prinz«, sagte Virginia, »dann führe uns zu Dad.«

Langsam setzte sich Prinz in Bewegung und lief dann den Korridor hinunter. Virginia klammerte sich an das Fell in seinem Nacken. Wolf hing an Virginias Taille, und sie fühlte sich ein bisschen wie das schaumige weiße Zeug, mit dem Schokoküsse gefüllt werden. Die Vorstellung amüsierte sie. Sie wollte kichern, doch damit würde sie alles ruinieren.

Warum reizen mich diese Schuhe dauernd zum Lachen? Ich muss bei klarem Verstand bleiben. Schließlich sind wir hier, um Dad zu retten.

Kapitel 17

Wolf klammerte sich an Virginia, und jeder Augenblick verging unter süßen Qualen.

Ihr Duft, so nahe, ihr Körper, so weich, ihr ... ich darf nicht so denken, nicht hier. Nicht im Gefängnis. Aber die Schuhe beeinträchtigen auch mein Denkvermögen, obwohl ich sie nicht selbst trage.

Sie standen vor der Zelle von Virginias Vater. Wolf las die kleine Inschrift über der Tür, während Virginia sich mit dem Schloss abmühte. Offenbar teilte er sich die Zelle mit zwei wirklich charmanten Burschen: Acorn, der Zwerg, und Clay Face, der Kobold. Die beiden waren schon länger hinter Gittern als Wolf am Leben.

Neben sich vernahm er das Atmen von Wendell, schwer und hündisch. *Diese Kreatur stinkt schrecklich. Ich wünschte, Virginia würde sie zurücklassen. Aber anscheinend hat sie eine Schwäche für diesen verweichlichten, verwunschenen Burschen, ganz gleich, wie sehr ich darunter leiden mag.* Er ließ seine Hand auf ihrem Rücken, während es ihr endlich gelang, den Schlüssel zu drehen.

Schließlich öffnete sie die Tür, trat ein und blieb so abrupt stehen, dass Wolf gegen sie prallte.

Die Zelle war leer.

»Wo ist er nur hin?«, fragte Virginia.

Ihr dunkles Haar ist quälend aufreizend. Wolf blinzelte. Er konnte sie *sehen*, sie und den Hund, der den Schwanz zwischen die Beine geklemmt hatte. Die Schuhe funktionierten nicht mehr!

»O nein, nein«, jaulte Wolf auf. »Sie sind entladen. Ich habe dir gesagt, dass das passieren würde.«

Er fühlte sich benebelt und legte eine Hand an seine Stirn.

Virginia tat das Gleiche. Selbst der Hund taumelte ein wenig, als die Wirkung der Schuhe nachließ.

»Schau!«, sagte Virginia und deutete in die Richtung, in die Prinz starrte.

Ein Bildnis von Prinz Wendell in seiner menschlichen Gestalt, was nach Wolfs Ansicht auch keine Verbesserung darstellte, hing in seltsamem Winkel an der Wand und dahinter kam ein Loch zum Vorschein. Wolf ging hinüber und schob das Bild ganz zur Seite, wobei er absichtlich seine flache Hand über das Porträt des Prinzen legte.

»Junge«, sagte er, »dein Vater arbeitet schnell, das muss ich ihm lassen.«

In diesem Moment ging eine Alarmglocke los und verstärkte das Durcheinander in Wolfs Kopf. Er wollte sich gerade die Ohren zuhalten, als im Korridor laute Rufe erklangen.

»Ausbrecher! Gefangene sind entkommen!«

»Irgendwelche Vorschläge?«, fragte Wolf Virginia.

»In den Tunnel«, sagte Virginia.

In den Gängen des Gefängnisses wurden Schritte laut, die näher und näher kamen, und Virginia schloss rasch die Zellentür. Wolf wollte sich gerade die Tarnschuhe schnappen, aber sie kam ihm zuvor. Er knurrte leise und schob sich in den Tunnel. Virginia und Prinz taten es ihm gleich, nicht ohne danach das Bild von Prinz Wendell wieder zurechtzurücken.

»Kommt schon«, flüsterte Wolf und eilte voran durch den Tunnel. Der Boden war festgetrampelt, sie schienen also nicht die Ersten zu sein, die hier hindurchliefen.

Der Fluchtweg wollte kein Ende nehmen und je weiter sie rannten, desto dunkler wurde es. Wolf machte sich Gedanken über die Luftversorgung, denn er hatte von Tunneln gehört, in denen Sauerstoffmangel herrschte. Er wusste zwar nicht mehr, wo er davon erfahren hatte, aber das Wissen um die Gefahr reichte, seinen Herzschlag ein wenig zu beschleunigen.

Dann wurde es langsam heller, als würde Sonnenlicht durch eine Ritze in einer Tür dringen. Er brauchte eine Weile, ehe ihm klar wurde, was er vor sich sah.

»Etwas Dickes verstopft den Tunnel«, sagte Wolf und

schnüffelte. Da war noch etwas außer dem erdigen Geruch. Ein schwacher Hauch ungewaschener Haut, der ihm irgendwie bekannt vorkam. »Tony, sind Sie das?«

»Wer zum Teufel ist da?«, rief Tony.

»Ich bin's. Wolf. Ich habe Ihnen diese magische Drachendungbohne angedreht, erinnern Sie sich?«

»Bleib mir bloß vom Leib«, schnarrte Tony.

»Wie sollte ich?«, fragte Wolf. »Wir sitzen zusammen in diesem Tunnel fest.«

Das Läuten der Alarmglocke schien lauter geworden zu sein. Hinter sich konnte Wolf Virginia und den Hund fühlen.

»Ich bin beinahe draußen, aber ich stecke fest«, sagte Tony. »Gib mir einen Stoß.«

Wolf dachte einen Augenblick nach, ehe er die Hände auf Tonys Hinterbacken legte und sich mit aller Kraft dagegenstemmte. Es funktionierte nicht, also drehte er sich um, rammte seine Füße in die Erde und setzte seinen ganzen Körper ein, um ihn hinauszuschieben.

Tony glitt durch die Öffnung wie ein Fisch durch die Hand eines ungeübten Anglers. Wolf konnte sich nicht rechtzeitig fangen und folgte Tony durch das Loch. Staub und Steine prasselten um ihn herum zu Boden, als er neben Tony auf dem harten Untergrund aufschlug.

Virginia und der Hund erschienen nur einen Augenblick später. Tony grinste, als er seine Tochter erblickte. Dann sprang er auf und umarmte sie.

Es war ein Moment der Zärtlichkeit und Wolf beobachtete sie nicht ohne Stolz.

»Du lebst!«, rief Tony lachend. »Meine Güte, du lebst!«

»Dad!«, Virginia schien ebenso glücklich zu sein, ihren Vater zu sehen, wie ihr Vater glücklich war, sie zu sehen. Sie umarmten sich für Wolfs Geschmack ein bisschen zu lange. Er warf Prinz einen Blick zu, doch der starrte nur hinab zum Fluss. *Dieser Hund scheint sich nie auf die wahrhaft wichtigen Dinge zu konzentrieren.*

»Wo ist der Spiegel?«, fragte Virginia ihren Vater.

»Auf einem Boot«, sagte Tony. »Wir können gleich nach

Hause ...« Während er sprach, war sein Blick zum Fluss gewandert. Dann legte sich seine Stirn in tiefe Falten. Wolf plagte eine dumpfe Vorahnung, als Tony plötzlich zu brüllen anfing: »Sie haben ihn mitgenommen! Sie haben das verdammte Boot gestohlen. Seht doch, da ist es.«

Ein einzelner Zwerg hockte im Heck des schwer beladenen Bootes und er war schon weit flussabwärts gerudert. Als er sah, wie Tony am Ufer herumhüpfte, winkte er ihm gut gelaunt zu.

Tony stöhnte. Virginia schloss die Augen.

Wolf unterdrückte ein Lächeln. *Sie wird also noch ein bisschen länger bei mir bleiben. Das ist schließlich keine allzu große Tragödie.*

Relish stand am Ufer, verschränkte die Arme vor der Brust und schüttelte den Kopf.

Für einen kurzen Moment hatte der Trollkönig geglaubt, alles liefe in seinem Sinne. Zwei zierliche Fußabdrücke im Mehl, zwei größere gleich daneben, hatten ihm verraten, dass die Hexe ins Gefängnis eingedrungen war, genau, wie er es erwartet hatte. Aber von da an war alles furchtbar schief gelaufen.

Alarmglocken hatten geschrillt, Wärter hatten sich gegenseitig etwas über einen Ausbruch zugebrüllt, und Relish hatte geahnt, wer dafür verantwortlich war. *Vielleicht sind meine Kinder doch nicht so dumm, und vielleicht ist die Hexe doch mächtiger, als ich angenommen hatte.*

Rasch war er daraufhin seinem Sohn Burly hinter das Gefängnis gefolgt, als dieser plötzlich »Da sind sie!« gebrüllt hatte. Und während sie gemeinsam den Hang hinuntergerannt waren, hatte auch er die Gesuchten entdeckt: die Hexe, der Wolf, ein Mann, den er nie zuvor gesehen hatte, und Prinz Wendell legten gerade in einem großen Boot, beinahe schon ein Schiff, vom Ufer ab, und sie waren viel weiter entfernt, als ihm lieb war.

»Lasst sie nicht entkommen«, hatte er seinen Kindern befohlen, und sofort waren die drei so schnell den Treidelpfad hinuntergerannt, dass Relish Mühe hatte, mit ihnen Schritt zu halten. Blabberwort und Bluebell hatten das Ufer zuerst erreicht, doch es gelang ihnen nicht, rechtzeitig abzubremsen, und so plumpsten sie beide ins Wasser wie Wackersteine. Auch Burly verfehlte knapp das Boot, schwamm ihm aber entschlossen hinterher und es gelang ihm tatsächlich, eines der Paddel zu packen.

»Ihr seid Hundefutter«, hatte er so laut gebrüllt, dass Relish es noch am Ufer hatte hören können. Und während seine beiden anderen Kinder noch immer hilflos im Wasser herumruderten, hatte er gehofft, dass Burly im Stande sein würde, die Flüchtenden aufzuhalten.

Und tatsächlich zog er sich nur einen Moment später am Heck hoch, was in Relish einen schwachen Hauch von Optimismus aufkommen ließ.

»Schlag ihn«, hatte da plötzlich Wolf dieser Hexe zugerufen, als er Burlys gewahr wurde. »Schnapp ihn dir.«

Der Mann, den Relish nicht kannte, war vor Burlys Anblick zurückgezuckt, aber die Hexe hatte sich ein Stück Holz geschnappt und damit auf den Kopf seines Sohnes eingeschlagen.

Mit einem Schmerzensschrei hatte Burly sogleich die Reling losgelassen und war Sekunden später in den Fluten verschwunden, während das Boot sich rasch von ihm entfernte.

Relish, der noch immer am Ufer stand, verschränkte die Arme vor der Brust und schüttelte den Kopf. »Was für ein erbärmliches Schauspiel.«

Licht fiel in das Schlafgemach der Königin und offenbarte uralte, staubige Spinnweben unter der hohen Decke.

Sie hatte ihre Diener angewiesen, den Raum zu putzen, und er sah auch nicht mehr ganz so vernachlässigt aus wie zuvor, aber es gab hier noch immer einiges zu tun. Doch das musste warten. Das Bett und die Decken waren gelüftet, die Laken frisch gewaschen und das Mobilar abgestaubt worden. Auch der Boden glänzte, wenn auch nicht halb so prächtig wie die fünf polierten Spiegel um sie herum.

Sie stand vor ihrem Lieblingsspiegel, dessen Rahmen mit einem dunkelgrün schimmernden Muster verziert war, das an Tausende ineinander verschlungene Schlangen erinnerte. Doch anders als die anderen reflektierte er nichts, sondern zeigte sich nur in tiefer Schwärze.

»Spiegel?«, sagte sie. »Erwache aus deinem Schlaf.«

Lange Zeit geschah gar nichts. Dann erklang ein Geräusch wie schleifendes Sandpapier. Kaum wahrnehmbare Blasen bildeten sich auf dem Glas des Spiegels, und hinter der Dunkelheit begann etwas zu glühen. Gleich darauf bewegte sich die Oberfläche und wurde flüssig.

Die Königin lächelte. *Die Energie ist stark, selbst in diesem Augenblick.* Als der Spiegel bereit war, befahl sie: »Ruf mir Relish, den Trollkönig.«

Nach und nach kletterten seine idiotische Kinder aus dem Fluss und schüttelten sich wie Hunde.

»Und ihr wagt es, euch Relishs Kinder zu nennen«, brüllte der Trollkönig. »Ihr seid die Pest. Die schlimmste Plage seit ... Argghh!!«

Ein glühender Schmerz jagte durch seinen Schädel. Etwas war in ihm. Ein Ruf. Mehr noch, ein Befehl. Eine Stimme, tief und schaurig. Er schloss die Augen, versuchte, dagegen anzukämpfen, doch dadurch wurde der Schmerz nur schlimmer.

»Alles in Ordnung, Vater?«, fragte Blabberwort.

»Was ist los?«, fragte Bluebell.

»Spiegel«, sagte Relish. »Besorgt mir einen Spiegel.«

Diese Worte auszusprechen, linderte den Schmerz ein bisschen. Aber seine Kinder starrten ihn an, als wäre er durchgedreht.

Relish umklammerte seinen Kopf und entfernte sich von den Gefängnismauern in Richtung des Treidelpfades, der nach Beantown führte. Die Schmerzen trieben ihm die Tränen in die Augen, und eine scheinbar endlose Zeit kam er nur stolpernd voran. Nach einer Weile bemerkte er, dass er vor sich hin murmelte: »Spiegel. Bringt mir einen Spiegel.«

Seine idiotischen Kinder folgten ihm und stellten idiotische Fragen. Aber was hätte er auch anderes erwarten sollen? Unterstützung?

»Geht es dir gut, Vater?«, fragte Burly.

Er versuchte zu antworten, aber alles, was über seine Lippen kam, war: »Spiegel ... Spiegel ...«

Als sie Beantown erreicht hatten, sah er die Stadt nur noch durch einen Schleier aus Schmerzen. Die Leute gingen ihm aus dem Weg, als hätten sie noch nie einen Troll gesehen. Zumindest keinen, der unter einem fremden Bann stand.

Er stolperte weiter, bis er eine Schneiderei entdeckte. Relish stieß die Ladentür auf und brüllte: »Alle raus hier! Sofort!«

Ein Zwerg und ein Schneider rannten hinaus. Als Relish sich in dem kleinen Raum allein wähnte, zog er die Tür zu, damit seine Kinder nicht hereinkommen konnten, und ging zu dem Spiegel.

Kaum dass er hineingeschaut hatte, begann sich dessen Oberfläche zu kräuseln und bald darauf erschien das Bild der Königin. Sie stand mit gefalteten Händen im Schlafgemach ihres Palastes.

»Ich bin dir wirklich dankbar, dass du zu mir gekommen bist«, sagte sie.

Kopfschmerzen und Besessenheit waren fort, nur ein beschämendes Kribbeln war geblieben.

»Tut das nie wieder«, sagte der König. »Oder ich werde Euch umbringen.«

Ein neuer Schmerz durchzuckte ihn und seine Nase fühlte sich an, als hätte sie ein heftiger Schlag getroffen. Er betastete sie mit einem Finger. Sie blutete.

»Nun?«, fragte die Königin.

Relish wischte sich die Nase mit dem Handrücken ab. *Dafür wird sie bezahlen.* Aber dieses Mal war er klug genug, seine Gedanken nicht laut auszusprechen. »Nun was?«

»Haben deine Kinder den Hund für mich gefangen?«

Seine Verlegenheit nahm zu, ebenso wie sein Zorn. *Sie hat kein Recht, mich so herumzuscheuchen.* »Nicht ganz«, sagte er.

»Du überraschst mich wirklich, Hoheit« sagte die Königin. »Wie konnte er sich nur deinem zarten Zugriff entziehen?«

»Sprecht nicht so mit mir!«, brüllte der König.

»Er muss gefangen werden«, sagte die Königin. »Hetz ihm deine Kinder auf den Hals. Und warum treibst du dich immer noch in Wendells Königreich herum? Kehre in deinen Palast zurück, und warte auf meine Anweisungen!«

»Ich nehme keine Anweisungen von E ...«

Aber sie war bereits verschwunden, und alles, was er in dem Spiegel sah, war sein eigenes, blutüberströmtes Gesicht.

Kapitel 18

Wolf saß im Bug des Schiffes, die Beine bequem vor sich ausgestreckt.

Die untergehende Sonne spiegelte sich auf der Wasseroberfläche, und der Fluss roch intensiv nach Algen und Tang. Das Lesen fiel ihm schwer, trotzdem konnte er nicht aufhören. Die Bücher halfen ihm, davon war er überzeugt.

Virginia saß neben ihm und hielt die magischen Schuhe fest umklammert. *Sie hat sie nicht ein einziges Mal losgelassen, seit sie sie ausgezogen hat. Die Sucht wird stärker.*

»Virginia«, fragte Wolf, »würdest du dich als einen Menschen bezeichnen, der sich verzweifelt nach Liebe sehnt, aber glaubt, stets zurückgewiesen zu werden?«

»Ich fühlte mich in meiner Haut ganz wohl, danke.«

Er lächelte sie an. Sie erwiderte sein Lächeln vertrauensvoll. Dann ging er zum Angriff über, entriss ihr die Schuhe und warf sie ohne Umschweife über Bord.

»Nein!«, schrie Virginia. »Nein, nein ...« Sie wollte schon hinterherspringen, doch er umfasste ihre Hüfte und hielt sie zurück. Sie war stärker, als er erwartet hatte, und stieß ihn kräftig herum, ehe es ihm gelang, sie festzuhalten.

»Warum hast du das getan?« Sie klang wie ein Kind, dessen Lieblingsspielzeug kaputt war.

»Ich musste es tun«, sagte Wolf. »Es war nur zu deinem Besten.«

Sie wandt sich noch immer in seinem Griff. »Du hast meine Schuhe weggeworfen!«

»Du hast doch jetzt schon davon geträumt, sie heute Nacht zu tragen, nicht wahr?«

»Ja«, sagte Virginia. »Woher wusstest du das?«

Sie hörte auf, sich zu wehren, und zum ersten Mal an diesem

Tag sah sie ihn mit klarem Blick an. *Sie kommt zurück. Das gefällt mir.*

»Magie ist eine nette Sache«, erklärte Wolf. »Aber man wird sehr leicht süchtig danach.«

Virginia starrte verzweifelt auf den Fluss.

Zweifellos ist sie noch abhängig, aber die Sucht lässt nach. Es ist nur eine Frage der Zeit.

»Aber warum wolltest du sie dann nicht?«, fragte Virginia. »Warum konntest du ihnen widerstehen, und ich nicht?«

Gute Frage, und außerdem eine, von der ich nicht weiß, ob ich sie wirklich beantworten sollte. Er tat es trotzdem, so ehrlich, wie er nur konnte.

»Weil«, sagte er sanft, »du dich so sehr danach sehnst, unsichtbar zu sein.«

Tony stand nur wenige Fuß von ihnen entfernt mit Prinz Wendell an seiner Seite. Der Hund hatte Wolf und Virginia beobachtet.

Tony hatte einige Male tief durchgeatmet. Nie zuvor hatte er sich so sehr an seiner Freiheit erfreut. *Es ist wirklich wahr,* dachte er. *Der Mensch nimmt die Dinge so lange als gegeben hin, bis sie ihm genommen werden. Nie wieder will ich mich über meinen Job oder mein Leben oder Mr. Murray beklagen. Na ja, vielleicht ab und an über Mr. Murray, falls der alte Furz wieder normal geworden sein sollte. Aber über nichts anderes.*

»Anthony«, sagte Prinz Wendell. »Wenn dir die Sicherheit deiner Tochter etwas bedeutet, dann müssen wir diesen Wolf sofort loswerden, sonst wird er sie zum Frühstück verspeisen.«

Tony runzelte die Stirn. In diesem Augenblick sah Wolf ihn an. Tony war sich selbst nicht sicher, ob er diesem Burschen trauen sollte oder lieber nicht. Immerhin hatte er ihm die magische Bohne untergejubelt – die sich hinterher als Drachenscheiße erwiesen hatte. Tony schauderte. Diese Erfahrung hatte keine Ähnlichkeit mit dem, was die Märchen normalerweise zu berichten pflegten. Aber immerhin versetzte sie ihn in die Lage, mit Prinz Wendell zu sprechen, wozu auch immer das gut sein mochte.

Wolf hob die Augenbrauen, als wollte er Tonys eindringlichen Blick hinterfragen.

»Prinz sagt, er traut dir nicht«, erklärte Tony ihm.

»Ich ihm auch nicht«, entgegnete Wolf. »Ein Hund ist eine Kreuzung aus einem Wolf und einem alten Kissen. Das sind schwanzwedelnde Eckenpinkler. Und Wölfe dürfen in Wendells elendem Königreich einfach so erschossen werden.«

»Hühnerdieb«, knurrte Prinz. »Großmutterfresser. Schäferinnenplage. Nenn mir nur eine Geschichte, in der ein Wolf zu den Guten gehört.«

»Was hat er denn bisher getan, außer euch in Schwierigkeiten zu bringen?«, konterte Wolf. »Nichts. Wohingegen ich euch schon so oft das Leben gerettet habe, dass ich aufgehört habe, mitzuzählen. Hund null Punkte, Wolf siebenunddreißigtausend, soweit ich das beurteilen kann.«

Tony seufzte. So würden sie kaum weiterkommen. Und Virginia war im Moment auch keine große Hilfe. Trotz all ihrer Gegenwehr schien sie sowohl Wolf als auch Prinz Wendell zu mögen. Und zurzeit, so vermutete Tony, brauchten sie wohl beide Mensch-Tier-Geschöpfe.

Bei diesem Gedanken, der ihm in New York wohl niemals in den Sinn gekommen wäre, schüttelte er den Kopf und schob die kalten Hände in die Taschen seiner schrecklich verschmutzten Jacke.

Da war etwas in der linken Tasche. Er zog es heraus. Es war Clay Faces Schnitzerei. Zum ersten Mal betrachtete Tony sie genauer.

Es war eine winzige, heroische Statuette, die ihn ein wenig an einen der beiden Burschen erinnerte, die die Flagge in Iwo Jima gehisst hatten. Nur waren auf dieser Skulptur zwei Männer, eine Frau und ein Hund zu erkennen.

Auf dem Sockel standen die Worte:

DIE VIER RETTER DER NEUN KÖNIGREICHE.

Tony starrte die Figur an und schüttelte unmerklich den Kopf. Er wollte nicht darüber nachdenken. Tatsächlich überlief es ihn beim Anblick dieser Statue eiskalt. Mit einer heftigen Armbewegung schleuderte er das Andenken über Bord.

Es trieb davon und hinterließ seifige Rückstände auf der Wasseroberfläche.

»Was war das?«, fragte Prinz Wendell.

»Nichts«, sagte Tony, während er zusah, wie die Schnitzerei langsam in der zunehmenden Dunkelheit verschwand. »Überhaupt nichts.«

Relish, der Trollkönig, ging mit einer Fackel und einem seiner riesigen Hunde voran. *Wer hätte gedacht, dass in Beantown nachts die Bürgersteige hochgeklappt werden?*

Er sah über seine Schulter. Seine Gefolgsleute traten gegen Ladentüren, kippten Fässer um und hetzten die Dorfhunde auf. *Das ist ja alles schön und gut. Eine nette abendliche Unterhaltung, aber sie wird bestimmt nicht für eine ganze Woche reichen.*

Daran hätte ich denken sollen, bevor ich Beantown zu meinem Basislager gemacht habe.

In diesem Moment eilte der Bürgermeister von Beantown, ein überheblicher Wichtigtuer, auf ihn zu. »Ich bestehe darauf, dass Sie unverzüglich abrücken«, sagte er. »Trolle ohne Passierschein dürfen sich nicht im Vierten Königreich aufhalten. Das ist ein grober Verstoß gegen die Gesetze der Neun Königreiche.«

»Halt die Klappe«, gab Relish zurück.

Das hätte den Bürgermeister zum Schweigen bringen sollen, aber der Mann war einfach zu beschränkt, eine Warnung zu erkennen, selbst wenn sie ihm in den Arsch biss.

Also fuhr das Staatsoberhaupt mit quengeliger Stimme fort, ihn zu nerven: »Wenn Sie nicht augenblicklich verschwinden, werde ich Prinz Wendell Meldung machen, und er wird Soldaten herschicken.«

Relish blieb stehen und betrachtete den eingebildeten Fatzke vor sich. *Wir könnten uns hier noch die ganze Nacht streiten, aber das wäre alles andere als unterhaltsam. Besser, ich mache diesem Idioten gleich klar, wer hier der Boss ist.*

Mit einem schnellen Streich schlug er dem Bürgermeister

seine Rechte in den Leib. Das Fleisch fühlte sich weich an, und das Großmaul brach schon von diesem ersten Schlag bewusstlos zusammen.

Wenn das die Art von Widerstand ist, mit der ich in Beantown zu rechnen habe, dann wird dieser Ort noch weniger unterhaltsam sein, als ich erwartet habe. Und ich habe wahrlich keine großen Hoffnungen gehegt.

Er drehte sich um und sein Blick fiel auf die Vorbereitungen für Wendells Krönung. Er sah die Flaggen, die Girlanden, die Banner und den hübschen Thron, den man bereitgestellt hatte, nur weil der Prinz in diesem Jahr erwachsen geworden war.

Die Bürger von Beantown starrten Relish an, als hätte er etwas Entsetzliches getan. Er grinste. *Und dabei haben die guten Leute bis jetzt noch gar nichts wirklich Entsetzliches erlebt ...*

Er ging zu dem Podest hinüber und verharrte für eine dramatische Sekunde davor, wohl wissend, dass die nun folgende Vorstellung ihr Publikum finden würde. Langsam stieg er die wenigen Stufen hinauf und nahm mit stolzgeschwellter Brust auf dem Thron Platz.

Von allen Seiten war ein Keuchen und unterdrücktes Protestgemurmel zu hören.

Der Trollkönig beugte sich vor und rief mit donnernder Stimme: »Hiermit erkläre ich dem Vierten Königreich den Krieg und ich fordere Prinz Wendell auf, innerhalb von sieben Tagen hier zu erscheinen und sich mir zu stellen – oder ich werde Anspruch auf seinen Thron erheben.

Das sollte der Königin zu denken geben, von Wendell ganz zu schweigen, wenn seine armen kleinen Hundeöhrchen diese Neuigkeiten aufschnappen.

Relish grinste. Dann warf er den Kopf in den Nacken und lachte das wohl bösartigste Lachen, dass die braven Bürger von Beantown je gehört hatten.

Als Virginia am nächsten Morgen an Deck kletterte, musste sie ihre Augen vor den ersten Sonnenstrahlen abschirmen. Das Licht verursachte ihr Kopfschmerzen, und sie hatte einen leichten Kater, von dem sie Wolf nichts erzählen wollte.

Ihr Begleiter stand am Ruder und beobachtete sie mit einer Aufmerksamkeit, die ihr verriet, dass er mit derartigen Nachwirkungen gerechnet hatte.

Also verfiel sie auf eine Ausrede. »In der Kabine war es furchtbar feucht«, klagte sie. »Ich habe kein Auge zugetan.«

»Du hättest bei mir auf Deck bleiben und unter freiem Himmel schlafen sollen«, sagte Wolf. »Das war großartig.«

Er klappte eines seiner Selbsthilfebücher zu, dessen Rücken fürchterlich zerdrückt war – *muss er Bücher eigentlich immer so schlecht behandeln* –, und schleuderte es über Bord.

Virginia sah zu, wie es davonschwamm und sie befand, dass der ausgefranste Buchrücken nun nicht mehr wichtig war.

»Sind wir jetzt in Wendells Königreich?«, fragte sie. »Oder im Trollkönigreich?«

»Weder noch«, erklärte Wolf. »Der Fluss bildet die Grenze. Das linke Ufer gehört zum Gebiet der Trolle, das rechte zum Reich Prinz Wendells.«

Virginia starrte auf Wendells Seite des Flusses. Eine Gruppe Angler hatte sich am Ufer eingefunden. Sie wirkten jedoch nicht wie professionelle Fischer, eher wie gewöhnliche Halsabschneider. Doch sie alle gingen ihrer Tätigkeit mit ungeheuer verbissenen Mienen nach, die überhaupt nicht zu dem passen wollten, was sie über den Angelsport wusste.

Auch Virginias Vater war inzwischen an Deck gekommen und betrachtete die Angler. »Muss 'ne Menge Fische in diesem Fluss geben, wenn so viele deswegen herkommen«, sagte er.

»Nein, nur den einen«, entgegnete Wolf.

»Den einen?«, fragte Tony.

»Es gibt nur *einen* Fisch im ganzen Fluss«, erklärte Wolf.

»Lass mich raten«, sagte Virginia. »Und er ist magisch?«

»O Virginia«, sagte Wolf. »Ob er magisch ist? Jedes Jahr, etwa um diese Zeit, fängt irgendein glücklicher Angler diesen Fisch, und wenn er ihn großherzig zurück ins Wasser wirft, verwandelt sich das, was er als Nächstes mit seinem kleinen Finger berührt, in pures Gold.«

Virginia seufzte. Sie ahnte, wohin das führen würde.

»Gold?«, fragte Tony lauernd. »Egal, was man berührt?«

»Richtig«, sagte Wolf.

»Man könnte also einen ganzen Berg in Gold verwandeln«, sagte Tony aufgeregt.

»Gewiss, das könnte man«, sagte Wolf.

»Dad, nein!«, sagte Virginia.

»Wartet mal, mir kommt da ein Gedanke«, sagte Tony. »Was passiert, wenn man den Fisch gefangen hat und zum Goldfinger geworden ist, aber dann berührt man versehentlich seine Stirn oder man erschlägt eine Mücke auf dem eigenen Bein oder so?«

»Dann wirst du zu einer der vielen Wasserstatuen«, erklärte Wolf. »Man nennt sie: ›Die Goldangler, die das Bett des Flusses bedecken‹. Sieh nur hinunter, du müsstest sie am Grund erkennen können.«

»Junge«, keuchte Tony. »Mit diesem Fisch sollte man vorsichtig sein.«

»Das ist richtig«, stimmte Wolf zu. »In der Tat ist es besser, ihm aus dem Weg zu gehen.«

»Es gibt auf der ganzen Welt keinen Fisch, den Tony Lewis nicht fangen könnte.«

Virginia hoffte, dass das nur eine der üblichen Übertreibungen ihres Vaters war, denn sie ahnte, dass Wolf Recht haben könnte. Magie war gefährlich. Ganz besonders in den falschen Händen.

Blabberwort ruderte. Ihre Brüder ruderten. Und es war ein gutes Gefühl.

Die magische Musik aus dem magischen Kasten machte alles irgendwie einfacher. Sie sangen aus vollem Halse. Bluebell hatte sich sogar so sehr hineingesteigert, dass er seine Jacke abgelegt hatte. Als er gerade auch sein Hemd ausziehen wollte, klang die Musik plötzlich sonderbar.

Sie wurde langsamer. Sie leierte. Dann verebbte sie.

Blabberwort griff nach dem Kasten und schüttelte ihn, doch ohne Erfolg. Bluebells Augen weiteten sich vor Panik. Sie alle wussten, was geschah, wenn Magie versagte.

Wütend schleuderte sie den schwarzen Kasten über Bord. »Die Magie der Gebrüder Gibb ist ein Dreck. Hah!«

Plötzlich machte das Rudern nicht mal mehr halb so viel Spaß.

»Rudert schneller«, sagte Burly. »Schneller.«

»Aber wir rudern schon die ganze Nacht«, jammerte Bluebell.

»Bluebell«, sagte Blabberwort. »Hör auf, deine Kopfläuse zu essen.«

»Ich habe nicht gekaut«, verteidigte sich Bluebell. »Ich habe sie nur unter meine Zunge gelegt.«

»Rudert schneller«, sagte Burly wieder. »Schneller.«

»Schauiee schau«, sagte Blabberwort, wobei sie auf einen Gegenstand im Wasser deutete. »Da drüben.«

Sie griff ins Wasser und fischte ein Buch heraus. Aber es war ganz anders als alle Bücher, die sie gesehen hatte – außer denen im Zehnten Königreich. Stirnrunzelnd starrte sie es an. ›*Wenn Frauen zu sehr lieben*‹. Hmmm. Das klang interessant. Vielleicht sollte sie es ein wenig studieren …

Die Königin stand vor ihrem Spiegel und sah Relish, den Trollkönig, auf dem Thron für Wendells Krönungsfeier sitzen. Um ihn herum plünderten seine Gefolgsleute Beantown.

Das deckte sich nicht mit ihren Vorstellungen. *Ich hätte mich auf meine Instinkte verlassen sollen. Ich habe ihn für gewitzter gehalten, als er tatsächlich ist.*

Nun, er wird bald herausfinden, mit wem er sich angelegt hat.

»Was denkst du dir eigentlich dabei, Relish?«, verlangte die Königin zu erfahren. »Wir hatten eine Abmachung. Ich gebe dir die Hälfte von Wendells Königreich als Ausgleich für deine Kooperation.«

»Ihr habt mich nur übers Ohr gehauen, seit ich Euch aus dem Gefängnis befreit habe.«

Jetzt beschimpft er mich auch noch! Sie musste sich eine bösartige Entgegnung verkneifen. *Ich sollte diesem Mann lieber meinen Willen aufzwingen, als ihn anzuschreien.*

»Für meine Pläne ist es erforderlich, dass die Krönung wie vorgesehen stattfindet«, sagte die Königin. »Wenn du in Wendells Königreich bleibst, ist eine Katastrophe unausweichlich.«

»Was bedeutet ›unausweichlich‹?«, fragte der Trollkönig.

»Verlasse Beantown«, befahl die Königin. »Kehre in dein eigenes Königreich zurück oder du wirst alles zerstören.«

»Das könnte ich tun.« Der Trollkönig zuckte die Schultern. »Und ich könnte es lassen. Wie machen sich übrigens meine Kinder?«

»Ihre Intelligenz und ihre Tapferkeit sind wahrhaft atemberaubend.«

»So?«, fragte der Trollkönig. »Nun, Ihr müsst auf sie aufpassen. Ich möchte sie in einem Stück zurückhaben.«

»Wenn du nur Geduld hast, Majestät«, sagte die Königin, »dann werde ich dir Wendells Königreich auf einem Silbertablett servieren.«

»So? Nun, ich bin *jetzt* hungrig.«

Die Königin machte eine knappe Handbewegung, und sein Bild verschwand. »Dieser Trottel«, sagte sie, als sie sich dem nächsten Spiegel zuwandte. »Warum hat er Wendell noch nicht gefunden?«

Schemen erschienen auf der flüssigen Oberfläche. Schemen, Farben und sonst gar nichts.

»Er ist nicht allein«, antwortete der Spiegel mit heiserer Stimme. »Aber ich kann die anderen nicht sehen.«

»Welche anderen?«, fragte die Königin.

»Drei weitere Personen reisen mit Wendell«, antwortete der Spiegel. »Eine kann mit ihm sprechen, und eine andere kann dich verwunden. Ohne es zu wissen, reisen sie auf dem Fluss in unsere Richtung.«

»Zeig sie mir.« Die Königin ergriff den Spiegel und zog ihn dicht zu sich heran. »Zeig sie mir!«

»Das kann ich nicht.«

Sie schob den Spiegel fort und dachte einen Augenblick nach. Dann lächelte sie. Sie wusste, was zu tun war.

»Der Wolf ist bei ihnen. Sorge dafür, dass er mit mir spricht.«

Und wenn das geschieht, wird alles so laufen, wie ich es mir vorstelle. Dann werden diese Leute einen echten Wolf in ihrer Mitte haben und sie werden es nicht einmal ahnen ...

Kapitel 19

Wolf mochte die Kabinen unter Deck nicht. Sie verursachten ihm Platzangst, in ihnen fühlte er sich beinahe so, als wäre er wieder im Gefängnis.

Doch es gab Gelegenheiten, zu denen ein Mann allein sein musste, und die Körperpflege gehörte dazu. Er hatte einen kleinen rostigen Spiegel entdeckt und rasierte sich nun so sorgfältig, wie es einem Mann mit einem Messer und kaltem Wasser möglich war.

Niemals könnte er Virginia erklären, warum er dabei ungestört sein musste. Eine überraschende Bewegung, eine laute Stimme, und schon würde er bluten …

Er fand, dass er ein bisschen mitgenommen aussah. Obwohl er geschlafen hatte, lagen dunkle Schatten um seine Augen. Außerdem brauchte er dringend einen Haarschnitt. Normalerweise würde er sich nicht auf einem schwankenden Boot rasieren. Doch jetzt war er verliebt und er wollte Virginia davon überzeugen, dass er der Richtige für sie war. Und ein verliebter Mann musste nun einmal auch Risiken auf sich nehmen.

Plötzlich veränderte sich das Bild im Spiegel, und hätte er nicht gerade sein Messer in das kalte Wasser getaucht, hätte er sich sicher vor Schreck die Kehle aufgeschnitten.

Das Gesicht der Königin erschien dort, wo eigentlich sein eigenes Spiegelbild hätte sein sollen.

»Hallo Wolf«, sagte sie.

Er ließ das Messer sinken und ergriff mit zitternden Händen den Spiegel.

»Geh weg«, sagte Wolf. »Lass mich in Ruhe.«

»Du hast zugestimmt, mir zu gehorchen«, sagte die Königin. »Ja, ich kontrolliere dich.«

»Nein!«, brüllte Wolf den Spiegel an.

»Warum kann ich deine Begleiter nicht sehen?«, fragte die Königin. »Welche Magie benutzen sie?«

Er warf den Spiegel auf eine Koje und rannte die Stufen hinauf auf Deck. Sein Blick suchte Virginia, er konnte sie aber nicht entdecken. Jedoch sah er Tony, der mit einer Angel an der Reling stand. Wolf packte das Buch, das er gerade las, und wedelte damit vor dessen Gesicht herum.

»Tony«, sagte Wolf, »ich muss eine Beziehung mit dir aufbauen.«

»Was?«, Tony blickte nicht einmal auf.

Ich muss Tonys Aufmerksamkeit auf mich lenken. Ich muss meinen Geist von der Königin befreien. Wenn ich an sie denke, bekommt sie Macht über mich und wenn sie Macht über mich bekommt, dann wird sie auch Virginia kriegen, und wenn sie Virginia kriegt, dann würde ich mir das niemals verzeihen können.

»In diesem Buch, ›Eisenhans‹, heißt es, dass wir unsere Männlichkeit verloren hätten und dass wir mehr Beziehungen zu anderen Männern eingehen müssten«, erklärte Wolf. »Und vielleicht können wir uns beim Fischen näher kommen.«

Tony antwortete nicht. Wolf betrachtete die schlaff im Wasser hängende Angelschnur und fragte sich, ob er sich ebenfalls eine Rute suchen sollte. Obwohl ihm dieser Fisch egal war, konnte er so vielleicht Tonys Aufmerksamkeit auf sich lenken. Er lächelte. »Junge, ich liebe es, mit meinem zukünftigen Schwiegervater zu angeln.«

»Ich will, dass du dich von Virginia fern hältst«, sagte Tony. »Hast du mich verstanden? Du bist immerhin vorbestraft.«

»Wir befinden uns auf einem Boot«, sagte Wolf. »Wie soll ich mich da von ihr fern halten?«

»Würdet ihr beide aufhören, über mich zu sprechen, als wäre ich gar nicht da?«, ließ sich nun Virginias Stimme vernehmen.

Wolf sah sich überrascht um. *Ich habe sie nicht gesehen. Sie ist die Liebe meines Lebens, und ich habe sie einfach übersehen, als ich an Deck kam. Da steht sie am Ruder und sie sieht einfach wunderbar aus.*

»Was war bisher dein größter Fang, Wolf?«, fragte Tony.

»Ein junges Mädchen aus den Bergen namens Hilda«, sagte Wolf.

»Ich habe mal eine Seebarbe gefangen, die war so riesig.« Tony deutete die Größe des Fisches mit den Händen an, indem er sie gut einen Meter auseinander hielt. »Die größte, die im Jahr 1994 im Staat New York gefangen wurde.«

»Das ist noch gar nichts«, prahlte Wolf. »Ich habe letztes Jahr einen Fisch gefangen, der war so groß.« Er hielt seine Hände noch ein gutes Stück weiter auseinander.

»Wirklich?«, fragte Tony.

»Nein, nein«, sagte Wolf. »Das habe ich mir gerade ausgedacht. Können wir uns jetzt vielleicht näher kommen?«

Die Sonne blendete sie, und Wolf hielt sich die Hand über die Augen. Das Licht wurde von einer Hütte am Ufer reflektiert, die aus massivem Gold bestand.

»Wow, seht euch das an«, rief Tony. »Vermutlich war das mal ein ganz einfacher Bursche, so wie ich, und jetzt hat er bestimmt hundert Diener.«

Wolf war da anderer Ansicht, aber er schwieg. Er hatte schon zu viele Menschen gesehen, die mit dem Fisch Mist gebaut hatten, obwohl das Gerücht umging, dass nur Prinzen, Edelleute und Findelkinder magische Fische fangen würden. Wenn das stimmte, so war Tony in Sicherheit.

»Weißt du, der Köder ist entscheidend«, erklärte Tony gerade. »Wenn dieser Fisch schon öfter gefangen und wieder ins Wasser geworfen wurde, dann wird er inzwischen ziemlich raffiniert sein. Wenn es eine Schleie ist, dann brauche ich einen schwer verdaulichen, großen Köder, wenn es aber ein Karpfen ist, würde ich Mais oder Zuckerahorn nehmen und für Döbel oder Rotaugen Kleie.«

»Ich hoffe, wir können bald an unserer Beziehung arbeiten, Tony«, sagte Wolf. »Es fällt mir schwer, noch mehr Anglerlatein zu verkraften.«

Plötzlich zerrte etwas heftig an Tonys Angel.

»Hey, hey«, rief Tony. »Da hat was angebissen.«

Wolf starrte die Schnur verblüfft an. Damit hatte er nicht gerechnet.

»Das muss ein Riesenvieh sein«, keuchte Tony, während er mit seinem Fang kämpfte.

»O mein Gott«, stöhnte Wolf. »Ich denke, du hast diesen magischen Fisch an der Angel.«

Tony stützte sich an den Planken des Bootes ab und versuchte, seine Beute an Bord zu ziehen.

Der dumme Hund erwachte und setzte sich neben die Männer. Tony sah ihn finster an, als hätte er etwas gesagt, das ihm nicht behagte.

»Pass auf deinen Rücken auf, Dad«, sagte Virginia.

Tony ließ dem Fisch ein wenig Bewegungsfreiheit, ehe er erneut an der Schnur zerrte. Als er sie schließlich einholte, erklang ein wunderbarer Gesang. Wolf zuckte zusammen. Nach seinem Gefühl konnte das Ganze nicht gut gehen.

»Wer versucht, den magischen Fisch zu fangen?« Die Stimme war weiblich und wundervoll und magisch.

Wolf fühlte sich immer schlechter.

»Ich hab ihn«, brüllte Tony. »Ich hab ihn! Jetzt gehörst du mir, Baby.« Sprach's, strauchelte und plumpste rückwärts auf die Planken. Der Fisch indes flog in hohem Bogen durch die Luft, landete direkt auf Tonys Brust, um dann zappelnd herunterzurutschen und aufs Deck zu klatschen.

Wolf betrachtete den Fang mit einer Mischung aus Mitleid und böser Vorahnung. Sonderbarerweise hatte er überhaupt keinen Appetit auf Fisch.

»Wirf mich sofort zurück«, sagte der Fisch. »Ich verlange, dass du mich zurückwirfst.«

Virginia ließ das Ruder im Stich und kauerte sich neben dem Fisch auf die Planken. Wolf hockte sich neben sie. Der Fisch versprühte kleine goldene Sterne.

»Gib mir das Gold, dann werde ich dich in die Freiheit entlassen, Flipper«, sagte Tony.

»Na schön«, sagte der Fisch. »Das Erste, was du mit dem kleinen Finger deiner linken Hand berührst, wird sich zu Gold verwandeln.«

»Ganz ohne Nebenwirkungen?«, fragte Tony. »Nur eine einzige Berührung, und danach ist mein Finger wieder normal?«

»Was ist das hier? Ein Quiz?«, nörgelte der Fisch. »Ich sterbe, also wirf mich rasch zurück ins Wasser.«

»In Ordnung, der Handel gilt«, sagte Tony. »Ich werde dich zurückwerfen.«

»Nicht du«, kreischte der Fisch panisch. »Rühr mich bloß nicht an! Jemand anderes soll das tun.«

Virginia schnappte sich den Fisch so schnell, dass Wolf keine Chance hatte, ihr zuvorzukommen. Nicht, dass er das ernsthaft gewollt hätte. Aber er hätte ihr beweisen können, dass er Nahrung berühren konnte, ohne in Versuchung zu geraten.

Sie warf den Fisch über Bord, und er verschwand plätschernd in den Fluten.

Tony betrachtete seinen kleinen Finger. »Ich habe einen magischen Finger«, sagte er. »Ich habe einen magischen Finger.«

»Bleib uns damit vom Leibe«, sagte Wolf. »Dieser Finger ist jetzt eine tödliche Waffe, Tony.«

Tony hielt die Hand so weit wie möglich von seinem Körper weg.

»Wozu brauchen wir das Gold überhaupt?«, fragte Virginia.

»Was für eine dumme Frage«, sagte Tony. »Wenn wir nach Hause zurückkehren, kann ich mich zur Ruhe setzen. Wir haben das große Los gezogen.«

Wolf wusste nicht, was daran gut sein sollte. Und er hoffte, dass Virginia niemals nach Hause zurückkehren würde. Doch er sagte nichts und ging zum Ruder.

Sie waren nun in der Nähe von Rivertown. Bald würden sie auf andere Boote stoßen. Wolf entdeckte ein heruntergekommenes Schloss auf einem Berg vor ihnen.

Offenbar sah Tony es auch. »Vielleicht werde ich ein ganzes Schloss in Gold verwandeln«, sagte er. »So wie das da.«

»Und wie willst du ein goldenes Schloss nach Hause transportieren?«, fragte Virginia.

»Du hast Recht, du hast Recht«, sagte Tony. »Ich muss mich für etwas entscheiden, das ich auch tragen kann.«

Das Schloss machte Wolf nervös. Dort oben war etwas, das ihm zutiefst zuwider war.

»Wolf?«, fragte Virginia. »Stimmt was nicht?«

»Es ist nichts«, sagte Wolf. »Nur so ein Gefühl …«

Plötzlich deutete Tony auf die Anleger vor Rivertown. »Der Kahn, der da am Ufer festgemacht ist, sieht aus wie Acorns Boot«, sagte Tony. »Er ist hier.«

Wolf sah Virginia an. Sie wirkte aufgeregt, und er fühlte sich noch schlechter. Er wollte nicht, dass sie den Spiegel fand und ihn dann verließ.

»Jetzt wird alles gut«, sagte Tony. »Wir werden mit olympischem Gold im Gepäck nach Hause zurückgehen.«

Der dumme Hund fing an, im Boot hin und her zu rennen. Wolf drehte sich zu ihm um, sagte aber nichts. Es sah aus, als würde der Hund sich ähnlich fühlen wie er.

»Was ist mit Prinz Wendell?«, fragte Virginia.

Tony schüttelte den Kopf. »Er sagt, er fühlt sich, als wäre er gleichzeitig zweimal vorhanden.«

Wolf warf einen erneuten Blick auf das Schloss. Sollte Wendells menschlicher Körper etwa dort oben sein?

»Er sagt, er muss zu dem Schloss.« Tony starrte Prinz an. »Warum?«, fragte er den Hund. »Es ist doch nur eine Ruine.«

Prinz Wendell schüttelte den Kopf und sprang mit einem Satz über die Reling, bevor ihn jemand aufhalten konnte. Rasch paddelte er auf das Ufer zu.

»Prinz!«, brüllte Tony. »Komm zurück.«

»Wir können ihm nicht folgen«, sagte Virginia. »Lasst uns Acorn suchen und den Spiegel holen.«

Das ist mein Mädchen, dachte Wolf. *Sie weiß, was wichtig ist.*

Doch Tony starrte dem Hund nach, als wäre er verwirrt und ein bisschen besorgt.

Was wiederum Wolf besorgt registrierte. Tony war ein netter Kerl, aber er war auch der größte Versager, den er je gesehen hatte.

»Er wird schon klarkommen«, meinte Wolf leichthin. »Er muss nun seine eigene Mission erfüllen.«

Blabberworts Hände schmerzten, und sie vermisste die Magie der Gebrüder Gibb, obwohl sie sich noch vor kurzem bitterlich über sie beschwert hatte.

Die Musik hallte noch immer durch ihren Kopf, und sie fragte sich, ob sie ihre Gedanken vergiftete und ob sie jemals verstummen würde. Andererseits war ihr immer noch vorhandener Rhythmus beim Rudern recht nützlich.

Gerade erreichten sie eine Flussbiegung. Die Gegend sah irgendwie vertraut aus, aber ihr blieb keine Zeit, sie genauer zu betrachten. Stattdessen konzentrierte sie sich auf das, was sie zu tun hatte.

»Schneller, schneller«, hetzte Burly.

»Ich kann nicht schneller«, klagte Bluebell. »Meine Hände bluten schon.«

»Schaut«, sagte Burly. »Da ist die Schlossruine. Sollten wir der Königin Bericht erstatten?«

Drei Gesichter sahen sehnsüchtig zum Schloss hinauf. *Ein Bericht wird uns einige Stunden Erholung verschaffen. Und was kann es schon schaden?*

»Hervorragende Idee«, sagte Blabberwort. »Gehen wir also an Land.«

Das Boot war leer. Kein Acorn, kein Spiegel. Virginia war noch nie in ihrem Leben so deprimiert gewesen.

Ihr Vater schien sich auch nicht anders zu fühlen. Er starrte das Boot an, als hätte es ihm all seine Ersparnisse gestohlen.

Auf Wolfs Lippen hingegen zeigte sich ein schwaches Lächeln, und Virginia wollte ihn lieber nicht nach dem Grund fragen. Er selbst sagte keinen Ton. Tatsächlich war es Virginia, die den Bootsverleiher am Kai befragte.

»Acorn ist den ganzen Morgen hier gewesen«, sagte der Mann. »Er ist erst, mhm, vor nicht einmal einer halben Stunde fortgegangen.«

»Wann kommt er zurück?«, fragte Virginia.

»Gar nicht«, sagte der Bootsverleiher. »Er hat dieses hübsche Boot gegen mein Pony und meinen Wagen eingetauscht. Schätze, ich habe ein gutes Geschäft gemacht.«

»O nein!«, stöhnte Virginia. »Wohin ist er gefahren?«

»Er sagte, er würde die Straße durch den Wald nehmen«, sagte der Bootsverleiher. »Wenn ihr euch beeilt, könnt ihr ihn vielleicht noch einholen.«

»Gute Idee«, sagte Wolf. »Gehen wir.«

»Und was ist mit Prinz?«, fragte Tony.

Wolf blickte ängstlich zu der Schlossruine hinauf. *Was beunruhigt mich nur so an dem Gemäuer? Ich habe Virginia nichts darüber erzählt, und ich frage mich, ob ich es überhaupt selbst weiß.*

»Was ist mit ihm? Er ist weg. Er wollte seiner eigenen Wege gehen«, sagte Wolf. »Mir bricht es zwar das Herz, aber wir müssen dem Spiegel folgen. Und außerdem, Tony, du hast selbst gesagt, der Hund wäre eine Plage.«

»Ja, ich weiß, aber ich fühle mich nicht wohl dabei, einfach wegzulaufen und ihn im Stich zu lassen.«

»Ihr werdet den Spiegel verlieren«, erinnerte Wolf.

»Dad«, rief Virginia warnend, wohl wissend, was ihr Vater dachte. Auch sie war um Prinz Wendell besorgt, aber sie wusste auch, dass sie nur diese eine Chance hatten, den Spiegel zurückzubekommen.

»Wartet hier«, sagte Tony. »Ich bin in fünfzehn Minuten zurück.«

Virginia seufzte, versuchte aber nicht, ihn aufzuhalten. Auch sie fühlte sich mies dabei, Prinz Wendell einfach so zurückzulassen. Vielleicht konnte ihr Vater etwas tun. Oder wenigstens herausfinden, was los war.

Sie würde ihm seine fünfzehn Minuten geben, aber wenn er länger fortbliebe, würde er sich auf die Suche nach ihr begeben müssen. Und sollte sie den Spiegel zuerst finden, so würde sie ihn zu ihm bringen.

Sie sah Wolf an. Er fixierte noch immer das Schloss. Und fast schien es, als hätte er Angst.

Ihr Herz begann heftig zu klopfen. Sie versuchte, ihren Vater zurückzurufen, aber er war schon zu weit entfernt.

Sie fasste einen Entschluss. Sie würde fünfzehn Minuten an Ort und Stelle warten, doch dann würde sie ihm folgen, ganz egal, was Wolf dazu sagen mochte.

Oder was sie in dieser Schlossruine erwarten mochte …

Der ganze Morgen war ein einziger Misserfolg gewesen.

Die Königin bemühte sich, ihre Verärgerung im Zaum zu halten. *Erst der misslungene Versuch, Wolf unter Kontrolle zu bringen, und nun auch noch dieses schier aussichtslose Unterfangen, dem Hundeprinzen menschliches Benehmen beizubringen.*

Auf einem einfachen Tisch waren Geschirr und Besteck für ihn platziert worden. Ihren guten Tisch hatte sie dafür nicht benutzen wollen.

Aufgeregt schnüffelte der Hundeprinz an den Utensilien vor seiner Nase, mehr noch, er wirkte, als würde er am liebsten seinen Kopf im Teller versenken. Er gierte nach dem Fleisch, das darauf lag, das wusste sie. Fleisch – jede Art von Fleisch – war seine Lieblingsspeise. Aus gutem Grunde hatte sie ihm vor dieser Lektion einen kleinen Bissen zugebilligt.

»Während du auf das Essen wartest«, erklärte die Königin gerade, »musst du versuchen, deine Zunge im Mund zu behalten. Es wirkt ein bisschen vulgär, wenn sie dauernd heraushängt.«

»Ich verhungere«, jammerte der Hundeprinz. »Wo ist mein Napf?«

»Du wirst eine herrliche Mahlzeit bekommen«, versprach die Königin. »Aber nur, wenn du gelernt hast, mit Messer und Gabel zu essen. Bis dahin wirst du hungern müssen.«

Sie legte ihm das Messer in die rechte, die Gabel in die linke Hand. Er starrte das Besteck an, als wäre es aus flüssigem Blei.

»Wünscht Ihr zu trinken, Eure Majestät?«, fragte sie, nur um ihn zu verwirren.

»Einen Napf Wasser.«

»Ein *Glas* Wasser«, sagte die Königin. »Ein Prinz trinkt nicht aus einem Napf.«

Er verdrehte die Augen. Er würde aus einem Klosett trinken, wenn sie ihn nur ließe, und sie beide wussten das. »Ein Glas Wasser«, sagte er lahm. »*Bitte.*«

Der Ton ließ zwar noch zu wünschen übrig, aber er hatte so korrekt gefragt, dass sie ihm ein Glas Wasser einschenkte. Der Hundeprinz indes schien zu überlegen, wie er seine Schnauze in die Öffnung bekommen konnte.

»Nun«, sagte sie, »wünscht Ihr sonst noch etwas?«

»Meinen Ball«, sagte der Hundeprinz.

Sie stieß einen neuerlichen Seufzer aus und setzte an, ihren Schüler einmal mehr darüber aufzuklären, dass er nun ein Mensch und kein Hund mehr war, als die Tür geöffnet wurde und ein Diener den Raum betrat. Sie kannte ihn nicht. *Da ist man mal für ein paar Jahre im Gefängnis, und schon bereitet einem die Arbeitskräftefluktuation Probleme.*

»Majestät«, sagte der Diener. »Die drei Trolle sind zurückgekehrt.«

Aha, also haben sie Prinz Wendell gefunden. Gute Neuigkeiten.

»Übe derweil den Umgang mit Messer und Gabel«, sagte sie zu dem Hundeprinzen. »Ich werde in zehn Minuten zurück sein und deine Fortschritte überprüfen.«

Damit ließ sie ihn allein und konnte nur hoffen, dass kein Ball in Sichtweite war …

Unverzüglich eilte sie den Korridor hinunter zum Haupteingang. Die Trolle warteten bereits auf sie und verbreiteten einen Gestank, der keineswegs willkommen war. Immerhin sahen sie ziemlich stolz aus. Allerdings konnte sie Prinz Wendell nirgends entdecken.

Haben sie ihn womöglich umgebracht?

»Nun?«, fragte die Königin.

»Wir sind hier, Eure Majestät«, erklärte Burly.

»Ja, das sehe ich. Und?«

»Nichts weiter, Eure Majestät«, sagte Bluebell.

»Wo ist Prinz Wendell?«

»Ach ja«, sagte Burly. »Prinz Wendell …«

»Ich habe euch losgeschickt, ihn zu fangen.«

»Eine ehrenvolle Aufgabe für jeden Troll«, sagte Blabberwort.

»Also, wo ist er?«

»Eine Frage, über die wir uns selbst schon den Kopf zerbrochen haben, Eure Majestät«, meinte Bluebell.

»Aber wir sind hier«, sagte Blabberwort.

»Und wir sind stets auf der Hut«, ergänzte Bluebell.

»Ihr Idioten!«, Wutentbrannt ging die Königin auf das Trio los und riss ihnen mit ihren Fingernägeln die Wangen auf. *Dieser Schmerz wird ihnen Prinz Wendell für lange Zeit ins Gedächtnis brennen.* Die Trolle schrien, wenn auch nicht so laut, wie sie es gern gehabt hätte.

Eines Tages werde ich diese Missgeburten über dem offenen Feuer rösten. Eines Tages – nachdem sie Wendell gefunden haben.

»Ich habe gerade mit meinem Spiegel gesprochen«, sagte die Königin. »Prinz Wendell ist ganz in der Nähe. Möglicherweise hält er sich gerade jetzt in Rivertown auf.«

»Wow«, rief Burly. »Was für ein Glückstreffer.«

»Geht und sucht ihn«, befahl die Königin. »Und wenn ihr noch einmal ohne den Hund zurückkehrt, dann werfe ich ihm eure Eingeweide zum Fraß vor, habt ihr mich verstanden?«

Die drei sahen sich nur entrüstet an und eilten dann aus dem Schloss.

An einem Store säuberte die Königin ihre Fingernägel von Haut- und Blutresten und winkte sodann einen ihrer Diener herbei.

»Wasch den Trollgestank aus diesem Vorhang«, sagte sie und ging davon, ehe er antworten konnte.

Nass zu sein, ist überaus lästig.

Wendell hatte sich nie zuvor darüber Gedanken gemacht, wie schwer nasses Fell sein konnte. Das Gewicht behinderte ihn, und gelegentlich musste er auch ein Niesen unterdrücken. Er hasste den Geruch von nassem Hund, sogar dann, wenn er selbst dieser Hund war.

Immerhin triefte sein Fell nicht mehr bei jedem Schritt, wie zu dem Zeitpunkt, als er aus dem Fluss geklettert war.

Er hatte das Schloss beinahe erreicht.

Als er den Pfad hinaufeilte, sah er ein vergittertes Kerkerfenster, aus dem ihm, welche Freude, sein eigenes Gesicht entgegenstarrte. Genauer gesagt, sein menschliches Gesicht, beziehungsweise das Gesicht, das nun der echte Hund benutzte.

Als der Hundeprinz ihn sah, fing er aufgeregt an zu bellen,

ehe er sich offensichtlich darauf besann, dass er sich einer menschlichen Sprache befleißigen sollte.

»Ja, bitte«, rief der Hundeprinz Wendell entgegen. »Tauschen, bitte! Vier Beine, bitte.« Er streckte seine Hände durch die Gitter.

Er wusste instinktiv, was auch Wendell wusste. Wenn sie sich nur einmal berühren würden, würden sie ihre richtige Gestalt wiedererhalten.

»Guter Hund«, sagte Wendell, ohne zu wissen, ob der Hundeprinz ihn verstehen konnte. »Wenn wir uns berühren, werden wir uns zurückverwandeln. Streck also die Hände noch ein bisschen weiter aus.«

Der Hundeprinz tat, wie ihm befohlen, und Wendell sprang, so hoch er konnte, aber es reichte nicht. Er versuchte es wieder und wieder, doch ohne Erfolg. *Ich brauche Hilfe. Vielleicht haben Anthony und Virginia inzwischen angelegt. Vielleicht können sie mir helfen.*

Schon rannte er zurück Richtung Rivertown und mochte seinen Augen kaum trauen, als er eine vertraute Gestalt den Pfad heraufkommen sah.

»Anthony«, brüllte Wendell. »Stell dir vor. Ich habe mich gefunden!«

»Prinz!«, Tony klang erleichtert. Doch plötzlich zeigte sich Panik in seinen Zügen und er rief: »Pass auf!«

Doch zu spät! Ein Gruppe Trolle schlug sich gerade durch das Gebüsch und packte ihn. Prinz war so aufgeregt gewesen, dass ihm ihr Geruch völlig entgangen war.

Wendell erkannte die Trolle. Es waren die drei, die ihn schon zuvor belästigt hatten.

»Halt ihn fest, während ich ihn trete«, sagte der große männliche Troll zu der Trollfrau.

»Lasst ihn in Ruhe, ihr Feiglinge«, schrie Tony. »Das ist nur ein hilfloser Hund. Sucht euch gefälligst jemanden in eurer Größe.«

Er war still an den Anlegestegen von Rivertown. Tatsächlich war es hier geradezu merkwürdig unbelebt.

Virginia beschattete ihre Augen mit den Händen und sah zu der Schlossruine hinauf.

Wolf hat Recht. Der Anblick erfüllt auch mich mit einem Gefühl übler Vorahnungen.

Wolf folgte ihrem Blick. Er sah Virginias Vater nicht mehr, und, was noch schlimmer war, er konnte ihn auch nicht mehr wittern. Er teilte Virginia diese Erkenntnis mit.

Sie betrachtete schweigend den Wald. *Wir haben den Spiegel verloren, dessen bin ich mir sicher. Und wir haben bereits viel zu viel Zeit verschwendet.*

Und nun ist auch noch Dad verschwunden.

In diesem Moment erschien ihr Vater wieder auf dem Schlosspfad. Er ging sehr langsam, als hätte er soeben erfahren, dass jemand gestorben war.

Virginia rannte ihm entgegen. Wolf folgte ihr.

»Dad!«, rief sie. Tony blickte auf und beschleunigte seinen Schritt.

Als sie einander erreicht hatten, schlang sie ihre Arme um ihn. »Gott sei Dank, es geht dir gut«, sagte sie. »Hast du Prinz gefunden?«

Tony antwortete nicht.

Erschrocken wich sie zurück und löste sich aus der Umarmung, sodass sie in sein Gesicht sehen konnte. »Ist alles in Ordnung mit dir, Dad?«

»Ich habe diese drei Trolle besiegt«, sagte Tony langsam. »Das ist die gute Nachricht.«

Er klang nicht so, als wäre das wirklich eine gute Nachricht. Virginia warf Wolf einen besorgten Blick zu.

»Und was ist die schlechte Nachricht?«, fragte Wolf.

Tony schluckte heftig. Virginia kannte diesen Gesichtsausdruck. Die schlechte Nachricht war demnach wirklich schlecht, und ihr Vater hatte seinen Anteil an ihr.

»Ich könnte ja noch einmal zum Bootsverleiher gehen und mir einen Meißel ausborgen«, sagte Tony leise. »Es sollte nicht schwer sein, ihn von den anderen zu trennen.«

Er redet wirres Zeug … »Dad«, rief Virginia, »wie lautet bitte die schlechte Nachricht?«

Tony senkte seinen Blick zu Boden. Dann ergriff er die Hand seiner Tochter und zog sie mit sich zu einem Gestrüpp am Wegesrand. Wolf folgte ihnen.

Da glitzerte Gold im Sonnenschein. Wie gebannt blieb Virginia stehen. Vor ihr erhob sich eine goldene Skulptur aus dem Gesträuch.

Sie erkannte drei Trolle, mitten im Angriff zu Gold erstarrt, die an einem Hund hingen, der, bei dem Versuch zu fliehen, ebenfalls zu Gold geworden war.

»O mein Gott, der arme Prinz Wendell«, presste Virginia tonlos hervor.

Teil 2

Der Wunschbrunnen

Kapitel 20

Um mich herum nichts als Inkompetenz! Und ich? Ich muss mehr leisten als alle anderen zusammen. Und dennoch habe ich stets das Gefühl, ich tue noch nicht genug.

Selbst meine Spiegel lassen mich im Stich.

Die Königin saß an ihrem guten Tisch, die Hände auf die polierte Platte gestützt. Fast glaubte sie, ihr eigenes Spiegelbild darin zu sehen.

Spieglein, Spieglein ... Sie lächelte, als sie an den alten Reim zurückdachte. *Doch dafür ist jetzt nicht der richtige Zeitpunkt. Aber das kann sich ändern. Schon bald.*

Sie war nicht mehr allein im Zimmer. Der Jägersmann stand vor ihr, und sie fühlte, wie sie sich entspannte. *Endlich ein fähiger Mann.*

Sie wusste, dass sie auf ihn zählen konnte.

»Ihr habt mich gerufen, Mylady?«

Seine Stimme war so tief, wie sie sie in Erinnerung hatte. In seinen fahlen Augen funkelte eine Intelligenz, die der ihren beinahe ebenbürtig war. Er sah gut aus. Sein blondes Haar war noch immer dicht, seine Schultern kräftig. Er trug einen Pelzmantel, gerade so wie bei ihrer letzten Begegnung.

Sie verbarg ihre Erleichterung vor ihm. »Weder Wolf noch die Trolle haben den Hund bisher fangen können. Jemand versucht, mich herauszufordern.«

»Sie sind nichts, verglichen mit Euch.« Er trat hinter sie und strich über ihren Nacken. Sie schloss die Augen und genoss die zarte Berührung. *Vielleicht kann ich meine Sorgen mit ihm teilen.*

»Ich kann sie im Spiegel nicht sehen«, sagte die Königin. »Etwas verschleiert mir die Sicht. Aber ich fühle, sie sind in der Nähe. Sie haben den Fluss verlassen und sind dabei, den Wald zu betreten.«

»Ich werde sie finden.« Sein Lächeln war so kalt wie der Mond in einer Winternacht. »Nichts entgeht dem Jägersmann.«

Sie rasteten am Rand des riesigen Waldgebietes.

Der Weg, der sich hindurchschlängelte, war dunkel und unheilverkündend. Wolf hasste diesen Ort, aber er wusste, dass nur dieser Pfad sie zu dem Spiegel führen würde.

Meine Virginia will diesen Spiegel, und ich werde sie zu ihm bringen, auch wenn das bedeutet, dass ich sie verlieren werde. Vielleicht kann ich lernen, in ihrer Welt zu überleben.

Die Bücher aus dieser Welt sind jedenfalls fantastisch.

Wolf hatte sich für seine Studien ein Stück vom Lager entfernt und betrachtete nun versonnen den Ratgeber, der neben ihm auf dem Waldboden lag. Er war an eben der Stelle geöffnet, die er markiert hatte.

Dann schnüffelte er. Zarter Schinkenduft lag in der Luft und ließ ihm das Wasser im Munde zusammenlaufen.

Nein. Ich muss mich konzentrieren. Wir nähern uns einem gefährlichen Ort, und ich muss stark sein für Virginia.

Er schloss die Augen, atmete tief ein und langsam wieder aus.

»Ich bin frei von Schmerz, Zorn und Angst«, sagte Wolf. »In jedem Aspekt meines Lebens werde ich zu Glück und Erfüllung geleitet. Alle Probleme und alles Leid ...« *Verdammt. Ich habe vergessen, wie es weiterging.*

Er öffnete ein Auge und sah noch einmal ins Buch. »... vergeht nun. Ich bin heiter und gelassen. Ich ... ich ...«

Der Schinken droht anzubrennen. Ein kaum wahrnehmbarer Geruch versengten Fleisches lag in der Luft. Er konnte sich einfach nicht mehr länger konzentrieren.

»Tony!«, brüllte Wolf. »Du ruinierst das Essen. Ich rieche, dass es anbrennt.«

Niemand antwortete. Wolf ergriff sein Buch und hetzte zurück in ihr Lager. Eine unbeaufsichtigte Pfanne hing über dem offenen Feuer. Tony hatte nicht nur nicht auf das Fleisch geachtet, das nun zusammengeschrumpelt und dunkelbraun vor sich hin brutzelte, er war gar nicht da.

Wolf griff nach der Pfanne und zog sie vom Feuer. Er winselte auf, als die Hitze der Pfanne sich schmerzhaft in seiner Handfläche bemerkbar machte. Vorsichtig stellte er die Pfanne ab und schüttelte seine Hand, um sie abzukühlen.

In diesem Moment kehrte Tony ans Feuer zurück. »Ich fühle mich furchtbar«, sagte er. »Sieh ihn dir doch nur an.«

Wolf musste sich zwingen, hinzuschauen. Da stand der arme goldene Wendell, erstarrt, mit einem wild entschlossenen Ausdruck in dem niedlichen Hundegesicht. Tony hatte ihm einen Wagen gebaut und ihm ein Seil um den Hals gebunden, sodass er ihn ziehen konnte.

»Das war ein typischer Zauberfisch-Goldfinger-Fehltritt, Tony«, sagte Wolf. »Es hat fast so kommen müssen.«

»Aber ich habe ihn umgebracht«, jammerte Tony.

»Hierzulande neigen viele Dinge dazu, irgendwann von selbst in ihren Urzustand zurückzukehren«, sagte Wolf. »Ich würde mir um ihn nicht so viele Sorgen machen.«

»Und das sagst du nicht nur so?« Zum ersten Mal zeigte sich eine Spur Hoffnung in Tonys Stimme.

Wolf seufzte. *Es gibt nichts Schlimmeres als falsche Hoffnungen.* »Nun ja, ich fürchte, ich habe das nur so dahergesagt. Sieh dir nur diesen einfachen Aufmerksamkeitstest an.« Er warf ein Stock. »Hol das Stöckchen«, sagte er zu dem goldenen Hund. »Hol es.«

»Das ist nicht lustig«, sagte Tony.

»Vielleicht wird es lustig, wenn wir es nur länger üben«, stichelte Wolf.

In diesem Moment kam Virginia mit einem Kübel Wasser ins Lager zurück. Wolf war froh, dass sie nicht mitbekommen hatte, wie er sich über ihren Vater lustig gemacht hatte.

»Warum sitzt ihr hier immer noch herum?«, fragte sie. »Ich habe euch doch gesagt, ihr sollt zusammenpacken.«

»Wir wollten gerade etwas essen«, sagte Tony.

»Und unterdessen entfernt sich der Spiegel immer weiter von uns«, sagte Virginia. »Wenn wir seine Spur verlieren, werden wir nie nach Hause zurückkommen.«

Wolf beugte sich über den Schinken und verarbeitete ihn

sorgfältig zu Sandwiches, um Virginia von seinem Fleiß zu überzeugen. Außerdem fürchtete er, sie würde zum Aufbruch drängen, ohne dass auch er etwas gegessen hatte. *Kein Wunder, dass die Frau so entsetzlich schmal ist. Sie misst Nahrung nur sekundäre Bedeutung zu.*

»Aber Virginia«, sagte Wolf. »Schinken ist Frühstück. Nichts lässt meine Nasenflügel so vibrieren wie der Geruch von Geräuchertem am frühen Morgen. Ich liebe es ... wenn kleine Schweinchen mit ihren lustigen Ringelschwänzchen auf und ab stolzieren ... Schinken brutzelt in einer eisernen Bratpfanne ...«

Sie schenkte ihm ein zerstreutes Lächeln. Er reichte ihr ein kleines Sandwich und behielt das größere für sich. Auch Tony griff zu. Offensichtlich hatten ihm seine Schuldgefühle nicht den Appetit geraubt.

Wolf biss in sein Schinkenbrot und schmatzte. *Das ist das Beste, was ich seit Tagen gegessen habe. Vielleicht das Beste, was ich je essen werde. Ich liebe Schinken, und ich muss dieses wunderbare Gefühl mit jemandem teilen.*

Er leckte sich die Lippen und trällerte: »Klopf ihn, röst ihn, nag ihn, kau ihn, beiß dich durch und gönn ihn dir. Walk ihn, friss ihn, wickel Küken in ihn, und *mich packt die Gier.*«

Virginia zog ein Gesicht, als wäre ihr übel, und Tony war tatsächlich blass geworden.

»Wir sollten uns auf den Weg machen«, sagte Virginia schnell.

Wolf fragte sich, was er falsch gemacht haben könnte. Er hatte doch nur seiner Freude Ausdruck verleihen wollen.

Virginia war aufgestanden und packte ihre Sachen zusammen.

Wolf zögerte. Sie würden schon bald aufbrechen, und ihm gefiel die Spannung zwischen ihnen nicht. »Virginia«, sagte er. »Warte eine Minute. Was siehst du?«

Sie blickte sich um, ließ sich aber nicht die Zeit, wirklich zu *sehen.* »Eine Menge Bäume. Gehen wir.«

»Nein, du siehst gar nichts«, sagte Wolf. »Schau dir all das an, was geschehen ist, während du geschlafen hast.«

Sie starrte ihn an. »Was zum Beispiel?«

Er legte den Arm um sie und zog sie an sich, während er mit dem Finger vorausdeutete. »Siehst du die kleine Lichtung dort. Etwa um Mitternacht ist dort ein Dachs vorbeigekommen.«

Sie runzelte die Stirn, als versuchte sie, sich ein Bild davon zu machen.

»Dann«, sagte er, »zwei Stunden später, ist eine Fuchsmutter auf dem Pfad erschienen, aber unsere Nähe hat sie geängstigt, und sie ist in den Schutz der Bäume geflüchtet. Etwa eine halbe Stunde später tauchte noch ein Fuchs auf, dieses Mal ein männliches Tier, jung und auf Brautschau. Ich schätze, er hatte Erfolg.«

Er zog sie noch näher an sich heran, und es schien sie nicht zu stören. »Siehst du die Stelle dort drüben, wo das Unterholz aufgebrochen ist?«

Sie nickte.

»Dort hat ein lärmender kleiner wilder Keiler herumgeschnüffelt. Ich kann kaum glauben, dass du nicht davon aufgewacht bist. Und direkt vor dir, siehst du dort den Maulwurfspfad?«

Sie blinzelte und nickte.

»Oder dort drüben, wo Hirsch und Hirschkuh mit mir zusammen den Sonnenaufgang betrachtet haben. Ganz zu schweigen von der Kaninchenparty, die die ganze Nacht über gedauert hat; und das Wiesel und die Fasane. Und du hast *nichts* davon gesehen?«

Sie schwieg einen Moment, und er hielt den Atem an und fragte sich, ob sie ihn verstanden hatte. Dann lächelte sie.

»Ich habe mich wohl geirrt«, sagte sie.

»Gewiss hast du das«, sagte Wolf törichterweise.

»Großartig«, sagte Virginia. »Können wir jetzt gehen?«

Als sie sich umwandten, stellte Wolf überrascht fest, dass Tony ihre Sachen bereits zusammengepackt hatte. *Erstaunlich, was Schuld vermag.* Wolf sah Virginia an, die ihm schweigend bedeutete, nichts dazu zu sagen.

Schweigend wanderten sie den Pfad entlang. Der Wald war

dunkel und still, beinahe zu still. So schön es hier auch sein mochte, Wolf fühlte sich an diesem Ort nicht wohl. Die Nähe des Jägersmannes war ständig spürbar.

Sie waren bereits eine Weile gegangen, als Tony plötzlich stehen blieb und auf den Pfad deutete. »Da«, sagte er. »Schaut. Jemand ist mit einem Wagen hier durchgekommen. Man kann die Radspuren deutlich sehen.«

Virginia versteifte sich, und Wolf konnte ihr Interesse spüren.

»Zwerg«, sagte Wolf. »Kein Zweifel.«

»Du kannst einen Zwerg wittern?«, fragte Virginia.

»Nein.« Wolf sammelte eine Handvoll wohlriechender Erde auf, auf der winzige braune Blätter, kaum größer als Ameisen, lagen. »Aber das hier ist Zwergen-Shag. Ein sehr starker Zigarettentabak. Niemand außer den Zwergen rührt dieses Zeug an. Ich denke, er hat die Hauptstraße durch den Wald genommen, und das werden wir auch tun.«

Er lief tiefer in den dunklen Wald hinein, wohl wissend, dass Virginia und Tony ihm folgen würden. Er konnte das Kreischen der Räder an Tonys kleinem Karren hören.

Es muss schwer für ihn sein, den Prinzen mitzuschleppen, aber er beklagt sich nicht. Das allein ist schon erstaunlich. Wenn Tony sich ändern kann, dann kann ich es vielleicht auch, dachte Wolf. *Es gibt immer Hoffnung.*

Nach einer Biegung blieb Wolf stehen. Er witterte irgendetwas – irgend*jemanden* – das sich auf sie zubewegte. Virginia blieb ebenfalls stehen und sah ihn verwundert an. Doch Wolf musste nur ein paar Sekunden warten, bis sich Virginias Frage von selbst beantwortete.

Eine alte Frau mit einem Bündel Feuerholz näherte sich ihnen. Als sie die Gruppe sah, streckte sie eine knochige Hand nach ihnen aus. »Ach, ihr lieben Leute, ich bin nur eine arme alte Frau, bitte gebt mir ein wenig zu essen.«

Essen. Hätte sie nach etwas anderem gefragt, hätte Wolf ihr den Gefallen vielleicht getan. »Tut mir Leid«, sagte er, »aber wir haben nur noch sechs Schinkenbrote.«

Die alte Frau wandte sich an Tony. »Guter Mann ...«

»Ich spende nur an eingetragene Wohltätigkeitsorganisationen.« Tony streckte entschuldigend die Hände von sich.

»Junge Dame«, sagte die alte Frau, wobei sie sich zu Virginia umwandte, »kannst du mir nicht etwas zu essen geben? Bitte.«

Virginia lächelte. »Ich überlasse Ihnen mein Essen gern.« Sie griff in ihre Tasche und reichte der alten Frau ihre letzten beiden Sandwiches.

»Virginia«, sagte Tony tadelnd. »Du bist einfach zu weichherzig.«

Weichherzig? Wolf hätte sie eine Heilige genannt. *Menschen geben nicht einfach so ihr Essen hin. Nun, zumindest Wölfe machen das nicht ...*

»Weil du so gut zu mir gewesen bist, habe ich eine Lektion für euch alle. Nimm diesen Zweig.« Sie reichte Virginia einen der dünnen Äste, die sie gesammelt hatte.

Virginia nahm ihn mit leicht verwirrter Miene.

»Brich ihn entzwei«, sagte die alte Frau.

Virginia gehorchte.

Die alte Frau gab ihr einen weiteren Zweig. »Und diesen auch.«

Das Knacken hallte durch die Bäume. Virginia sah noch verwirrter aus. Wolf war wie gebannt.

»Nun nimm diese drei und lege sie auf die anderen«, sagte die alte Frau und reichte ihr drei weitere Zweige.

Virginia legte sie so sorgfältig aufeinander, als würde ihre Mühe benotet werden. Wolf runzelte die Stirn. *Was hat die alte Frau bloß vor?*

»Und nun versuche, sie zu brechen.«

Virginia versuchte es, aber es gelang ihr nicht. Sie sah die alte Frau ratlos an. »Ich kann das gesamte Bündel nicht brechen.«

»Das ist die Lektion«, sagte die Greisin.

Wolf legte den Kopf schief. Er begriff nicht.

Tony offensichtlich auch nicht. Er runzelte die Stirn. »Gib uns wenigstens eines der Sandwiches zurück«, sagte er.

»Wenn die Schüler bereit sind«, sagte die alte Frau, »wird der Lehrer erscheinen.«

»Nicht in unserer Schule. Ganz sicher nicht«, sagte Tony.

Doch Virginia schien diese Lektion keineswegs aus der Fassung zu bringen. »Ist Ihnen vielleicht ein Zwerg mit einem Wagen begegnet?«

»Sehr früh am Morgen«, sagte die alte Frau. »Er hat die Hauptstraße genommen, aber das dürft ihr nicht. Ihr müsst die Straße verlassen.«

Wolf sog scharf die Luft ein. *Eine Warnung!* Er hatte es schon den ganzen Morgen über geahnt. Trotzdem konterte er mit dem Argument, mit dem er auch sich selbst zu besänftigen suchte. »Die Straße ist der einzig sichere Ort in diesem ganzen Wald.«

Die alte Frau sah ihn einige Sekunden schweigend an. Ihre Augen tränten, und ihre Miene erschien Wolf ein wenig zu ruhig. »Nicht für euch«, sagte sie. »Ihr werdet verfolgt. Man hegt Mordpläne.«

Damit ging sie, schwer gebeugt unter der Last ihrer Zweige. Wolf sah ihr nach, und die Unruhe, die er fühlte, seit sie den Fluss hinter sich gelassen hatten, nahm zu.

»Was soll das heißen, Mordpläne?«, fragte Tony, während er der alten Frau nachstarrte.

Wolf fürchtete, dass er wusste, was sie gemeint hatte. »Nun, es gibt einen sehr gefährlichen Mann, der über diesen Wald herrscht. Der Jägersmann. Ich hörte, er dient der Königin. Aber gewiss wird er nicht damit rechnen, dass wir die Straße verlassen und uns einen Weg durch die Wildnis bahnen.«

»Warum nicht?«

»Weil nur ein Narr durch diesen dunklen Wald gehen würde.« Wolf verließ die Straße und betrat das Unterholz. Seine Nackenhaare richteten sich auf, trotzdem ging er weiter. *Ich werde wachsam sein müssen.*

»Na, großartig«, sagte Tony. »Könntest du uns das vielleicht genauer erklären?«

Wolf widerstand dem Wunsch, Virginias Hand zu ergreifen. Es war besser, wenn sie nicht so dicht beisammen waren.

»Von nun an«, sagte Wolf ernst, »werde ich vorangehen. Tretet nur dorthin, wo auch ich zuvor meinen Fuß hingesetzt habe.«

Er hoffte inständig, dass Tony und Virginia auf ihn hören würden, denn der kleinste Fehler konnte sie alle das Leben kosten.

Kapitel 21

Die Königin stand vor ihrem Spiegel und betrachtete eine schaurige Szenerie.

Beantown war ein Kriegsschauplatz. Im Hintergrund brannten Scheunen. Viele Häuser waren offensichtlich geplündert worden, und auf einigen prangte Graffiti. Schwach konnte sie Schreie und Triumphgeheul durch das Glas hören.

Der Trollkönig, den sie gerufen hatte, erschien im Spiegel, die Hände frech in die Hüften gestemmt. Sein Gesicht war rußverschmiert, und er schien nicht sehr erfreut darüber, dass sie ihn gerufen hatte.

»Was wollt Ihr?«, fragte Relish.

»Du scheinst auf Ärger aus zu sein«, sagte die Königin.

»Ich werde Euch was sagen«, entgegnete der Trollkönig. »Krieg macht richtig Spaß, vor allem, wenn es gar keinen richtigen Gegner gibt.«

Hinter ihm scheuchten einige Trolle eine Gruppe Einheimischer zum Flussufer. Die Menschen sahen angeschlagen aus, viele waren blutverschmiert, ihre Peiniger dagegen wirkten siegestrunken.

»Du bist wirklich dumm, selbst für einen Troll«, sagte die Königin. »Wendells Königreich grenzt an alle anderen Reiche. Ihre Herrscher werden es dir nicht kampflos überlassen. Die anderen Königreiche werden Truppen entsenden und dich vernichten.«

»Dann werden wir auch sie umbringen«, sagte Relish. »Ich habe vor niemandem Angst.«

Sie beugte sich vor. *Irgendetwas muss doch das Interesse dieser Kreatur wecken können.* »Hör mir zu. Ich werde dafür sorgen, dass du alles bekommst, was dein Herz begehrt, aber du musst Beantown sofort verlassen.«

Ein Trollbataillon patrouillierte soeben hinter seinem König vorbei. Die Soldaten trugen Banner und sangen Marschlieder.

»Beantown ist längst nicht alles«, sagte Relish. »Wir kontrollieren bereits jeden Ort im Umkreis von zwanzig Meilen. Und damit werden wir uns nicht zufrieden geben. Ich nehme mir meine Hälfte des Königreiches, und zwar jetzt, oder wollt Ihr mich daran hindern?«

Er entfernte sich lachend von dem Spiegel. Die Königin versuchte, ihn zurückzurufen, jedoch ohne Erfolg. Mit einer knappen Handbewegung vertrieb sie das Bild von Beantown zugunsten eines anderen.

Der Jägersmann stand im Wald und betrachtete die Königin in seinem Handspiegel. Ihn schien es nicht zu stören, dass sie ihn gerufen hatte.

Sie sagte: »Wendells Beraterstab misstraut dem Brief, den ich ihnen geschickt habe, um sie davon in Kenntnis zu setzen, dass sich der Prinz in seiner Jagdhütte verlustiert. Ich konnte das närrische Treffen des Rates beobachten. Sie haben einen Mann zur Hütte geschickt. Er darf nicht zurückkehren.«

»Schon erledigt«, sagte der Jägersmann.

Die Königin lächelte ihm zu. *Zumindest er ist ein verlässlicher, wertvoller Verbündeter.*

Virginia folgte Wolf tiefer und tiefer in den Wald hinein.

Ihr Vater trottete hinter ihnen her, und die Räder am Karren des goldenen Prinzen quietschten rhythmisch bei jedem Schritt. Fast empfand sie das Geräusch als beruhigend. Im Gegensatz zu allem anderen hier.

Es war dunkel, obwohl es Tag war, denn die Bäume standen hier so dicht beieinander, dass der Waldboden nur selten einen Sonnenstrahl zu sehen bekam.

Aus der Ferne erklang ein gedämpftes Kreischen und Heulen. Geräusche, die mit nichts vergleichbar waren, was sie in ihrem Leben gehört hatte, und die ihr die Haare zu Berge stehen ließen.

Aber das war es nicht allein, was an ihren Nerven zerrte. Es war das Pfeifen des Windes, das Ächzen der Bäume und ein Geräusch, das sie nicht zu identifizieren vermochte. Ein Geräusch, beinahe wie ein fremder Atem, das klang, als wäre der ganze Wald lebendig.

»Hey, das bin nur ich«, sagte ihr Vater. »Oder hörst du ein Stöhnen?«

»Ihr werdet eine Menge zu hören bekommen«, sagte Wolf. »Dies ist ein verzauberter Wald.«

Er sagt das so ruhig … Virginia, die bereits zwei Tage in Anwesenheit von Magie zugebracht hatte, konnte sich immer noch nicht daran gewöhnen.

Magie kommt hier einem Fluch gleich. Wenn es nicht gerade die Warnung einer alten Frau ist, die da lautet, dass wir alle sterben könnten, dann sind es sadistische Trolle, die uns verfolgen, oder fürchterliche Fische, die Dads Wünsche in Erfüllung gehen lassen …

Wolf führte sie zu einer Lichtung, und Virginia stöhnte. Dieser Ort war ein gutes Beispiel für das, worüber sie gerade nachgedacht hatte.

Überall um sie herum hingen Tierkadaver an Bäumen: Hasen, Rehe, sogar ein Bär.

An einem Pfosten war ein Schild mit einer Inschrift angebracht:

WER DAS LIEST,
IST EIN EINDRINGLING.
ALLE EINDRINGLINGE WERDEN
ALS WILDERER ANGESEHEN.
ALLE WILDERER WERDEN ERSCHOSSEN.
AUF ANWEISUNG DES JÄGERSMANNES

Unter dem Schild schimmerte eine große Lache getrockneten Blutes, vermengt mit Haaren und Federn, offensichtlich dazu gedacht, die Warnung zu unterstreichen.

Virginia gefiel der Wald nicht, so wenig wie die Lichtung oder das Schild. Ganz besonders nicht das Schild. Es zeugte von einer Kenntnis aristotelischer Logik, die sie erschaudern ließ.

Der Jägersmann schien durchaus gescheit zu sein.

»Weißt du überhaupt, wohin wir gehen?«, fragte sie Wolf, darum bemüht, die Sorge in ihrem Tonfall zu unterdrücken.

»Ich folge meiner Nase«, sagte Wolf.

Das Kreischen der Räder an Wendells Karren war verstummt. Virginia und Wolf wandten sich um. Ächzend setzte Tony gerade all seine Kraft ein, um den Wagen aus einer Furche in dem schmalen Pfad zu befreien.

»Tony!«, brüllte Wolf. »Nicht bewegen!«

Erschrocken blickte ihr Vater auf. »Was? Was?«

Wolf ergriff einen Stock und warf ihn vor Tonys Füße. Mit einem lauten Knall schnappte die Bärenfalle zu.

Virginia fühlte, wie jegliches Blut aus ihrem Gesicht wich. *Wenn diese Falle ihn erwischt hätte, hätte sie ihm das Bein abgerissen.*

»Das reicht«, sagte Tony. »Gehen wir zurück zur Straße.«

»Nein«, widersprach Wolf. »Wir müssen weiter. Versuchen wir, bei Tageslicht so weit wie möglich voranzukommen.«

»Tageslicht?«, fragte Virginia. Dieses Mal gab sie sich keine Mühe, ihre Nervosität zu verbergen, und es war ihr egal, ob er es bemerkte. »Was meinst du mit Tageslicht? Ich habe nicht die Absicht, die Nacht hier zu verbringen. Wie groß ist dieser Wald überhaupt?«

»Der Tausendmeilen-Wald ist ungefähr tausend Meilen lang.«

Virginia dachte darüber nach. *Wie lange würden wir brauchen, den Wald zu durchqueren? Ein Mensch legt zu Fuß etwa eine Meile in zwanzig Minuten zurück, aber wir sind vermutlich langsamer, solange Dad einen Hund aus massivem Gold hinter sich herzieht. Das bedeutet, wir können im besten Falle drei Meilen in der Stunde schaffen. Der Tag hat vierundzwanzig Stunden, aber ein Mensch kann davon höchstens zwölf Stunden laufen, und 3 mal 12 ergibt 36. Ein Mensch kann also am Tag etwa 36 Meilen zurücklegen, und 1000 geteilt durch 36 ...*

Ihr wurde schwindelig bei dem Gedanken. Sie zwang sich, sich auf die Mathematik zu konzentrieren. Sie wusste, sie konnte das. Rechnen war ihr immer leicht gefallen. Sie versuchte, die zunehmende Dunkelheit zu ignorieren. Der Wald war schon in dem wenigen Tageslicht unheimlich genug. Doch jetzt, da es langsam dämmerte, war er absolut beängstigend.

Siebenundzwanzigkommasiebenmal. 1000 geteilt durch 36 ergibt 27,7; das bedeutet, dass wir einen Monat brauchen würden, um diesen ganzen verdammten Wald zu durchqueren.

Virginia schauderte. Sie war erst zwei Tage hier. Ein Monat kam ihr wie eine Ewigkeit vor.

»Wir können nicht die ganze Nacht weiterlaufen«, sagte Tony.

»Doch, das können wir«, sagte Wolf.

»Psst«, sagte Virginia. »Dort vorn sind Lichter.«

Sie schlichen auf eine kleine Lichtung zu. Drei Wagen bildeten ein kleines romantisches Lager. Leise drang Musik an ihre Ohren – Geigenmusik. Sie verspürte den Wunsch zu tanzen.

»Was machen wir jetzt?«, fragte Tony.

»Uns Gesellschaft leisten, natürlich.«

Virginia erschrak ob der fremden Stimme und drehte sich um. Da standen zwei Männer in farbenfroher Kleidung so nahe bei ihr, wie es nur möglich war, ohne sie zu berühren. Sie trugen Äxte und Feuerholz, doch sie wirkten nicht bedrohlich. Virginia traute jedoch nichts und niemandem mehr an diesem Ort.

Wolf andererseits sah überaus nervös aus. Als die Männer Virginia, ihren Vater und Wolf in das Lager führten, beugte er sich vor und flüsterte: »Das sind Zigeuner. Sie wildern hier und werden uns umbringen, wenn es ihnen gefällt. Du darfst nichts ablehnen, was sie dir anbieten, aber du darfst auch nichts essen, was sie nicht auch gegessen haben.«

»Erinnert mich irgendwie an die Einladungen bei deiner Großmutter, Virginia«, sagte Tony.

Sie bedachte ihren Vater mit einem strafenden Blick. Tony zog immer noch den armen Prinzen Wendell hinter sich her. Sie fragte sich, was die Zigeuner davon halten würden.

Das Lager war nicht so provisorisch, wie es von weitem ausgesehen hatte. Überall lagen und hingen Felle und getrocknetes Fleisch von den Tieren, die die Wilderer erlegt hatten. In einer Ecke entdeckte Virginia sechs Holzkäfige voller Vögel. Die Vögel lebten noch und sahen zu, wie Virginia und ihre Begleiter die Wagenburg betraten.

Im Lager hielten sich etwa ein Dutzend Männer auf. Einer von ihnen warf mit Messern auf einen Baumstamm und hörte auch nicht damit auf, als Virginia vorüberging.

Ein schüchterner Junge von neun oder zehn Jahren saß neben einem der Wagen. Er beobachtete Virginia, als sie vorbeigingen, doch dann sah er Wolf an und seine Augen leuchteten gespannt und sehnsüchtig zugleich auf. Virginia fragte sich, was der kleine Bursche über ihn wusste.

Sie erreichten das Zentrum des Lagers, das von Laternen und Feuerschein erhellt wurde. Virginia meinte mehr als nur einmal, in den unsteten Schatten ringsum eine Bewegung zu sehen.

Aus der Nähe wirkte die Musik noch berauschender. Virginia konnte sie mit jeder Faser ihres Körpers fühlen, als würde sie leben und sie zum Tanz auffordern.

Die Zigeuner baten sie und ihre Freunde, sich zu setzen, und sie kamen der Aufforderung nach. Wie es schien, hatten sie die Leute gerade beim Abendessen gestört. Wortlos stellte eine Frau jedem von ihnen eine Mahlzeit hin.

Virginia nahm ihren Teller, ohne hinzusehen. Wolf hielt den seinen fest, und ihr Vater stocherte mit dem Messer in seinem Essen herum. Er nahm einen Bissen, und Virginia bedachte ihn mit einem warnenden Blick. Hatten die Zigeuner bereits davon gekostet?

Tony kaute genauso, wie er es stets tat, wenn er etwas aß, das er hasste. Dann lächelte er wenig überzeugend.

»Wie nennt man das?«, fragte er. »Stachelschwein am Spieß?«

Virginia sah Wolf an, in der Hoffnung, dass er im Stande wäre, diesen Fehltritt auszubügeln, aber der beobachtete den dunkelhaarigen Jungen.

In diesem Augenblick beendete der Fiedler sein wundervolles Stück.

»Du bist dran, Fremder«, sagte er zu Tony.

»Ich spiele nicht.«

»Dann sing für uns«, sagte der Zigeuner.

»Ich bin eigentlich kein Sänger ...«

Endlich konzentrierte sich Wolf wieder darauf, was um ihn herum geschah. »Sing *irgendwas*, Tony«, zischte er Tony leise zu. »Wir dürfen sie nicht beleidigen.«

»Mir fällt aber nichts ein«, klagte Tony.

Virginia ging es ähnlich. Verunsichert blickte sie sich über die Schulter und sah, wie der große Zigeuner hinter ihr seine Messer schärfte. Er merkte, dass sie ihn ansah.

»Ist unsere Gastfreundschaft euch kein Liedchen wert?«, fragte er.

Tony grinste sein schleimigstes Grinsen und schaute seine Tochter fragend an. Sie zuckte die Schultern. Dann begann er, mit zittriger Stimme einen alten Cher-Song vorzutragen, ›Gypsies, Tramps and Thieves‹.

Erstaunlicherweise erinnerte er sich an den Text, aber noch verblüffender war, dass seine Stimme mit jeder Strophe kraftvoller und schöner klang.

Virginia hatte ihren Vater seit langer Zeit nicht mehr singen gehört, und es gefiel ihr, obgleich sie vielleicht ein anderes Stück gewählt hätte ...

Während ihr Vater sang, bemerkte Virginia einen weiteren Zigeuner, der den zu Gold erstarrten Prinzen Wendell eingehend betrachtete. Dann strich er mit der Hand über den Rücken der Statue. Virginia wollte ihn davon abhalten, ihm erklären, dass Wendell ihr gehöre, aber sie fürchtete, ihn zu kränken.

Als ihr Vater geendet hatte, sagte der Mann: »Ist das echtes Gold?«

Virginia fühlte, wie ihr das Herz in die Hose rutschte. Wie sollten sie nur wieder aus dieser Sache rauskommen?

»Nein, nein«, sagte Tony. »Er ist nur goldfarben. Er gehört zu einem Paar, das ich für meine Einfahrt gekauft habe, wissen Sie. Sie sollen zu beiden Seiten des Tores sitzen.«

Der Zigeuner schien ihm die Geschichte abzunehmen. Virginia erhob sich, um sich die Beine zu vertreten. Sie war nicht sicher, ob sie hier würde schlafen können. Alles war so sonderbar.

Sie ging zu den Vogelkäfigen.

»Lass mich frei.«

Virginia erschrak. Sie sah sich in beide Richtungen um, doch sie konnte nicht herausfinden, woher die Stimme gekommen war.

»Lass mich frei.«

Sie starrte in den Käfig. *Einer der Vögel hat zu mir gesprochen.* Sie war nicht so überrascht, wie sie es noch vor ein paar Stunden gewesen wäre. *Vielleicht gewöhne ich mich doch allmählich an diese Welt.*

»Bitte, befreie uns«, bettelte ein anderer Vogel. »Wir sind doch nur unschuldige kleine Opfer.«

Wolf trat hinter sie. Sie konnte ihn schon fühlen, ehe sie ihn hörte.

»Das sind magische Vögel«, erklärte er leise. »Sehr selten, sehr schwer zu fangen. Nur die Zigeuner wissen, wie sie eingefangen werden können.«

»Kleine Opfer«, sagte einer der Vögel. »Verstehst du das, Mädchen? Kleine Opfer.«

Virginia fühlte Wolfs Körperwärme an ihrem Rücken. »Was geschieht mit ihnen?«

»Sie werden ihnen die Flügel brechen und sie an reiche Leute verkaufen.«

»Das werden sie nicht, oder?«, fragte einer der Vögel entsetzt. »Das ist furchtbar.«

»Manche Leute essen sie«, fuhr Wolf fort. »Sie glauben, sie könnten so ihre Magie in sich aufnehmen.«

»Das tun sie nicht, oder?«, fragte der Vogel. »Das ist schrecklich.«

»Ich habe sechs hungrige Schnäbel zu stopfen«, sagte der andere Vogel. »Ohne mich werden sie verhungern.«

»Das ist so grausam«, sagte Virginia.

Plötzlich öffnete sich die Tür einer der Wagen, und eine alte Vettel schlich heraus. Virginia hätte so ein Wort normalerweise nicht einmal gedacht, aber ihr fiel keine bessere Bezeichnung ein. Die Greisin sah aus, als wäre sie gut sechshundert Jahre alt und mindestens fünfhundertneunzig Jahre lang die schäbigste Gestalt auf dem ganzen Planeten gewesen.

Virginia fühlte, wie ihr Herz zu rasen anfing.

Die Alte fixierte erst Wolf finsteren Blickes, dann Tony und dann Virginia. Virginia hatte noch nie zuvor solche Augen gesehen, und sie wusste, dass ihr die Furcht anzusehen war.

Diese Frau, so flüsterte ihr eine innere Stimme zu, *ist die Königin der Zigeuner.* Langsam kam Virginia zu der Überzeugung, dass es hierzulande nicht allzu erstrebenswert war, Königin zu sein.

»Stellt den Tisch auf«, sagte die Zigeunerkönigin.

Die anderen beeilten sich, ihrer Bitte Folge zu leisten. Rasch stellten sie einen Tisch samt Decke und Stuhl auf. Direkt vor ihr platzierten sie einen Satz Tarotkarten und eine Schale mit roter Flüssigkeit.

Dann bedeutete die Alte Virginias Vater, sich zu setzen. Virginia war erleichtert, dass nicht sie herbeigewunken worden war.

Die Zigeunerkönigin legte die Karten. »Ich sehe großen Reichtum für dich«, sagte sie zu Tony.

Er lächelte. »Das klingt gut.«

»Doch er wird dir zwischen den Fingern zerrinnen«, fügte die Zigeunerkönigin hinzu.

»So wie die Bohne, die ich hatte«, sagte Tony. »Wie steht es mit meiner Zukunft?«

»Ich sehe den Narren«, sagte die Zigeunerkönigin, als sie eine weitere Karte aufdeckte.

»Was bedeutet die hier?«, fragte Tony und zeigte auf die nächste Karte.

»Das ist der Freund des Narren, der Dummkopf«, sagte die Königin und deckte weitere Karten auf. »Zu ihm gesellen sich der Hanswurst und der Dorftrottel und der Kretin …«

»Können wir uns wieder der Finanzberatung widmen?«, fragte Tony.

»Da ist nichts unter der Oberfläche«, sagte die Zigeunerkönigin. »Ich will das Mädchen sehen.«

Virginia schüttelte den Kopf. Sie wollte nicht, dass diese Frau Einblick in ihr Leben nahm. »Nein, danke.«

Die Zigeunerkönigin starrte Virginia an. Virginia starrte zurück. Der Blick der Alten wurde immer feindseliger. *Aber vielleicht liegt es auch nur an meiner Furcht*, dachte Virginia, *daran, dass ich es habe kommen sehen ...*

Sie atmete tief durch. *Was kann es schon schaden? Tarotkarten gibt es auch in unserer Welt, und sie funktionieren nie.*

Seufzend nahm Virginia auf dem Stuhl Platz, den ihr Vater gerade freigegeben hatte.

Die Zigeunerkönigin legte die Karten aus. Dann starrte sie das Deck einen Augenblick stumm an, ehe sie zu sprechen begann. »Du bist voller Zorn. Du verbirgst viel von dir.«

Die Alte wühlte in ihren Kleidern und zog eine Schere hervor. Mit ihren gichtverkrümmten Fingern griff sie nach Virginia. Und noch ehe sie zurückweichen konnte, hatte sie ihr eine Haarsträhne abgeschnitten und in die rote Flüssigkeit geworfen.

»Dich erwartet ein großes Schicksal, dessen Ursprung weit in der Vergangenheit liegt«, sagte sie.

Virginia schnaubte verächtlich. »Großes Schicksal? Ich bin Kellnerin, keine Chance.«

Die Zigeunerkönigin sah sie eindringlich an, als sich die Haare in der Flüssigkeit voneinander lösten. »Du hast deiner Mutter nie verziehen, dass sie dich verlassen hat.«

Das ist genug! Virginia sprang auf. »Wie gesagt, ich wünsche nicht, dass mir jemand meine Zukunft weissagt.«

Mit einem Lächeln auf den Lippen glitt Wolf auf den Stuhl. Wie ein Kind auf dem Jahrmarkt streckte er die Hand aus. Virginia trat beiseite, erleichtert, dass er ihren Platz eingenommen hatte.

»Liebe und Romantik, bitte«, sagte Wolf, als die Zigeunerkönigin seine Hand ergriff. »Hochzeit und Kinder, wie lange muss ich warten, bis das saftige Mädchen meiner Träume zu diesen Dingen ja sagen wird?«

»Ich sehe den Tod«, sagte die Zigeunerkönigin. »Ein junges Mädchen stirbt. In Stücke gerissen ...«

Wolfs Lächeln erstarb. »O nein. Ich dachte eher an zwei Jungen und drei Mädchen ... Familie und so ...«

»Ich sehe einen Scheiterhaufen«, fuhr die Zigeunerkönigin fort. »Du sollst auf ihm brennen.«

»Nein!«, Wolf versuchte, seine Hand fortzuziehen, aber die Zigeunerkönigin hielt sie fest.

»Du bist nicht, was du zu sein scheinst. Du bist ... ein Wolf!«

Überall im Lager wurden Messer gezückt. Virginia hatte noch nie so viele Waffen auf einem Haufen gesehen. Gefährlich glitzerten die Klingen in dem flackernden Licht, ebenso wie die Augen der Zigeuner.

Wolf schien das nicht zu schrecken. Er hatte aufgehört, sich zu sträuben, und sah der Zigeunerkönigin direkt in die Augen. »Ja, ich bin ein Wolf«, sagte er leise. »Ebenso wie dein Enkel.«

Erstaunt blickte Virginia zu dem kleinen Jungen. Auch er beobachtete die Szene interessiert.

Einen schier endlosen Augenblick lang schien die alte Zigeunerkönigin Wolf genau ins Herz zu schauen, ehe sie seine Hand losließ. »Ihr werdet heute Nacht bei uns bleiben«, sagte sie. »Freunde müssen zusammenbleiben in diesem gefährlichen Wald.«

Das Wort ›Freunde‹ aus ihrem Mund beruhigte Virginia ein wenig. *Ich schlafe jedenfalls lieber an diesem bewachten Ort, als mitten in der Nacht durch einen Zauberwald zu stolpern.*

Diese Überlegung teilte sie kurz darauf auch Wolf mit, der sie jedoch nur zweifelnd ansah, als wäre er sich nicht sicher, ob er wirklich hier sein wollte.

Schließlich legte sich Virginia neben dem Lagerfeuer zur Ruhe. Ihr Vater schlief neben ihr, nur Wolf war nirgends zu sehen. Sie verdrehte sich fast den Hals, um ihn zu suchen, und endlich entdeckte sie ihn im Gespräch mit dem Jungen. Mimik und Haltung ihres Begleiters spiegelten eine liebevolle Fürsorge wider, die sie noch nie zuvor an ihm bemerkt hatte.

Sie musste lächeln, als sie den beiden zusah. Doch dann wurden ihre Lider schwerer und schwerer, und bald fiel sie in einen tiefen Schlaf.

Sie träumte, sie wäre im Wald. Es war dämmrig, vielleicht aber auch heller Tag, sie vermochte es nicht zu erkennen.

Aber sie konnte Wolf etwa zwanzig Fuß vor sich stehen sehen. In dem sonderbaren Licht erinnerte er an ein Raubtier.

Sie schloss einen Moment die Augen, und als sie sie wieder öffnete, war er einige Schritte näher gekommen.

»Du hast dich bewegt«, sagte sie.

»Nein, das habe ich nicht.« Wolf stand absolut reglos da, genauso wie zuvor. Die Dämmerung ging in die Nacht über. Das Licht nahm schnell ab, und Virginia wollte in dieser Dunkelheit nicht im Wald bleiben. Hilfe suchend blickte sie sich über die Schulter, und als sie sich wieder umwandte, sah sie, dass Wolf erneut ein Stückchen näher gekommen war.

»Du hast dich bewegt.«

»Ich habe mich keinen Zentimeter von der Stelle gerührt«, versicherte Wolf.

Doch das stimmte nicht. Als sie ihn wieder ansah, war er nur noch etwa zehn Fuß von ihr entfernt. Und wieder stand er reglos da, auf den Lippen ein unheimliches Lächeln.

Sie fühlte sich wie ein Beutetier. Endlich verstand sie, warum Rehe im Scheinwerferlicht erstarrten. Sie hatte den Verdacht, dass, wenn sie sich jetzt einige Schritte von ihm fort bewegen würde, er direkt neben ihr sein würde.

Aber das ist völlig unlogisch. Dennoch versuchte sie es, und als sie sich wieder umwandte, war er nur noch sechs Fuß von ihr entfernt. Auf der Suche nach einer Fluchtmöglichkeit, fiel ihr Blick auf den Pfad, der nur noch wenige Schritte von ihr entfernt war.

Ich will nicht, dass er noch näher kommt. Ich habe Angst vor dem, was er tun könnte.

Ich habe Angst vor dem, was ich tun könnte.

Sie sah ihn an und rührte sich nicht.

Kapitel 22

Als Virginia erwachte, lag eine Hand auf ihren Lippen. Sie öffnete die Augen und erschrak, Wolf so dicht vor sich zu sehen. Für einen Augenblick war sie wieder in ihrem Traum. Er musste die Panik in ihren Augen bemerkt haben, denn er hielt ihr den Mund etwas länger zu, als angemessen gewesen wäre.

Ihr Vater packte bereits ihre Sachen zusammen. Mattes Licht lag über der Lichtung. Die Morgendämmerung war angebrochen. Aber die Zigeuner schliefen noch. Virginia richtete sich auf. Wolf legte einen Finger an die Lippen, für den Fall, dass sie nicht verstanden hatte, wie wichtig es war, sich während ihres Aufbruchs still zu verhalten. Doch das hatte sie, und sie wollte ebenso sehr von hier verschwinden wie er.

Mit den Fingern ordnete sie ihr Haar, sehnte sich nach einer Zahnbürste und klopfte sich den Staub aus ihren Kleidern.

Ihr Vater hatte Prinz Wendells Wagen bereits in der richtigen Richtung aufgestellt; Virginia konnte nur hoffen, dass die kreischenden Räder die Zigeuner nicht wecken würden. Wolf und ihr Vater dachten offenbar das Gleiche, denn sie begannen, Prinz Wendell aus dem Lager hinauszutragen.

»Lass uns frei«, rief plötzlich einer der magischen Vögel. »Bitte lass uns frei.«

Virginia sah sich um. Wolf und ihr Vater hatten Wendell sicher außer Hörweite gebracht. Sie ging zu den armen Vögeln hinüber. Ihre kleinen Körper drückten sich Schutz suchend an die Gitterstäbe.

Sie werden ihnen die Flügel brechen oder Schlimmeres. Alles nur, weil sie sind, was sie nun einmal sind.

Sie konnte diesen Gedanken nicht ertragen. Sie würde es sich nie verzeihen können, ihnen nicht zur Freiheit verholfen zu haben. Rasch öffnete sie eine der Käfigtüren, und die Vögel flogen davon.

»Virginia!«, flüsterte Wolf.

Virginia hörte ihn, aber sie ignorierte es. Es gab so viele Käfige und so viele Vögel ... Sie wusste, dass sie damit die Mühen anderer Menschen zunichte machte, aber das war ihr egal.

Hier standen Leben auf dem Spiel.

Bald hatte sie alle Käfige geöffnet. Doch dann fiel ihr Blick auf den Wagen der Zigeunerkönigin. Über ihrer Tür hing noch ein weiterer Käfig.

»O nein, bitte«, sagte Tony. »Das reicht.«

Er hatte Recht. Aber ein einziger nicht geretteter Vogel würde ihr ebenso zu schaffen machen wie all die anderen zusammen. Sie biss sich auf die Unterlippe. Drei hölzerne Stufen führten zu der Tür hinauf. Vorsichtig versuchte sie, den knarrenden Stellen auszuweichen, von denen sie wusste, dass sie da waren. Als sie die kleine Veranda erreicht hatte, streckte sie sich. Sie musste sich auf die Zehenspitzen stellen, um die Käfigtür zu erreichen. Für einen Augenblick verfehlten ihre Finger den Riegel. Dann erwischte sie ihn, und die Tür schwang auf.

Der magische Vogel flog davon, aber Virginia verlor das Gleichgewicht und drohte zu stürzen. Ihr Halt suchender Arm schlug gegen den leeren Vogelkäfig, der daraufhin in hohem Bogen auf die Veranda knallte. Der Aufprall klang in der Stille wie ein Schuss.

Erschrocken fuhr sie herum, als die Tür des Wagens aufgerissen wurde. Ein Zigeuner, den sie vorher noch nie gesehen hatte, trat heraus.

Virginia lief, so schnell sie konnte. Der Zigeuner nahm die Verfolgung auf und brüllte dabei so laut, dass auch die anderen im Lager erwachten. Virginia war ihm nur wenige Schritte voraus.

Als wäre ihr der Teufel auf den Fersen, rannte sie zu Wolf und ihrem Vater in den Wald hinein, aber sie konnte die beiden nicht sehen. Sie wusste, dass sie ihr zugesehen hatten, aber wo versteckten sie sich jetzt?

Hinter ihr brachen die Zigeuner durch das Unterholz, offensichtlich nicht sonderlich darauf bedacht, sich leise zu bewegen.

Virginia blieb einen kurzen Augenblick stehen; sie musste herausfinden, welchen Weg Wolf und ihr Vater genommen hatten.

Etwas packte ihren Fuß. Starr vor Schreck sah sie hinab und betete, nicht in eine Falle geraten zu sein. Dann riss jemand an ihr, und sie rutschte einen Hang hinunter. Wolf zog sie dicht an sich heran, als die Zigeuner an ihnen vorbeirannten.

Sie lagen unter einem natürlichen Überhang am Ufer. Unter ihnen rauschte der Fluss. Erde war ihr in den Kragen gerutscht und sie atmete schwer, doch Wolf legte einen Finger auf die Lippen, um sie zur Ruhe zu mahnen.

»Sie können nicht entkommen sein«, sagte jetzt eine Stimme über ihnen. »Sucht sie! Sie müssen sich hier irgendwo verstecken.«

Virginias Kehle wurde immer trockener. Sie hatten sich nicht sonderlich gut versteckt. Sie konnte die Zigeuner im Unterholz hören. Zweige brachen, und Rufe erklangen. Sie drückte sich noch enger in den Hang hinein, ebenso wie Wolf und ihr Vater.

Schmutz und Geröll prasselten auf sie herab. Einer der Zigeuner stand direkt über ihnen! Virginia schloss die Augen und betete. Auf einmal erklang die schnarrende Stimme der Zigeunerkönigin, und der Mann über ihnen fluchte. Mehr Schmutz rieselte herab, und dann hörte Virginia, wie sich die Männer nach und nach von ihnen entfernten.

Auf einmal wurde es sehr still im Wald. Virginia öffnete die Augen. Wolf hatte die Stirn in Falten gelegt, und ihr Vater umklammerte Prinz Wendell. Virginia fragte sich, was der Prinz wohl von dem ganzen Gezerre halten würde, sollte er noch am Leben sein.

Wolf bedeutete ihnen, still zu sein. Dann kletterte er die Böschung hinauf und verschwand. Nur einen Augenblick später war er wieder zurück. Virginias Vater sah ihn fragend an: »Wieso hast du das getan?«

Wolf antwortete nicht, jedenfalls nicht sofort. Er klopfte sich den Staub von den Kleidern und schüttelte den Kopf. »Ich verstehe das nicht. Wieso hat die alte Frau die Jagd abgeblasen?«

Aus irgendeinem Grund erfüllte Virginia diese Erkenntnis

nicht mit Freude. Wie es schien, teilte Wolf ihren Verdacht: Die Zigeuner hatten die Suche nicht ohne Grund aufgegeben.

»Vielleicht hatten wir einfach nur Glück«, meinte Tony. »Lasst uns gehen. Je eher wir aus diesem verdammten Wald heraus sind, desto besser. Helft mir, Prinz Wendell zu tragen, bis wir den Weg erreicht haben.«

Wolf starrte Prinz Wendell an, und in seiner Miene lag ein Widerwille, den er vorher nie gezeigt hatte, obwohl Virginia wusste, wie er zu dem Thema stand.

»Können wir ihn nicht irgendwo vergraben?«, fragte Wolf. »Wir können doch später wieder zurückkommen.«

»Ich lasse ihn nicht zurück«, sagte Tony entschieden. »Ich hab ihn in diese Lage gebracht, also hole ich ihn da auch wieder raus.«

Virginia lächelte. *Dad ist wirklich ein netter Mann, auch wenn er der größte Versager der Welt ist.*

Aber Wolf dachte schon nicht mehr an Prinz Wendell. Unbehaglich sah er sich über die Schulter nach dem Zigeunerlager um. »Ich wünschte, ich wüsste, warum sie so einfach aufgegeben haben. Das passt einfach nicht zu ihnen.«

Die Zigeunerkönigin betrachtete den leeren Vogelkäfig über der Tür zu ihrem Wagen, und ihre Augen verengten sich zu schmalen Schlitzen ...

Sieben Jahre Arbeit zerstört! Sie mochte gar nicht daran denken, dass sie auch noch freundlich zu diesen Fremden gewesen war. *An diesem Morgen haben sie ihr wahres Gesicht gezeigt.*

Sie zog die Schale hervor, in der die Locke aus Virginias Haar in einer Flüssigkeit lag. Die Zigeunerkönigin streute ein graues Pulver darüber, und die Lauge entzündete sich.

Die Zigeunerkönigin schloss die Augen und murmelte: »Streck es, dehn es, lass es wachsen. Schaffen soll es große Not. Zerren soll es, bis sie schwach wird. Lass sie jammern, schrei'n und stöhnen. Lass sie wünschen, sie wär tot.«

Sie öffnete die Augen und lächelte böse, als die Locke verbrannte. *Niemand soll jemals die Freundlichkeit der Zigeuner ausnutzen – ganz egal, wer es ist.*

Wolf fühlte sich nicht wohl.

Seine Nackenhaare sträubten sich, und er wusste nicht warum. Er ahnte, es lag nicht allein an den Zigeunern. Ihm war klar, dass sie nicht mehr hinter ihnen her waren, aber er wusste nicht warum. Vielleicht war es das, was ihn so beunruhigte – nicht zu wissen warum.

Schweigend führte er seine Begleiter weiter durch den Wald, und das Kreischen der Wagenräder fing an, ihn ernsthaft zu ärgern. Prinz Wendell war ein großer Brocken Gold und eine große Belastung für sie alle. *Und Tony wird daran nichts zum Besseren ändern können. Im Gegenteil: Mit seinem Talent, alles in eine Katastrophe zu verwandeln, wird er es allenfalls noch schlimmer machen.*

Tatsächlich verhielt sich Tony im Moment sonderbar. Dauernd beobachtete er seine Tochter und legte dabei seine Stirn mehr und mehr in Falten.

Auch Virginia bemerkte, dass ihr Vater sie anstarrte, und warf ihm schließlich einen verärgerten Blick zu. »Was siehst du mich so an?«

»Dein Haar ... sieht so anders aus«, sagte Tony.

»Richtig«, entgegnete Virginia. »Das liegt daran, dass ich gestern Abend im Schönheitssalon war.«

»Nein, es ist ... gewachsen.«

»Gewachsen?«

Wolf sah nun ebenfalls genauer hin und zuckte erschrocken zusammen. »Das ist es wirklich«, bestätigte er.

Virginia griff sich an den Kopf. Und tatsächlich war, so stellte sie fest, ihr Haar nicht nur ein bisschen gewachsen, es war in den letzten Stunden ein beträchtliches Stück länger geworden. Sie runzelte die Stirn.

Offensichtlich hat sie keine Ahnung, was mit ihr geschehen ist, dachte Wolf. *Und ich bin nicht sicher, ob ich es ihr sagen sollte.*

Er blickte zu Tony, der ihn fragend ansah, erpicht auf eine Erklärung, die Wolf nicht bereit war, ihm zu geben. Stattdessen stapfte er weiter voran durch den Wald.

Sie waren etwa eine Stunde gegangen, als Wolf einen kleinen Teich entdeckte. Auch Virginia sah ihn und rannte fröhlich auf ihn zu. Am Ufer beugte sie sich vor und starrte wie gebannt auf die Wasseroberfläche.

Ihr Haar bedeckte nun die Hälfte ihres Rückens.

»O nein«, stöhnte sie. »Es ist schon wieder länger geworden. Es wächst die ganze Zeit!. Was passiert nur mit mir? Was soll ich nur tun?«

»Es flechten?«, schlug Tony vor.

Wolf schloss die Augen. *Ich muss es ihr sagen.*

»Die Zigeuner«, begann er. »Du erinnerst dich? Sie hat etwas von deinem Haar. Und sie hat dich verflucht.«

»Was soll das heißen, sie hat mich verflucht?«, verlangte Virginia zu erfahren. »Hört auf, sonst flippe ich noch aus ...« Sie verstummte und schluckte hart, denn sie wusste, dass er Recht hatte.

Wolf zog ein Messer aus der Tasche und zeigte es ihr. Sie nickte in dem Wissen, dass ihr Haar nicht länger ein Teil von ihr, sondern etwas Bedrohliches war, das an ihrem Kopf hing.

Wolf machte sich mit dem Messer an ihrem Haar zu schaffen, um es zu kürzen, doch es war, als wollte er einen Stein zerschneiden.

»Lass mich es mal versuchen«, sagte Tony.

Wolf reichte ihm das Messer und lehnte sich zurück. Virginias Haar wuchs schnell. Fast konnte man dabei zusehen. Nun hatte es schon ihre Oberschenkel erreicht.

Tony sägte einige Minuten lang verbissen am Haar seiner Tochter herum, ehe er den Kopf schüttelte. »Es geht nicht«, sagte er. »Es lässt sich einfach nicht schneiden.«

»Vielleicht ist das Messer stumpf«, sagte Virginia.

»Mit dem Messer ist alles in Ordnung«, widersprach Wolf. »Es ist der Fluch.«

»Das ist furchtbar«, stöhnte Virginia. »Ich kann fühlen, wie es wächst.«

»Tja«, sagte Tony, »das wäre bestimmt nicht passiert, hättest du nicht die heilige Franziska von Assisi spielen müssen.«

»Halt die Klappe«, fauchte Virginia. Dann wandte sie sich an Wolf. »Wie können wir es aufhalten? Kannst du mich von dem Fluch befreien?«

»Flüche sind nicht gerade meine Stärke«, gestand Wolf.

»Versuch doch mal, ihr ein Haar auszureißen«, schlug Tony vor.

Wolf packte ein einzelnes Haar und zog daran.

»Au! Hör auf damit!«

»Es rührt sich nicht«, sagte Wolf.

»Wenn wir ihr dabei helfen«, sagte Tony, »dann können wir es wie einen Schal um sie wickeln.«

Wolf ergriff die Haarpracht. Es war viel Haar, und es war weich. Es war einfach wunderschön, sogar in dieser Länge. Aber er hütete sich, das Virginia gegenüber zu erwähnen.

Geschickt schlang er das Haar um ihre Schultern und widerstand dem Drang, ihre gerunzelte Stirn zu küssen, ehe er die beiden wieder durch den Wald führte.

So gingen sie eine Weile dahin und hielten nur dann und wann inne, um Wendells Karren aus einer Furche zu heben oder Virginias Haar ein weiteres Mal um ihren Körper zu schlingen. Mehr und mehr entwickelte sie sich auf diese Weise zu einer wandelnden Haarspindel.

Irgendwie erotisch. Doch auch diesen Gedanken behielt Wolf für sich.

Plötzlich donnerte es, und ein Blitz zuckte über den Baumwipfeln. Virginia stöhnte auf. Wolf sah gen Himmel, und in diesem Moment begann es zu regnen, als hätte jemand einen riesigen Kübel mit Wasser über ihnen ausgeschüttet.

Er winkte Tony an seine Seite – er wollte ein Auge auf ihn und Prinz Wendell haben, für den Fall, dass sie im Schlamm stecken blieben – und ließ Virginia hinter ihnen hergehen.

Sie sah deprimiert aus, beinahe, als hätte sie jegliche Hoffnung aufgegeben. *Vielleicht sollte ich etwas Nettes über ihr Haar sagen, damit sie mich ein bisschen anschreien kann.*

Ein beträchtlicher Teil ihrer neuen Pracht flatterte wie ein Brautschleier im Wind. Wortlos trat Wolf hinter sie und trug das Haar wie eine Schleppe hinter ihr her.

»Du ziehst an meinen Haaren«, sagte Virginia.

»Tut mir Leid«, sagte Wolf. »Es ist nicht einfach. Du hast inzwischen eine Menge gespaltener Spitzen.«

»Wie lang ist es jetzt?«, fragte Tony.

»Frag lieber nicht«, entgegnete Wolf.

Es regnete immer stärker. Prinz Wendell war von Schlammspritzern bedeckt, und Wolf konnte sich nicht erinnern, wann er das letzte Mal derartig durchnässt gewesen war.

Virginias Haar war nass noch schwerer. Er mochte sich gar nicht vorstellen, wie sie sich fühlte.

»Ich kann nicht mehr weiter«, sagte Virginia. »Wir müssen irgendwo rasten.«

»Wo sollen wir denn mitten im Wald eine Unterk ...« Wolf brach ab und rief: »Da! Schaut nur!«

Er deutete auf eine kleine Hütte, die hinter den Bäumen kaum zu sehen war. Blitze zuckten vom Himmel, Donner krachte über ihnen, und der Regen schien nicht nachzulassen. Die Hütte sah verlassen aus. Aber wenigstens hatte sie ein ordentliches Dach.

Sie rannten los, und Tony zerrte Wendell hinter sich her. Die Tür der Hütte war mit Graffiti bedeckt. Wolf musste gegen das Türblatt treten, um sie zu öffnen. Unter einer Wolke aus Staub und Spinnweben schwang sie knarrend auf.

»Jemand zu Hause?«, rief Virginia. Keine Antwort.

Sie traten ein. Sämtliche Wände und Möbel waren mit falsch buchstabierten Losungen übersät, einschließlich verschiedener Versionen der beliebten Aufforderung, Elfen zu fressen.

Aber das war es nicht, was Wolfs Aufmerksamkeit erregte. Sein Blick ruhte auf sieben Zinnbechern und sieben kleinen Lampen. Sie waren ordentlich auf der kleinen Kommode aufgereiht, als hätte jemand vorgehabt, sie bald wieder zu benutzen, obwohl ganze Äonen ihren Staub auf ihnen hinterlassen hatten.

»Was ist das für ein Gestank hier drin?«, fragte Tony.

»Die Trolle waren hier«, sagte Wolf, während er sich unter der niedrigen Decke duckte. »Sie markieren ihr Territorium gern, beinahe wie ... Hunde.«

»Trolle?«

»Keine Sorge«, sagte Wolf, während er sich vergewisserte, dass die Tür geschlossen war. Der Regen trommelte auf das Dach. »Hier ist schon lange niemand mehr gewesen.«

Tony stieg eine kleine Treppe hinauf und ließ Wendell im Erdgeschoss zurück. Wolf betrachtete die sieben winzigen Löffel und die sieben kleinen Schälchen auf dem Tisch. Virginia versuchte unterdessen, ihr Haar auszuwringen.

»Hey, kommt und seht euch das an«, rief Tony von oben.

Wolf und Virginia hasteten die Treppe hinauf. Im Dach war ein kleines Loch, durch das Laub hereingeflogen war, und es war feucht hier oben.

Doch dafür hatte Wolf nur einen flüchtigen Blick übrig. Stattdessen starrte er mit offenem Mund auf die sieben winzigen Betten. Sie waren aus Holz, und alle hatten kleine Kissen und Decken, die samt und sonders ordentlich aufgeschlagen waren. Und obwohl sie von Staub und Laub bedeckt waren, sahen sie aus, als würden sie nur darauf warten, dass ihre kleinen Besitzer zurückkämen und sich in ihnen zur Nachtruhe betteten.

»Denkst du, was ich denke?«, fragte Tony.

Wolf nickte, grinste und trat näher. Er konnte sich nicht helfen. Er wurde von einer sonderbaren Freude erfüllt.

»Das ist Schneewittchens Hütte. Meine Güte, es ist das Haus der sieben Zwerge. Es galt lange Zeit als verschollen.«

Sein Blick traf den Virginias. Sie lächelte ihn an. »Seht euch diese Bettchen an«, sagte sie. »Sie sind so niedlich.«

»Was ihr hier seht, ist ein bedeutender Teil unserer Geschichte«, erklärte Wolf. »Was für eine Schande, dass der Prinz in Gold erstarrt ist. Das ist die Hütte seiner Großmutter. Jemine.«

Langsam bekam Wolf tatsächlich Mitleid mit dem Köter. Das war übel. Trotzdem verharrte er noch einen Augenblick an diesem historischen Ort, bis er bemerkte, dass Virginia zitterte.

»Wir müssen diese Hütte für die Nacht vorbereiten und versuchen, dein Haar zu trocknen«, sagte er.

Sie nickte. Tony sah sich ein letztes Mal in dem Dachzimmerchen um, ehe er die Treppe hinunterstieg. Wolf blieb noch einen Moment allein in dem Raum. Dann schlug er mit der flachen Hand an einen Holzbalken und grinste. *So etwas bekommt in den Neun Königreichen kaum jemand zu sehen. Und ich habe das Glück, zufällig hierher gekommen zu sein. Das lässt den ganzen Wald in einem anderen Licht erscheinen.*

Dann ging auch er hinunter.

Er und Tony brauchten beinahe eine halbe Stunde, um im Erdgeschoss aufzuräumen und die Tür mit Möbelstücken zu verbarrikadieren. Virginia versuchte noch immer verzweifelt, ihre Haare zu trocknen. Endlich gab sie auf und schichtete Holz in der Feuerstelle auf.

Als Wolf endlich merkte, was sie tat, war es schon zu spät.

»Wir sollten hier kein Feuer entzünden«, sagte er.

»Das ist mir egal.« Virginia hielt eine dicke Strähne ihres extrem langen Haares vor die Flammen.

Wolf setzte sich zu ihr, um ihr zu helfen. Er wollte nicht, dass sie sich zu allem Überfluss auch noch in Brand steckte. Tony brach auf einem Stuhl zusammen. Er sah schrecklich müde aus.

»Ich kann nicht glauben, dass ich das wirklich frage«, setzte Tony an, »aber was ist aus Schneewittchen geworden, nachdem sie den Prinzen geheiratet hat?«

Wolf blickte auf, überrascht, dass Tony das nicht wusste. »Sie wurde eine große Regentin. Eine der fünf Frauen, die unsere Geschichte verändert haben.«

»Fünf Frauen?«, fragte Virginia offensichtlich fasziniert. »Wer waren die anderen vier?«

»Königin Aschenputtel, Königin Rotkäppchen, Königin Rapunzel und Königin Gretel die Große. Sie begründeten die ersten fünf Königreiche und brachten dem Land Frieden.

Aber sie sind schon lange nicht mehr. Es heißt zwar, Aschenputtel würde noch leben, aber sie wurde schon seit beinahe vierzig Jahren nicht mehr in der Öffentlichkeit gesehen. Außerdem müsste sie inzwischen fast zweihundert Jahre alt sein.«

Wolf seufzte und blickte wehmütig in die lodernden Flammen. »Die Tage ewiger Glückseligkeit sind längst vorbei. Dies sind düstere Zeiten.«

Virginia war frustriert, denn es schien, dass ihr Haar niemals trocknen wollte. Glücklicherweise war das nachwachsende Haar, das direkt an ihrem Kopf lag, nicht feucht.

Ihr Vater hatte sich schon lange in das Dachstübchen zurückgezogen. Mit Wolfs Hilfe hatte er vier der kleinen Betten so aufgestellt, dass er sich bequem auf ihnen ausstrecken konnte. Tony hatte Prinz Wendell ans Fußende von einem der Betten aufgestellt, als würde er Wache halten.

Vermutlich hätte Virginia ebenfalls zu Bett gehen sollen, aber das Feuer brannte noch heftig, und der größte Teil ihres Haares war noch immer feucht. Außerdem war sie nicht so müde.

Wolf half ihr, den Rest ihres Haares zu trocknen, indem er Strähne für Strähne in der Hitze des Kaminfeuers durch seine Hände gleiten ließ. Dabei studierte er Virginia, als hätte er nie etwas Schöneres gesehen. Wenn das Haar sie nicht so geängstigt hätte, hätte ihr das sogar gefallen.

»Was hast du dem Jungen erzählt?«, fragte sie. »Dem im Zigeunerlager.«

»Nicht viel. Nur, was Wölfe so reden.«

»Und was reden Wölfe so?«

»Ich musste ihm gar nichts erzählen«, sagte Wolf. »Ich war nur einfach bei ihm. Er hat noch nie einen anderen Wolf gesehen. Und er hatte Angst. Das Leben ist ein steiniger Pfad, wenn man anders ist. Aber das weißt du selbst.«

Sie rang sich ein Lächeln ab.

»Wo ist deine Mutter?«

Virginia versteifte sich. *Warum fragt er das?* »Ich habe keine Ahnung. Sie hat uns verlassen, als ich sieben war.«

Wolf schien die Kälte in ihrem Tonfall gar nicht zu bemerken. Leise sagte er: »Wie traurig, verlassen zu werden, wenn man so klein ist.«

Virginia widerstand dem Drang, ihm ihr Haar zu entreißen. »Offen gesagt, denke ich nur selten an sie. Sie gehört nicht wirklich zu meinem Leben.«

»Was ist passiert?« Wolf stützte das Kinn auf die Hand und drehte sich zu ihr um. Seine grünen Augen wirkten im Feuerschein fahler und wärmer.

Virginia wandte den Blick ab. »Sie ist einfach fortgegangen. Würdest du das nicht tun, wenn du mit meinem Vater verheiratet wärst? Sie waren völlig verschiedene Menschen. Du hast meine Großmutter ja ... kennen gelernt. Meine Mutter war wie sie. Sie haben einfach nicht zusammengepasst. Sie hätten niemals heiraten sollen. Wie auch immer, das ist lange her.«

»Wo ist sie jetzt?«, fragte Wolf.

Seine Neugier bereitete ihr allmählich Kopfschmerzen. »Ich habe keine Ahnung, und außerdem ist es mir auch völlig egal.«

»Fragst du dich denn nicht, wie sie vielleicht ist?«

Ich weiß, wie meine Mutter war. Ich kann es mir angesichts dessen, was sie uns vor langer Zeit angetan hat, sehr gut vorstellen. Sie war eine kalte Person, die sich stets nur um sich selbst gekümmert hat.

»Sie hätte Kontakt zu mir aufnehmen können, wenn sie gewollt hätte, aber sie hat es nicht getan, und das ist gut so. Sie will mich nicht, und ich werde meine Energie nicht darauf verschwenden, mir Gedanken über sie zu machen.«

»Oh«, sagte Wolf. Anscheinend begriff er langsam, dass dies für Virginia ein heikles Thema war.

»Oh – was?«, fragte Virginia.

»Nur ›oh‹«, sagte Wolf. »›Oh‹ als ein unverbindlicher Laut der Ermunterung. Als ein Versuch, nicht zu kommentieren, wenn man nur zuhört, wie meine Selbsthilfebücher mir verraten haben.«

Sie schniefte, und er streichelte ihr Haar. Es fühlte sich wunderbar an.

»Du musst etwas Großartiges aus deinem Leben machen«, sagte er.

»Ach ja?«, fragte Virginia. »Warum?«

»Weil du so tief verletzt worden bist«, sagte Wolf.

Wütend entriss sie ihm ihr Haar. »Sie haben sich einfach getrennt, okay? Passiert so etwas dort, wo du herkommst, denn nie?«

»Natürlich nicht«, erwiderte Wolf. »Wir sind entweder glücklich für alle Zeiten, oder wir kommen durch einen schrecklichen Fluch ums Leben.«

Diese Erklärung dämpfte ihren Ärger ein bisschen. Sie legte ihm ihr Haar wieder in die Hände, und er streichelte es, als wäre nichts geschehen.

Nach einer Weile fragte er: »Du traust niemandem, nicht wahr?«

»Ich traue dir nicht«, sagte Virginia.

Das schien ihn nicht zu überraschen. »Nun, vielleicht wirst du auf diese Art nicht verletzt«, sagte er. »Aber, huff-puff, du wirst auch nie die wahre Liebe erfahren.«

Virginia schnaubte. »Liebe ist ein Scheißdreck. Liebe ist nur das, was die Leute sich zu fühlen einbilden, wenn sie Angst haben, allein zu sein.«

»Aha«, sagte Wolf.

Sein Tonfall erregte ihre Aufmerksamkeit. Langsam drehte sie sich zu ihm um. *Er ist wirklich ein gut aussehender Mann. Das ist mir von Anfang an aufgefallen. Gut aussehend auf eine irgendwie ... verwegene Art.*

»Hast du irgendetwas dazu zu sagen?«, fragte Virginia.

»Nein«, sagte Wolf.

Doch sie wusste, dass er etwas hatte sagen wollen. Und er sagte es ihr ohne Worte.

Kapitel 23

Der Hundeprinz lag im Bett, die Hände gekrümmt wie Pfoten über der Decke hängend.

In diesem Licht sieht er beinahe … niedlich aus. Die Königin sah ihn zärtlich an. *Er ist wirklich ein guter Hund gewesen.*

Ich wünschte mir nur, ich könnte einen besseren Prinzen aus ihm machen.

»Erinnerst du dich, wie ich dir erzählt habe, woher meine Magie stammt?«, fragte die Königin.

»Von der bösen Stiefmutter im Sumpf?«, entgegnete der Hundeprinz.

»Nun, als sie gestorben war und ich ihre Spiegel zu beherrschen gelernt hatte«, sagte die Königin, »ging ich eines Tages zum Schloss von Schneewittchen. Schneewittchen selbst war zu dieser Zeit schon lange tot, aber ihr einziger Sohn hatte geheiratet und seinerseits einen Stammhalter in die Welt gesetzt, Prinz Wendell.«

»Das bin ich«, sagte der Hundeprinz.

»Gewissermaßen ja. Ich wurde seine Amme und benötigte drei lange Jahre, um seine Mutter, die damalige Königin, langsam zu vergiften. Ich brauchte drei weitere Jahre, um seinen Vater, den trauernden König, zu trösten. Dann habe ich ihn geheiratet. Als ich das erste Mal Königin genannt wurde, hatte ich das Gefühl, zu Hause zu sein.«

Sie erinnerte sich, wie gut sich das angefühlt hatte, als wäre es erst gestern geschehen. Als sie Königin geworden war, hatte sie sofort erkannt, dass ihr das nicht genügen würde.

»Ich begann, Wendells Vater zu vergiften«, fuhr sie fort. »Und bald darauf ist auch er gestorben. Somit war der kleine Wendell, der letzte der Schneewittchen-Linie, der Einzige, der mir auf dem Weg zur absoluten Macht noch im Weg stand.«

Sie streichelte das Gesicht des Hundeprinzen. Er schmiegte sich an ihre Hand, wie er es immer getan hatte, als er noch ein Hund gewesen war.

»Aber meine Pläne wurden entdeckt. Wendell überlebte, und ich wurde zu zehntausend Jahren Kerker verurteilt. Ich kann von Glück sagen, dass die Todesstrafe inzwischen abgeschafft wurde.«

Sie beugte sich vor und gab dem Hundeprinzen einen zärtlichen Gutenachtkuss. Dann, nachdem sie einen kurzen Augenblick innegehalten hatte, griff sie nach der Lampe.

»Ich wette«, sagte sie sanft, »jetzt wünscht er sich, er hätte mich damals getötet.«

Zum ersten Mal seit Tagen war ihr warm, und sie schlief in einem weichen Bett.

Es fühlte sich gut an. Es fühlte sich – haarig an.

Virginias Lider flatterten. Als sie die Augen öffnete, versuchte sie sich zu erinnern, wo sie war. Sie rollte sich auf die Seite und stellte fest, dass sie auf einem Meer aus Haaren ruhte.

»O mein Gott«, sagte sie. »O mein Gott.«

»Was?«, fragte Wolf schlaftrunken. »Was ist? Meine Güte! Jemine!«

Das Haar war in sämtliche Räume und sogar die Treppe hinauf gekrochen. Der Anblick war einfach überwältigend.

»Es ist überall«, rief Virginia entsetzt.

Beruhigend legte Wolf seine Hände auf ihre Schultern. »Wir kriegen das schon hin«, sagte er.

Dann rief er Tony. Nach einer Weile kam ihr Vater schlaftrunken aus dem Dachstübchen gewankt und glitt prompt auf ihren Haaren aus. Nachdem er einige Stufen auf seinem Hinterteil zurückgelegt hatte, fing er seinen Sturz mit einem beherzten Griff nach dem Geländer ab.

Einen Moment starrte er sprachlos auf die Haarflut, dann erhob er sich und rannte die Treppe wieder hinauf. Virginia fühlte sich sehr verlassen, aber nur für einen Moment. Gleich darauf kam er mit einer riesigen Rosenschere zurück.

»Lasst uns das draußen machen«, sagte Wolf. Es dauerte eine

Weile, sich in all dem Haar zurechtzufinden und die Möbel von der Tür wegzurücken, aber schließlich war auch das geschafft.

Der Morgen war so hell wie es ein Morgen in diesem schrecklichen Wald nur sein konnte. Wolf schnappte sich eine Axt und geleitete Virginia zu einem Baum.

»Beweg dich nicht«, sagte er.

Sie nickte. Wieder und wieder hieb er sodann mit der Axt auf ihr Haar ein. Doch ohne Erfolg.

Dann versuchte es Wolf mit einer Handsäge. Er sägte und sägte, bis die Sägezähne brachen.

»O nein«, murmelte sie.

»Versuch die hier«, sagte Tony, wobei er Wolf die Schere reichte.

Doch Wolf schüttelte den Kopf. Er schien nach einer anderen Möglichkeit Ausschau zu halten.

Ihr Vater kam zu ihr und kauerte sich neben sie. Er versuchte, das Haar an ihrem Rücken abzuschneiden. Sie hörte das Schaben der Schere, doch sie wusste, dass auch er keinen Erfolg haben würde.

»Es geht nicht«, sagte Tony nach einer Weile erschöpft. »Nichts, aber auch gar nichts kann dieses Haar bezwingen.«

Ich habe es gewusst, aber ich habe es nicht wahrhaben wollen. Sie schlug die Hände vors Gesicht und musste ein Schluchzen unterdrücken. Die Panik, die in ihr hochstieg, seit das Haar zu wachsen begonnen hatte, drohte sie zu überwältigen.

»Was, wenn es nicht mehr aufhört zu wachsen?«, fragte sie tonlos. »Ich werde an diesen Haaren sterben.«

Zwischen ihren Fingern hindurch sah sie, wie Wolf und ihr Vater besorgte Blicke wechselten. Trotz all ihres gespielten Optimismus ängstigten sie sich nicht weniger als sie.

Sie fing an, erbärmlich zu zittern.

»Nicht verzweifeln«, sagte plötzlich eine Stimme.

Sie blickte auf. Ein wunderschöner Vogel saß ganz in der Nähe auf einem Apfelbaum.

»Zum Dank, dass du mir das Leben gerettet hast«, sprach der Vogel, »werde ich dir sagen, wie du dein Haar schneiden kannst.«

Ein leiser Seufzer entfuhr ihr. *Hoffnung!* »Bitte, ja.«

»Tief im Wald«, sagte der Vogel, »gibt es einen Holzfäller mit einer magischen Axt, die zerteilt, was immer sie trifft. Sie wird dein Haar schneiden und den Fluch brechen.«

Mit diesen Worten breitete der Vogel seine Schwingen aus und flog davon, noch ehe Virginia ihm danken konnte.

»Lasst uns gehen«, drängte Wolf. »Bevor Virginias Haar so lang ist, dass wir es nicht mehr mitschleppen können.«

Virginia sah ihn angstvoll an. Daran hatte sie noch nicht gedacht.

»Dieser Ort macht mich irgendwie heißhungrig«, ließ sich Tony vernehmen, streckte die Hand aus und pflückte einen der wunderschönen roten Äpfel.

Schon öffnete er den Mund, um hineinzubeißen, und Wolf brüllte: »Tony, nein! Was tust du da? Iss diesen Apfel nicht!«

Erstaunt drehte Tony sich zu Wolf um. »Warum nicht?«

»Überlege doch, wo wir sind«, sagte Wolf. »Das ist Schneewittchens Hütte.«

»Und?«

»Dieser Baum könnte aus den Kernen des Apfels entstanden sein, mit dem sie vergiftet wurde.«

Virginia schnappte hörbar nach Luft, und ihr Vater schleuderte den Apfel sichtlich enttäuscht von sich.

»Junge«, sagte er. »Hier kann man aber auch nicht vorsichtig genug sein.«

»Kommt jetzt«, sagte Wolf ungeduldig. »Wir haben noch viel zu tun, wenn wir den Spiegel je wieder finden wollen.«

Der Spiegel. Virginia schluckte. *Durch dieses verdammte Haarproblem habe ich ihn völlig vergessen.* Sie löste sich von dem Baum, in der Hoffnung, dass die Suche nach dem Holzfäller erfolgreich sein würde.

Wolf wurde immer nervöser, denn sie kamen nur langsam voran.

Virginias Haar verfing sich wieder und wieder im Unterholz und im Gestrüpp, und sie waren alle so sehr damit beschäftigt, es zu entwirren, dass sie kaum weiter kamen.

Zu allem Übel witterte Wolf schon seit geraumer Zeit einen neuen Geruch in der Luft.

Und er wurde stärker.

»Ich rieche etwas«, sagte er schließlich. »Ich bin sicher, es ist der Jägersmann. Er ist ganz in der Nähe. Wir müssen schneller gehen.«

»Ich kann aber nicht schneller laufen«, jammerte Virginia.

»Virginia«, sagte Wolf eindringlich. »Dieser Mann wird uns in spätestens einer Stunde erwischen.«

»Was sollen wir tun?«, fragte Tony.

Virginia versuchte gerade, ihr Haar aus einem Strauch zu befreien.

Wolf blieb stehen und wusste, dass sie nicht einfach davonrennen konnten. Er ging eine Weile auf und ab und dachte nach. Zum ersten Mal, seit dieses Abenteuer begonnen hatte, fiel ihm nichts mehr ein.

Dann, plötzlich, hatte er die Lösung. »Passt auf. Ich werde euch hier verstecken und den Jäger von hier fortlocken und abschütteln.«

»Moment«, sagte Tony. »Woher wissen wir, dass du zurückkommst?«

»Weil mein Leben dazu bestimmt ist, deine Tochter zu lieben.«

Tony kniff die Augen zusammen. »Das ist nicht ganz das, was ich hören wollte.«

Wolf ignorierte ihn. Bärbeißige Väter waren derzeit ein Luxus, den er sich nicht leisten konnte. »Der Jägersmann ist wirklich gut«, sagte er. »Aber er braucht Spuren. Er kann seine Beute nicht einfach wittern wie ein Tier. Ich werde ihn in einem großen Bogen von euch wegführen und morgen zurückkehren. Beeilt euch. Wir fangen mit dem Prinzen an.«

Wolf brauchte beinahe eine Stunde, um Prinz Wendell, Tony und Virginia in einem flachen Erdloch mit Laub und Zweigen zu tarnen. Prinz Wendell erwies sich als das größte Problem. Jedes Mal, wenn Wolf glaubte, er hätte es geschafft, ihn völlig zu verstecken, sah er an einer anderen Stelle ein goldenes Fleckchen durchschimmern.

»Besser geht es nicht«, sagte er schließlich. »Alles okay da drinnen?«

Kaum merklich kam etwas Bewegung in die Lebenden, und eine mit Zweigen geschmückte Hand – Virginias wunderschöne zarte Hand – hob sich aus dem Gestrüpp und winkte ihm kurz zu. Und auch Tonys größere Hand regte sich nun zum Abschiedsgruß. Fast rechnete Wolf damit, dass auch Wendell eine goldene Pfote heben würde.

»Haltet euch so ruhig wie möglich, bis ich zurück bin.«

Wolf überprüfte noch einmal die Umgebung, um sicherzustellen, dass ihre sämtlichen Spuren verwischt waren. Keine Fußabdrücke, keine hinterlistige Haarsträhne, nichts.

Dann nickte er kurz und eilte davon, darauf bedacht, eine Spur zu hinterlassen, die selbst der dümmste Jäger nicht übersehen konnte.

Virginias Augen brannten, und ihre Nase kitzelte.

Das Laub roch nach Herbst und nach Schimmel. Die Sporen hatten ihr zu schaffen gemacht, seit sie den Wald betreten hatten. Sie reagierte leicht allergisch darauf, und gerade jetzt schien ihre Allergie schlimmer zu werden. In Schneewittchens Hütte hatte sie häufig niesen müssen, und jetzt atmete sie so flach wie möglich, um weiteres Niesen zu verhindern.

Sie wünschte, sie könnte mit ihrem Vater sprechen. Er lag nur ein paar Fuß von ihr entfernt, doch sie konnte ihn nicht einmal hören. Sie war zu nervös, um zu schlafen. Außerdem hatte sie Angst, sie könnte schnarchen oder im Schlaf sprechen oder sich womöglich sogar bewegen.

Und sie sorgte sich um ihr Haar. Sie war nicht sicher, wie sie es versteckt halten sollte. In der Nacht zuvor war es durch die ganze Hütte gewachsen. Sie fürchtete, es könnte bereits einen beträchtlichen Teil des Waldes bedecken, bis Wolf zurückgekehrt war.

Seltsamerweise sorgte sie sich darum überhaupt nicht. Sie wusste, er würde wiederkommen. Seine Worte ihrem Vater gegenüber waren aufrichtig gewesen. Wolf würde zurückkommen – ihretwegen.

Dann versteifte sie sich. Die Geräusche des Waldes hatten sich verändert. Was sie vernahm, waren keine richtigen Schritte. Nur das Rascheln der trockenen Blätter im Wind war ein bisschen lauter geworden. Sie fragte sich, ob ihre Fantasie ihr einen Streich spielte oder ob dort tatsächlich etwas war, worüber sie sich Sorgen machen musste.

Es gab noch andere Kreaturen in diesem Wald, aber sie wusste, dass sie den Jägersmann gehört hatte. Sie wusste nicht warum, sie wusste es einfach. Vielleicht hatte Wolfs Nähe ihren Instinkt geschult. Außerdem verriet ihr etwas an diesem Geraschel – vielleicht sein regelmäßiger Rhythmus – dass jemand sich bemühte, sehr sehr leise zu sein.

Die Blätter verdeckten ihr die Sicht nur teilweise. Wenn sie sich sehr bemühte, konnte sie etwas durch das Dickicht erkennen. Und als sie das tat, erschien ein blonder, groß gewachsener Mann in ihrem Blickfeld. Sie versuchte, den Atem anzuhalten, aber ihr Herz klopfte immer schneller. Es war wirklich schwer, jetzt, da es unbedingt notwendig war, die Nerven zu behalten.

Das Brennen in ihren Augen wurde schlimmer, und der Drang zu niesen nahm ebenfalls zu. Sie hielt den Atem an, in der Hoffnung, dass das helfen würde.

Der Jägersmann – denn wer sonst konnte dieser stattliche Bursche mit der beeindruckenden Armbrust schon sein? – blieb stehen. Für einen schrecklichen Augenblick dachte Virginia, er könnte womöglich auf ihrem Vater stehen. Dann sah sie seine Augen unter dem Laub aufflackern, und sie betete, dass der Jägersmann nicht sah, was sie sah.

Der Schütze schaute sich langsam um und hielt dann in seiner Bewegung inne. Er schien etwas entdeckt zu haben. Langsam ging er darauf zu. Und dann sah sie, was er sah – eine Strähne ihres Haares lugte aus dem Laub hervor.

Verdammt. Ich habe gewusst, dass so etwas passieren würde. Sie befahl ihrem Haar, nicht mehr zu wachsen, aber es wollte nicht auf sie hören.

Der Jägersmann kam näher und näher, bis er direkt neben ihr war. Sein rechter Stiefel landete vor ihrem Gesicht. Dann ging er an ihr vorbei. Sie hörte am Rascheln der Blätter, dass er tiefer in den Wald hineinlief. Nur noch einen Moment, und sie waren in Sicherheit.

Erleichtert holte sie tief Luft, und das Niesen, das sie zu unterdrücken suchte, obsiegte. Sie konnte es nicht länger zurückhalten. Es klang wie eine Explosion in der Stille des Waldes, und sie hörte das erschrockene Gezeter der Vögel, die hastig davonflogen.

Erschrocken setzte sie sich auf. *Nun ist alles vorbei.* »Lauf, Dad! Lauf.«

In dem Moment, da ihr Vater den Pfad hinunterstürzte, kam auch sie auf die Beine. Tony war ein großer Mann, und er übernahm sogleich die Führung, wenngleich er fluchte, als er sie überholte.

Virginia rannte schweigend, aber so schnell sie konnte. Sie fühlte sich, als würde sie fünftausend Pfund Lebendgewicht auf die Waage bringen. Das Haar stellte ein Hindernis dar, ein ziemlich ernstes Hindernis ...

Sie hörte zwar keine Schritte hinter sich, doch vor sich sah sie ihren Vater, der eine kaum zu übersehende Fährte hinterließ. Sie rannten schneller und schneller.

Plötzlich zerrte etwas an ihrem Kopf und riss sie zurück. Mit schmerzverzerrtem Gesicht landete sie hart auf dem Rücken. Sie brauchte einen Augenblick, ehe ihr klar wurde, was geschehen war.

Das verdammte Haar hat sich irgendwo verfangen.

Ihr Vater hatte von ihrem Sturz nichts bemerkt und war weitergerannt. Sie rollte sich auf die Seite und sah, dass ihr Haar sich keineswegs verfangen hatte. Da stand der Jägersmann in einer Entfernung von etwa vierzig Fuß und lächelte.

Kapitel 24

Der Jägersmann zerrte Virginia an ihrem Haar mit sich. Ihr ganzer Körper schmerzte und sie wand sich in dem Versuch, wieder auf die Beine zu kommen. Vergeblich. Sollten die Geschichten über die ersten Menschen zutreffen, die ihre Frauen mit Knüppeln bewusstlos geschlagen und dann an den Haaren in ihre Höhlen geschleift haben, so bedauerte Virginia diese armen Wesen zutiefst. Für sie jedenfalls war es die schmerzhafteste Erfahrung ihres Lebens.

»Hören Sie auf!«, schrie Virginia. »Sie tun mir weh!«

Er schien sie gar nicht zu hören. Trotzdem blieb er schließlich stehen und zerrte sie auf die Beine.

Sie standen vor einer mächtigen Eiche, die mit Efeu überwuchert war. Der Jägersmann zog an einem der Zweige, und der Vorhang aus Efeu lüftete sich raschelnd. Dahinter öffnete sich eine Tür in dem Baumstamm.

Ein Geruch frischen Holzes, vermengt mit altem Blut, drang zu ihnen hinaus. Virginias Herz begann zu rasen.

Der Jägersmann zerrte sie herein, und die Tür schloss sich hinter ihnen. Virginia konnte nicht einmal mehr sehen, wo sie sich befand.

Endlich ließ er ihr Haar los. Sie legte die Hand an ihren Hals und rieb sich den schmerzenden Nacken. Der Jägersmann entzündete eine kleine Laterne, und sie erhielt die Gelegenheit, sich in ihrer Umgebung umzusehen.

Der Raum war klein, beherrscht von einem riesigen Schlachtklotz – blutverschmiert –, vielen Messern mit deutlichen Gebrauchsspuren und einem hölzernen Boden, der mit Federn, Häuten und dunklen Blutflecken übersät war. Auf unzähligen Regalbrettern lagen Tierkadaver. Einige hingen mit blutunterlaufenen Hälsen kopfüber an der Decke.

Virginia wagte kaum zu atmen. Sie hatte schreckliche Angst, und konnte nichts dagegen tun. Und sie spürte, dass dieser Mann um ihre Furcht wusste und sich daran weidete.

»Warum ist dein Haar so lang?« Seine Stimme erschreckte sie. Sie war weich und tief und kultiviert, gar nicht so, wie sie es von einem gnadenlosen Waidmann erwartet hatte.

»Ich glaube, ich habe die Zigeuner verärgert«, sagte sie.

Er nickte, als hätte er mit nichts anderem gerechnet. »Sie werden dir keine Schwierigkeiten mehr machen.«

Irgendwie wirkten seine Worte alles andere als beruhigend. Sie starrte seine Hände an. Seine Fingernägel waren blutverkrustet. *Hat er die Zigeuner etwa umgebracht, weil sie in seinen Wald eingedrungen sind? Oder wollte er mit dieser Bemerkung nur zum Ausdruck bringen, dass ich ohnehin bald sterben werde.*

Er griff nach einem Messer, und Virginia fühlte, wie sie zu zittern begann. Dann packte er einen der Kadaver – einen Hasen von beachtlicher Größe – und schlitzte ihn von oben bis unten auf.

»Ich züchte Tiere für die Jagd«, sagte der Jägersmann. »Jedes Jahr ziehe ich tausend Fasane auf. Ich mäste sie, und ich sorge im Winter für sie, wenn es kein Futter gibt. Von tausend Tieren überleben vielleicht zwei Dutzend die Jagd. Und genauso sollte es sein. Alles verdient eine Chance.

Seine Stimme klang matt, und obwohl er über Chancen sprach, hegte Virginia den schrecklichen Verdacht, dass er es nicht ernst meinte. Sie fragte sich, ob dies vielleicht die Denkweise eines Serienmörders sein mochte.

Mit den Fingern löste er das Fleisch des Hasen von den Knochen, ehe er erneut das Messer benutzte.

»Bitte, lassen Sie mich gehen«, sagte Virginia. »Was wollen Sie denn von mir? Ich habe doch gar nichts mit all dem zu tun.«

»Wo ist der Hund?«

»Ich weiß nicht, was ...«

»Zwing mich nicht, noch einmal zu fragen, oder ich werde dir das Fell über die Ohren ziehen.«

Das Hasenfell fiel fast lautlos zu Boden. Sie begriff nicht, wie er das Tier so schnell hatte abhäuten können.

»Ich glaube, der Hund ist tot.«

Der Jägersmann sah sie aus fahlen Augen an. »Du lügst, und du lügst nicht. Ist er verwundet? Ich weiß, ihr habt etwas auf einem Wagen hinter euch hergezogen, aber die Radfurchen waren zu tief für das Gewicht eines einzelnen Hundes.«

Plötzlich packte er sie und zog sie so nahe zu sich heran, bis nur noch ein paar Zentimeter Abstand zwischen ihnen waren. Er stank nach frischem Blut. *Der Geruch des Todes.*

»Und die anderen«, wollte er wissen. »Werden sie dich im Stich lassen, oder werden sie versuchen, dich zu befreien?«

»Mich?«, keuchte Virginia, darum bemüht, ihre Lüge überzeugend darzubringen. »Sie scheren sich einen Dreck um mich.«

»Keineswegs. Sie werden versuchen, dich zu befreien.«

Offensichtlich hat er mich durchschaut.

»Sind sie bewaffnet?«, wollte er jetzt wissen.

»Ja«, log Virginia.

»Also keine Waffen«, sagte er und ließ sie wieder los. Sie taumelte von ihm weg. »Gut.«

Er griff nach dem nächsten Hasen. Zitternd lehnte sich Virginia an die hölzerne Wand. Sie bezweifelte sehr, dass sie diese Sache überstehen würde.

Tony versteckte sich hinter einem Baum und starrte in die hinter ihm liegende Dunkelheit.

Er hatte keine Ahnung, wie weit er gerannt war. Alles, was er wusste, war, dass er Virginia irgendwann nicht mehr hinter sich gehört hatte. Er war stehen geblieben und hatte nach ihr gerufen, und sie hatte nicht geantwortet.

Er war nicht sicher, ob er zurückgehen oder Wolf suchen sollte. Wenn er doch nur in New York wäre. Dann hätte er wenigstens eine Chance gehabt, die richtige Entscheidung zu treffen. Hier jedoch konnte er nur ins Blaue hinein spekulieren.

Hinter ihm wurde ein Geräusch laut. Tony wirbelte herum, sah jedoch nichts.

»Ich bin's«, raunte Wolf neben seinem Ohr.

Tony drehte sich erneut um, die Hand über den Mund gelegt,

um einen Aufschrei zu ersticken. Wolf stand direkt vor ihm. Sein Haar war ein bisschen in Unordnung, und er sah erschöpft aus.

»Was ist passiert?«, fragte er.

»Ich glaube, er hat Virginia.« In Tonys Stimme lag mehr Zorn, als er beabsichtigt hatte. »Das ist passiert!«

Wolf raufte sich die Haare. Plötzlich sah er aus wie ein verängstigtes Kind. »Jemine! Wir werden sie nie wieder finden. Es ist alles meine Schuld, es ist meine Schuld.«

Das war nicht das, was Tony nun brauchte. Er brauchte einen großen starken Wolf voller Kraft und Ideen, um seine Tochter zu retten.

»Wir müssen sie finden«, sagte Tony.

Wolf nickte. Gemeinsam gingen sie zurück zu dem Versteck. Dann machten sie sich auf die Suche.

Wolf verlor mit jedem Schritt mehr und mehr an Fassung. »Wärst du entführt worden, wäre alles halb so schlimm«, klagte er. »Aber Virginia! Ich habe meine wahre Liebe verloren.«

»Hör endlich auf mit diesem Wahre-Liebe-Gequatsche«, schimpfte Tony. »Du bist nichts weiter als ein schmieriger Ex-Sträfling und hast uns nur Ärger eingebracht.«

»Sprich nicht so mit mir, oder ich beiße dich.«

»Na los.« Tony baute sich kampfbereit vor Wolf auf. Immerhin hatte die Schnapsidee dieses Mannes seine Tochter in Lebensgefahr gebracht. »Versuch`s nur!«

Plötzlich blieb Wolf stehen und legte einen Finger an die Lippen. »Hör mal.«

Tony runzelte die Stirn. Das Geräusch dumpfer Schläge drang an seine Ohren. Er sah Wolf fragend an, doch der schien ebenso überrascht wie er selbst zu sein. Sie schlichen auf das Geräusch zu, und wenige Augenblicke später erreichten sie eine Lichtung.

In ihrer Mitte stand ein großer, stämmiger, rothaariger Mann neben einem Holzstapel. Auf einem Baumstumpf lag ein einzelner Scheit. Der Mann hielt eine Axt und benutzte den Stumpf offensichtlich als Hackklotz.

»Halt!«, rief der Holzfäller plötzlich. »Wer da?«

Ohne auf eine Antwort zu warten, hieb er mit der Axt auf das Stück Holz ein und zerteilte es mit einem einzigen Schlag in zwei Hälften. Splitter regneten auf eine Mütze, die neben seinem Hackklotz lag.

»Verzeih uns, edler Holzfäller«, sagte Wolf. »Aber hast du vielleicht ein prachtvolles Mädchen mit sehr langem Haar gesehen?«

»Ich habe gar nichts gesehen«, sagte der Holzfäller. »Ich bin blind.«

Er legte das nächste Stück Holz auf den Hackklotz. Dann hob er die Axt und teilte den Scheit mit einem mächtigen Schlag sauber in der Mitte durch.

»Du bist ein blinder Holzfäller?« Tony konnte es kaum fassen.

»Hast du vielleicht schon mal gesehen, dass ein Baum sich bewegt?« Die Augen des Holzfällers waren milchig, und er sah weder Tony noch Wolf wirklich an.

»Sieh dir die Axt an, Tony«, rief Wolf. »Könnte das die magische Axt sein, die alles schneidet?«

»Könnte sein«, sagte der Holzfäller.

»Wie viel willst du für sie haben?«, fragte Tony.

»Du kannst meine magische Axt haben, wenn du meinen Namen errätst.« Er spaltete einen weiteren Scheit. »Aber dein Freund muss vor diesem Klotz knien, und wenn du meinen Namen nicht errätst, bis ich all diese Scheite zu Feuerholz geschlagen habe, werde ich ihm seinen Kopf abschlagen.«

»Was ist bloß mit euch los?«, ereiferte sich Tony. »Wie seid ihr nur aufgewachsen? Warum kannst du nicht einfach sagen, du willst für die Axt hundert Goldstücke? Warum muss man hier gleich für jeden Furz magische Eier legen oder ein Haar vom Arsch eines Riesen ausreißen?«

»Willst du die Axt oder nicht?«, fragte der Holzfäller.

»Lass uns einfach weiter nach Virginia suchen«, sagte Wolf unbehaglich.

»Nein, warte.« Sie würden die Axt brauchen, sobald sie seine Tochter gefunden hätten. Und Tony wusste, dass er sie innerhalb von Minuten in seinen Besitz bringen konnte. »Okay, diese Geschichte kenne ich. Wir nehmen an.«

»Du solltest bitte nicht für mich sprechen.« Wolf klang verärgert.

»Ich weiß, was ich tue. Ich schwöre, ich weiß es.«

»Nun gut«, sagte der Holzfäller und an Wolf gewandt: »Leg also deinen Kopf auf den Hackklotz, während dein Freund das Rätsel löst.«

Wolf warf Tony einen vernichtenden Blick zu, ehe er sich vor den Hackklotz kniete. Langsam legte er seinen Kopf auf den äußersten Rand, so weit wie möglich von der Axt entfernt.

Der Holzfäller schob eine Art Kandare über ihn, die mit Scharnieren an dem Baumstumpf befestigt war. Krachend schloss sie sich über seinem Hals, und schon war Wolf in einer Art Pranger gefangen.

Aber vielleicht, so dachte Tony, *soll das Ding auch nur seinen Hals für den tödlichen Schlag fixieren.*

»Jemine«, stöhnte Wolf. Er wirkte hilflos.

»Nur, damit du am Ende nicht wegläufst«, meinte der Holzfäller.

Tonys Herz klopfte heftig. »Keine Sorge, Wolf.« Er klang weit weniger selbstsicher, als er gehofft hatte. Er atmete tief durch und sagte: »Okay, Krämer mit dem weißen Stock, dein Name ist ... Rumpelstilzchen.«

»Nein.« Der Holzfäller spaltete einen weiteren Scheit.

»Ich sagte: Rum-pel-stilz-chen!« Tony sprach lauter, nur für den Fall, dass der Mann ihn nicht verstanden hatte.

»Versuch es noch mal«, sagte der Holzfäller.

Es muss einfach Rumpelstilzchen sein. »Rumpelstilzchen junior? Rumpelstilzchen der Vierte?«

Der Holzfäller zerlegte einen neuen Scheit. »Nein.«

»Okay. Kommt ein ›Rumpel‹ im Namen vor?«

»Das also war deine tolle Idee, richtig?«, fragte Wolf.

Tony sah ihn an und bemühte sich, seine Panik nicht zu zeigen. Doch irgendwie hatte er das sonderbare Gefühl, gerade jämmerlich zu versagen.

Der Jägersmann packte Virginias Arm und zerrte sie eine schmale Wendeltreppe hinauf, die in die Mitte des Baumes geschlagen worden war. Ihr Haar, das mit jeder Minute schwerer wurde, schleppte sie hinter sich her.

Die Kletterei schien eine Ewigkeit zu dauern, bis sie schließlich ein kleines Turmzimmer erreicht hatten. In dem Raum war es hell, und Virginia war erleichtert, als sie das kleine Loch in der Wand entdeckte.

Ein Fenster, groß genug, um zu entkommen.

Er zerrte sie zu dem Ausguck, und ihre neu entflammte Hoffnung schwand sogleich.

Sie befanden sich mindestens fünfzig Fuß über dem Waldboden.

»Ich wurde in diesem Wald geboren«, sagte er sanft. »Hundert Meilen nördlich von hier.«

Sie sah hinaus. Überall um sie herum waren Bäume. Sie konnte das Ende des Waldes nicht sehen. Er schien sich endlos auszudehnen. Der Anblick war ebenso atemberaubend wie deprimierend.

»Als ich der Königin zum ersten Mal begegnet bin, war ich noch ein einfacher Waidmann. Sie kam in mein Dorf. Es war ein harter Winter, und jedermann litt Hunger. Kinder gruben im Schnee nach essbaren Wurzeln.

Sie rastete mit ihrer Jagdgesellschaft, um die Pferde zu tränken. Die Königin rief mich zu sich. Sie hat etwas in mir gesehen, und sie hat es mir gezeigt.«

Er zog seine Armbrust hervor. Virginia hatte sie bereits im Wald gesehen, jedoch nur von weitem. Die Waffe war aus Holz und Silber gefertigt, und in einem ledernen Köcher steckten etliche Pfeile mit rasiermesserscharfen Silberspitzen. Virginia hatte noch nie eine Armbrust aus der Nähe gesehen, und sie hatte keine Ahnung, wie gefährlich diese Waffe tatsächlich war.

»Wenn diese Armbrust abgeschossen wird«, sagte der Jägersmann, »so wird der Pfeil nicht aufhören zu fliegen, bis er sich in das Herz einer lebenden Kreatur gebohrt hat. Er kann sein Ziel niemals verfehlen.

An einem einzigen Tag konnte ich so genügend Tiere erlegen, um unser ganzes Dorf über den Winter zu bringen.

Also fragte ich die Königin: ›Was muss ich tun, um diese magische Armbrust zu bekommen?‹ Und sie sagte: ›Schließe einfach deine Augen und schieße, wann immer es dir gefällt, und sie soll dir gehören.‹«

Er zog einen Pfeil aus dem Köcher und legte ihn in die Armbrust. Sofort sah die Waffe noch viel Furcht erregender aus.

»Sogleich habe ich mich umgewandt und einen Pfeil mitten in den Wald geschossen. Es war so leicht. Er flog fast eine Meile zwischen den Bäumen hindurch und traf ein Kind, das im Wald gespielt hatte.«

Er blickte Virginia nun direkt an – eindringlicher als je zuvor.

»Ich erinnere mich noch gut an das Gesicht der Königin, als ich den Pfeil aus dem Herzen meines Sohnes zog. Sie sah mich an und sagte: ›Du wirst mein Jägersmann sein.‹«

Virginia blieb vor Entsetzen die Luft weg.

»Nun verstehst du wohl«, sagte er sanft, »dass mich Barmherzigkeit nicht mehr kümmert. Die Jagd ist das Einzige, was mich interessiert. Leben und Tod sind nur zwei Seiten einer sportlichen Disziplin.«

Kapitel 25

Tony mochte gar nicht darüber nachdenken, wie viel Holz der blinde Holzfäller inzwischen schon zerhackt hatte. Und auch Wolf schien allmählich in Panik zu geraten.

»Dick?«, fragte Tony. »Wie Van Dyke?«

»Falsch«, sagte der Holzfäller und spaltete den nächsten Scheit.

»Bill? Ben? Jerry? Häagen-Dasz?«

»Kalt«, sagte der Holzfäller, ohne seine Arbeit zu unterbrechen.

»Elvis? Sammy? Frank? John? Paul? George? Ringo?«

»Ringo?«, fragte Wolf.

»Kälter«, sagte der Holzfäller. »Ganz falsch.«

»Fängt der Name vielleicht mit A an?«

»Dieses Spiel spiele ich nicht.«

»Tony«, sagte Wolf. »Ich fange an, das Vertrauen zu dir zu verlieren.«

»Sugar Ray? Cassius? Iron Mike?«

»Nein.«

»Gib mir einen Tipp«, sagte Tony. Er spürte, wie ihm der kalte Schweiß ausbrach und sein Herzschlag sich beschleunigte. *Egal was ich auch tue, hier scheint irgendwie alles daneben zu gehen.*

Er verlegte sich aufs Zeitschinden. »Was bringt es dir denn, ihn einfach umzubringen?«

»Eine Menge«, entgegnete der Holzfäller. »Man könnte beinahe sagen, das ist der Grund für meine Existenz.« Er grinste, als er die Axt auf ein weiteres unschuldiges Stück Holz niedersausen ließ.

»Wie soll ich wissen, dass du uns über deinen Namen nicht belügst?«, fragte Wolf.

Der Gedanke gefiel Tony. Vielleicht kamen sie doch noch heil aus dieser Sache raus. »Genau! Vielleicht habe ich ihn längst genannt«, sagte Tony.

»Du hast meinen Namen noch nicht erraten«, sagte der Holzfäller. »Du warst nicht einmal nahe dran. Und mein Name steht in meiner Mütze.«

»Du perverses Schwein«, fluchte Tony. »Du hast so etwas schon früher getan, nicht wahr?«

»Hunderte von Male«, antwortete der Holzfäller.

»Und wie viele richtige Antworten waren dabei?«, fragte Wolf.

»Keine einzige«, sagte der Holzfäller.

Tony beugte sich vor und schielte nach der Mütze. In ihren Saum war ein weißer Stoffstreifen eingenäht, auf dem der Name des Holzfällers geschrieben stehen musste.

Auch Wolf verrenkte sich den Hals, um ihn zu entziffern, doch dann schüttelte er den Kopf.

Tony schob sich näher heran.

»Ich mag blind sein«, sagte der Holzfäller, »aber mein Gehör ist hervorragend. Du bist gerade dabei, die Spielregeln zu verletzen. Noch einen Schritt näher, und ich werde deinem Freund den Kopf abschlagen.«

Virginia fror entsetzlich.

Der Jägersmann hielt noch immer die Armbrust in Händen, und der Pfeil zeigte zum Fenster hinaus.

»Wer ist diese Königin?«, fragte Virginia. »Wie können Sie jemandem dienen, der Sie gezwungen hat, Ihren eigenen Sohn zu töten?«

»Es war mein Schicksal, meinen Sohn zu töten, und ihres, mich dazu aufzufordern.«

Wie kann er nur so gelassen darüber sprechen, dachte Virginia erschüttert.

Dann, ganz langsam, richtete er die Armbrust auf sie.

»Sie sind wahnsinnig«, sagte Virginia. »Jeder hier ist vollkommen wahnsinnig.«

»Was immer geschehen muss, wird auch geschehen, ganz

gleich, was wir tun«, erklärte der Jägersmann. »Und so ist es mein Schicksal, nun dich zu töten.«

Er legte eine Hand auf ihre Schulter und drückte zu, bis sie in die Knie ging, und er hörte nicht auf, ehe sie vor ihm am Boden kniete. Dann hielt er die Armbrust an ihre Stirn, und sie konnte das kalte Holz auf ihrer Haut fühlen.

»Wer bist du?«, fragte der Jägersmann.

»Ich bin niemand«, sagte Virginia. »Ich schwöre, ich bin niemand.«

»Dann werde ich dich töten«, sagte der Jägersmann.

Er spannte die Armbrust, als plötzlich ein zartes Klingeln ertönte.

Überraschenderweise legte er die Waffe beiseite und sagte: »Ich habe zu tun.« Er nahm eine Schnur von einem Tisch, wickelte sie um ihre Handgelenke und fesselte sie in einer einzigen fließenden Bewegung, ohne die Schnur zu verknoten.

»Ich werde deine Befragung später fortsetzen. Solltest du versuchen, dich zu befreien, so wird sich die Schnur spannen, dir die Handgelenke aufreißen, und du wirst verbluten.«

Damit ließ er sie allein. Virginia starrte die Schnur an, und sie wusste, dass er die Wahrheit gesagt hatte.

Ich habe wirklich keine Ahnung, warum ich in dieser Welt ständig vom Regen in die Traufe gerate.

Es waren nur noch zwei Holzstücke übrig, und Tony fiel kein Name mehr ein.

Wolf hatte die Augen geschlossen, offensichtlich, damit er dem tödlichen Hieb nicht entgegensehen musste.

»Wie steht es mit ›Irrer Axtmörder‹?«, fragte Tony gerade.

»Ich habe dir gesagt, dass du meinen Namen nie erraten wirst«, sagte der Holzfäller.

Plötzlich sah Tony, wie einer der magischen Vögel zu dem Hackklotz flog und in die Mütze des Holzfällers lugte. Dann flog der Vogel wieder fort. *Ist das Vieh einfach nur pervers? Oder will es uns helfen?*

Ich muss irgendwie Zeit schinden. »Ist es ... nur einen Augenblick ... ein Name formt sich in meinem Geist.«

Der Holzfäller spaltete einen Scheit. »Ich habe bald kein Holz mehr«, sagte er. »Beeil dich.«

»Nein, warte«, rief Tony. »Nur noch eine Minute. Ich hab's gleich.«

Der Holzfäller zerteilte den letzten Scheit. »Zu spät«, sagte er. »Nun werde ich mir den Kopf deines Freundes holen.«

Wolf riss die Augen auf, und Tony las in ihnen schrecklichen Schmerz und tiefe Enttäuschung.

Lautlos wie eine Feder landete plötzlich der magische Vogel auf seiner Schulter und flüsterte Tony etwas ins Ohr.

Der Holzfäller hob die Axt.

»Halt, halt!«, rief Tony. »Dein Name ist Juliet.«

Der Holzfäller erstarrte mitten in der Bewegung, und Tony hatte zum ersten Mal den Eindruck, er würde ihn tatsächlich ansehen.

Wolf sah ihn an, als hätte er den Verstand verloren.

Und Tony lächelte.

Mit größter Vorsicht versuchte Virginia, sich aus ihren Fesseln zu winden.

Wenn sie nicht versuchte, sie zu lösen, würden sie sie vielleicht auch nicht schneiden. Es war ihre einzige Chance. Wolf und ihr Vater hatten keine Ahnung, wo sie steckte. Sie musste ohne ihre Hilfe versuchen zu entkommen.

Sie achtete darauf, die Schnur so wenig wie nur möglich zu bewegen. Trotzdem spannte sie sich ein wenig, und ein heißer Schmerz schoss durch ihre Unterarme. Eine haarfeine Linie frischen Blutes zeigte sich auf ihren Handgelenken.

»Verdammt.«

Plötzlich sah sie eine Bewegung am Fenster. Der magische Vogel, den sie auf der Veranda der Zigeunerkönigin gerettet hatte, saß auf der Fensterbank.

»Weil du uns allen die Freiheit geschenkt hast, werden wir dir noch einmal helfen«, sagte er. »Aber damit ist dann wirklich Schluss. Ihr macht uns einfach zu viele Schwierigkeiten.«

»Flieg los und such meinen Vater und Wolf«, sagte Virginia.

»Sag ihnen, wo ich bin. Sag ihnen, sie sollen kommen und mich holen.«

Der Vogel nickte kurz und flog davon. Virginia bemühte sich, sich nicht zu bewegen. Sie konnte nur hoffen, dass die beiden früh genug eintreffen würden.

Wolf und Tony eilten, die magische Axt im Gepäck, zurück zu der Stelle, an der sie Prinz Wendell vergraben hatten. Sie hatten keine Ahnung, wo Virginia war oder wie sie sie finden sollten.

Trotzdem war Wolf erleichtert, nicht den Kopf verloren zu haben. »Wer hätte das gedacht?«, sagte er. »Juliet, der Holzfäller.«

»Kein Wunder, dass er sich zu einem Sadisten entwickelt hat – bei dem Namen«, entgegnete Tony, ehe er plötzlich so abrupt stehen blieb, dass Wolf beinahe gegen ihn geprallt wäre. Tonys Blick wanderte zu einem Baum hinauf.

»Schau«, sagte er. »Dort ist noch einer von diesen magischen Vögeln.«

Tatsächlich war es derselbe Vogel, der ihnen auch von dem Holzfäller erzählt hatte, aber Wolf enthielt sich jeden Kommentars.

»Ich weiß, wo Virginia ist«, zwitscherte der magische Vogel. »Sie ist in einem Baum, der kein Baum ist, an einem Ort, der kein ...«

»Hör mit dem Scheiß auf«, rief Tony ungehalten, »und bring uns einfach zu ihr, okay?«

Für einen Augenblick fürchtete Wolf, der Vogel würde einfach davonfliegen. Dann seufzte er, breitete die Schwingen aus und glitt auf Augenhöhe durch die Luft.

Welch eine Verlockung, dachte er. *Aber wenn ich den Vogel esse, werde ich Virginia nie wieder sehen.*

Sie folgten dem fliegenden Boten eine Weile, bis sie eine mächtige Eiche erreichten.

»Sie ist in diesem Baum«, flötete der magische Vogel. »Lebt wohl.«

»Warte«, brüllte Tony. »Wie kann sie in einem Baum sein?«

»Virginia!«, brüllte Wolf den Baum an. »Virginia, bist du da drin?«

»Wolf?« Ihre Stimme klang verzagt und weit entfernt. Sie kam von weit oben. Wolf sah in Richtung Baumkrone. Da war sie und blickte aus großer Höhe aus einem kleinen Fenster zu ihnen herunter.

»Wie kommen wir rein?«, brüllte Tony zu ihr hinauf.

»Es gibt eine Tür«, erwiderte Virginia.

Eine Tür. Wolf umrundete den Baum. Tony umrundete den Baum. Keiner von ihnen fand eine Tür.

»Nein, da ist nichts«, sagte Tony. »Es gibt keine Tür, so viel steht fest.«

»Meine Güte«, sagte Wolf, »wenn er sie durch Zauberei getarnt hat, kann es Wochen dauern, sie zu finden.«

»Warum kommst du nicht runter und machst uns auf?«, fragte Tony Virginia.

»Weil er mich gefesselt hat«, erklärte Virginia. »Könnt ihr nicht den Baum raufklettern?«

Wolf betrachtete das Efeu. »Das bietet wenig Halt.«

»Dann besorgt eben eine Leiter oder irgendwas«, rief Virginia von oben.

»Eine Leiter?«, fragte Tony. »Wir sind mitten im Wald.«

Wolf sah sich um, in der Hoffnung, irgendetwas zu entdecken, das es ihm ermöglichen könnte, hinaufzuklettern.

»Wenn diese Axt wirklich alles zerteilt«, sagte Tony, »könnte ich versuchen, den Baum zu fällen.«

Das würde Virginia verletzen. Außerdem ist der Baum magisch, und sein Schmerz kann auf Tony zurückfallen.

»Virginia«, sagte Wolf. »Wie lang ist dein Haar jetzt?«

»Länger als je zuvor«, antwortete sie. »Es ist …« Sie brach ab, und Wolf wusste, dass sie verstanden hatte.

»Nein! Das kommt überhaupt nicht in Frage!«, brüllte sie.

»Das ist eine großartige Idee«, sagte Tony.

»Nein!«, protestierte Virginia.

»Das wollte ich schon immer mal sagen«, rief Wolf nach oben. »Du Liebe meines Lebens, lass dein glänzendes Haar herunter.«

Einen Augenblick später landeten zehn Pfund Haare in seinem Gesicht. Ratlos hielt er den dicken Strang einen Augenblick in Händen. *Ich werde ihn wie ein Seil benutzen und den Baum hinaufklettern müssen, als würde ich einen Berg besteigen.*

So machte er sich auf und kletterte, so schnell er nur konnte. Virginias Schmerzenslaute waren herzerweichend. Wolf war ein wenig gekränkt. *So schwer bin ich nun auch nicht.*

»Pass auf, da unten«, rief Wolf Tony zu. »Und schließ besser die Augen.«

»Warum? Was ist los?«, fragte Tony.

»Schuppen«, grinste Wolf.

»Au«, schrie Virginia. »Ich habe keine ...«

»Manche Leute können einfach keinen Spaß vertragen.«

»Yeah«, meinte Tony. »Musst dir nicht gleich die Haare raufen, Mädchen.«

Wolf versuchte, so viel von seinem Gewicht auf die Füße zu verlagern wie möglich, aber er wusste, dass er schrecklich an Virginias Kopf zerrte. Wenigstens war ihr Haar härter als Stahl, und es bestand keine Gefahr, es auszureißen.

Virginia schrie noch immer vor Schmerzen.

Er versuchte, sie abzulenken. »Was für ein Augenblick in meinem Leben das ist. Meine zweite Chance, dich zu retten. Unsere Geschichte wird in einem Heldengesang verewigt werden, so viel steht fest.«

Sie antwortete nicht. Selbst ihre Schmerzenslaute waren verstummt. *Ich muss ihr einfach eine Reaktion entlocken.*

»Oh«, rief Wolf. »Ich habe gerade ein graues Haar entdeckt.«

Immer noch Schweigen. Wolf legte eilends die letzten Meter zurück, kletterte über den Fenstersims und zog sich ins Zimmer.

»Trara!«, rief er, als er vor ihr stand. »Dein Prinz ist da.« Sie war blass vor Schmerzen.

Im Sturm wollte er ihr Herz erobern, zog sie an sich und küsste sie leidenschaftlich. Sie erwiderte seinen Kuss für einen Augenblick, ehe sie ihn von sich stieß.

»Kannst du mich losbinden?« Sie streckte ihm die gefesselten Hände entgegen.

»Natürlich«, sagte Wolf. »Ich mache keine halben Sachen.«

Er ergriff ihre Hände und zerbiss die Schnur, die um ihre Gelenke geschlungen war. *Was man nicht alles für die Liebe tut.* Ein letzter kräftiger Biss, und die Schnur riss entzwei.

Virginia war frei.

Kapitel 26

Das Ende von Virginias Haarflut umflatterte Tonys Füße, als Wolf im Wipfel des riesigen Baumes verschwand.

Er wusste nicht so recht, wie die beiden dort wieder herauskommen sollten. Schließlich konnten sie nicht beide an ihrem eigenen Haar herunterklettern.

Nachdenklich betrachtete er die Axt in seiner Hand. *Vielleicht hätte ich Wolf davon überzeugen sollen, sie mitzunehmen. Dann hätte er ihr Haar abschneiden und es an einem Bettpfosten festbinden können oder so.*

Tony runzelte die Stirn und versuchte, die Höhe des Baumes abzuschätzen. *Ich werde die Axt kaum so weit hoch werfen können, und Virginia wird es bestimmt nicht schätzen, wenn noch ein Kerl an ihrem Haar hinaufklettert.* Ihm blieb keine Wahl, als abzuwarten, ob sie seine Hilfe brauchen würden.

Da hörte er hinter sich ein Geräusch.

Ein großer blonder Mann mit einer Armbrust kam auf das Baumhaus zu. *Das muss der Jägersmann sein.*

Im Stillen fluchend versteckte sich Tony mit der Axt hinter dem nächsten Baum. Er musste irgendetwas tun, aber er wusste nicht so recht was. Und bisher waren all seine Pläne furchtbar fehlgeschlagen.

Also biss er sich auf die Unterlippe und wartete.

»Vorsicht, sonst wirst du noch über dein Haar stolpern«, sagte Wolf.

Virginia bahnte sich einen Weg über die Stufen, und Wolf unterstützte sie dabei, so gut er konnte.

Sie fluchte leise. *Diese Haargeschichte ist völlig außer Kontrolle geraten. Wenn ich meine normale Frisur hätte, wären wir hier längst raus und auf und davon.*

Sie hatten gerade die Kadaver-Menagerie im Erdgeschoss erreicht, als die Tür aufgestoßen wurde und der Jägersmann eintrat. Er starrte Wolf mit überraschter Miene an.

Wolf stellte sich schützend vor Virginia, doch über seine Schulter hinweg konnte sie ihren Vater sehen, der dem Jägersmann im Laufschritt folgte.

Ihr Vater trug eine Axt.

»Bleib zurück, Virginia«, schrie Wolf. Offensichtlich hatte auch er Tony entdeckt und versuchte nun, den Jägersmann mit seiner Aktion abzulenken.

Doch das funktionierte nicht. Der Jägersmann fuhr herum, als ihr Vater die Tür erreichte und versetzte dieser einen solchen Tritt, dass Virginias Retter bewusstlos zu Boden ging.

In diesem Moment sprang Wolf vor und stieß den Jägersmann rücklings gegen einen der Tische. Kadaver und Häute flogen durch den Raum, und Wolf rutschte fast auf dem Blut am Boden aus.

Messer klirrten.

Virginia wusste nicht, was sie tun sollte. Wenn sie eines der Messer benutzte, bestand die Gefahr, dass sie versehentlich Wolf verletzte.

Flink wie ein Wiesel packte der Jägersmann nun mit der einen Hand Wolfs Kehle und mit der anderen eines der Messer. Wolf zappelte und wandt sich im Griff seines Gegners.

»Virginia«, brüllte er. »Nimm die Axt!«

Das bereitete ihrer Unentschlossenheit ein Ende. Sie rannte zur Tür, wo ihr Vater noch ohnmächtig am Boden lag, und nahm ihm vorsichtig die Axt aus der Hand.

Etwas krachte hinter ihr. Sie wirbelte herum. Wolf kämpfte. »Schlag ihm den Kopf ab!«, brüllte er. »Hau ihm die Axt in den Rücken, aber mach was!«

Virginia hob die Axt. Dann zögerte sie. Sie hatte noch nie einen Menschen getötet, und sie war nicht sicher, ob sie das tun konnte.

»Tu es!«, schrie Wolf.

Virginia schloss die Augen und schlug so hart zu, wie sie nur konnte. Sie hörte ein Krachen und öffnete die Augen. Sie hatte den Jägersmann verfehlt und statt seiner die Tischplatte in der Mitte gespalten.

Wolf und der Jägersmann waren rücklings zu Boden gefallen. Das Messer war von Wolfs Kehle geglitten. Da begann der Jägersmann zu schreien.

Es dauerte einen Moment, bis Virginia begriff, was geschehen war. Der Jägersmann war in eine seiner eigenen Bärenfallen geraten. Erbarmungslos hatten sich die scharfen Eisenzähne in sein Bein gegraben. Er verlor eine Menge Blut, aber er fuchtelte noch immer wie wild mit dem Messer umher.

Wolf ergriff ein Stück Holz und schlug es dem Jägersmann über den Schädel. Bewusstlos sackte er in sich zusammen.

Virginia seufzte erleichtert. Wolf wischte sich die Stirn ab. Sie sahen einander an, und sie wusste, dass, wenn sie auch nur einen Augenblick länger gezögert hätten, einer von ihnen jetzt tot wäre.

»Verdammt noch mal«, ließ sich in diesem Moment Tony vernehmen, der gerade wieder zu sich gekommen war, »was ist das bloß für ein Ort?« Er kam auf sie zu und betrachtete kopfschüttelnd den Jägersmann, der am Boden lag.

»Ein schrecklicher Ort«, sagte Wolf. »Gehen wir.«

Auch Virginia sah nachdenklich auf den Jägersmann hinunter. Er war blass, und sein Bein blutete heftig. »Wir können ihn nicht so zurücklassen.«

»Du hast Recht«, sagte Wolf. »Ich erledige das.«

Er entriss ihr die Axt und hob sie hoch über seinen Kopf.

Virginia schrie entsetzt auf. »Wir können ihn doch nicht einfach so umbringen.«

»Natürlich können wir das«, sagte Wolf. »Immerhin wollte er *uns* umbringen.«

»Darum geht es nicht. Er ist doch völlig hilflos.«

»Genau deswegen sollten wir ihn töten.« Wolf setzte erneut zum Schlag an.

»Wolf«, rief Virginia empört. »Nein!«

»Aber er wird uns verfolgen.«

»Das ist mir egal«, sagte Virginia. »Wir werden ihn jedenfalls nicht umbringen.«

Ich kann das nicht zulassen. Der Jägersmann ist weiß Gott ein gefährlicher und skrupelloser Mensch, aber er kann sich nun mal nicht mehr wehren. Und nach allem, was man mich gelehrt hat, nach allem, was meine Kultur und mein Rechtsempfinden mir sagen, ist es so, dass Mord, zumal an einem hilflosen Menschen, nun mal nicht in Ordnung ist.

Wolf ließ die Axt sinken und seufzte. Dann wandte er sich zum Gehen. An der Tür drehte er sich langsam zu Virginia um, und da war ein Ausdruck in seinem Gesicht, den sie nie zuvor bei ihm gesehen hatte. Kummer und tiefe Besorgnis.

»Du wirst diese Entscheidung noch bedauern«, sagte er.

Tony brauchte beinahe eine Stunde, um Prinz Wendell wieder auszugraben.

Der arme Hund hatte sich nicht gerührt. Dennoch klammerte sich Tony an die Hoffnung, dass der Zauber verblassen und Wendell bald wieder mit seiner aristokratischen Stimme zu ihm sprechen würde.

Aber Wendell schwieg.

Tony vergewisserte sich, dass er jeden Schmutzfleck und jeden Zweig von Wendells kalter, glatter Oberfläche entfernt hatte. Dann tätschelte er Prinz Wendell zärtlich den Kopf.

»Schön, dass du zurück bist, Junge«, murmelte er. »Zeit für einen Spaziergang.«

In diesem Augenblick hörte er hinter sich ein Geräusch. In der Furcht, der schreckliche Jägersmann könnte wieder da sein, wirbelte er um die eigene Achse. Als er Wolf mit der Axt in der Hand erblickte, entspannte er sich erleichtert.

»Na, ist die Frisörstunde zu Ende?«, erkundigte sich Tony.

»Tja«, sagte Wolf, »ich fürchte, ich habe den Axtschnitt ein bisschen übertrieben.«

Auch Virginia kam zurück, und Tony erschrak. Ihr Haar war kurz – vielleicht kürzer als sein eigenes. Noch nie im Leben hatte seine Tochter ihr Haar so kurz getragen.

Offensichtlich war ihm sein Schrecken deutlich anzusehen, doch noch ehe er sich dazu äußern konnte, hob sie abwehrend die Hand: »Sag bloß nichts.«

Also schwieg Tony. Zumindest seiner Tochter gegenüber.

»Was hast du bloß mit ihr gemacht?«, zischte Tony zu Wolf. »Sie hat Jahre dafür gebraucht, ihr Haar wachsen zu lassen.«

»Nein, das hat sie nicht«, widersprach Wolf. »Es waren höchstens anderthalb Tage.«

»Sie sieht aus wie ein Junge«, sagte Tony. »Du stellst zu viel mit meiner Tochter an. Das gefällt mir nicht. Halte dich von ihr fern.«

»Fang bloß nicht so an«, schimpfte Virginia. »Was weißt du schon über irgendwas?«

»Hey, hey, beruhigt euch«, sagte Wolf. »Ich weiß, wir hatten unsere Differenzen, aber von nun an möchte ich, dass wir Freunde sind. Wisst ihr noch, was die alte Frau über die drei Zweige gesagt hat? Du kannst sie nicht zerbrechen, solange sie zusammen sind. Es wird Zeit für uns, das Kriegsbeil zu begraben, denkt ihr nicht auch?«

Tony sah Wolf einen Augenblick lang schweigend an. *Der Bursche zeigt zu viel Interesse an Virginia. Aber er hat uns auch geholfen. Abgesehen von dieser Bohne . . .* Er zuckte die Schultern. »Ich weiß nicht«, sagte er. »Wahrscheinlich schon.«

»In Ordnung«, sagte Virginia.

Wolf hob die Axt in die Höhe. »Und hier haben wir sogar ein Kriegsbeil. Ich meine, ich weiß, dass es eigentlich eine Axt ist, aber sie wird schon reichen.«

Er ging zu Tony hinüber und legte die Axt in das Loch, in dem Prinz Wendell gelegen hatte.

»Ich würde gern ein paar Worte sagen, wenn wir sie begraben.« Wolf schloss die Augen. Einen Moment später tat Virginia dasselbe. Tony verzog das Gesicht, ehe er ihrem Beispiel folgte.

»Liebe Tiere des Waldes, die ihr auf uns aufpasst und uns beschützt und uns in vielfältiger Erscheinung begegnet«, begann Wolf, »Virginia, Tony und ich haben beschlossen, die besten Freunde zu werden. Und das Geschenk, das Tony mir gegeben hat, namentlich seine prächtige, traumhafte, saftige Tochter Virginia . . .«

Tony riss die Augen auf. Virginias Wangen waren gerötet. Das Gerede schien ihr zu gefallen.

»So ist das also«, sagte Tony. »Du wechselst schon wieder das Thema.«

Wolf öffnete ebenfalls die Augen. »Entschuldige.« Er klang keineswegs zerknirscht. »Du kannst sie nun mit Erde bedecken, Tony.«

Tony fragte sich, warum er immer die Drecksarbeit tun musste, ganz gleich, in welcher Welt er sich gerade aufhielt. Aber er beklagte sich nicht, zumindest nicht laut, sondern begann, die Friedensaxt unter Laub und Erde zu begraben.

»Sollten wir sie nicht lieber doch behalten?«, fragte Virginia.

»O nein«, sagte Wolf. »Wenn ein Zauber dir einmal gedient hat, ist es besser, ihn zurückzulassen. Außerdem wurde die Axt dazu benutzt, Menschen zu töten. Sie könnte uns Unglück bringen.«

Tony erschauerte, doch Virginia blieb gelassen.

»Stimmt«, sagte sie bissig. »Pech wäre wirklich das Letzte, was wir gebrauchen können ...«

Endlich sahen sie Tageslicht zwischen den Baumstämmen hindurchschimmern.

Wolf grinste. Sie hatten einen halben Tag länger gebraucht, als er gedacht hatte.

»Dort endet also der verdammte Wald?«, fragte Tony verblüfft. »Ich dachte, du hättest etwas von tausend Meilen gesagt.«

»Und das stimmt auch«, sagte Wolf. »Er ist tausend Meilen lang, aber nicht sehr breit.«

Virginia sah überrascht aus. Überrascht sah sie wunderbar aus. Aber natürlich sah sie die ganze Zeit wunderbar aus.

Sie folgten Wolf zum Wald hinaus. An seinem Rand blieben sie einen Moment stehen.

Vor ihnen erstreckten sich ein ausgedehntes Tal und offenes Weideland. Es war ein wunderschöner Anblick nach der steten Dunkelheit im Wald.

Wolf wollte seine Arme der Sonne entgegenstrecken. Dann hielt er inne und runzelte die Stirn. Da war etwas Außergewöhnliches, gleich vor ihnen an der Straßenkreuzung.

»Ich glaube es nicht«, sagte Tony.

»Das ist Acorns Wagen«, rief Virginia, während sie aufgeregt mit dem Finger auf ihn deutete. »Dort steht er. Er ist es!«

Virginia und Tony rannten los und ließen Prinz Wendell auf seinem kleinen Wagen zurück. Wolf sah Wendell nachdenklich an, versucht, ihn ebenfalls im Stich zu lassen, aber wohl wissend, dass Virginia ihm das nie verzeihen würde.

Sie ist einfach viel zu weichherzig.

Also ergriff er das Seil und zerrte heftig an dem Karren. Der verfluchte Hund war schwer. Er hatte Mühe, Tony und Virginia einzuholen.

»Was, wenn er uns den Spiegel nicht zurückgeben will?«, fragte Virginia gerade ihren Vater.

»Dann prügeln wir ihn zu Tode«, sagte Tony. »Diese Angelegenheit ist nicht verhandelbar. Wir gehen nach Hause.«

Wolf verlangsamte seinen Schritt. *Die Zeit der Abrechnung ist also gekommen. Ich werde Tony und Virginia zeigen müssen, wie sie den Spiegel aktivieren können, und dann werden sie mich verlassen.*

Er wusste nicht recht, wie er ohne Virginia weiterleben sollte. Und dabei kannte er sie erst seit ein paar Tagen ...

Tony und Virginia hatten den Wagen bereits erreicht. Aus der Nähe wirkte er winzig. Der Zwerg saß darin, bröselte Tabak in eine Pfeife und kochte sich eine Tasse Tee.

»Hey Acorn«, rief Tony. »Erinnerst du dich an mich?«

»Anthony!«, Acorn, der Zwerg, war ein freundlicher Geselle mit einem vernarbten Gesicht und Metallstücken anstelle von Zähnen. Lächelnd beugte er sich zu Tony vor. »Du bist unseren Häschern also tatsächlich entkommen. Das ist wirklich unglaublich.«

Wolf hatte sie endlich eingeholt und stellte sich neben den Wagen. Er starrte Virginia ununterbrochen an, um sich ihr Gesicht genau einzuprägen.

Tony kam gleich zur Sache. »Wo ist unser Spiegel?«

»Spiegel?«, fragte Acorn sichtlich verwirrt.

»Er gehört uns«, erklärte Virginia.

Acorn zündete seine Pfeife an. Der Geruch des Tabaks verbreitete sich in der Luft. Wolf unterdrückte den Drang, sich die Nase zu reiben.

»Ist er denn wertvoll?«, fragte Acorn.

»Nein, er ist völlig wertlos.«

Virginia ist eine so schlechte Lügnerin. Wolf lächelte sie liebevoll an. *Selbst das werde ich an ihr vermissen.*

»Ihr seid also den langen Weg hergekommen, um euch einen wertlosen Spiegel zurückzuholen?«, fragte Acorn.

Virginia runzelte die Stirn. Wolf kannte diese Reaktion bereits. Es war ihr Ausdruck der Entschlossenheit. *Ich kenne fast jedes Detail an ihr. So gut wie ich hat sie bestimmt noch nie jemand gekannt.*

»Um ehrlich zu sein, es ist ein magischer Spiegel«, sagte Virginia. »Wir sind durch ihn hierher gekommen, und seitdem sind wir in dieser Welt gefangen.«

»Virginia«, sagte Tony warnend.

»Alles, was wir wollen, ist, zurück nach Hause zu gehen«, fuhr sie fort. »Wir werden ihn nicht mitnehmen. Wir gehen einfach durch ihn hindurch nach Hause, und dann können Sie mit dem Spiegel machen, was Sie wollen.«

Die Art, wie sie ›nach Hause‹ sagte, vermittelte Wolf den Eindruck, als wäre ihr Herz noch dort. *Wenn sie geht, werde ich mit ihr gehen.*

»Ihre Worte rühren mich ...«, sagte Acorn.

»Dann lassen Sie uns bitte nach Hause gehen«, flehte Virginia.

»... aber ich habe den Spiegel nicht mehr.«

Wolf stieß leise die Luft aus. Er wollte seine Erleichterung nicht allzu deutlich zeigen. Doch Virginia beachtete ihn ohnehin nicht. Stattdessen rannte sie hektisch suchend um den Wagen herum. Sie sah aus, als könnte sie jeden Moment in Panik ausbrechen. Tony hingegen wirkte lediglich niedergeschlagen.

»Es tut mir Leid, junge Frau, aber ich habe ihn in dem Dorf, die Straße hinunter, eingetauscht. Das ist noch keine halbe Stunde her.«

Acorn klang, als würde er das Ganze wirklich bedauern, aber Tony hatte endgültig genug. Er packte Acorn an der Kehle, und

Wolf hob überrascht eine Braue. *Diesen beiden scheint es wirklich ernst zu sein mit ihrem Gerede von ›Zuhause‹.*

»Eingetauscht?«, brüllte Tony dem Zwerg ins Gesicht. »Eingetauscht für was?«

Mit einem knappen Kopfnicken deutete Acorn in Virginias Richtung. Sie hatte sein Tauschobjekt soeben gefunden. Es war ein kleines Lamm, das im hinteren Teil des Wagens stand. Um seinen Hals war eine rosa Schleife gebunden. Es öffnete das Maul und blökte.

Wolf fühlte, wie ein wohliger Schauer durch seinen Leib raste. Krampfhaft ballte er die Hände zu Fäusten. Schafe und Lämmer stellten die größte Versuchung für ihn dar. Er entfernte sich von der Gruppe, um wieder einen klaren Kopf zu bekommen.

»Wolf, glaubst du wirklich, du könntest mich einfach so ignorieren?«

Das ist die Stimme der Königin! Wolf blickte auf die Pfütze zu seinen Füßen hinab und erkannte ihr Gesicht in der Wasseroberfläche.

»Ich habe mich geändert«, sagte er. »Ich unterliege nicht länger Eurem Einfluss. Ihr habt keine Macht mehr über mich.«

»Ach, wirklich?«, fragte die Königin. Dann lachte sie. »Heute Nacht ist Vollmond, mein Lieber. Dein Blut kocht jetzt schon. Du bist ein Wolf. Was wirst du tun, wenn der wilde Mond dich ruft? Was wirst du dann deinen neuen Freunden antun?«

Grimmig tat Wolf einen Satz über die Pfütze und wartete abseits auf Tony und Virginia.

Ja, was werde ich tun? Zum ersten Mal wünsche ich mir, sie hätten den Spiegel gefunden. Ich will sie nicht hintergehen, und ich will niemanden verletzen, ganz besonders Virginia nicht.

Aber er wusste nicht, ob er im Stande war, den Wolf in sich zu beherrschen.

Kapitel 27

Wolf bemerkte, wie er immer langsamer wurde.

Der Wald war saftig grünem Weideland gewichen. Weiter oben am Berg hatte jemand einen ordentlichen, hüfthohen Holzbalkenzaun errichtet. Weiße, strohgedeckte Landhäuser waren hier und dort zu sehen.

Auf einem kleinen Schild stand zu lesen: *LITTLE LAMB VILLAGE – 3 MEILEN.*

»Da ist es«, rief Tony. »Das ist der Ort.«

»Ich glaube, wir sollten lieber nicht in das Dorf gehen«, sagte Wolf. Er wusste nicht, wie er ihnen seine Not nahe bringen konnte.

Virginia sah sich nicht einmal um. »Aber Acorn hat gesagt, der Spiegel ist hier.«

Wolf legte einen Schritt zu, überholte sie und drehte sich dann im Laufen zu ihr um, in der Hoffnung, dass sie ihn verstehen würde. »Ein Wolf verlässt sich auf seine Instinkte, und mir gefällt das alles überhaupt nicht.«

Virginia schien über seine Schulter hinweg etwas entdeckt zu haben. Wolf folgte ihrem Blick. Auf einem der Felder stand eine Art Vogelscheuche, aber sie trug einen Widderschädel über fellbedeckten Tiergerippen. Ähnliche Vogelscheuchen – oder Wolfsscheuchen, um genauer zu sein – verunstalteten die ganze Gegend.

Etliche Bauern hatten ihre Arbeit unterbrochen. Mit ihren Heugabeln in den Händen beobachteten sie schweigend, wie das Trio mit dem massiv goldenen Prinzen Wendell auf dem Karren vorbeizog.

Wenn Virginia diese Blicke nicht versteht, so wird sie gar nichts verstehen.

»Das ist Bauernland«, sagte Wolf. »Und Bauern mögen nun

einmal keine Wölfchen. Lasst uns eine Frühstückspause machen und überlegen, was zu tun ist.«

»Du hast doch gerade erst gefrühstückt.« Virginia ging an ihm vorbei. *Sie scheint mich nicht ernst zu nehmen.*

Er hatte es satt. »Ich will ein zweites Frühstück, in Ordnung? Wer bist du? Meine Mutter? Willst du mir sagen, wann ich essen darf und wann nicht? Warum schreibst du nicht eine Liste mit Anstandsregeln, damit ich weiß, was ich tun darf und was nicht.«

Er hatte nicht beabsichtigt, so mit ihr zu sprechen. Es war der Vollmond. Er verfluchte ihn, aber er konnte ihn schon jetzt deutlich spüren.

Virginia sah ihren Vater an. Tony runzelte die Stirn. Wolf konnte in ihren Gesichtern lesen, als würden sie ihre Gedanken laut aussprechen: *Was ist nur in Wolf gefahren?*

»Wir werden in das Dorf gehen«, sagte Virginia. »Ende der Diskussion. Du kannst tun, was du willst.«

Tony und Virginia setzten ihren Weg fort. Wolf sah sich um. *Bauern, Wolfsscheuchen, Schafe.* Er schloss die Augen und seufzte. *Diese ganze Gegend ist nicht gut für mich, also kann ich auch gleich bei Tony und Virginia bleiben.*

Niedergeschlagen folgte er den beiden. Das Geräusch der Räder von Wendells Wagen drängte ihn, weiterzugehen. *Bestimmt hasst Virginia mich jetzt. Sie muss mich für verrückt halten. Und was wird sie tun, wenn es Nacht wird?*

Wolf fröstelte. *Ich brauche sie. Ich brauche jetzt ihre Unterstützung. Ich muss ihr sagen, was los ist.*

Rasch pflückte er einen kleinen Strauß Wildblumen und beeilte sich, sie wieder einzuholen. Als er sie erreicht hatte, hielt er ihr die Blumen unter die Nase.

»Virginia, vergib mir«, sagte er. »Ich wollte nicht grob sein. Das liegt nur an meinem Zyklus. Einmal im Monat bin ich furchtbar unvernünftig und gereizt, und ich würde am liebsten jeden verprügeln, der mir zu nahe kommt.«

Virginia lächelte ein sehr verschwörerisches Lächeln. »Kommt mir sehr bekannt vor.«

Das war der Moment, sie um Hilfe zu bitten, und er hoffte

sehr, dass sie ihn verstehen würde. »Es wird nichts passieren, solange du mich von allen Verlockungen fernhältst.«

Sie erreichten eine Hügelkuppe. Auf der anderen Seite graste eine Schafherde auf der Weide. *Hübsche, liebliche, lockige Schäfchen, alle mit weißen Schleifen geschmückt.*

»Jemine«, klagte Wolf mit heiserer Stimme. Es klang beinahe wie ein Stöhnen.

Schäferinnen tollten mit ihren Hirtenstöcken hinter den Tieren her. Es war, als würden sie sich in Zeitlupe bewegen. *Herrlich, köstlich, entzückend.*

Nein, das werde ich nicht überleben.

»Seht euch nur all diese Schafe an«, murmelte er. »Und diese leichten Mädchen. So etwas sollte verboten sein.«

Virginia betrachtete ihn mit spöttischer Miene.

Eine der Schäferinnen sah, dass er sie beobachtete. Sie kicherte. Ihre Bluse spannte sich über ihren prallen Brüsten, und sie hatte die lieblichsten Augen und die schönste Haut der ganzen Welt …

Sie kam beschwingt auf ihn zu, ein Lächeln auf den überwältigenden Zügen. »Guten Morgen. Mein Name ist Sally Peep. Ich bin Schafhirtin.«

»Gar keine Frage«, sagte Wolf leise.

Die zweite Hirtin folgte ihrer Kameradin. Gemeinsam kletterten sie über das Tor, um den gut aussehenden Burschen genauer in Augenschein zu nehmen. Kurz erhaschte er einen Blick auf ein Bein, auf wohlgeformte Waden, saftiges Fleisch …

»Herrje, was Sie für starke, behaarte Arme haben«, sagte Sally Peep. »Wenn ich meine Tür nicht abschließen würde, könnte es vielleicht passieren, dass Sie in mein Haus kommen und mir, mir nichts dir nichts, die Kleider vom Leibe pusten?«

»Wo wohnen Sie?«, fragte Wolf mit leuchtenden Augen.

»Schluss damit«, sagte Virginia und zog Wolf mit sich. Offensichtlich amüsierte sie das alles nun nicht mehr sonderlich. Wolf sah sich nach den Schafhirtinnen um und sehnte sich nach der verpassten Gelegenheit zurück. Aber ein Teil von ihm – der gute Teil – war froh, dass Virginia eingegriffen hatte.

Sie kamen an eine Straßenbiegung und fanden sich plötzlich

mitten in Little Lamb Village wieder. Der Ort schien ausschließlich aus weißen Häusern zu bestehen, die alle ein bisschen zu adrett aussahen.

Und alles schien den Peeps zu gehören. Wolf sah ein Schild, das Bill Peep als den Dorfmetzger vorstellte, ein Gordon Peep war der örtliche Lebensmittelhändler, eine Felicity Peep die Blumenfrau...

Vor allem führten die Menschen hier Schafe wie Hunde an der Leine, und Wolf biss sich auf die Unterlippe, darum bemüht, sich zu beherrschen. *Die Schafe einfach so durchs Dorf laufen zu lassen, sollte bei Strafe verboten sein. Ist ihnen denn nicht klar, welch eine Versuchung das darstellt? Das ist doch nicht normal.*

Virginia hielt seinen Arm in festem Griff. Sie lächelte den Menschen im Vorübergehen zu und erwiderte ihren fröhlichen Gruß. *Auch diese Freundlichkeit ist nicht normal. So was sollte zu einem Vergehen erklärt werden.*

Und diese Schafe überall sind einfach ... unanständig.

Wolf biss sich auf den Daumen, um sich zur Ordnung zu rufen. Sie passierten ein Plakat, auf dem der jährliche Wettbewerb von Little Lamb Village verkündet wurde.

Um was geht es? Um das schmackhafteste Schafrezept?

Irgendwie gelang es Virginia, ihn bis in die Mitte des Dorfes mitzuzerren. Hier waren zahlreiche Tische aufgestellt worden, aber Wolf konnte nicht erkennen wozu. Stattdessen konzentrierte er sich auf einen kleinen Brunnen. Jemand hatte ihn überdacht, und es gab eine Seilwinde mit einem Kübel, der hinabgelassen werden konnte.

Neben dem Brunnen entdeckte er die einzige heruntergekommene Gestalt des ganzen Ortes. Sie war zerlumpt und hatte einen dümmlichen Ausdruck im Gesicht.

»Wer ist hier zuständig?«, fragte Tony, der Prinz Wendell in kurzem Abstand hinter sich her zog.

»Ich bin der Dorftrottel, und ich bin für den Wunschbrunnen zuständig.«

Tony verdrehte entnervt die Augen. »Sind wir vielleicht magnetisch? Oder warum ziehen wir dauernd solche Leute an?«

Hätte Wolf sich besser gefühlt, hätte er vielleicht versucht, es ihm zu erklären.

»Netten Hund haben Sie da«, sagte der Dorftrottel, während er Prinz den Kopf tätschelte. »Er erinnert mich an jemanden.«

In diesem Augenblick kamen mehrere Dorfbewohner des Weges. Sie zogen einen Karren, auf dem ein Mantel lag, der ganze zwanzig Fuß lang sein musste. Er war aus reiner Lammwolle. Wolf konnte es riechen, und er begann zu speicheln. Rasch wandte er sich ab, damit ihn niemand so sah.

»Was ist das?«, fragte Tony.

»Ein Geschenk des Dorfes für Prinz Wendell«, sagte der Dorftrottel. »Es ist ein Krönungsmantel aus unserer besten Lammwolle.«

Tony blickte zu dem goldenen Hund. »Hoffen wir, dass er ihm gefällt.«

»Wollen Sie sich jetzt etwas wünschen?«, fragte der Dorftrottel. »Es bringt Unglück, wenn sie einfach weitergehen, ohne sich etwas zu wünschen.«

»Wir sollten unser Geld nicht verschwenden«, mahnte Virginia.

»Du bist furchtbar streng«, sagte Wolf. »Aber mein Wunsch wird das alles ändern.«

Er grinste wölfisch. Er wusste nicht, ob er sich das wirklich wünschen sollte oder ob er um Hilfe für die bevorstehende Vollmondnacht bitten sollte. Virginia schloss die Augen. Sie wirkte sehr gesammelt, und Wolf hatte das Gefühl, dass ihr Wunsch ihr viel bedeutete. Dann warf sie eine Münze.

Tony warf seine gleichzeitig, und er hatte einen ganz ähnlichen Ausdruck auf dem Gesicht. Auch seine Augen waren fest geschlossen.

Wolf schloss ebenfalls die Augen und formulierte seinen Wunsch – drängend –, dann warf auch er eine Münze. Er öffnete die Augen, als das Geldstück durch die Luft flog. In diesem Augenblick landeten die beiden anderen mit einem dumpfen Klirren im Brunnenschacht.

»Es funktioniert nicht«, klagte der Dorftrottel. »Das war mal ein echter magischer Wunschbrunnen, und die Leute kamen aus allen Königreichen hierher, um ihr Glück zu suchen. Aber jetzt ist er ausgetrocknet. Er führt seit Jahren kein Wasser mehr. Ich habe es zu meiner Lebensaufgabe gemacht...«

»So spannend die Geschichte auch ist«, sagte Tony, »sind wir doch mehr an einem Spiegel interessiert.«

Wolf war froh, dass Tony den Redefluss des Dorftrottels gestoppt hatte, denn er hatte kurz davor gestanden, aus ihm einen *ehemaligen* Dorftrottel zu machen. An guten Tagen ertrug er derlei Idioten eigentlich sehr geduldig. Aber dies war kein guter Tag.

»Der Spiegel«, erklärte Tony gerade, »ist etwa so groß und schwarz. Uns wurde gesagt, dass jemand aus dem Dorf ihn Acorn abgekauft hat.«

»Ich habe es zu meiner Lebensaufgabe gemacht, auf diesen Brunnen aufzupassen, bis er wieder Wasser führt. Was halten Sie davon?« Der Dorftrottel grinste. Anscheinend hatte er Tony überhaupt nicht zugehört.

Wolf ballte die Fäuste, als Tony sich zu ihm umwandte. »Wir haben ein Problem«, sagte Tony. »Dieser Mann ist ein Volltrottel.«

»Nicht ganz«, seufzte der Dorftrottel. »Mein Vater war ein Volltrottel, aber ich bin nur ein Halbidiot.«

Den ganzen Nachmittag klapperten sie das Dorf ab, doch niemand hatte den Spiegel gesehen.

Am Abend fühlte sich Virginia matt und mutlos. Ihr Vater beschränkte sich darauf, mit dem goldenen Wendell zu sprechen. Und Wolf, nun, Wolf verhielt sich äußerst sonderbar.

Virginia hatte es übernommen, eine Unterkunft für die Nacht zu besorgen. Doch niemand in Little Lamb Village konnte ihnen ein Zimmer vermieten. Durch den alljährlichen Wettbewerb, worum es auch immer dabei gehen mochte, schien alles ausgebucht zu sein. Als Virginia schon fast aufgeben wollte, wurde sie von einer drallen Bäuerin namens Fidelity angesprochen, und Fidelity behauptete, ihnen helfen zu können.

Die Frau führte sie zu einer kleinen Scheune. Als sie eintraten, begannen Wolfs Augen zu glühen. Virginia war nicht sicher, was sie davon halten sollte, doch Fidelity schien es gar nicht zu bemerken.

»Ihr könnt hier bleiben, wenn ihr wollt«, sagte die Bäuerin freundlich. »Vermutlich seid ihr Besseres gewohnt.«

»Hier riecht es nach Schwein«, sagte Tony.

Dad ist nie zufrieden. Immerhin haben wir auf dieser Reise schon an weit übleren Orten übernachtet.

»Es ist großartig«, sagte Virginia zu der Frau. »Danke.«

Fidelity nickte. Sie war erstaunlich fröhlich, und sie hatte so rote Pausbacken, dass sie Virginia an Mrs. Santa Claus erinnerte.

Die Bäuerin wandte sich gerade zum Gehen, als Virginia sagte: »Sie wissen nicht zufällig, ob irgendjemand in jüngster Zeit einen Spiegel von einem fliegenden Händler gekauft hat?«

»Da werden Sie mit dem Richter sprechen müssen. Er hat eine ganze Wagenladung mit allerlei Dingen von einem Zwerg als Preise für den Wettbewerb aufgekauft. Sie finden ihn im Gasthaus auf der anderen Straßenseite. Dort gibt es auch ein köstliches Essen. Na ja, das ist wohl ein bisschen übertrieben …« Fidelity lächelte. Tatsächlich lächelte sie ununterbrochen. Sie winkte ihnen gut gelaunt zu und schloss die Scheunentür hinter sich.

»Wie bei den Frauen von Stepford«, murrte Virginias Vater.

Wolf stöhnte und presste die Hände auf seine Leibesmitte. Er war erschreckend blass geworden.

»Was ist los?«, fragte Virginia.

»Krämpfe«, presste Wolf hervor. »Ich muss ins Bett. Ich muss mich hinlegen. Sofort!« Stöhnend brach er auf einer Unterlage aus Stroh zusammen. Er sah furchtbar aus.

Virginia kauerte sich neben ihn und legte ihm ihre Hand auf die Stirn. »Du hast hohes Fieber.«

»Mach nicht so viel Wind«, knurrte Wolf. »Du bist nicht meine Mutter. Hör endlich auf, jedermann zu bemuttern und mit deiner Fürsorge zu ersticken wie ein Zwergenhausmütterlein. Geh weg. Lass mich allein!«

Erschrocken zog Virginia ihre Hand zurück.

»So sprichst du nicht mit meiner Tochter!«, rief Tony entrüstet – er sah aus, als wollte er sich gleich auf ihn stürzen.

Virginia wollte ihren Vater schon beschwichtigen – sie glaubte zu wissen, was Wolf gerade durchmachte –, als draußen ein großes Geschrei anhob.

»Ein Wolf!«, kreischte eine Frauenstimme. »Ein Wolf.«

Wolf barg seinen Kopf im Stroh. Virginia und Tony rannten hinaus.

»Wolf! Wolf! Wolf!«

Vater und Tochter rannten den Weg entlang und blieben in der Mitte des Dorfes stehen, wo offensichtlich im Zuge der Festivitäten ein Spiel im Gange war.

Einer der Dorfbewohner trug einen Wolfskopf und klopfte an alle Türen. Verängstigte Frauen lugten aus ihren Fenstern und schrien, als sie ihn sahen. Unter ihnen erkannte Virginia auch die, die Wolf an diesem Morgen so provozierend angelächelt hatten. *Haben sie etwa sein wahres Wesen erkannt?*

Eine Gruppe von Männern hatte sich unterdessen auf der anderen Straßenseite zusammengerottet. Sie trugen Mistgabeln und suchten offensichtlich den Wolf. Der Wolf spazierte unterdessen weiter die Straße hinunter, und aus der Ferne erscholl Gelächter, begleitet von weiteren Schreien.

Ratlos sah Virginia ihren Vater an. Der schüttelte nur den Kopf. Über ihre Schulter blickte sie zurück zu der Scheune. *Wolf hat gesagt, er will allein sein. Wir sollten uns eine Weile von ihm fern halten. Vielleicht kann er ein bisschen schlafen.*

Auf der gegenüberliegenden Straßenseite stand das erwähnte Gasthaus mit dem unsäglichen Namen *Baa-Bar*, das von einer Barbara Peep bewirtschaftet wurde. *Vielleicht können wir dort etwas über den Spiegel erfahren.*

Ihr Vater schien die gleichen Überlegungen anzustellen, und so gingen sie über die Straße und betraten die Bar. Drinnen war es laut, und es roch nach Milch und Bier und nach geröstetem Fleisch. Es gab auch einige Tische, aber nahezu alle Gäste belagerten die Barhocker.

Virginia hatte noch nie so viele Bauern in mittleren Jahren gesehen, die alle irgendwie gleich ausschauten. Ihre Frauen waren nicht so hübsch und mollig wie die meisten jüngeren Mädchen im Ort, sondern samt und sonders an der Grenze zur Fettleibigkeit. Die jungen Männer, die alle die gleiche stumpfsinnige Miene zur Schau trugen, hatten ihre Hemden bis zum Nabel aufgeknöpft. Sie erinnerten Virginia an den jungen Jethro in *Die Beverly Hillbillies*. Und es gab hier gewiss mehr als genug Schäferinnen und Melkerinnen, denen sie nachstellen konnten.

Beinahe rechnete Virginia damit, dass ihr Vater irgendeinen Witz über die drallen Bauernmädchen reißen würde, und sie war froh, als er davon absah.

Fragend drehte sie sich zu ihm um, und erst jetzt bemerkte sie, dass er trotz all dem Trubel den goldenen Wendell mit sich gezerrt hatte. »Willst du den Prinzen eigentlich überall mit hinnehmen?«

Ihr Vater wirkte ein wenig verlegen. »Er ist doch aus Gold, und ich kann ihn nicht einfach irgendwo stehen lassen. Außerdem glaube ich, es ist besser, wenn er in Bewegung bleibt. Koma-Patienten muss man auch hin und wieder bewegen und ihnen ihre Lieblingsplatten vorspielen.«

Er blieb vor einer Tafel stehen. »Schau«, sagte er. »Der Veranstaltungskalender für morgen.«

Virginia überflog das Programm, das mit weißer Kreide auf die Tafel geschrieben war, bis ein Eintrag ihre Aufmerksamkeit erweckte.

11:00 SCHÖNHEITSWETTBEWERB –
SCHAF UND SCHÄFERIN.
1. PREIS: MANNSHOHER SPIEGEL

Sie wollte ihren Vater gerade darauf aufmerksam machen, als sie feststellte, dass er sich in das Getümmel gestürzt hatte und sich nun über die Theke beugte.

»Entschuldigen Sie«, sagte er mit lauter Stimme. »Ist der Richter da?«

Die Barfrau, bei der es sich nur um Barbara Peep handeln konnte, sagte: »Der Richter wird zum Abendessen um Punkt acht Uhr hier sein. Nehmen Sie Platz. Ihr Essen ist sofort fertig.«

»Wir haben nichts bestellt«, sagte Virginia, die sich ebenfalls zur Bar vorgekämpft hatte.

Ihr Vater bedeutete ihr zu schweigen und führte sie zu einem freien Tisch. Dort war es ein bisschen ruhiger als vor dem Tresen. Virginia glaubte tatsächlich, ihre eigenen Gedanken hören zu können.

Sie lehnte sich auf ihrem Stuhl zurück, während ihr Vater das Paar am Nebentisch beäugte. Sie waren den anderen Gästen in dieser Bar erschreckend ähnlich. Auch er hatte das typisch feiste Gesicht der Männer von Little Lamb Village, während sie ihre Schönheit schon vor vielen Mahlzeiten verloren zu haben schien. *Fast könnte man meinen, die Leute hier sind alle miteinander verwandt – der Peep-Clan muss riesig sein ...*

Der Mann las eine Zeitung, die erste, die Virginia zu sehen bekam, seit sie durch den Spiegel gegangen war. Sie nannte sich *Staatsanzeiger für das Vierte Königreich.*

Der Mann blickte auf. Offenbar spürte er ihr Interesse. »Sie schreiben, die Trolle würden den ganzen Südwesten für sich beanspruchen.«

Oje, dachte Virginia und fragte sich, wie viel das mit ihnen zu tun hatte. Andererseits hatte sie in New York gelernt, dass es gefährlich war, mit Fremden über Politik zu diskutieren.

»Ich weiß nichts darüber«, sagte sie höflich.

»Wir sind ziemlich unpolitisch«, ergänzte ihr Vater.

Das Paar schien die Abfuhr nicht wahrzunehmen. »Ich habe gehört, die Königin sei entkommen«, sagte die Bäuerin. »Und sie soll auch hinter all dem stecken. Außerdem heißt es, es könnte Krieg zwischen allen Neun Königreichen geben.«

»Wo verdammt noch mal ist Wendell, will ich wissen«, brüllte der Bauer jetzt. »Wenn er nicht aufpasst, dann wird er sein Königreich verlieren.«

Virginia zwang sich, nicht den goldenen Hund anzustarren, aber ihr Vater legte verstohlen seine Hand auf Prinz Wendells Kopf.

Er wandte sein Gesicht ab, doch Virginia wusste, es legte Zeugnis ab über eine tief empfundene Schuld.

Kapitel 28

Der Richter war ein melancholischer Mann, der gerne gut aß.

Virginia konnte ihn verstehen, denn sie hatte in der Baa-Bar gerade die beste Mahlzeit ihres ganzen Lebens genossen.

Sie und ihr Vater hatten eigentlich nichts bestellt und hier nur auf den Richter warten wollen, wie Barbara Peep es ihnen geraten hatte.

Doch die Wirtin hatte ihnen stillschweigend ein Essen serviert, ein schlichtes und doch ergreifendes Menü: Kürbissuppe, Lamm, Kartoffeln und dazu Apfelwein. Ihr Vater hatte natürlich reichlich von dem Apfelwein getrunken, aber Virginia konnte ihm das nicht wirklich vorwerfen. Es hatte alles einfach zu köstlich geschmeckt.

Derjenige, dem sie eigentlich hätte Vorwürfe machen sollen, war Wolf. Er sah noch immer elend aus, trotzdem hatte er die Scheune verlassen und sich zu ihnen gesellt.

Und er hatte gefressen wie ein Scheunendrescher und eine Unmenge von Lammfleisch in sich hineingestopft. Auf seinem Teller lagen mehr Knochen als auf denen von Virginia und Tony zusammen, obwohl sie sich schon viel länger hier aufhielten.

Wolf hatte auch nicht aufgehört zu essen, als der Richter eintraf. Virginia und ihr Vater waren in der Absicht, mit ihm über den Spiegel zu sprechen, zu seinem Tisch gegangen, doch der Mann war voll und ganz mit seinem Essen beschäftigt.

Die Peeps waren Schafzüchter, und sie alle schienen recht stolz auf ihr Grundnahrungsmittel zu sein. Virginia verstand nun, warum die Leute in Little Lamb Village so wohlbeleibt und rotwangig waren. In diesem Teil des Reiches schienen die Menschen besser und reichhaltiger zu essen, als es in jedem Schlaraffenland möglich gewesen wäre. Es war kaum zu glauben.

Allerdings hatte sie hier schon so viele seltsame Dinge gesehen, dass sie inzwischen bereit war, alles zu glauben.

Doch zunächst galt es, die Aufmerksamkeit des Richters zu erlangen. Virginia erzählte ihm die Geschichte des Spiegels, so gut es ihr möglich war, denn sie musste fast schreien, weil die Gäste an der Theke lauthals sangen und johlten. Während sie sprach, aß der Richter ungerührt weiter.

»Sie sehen also«, endete sie, »dass der Spiegel in gewisser Weise uns gehört.«

»Nein, das tut er nicht«, widersprach der Richter. »Ich habe ihn auf redliche Weise erworben. Ich kaufe jedes Jahr einen ganzen Schwung derartiger Dinge, um Preise für den Wettbewerb bereitzustellen.«

»Ich weiß schon, wie das läuft, Euer Ehren«, sagte Tony. »Wie wäre es, wenn wir Ihnen ein paar Goldstücke zustecken würden?«

»Ich bin Richter, und ich mag es nicht, wenn jemand versucht, mich zu bestechen«, sagte der Richter. »Noch ein derartiges Wort, und ich werde euch aus der Stadt jagen lassen.«

Er wandte sich von seinem Tisch ab, und Virginia erhob sich, um zu dem ihren zurückzugehen, in der Hoffnung, dass Wolf irgendeine Idee hatte. Aber er war nicht mehr da.

Besorgt sah sie sich um – *er ist so krank gewesen* – und schließlich entdeckte sie ihn, wie er eine Gruppe ausgelassener Melkerinnen beobachtete.

Virginia ging zu ihm. Er sah immer noch krank aus. Seine Haut war blass und schweißnass, und seine Augen waren glasig. Er stand sehr nahe bei den Melkerinnen und starrte sie mit gierigem Ausdruck an.

Sally Peep, die dralle Schäferin, die sich Wolf an diesem Morgen genähert hatte, drückte sich gerade an ihn. Virginia ballte eine Faust. Ihr gefiel es nicht, wie sie sich fühlte, wenn andere Frauen Wolf zu nahe kamen.

Und ihr gefiel dieses Peep-Mädchen nicht. Sie war frühreif und dreist und viel zu offensichtlich an Wolf interessiert.

»Sie sind neu hier, nicht wahr?«, sagte Sally, als sie Wolfs Arm berührte und ihm eine Schale reichte. »Ich kann dieses

Sorbet einfach nicht allein aufessen. Könnten Sie mir helfen, Mr. . . .?«

Wolf schluckte, offenbar nicht im Stande zu antworten. Sein Blick wanderte kurz zu Virginia. *Sie wird mir in dieser Sache nicht helfen können.*

Ein weiteres dralles Peep-Mädchen machte sich an ihn heran. *Bekommen die Mädchen in diesem Dorf denn nie einen fremden Mann zu sehen?*, dachte Virginia verärgert. *Sie behandeln ihn ja wie Frischfleisch.*

»Wie heißen Sie?«, fragte das zweite Mädchen.

»Äh, Wolfson ist mein Name«, sagte Wolf.

Das ist lahm, fand Virginia. *Und möglicherweise gefährlich.*

»Wolfson?«, fragte Sally.

»Warren Wolfson«, sagte Wolf.

Den Peep-Mädchen schien an dem Namen nichts merkwürdig vorzukommen. Virginia verschränkte die Arme vor der Brust, lehnte sich an einen Tisch und sah ihnen zu, wobei sie sich bemühte, ihren wachsenden Zorn hinunterzuschlucken. *Diese Mädchen – Frauen – drängen sich wirklich mit jedem erdenklichen Teil ihres Körpers an Wolf.*

»Heute ist mein achtzehnter Geburtstag«, sagte Sally. »Wetten, dass Sie nicht raten, was mit mir heute Nacht geschehen wird?«

Virginias Augen weiteten sich. Hätte sie sich mit achtzehn so benommen, so hätte ihr Vater sie in einen Käfig gesperrt.

Das andere Mädchen versetzte Sally einen Stoß, doch auch das schien nicht zu helfen.

»Hat es was mit Stoßen zu tun?«, fragte Wolf.

Sally strich mit der Hand über Wolfs Rücken, und Virginia wäre fast losgerannt, um sie davonzujagen. *Was stimmt bloß nicht mit mir? Ich habe mich noch nie wegen eines Mannes so gefühlt.*

»Was ist denn das da hinten in ihrer Hose?«, fragte Sally. »Das ist eine ganz schöne Beule.«

Wolf entzog sich ihrem Griff. Er wirkte beinahe verlegen. »Ich muss zurück an meinen Tisch«, sagte er. »Ich glaube, da liegt noch ein Kotelett auf meinem Teller.«

Plötzlich packten zwei der größten und kräftigsten jungen Männer Wolf an den Armen und schleuderten ihn hart gegen eine Wand. Virginia legte eine Hand über die Lippen, vor allem jedoch, um ein Lächeln zu verbergen. *Er hat es durchaus verdient, ein bisschen herumgeschubst zu werden.*

»Kein Fremder legt sich mit den Peep-Mädchen an, verstanden?«, sagte einer der großen Burschen.

»Was haben Sie überhaupt hier verloren, Mr. Wolfson?«, fragte der andere.

»Warum nehmen wir ihn nicht mit vor die Tür und fragen ihn genauer«, fragte der erste.

Sie werden ihm ernstlichen Schaden zufügen. Virginia fühlte, wie das Lächeln aus ihrem Gesicht verschwand. Die Männer hielten Wolf noch immer an den Armen und waren drauf und dran, ihn hinauszuzerren. *Trotz all seiner Flirterei verdient er es nicht, zu blutigem Brei geschlagen zu werden.*

Außer von mir selbst.

Virginia eilte zu den beiden Männern und klopfte einem von ihnen auf die Schulter. »Was machen Sie da mit meinem Mann?«

»Ihr Mann?« Der große Bursche klang überrascht.

Wolf grinste sie an.

»Ja«, sagte Virginia. »Es geht ihm nicht sehr gut. Und darum werden wir jetzt gehen. Gute Nacht.«

Sie ergriff Wolfs Arm und dirigierte ihn Richtung Ausgang. Ihr Griff fiel härter aus als geplant und am liebsten hätte sie ihn zerquetscht.

»O Virginia«, raunte Wolf. »Als du sagtest, ich wäre dein Mann, ist mir ganz warm ums Herz geworden.«

»Das habe ich nur gesagt, um dir zu helfen«, schnappte sie.

Sie sah sich nach ihrem Vater um und entdeckte ihn schließlich in einer Ecke, wo er mit dem Richter und zwei anderen Männern Dart spielte. *Ich hoffe, seine Masche wird erfolgreicher sein als meine.*

Sie schob Wolf zur Tür hinaus und folgte ihm in die kalte Nacht.

Der Vollmond setzte sich als wunderschöner heller Kreis

vom dunklen Himmel ab. Er füllte die Straßen mit Licht, beinahe so, als wäre es Tag, und zauberte unheimliche silbrige Schatten zwischen die Häuser.

Wolf schüttelte Virginia ab, doch sie versuchte erneut nach ihm zu greifen. *Was immer seine Krankheit verursacht, sie verleitet ihn zu einem höchst sonderbaren Verhalten.*

»Ich fühle mich so lebendig! Ich kann jedes Detail in einem meilenweiten Umkreis erkennen.« Wolf hob die Arme und sah zum Himmel hinauf. »Sieh dir den Mond an. Möchtest du im Angesicht seiner Schönheit nicht auch heulen?«

»Nicht wirklich«, entgegnete Virginia.

Wolf stützte sich auf einen Zaunpfahl. Etwas an seinem Gesicht schien anders – rauer, animalischer.

Er sieht gefährlich aus, genauso wie damals, als ich ihm in Großmutters Wohnung zum ersten Mal begegnet bin. Virginia war verblüfft und mehr als nur ein bisschen ängstlich.

»Meine Mama war besessen vom Mond«, sagte Wolf. »Sie hat uns als Kinder immer rausgezerrt, damit wir ihn gemeinsam beobachten konnten. Der Mond macht mir Appetit auf ... alles.«

Er starrte sie an, wie er zuvor die leichtlebigen Melkerinnen angestarrt hatte.

Virginia ergriff seinen Arm und zog ihn mit sich fort. »Zeit fürs Bett«, sagte sie sanft, und dieses Mal gelang es ihr, ihn in die Scheune zu bringen.

Tony und Prinz verließen die Bar zusammen mit den letzten Gästen.

Das Bier war so gut gewesen wie das Essen, und sein Genuss hatte zweifellos Auswirkungen auf sein Dartspiel gehabt. Tony wünschte, der Richter hätte ihm zugehört, aber der alte Mann war nicht geneigt gewesen, über Arbeit zu sprechen, wenn er sich außerhalb des Gerichts aufhielt.

Unentschlossen blickte Tony die leere Dorfstraße hinunter. »Willst du Gassi gehen?«, fragte er Prinz Wendell.

Natürlich rührte sich der goldene Hund nicht. Sein Gesicht war zu einem permanenten Ausdruck der Entschlossenheit, vermengt mit einer Spur des Zorns, erstarrt.

»Sieh mich nicht so an«, sagte Tony, als er sich in Bewegung setzte. »Du kannst mir nicht die Schuld geben. In deiner Welt passiert so was vermutlich dauernd ... und außerdem warst du schon ein Hund, als ich dich zum ersten Mal getroffen habe.«

Sie erreichten den Wunschbrunnen. Der Dorftrottel starrte in die Tiefe.

»Na, die Hoffnung noch nicht aufgegeben?«, fragte Tony.

»Aber nein«, sagte der Trottel. »Ihr Hund erinnert mich wirklich an jemanden, wissen Sie.«

Tony verkniff sich eine Antwort und ging weiter.

Der Vollmond überflutete den ganzen Ort mit seinem silbrigen Schein. Irgendwie erschien ihm die ganze Umgebung wie verzaubert.

In New York hatte er nie einen solchen Ausblick genießen können. Die kalte Luft verschaffte ihm einen klaren Kopf, und er entspannte sich langsam. All diese Abenteuer hatten sowohl seinen Magen als auch seine Glieder verkrampft. Er war erleichtert, nun ein wenig Zeit für sich selbst zu haben, ehe er zu Virginia und Wolf zurückkehren würde.

Tony erreichte die Ortsgrenze und wollte gerade umkehren, als sein Blick auf ein altes Holzschild fiel.

PEEP FARM
BETRETEN VERBOTEN!
FREI LAUFENDE HUNDE!

Er warf einen Blick über den Zaun. Jenseits des Feldes erhob sich ein wenig Vertrauen erweckendes Bauernhaus. Es sah furchtbar ungepflegt und abweisend aus, ganz anders als die anderen hübschen Gebäude in dieser Gegend.

Tony dachte angestrengt über diese Unstimmigkeit nach, die er sich nicht erklären konnte, insbesondere, da die Peeps so köstliche Naturalien erzeugten.

Noch sonderbarer jedoch war die Prozession der Peeps, die sich gerade vom Haus Richtung Scheune bewegte. Alle Teilnehmer trugen Laternen, doch sie achteten sorgsam darauf, deren Licht gegen die Straße abzuschirmen.

»Warte hier.« Tony tätschelte Wendells Kopf und kletterte über den Zaun. Dann schlich er vorsichtig über das Feld zum Gehöft der Peeps.

Die Scheune war nachlässig erbaut worden, und zwischen den Wandbrettern klafften große Ritzen. Durch eine von ihnen lugte Tony nun in das Innere des Schobers.

Drinnen war es taghell. Alle erwachsenen Peeps hatten sich dort eingefunden, und alle hatten Körbe mit den Erzeugnissen ihrer Felder und Gärten dabei. Nur hatten diese Dinge nicht die geringste Ähnlichkeit mit dem, was Tony in der Baa-Bar genossen hatte.

Dieses Zeug erschien ihm genauso erbärmlich wie das, was die Leute in Manhattan in ihren Blumenkästen heranzogen – bedauernswert dürre Karotten, winzige, verschrumpelte Kartoffeln und wurmzerfressene, matschige Tomaten.

Tonys Magen revoltierte. Sein Blick wanderte durch die Scheune und er fand, dass dies wohl der seltsamste Ort war, den er bisher auf dieser Reise zu sehen bekommen hatte. Überall lagen Schutt, Steine und Geröll herum, als hätte hier eine große Ausgrabung stattgefunden. Hölzerne Stützen verhinderten leidlich, dass die aufgehäuften Erdwälle zusammenbrachen.

Einer der älteren Peeps – Wilfred, wie Tony sich erinnerte – sah sich nun unter den versammelten Familienmitgliedern um. Tony, der nicht sicher war, ob sie ihn durch den Spalt womöglich entdecken konnten, wich ein wenig zurück.

»Wo ist unser Geburtstagsmädchen?«, fragte Wilfred.

Sally Peep trat vor, im Arm ein schmutziges, mageres Schaf. Sie sah nervös aus.

»Was glaubst du, warum alles, was die Peeps erzeugen, so wunderbar schmeckt, Sally-Schäferin?«, fragte Wilfred.

»Ich weiß nicht recht«, sagte Sally. »Früher hat es im Dorf einen magischen Brunnen gegeben, aber der ist ausgetrocknet. Jeder weiß das.«

»Ist das so?« Wilfred grinste, ebenso wie die anderen erwachsenen Peeps. »Nun, da du jetzt achtzehn Jahre alt bist, werde ich dich in unser Familiengeheimnis einweihen.«

Tony beugte sich vor. Sein Herz klopfte heftig, und er hegte den Verdacht, dass er in fürchterliche Schwierigkeiten geraten würde, sollten ihn die Peeps hier erwischen. Trotzdem konnte er nicht anders. Was auch immer dort vorging, es musste von großer Bedeutung sein.

Wilfred Peep nickte und einige junge Männer fegten das Stroh vom Boden. Darunter kam eine hölzerne Bodenluke zum Vorschein.

»Der Grund, warum der Dorfbrunnen kein magisches Wasser mehr führt, ist, dass mein Bruder und ich den Lauf der Quelle vor vierzig Jahren umgeleitet haben«, sagte Wilfred, wobei sein Grinsen immer breiter wurde. »Den Peeps gehört nun all die Magie.«

Wilfred bückte sich und öffnete die Luke, unter der sich ein Loch im Boden auftat. Lichter flogen zur Decke auf wie bunte Glühwürmchen, und es wurde heller in der Scheune.

Fasziniert legte Tony eine Hand an die Scheunenwand.

»Sehen wir uns jetzt dein Schaf an«, sagte Wilfred. »Ein hässlicher Haufen Scheiße, nicht wahr? Mit dem wirst du bestimmt nicht zur Schafkönigin gewählt werden.«

Die anderen Peeps lachten, als Wilfred das Schaf am Nacken packte. Ein anderes Familienmitglied, das er vom Dartspielen kannte – Filbert? –, griff nach der Winde und zog einen Kübel herauf, der an einem Seilzugsystem befestigt war.

Das Schaf zappelte. Wilfred hielt es noch fester. »Helft mir, es in den Eimer zu setzen.«

Drei Männer waren nötig, um das zappelnde Tier in den Kübel zu bugsieren. Dann ließ Filbert das arme, blökende Tier langsam hinunter in die Finsternis des Schachtes gleiten.

Endlich hörte Tony ein Plätschern.

Da erklang eine hallende Stimme aus der Tiefe des Brunnens. »Was wäschst du in meinem magischen Wasser?«

Wilfred beugte sich vor. »Erfülle dieses Schaf mit deiner Güte und deinem Leben, oh magischer Wunschbrunnen.«

Aus dem Schacht erklang ein Brausen – für Tony hörte es sich an wie eine Flutwelle in einem ernst zu nehmenden Sturm – und Lichter flogen durch die Scheune. Schließlich kurbelte Wilfred den Eimer wieder herauf.

Tony keuchte. Glücklicherweise taten das auch alle anderen Anwesenden. Ein prachtvolles Lamm mit goldfarbenem Fell sprang aus dem Kübel und direkt in Sally Peeps Arme.

Sie kicherte verzückt. »Das ist unglaublich, Wilf.«

Wilfred sah das Mädchen eindringlich an, und Tony fühlte, wie sein eigenes Lächeln erstarrte. Wilfred sah furchtbar beängstigend aus. *Wer hätte gedacht, was alles in dem alten Jungen steckt?*

»Du wirst niemals irgendjemandem etwas davon erzählen«, sagte Wilfred, »oder ich schneide dir die Kehle durch, ob du nun meine Enkelin bist oder nicht.«

Okay. Tony hatte genug. Lautlos wich er von der Scheunenwand zurück und rannte über das Feld. Er konnte es so oder so nicht verantworten, Prinz Wendell noch länger alleine zu lassen. Erleichtert sprang er über den Zaun, tätschelte den Kopf des Prinzen und hetzte zurück ins Dorf.

Wenn Wilfred Peep sogar seine eigene Enkelin töten würde, um das Geheimnis zu bewahren, hat er bestimmt erst recht keine Bedenken, Fremde zu exekutieren.

Virginia war drauf und dran, sich die verbliebenen Haare zu raufen.

Wolf verhielt sich ganz und gar nicht normal. Er handelte wider jegliche Vernunft, und sie wusste nicht, was sie mit ihm anfangen sollte. Sie war kaum im Stande, ihn davon abzuhalten, die Scheune zu verlassen.

Sie stand vor der Tür. Wolf taumelte durch die Scheune wie ein Betrunkener, aber sie wusste, dass er nicht viel getrunken hatte. *Ich frage mich, ob ich mich an meinen speziellen Tagen des Monats auch so verrückt aufführe?*

»Hast du eine Ahnung, was du mir antust?«, fragte Wolf. »Du wirst nie von irgendjemandem so sehr geliebt werden wie von mir. Ich bin dein Partner für das ganze Leben.«

»Wolf«, sagte Virginia ruhig, »du weißt nicht, was du redest. Ich sehe doch, wie du dich veränderst.«

»Ach, tust du das?«, fragte Wolf. »Du weißt wohl alles. Du bist die kleine Miss Allwissend, die die Hand hebt und jede Frage beantworten kann und trotzdem keine Ahnung hat. Du gibst vor zu leben, Virginia, aber du tust alles Mögliche, nur nicht wirklich leben. Du treibst mich zum Wahnsinn.«

Er streckte die Hand aus. Sie schob sie fort.

»Hör auf, an mir rumzumäkeln«, sagte Virginia. »Das gefällt mir nicht. Geh jetzt schlafen.«

Er erstarrte, und ein verschlagener Ausdruck, den sie nie zuvor erblickt hatte, huschte über sein Gesicht.

»Oder was?«, fragte er lauernd. »Wirst du schreien? Das machen doch die meisten Leute, wenn sie einen Wolf sehen. Schreien, schreien und noch mal schreien.«

Zum ersten Mal, seit sie durch den Spiegel gegangen waren, hatte sie wirklich Angst vor ihm. Seine Augen leuchteten grün auf, und sein Haar schien drahtiger als sonst zu sein. Und da war etwas Unmenschliches an ihm ...

Virginia griff nach dem nächstbesten Gegenstand in ihrer Reichweite – eine Mistgabel – und hielt sie wie eine Waffe vor ihren Körper.

Wolf riss sie ihr aus den Händen. »Was hattest du vor? Wolltest du mir das Ding in den Leib rammen? Das tun die Leute mit Wölfen. Erstechen, erdolchen und ausräuchern.«

Er zog sie mit unerbittlichem Griff zu sich. Seine Augen waren glasig.

»Sie haben meine Eltern verbrannt«, sagte er. Virginia war entsetzt. »Die guten Leute. Die netten Bauern. Sie haben ein großes Feuer aufgeschichtet und beide bei lebendigem Leibe verbrannt.«

Er knurrte, und Virginia war überzeugt, er hätte sie gebissen, wäre nicht in diesem Augenblick die Scheunentür aufgesprungen und ihr Vater hereinmarschiert.

»Hey«, rief Tony, »ihr werdet nicht glauben, was ich gerade gesehen habe.«

Wolf erstarrte, und in seine Augen trat neues Leben. Virginia streckte die Hand nach ihm aus.

»Ich weiß jetzt, warum die Peeps so erfolgreich sind ...«

In diesem Moment stieß Wolf Virginia von sich, schob sich an Tony vorbei und hetzte aus der Scheune.

Vater und Tochter starrten ihm wie vom Donner gerührt nach.

»Sieht aus, als ginge es ihm besser«, sagte Tony schließlich.

Kapitel 29

Wolf rannte, bis er die Dorfgrenze erreicht hatte. Dort blieb er schwer atmend an einem Zaun stehen. Er hatte keine Ahnung, was er mit Virginia hatte anstellen wollen, bevor Tony sie überraschte. Er wusste nur, dass es nichts Gutes gewesen sein konnte.

In ein mürrisches Selbstgespräch vertieft, raufte er sich die Haare. »Schöne Scheiße, verdammt noch mal, jetzt hasst sie dich, jetzt verabscheut sie dich, und du hast es nicht besser verdient, du Unmensch. Scheusal. Du widerliche Bestie.«

Er brauchte eine Weile, bis er sich wieder im Griff hatte. Dann fiel sein Blick auf eine Pferdetränke in der Nähe des Zaunes. Sie war mit Wasser gefüllt, und er konnte sich in der Wasseroberfläche sehen, sich und den Vollmond am Himmel.

Der böse Mond. Er machte mich zu dem, was ich jetzt bin. Ich erkenne mich selbst nicht mehr.

Da lächelte der Mond. »Hallo, Wolf«, sagte er mit der Stimme der Königin.

Wolf erschrak, und er musste sich an dem hölzernen Zaun abstützen.

»Mein Spiegel will mir deine Gefährten immer noch nicht zeigen«, sagte die Königin. »Wer sind sie also?«

»Das werde ich Euch nicht sagen.«

»Worin liegt ihre Macht?«, fragte die Königin. »Warum tarnen sie sich?«

»Ich werde Euch nichts über sie erzählen.«

»*Sie*?«, fragte die Königin lächelnd. »Meinst du eine ›Sie‹? Wie ist sie denn so? Ist sie schmackhaft?«

»Ihr seid böse«, sagte Wolf. »Lasst mich in Ruhe.«

»Sieh dir den Mond an, und dann sag mir, was du wirklich

mit ihr machen willst. Lass deiner Wildheit freien Lauf. Diene mir, und lass den Wolf frei.«

Lass den Wolf frei. Er blickte gen Himmel. *Der Vollmond ist so schön, verlockend und wohltuend ... Lass den Wolf frei.*

Er wollte die Augen schließen, doch er konnte es nicht.

›Lass den Wolf frei‹, hat sie gesagt.

Und das tat er.

Das Heu kratzte an ihrem Gesicht. Virginia schob es schlaftrunken beiseite.

Aus der Ferne hörte sie Schritte und ein seltsames Blöken, aber sie wollte nicht darüber nachdenken.

Dann war da plötzlich ein muffiger Geruch und die Stimme ihres Vaters ganz in der Nähe. »Na«, sagte er, »was hältst du davon?«

Virginia schlug die Augen auf. Wenige Zentimeter vor ihrer Nase starrte sie das Gesicht eines Schafes an. Sie schrie und stieß es von sich.

Ihr Vater besänftigte sie. Er hatte das Schaf mit einer Kordel festgebunden, an der er es nun von Virginia fortzerrte und ein Messer aus der Tasche zog. »Ich habe drei Stunden gebraucht, bis ich endlich eines gefangen hatte. Es dauert bestimmt eine Weile, bis ich die Markierung entfernt habe.«

Virginia setzte sich auf und rieb sich den Schlaf aus den Augen. »Wovon redest du? Warum hast du ein Schaf gestohlen?«

Ihr Vater scherte das rote ›P‹ aus der Wolle des Schafes. »Für den Wettbewerb natürlich. Du erinnerst dich an den Schönheitswettbewerb ›Schaf und Schäferin‹? Wie sonst sollen wir den Spiegel an uns bringen?«

Virginia wünschte, sie wäre nicht aufgewacht. »Ich bin keine Schäferin. Ich bin Kellnerin. Ich weiß überhaupt nichts über Schafe.«

»Das musst du auch nicht. Das ist ja das Gute an meinem Plan.« Ihr Vater beendete die Schur. Der Gestank in der Scheune war noch schlimmer geworden.

»Das Schaf stinkt«, sagte Virginia. »Das wird bestimmt nicht gewinnen. Es sieht aus, als würde es jeden Moment verrecken.«

»Das wird es nicht mehr, wenn es erst im magischen Wunschbrunnen gebadet hat«, sagte ihr Vater. »Jetzt kümmere dich um dein Kostüm, während ich das Schaf ... vorbereiten gehe.«

»Mein Kostüm?«

Ihr Vater deutete auf drei große Bahnen weißen Stoffes, die in einer Ecke der Scheune lagen. »Sieh dir das an und sag mir, ob irgendjemand darin eine Gardine erkennen würde? Also beeil dich. Zieh dich um.«

Virginia stand auf und klopfte sich das Stroh vom Leib, während sie den Stoff betrachtete. *Sehr schön ist er nicht gerade, und ich könnte bestimmt erraten, dass das Zeug einmal ein Vorhang gewesen ist.*

Sie zog an einer der Bahnen – und wich erschrocken zurück, als sie Wolf erblickte, der hinter dem Stoff in der Ecke kauerte.

»Hallo«, sagte Wolf.

»W-wie geht es dir?«, fragte Virginia. Sie hatte sich die ganze Nacht um ihn gesorgt.

Er sah sie sonderbar an. Nicht ganz so wirr wie in der Nacht zuvor, aber nun waren seine Hände zerkratzt und sein Haar zerzaust.

»Nicht so gut«, sagte Wolf. »Ich bin zur Zeit ein bisschen benommen.«

Er erhob sich und taumelte auf sie zu. Er sah verzweifelt aus.

»Ich muss bekämpfen, was ich bin. Ich kann mich nicht erinnern, was ich getan habe. Besser, du fesselst mich, damit ich nicht noch einmal entkommen kann.«

»Was meinst du mit Fesseln?«, fragte Virginia.

»Fessle mich!«, schrie Wolf sie an. »Sorge dafür, dass ich nicht flüchten kann! Welchen Teil davon verstehst du nicht? Fessle mich, solange du noch kannst!«

»Schon gut, schon gut.« Virginia brauchte keine weitere Aufforderung. Wie es schien, war das für sie alle die beste Lösung.

Sie fand ein Seil auf dem Scheunenboden und forderte Wolf auf, sich an den soliden hölzernen Pfosten gleich neben dem Wassertrog zu lehnen. Dann fesselte sie seine Hände hinter dem Rücken.

»Fester«, befahl Wolf. »Wenn ich mich nur ein bisschen anstrenge, kann ich mich befreien.«

Virginia zog das Seil fester.

»Fester.«

Sie zog noch stärker.

Plötzlich lächelte Wolf sie an. »Was ist das Schlimmste, was du je in deinem Leben getan hast?« Sein Ton war ungewohnt kalt.

Hastig verknotete Virginia die Enden des Seils.

»Fester, oder ich werde dich fressen.« Er lächelte immer noch, und sein Lächeln fiel nicht besonders freundlich aus.

Virginia zurrte das Seil so stramm an, wie sie nur konnte. Wolf beobachtete jede ihrer Bewegungen.

Als sie endlich fertig war, stellte sie fest, dass sie im Stillen betete, die Fesseln würden ihn aufhalten können.

Tony achtete darauf, sich nur auf den kleinen Nebenstraßen aufzuhalten, um das Schaf zurück zum Hof der Peeps zu bringen.

Die Peeps waren bereits unterwegs zum Wettbewerb – er hatte sie mit ihrem magisch aufgepeppten Gemüse und Sallys unglaublich goldenem Schaf vorbeispazieren sehen.

Doch sie haben mich nicht gesehen, und das allein zählt.

Seiner Meinung nach erreichte er das Anwesen in Rekordzeit. Die Tür der Scheune war verriegelt, also griff er zu einem Spaten und brach sie auf. Das Schaf verdrehte furchtsam blökend die Augen.

Rasch schob er das Tier hinein und folgte ihm. Auf der Luke lag wieder Stroh, und er fegte es zur Seite, ergriff den Ring und riss die Klappe auf.

Die Glühwürmchen stiegen aus dem Brunnen auf. Aus der Nähe sahen sie aus wie winzige Sterne.

»Zeit, den Quell des Glücks anzuzapfen«, murmelte Tony, als er das verängstigte Schaf in den Kübel setzte.

Dann ließ er das Tier in den dunklen Brunnen hinab und lächelte, als er das vertraute Plätschern vernahm.

Virginia hatte keine Ahnung, wo ihr Vater war.

Sie fühlte sich in der Schäferinnen-Verkleidung, angefangen bei dem weißen Rock über das gesmokte Mieder bis zu der weißen Haube und dem Schäferstock, alles andere als wohl.

Auf dem Festgelände hatte sich eine große Menschenmenge versammelt, doch es gab nur zwei weitere Anwärterinnen: Sally Peep, die ein goldenes Lamm in Händen hielt, und Mary Ramley mit einem ganz gewöhnlichen Schaf.

Die Menschen schwatzten und lachten, und der Lärm drang durch den ganzen Ort. Einige bestaunten das phänomenale Gemüse der Peeps. Andere machten Virginia schöne Augen.

Der Richter kletterte auf ein Podest und rief die Menge mit einem Schlag seines Richterhammers zur Ruhe. »Aufgrund des entsetzlichen Hühnermassakers an diesem Morgen müssen wir den Schönheitswettbewerb ›Schäferin und Schaf‹ schnell über die Bühne bringen.«

Hühnermassaker? Virginia bemühte sich, sich ihren Schrecken nicht anmerken zu lassen. *Wolf hat Kratzer an beiden Händen gehabt.* Wieder ließ sie ihren Blick über die Menge wandern. *Dad ist noch nicht da, und der Wettbewerb beginnt bereits. Was soll ich bloß tun?*

»Wir haben diesmal drei Kandidatinnen«, sagte der Richter. »Ja, liebe Güte, aber je mehr, desto besser, nicht wahr?« Er wirkte weitaus frohsinniger als in der Nacht zuvor.

Der Blick des Richters blieb an Virginia hängen. »Wo ist Ihr Schaf, Miss?«

»Unterwegs«, sagte Virginia.

»Sie hat keins«, sagte Sally Peep.

»Habe ich doch«, widersprach Virginia. »Es ist in der Scheune.«

»Nun, dann holen Sie es, Mädchen«, sagte der Richter. »Und rasch, sonst muss ich Sie disqualifizieren. Dies ist ein Wettbewerb für Schäferinnen *und* Schafe.«

Während sie im Stillen ihren Vater verwünschte, verließ Virginia die Bühne. Sie wusste nicht, wie sie das nun wieder in Ordnung bringen sollte. Als sie zur Scheune hastete, hörte sie, wie der Richter fortfuhr.

»Nun gut«, sagte er. »Zu Beginn unseres Wettbewerbs bitte

ich alle Teilnehmerinnen gemäß der uralten Traditionen, uns ihre bevorzugte Schäferweise vorzutragen. Junge Mary Ramley, willst du den Anfang machen?«

Gedämpft intonierte eine unsichere Mädchenstimme eine Version von »Baa-Baa Black Sheep«.

Virginia fluchte, als sie die Scheune betrat, in der sie ihren Vater vorfand, der ebenfalls gerade angekommen war.

Er hielt ein rosafarbenes Lamm auf dem Arm.

»Was zur Hölle ist das?«, fragte Virginia.

»Das Spiegelgewinner-Lamm. Das ist es«, sagte ihr Vater.

Ich kann nur hoffen, dass er Recht hat, dachte Virginia und entriss ihm das Lamm. Plötzlich wurde ihr klar, dass sie vor einem neuen Problem stand. »Welche Schäferlieder kennst du, Dad?«

»›Baa-Baa Black Sheep‹?«, schlug ihr Vater vor.

»Das singt schon die andere.«

»Was ist mit ›Mary Had a Little Lamb‹?«

»Und wie geht die Melodie?«, rief Virginia verzweifelt. »Ich kenne die Melodie nicht.«

»Ich auch nicht«, sagte ihr Vater. »Denk dir was aus. Sing es doch einfach zu einer anderen Melodie.«

»Zu welcher zum Beispiel?«

»›Sailing‹«, sagte ihr Vater. »Der Song von Rod Stewart. Zu der Melodie kannst du alles singen.«

Virginia schloss die Augen und schüttelte den Kopf. »Das kann nicht gut gehen. Ich werde bestimmt nicht gewinnen.«

»Virginia, sieh mich an«, sagte ihr Vater.

Sie öffnete die Augen. Er sah aus wie der Vater aus ihren Kindertagen, der Mann, von dem sie als kleines Mädchen geglaubt hatte, er könnte das ganze Universum erobern.

»Wenn du jemals wieder nach Hause willst«, sagte er mit beschwörender Stimme, »dann tu alles dafür, diesen Wettbewerb zu gewinnen.«

Virginia nickte. Sie nahm sich ein paar Sekunden Zeit, um ihr Kostüm zu richten, ehe sie mit dem Lamm zurück zum Festplatz eilte. Als sie eintraf, beendete Sally Peep gerade ihren Beitrag, ein unschuldiges Schäferliedchen, das sie in einen Sirenengesang verwandelt hatte.

Als Virginia auf die Bühne kletterte, zog die junge Schäferin einen Schmollmund, beugte sich provokativ vor und winkte der Menge lächelnd zu. Doch als sie Virginia sah, verblasste ihr Lächeln.

»Und nun: Kandidatin Nummer drei«, sagte der Richter.

Virginia trat vor, und die Männer begannen zu pfeifen. Sie hatte das Mieder ein Stück aufgerissen und ein bisschen tiefer gezogen, um ihr Dekolleté zu zeigen. Außerdem hatte sie ihren Rock gerafft, weil sie wusste, dass ihre Beine schöner als die ihrer Mitbewerberinnen waren.

Nur den Peeps schien der Anblick nicht zu gefallen. Sie alle hatten die gleiche ärgerliche Miene aufgesetzt.

Virginia atmete tief durch – und versuchte sich krampfhaft, an die Melodie von »Sailing« zu erinnern. Ihr Blick fiel auf den Spiegel, der neben den anderen Preisen aufgebaut war, und sie räusperte sich. Plötzlich war die Melodie wieder da. Sie sang:

»Mary had a …
little lamb and …
it was whi-ite, white as snow,
Everywhere-ere that,
Mary went that
little la-amb was sure to go …«

Allmählich begann die Menge, mitzugehen. Ihre Stimme wurde kräftiger, je länger sie sang, und sie wusste, sie hatte die Gunst der Zuschauer gewonnen. Ihr Vater hatte sich zu den Schaulustigen gesellt und sang ebenfalls mit.

Einige der Bauern hatten Streichhölzer entzündet, die sie nun wie die Besucher eines Billy-Joel-Konzerts in die Höhe hielten. Einmal verwechselte sie die Strophen mitten in der Zeile, aber niemand, nicht einmal ihr Vater, schien sich daran zu stören.

»We are lambing, we are lambing,
home again, and cross the fields.
We are lambing …

stormy pastures,
to be near you,
to be free …«

Nachdem sie die letzte Silbe hinausgeschmettert hatte, kehrte Stille ein. Dann begann die Menschenmenge frenetisch zu applaudieren.

Virginia errötete leicht. Lächelnd ergriff sie mit den Fingerspitzen den Saum ihres wirklich sehr kurzen Rockes und vollführte einen anmutigen Knicks.

In diesem Moment sah sie, dass die Mitglieder der Peep-Familie sie anstarrten, als hätte sie soeben ein Schaf ermordet.

Neben dem Pfosten hatte sich Wolf ins Stroh fallen lassen, nicht gewillt, sich von der Stelle zu rühren.

Er schwitzte. *Ich muss mich beherrschen. Muss! Muss!* Der Gedächtnisverlust, die vergangene Nacht betreffend, jagte ihm Angst ein. Aber die Art, wie er Virginia angeschrien hatte, erschreckte ihn noch viel mehr.

Er starb beinahe vor Hunger und Durst und …

Da war ein Trog, ganz in seiner Nähe. *Etwas zu trinken wäre gut. Diese Bücher, die ich gelesen habe, behaupten, dass Wasser den Appetit zügeln kann.*

Er rollte sich auf die Knie und robbte zu dem Trog. Das Wasser schimmerte, und plötzlich erschien die Königin auf der Oberfläche.

»Wolf«, sagte sie. »Du erzürnst mich. Gehorche!«

Schlimmer kann der Tag wirklich nicht werden. Voller Grauen starrte er in das schimmernde Gesicht. »Nein.«

»Die Zeit verrinnt«, sagte die Königin. »Töte das Mädchen und bring mir den Hund. Tu es!«

Es kostete ihn unendliche Mühe, sich von dem Trog loszureißen und auf den Boden zurückfallen zu lassen.

Schwer atmend blieb Wolf einen Augenblick liegen, bis er fühlte, dass er sich veränderte. Er wehrte sich dagegen, wehrte sich, so sehr er nur konnte, aber er konnte die Metamorphose nicht mehr aufhalten.

Sein Körper zuckte und veränderte sich. Sein Kopf verformte sich grässlich, bis er wie der eines riesigen Wolfes aussah. Und obwohl sein Geist sich noch dagegen stemmte, schnappten seine messerscharfen Reißzähne schon nach den Fesseln.

Ehe er sich versah, rannte er aus der Scheune hinaus in die segensreiche Freiheit.

Nun endlich bin ich ein echter Wolf!

Kapitel 30

Der Richter ging in die Knie und untersuchte die Gebisse der Schafe.

Zum ersten Mal war Tony froh, dass er diesen Job nicht ausüben musste. Virginia stand voller Unbehagen neben Sally Peep, die sie ununterbrochen mit hasserfüllten Blicken bedachte.

Tony jedoch machte sich weniger Sorgen um Sally als um den Rest der Peep-Familie. Sie deuteten immer wieder auf Virginias Lamm und debattierten aufgebracht miteinander.

Endlich erhob sich der Richter. »Drei schöne Mädchen und drei schöne Lämmer. Dies ist die schwerste Entscheidung, die ich anlässlich eines solchen Wettbewerbs je habe treffen müssen.« Er betrachtete die Kandidatinnen. »Ich gebe Mary und ihrem Schaf acht von zehn möglichen Punkten und damit einen wohlverdienten dritten Platz.«

Es folgte ein höflicher Applaus, und Mary sah aus, als würde sie jeden Augenblick in Tränen ausbrechen. Tony musste den Blick von dem armen Ding abwenden. *Sie hat ja keine Ahnung, dass der ganze Wettbewerb manipuliert wurde.*

Der Richter legte seine Hand zuerst auf Sallys goldenes Lamm, dann auf Virginias rosafarbenes Tier. »Diese beiden Lämmer sind so schön«, sagte er. »Wie soll ich mich zwischen ihnen entscheiden? Ich muss Sally Peep zehn von zehn Punkten geben.«

Tony fluchte. *Nun werden wir eine andere Möglichkeit finden müssen, den Spiegel an uns zu bringen.*

Die Peep-Familie jubelte und feierte und beglückwünschte sich zu ihrem Sieg.

Der Richter wartete geduldig, bis der Krawall vorüber war, ehe er sagte: »Aber ich muss auch Virginia Lewis zehn von zehn Punkten geben.«

»Ein Unentschieden?«, rief Wilfred empört. »Aber das geht nicht. Eine muss gewinnen.«

Gebrüll und allerlei Diskussionen wurden in der Menge laut. Einige Leute liefen herum und brüllten die Neuigkeiten für diejenigen hinaus, die noch nicht davon gehört hatten. Tony beobachtete die Vorgänge staunend. Offensichtlich hatte seit Jahren niemand die Peeps schlagen können.

»Ich muss gewinnen«, sagte Sally Peep. »Peeps gewinnen immer.«

»Wie wäre es, wenn du die Trophäe bekommst, und ich behalte den Spiegel?«

»Nein, beides gehört mir!«, Sally hüpfte buchstäblich auf und nieder vor Zorn. »Das ist nicht fair.«

Das ganze Dorf lieferte sich einen verbalen Schlagabtausch. Tony hielt sich abseits und hörte zu, wie die Peeps den Richter und Virginia mit lautem Wutgeheul beschimpften.

Virginia starrte den Spiegel an.

Der Richter schlug mit dem Hammer auf seinen Tisch.

Sogleich verstummte das Geschrei, und jedermann konzentrierte seine Aufmerksamkeit auf ihn.

»Dies ist ein Schäferinnen-Wettbewerb. Wir werden einen Hindernisparcours aufbauen, und diejenige, die ihr Schaf am schnellsten in den Pferch führt, ist die Gewinnerin. Als Hilfsmittel sind nur Schäferhunde und Befehle zugelassen. Klingt das fair?«

»Nein!«, sagte Virginia. »Ich habe keinen Schäferhund.«

»Schätze, dann werde ich wohl gewinnen, was?«, sagte Sally hämisch.

Die Peep-Familie lachte höhnisch. Ein kleines Peep-Mädchen trat Virginia gegen das Schienbein. Verdutzt starrte sie das Kind an. Es knurrte. Tony war entsetzt.

Doch die Dorfbewohner schienen sich nicht für den mangelnden Sportsgeist der Peeps zu interessieren. Stattdessen machten sich einige der Männer bereits daran, den Parcours vorzubereiten.

Tony ballte die Hände zu Fäusten und ging ruhelos auf und ab. *Ich muss etwas tun. Aber was? Noch am Morgen war mir meine Idee so bombensicher erschienen.* »Verdammt! Woher in Gottes Namen sollen wir so schnell einen Schäferhund bekommen.«

»Entschuldigung.« Der Dorftrottel hatte sich an ihn herangeschlichen und zupfte nun an seinem Ärmel.

»Nicht jetzt«, schnappte Tony. »Ich muss mir schnell etwas überlegen.«

»Aber Sie haben doch einen Hund«, sagte der Trottel.

Dieser Bursche hat seinen Namen nicht umsonst erhalten …

»Für den Fall, dass Sie es übersehen haben«, begann Tony, »dieser Hund ist …«

Er unterbrach sich. Eine seiner Hände lag auf Prinz Wendells Kopf. In weniger als dreißig Sekunden hatte er die Lösung.

Tony ergriff die Hand des Trottels und schüttelte sie. »Natürlich. Sie sind ein Genie«, sagte er und packte Prinz Wendells Seil. Dann rief er Virginia zu: »Halte sie hin. Ich bin gleich zurück.«

Schnell lief er die Straße hinunter. Glücklicherweise waren alle Peeps damit beschäftigt, sich auf die Fortsetzung des Wettbewerbs vorzubereiten. Tony schätzte, dass er vielleicht fünfzehn Minuten brauchen würde. Aber er hatte keine Ahnung, wie lange Sally Peeps Hindernislauf dauern würde.

Schon der Weg zur Farm schien sich endlos zu ziehen, umso länger die Zeitspanne, bis er Prinz Wendell in den Schuppen verfrachtet hatte. Die Räder an dem kleinen Wagen blieben wieder und wieder stecken. Schließlich nahm Tony Wendell auf die Arme und trug ihn hinein.

Der starre Wendell ließ sich eindeutig leichter in den Kübel setzen als das Schaf. Doch als er ihn herabließ, riss das Gewicht des Goldes an dem Seil, und die Kurbel brach. Der Kübel sauste ungebremst in die Tiefe und schlug mit einem gigantischen Plumps auf der Wasseroberfläche auf.

Tony beugte sich über den Rand. In der Dunkelheit konnte er nichts erkennen. Nicht einmal die kleinen leuchtenden Glühwürmchen waren zu sehen. *Was soll ich bloß tun, wenn die Peeps zurückkommen und ein goldener Hund in ihrem Brunnen liegt?*

Er wollte nicht wieder versagen. Nicht dieses Mal.

»Wunschbrunnen«, sagte er, darum bemüht, nicht gar zu verzweifelt zu klingen. »O magischer Wunschbrunnen, nutze deine heilenden – äh, was auch immer – Wasser, um dem armen Hund, der in dem goldenen Leib gefangen ist, das Leben zurückzugeben.«

»Du hattest doch gerade erst einen Wunsch.« Die hallende Stimme des Brunnens klang entsetzlich missbilligend.

»Ich weiß, ich weiß«, sagte Tony. »Aber dieser ist wirklich sehr wichtig.«

»So, so, also schön«, sagte der Brunnen. »Aber du musst schwören, dass dies dein letzter Wunsch für heute ist.«

»Ja, ja, ich schwöre es.«

Nun erklang ein Ächzen, gefolgt von leisem Blubbern. Nur wenige Sterne stiegen auf, und die leuchteten fahl. Tony faltete die Hände. Nach einigen Augenblicken kehrte wieder Ruhe ein.

Tony zog mit aller Kraft an dem Seil. Der Hund war schwer, und er wünschte, er wäre nicht allein. Außerdem fiel es ihm schwer, nicht an die verschiedenen Möglichkeiten zu denken, wie diese Sache wieder fehlschlagen konnte.

Endlich kam der Kübel in Sicht, und sein Herz sackte ihm buchstäblich in die Hose. Prinz Wendell war noch immer eine goldene Statue.

»Ich glaube es nicht«, stöhnte Tony.

Da zitterte die Statue ein wenig, und in dem Gold zeigten sich feine Risse. Prinz Wendell schüttelte den Kopf wie ein nasser Hund, und Gold flog wie Wassertropfen durch die Luft.

»Es hat funktioniert!«, schrie Tony. »Es hat funktioniert.«

Prinz Wendell sprang aus dem Kübel auf den Boden. Er schüttelte sich noch einmal, um auch das letzte Gold loszuwerden. Dann drehte er sich um und starrte Tony leicht benommen an.

»Hey, Prinz, mein Junge, schön, dass du wieder da bist«, sagte Tony. »Wie fühlt man sich, wenn man in die reale Welt zurückgekehrt ist?«

Prinz Wendell machte einen Satz und biss Tony so heftig in die Wade, dass dieser vor Schmerz laut aufschrie.

»Du Idiot«, rief Prinz Wendell. »Warum hast du mich in Gold verwandelt?«

»Es geschah in der Hitze des Gefechts«, sagte Tony, während er jammernd auf und ab hüpfte. »Ich habe versucht, dich vor diesen Trollen zu retten.« Er untersuchte die Haut an seiner Wade. Sie war perforiert und blutig.

»Du bist wirklich der inkompetenteste Diener, den ich je gehabt habe. Du bist total schwachsinnig.«

»Du musst mir helfen, Prinz.«

»Dir helfen?«, sagte Prinz Wendell. »Du machst wohl Witze.«

Nervös verfolgte Virginia die Aufbauarbeiten am Hindernisparcours.

Soeben wurde ein provisorischer Zeitmesser herbeigeschafft, der sie entfernt an ein Metronom erinnerte.

Schließlich sah sie zu, wie Sally Peep ihren Hund mit einigen Pfiffen und Kommandos anleitete, das Schaf in den Verschlag zu führen.

Der Richter hatte sich das hervorragend ausgedacht. Sally hatte die Strecke bei einem Zählerstand von fünfundachtzig hinter sich gebracht.

Virginia fragte sich, ob sie disqualifiziert würde, weil sie keinen Hund hatte. Ihr Vater war nirgends zu sehen. Ihn konnte sie nicht zu Rate ziehen.

Der Richter beobachtete sie. Virginia wollte ihn um ein paar Minuten Aufschub bitten, doch er wich ihrem Blick aus. Die Dorfbewohner hatten ihr Lamm zur anderen Seite des Ortes geführt, sodass sie es kaum mehr hatte sehen können.

»Die Zeit läuft«, sagte der Richter.

O nein, dachte Virginia. Das Lamm wandte ihr zu allem Überfluss die Kehrseite zu.

»Komm, Schäfchen«, lockte Virginia. »Komm, Schäfchen.«

Das Lamm rührte sich nicht von der Stelle, und Virginia hörte das Ticken der Uhr, während die Zeit voranschritt.

»Wir nähern uns der dreißig«, sagte der Richter.

Virginia pfiff und brüllte, aber das Lamm schien das nicht zu interessieren. Die Peeps fingen an zu kichern. Einige der Dorfbewohner gingen bereits nach Hause.

»Wir nähern uns der fünfzig«, sagte der Richter.

Da hörte sie ein Bellen. Virginia blickte sich um und sah Prinz, der in vollem Lauf auf ihr Lamm zurannte. Das Tier entdeckte den Hund ebenfalls und hetzte von ihm fort auf den Verschlag zu, so schnell seine kleinen Beine es tragen konnten.

»Wo kommt der Hund so plötzlich her?«, fragte Sally.

»Lauf, Prinz, lauf«, brüllte Virginia.

»Wir nähern uns der siebzig«, sagte der Richter.

Das Lamm versuchte, zur Seite auszubrechen, aber Prinz kam ihm zuvor und schubste und biss das Lamm erbarmungslos auf den Verschlag zu.

»Achtzig«, sagte der Richter.

Sie waren nahe dran.

»Einundachtzig.«

Prinz jagte das Lamm in den Verschlag.

»Zweiundachtzig.«

»Verschlag ist zu!«, rief Virginia erleichtert.

»Dreiundachtzig«, sagte der Richter. »Virginia gewinnt den Wettbewerb zur Schäferin des Jahres.«

Die Dorfbewohner jubelten und brüllten und winkten. Lautstark taten sie ihre Freude kund. Offenbar hatten sie sich schon lange gewünscht, die Peeps verlieren zu sehen.

»Nein, nein«, jammerte Sally. »Das ist nicht fair.«

Freudestrahlend eilte Virginia zu Prinz Wendell. Sie hatte bisher gar nicht gewusst, wie sehr sie ihn vermisst hatte. Sie zog ihn in ihre Arme, und er ließ sie gewähren. »Gut gemacht, Prinz.«

Sally Peep stürmte über die Bühne und rief einem ihrer älteren Familienmitglieder etwas zu, ehe sie wutschnaubend davonstürzte. Virginia barg ihr Gesicht in Prinz' Fell.

»Jetzt komm und hol dir deinen Preis, Mädchen«, sagte der Richter.

Der Spiegel. In ihrer Freude, Prinz Wendell zu sehen, hatte sie ihn beinahe vergessen. Zusammen mit Prinz stieg sie auf die Bühne, und ihr Vater gesellte sich zu ihnen.

Ihr Vater war auch derjenige, der eine Ansprache hielt. »Danke, danke«, sagte Tony. »Das war Teamarbeit. Allein hätte das keiner geschafft. Danke.«

Der Richter überreichte Virginia den Spiegel. Er war schwerer, als sie erwartet hatte, und sie konnte sich in dem Glas sehen. Sie fand, dass sie in dem Schäferinnenkostüm einfach lächerlich aussah, aber es kümmerte sie nicht.

Sie konnten endlich zurück nach Hause.

Tony vermochte seinen Stolz kaum zu zügeln.

Er brauchte all seine Selbstbeherrschung, um nicht gleich in der Menschenmenge durch den Spiegel zu springen.

Virginia führte ihn von dem Platz weg und zurück zur Scheune. Prinz Wendell folgte ihnen.

Tony riss die Tür auf und trat ein. »Wolf«, brüllte er. »Wir haben den Spiegel!«

Keine Antwort.

Tony sah sich in der Scheune um. Wolf war nicht hier.

»Er ist abgehauen«, sagte Virginia. Sie sah erstaunt und mehr als nur ein bisschen besorgt aus.

»Was soll's«, sagte Tony. »Bringen wir lieber den Spiegel in Position.«

Virginia stellte den Spiegel an einen Pfosten. Er reflektierte sie. Kein magisches Bild des Central Parks, kein gar nichts. Tonys Hände wurden feucht.

»Warum zeigt er uns nicht unsere Welt?«, fragte Tony.

»Weil er nicht aktiviert ist«, sagte Prinz Wendell. Jedes Wort, das er gesprochen hatte, seit er entgoldet worden war, troff, mit Ausnahme der Verwünschungen, mit denen er das arme Lamm bedacht hatte, vor Sarkasmus. »Vermutlich gibt es einen Geheimmechanismus.«

Tony fing an, den Rahmen zu untersuchen. Bald darauf schloss Virginia sich ihm an.

»Wie bist du denn durchgekommen?«, fragte Tony Prinz.

»Ich bin auf ihn gefallen«, sagte Prinz. »Der Mechanismus kann nicht schwer zu finden sein.«

Virginia drückte auf die Leiste, und plötzlich ertönte ein leises Klicken. Der Spiegel begann zu vibrieren, und er zischte wie eine alte Schwarzweißbildröhre. Tony kauerte sich vor ihm nieder und starrte auf das vernebelte Bild. Langsam wurde es klarer und farbiger.

»Das ist der Central Park«, sagte Virginia.

»Das ist Wolman Rink«, sagte Tony.

Immer deutlicher wurde das Bild, als Tony plötzlich furchtbare Schreie vernahm.

Wolf! Wolf!

Es war die Stimme einer Frau. Tony sah sich nach Virginia um. Sie sah erschrocken aus. Prinz Wendell lief bereits zur Tür. Tony und Virginia folgten ihm.

Als sie hinaustraten, rannte ein Bauer an ihnen vorbei in das Dorf. Er sah schrecklich wütend aus.

»Sally Peep wurde ermordet!«, brüllte er.

Ein Mob zorniger Peeps folgte ihm. Und sie schleppten jemanden mit sich.

»Wir haben ihn«, brüllte ein anderer Bauer. »Wir haben ihn.«

Es dauerte einen Moment, bis Tony sehen konnte, was vor sich ging.

Wolf war mitten im Gedränge. Er wurde getreten und geschlagen und gestoßen, während sie ihn auf den Dorfplatz zutrieben.

Wolfs Blick fand den Tonys, und seine Lippen formten Worte – vielleicht brüllte er auch, doch das vermochte Tony bei all dem Lärm nicht zu sagen – *Hilfe! Helft mir!*

»Wir haben ihn auf frischer Tat ertappt«, rief eine Frau. »Diese mörderische Bestie.«

Das Gedränge war zu groß, um sich einfach hindurchzuschieben. Virginia wollte es trotzdem versuchen, aber Tony hielt sie zurück.

Wolf wehrte sich verzweifelt und konnte sich doch nicht befreien.

»Verbrennt ihn«, brüllte der Mob. »Verbrennt den Wolf!«

Teil 3

Im Schlund des Drachens

Kapitel 31

Niedergeschlagen blieb Virginia vor der Zelle stehen. Sie hatte Wolf noch nie so deprimiert erlebt. Seine Hände baumelten zwischen den Knien, und er hielt den Kopf gesenkt. Noch immer umklammerte er mit der Rechten »Selbstvertrauen gewinnen. Die Angst vor der Angst verlieren«, aber offensichtlich war er außer Stande, sich dem Buch noch in irgendeiner Form zu widmen.

Virginia fragte sich, wie er sich überhaupt auf irgendetwas konzentrieren konnte, bei all dem Geschrei und dem Hämmern um ihn herum.

Verbrennt den Wolf! Verbrennt den Wolf!

Sie wusste nicht, wie sie ihm sagen sollte, was nun auf ihn zukam.

Der Gefängniswärter ließ sie in die Zelle hinein. Wolf sah auf, und als er sie erblickte, füllten sich seine Augen mit neuer Hoffnung. Er erhob sich.

»Virginia. Das ist alles nur ein schrecklicher Irrtum.«

»Hör zu, Wolf«, begann sie, doch er sprach einfach weiter.

»Wie geht es mit meinem Fall voran?«

Sie ging zum Fenster und blickte hinaus. Er trat neben sie. Die aufgebrachten Dorfbewohner hatten einen hölzernen Pfahl in den Boden gerammt. Nun schleppten sie Holz herbei, um einen Scheiterhaufen aufzuschichten.

Sie sah Wolf an. »Wir gehen nach Hause.«

Schon als sie die Zelle betreten hatte, war er ihr deprimiert vorgekommen, aber jetzt sah er noch viel schlimmer aus. »Huffpuff, das dürft ihr nicht.«

»Wir gehören nicht in diese Welt«, sagte Virginia. »Das hat alles nichts mit uns zu tun. In welche Schwierigkeiten du dich auch gebracht hast, es …«

Sein Körper bebte, als er sich von ihr abwandte.

Bestürzt rang sie um Fassung. *Ich will ihn nicht verletzen, aber ich habe keine andere Wahl. Ich gehöre nicht hierher, und Wolf ist bestimmt schon früher in eine derartige Lage geraten. Ganz bestimmt sogar – nicht ohne Grund hat er schließlich im Schneewittchen-Gedächtnis-Gefängnis gesessen.*

»Oh, bitte, nicht weinen«, sagte sie ebenso sanft wie hilflos.

Er antwortete nicht, sondern hielt den Blick weiter abgewandt.

Es gab nichts, was sie noch hätte tun können. Sie atmete tief durch und sagte: »Es tut mir Leid, aber du kannst mich nicht umstimmen, egal, was du sagst.«

Der Spiegel faszinierte ihn.

Er sah den Central Park in all seiner Pracht, falls man das so ausdrücken konnte. Wenn er genau hinsah, konnte er sogar eine zerknitterte Verpackung aus einer Imbissbude neben dem Weg erkennen.

»Schau, Prinz«, sagte Tony. »Da ist mein Zuhause.«

»Aber es ist nicht mein Zuhause, Tony«, entgegnete Prinz Wendell. »Und du solltest nicht einmal daran denken, nach Hause zu gehen, solange du noch mein Diener bist.«

Tony konzentrierte sich weiter auf den Spiegel. Neben der Verpackung lag eine Serviette mit der Aufschrift »Nathans«. Bei dem Gedanken an einen Hotdog lief ihm das Wasser im Mund zusammen. »Zum letzten Mal«, sagte Tony, »ich bin nicht dein Diener. Ich weiß wirklich nicht, warum ich dich wieder entgoldet habe. Ich hatte mich gerade an den Frieden und die Ruhe gewöhnt.«

»Frieden und Ruhe?«, fragte Prinz Wendell. »Für mich gab es weder Frieden noch Ruhe. Es war, als wäre ich lebendig begraben. Ich konnte nicht sprechen, ich konnte mich nicht bewegen, aber weißt du was? Ich konnte alles hören, jede dumme, geistlose Phrase, die du von dir gegeben hast.«

Tony erstarrte. Das war ihm nicht bewusst gewesen. »Alles?«

»Ja«, sagte Prinz. »Und offen gesagt bist du der langweiligste Mensch, der mir je begegnet ist.«

Die Scheunentür wurde geöffnet, und Virginia trat ein. Sie machte einen betrübten Eindruck. Tony gefiel das nicht, aber er wusste, dass sie Wolf lieb gewonnen hatte. Es musste schwer für sie sein, Abschied zu nehmen.

»Und? Hast du es ihm gesagt?«, fragte Tony.

»Ja«, sagte sie. Dann schloss sie die Augen. »Na ja, etwas in dieser Art.«

»In der Art von was?«

»In der Art, ihn vor Gericht zu vertreten«, gestand Virginia.

»Virginia!« *Gerade jetzt, wo ich den Geschmack eines Hotdogs auf meiner Zunge zu spüren meinte. Gerade jetzt, wo der Central Park in greifbarer Nähe liegt. Gerade jetzt muss meine Tochter beschließen, einen Killer zu verteidigen.*

»Ich glaube nicht, dass er irgendjemanden getötet hat.« Ihre Stimme klang verzagt.

»Du willst es nicht glauben«, sagte Tony. »Da draußen ist ein totes Mädchen. Das hättest ebenso gut du sein können. Er ist ein Wolf, und Wölfe tun so etwas nun einmal.«

»Das ist die erste intelligente Äußerung, die ich von dir höre«, sagte Prinz.

»Wir haben den Spiegel«, sagte Virginia. »Wir können ihn zu jeder beliebigen Zeit benutzen.«

»Und darum gehen wir jetzt!«, sagte Tony. *Ich muss sie einfach zur Vernunft bringen.* »Jetzt, sofort, bevor wir in riesige Schweine verwandelt oder von Kobolden zertreten werden, oder was auch immer uns in diesem Irrenhaus als Nächstes erwartet.«

Virginia verschränkte die Arme vor der Brust. »Ich werde ihn nicht im Stich lassen, Dad. Ich muss wenigstens versuchen, ihm zu helfen.«

Tony fluchte und schaltete den Spiegel aus. Der Central Park verschwand, und mit ihm der Traum von einer Rückkehr in die Freiheit. *Früher hat sich Virginia nie wie ihre Mutter benommen. Na ja, um fair zu bleiben, sie tut es auch jetzt nicht. Trotzdem hat sie mich eben an ihre Mutter erinnert ... Zumindest reagiere ich so, wie ich früher immer auf sie reagiert habe.*

Er blickte sich um. Sie waren allein in der Scheune. Also hob er den Spiegel hoch und legte ihn auf die Ladefläche eines alten

Leiterwagens, den Prinz Wendell kurz zuvor entdeckt hatte. Mit beiden Händen machte er sich daran, ihn mit Stroh zu bedecken.

Aber so sehr er sich auch bemühte, er konnte einfach den Mund nicht halten. »Du warst doch früher nie so halsstarrig. Das hat *er* dir bestimmt beigebracht.«

»Ja.« Virginia wirkte beinahe erheitert, als ihr Blick dem seinen begegnete. »Jemand musste es doch schließlich tun, nicht wahr?«

Der Ratssaal des Dorfes diente auch als Gerichtssaal.

Das stellte Virginia fest, während sie versuchte, so viel wie möglich darüber zu erfahren, was von ihr als Wolfs Rechtsberaterin erwartet wurde. Nun wartete sie vor der verschlossenen Tür des Gerichtssaales, in der einen Hand ihre Notizen, in der anderen ihre Perücke.

Sie strich die schwarze Robe glatt und stülpte sich die Lammfellperücke über den Kopf. Sie hatte solche Perücken in englischen Filmen gesehen, aber sie hatte bestimmt nicht damit gerechnet, jemals selbst eine zu tragen.

Ihr Vater bemerkte das Ungetüm erst mit einiger Verspätung. »Was trägst du da?«

»Ich hatte keine Wahl«, sagte sie. »Es wird verlangt.« Ihr Tonfall war harscher, als sie beabsichtigt hatte. Dies war das erste Mal, dass sie sich ihrem Vater widersetzte, und sie fühlte sich nicht besonders wohl dabei.

»Du weißt überhaupt nichts über die Gesetze hierzulande«, sagte Tony. »Oder sonst wo. Ich hätte ihn vertreten sollen.«

»Wer hat dich vor dem Bußgeld bewahrt?«, fragte Virginia. »Wer hat das Foto von der kaputten Parkuhr geschossen?«

»Das hier ist ein Mordfall«, sagte Tony.

»Gerechtigkeit ist allgemein gültig«, konterte sie.

In diesem Augenblick brachten zwei Wärter Wolf in Handschellen zu ihr. Er wirkte nicht mehr so deprimiert wie am Vortag – die Tatsache, dass sie geblieben war, um ihn zu verteidigen, hatte ihn wieder aufgerichtet –, aber er sah trotzdem schlimm aus. Sie wusste, dass er kein Auge zugetan hatte.

»Das ist nicht gut, meine sahnige Verteidigerin«, sagte Wolf. »Wir haben jetzt schon verloren. Die Geschworenen sind zweifellos voreingenommen.«

»So etwas will ich von dir nicht hören. Das ist negatives Denken.« Virginia wedelte mit dem Zeigefinger vor seiner Nase herum.

Dann öffnete sie die Tür zum Gerichtssaal. Von drinnen hörte sie, wie die Peeps zu neuerlichem Geschrei anhoben. *Verbrennt den Wolf!*

»Es ist immer möglich, Zweifel zu wecken. Alles, was du brauchst, ist...«

Sie brach ab. Sie hatte sagen wollen, er würde lediglich eine Horde einfältiger Schafe brauchen, und genau das war es, was sie nun sah. Zwölf Schafe hockten auf den Geschworenenbänken.

Der ganze Gerichtssaal roch nach nasser Wolle.

Virginia führte Wolf durch den voll besetzten Raum zum Tisch der Verteidigung. Überall saßen Peeps herum, und sie sahen alle gleich aus. Bei dem Anblick überlief Virginia eine Gänsehaut, und sie konnte sich nicht einmal annähernd vorstellen, wie es Wolf unter diesen Bedingen ergehen musste.

Der Gerichtsdiener rief: »Bitte erheben Sie sich für den ehrenwerten Richter.«

Alle erhoben sich. Ein Peep hinter Virginia zischte vernehmlich: »Verbrennt den Wolf.«

Der Richter trat ein, nahm die Menschenmenge in Augenschein und setzte sich. Alle anderen nahmen ebenfalls Platz.

Mit seinem Hammer rief er die Anwesenden zur Ruhe, ehe er sich vorbeugte und sagte: »Es macht mir wenig Freude, diesen Wolf für das entsetzliche Verbrechen, das er begangen hat, zum Tode zu verurteilen.«

Virginia war entsetzt. Sie sprang auf. »Einspruch, Euer Ehren. Wir haben noch keine Beweise gehört.«

»Oh, nun gut«, sagte der Richter. »Dann aber flott, bitte.«

Seine Worte versetzten sie in Erstaunen. Die ganze Angelegenheit versetzte sie in Erstaunen. Sie hatte sich die Sache mehr im Stil von *Perry Mason* vorgestellt. Nur, dass sie in diesem Fall

Perry darstellte, was bedeutete, sie musste eine Möglichkeit finden, einen Freispruch für Wolf zu erwirken.

Virginia ging zu den Geschworenen und versuchte, das Niesen zu unterdrücken, als der Geruch der nassen Wolle stärker wurde.

»Meine Damen und Herren Geschworenen, Mutterschafe, Lämmer und Böcke, bevor Sie heute diesen Gerichtssaal verlassen, werde ich nicht nur beweisen, dass mein Klient ohne jeden Zweifel unschuldig ist, sondern ich werde auch den wahren Mörder überführen.«

Das war ja schon mal kein schlechter Einstieg. Schwungvoll drehte sie sich zum Richter um, nur um festzustellen, dass er ihr gar nicht zugehört hatte. Stattdessen unterhielt er sich mit einem Gerichtsdiener.

»Nur eine Tasse Zitronentee«, sagte er gerade. »Und eine Scheibe von Rosie Peeps Ingwerkuchen, danke.«

Virginia wartete, bis er fertig war, ehe sie fortfuhr. »Sehen Sie sich diesen armen Mann nur an. Ist er ein Wolf? Nein! Er ist ein Fremder. Und fremd ist gleichbedeutend mit Wolf, und Wolf ist gleichbedeutend mit Mörder, ist es nicht so?«

»Gut.« Der Richter lächelte ihr zu. »Kommen wir nun zum Urteil.«

»Euer Ehren«, sagte Virginia, »ich fange gerade erst an. Ich möchte meinen ersten Zeugen aufrufen.«

»Entschuldigung«, sagte der Richter. »Ich dachte, Sie wären fertig.«

Virginia spielte ihre Rolle, so wie sie es im Fernsehen gesehen hatte. Tony wusste das, denn er pflegte die Gerichtssendungen gemeinsam mir ihr anzuschauen.

Gerade befragte sie Wilfred Peep und versuchte zu beweisen, dass er Wolf in der Dunkelheit nicht hatte identifizieren können.

Aber der Versuch schlug fehl. Sie bat den alten Peep, etwas von einem Stück Papier abzulesen, um sein schlechtes Sehvermögen unter Beweis zu stellen, doch die anderen Familienmitglieder flüsterten ihm zu, was er sagen sollte.

Der Richter war von Wolfs Schuld überzeugt – und Tony war

nicht sicher, ob er da so falsch lag –, und er sprach den Peeps sein Mitgefühl aus, statt sich der Beweisaufnahme zu widmen. *Aber was ist schon von Schafen zu erwarten, wenn sie über einen Wolf zu Gericht sitzen sollen?*

Das Ganze ist eine abgekartete Sache, und egal, wie sehr sich Virginia auch bemüht, sie kann hier nicht gewinnen. Das wusste Tony bereits in dem Augenblick, in dem er und Prinz Wendell ihre Plätze in den hinteren Reihen eingenommen hatten.

Er hatte ein schlechtes Gewissen, weil er von Virginia verlangt hatte, aufzugeben. *Sie ist die Einzige gewesen, die wenigstens versucht hat, Wolf zu helfen. Hätten wir ihn seinem Schicksal überlassen, würde er jetzt schon lichterloh auf dem Scheiterhaufen brennen.*

Tony fröstelte. Er wandte sich an Wendell. »Wir müssen ihnen helfen«, flüsterte er.

Prinz Wendell schüttelte seinen struppigen Kopf. »Er ist ein Wolf. Was hast du denn erwartet? Er hat genau das getan, was ich schon die ganze Zeit vorhergesagt habe.«

»Virginia glaubt an ihn«, sagte Tony. »Und, na ja, ich möchte auch an ihn glauben.« Er machte Anstalten, sich zu erheben.

Prinz Wendell bedachte ihn mit einem vernichtenden Blick, der aus diesem Hundegesicht irgendwie noch beeindruckender wirkte. »Egal, was du sagst«, antwortete er leidenschaftslos, »nichts kann mich dazu bringen, ihm zu helfen.«

»Dann werde ich es eben allein tun«, flüsterte Tony und erhob sich leise. Einen Augenblick später folgte ihm Prinz Wendell.

Als Tony den Gang zwischen den Sitzreihen hinaufging, hörte er, wie seine Tochter Betty Peep aufforderte, in den Zeugenstand zu treten.

Der Richter vereidigte Betty Peep, und Virginia fragte: »Welchen Beruf üben Sie aus?«

»Schäferin«, sagte Betty Peep.

»Schäferin oder Buhlerin?«, fragte Virginia.

»Ich bin ein anständiges Mädchen!«, sagte Betty Peep, als Tony zur Tür hinausging. »Dieser Wolf ist zu uns gekommen und hat uns schöne Augen gemacht.«

Die Tür fiel krachend ins Schloss, als Wolf brüllte: »Das ist eine Lüge! Sie haben mich provoziert!«

»Und dazu hat bestimmt nicht viel gehört, darauf wette ich«, sagte Prinz Wendell in der Stille des Korridors.

»Psst«, zischte Tony. Er führte Wendell hinaus und die Straße hinab, bis sie die Grenze zur Peep-Farm erreicht hatten. Dort machte er sich auf die Suche nach dem Tatort. Er war nicht so schwer zu finden, wie er gedacht hatte.

Sally Peeps Umrisse waren, inklusive ihres Hirtenstabes, auf den Boden gezeichnet worden.

Diese Leute hierzulande sind alles andere als nachlässig.

Tony blieb am Tatort stehen und sah Prinz Wendell an, der ein wenig verwirrt wirkte.

»Was riechst du?«, fragte Tony.

»Deine Körperausdünstungen«, sagte Prinz.

Tony verschränkte die Arme vor der Brust. *Ich werde Wolf helfen, und ich werde Prinz Wendell dazu benutzen.*

»Du hast es nicht mal versucht«, sagte Tony, wobei er versuchte, Wendells gebieterisch-herablassenden Tonfall nachzuahmen. »Los jetzt, sieh zu, was du wittern kannst.«

»Warum kriechst du nicht selbst auf allen vieren herum und versuchst etwas zu wittern?«, meinte Prinz. »Auf meiner Höhe riecht es vornehmlich nach Füßen und Exkrementen. Hast du dir das schon mal klargemacht?«

Tony strafte ihn mit einem finsteren Blick. Wendell seufzte, senkte widerstrebend den Kopf und schnüffelte.

»Hast du eine Spur entdeckt?«, fragte Tony.

»Hier gibt es hunderte von Spuren«, sagte Prinz.

Lautstark schnüffelnd umrundete er die markierte Stelle.

»Sicher, aber nur ein großer Prinz und Jäger wie du kann diesen einen, besonderen Geruch entdecken.«

»Richtig!«, Prinz Wendell blickte schwanzwedelnd auf.

Er hatte etwas gerochen!

Es sah so einfach aus, wenn Perry Mason am Werk war.

Virginia wollte sich gerade lässig mit der Hand durch das Haar streichen, mit dem Erfolg, dass sie sich die Perücke vom

Kopf riss. Sie fing das Ungetüm mit der Hand auf und stülpte es sich hastig wieder über. Wie es schien, hatte sie für Wolf alles nur noch schlimmer gemacht.

Sie hatte ihn als Zeugen aufgerufen. Schlagfertig genug war er gewiss, und sie hatte einige gute Fragen vorbereitet. Allerdings hatte sie nicht damit gerechnet, dass der Richter ihn ebenfalls befragen würde.

Der Richter hielt ein Buch in die Höhe, sodass sowohl Wolf als auch die Zuschauer es sehen konnten. »Wissen Sie, was das ist?«

»Ich habe es noch nie zuvor gesehen«, sagte Wolf.

»Das ist das berüchtigte Vierjahreszeiten-Wolfskochbuch, und ich möchte ihre Aufmerksamkeit auf die Zutaten für den Hirtenauflauf auf Seite 37 lenken. ›Karotten, Kartoffeln, Pfeffer, Koriander und eine kecke Schäferin, wenn gerade Saison ist‹.«

Unter wildem Geschrei sprangen die Peeps auf die Beine. Die Handvoll Zuschauer, die nicht zur Peep-Familie gehörte, debattierte unterdessen lautstark miteinander.

Wolf duckte sich.

»Dieses Buch ist kein zulässiges Beweismittel, Euer Ehren«, sagte Virginia.

Der Richter ignorierte ihren Einspruch. »Wie würden Sie Sally Peep beschreiben?«

»Einspruch!«, sagte Virginia.

»Sally?«, sagte Wolf. »Sehr niedlich. Saftig. Nettes Mädchen. Ein köstliches kleines Vögelchen, ganz bestimmt.«

»Nett genug, um sie zu verspeisen?«

»Aber ja.« Wolf grinste, ehe sich Panik in seinen Zügen spiegelte. »Nein, so habe ich das doch nicht gemeint.«

»Sie hat es herausgefordert, ist es das, was Sie sagen wollten?«, fragte der Richter.

»Äh, nein, ich wollte nur sagen, dass manche dieser Mädchen schrecklich ... aufreizend sind. Sie wissen, dass ein Wolf ... na ja, es ist, als würde man einem Verhungernden ein Steak vor die Nase halten.«

»Tatsächlich?«, sagte der Richter steif.

Virginia hatte nicht damit gerechnet, dass Wolf sich als so

schlechter Zeuge erweisen würde. Sie hatte keine Ahnung, wie sie ihn da noch herausholen sollte.

»Nein, das habe ich nicht so gemeint«, sagte Wolf. »Irgendwie verdrehe ich alles, was ich sagen will.«

Schließlich versuchte sie es mit einem alten, aber dennoch guten Trick. »Er leidet unter postmenstruellen Spannungserscheinungen, Euer Ehren.«

Der Richter ignorierte sie immer noch und lehnte sich zu Wolf herüber. »In der Nacht vor diesem Mord hat ein Tötungsdelikt in einem Hühnerstall stattgefunden, bei dem zehn Hühner zu Tode gekommen sind. Haben Sie irgendetwas damit zu tun?«

»Nein, Sir«, sagte Wolf.

»Sie haben die Hühner nicht getötet?«

»Nein Sir.«

»Sie waren gar nicht in der Nähe des Hühnerstalls?«

»Absolut nicht, Sir«, sagte Wolf.

»Wie erklären Sie sich dann das hier?«, Der Richter hielt ein ausgefranstes Stück blauen Stoffs hoch, das aussah, als gehörte es zu Wolfs Hemd.

Virginia schloss für einen kurzen Moment die Augen und wünschte sich, sie wäre irgendwo anders.

»Das ist der Fetzen eines Hemdes, den wir im Hühnerstall der Peeps gefunden haben«, sagte der Richter.

In diesem Augenblick wusste Virginia, dass Wolf auf der Farm der Peeps gewesen war. Sie hatte sich geirrt. Er war dort gewesen.

Wolf sagte: »Lassen Sie mich nachdenken. Ja, doch, ich könnte die Hühner gegessen haben.«

Damit unterschrieb er sein eigenes Todesurteil. Virginia brachte vor Entsetzen keinen Ton heraus.

Der Richter schon. »Und dann haben Sie Sally Peep ermordet.«

»Ein paar Hühnerschenkel machen mich noch nicht zu einem Mörder«, entgegnete Wolf. »Ich hatte Huhn zum Abendessen, das gebe ich zu. Aber ich habe das Mädchen nicht angerührt. Ich schwöre es.«

»Warum haben Sie dann gelogen?«, fragte der Richter.

»Weil Sie, wenn ich die Hühner eingestanden hätte, gedacht hätten, ich hätte auch das Mädchen verschlungen.«

»Das ist in der Tat das, was ich denke«, sagte der Richter.

Wieder sprangen die Peeps auf und brüllten: »Verbrennt den Wolf! Tötet den Wolf!« Drohend schwangen sie ihre Fäuste. Speichel rann aus ihren Mundwinkeln. Virginia hatte noch nie einen solch hemmungslosen Mob erlebt.

»Ich habe es nicht getan«, schrie Wolf. »Ich habe es nicht getan.«

Das reicht. Ich muss etwas tun. Virginia sprang auf und bemühte sich, sich gegen den Lärm durchzusetzen. *Ich glaube ihm. Ich glaube, dass er die Hühner, nicht aber Sally Peep getötet hat.*

Aber das muss ich auch irgendwie beweisen.

»Natürlich hat er es nicht getan!«, schrie sie. Stille kehrte in dem Gerichtssaal ein, von gelegentlichen »Verbrennt den Wolf!«-Rufen abgesehen. »Aber wenn *er* Sally Peep nicht ermordet hat, wer hat es dann getan? Nun ist die Zeit gekommen, den wahren Mörder bloßzustellen. Wie wir alle wissen, ist in der letzten Nacht ein anderer Mann als Wolf verkleidet umhergeschlichen. O ja. Ein Mann in einer Wolfsmaske ist der wahre Mörder von Sally Peep.

Alle Anwesenden rissen verblüfft die Münder auf.

Mit neuem Mut erhob Virginia die Faust. »Und dieses mörderische Stück Dreck ist es, das jetzt vor Gericht stehen sollte.«

»Die Ehre, bei unserem alljährlichen Fest die Rolle des Wolfes übernehmen zu dürfen, fällt stets einem untadeligen Mitglied unserer Gemeinschaft zu ...«, sagte der Richter.

»Das ist nicht von Bedeutung«, sagte Virginia. »Rufen Sie den Burschen her, damit ich ihn ins Kreuzverhör nehmen kann, und ich garantiere Ihnen, wir haben unseren Mörder.«

»... und als diese Ehre in der letzten Woche mir zuteil wurde«, fuhr der Richter fort, »habe ich sie mit großer Freude angenommen.«

Die Stille war so perfekt, dass Virginia ihren eigenen Atem als ohrenbetäubend laut empfand. »Es ... tut mir schrecklich Leid, Euer Ehren.«

Erschüttert sank sie auf ihren Stuhl. Sie hatte verloren und wusste nicht, was sie sonst tun sollte. Trotzdem drückte sie Wolfs Arm und beugte sich zu ihm hinüber, um ihn, so gut sie nur konnte, zu beruhigen.

»Es ist so gut wie vorbei«, flüsterte sie.

In dem Moment prallte eine saftige Tomate gegen ihren Arm.

»Verbrennt auch sie!«, brüllte ein Peep.

Der Rest der Peeps nahm den Ruf auf. »Verbrennt sie beide! Verbrennt sie beide.«

»Meine lieben Geschworenen, Sie haben die Beweise zur Kenntnis genommen, wenn auch die meisten ziemlich lächerlich waren«, sagte der Richter zu den Schafen. Er sprach laut, um das allgemeine Geschrei zu übertönen.

Noch während er sprach, öffnete ein Gerichtsdiener die Türen an den beiden Seiten des Verschlages, in dem die Geschworenen untergebracht waren.

»Alle, die ihn für unschuldig halten, mögen in den rechten Pferch gehen, alle, die meinen, dass er schuldig ist, in den linken.«

Virginia beugte sich vor und betrachtete die beiden Pferche. Dann erhob sie sich zu einem neuerlichen Einspruch. »Der linke Pferch ist voller Futter!«

Aber das schien außer Wolf, der die Hände vor das Gesicht schlug, niemanden zu kümmern. Sämtliche Schafe eilten in den linken Pferch.

»O nein«, sagte Wolf. »Die Zigeunerin hatte Recht. ›Ein Mädchen tot; ein Wolf brennt‹.«

Virginia erschauderte und ergriff seine Hand.

»Auf einstimmigen Beschluss«, verkündete der Richter, »spreche ich Sie des abscheulichen Mordes an Sally Peep schuldig. Ich verurteile Sie zum Tod auf dem Scheiterhaufen. Lasst uns das sofort erledigen, am besten noch vor dem Wettbewerb um den schönsten Eierkürbis.«

»Verbrennt den Wolf«, rief die Menge schadenfroh. »Verbrennt den Wolf.«

Kapitel 32

Prinz Wendell führte Tony zur Scheune der Peeps.

Tony war nervös. Wilfreds Drohung, seiner eigenen Enkelin Leid zuzufügen, sollte sie jemandem von dem Brunnen erzählen, ging ihm nicht aus dem Kopf. Er fand, dass er sein Schicksal ein bisschen arg herausforderte, indem er schon zum dritten Mal hierher kam.

Prinz Wendell betrat die Scheune und forderte Tony auf, ihm zu folgen.

»Ich weiß schon von dem Brunnen«, sagte Tony widerwillig. »Also, was soll ich hier?«

»Von hier ist das Mädchen gekommen«, erklärte Prinz Wendell. »Sie war hier, bevor sie ermordet wurde. Ich kann sie wittern.«

Tony sah sich um und erstarrte. Alles hier sah verändert aus. Die Stützbalken vor dem Schutthaufen waren fort, die Falltür stand offen, und Erde und Dreck hatten sich in das Innere des Schachts ergossen.

Jemand hatte den Brunnen zerstört.

Wolf wehrte sich verzweifelt und mit aller Kraft, aber zwei kräftige Peeps hielten ihn unerbittlich fest.

Durch eine Menschentraube wurde er zu dem Scheiterhaufen auf dem Dorfplatz gezerrt, um den herum sich der Mob mit brennenden Fackeln versammelt hatte.

Virginia folgte ihnen und rief: »Das dürft ihr nicht tun. Das war keine faire Verhandlung!«

Als ob irgendjemand auf sie hören würde, dachte Wolf bitter. *Wer ununterbrochen ›Verbrennt den Wolf! Verbrennt den Wolf‹ skandiert, schert sich einen Dreck um Gerechtigkeit.*

Er hatte versucht, ihr das klarzumachen. Irgendwie betrübte

ihn ihre Enttäuschung beinahe ebenso sehr wie die Tatsache, dass er nun bei lebendigem Leibe verbrannt werden sollte.

Die Männer zerrten ihn auf den Scheiterhaufen und fesselten ihn an den hölzernen Pfosten. Ein Splitter grub sich in seine Hand. Seine Füße bohrten sich knirschend in die Scheite, und plötzlich bedeuteten ihm Virginias Gefühle nicht mehr ganz so viel.

Dieser Pöbel will mich tatsächlich brennen sehen.

»Nein!«, brüllte er. »Nein, nicht mich, großer Fehler, nicht mich, ich war's nicht, nein! Nein! Nein!«

»Schweig, du mörderische Bestie.« Wilfred Peep packte ihn an der Kehle und schmetterte seinen Kopf gegen den Pfosten. Weitere Seile schlangen sich um seinen Leib und zahlreiche Hände häuften immer mehr Feuerholz auf.

Das ist kein einfacher Scheiterhaufen. Das sieht eher nach einem brennenden Inferno aus. Virginia stand am Rand der Menschenmenge, verzweifelt genug, jeden, der ihr zuzuhören bereit war, um Gnade für Wolf anzuflehen, doch ohne Erfolg. Das ganze Dorf fiel nun in die »Verbrennt den Wolf!«-Rufe ein.

Jetzt ging der Richter zum Scheiterhaufen. Er trug die größte Fackel von allen, und er lächelte. *Dieser alte Heuchler.*

»Der Gerechtigkeit wird nun Genüge getan«, sagte der Richter, als er Wilfred die Fackel überreichte. »Es scheint nur angemessen, dass die Familie selbst das übernimmt. Wilf!«

Nun wird es tatsächlich geschehen. Keine nette Gefängniszelle, kein Pakt mit der Königin, um meine Haut zu retten. Nicht einmal ein leidenschaftlicher Kuss von Virginia.

»Virginia«, rief Wolf. »Ich möchte, dass du mich in guter Erinnerung behältst. Für immer. Bitte, ja?«

Virginias Augen füllten sich mit Tränen. »Nein!«, schrie sie. »Nein! Aufhören!«, Mit diesem letzten Wort appellierte sie an Wilfred Peep, der sich über das Feuerholz beugte, um es mit seiner Fackel zu entzünden.

»Wartet!«

Wolf starrte über die Menschenmenge hinweg. Tony rannte auf sie zu, dicht gefolgt von Prinz Wendell.

»Wartet! Hört auf! Wartet!«

Tony drängte sich durch die Menge bis zum Scheiterhaufen und trat direkt neben Wilfred Peep.

»Wolf hat Sally Peep nicht getötet, und ich kann es beweisen!«, sagte Tony.

»Der kann viel erzählen.« Wilfred Peep schob die Fackel in den Scheiterhaufen. Wolf stöhnte. Aber Tony packte die Fackel und trat das angesengte Holz zur Seite.

»Die Peep-Familie hat euch alle jahrelang betrogen«, brüllte Tony. »Sie hatten ihren eigenen magischen Wunschbrunnen, und sie haben dafür gesorgt, dass ihr anderen nichts von dem Wasser bekommt.«

Er kämpfte mit Wilfred Peep um die Fackel. Wolf beobachtete dieses Schauspiel. Tony war ungeschickt, und wenn die Fackel seinem Griff entglitt, dann wäre so oder so alles vorbei.

»Das ist eine Lüge!«, brüllte Wilfred Peep. Er versuchte, die Fackel mit Gewalt in den Scheiterhaufen zu versenken, aber Tony wehrte ihn ab.

»Als Sally den Wettbewerb verloren hat, hat sie euren Brunnen zerstört«, schrie Tony. »Und als Sie gesehen haben, was sie getan hat, haben Sie sie auf die Felder gehetzt und ermordet, war es nicht so, Wilfred?«

»Ich weiß überhaupt nicht, wovon Sie reden«, brüllte Wilfred. »Wir haben keinen magischen Brunnen.«

Endlich gelang es Tony, Wilfred die Fackel zu entreißen. Er hielt sie hoch über seinen Kopf. Funken flogen umher und landeten nahe an dem trockenen Feuerholz. Wolf zerrte verzweifelt an seinen Fesseln.

»Warum, denkt ihr, haben sie immer alles gewonnen?«, rief Tony in die Menge. »Oder warum sind ihre Nahrungsmittel so wunderbar?«

Die Menschen wurden unruhig und starrten die Peeps misstrauisch an. Wenn sich Tony nun auch noch ein wenig von dem Feuerholz entfernen würde, würde Wolf sich gewiss viel besser fühlen.

»Ich glaube ihm«, rief eine Frau. »Ihr Peeps habt uns lange genug hinters Licht geführt.«

»Wo sind die Beweise?«, verlangte Wilfred Peep zu erfahren. »Beweist mir doch, dass ich Sally getötet habe.«

Tony pfiff, und Prinz Wendell kam herbei, als wäre er tatsächlich ein Hund. Wolf staunte, Wendell so fügsam zu erleben. Zwischen Wendells Zähnen hing ein langes Kleidungsstück.

»Wo ist Ihr Mantel, Wilf?«, fragte Tony. »Der, den Sie in der letzten Nacht getragen haben?«

Wilfred sah sich nervös um. Prinz Wendell blieb vor ihm stehen und ließ das Kleidungsstück fallen. Es war Wilfreds Mantel, und er war über und über mit Blut bespritzt.

Die Dorfbewohner keuchten auf. Wolf sah sich noch einmal nach der Fackel um und stellte erleichtert fest, dass Tony sie immer noch mit sicherem Griff hielt.

»Die arme Sally hat nicht ›Wolf!‹ gerufen, nicht wahr, Wilfred?«, fragte Tony. »Sie hat Ihren Namen geschrien. *Wilf! Wilf!*«

Wilfred wich mit angsterfüllter Miene zurück. »Sie hat den Brunnen zerstört, diese dreckige kleine Xanthippe. Sie hat die Magie zerstört.«

Die anderen Peeps starrten ihn entsetzt an.

»Du hast unsere Sally ermordet?«, fragte Barbara Peep. Aber sie wartete nicht auf seine Antwort, sondern stürzte sich gleich auf ihn, ebenso wie der Rest der Peeps. Tony ging ihnen aus dem Weg, und Wolf hielt den Atem an. Diese Fackel sah schrecklich gefährlich aus.

Da fühlte Wolf Finger auf seiner Hand. Virginia löste seine Fesseln.

»Wird Zeit, dass wir verschwinden«, sagte er und kletterte von dem Scheiterhaufen, während der Tumult auf dem Dorfplatz größer wurde.

Tony ließ die Fackel in einen Pferdetrog fallen, wo sie zischend verlosch, und Prinz Wendell spülte sich den Mund aus. Dann hasteten die vier zur Scheune.

»Meine Freunde«, sagte Wolf. »Ich kann euch gar nicht genug danken. Ihr habt meinen Arsch gerettet.«

Er tätschelte Wendell. Der Hund machte ein empörtes Gesicht. »Danke, alter Knabe. Ich schulde dir einen mächtig großen Knochen. Von jetzt an sind wir Freunde fürs ganze Leben. Und auch Dank an dich, Virginia, was für ein Gerichtsdrama.«

Zweifelnd sah sie ihn an. »Bist du jetzt kuriert?«

Tony öffnete die Scheunentür, und Wolf trat als erster ein. Er grinste. *So gut habe ich mich seit Jahren nicht mehr gefühlt.*

»Oja, vollständig«, sagte Wolf. »Ich bin wieder ganz bei mir. Ehrlich gesagt, kann ich mich nicht an alles erinnern, aber ich erinnere mich daran, dass du und Tony ...«

»Schaut!«, rief Tony bestürzt.

Das große Tor auf der Rückseite der Scheune stand weit offen.

»Was ist hier passiert?«, fragte Tony. »Wo ist er hin?«

Wolf sah Virginia verständnislos an. Sie schien außer sich zu sein. Dann erinnerte er sich. Als sie ihn zum ersten Mal in seiner Zelle besucht hatte, hatte sie ihm erzählt, dass sie den Spiegel gewonnen hatte. Und jetzt war er offenbar verschwunden.

Fidelity, die Bauersfrau, winkte ihnen durch das Tor freundlich zu und verzog das rosige Gesicht zu einem Lächeln. Sie schien das vorausgegangene Gerichtsdrama völlig vergessen zu haben. Wolf war der Einzige, der ihr Lächeln erwiderte.

Virginia hingegen lief voller Panik auf sie zu. »Wo ist der Wagen, Fidelity?«

»Oh«, sagte die Bäuerin, »mein John hat damit die Schweine zum Markt gefahren. Er ist vor ein paar Stunden aufgebrochen.«

Hilflos sah Virginia ihren Vater an. Der seufzte leise. Wolf seufzte lauter. *Hätte ich gewusst, was sie mit dem Spiegel angestellt haben, dann hätte ich sie warnen können. Magie ist stets in Bewegung.*

»In welche Richtung und wie weit?«, fragte Virginia, offensichtlich um Fassung ringend.

»Nun, zu Fuß werden Sie diesen Weg sicher nicht bewältigen wollen«, sagte Fidelity.

Als hätten wir irgendeine Wahl, dachte Virginia verdrossen. Sie ließ sich von der Bauersfrau eine Wegbeschreibung geben.

Wolf atmete tief durch und sammelte sich. Es war ein anstrengender Vormittag gewesen. Tatsächlich waren es sogar einige anstrengende Tage gewesen. Er war froh, dass er Sally Peep nicht umgebracht hatte. Nach der Sache mit den Hühnern hatte er sich nur noch an wenig erinnern können.

Schließlich machten sie sich auf die Reise. Als sie den Wunschbrunnen passierten, winkte der Dorftrottel ihnen zu. »Hat es Ihnen in unserem Dorf gefallen?«

»Mehr oder weniger«, entgegnete Virginia.

»Ich wünschte, ich wüsste, an wen mich dieser Hund erinnert«, sagte der Dorftrottel.

»Ich hab da einen Vorschlag«, sagte Tony. »Wie wär's mit Prinz Wendell, eurem Herrscher?«

Wolf warf Tony einen erstaunten Blick zu. Wendell starrte ihn beleidigt an.

Der Dorftrottel ging in die Knie und sah Prinz Wendell in das Hundegesicht. Dann kicherte er. »Sie wollen mich wohl veralbern. Nein, er erinnert mich an einen jungen Hund, den ich immer Flohteppich genannt habe.«

Prinz Wendell gab einen Laut tiefster Empörung von sich und trottete allein von dannen. Virginia folgte ihm, was bedeutete, dass Wolf ihr folgen musste. Tony begleitete sie.

»Wollen Sie denn keinen Wunsch äußern?«, rief der Dorftrottel ihnen nach.

Virginia zog ein Geldstück hervor und warf es über ihre Schulter, ohne auch nur stehen zu bleiben. Die Münze landete genau im Brunnen. Und erstaunlicherweise plätscherte es gleich darauf aus der Tiefe des Schachts.

Verwundert drehten sich Tony und Virginia um.

»Klingt, als würde unser Brunnen wieder Wasser führen!«, rief der Trottel. »Welche Freude!«

Da erklang ein Rauschen, und winzige Sterne stiegen spiralförmig aus dem Brunnen auf.

Zahlreiche Dorfbewohner eilten herbei, und Wolf stellte sich dicht neben Virginia, um nicht noch einmal in die Nähe dieser schrecklichen Leute zu geraten.

Plötzlich schoss das Wasser in einer kraftvollen Fontäne aus dem Schacht. Sie erhob sich bald dreißig Fuß in die Höhe, und der Dorftrottel sprang eilig unter den wieder zu Boden stürzenden Strahl, als wäre er eine Dusche.

»Endlich«, rief er. »Jetzt bin ich ein Volltrottel!«

Sonderbar, dachte Wolf. *Mir ist der Mann auch vorher schon wie ein Volltrottel vorgekommen.*

Gemeinsam mit Virginia, Tony und Prinz Wendell verließ Wolf Little Lamb Village. Mühsam widerstand er dem Drang, den Staub des Dorfes von seinen Füßen abzuschütteln. *Ganz bestimmt werde ich zu verhindern wissen, dass ich je wieder an diesen schrecklichen Ort zurückkehren muss.*

Die Königin stand vor ihrem Spiegel und sah zu, wie Wendells inkompetenter Rat aufgeregt über das Troll-Problem debattierte.

Relishs Heer hatte bereits die Hälfte des Vierten Königreichs eingenommen, und die Angehörigen des Königlichen Rats warteten nun darauf, dass Prinz Wendell endlich zu ihrer Rettung erschien.

Das empfand die Königin als durchaus amüsant. Keineswegs amüsant war hingegen die Tatsache, dass der Rat bereits mit dem Ersten und dem Neunten Königreich in Verhandlungen stand.

Glücklicherweise war der Preis, den sie für die Unterstützung würden zahlen müssen, sehr hoch. Sie hätten das Vierte Königreich aufteilen und für immer der Regentschaft des Rates der Neun Königreiche übergeben müssen. Wendells Thron wäre für alle Zeiten verloren.

Und mit ihm auch ihre große Chance.

»Nein!«, schrie sie den Spiegel an. »Ich bin noch nicht so weit. Alles geht schief. Ruf mir den Trollkönig. Sofort!«

Der Spiegel veränderte sich nicht, als er sprach: »Er weigert sich noch immer, deinem Ruf zu folgen. Und er wird mit jedem Tag stärker.«

»Ruf ihn sofort her«, sagte die Königin. »Ruf ihn, oder ich werde euch alle wieder in der ewigen Finsternis begraben.«

Der Spiegel antwortete nicht. Nur ein Flackern in seiner Oberfläche verriet, dass er versuchte, Kontakt herzustellen.

Die Königin faltete die Hände, während sie das wenig vertraute Gefühl aufkeimender Panik in ihrem Inneren bekämpfte.

Nichts ist so gekommen, wie ich es geplant habe. Nichts! Ich muss die Kontrolle zurückerlangen, und zwar schnell.

Endlich erschien der Trollkönig im Spiegel. Getrocknetes Blut klebte auf seinem Gesicht und seiner Kleidung. Er hielt eine rostige Spiegelscherbe in die Höhe. Auch seine Handfläche war blutverschmiert. Als er der Königin ansichtig wurde, hob er drohend die Faust.

»Du bist tot!«, brüllte er. »Wenn ich dir das nächste Mal begegne, bist du tot.«

»Wendells Rat ruft die Streitmächte der anderen Reiche zu Hilfe.« Es fiel ihr nicht leicht, ihrer Stimme einen ruhigen Ton zu verleihen. »Hör sofort auf zu kämpfen, oder sie werden dich niederrennen, und wir werden das Königreich endgültig verlieren. Verstehst du mich, du Kretin?«

Der Trollkönig hob die Spiegelscherbe vor das Gesicht und betrachtete sie einen Augenblick. Dann spuckte er darauf. Sein widerlich grüner Speichel rann über die Spiegelfläche, als würde er ein Eigenleben führen.

»*Ich* übernehme dieses Königreich«, sagte Relish drohend. »Und dann werde ich mich um dich kümmern, du bösartige Hexe.«

Damit verschwand er.

Die Königin wich schockiert von dem Spiegel zurück. *Wie habe ich nur so schnell die Kontrolle über die Vorgänge verlieren können? Und dann noch an solche Narren. Liegt es an der langen Zeit im Gefängnis? Oder bin ich einfach nicht mehr stark genug?*

»Fehlgeschlagen«, murmelte sie. »Alles ist fehlgeschlagen. Meine Pläne sind ruiniert.«

Der Spiegel vor ihr schwieg. Doch ein anderer, einer, den sie noch nie zuvor benutzt hatte, fing plötzlich an zu summen. Er war älter als die anderen, und sie wusste nicht, welche Macht er besaß, deshalb hatte sie bisher auch die Finger von ihm gelassen. Leises Krachen wie ferner Donner lenkte nun jedoch ihre Aufmerksamkeit auf ihn.

Langsam erwachte der Spiegel. Er färbte sich blutrot, nicht grün wie die anderen, und der dunkle Raum erglühte in seinem feurigen Schein.

Die Königin trat vor den Spiegel. Ein schreckliches Gesicht zeigte sich auf der Oberfläche des Glases. »Komm zu mir.«

Die Königin trat näher an den roten Spiegel heran.

»Komm zu mir, und du wirst wissen, was zu tun ist.«

Die Königin streckte ihre Hand nach dem mannshohen Spiegel aus. Die Oberfläche kräuselte sich, und dann schob sie sich ganz durch den Spiegel hindurch.

Sie betrat eine Erinnerung. Eine alte Erinnerung. Sie kannte diesen Ort. Es war lange her, seit sie hier gewesen war.

Sie stand in einer Holzhütte mitten im Moor. Vor ihr saß eine Alte, die ihr so vertraut war, dass die Königin ein Keuchen unterdrücken musste. Schneewittchens böse Stiefmutter.

»Ich bin tot«, sagte die Stiefmutter, »aber mein Werk ist unvollendet. Das Haus Schneewittchens steht noch immer.«

Um sie herum stiegen fünf Spiegel aus dem Morast auf.

»Dies sind meine Gaben an dich. Sie werden dir Macht verleihen.«

Die Alte deutete auf den ersten der Spiegel.

»Spiegel der Reise ...«

Und auf den zweiten.

»Spiegel der Erkenntnis ...«

Und auf den dritten.

»Spiegel der Erinnerung ...«

Und auf den vierten.

»Spiegel des Vergessens ...«

Und auf den letzten.

»Spiegel der Macht.«

Die Königin erinnerte sich nun an alles, auch an das, was sie jetzt zu tun hatte. Die Szene verblasste, und sie trat einen Schritt zurück in ihren Palast.

Als sie wieder in ihrem Gemach stand, war sie über und über mit Blut bedeckt, und es war herrlich.

Lächelnd wischte sie sich das Blut aus dem Gesicht. »Die Schlacht kann beginnen!«

Kapitel 33

Die Reise auf der Ladefläche des Heuwagens zog sich endlos dahin.

Glücklicherweise hatte ein Bauer sich erboten, sie mitzunehmen. Virginia lehnte an einem Heuballen, Wolf an einem anderen und Tony, mit Wendell an seiner Seite, an einem dritten. Der Gesprächsstoff war ihnen schon vor langer Zeit ausgegangen, und so hatte Wolf seine Bücher an sie verteilt.

Wolf las »Was Frauen wirklich wollen«, Tony studierte den »Eisenhans«, und Wendell sah ihm dabei über die Schulter. Tony hatte dies gar nicht bemerkt, bis Wendell ihn rügte, weil er eine Seite zu schnell umgeblättert hatte.

Als sie endlich eine Stadt erreichten, erklärte Wolf, er wäre nun im Stande, Frauen uneingeschränkt zu verstehen.

Tony brachte es nicht über sich, ihm zu sagen, dass ein Mann nie und nimmer dazu in der Lage sein würde. Und noch weniger war er geneigt, die herablassenden Bemerkungen zu kommentieren, die Wendell über Wölfe und ihre besondere Beziehung zu Frauen zum Besten gab.

Jenseits der Stadt erhob sich ein mächtiges Gebirge. Tony hatte noch nie so gewaltige und Unheil verkündende Berge gesehen. Dann fiel sein Blick auf die Stadt, in die der Wagen gerade einrollte.

Die Stadt war wunderschön, angefüllt mit anmutigen Gebäuden, unzähligen Läden, Restaurants und Brunnen. Überall hingen herzförmige Ballons und Hinweisschilder für Kuss-Seminare. Außerdem roch es für eine Ortschaft dieser Größe erstaunlich angenehm nach Rosen und Zimt und frisch gebackenem Brot.

Auch die Menschen waren faszinierend. Sie waren ohne Ausnahme gut gekleidet und wirkten glücklich und zufrieden.

Zum ersten Mal fühlte sich Tony in seiner Jeans und dem Flanellhemd ein bisschen underdressed.

Der Wagen hielt an einer Straßenkreuzung. Rasch kletterten die vier von der Ladefläche und fanden sich auf einer sauber gepflasterten Straße wieder.

»Wo genau sind wir?«, fragte Tony.

»Wir haben soeben die romantischste Stadt aller Neun Königreiche betreten«, sagte Wolf. »Dies ist Kissing Town, der Ort, an dem sich alle verlieben.« Er sah Virginia an und seufzte. »Das Schicksal muss uns hierher geführt haben.«

Virginia bedachte ihn mit einem finsteren Blick. »Träum weiter.«

Tony grinste. *Das ist mein Mädchen.*

»Du wirst schon sehen«, sagte Wolf.

Ein jungverheiratetes Paar stürmte lachend an ihnen vorbei, und schon bald folgte ein weiteres. Überall flog Konfetti durch die Luft, und die Menschen jubelten ausgelassen.

»Anthony«, sagte Prinz Wendell, »mein Schloss steht genau auf der anderen Seite dieses Gebirges.«

Wieder betrachtete Tony die Berge. *Verglichen damit scheinen sogar die Alpen winzig zu sein – aber ich hab mich sowieso nie für Bergsteigerei begeistern können.*

»Schon möglich, aber wir werden dort nicht hingehen«, sagte Tony. »Wir sind wegen des Spiegels hier.«

»Es sind höchstens hundertfünfzig Meilen«, sagte Prinz. »Schau doch auf den Plan hinter dir.«

Tony wandte sich um. Ihm war gar nicht aufgefallen, dass sie neben einer großen gerahmten Karte der Neun Königreiche standen. Wendells Viertes Königreich war wie üblich in Grün dargestellt, und ein Pfeil deutete auf einen Punkt abseits der Straße, die zu den nördlichen Territorien des Gebietes führte.

In der zuvorkommenden Art des Vierten Königreiches verkündete die Inschrift unter dem Pfeil: *SIE BEFINDEN SICH AN DIESEM ROMANTISCHEN ORT.*

»Ich kann nicht glauben, dass wir diese ganze Strecke zurückgelegt haben«, sagte Virginia.

»Was ist das für ein Königreich dort im Süden?«, wollte Tony wissen.

»Kümmere dich nicht darum«, sagte Prinz. »Das ist das Neunte Königreich, das Zwergenland. Ganz und gar unterirdisch und wirklich unangenehm.«

Ein ganz in Pink gekleideter Mann eilte strahlend an ihnen vorbei. Er war in eine unglaubliche Duftwolke gehüllt und versprühte bei jedem Schritt Lilienduft aus einer Parfümflasche.

Menschen wandten sich einander zu und seufzten schwer, als wären ihre Herzen von reiner Liebe erfüllt.

An einer Kreuzung küssten sich drei Paare unter vollem Körpereinsatz.

Tony warf einen indignierten Blick auf ein älteres knutschendes Paar. »Können die das nicht zu Hause erledigen?«

»Sie können nichts dagegen tun, Tony«, sagte Wolf. »Es liegt einfach in der Luft.«

Ein dralles Mädchen in einem Amorkostüm kam auf sie zu. Sie trug einen rosafarbenen Pfeil, und ihren Rücken zierten selbst gemachte Flügel.

»Hallo«, rief sie. »Ich habe euch schon den ganzen Tag gesucht. Ich sehe Liebe und Glück auf eurem Weg.«

»Nicht schon wieder«, stöhnte Tony kopfschüttelnd. *Wir ziehen die Irren tatsächlich an wie Honig die Bienen.* »Okay, wie viel?«

Das Mädchen lächelte Virginia an. »Romantik und Reichtum, noch ehe die Nacht vorüber ist. Ich fühle es in eurer Aura.«

»So?«, fragte Tony. »Wer von uns wird denn diesmal das große Los ziehen?«

Das Mädchen drehte sich zu ihm um, als hätte sie ihn zuvor gar nicht bemerkt. »Deine Aura ist umwölkt. Gib mir ein paar Münzen.«

»Aha. Der alte Trick mit der umnebelten Aura«, knurrte Tony.

Virginia gab ihr einige Münzen.

Tony sah dies mit Verwunderung. *Ich werde sie dringend mal zur Seite nehmen müssen, um ihr abzugewöhnen, jedem Schnor-*

rer Geld in den Rachen zu werfen. Sie scheint einen Hang dazu zu haben.

»Sie ist so weichherzig«, bemerkte er nicht ohne eine Spur Sarkasmus.

»Oja, sehr weichherzig«, schwärmte Wolf. »Feinfühlig, sahnig, weichherzig.«

»Vielen Dank«, sagte das Mädchen zu Virginia. »Wenn ihr euch dorthin wendet, so möget ihr finden, was ihr suchet. Auf Wiedersehen.«

Tony sah in die angegebene Richtung und staunte nicht schlecht. »Da steht der Schweinekarren, auf dem unser Spiegel versteckt war. Ganz bestimmt.«

»Aber wie konnte sie das wissen?«, fragte Virginia.

Sie liefen zu dem Wagen und untersuchten die Ladefläche. Sie war leer. Keine Schweine – wenn auch ihr Gestank noch deutlich wahrnehmbar war –, kein Stroh, kein Spiegel.

Der Bauer, der den Wagen hergefahren hatte – wie, hatte die Frau im Dorf gesagt, war sein Name? John? –, kam gerade aus einer Metzgerei und zählte sein Geld. Er stammte so offensichtlich aus Little Lamb Village, dass Tony sich gleich brüllend auf ihn stürzte.

»Sie! Wo ist unser Spiegel?«

»Ach, Ihnen gehört der?« Bauer John hatte das gewinnende Lächeln seiner Mutter. »Ich hab mich schon gefragt, was der zwischen all meinen Schweinen zu suchen hat.«

»Wo ist er?«, fragte Tony.

Johns Lächeln erstarb. Sein Blick wanderte von Tony über Virginia zu Wolf. »Ich konnte doch nicht wissen, dass er Ihnen gehört.«

»Wo ist er?« Tony versuchte mühsam, sich zu beherrschen.

»Jetzt würden Sie ihn so oder so nicht mehr wollen.« John wich zu seinem Wagen zurück. »Er ist voller Schweinescheiße.«

»Wo ist er?«, schrie Virginia. Tony starrte seine Tochter überrascht an. *Und ich habe gedacht,* ich *würde überreagieren.*

»Ich weiß es nicht genau«, sagte John verzagt. »Ein Bursche hat mir heute Morgen fünf Kupferstücke dafür gegeben.«

»Was für ein Bursche?«, fragte Tony.

»Keine Ahnung«, sagte John. »Er ist mit einem Schubkarren voller Trödel dahergekommen. Vielleicht ist er wegen des Antiquitätenmarktes hier.«

Vier Köpfe ruckten suchend herum, als wäre besagter Bursche durch einen einzigen Blick herbeizuzitieren. Tatsächlich mussten sie nur Sekunden später erkennen, welche entmutigende Aufgabe auf sie wartete. In diesem Teil der Stadt gab es unzählige Antiquitätengeschäfte, Trödelläden, Marktstände ...

Tony konnte kaum glauben, dass sie so viel Pech hatten.

»Jetzt werdet ihr ihn so oder so nicht mehr finden, Anthony«, sagte Prinz. »Lasst uns lieber zu meinem Schloss gehen.«

John kletterte auf seinen Wagen. Tony ignorierte Prinz Wendell und starrte die Läden um sich herum an. *Was für eine unmenschliche Arbeit.*

»Anthony«, sagte Wendell.

»Nein«, schnappte Tony und überquerte die Straße. *Ich werde diesen verdammten Spiegel finden, und wenn ich dafür jeden einzelnen Antiquitätenladen in Kissing Town auf den Kopf stellen muss.*

Wendell folgte ihm bedrückt. Für eine Weile taten das auch Virginia und Wolf, aber bald wurde ihnen klar, dass sie den Spiegel nie finden würden, wenn sie zusammen blieben.

Also trennten sie sich. Tony wäre gern mit Virginia gegangen, aber Wolf konnte Wendells Sprache nicht verstehen. Also blieb Tony widerstrebend bei Prinz, während seine Tochter mit Wolf von dannen zog.

Wolf winkte ihnen eine Kutsche herbei.

Sie war wunderschön, und Virginia wusste, dass sie üblicherweise von turtelnden Paaren gemietet wurde. Wolf schien das nicht zu stören. Tatsächlich mochte dies durchaus Teil seines Planes sein.

»Wären wir zu Fuß nicht schneller?«, fragte Virginia.

Wolf antwortete nicht. Stattdessen sah er sich in der Stadt um. »Erinnerst du dich an die Geschichte von Schneewittchen? Daran, wie sie den vergifteten Apfel gegessen hatte und jeder glaubte, sie wäre tot?

Die sieben Zwerge haben sie danach hierher gebracht und in einen Glassarg gelegt, in der Hoffnung, dass irgendjemand im Stande wäre, sie ins Leben zurückzuholen.«

»Hierher?«, fragte Virginia. »Nach Kissing Town?«

»Dort oben auf den Hügel«, sagte Wolf.

Die Pferde zogen den Wagen in gemächlichem Tempo den Hügel hinauf. Wie zufällig legte Wolf seinen Arm auf die Lehne hinter Virginia. Es machte ihr nichts aus, obwohl sie sich denken konnte, was er vorhatte.

»Die meisten Herrscher werden respektiert«, sagte er. »Manche werden gefürchtet, manche sogar verachtet. Aber Schneewittchen wurde geliebt wie keine andere. Sie war von einer Magie umgeben, die jedem in ihrer Nähe ein Wohlgefühl vermittelte. Wenn sie eine Stadt oder ein Haus betrat oder einfach nur in der Nähe eines Menschen war, dann wurde diese Person vom Schicksal begünstigt. Sie war wirklich in jeder Hinsicht beeindruckend.«

Als der Wagen die Hügelkuppe erreichte, erkannte Virginia, dass sie sich in einer Art romantischer Touristenfalle befanden. Andenkenverkäufer boten die verschiedensten Souvenirs zum Kauf, und Dutzende von Paaren strebten auf einen unbestimmten Punkt zu.

»Glassärge!«, rief ein Andenkenverkäufer. »Erwerben Sie noch heute Ihren eigenen Miniaturglassarg.«

Wolf pochte an das Wagendach, und der Wagen hielt an. Er stieg aus und half Virginia hinaus.

Vor einem der Stände warteten zahlreiche Paare in einer langen Schlange. Virginia beobachtete, wie eines von ihnen bezahlte und dann hinter die Bude geführt wurde. Dort legte sich die Frau auf einen Felsen und schloss die Augen. Ihr Begleiter beugte sich vor und küsste sie vor einem unglaublich süßlichen Hintergrundgemälde mit bunten Vögeln, vor dem ein echter Glassarg stand. Erst jetzt fiel Virginia auf, dass das Paar kostümiert war.

Während die beiden in ihren Posen verharrten, zeichnete ein Kunstmaler ihre Gesichter in bereits vorgefertigte Gemälde. Die ganze Szenerie war schrecklich kitschig, aber Virginia gefiel sie. Einen Ort wie diesen hätte sie sich nicht einmal träumen lassen.

Sie wandte sich an Wolf. »Heißt ›Glücklich für alle Zeiten‹ wirklich für alle Zeiten?«

»Nein, das ist nur eine Redewendung«, sagte Wolf. »Aber all diese Menschen bleiben wenigstens hundertfünfzig Jahre glücklich, bis sie friedlich im Schlaf dahinscheiden.«

»Mit hundertfünfzig Jahren?«, fragte Virginia.

»›Glücklich für alle Zeiten‹ ist wie ein neues Leben, ein Geschenk für die, die gut waren.«

»Wo ist Schneewittchen jetzt?«, fragte Virginia. »Ist sie gestorben?«

»Das weiß niemand«, sagte Wolf. »An ihrem hundertfünfzigsten Geburtstag hat sie nur mit den Kleidern, die sie am Leibe trug, das Schloss verlassen und ist ohne Proviant in den Schnee hinausgegangen. Sie ist bestimmt tot, aber niemand weiß, wo ihr Grab liegt.«

Virginia blieb seufzend stehen und sah Wolf an. Nichts erinnerte mehr an die animalische Aggression, die sie in Little Lamb Village bei ihm erlebt hatte. Und er war in einer Art und Weise attraktiv, für die sie vorher keinen Blick gehabt hatte.

Vielleicht liegt es auch an all den verliebten Paaren. Vielleicht fühle ich mich besser, weil ich sehe, dass es den anderen gut geht.

»Ich weiß nicht, warum«, sagte Virginia, »aber ich fühle mich ganz einfach wohl.«

Wolf lächelte. »So geht es jedem in Kissing Town.«

Tony fühlte sich ein wenig staubig, nachdem er in siebzehn verschiedenen Antiquitätengeschäften gewesen war.

Warum machen diese Leute ihren Plunder nicht sauber, bevor sie ihn zum Kauf anbieten? Mit dem Dreck in diesen Läden könnte man ganze Häuser erbauen.

Prinz Wendell war ebenso angewidert und schlug vor, etwas anderes zu versuchen. Er führte Tony zu einer Auktionshalle.

Die Verkaufsflächen waren voll gestellt mit Waren aller Art, aber anders als in den Antiquitätengeschäften schien man hier vornehmlich mit magischen Objekten zu handeln. Tony sah

Gläser mit echten Drachendungbohnen, goldene Eier und eine Pfefferkuchentür, die angeblich aus dem Original-Hänsel-und-Gretel-Haus stammen sollte.

Aber es war der Posten Nummer acht, der Wendells Aufmerksamkeit erregte. Tony konnte ihn nicht sofort erkennen, bis er neben seinen Begleiter trat. Dann keuchte er.

Die drei Trolle, die Wendell gejagt hatten, waren auch hier. Gott sei Dank waren sie nach wie vor zu einer goldenen Skulptur erstarrt. Die einzige Veränderung bestand in dem Etikett an einem ihrer Finger. Auf ihm befanden sich unzählige Stempel und Zertifikate, so, als wären sie um die halbe Welt geschickt worden.

»Keine sehr reizvolle Arbeit, zugegeben …«

Tony erschrak und drehte sich um. Hinter ihm stand der Auktionator; auch er betrachtete die Trolle nachdenklich.

»… aber dennoch voller Lebenskraft.« Der Mann lächelte Tony an. »*Gefrorener Zorn* würde den Garten eines jeden feinen Hauses schmücken. Reizt Sie die Skulptur auch?«

»Bestimmt nicht«, sagte Tony. »Aber vielleicht haben Sie kürzlich einen Spiegel erworben, etwa von meiner Größe, schwarz?«

Der Blick des Auktionators verschleierte sich. Offenbar hatte sich Tony gerade als Kunstbanause zu erkennen gegeben. Der Auktionator deutete auf die hinterste Ecke. »Ich glaube, dort drüben liegt noch eine Menge Trödel.«

Tony und Wendell gingen in die angegebene Richtung. Der Auktionator hatte nicht übertrieben. Haufenweise Trödel, größtenteils in Kisten, verteilte sich über den Boden, eingehüllt von noch mehr Staub. Tony krempelte die Ärmel hoch und wühlte sich hindurch.

Er wusste nicht, wie lange er suchte. Wendell schob allerlei Zeug mit seiner Nase aus dem Weg. Tony wollte gerade aufgeben, als er das Schild erblickte:

POSTEN 101
SPIEGEL.
HERKUNFT: UNBEKANNT. RESTAURATIONSBEDÜRFTIG.
SCHÄTZWERT: 10–15 GOLDWENDELL.

»Das ist er«, rief Tony. »Das ist er.«

»Benimm dich nicht so auffällig«, mahnte Prinz Wendell.

»10–15 Goldwendell«, sagte Tony. »Der Preis ist wirklich niedrig. Anscheinend weiß niemand, was für ein Spiegel das ist.«

Tony sah sich um. Vielleicht, falls niemand ihn beobachtete, konnte er ihn jetzt einfach mitnehmen. Dann bemerkte er die Wachen neben der Tür. Sie beobachteten ihn.

Er zog den Spiegel aus seiner Verpackung und betrachtete ihn nachdenklich. Sein eigenes Abbild starrte ihn an. Er suchte nach dem geheimen Riegel.

»Du kannst ihn hier nicht einschalten, du Trottel«, zischte Prinz Wendell. »Jeder würde es mitbekommen.«

»Klar, du hast Recht.« Tony wandte sich um, auf der Suche nach dem Auktionator, und prallte unversehens gegen einen älteren Elf. Er war gut gekleidet und betrachtete den Spiegel durch ein Monokel. Tony ertappte sich dabei, wie er die spitzen Ohren seines Gegenübers anstarrte.

Mit der silbergefassten Spitze seines Spazierstocks klopfte der Elf an die Seite des Spiegels. »Hmm ... was denken Sie?«, fragte er dann.

»Worüber?«, fragte Tony. »Über das? Ein Stück gewöhnlicher Plunder. Verschwenden Sie nicht Ihre Zeit damit.«

Tony legte den Spiegel zurück.

Der Elf blickte weiter durch sein Monokel. »Zuerst dachte ich, es wäre eine Reproduktion, später Nackter Kaiser* vielleicht, aber ich glaube, er ist doch älter. Viel älter. Vielleicht sogar frühes Aschenputtel. Und ganz bestimmt nicht so gewöhnlich.«

Mit seinen langen Fingernägeln kratzte der Elf etwas Farbe vom Rahmen. Darunter kam eine goldene Schrift zum Vorschein.

»Zwergenrunen«, murmelte der Elf. »Es scheint beinahe, als hätte jemand versucht, die wahre Herkunft des Spiegels zu verschleiern.«

»Ich denke, es kann sich nur um eine Reproduktion handeln«, beeilte sich Tony zu sagen.

* Des Kaisers neue Kleider, A. d. Ü.

Der Elf schenkte ihm ein schiefes Lächeln. »Nein, das denken Sie nicht.«

In diesem Moment zerrte Wendell an Tonys Bein. »Wir müssen Virginia suchen. Sie hat all unser Geld bei sich.«

Tony war nicht sehr begeistert davon, fortzugehen, nun, da sie den Spiegel endlich wieder gefunden hatten. Dieser Elf zeigte zu viel Interesse daran. Trotzdem ließ er sich von Wendell aus der Auktionshalle führen.

Als sie auf den Ausgang zusteuerten, dachte Tony, er sähe eine vertraute Gestalt. *Der Jägersmann?* Tony erschauderte. *Das ist völlig unmöglich. Der Mann war viel zu schwer verletzt ...*

Sie brauchten beinahe eine Stunde, um Virginia und Wolf zu finden.

Die beiden suchten mitnichten nach dem Spiegel. Stattdessen hatten sie eine Menge Geld dafür bezahlt, um sich kostümieren und porträtieren zu lassen.

Virginia lag auf einem Felsen, und Wolf war für Tonys Geschmack viel zu nahe an ihren Lippen.

Also rief er mit lauter Stimme: »Hey, ihr zwei! Hört auf, herumzukaspern. Wir haben den Spiegel gefunden.«

Virginia blickte ein wenig benommen auf, ehe sie sich von Wolf abwandte. Dann streifte sie das lange Kleid ab, das sie sich für diese Aktion hatte überwerfen müssen, und gesellte sich zu Wendell und ihrem Vater. Wolf sah schrecklich enttäuscht aus, aber er folgte ihr widerspruchslos.

Während Tony die beiden den Hügel hinunterhetzte, berichtete er ihnen, wo und wie er den Spiegel gefunden hatte. Wendell trieb sie derweil zur Eile an. In weniger als zwanzig Minuten hatten sie die Auktionshalle erreicht.

Sogleich hastete Tony in den hinteren Teil der Halle. Der Trödel war noch immer da, aber er konnte den Spiegel nicht mehr finden.

»Er ist weg!«, brüllte Tony.

Der Auktionator eilte herbei, um der Ursache für die Aufregung auf den Grund zu gehen.

»Wo ist der Spiegel?«, fragte Tony.

Der Auktionator verzog die Lippen zu einem hochmütigen Lächeln. »Ach, Sie meinen den magischen Spiegel? Was für eine Entdeckung! Wir sind deswegen alle schrecklich aufgeregt.«

Er führte die Gruppe in die Mitte der Halle. Dort, auf einem mächtigen Podest, stand ihr Spiegel. Mehr noch. Restauratoren reinigten ihn sachkundig und entfernten vorsichtig die schwarze Farbe und den Schweinedreck, um das Blattgold und die Inschrift darunter freizulegen.

Eine beachtliche Menschenmenge verfolgte die Arbeiten mit aufgeregtem Schwatzen.

Tonys Herz klopfte heftig, als er und Virginia sich dem Spiegel näherten. Er hatte ein neues Etikett erhalten. Tony las es schweigend.

POSTEN 7
BESONDERS KOSTBARER MAGISCHER SPIEGEL,
FRÜHES ASCHENPUTTEL
RUNENBESCHRIFTETE ZWERGENARBEIT
SCHÄTZWERT: 5.000 GOLDWENDELL.

»Fünftausend?«, rief Tony entrüstet.

»So viel kriegen wir nie zusammen«, seufzte Virginia.

Und Tony wusste, dass sie Recht hatte.

Kapitel 34

Die Königin stand vor ihren magischen Spiegeln.

Die Vision hatte ihr neue Entschlossenheit verliehen, und sie war bereit, sich zu nehmen, was ihr gehörte.

»Ruf mir den Trollkönig her.«

»Er will nicht mit uns sprechen«, entgegnete der Spiegel.

Die Königin lächelte ein geheimnisvolles Lächeln. »Sag ihm, seine Kinder sind tot.«

Der Spiegel flackerte, und plötzlich erschien ein Bild. Ein brennendes Feld und wogende tintenschwarze Rauchwolken beherrschten die Szenerie. Am Rand des Feldes glaubte die Königin, aufgespießte Köpfe zu sehen. Kriegstrommeln erklangen in der Ferne, und Trolltruppen marschierten, in dem Rauch kaum zu erkennen, eine Straße hinunter.

Plötzlich sprang Relish vor den Spiegel. Sein Gesicht war mit Ruß und Blut verschmiert, seine Augen zusammengekniffen.

»Tot!«, brüllte der Trollkönig in den Spiegel. »Tot?«

Die Königin unterdrückte ein Lächeln. »Sie werden tot sein, wenn du nicht zustimmst, mich zu treffen.«

Außer sich vor Wut rammte der Trollkönig seinen Spiegel mit dem Kopf und zerschmetterte ihn. Die Königin wich unwillkürlich zurück, bis ihr klar wurde, dass der Spiegel auf ihrer Seite nicht zerbrechen würde.

»Du bösartige Hexe!«, brüllte er.

Die Königin faltete die Hände unter den langen Ärmeln ihres purpurfarbenen Gewandes. »Wir treffen uns in der Morgendämmerung im Apfelhain vor Little Lamb Village. Komm allein und unbewaffnet, oder ich werde ihnen die Kehlen aufschlitzen.«

»Wenn du ihnen wehtust …«

Mit einer kurzen Handbewegung scheuchte sie sein Bild fort.

Es ist ein gutes Gefühl, wieder selbst über den Verlauf einer Konversation zu bestimmen. »Das war das.«

Sie wandte sich dem Diener zu, der mit eingezogenem Kopf neben der Tür wartete. *Irgendwann werde ich Personal haben, das nicht ständig den Kopf einzieht und trotzdem zu dienen versteht.* »Pack alles zusammen und beseitige sämtliche Spuren, sodass niemand mehr feststellen kann, dass wir hier gewesen sind.«

Der Diener nickte.

Sie gestattete ihrem Lächeln, sich erneut auf ihre Lippen zu schleichen. »Wir reisen ab«, sagte sie, »sobald es dunkel wird.«

Auf dem Marktplatz setzten sie sich an den Fuß einer alten Statue von Schneewittchen und den sieben Zwergen.

Das Standbild war grau, verwittert und von Taubenkot bedeckt, und Tony fühlte sich in seiner direkten Nähe ganz und gar nicht wohl.

Virginia und Wolf saßen für seinen Geschmack zu eng beieinander, und Prinz Wendell lag zu ihren Füßen, den Kopf auf die Pfoten gelegt. Sie alle sahen niedergeschlagen aus, aber nicht so niedergeschlagen, wie Tony sich fühlte.

Er saß am äußersten Ende der Bank und starrte auf den Zeitungsstand neben sich. Er wusste, dass Wendell die Schlagzeile längst gelesen hatte: ›*WENDELLS SCHMACH: KRÖNUNG ABGESAGT*‹.

»Alles ist verloren«, sagte Prinz Wendell nun zum etwa fünfzehnten Mal.

»Wie viel haben wir zusammen?«, fragte Tony.

Er gab die Hoffnung nicht auf, dass sie das Geld für den Spiegel doch noch irgendwie zusammenkriegen würden. *Wenn ich ihn nur hätte kaufen können, bevor ich mich auf die Suche nach Virginia gemacht habe. Es ist schon erstaunlich, was hier in einer Stunde alles geschehen kann.*

Virginia zählte ihren gemeinschaftlichen Reichtum. Sie legte die Münzen auf verschiedene Stapel, um die verschiedenen Werte voneinander zu trennen. Tony verstand noch immer nicht, wie sie angesichts dieses Spielgeldes den Überblick behalten konnte, aber er war froh, dass dem so war.

»Genau dreißig Goldwendell«, sagte Virginia. »Wie können wir bis morgen früh aus diesen dreißig Münzen fünftausend machen?«

Wendell seufzte. Wolf runzelte die Stirn. Virginia fixierte das Geld. Tony dachte nach. *Wie können wir unsere Habe vermehren? Einen Job zu finden, der so gut bezahlt ist, ist etwa so wahrscheinlich wie ein Sechser im Lotto ...*

Plötzlich richtete er sich auf. »Ich hab eine Idee«, rief er. »Folgt mir.«

Während sie zur anderen Seite des Marktplatzes gingen, erklärte Tony ihnen seinen Plan. Virginia gefiel der Gedanke nicht. Wolf zuckte die Schultern. Wendell hatte überhaupt keine Meinung, was gar nicht zu ihm passte. Aber Tony war fest entschlossen.

Sie blieben vor einem Gebäude stehen, das *Kasino der Liebenden* hieß. Vor der Tür verkauften Händler allerlei Glücksbringer. Eine Hasenpfote für einen Goldwendell, vierblättrige Kleeblätter für vier Goldwendell ...

Virginia murmelte kopfschüttelnd etwas darüber, dass die einzigen Leute, die hier Geld verdienten, die Verkäufer von Glücksbringern wären.

Tony ignorierte sie und händigte Wolf und Virginia je zehn Goldwendell aus. Die restlichen zehn behielt er selbst.

»Okay«, sagte er. »Einer von uns muss bis Tagesanbruch sein Glück gemacht haben.«

»Ich habe eine Idee, wie sich Prinz nützlich machen könnte.« Virginia ging neben dem königlichen Hund auf die Knie und wühlte in ihrem Rucksack. Tony konnte nicht erkennen, was sie tat, aber Wendells Aufregung entging ihm nicht.

»Nein, Tony«, protestierte Prinz. »Sag ihr, dass ich das nicht mitmache. Ich bin entschieden dagegen. Das ist so demütigend.«

»Jede Kleinigkeit kann uns helfen.« Virginia erhob sich. Tony blickte Wendell an. Sie hatte dem Hund ein Schild um den Hals gehängt, auf dem stand:

GLÜCKSHUND
BITTE TEILEN SIE IHREN GEWINN 50:50!

Prinz Wendell sah wirklich gedemütigt aus, aber irgendwie wirkte er dadurch umso niedlicher.

Tony lächelte. *Es könnte tatsächlich funktionieren.*

In dem offenen Glockenturm, der den Marktplatz überragte, ergab sich der Jägersmann seinem Schmerz.

Sein Bein war beinahe vollkommen zerfetzt, und er verlor zu viel Blut. Aber er musste seinen Auftrag zu Ende führen. Er hatte allerdings nicht damit gerechnet, dass diese Versager ihm so viel Ärger bereiten würden.

Die Armbrust lag neben ihm. Seine anderen Waffen hatte er griffbereit um sich herum verteilt.

Von hier aus konnte er den größten Teil der Stadt überblicken. Und so sah er, wie Virginia, Tony und Wolf gemeinsam mit Prinz Wendell das Kasino betraten.

Nun hatte er Zeit, sich ein wenig auszuruhen, ehe er sich erneut der Aufgabe zuwenden musste, für die er verpflichtet worden war.

Vorsichtig löste er den Verband um sein verletztes Bein. Die Falle war glatt durch die Muskeln bis auf den Knochen durchgeschlagen. Es war eine wirklich gute Falle. Er hatte allerdings nicht damit gerechnet, einmal selbst in ihr zu stecken. Glücklicherweise wusste er, wie man sie entriegeln und sich aus ihr befreien konnte.

Und damit wusste er weit mehr als seine Beute. Von nun an würde er jeden Vorteil nutzen, der sich ihm bot. Schnell und unauffällig sollten sie sterben. Er würde sein Werk beenden, selbst wenn es ihn das Leben kosten sollte.

Trotz all der Fackeln und Öllampen war das Kasino dunkler als jedes andere, das Wolf jemals betreten hatte.

Vielleicht lag es an dem engen Raum. Wolf war Freilichtkasinos gewohnt, in denen die Spiele in der Dämmerung stattfanden.

Überall waren Leute, die würfelten und lachten oder Münzen in Geldspielautomaten warfen. Das Klimpern der Gewinne war berauschend.

Tony kam gerade von einem Schalter zurück, an dem er seine Münzen in Chips gewechselt hatte. »Okay, Leute«, sagte er, »lasst uns Geld machen.«

Virginia ging in die eine Richtung, Tony in die andere, dicht gefolgt von Wendell. Wolf runzelte die Stirn und sah sich nach etwas um, das geeignet schien, sein Interesse zu wecken. Schließlich entdeckte er sein Lieblingsspiel, das Glücksrad.

Er ging hinüber und fragte den weiblichen Croupier am Rad: »Miss, wie hoch ist der höchste Preis, den man mit einem Goldwendell erzielen kann?«

»Nun, Sir«, sagte sie. »Zehntausend zu eins, wenn Sie auf den großen Jack-Rabbit-Jackpot setzen. Aber der ist bisher nur einmal gekommen.«

»Das ist genau das Richtige.« Wolf warf eine Münze auf das Jackpot-Feld, sah jedoch nicht zu, wie das Rad in Bewegung gesetzt wurde. Stattdessen beobachtete er Virginia, die auf ein Hasenrennen setzte. Sie war ganz bei der Sache, schrie und schwenkte die Faust, und sah dabei so gelöst aus.

Er überkreuzte die Finger, während das Rad sich mit leisem Klicken drehte. *Sollte ich gewinnen, wird Virginia mich noch mehr lieben. Aber sollte ich zu viel gewinnen, dann wird sie den Spiegel kaufen und nach Hause gehen. Und mich wird sie verlassen ...*

»Pech, Sir«, sagte der Croupier.

Wolf blickte sich nach dem Rad um. Er hatte verloren. »Oh, danke«, sagte er erleichtert.

»Wollen Sie noch einmal setzen?«

Wolf betrachtete Virginia. *Wenn ich alles verliere, wird sie zumindest wissen, dass ich es versucht habe.*

»Sir? Noch einmal?«

Er lächelte dem Croupier zu. »Aber sicher!«

Virginia beugte sich über die Hasenrennstrecke und sah zu, wie der Dompteur sich vergewisserte, dass alle Kaninchen sicher in ihre Geschirre gespannt waren.

Sie konnte nicht umhin, sich zu fragen, ob es nicht mehr als grausam war, diese Tiere zu einem Hindernislauf zu zwingen, als wären es Rennpferde.

Aber sie konnte sich derzeit keine moralischen Bedenken leisten. Nicht, solange sie Geld gewinnen musste, um nach Hause gehen zu können.

»Hasenrennen, Hasenrennen, setzen Sie auf den Sieger, und gewinnen Sie den Jackpot«, rief der Mann am Wettschalter.

Virginia hatte die Wettquoten studiert und wählte ihren Favoriten. Sein Name war Solvig, und er war bisher stets gut gelaufen.

Die Kaninchen wurden in einer Reihe aufgestellt. Dann ertönte eine kleine Glocke, und die Tiere hoppelten los.

»Los, Solvig!«, schrie Virginia. »Schneller, Solvig, schneller.«

Der Rennleiter kommentierte das Rennen wie Howard Cosell auf Speed. »Solvig führt vor Tidbit, und sie nähern sich der letzten Hürde ...«

Virginia verbannte seine Stimme aus ihrem Kopf und konzentrierte sich auf Solvig. Er nahm gerade die letzte Hürde und schlug Tidbit auf der Geraden. Aber dann, ganz plötzlich, stürmte Rumpus wie aus dem Nichts voran und schloss zu Solvig auf und ...

»... Rumpus gewinnt um Hasenbreite.«

Seufzend schloss Virginia die Augen. Dann strich sie mit dem Finger über ihre Chips.

Sie hatte nur noch fünf übrig.

Tony hockte in einer verräucherten Ecke im hinteren Teil des Kasinos.

Die Lampen verbreiteten einen leicht öligen Geruch, und Tony fragte sich, welche Sicherheitsvorschriften wohl hierzulande gelten mochten. Für seinen Geschmack gab es in diesem Laden viel zu viele Zigarrenraucher.

Aber darum konnte er sich jetzt nicht kümmern. Er steckte

mitten in einem Spiel, in dem es unter vier Mitspielern um hohe Einsätze ging. Vor ihm lagen achtzig Chips, und er lag gut im Rennen.

Prinz Wendell beobachtete ihn vom Boden aus, hatte sich jedoch bisher jeglichen Kommentars enthalten.

»Ich setze zwanzig«, sagte einer der Spieler, der sich die Karten wie alle anderen dicht vor die Nase hielt.

»Ich lache über deine zwanzig und setze fünfzig«, konterte Tony.

Um sie herum versammelten sich mehr und mehr Menschen. Offensichtlich fanden im *Kasino der Liebenden* nur selten Spiele um hohe Einsätze statt.

»Ich gehe mit«, sagte der andere Mann. »Und will sehen.«

Tony bedachte ihn mit einem hämischen Grinsen. »Hast du etwa ›Mr. Bun, der Bäcker‹?«

Der Mann fluchte und warf eine Karte nach Tony. Langsam breitete Tony vor sich eine komplette ›Glückliche Familie‹ aus.

»Sieh hin und weine«, sagte Tony, während er das Geld einsammelte.

»Tut mir Leid, Sir«, sagte der Croupier. »Ist nicht Ihr Glückstag heute.«

Wolf lächelte sie an. Genauer gesagt, strahlte er über das ganze Gesicht. »Machen Sie sich um mich keine Sorgen, Miss.«

»Ich habe noch nie jemanden so glücklich verlieren sehen, Sir.«

»Ach. Nun, waren Sie denn jemals verliebt, Miss?«

»Nur einmal, Sir«, sagte sie. »In einen Ritter. Aber er war verheiratet.«

Wolf legte seinen letzten Chip auf das Feld für den Jackpot. »Sehen Sie das Mädchen dort drüben? Ihr gehört mein ganzes Herz. Für sie würde ich alles tun.«

Der Croupier drehte das Rad. Klickend setzte es sich in Bewegung.

Wolf ließ sich von dem Geräusch einlullen und betrachtete Virginia. Offenbar verlor sie ebenfalls. Sie sah furchtbar traurig aus.

»Du meine Güte! Sir, Sie haben den Jack-Rabbit-Jackpot gewonnen.«

Es dauerte eine Weile, bis die Worte in sein Bewusstsein drangen. Langsam drehte sich Wolf zu dem Croupier um. »Habe ich?« Er sah zum Rad. Kein Zweifel, er hatte den Jackpot geknackt.

»O ja, Sir.« Der Croupier war aufgeregter als er selbst. »Herzlichen Glückwunsch. Zehntausend Goldwendell. Sie können sich Ihren Gewinn an der Kasse abholen. Sir?«

Plötzlich grinste Wolf. »Ich habe gewonnen! Warten Sie nur, bis ich das meinem Mädchen erzählt habe. Zehntausend Goldstücke!«

Im Laufschritt durchquerte er das Kasino, vorbei an Kartentischen, Dartspielern und Händlern, die Talismane feilboten. Virginia verfolgte nach wie vor das Hasenrennen.

»Mehr als genug, um den Spiegel zu kaufen«, murmelte er leise. »Nun wird sie ...«

Abrupt blieb Wolf stehen.

»... dich verlassen. Ja. Das wird sie tun. Sie liebt dich nicht wirklich, sie will nur, dass du ihr hilfst, nach Hause zu kommen. Sie liebt dich ... nicht.«

Fast hatte er die Hasen-Rennstrecke erreicht. Virginia war nur noch wenige Fuß von ihm entfernt.

»Nein, nein, sie betet dich an. Deine wölfischen Instinkte täuschen sich nie. Sie liebt dich.«

Wolf blieb hinter ihr stehen und klopfte ihr auf die Schulter, als der unangenehme Bursche, der das Rennen leitete, sagte: »Ist das zu glauben? Rumpus bringt schon den dritten Sieg hintereinander nach Hause.«

Vor Virginia lag kein einziger Chip mehr. Sie sah Wolf und seufzte. »Tja, das war's. Ich habe alles verloren.«

Er sah sie an. *Sie ist wunderschön. Ich will nicht, dass sie einfach so fortgeht. Wölfe gehen Partnerschaften fürs ganze Leben ein. Was soll ich denn ohne sie anfangen?*

»Wie steht es bei dir?«, fragte sie.

»Ja ... ja, ich ... auch«, sagte Wolf.

Sie ergriff seinen Arm. »Ich brauche etwas frische Luft.«

Er nickte, noch immer verblüfft über die Lüge, die ihm gerade über die Lippen gekommen war. Er ließ sich von ihr zum Balkon führen.

Von hier aus konnte man die ganze Stadt überblicken. Auf der Straße waren noch Menschen unterwegs, aber auf dem Balkon war niemand außer ihnen. Und Virginia hatte Recht, die Luft hier draußen roch viel frischer. Und kälter war sie auch.

Virginia sah schweigend auf die Stadt hinaus, und Wolf betrachtete sie. *Sie ist so unglaublich schön.*

»Sei nicht traurig«, sagte er.

Sie schüttelte traurig den Kopf. »Ich werde nie wieder nach Hause gehen können. Stattdessen stecke ich für den Rest meines Lebens hier mit dir fest. Ich kann es geradezu vor mir sehen.«

Sie drehte sich um und stellte fest, dass er sie beobachtete. Sanftmut legte sich über ihre Züge, und er wusste plötzlich, dass sie verstanden hatte. Dass sie gern bei ihm bleiben würde.

Sie fragte: »Liegt das nur an diesem Ort, oder ...?«

Er hielt den Atem an. Um nichts in der Welt wollte er diesen Augenblick verlieren.

»Ich fühle ... etwas Bedeutsames geschieht mit mir«, sagte Virginia. »Ich kann es nicht beschreiben. Es ist, als käme eine riesige Woge auf mich zu, aber ich kann sie nicht sehen. Ich habe das Gefühl, sie wird mich verschlingen.«

Sie wandte sich wieder ab und ließ ihren Blick erneut über die Stadt wandern. Plötzlich schien der Bann gebrochen.

Ich kann die Lüge nicht zwischen uns stehen lassen. »Virginia«, begann Wolf. »Ich kann es dir nicht länger verheimlichen. Gerade ist mir etwas passiert.«

»Mir auch«, sagte sie, und ihre Stimme klang glücklich und traurig zugleich.

»Virginia, ich habe gerade ... dir auch?«

Sie drehte sich zu ihm um. Ihre Augen blickten unglaublich sanft. »Sag mir, dass das nur an der Stadt liegt.«

Zumindest in diesem Punkt konnte er bei der Wahrheit bleiben. »Nun, es ist eine magische Stadt der Liebe, aber Blumen wachsen nur, wo es Samen gibt. Ein Feuerwerk kann nur explodieren, wenn genug Schwarzpulver in der Rakete ist.«

Sie lächelte.

Und da wusste er, wusste zum ersten Mal gewiss, dass sie sich in ihn verliebt hatte.

»Vielleicht ist das das Schicksal«, sagte Virginia.

»Ganz bestimmt«, stimmte Wolf zu.

Hinter ihnen färbte sich der Schein der Lampions rosa. Kleine Vögel erschienen aus dem Nichts und fingen an zu zwitschern.

Er wertete es als Zeichen seiner Zuneigung zu ihr, dass er ihren Gesang als wohltuend empfand und nicht einmal daran dachte, sie zum Mittagessen zu verzehren.

»Vielleicht bin ich dazu bestimmt, bei dir zu sein«, sagte sie.

»Das bist du ganz sicher.«

Er beugte sich zu ihr vor. Sie schloss die Augen und öffnete ihre Lippen kaum merklich.

Nun werde ich sie also tatsächlich küssen. Seine Lippen hatten die ihren beinahe berührt, als sie ruckartig die Augen öffnete und sich abwandte.

»Besser, wir sehen nach, wie es Dad ergeht.«

Das rosafarbene Licht verblasste. Die Vögel verstummten. Und Wolf war zutiefst enttäuscht. Er wusste nicht, wie er diesen Augenblick zurückholen konnte – und er hatte so oder so keine Wahl.

Virginia verließ den Balkon. Er blieb einen Augenblick stehen und sinnierte darüber nach, wie nahe er dem Himmel gewesen war, ehe er ihr ins Kasino folgte.

Es dauerte eine Weile, bis sie ihren Vater gefunden hatte.

Gemeinsam mit einigen suspekten Gestalten saß er in einem dunklen, verräucherten Raum. Um ihn herum hatte sich eine Menschentraube gebildet. Virginia musste sich fast hindurchkämpfen, um zu ihm zu gelangen. Wolf war direkt hinter ihr.

»*Mrs. Bone, die Metzgerfrau,* vervollständigt die Reihe«, sagte Tony, während er seine Karten ausbreitete. Dann sammelte er kichernd seinen Gewinn ein. Die anderen Spieler warfen ihre Karten auf den Tisch und gingen, und mit ihnen gingen die Zuschauer. Der Geber sah Tony erwartungsvoll an.

»Dad«, sagte Virginia, »das hast du gut gemacht.«

»Ich glaube, ich hab schon fast sechshundert gewonnen, aber das reicht noch nicht. Ich werde kaum die Bank sprengen, wenn ich weiter *Glückliche Familie* spiele. Ich muss zur Spitzenklasse wechseln.«

Er deutete auf einen Tisch in einer Ecke, an dem ein Schild auf die besonders hohen Einsätze verwies. Über dem Tisch hing eine Rauchwolke, die so dicht war, dass Virginia die Spieler kaum erkennen konnte. Aber was sie sah, gefiel ihr ganz und gar nicht.

»Was wird dort gespielt?«, fragte sie.

»Völlig egal«, sagte Tony. »Mir macht kein Kartenspiel der Welt Angst. Erinnerst du dich an die Woche, die wir '93 in Las Vegas verbracht haben?«

»Als wir den Wagen verkauft haben?«

»Nein, nein, im Jahr davor.«

Sie erinnerte sich.

Sie half ihm, seinen Gewinn einzusammeln und das Geld zum anderen Tisch zu bringen.

Die Spieler dort erschienen ihr wie ein böses Omen. Es waren drei: ein riesiger Troll, ein Zwerg mit bösartiger Miene, der eine stinkende Zigarre rauchte, und eine reiche alte Dame. Sie grinsten hässlich, als Tony sich zu ihnen setzte.

Virginia wollte Wolf fragen, was er von den Spielern hielt, aber als sie sich umwandte, war er nicht mehr da.

Kapitel 35

Wolf konnte es im Kasino keinen Augenblick länger aushalten.

Er hatte sich seinen Gewinn abgeholt und ihn in seiner Tasche verstaut, doch er hatte nicht die geringste Ahnung, was er nun tun sollte. Zum ersten Mal wünschte er, er hätte jemanden, mit dem er reden könnte, so wie mit der Ärztin in der Nähe von Virginias Haus.

Die einzige Person, mit der er nun reden konnte, war er selbst.

Er ging vor dem Kasino auf und ab, schlängelte sich an den Reihen der Talismanverkäufer entlang, von denen die meisten so oder so einen großen Bogen um ihn machten, wenn sie den Ausdruck in seinen Augen bemerkten.

»Was soll ich tun? Was soll ich nur tun?«, murmelte er und krümmte sich.

Dann richtete er sich zu voller Größe auf. »Ja, was soll ich tun?«

Es war, als würde ein Dialog zwischen seinem animalischen und dem menschlichen Selbst in ihm stattfinden. »Ich gebe ihr das Geld, auch wenn das bedeutet, dass ich sie verlieren werde. Das ist das einzig Ehrenhafte, was ich tun kann.«

Er ballte eine Faust und nickte. »Ja, und dann kann sie nach Hause gehen, und die Königin wird sie nicht bekommen.«

Ein jungvermähltes Paar ging kichernd und eng aneinander geschmiegt vorbei. *Sie sind so verliebt. Ich und Virginia sind auch verliebt. Sie ist meine Lebensgefährtin.*

»Natürlich«, murmelte er, »wirst du dich umbringen müssen, wenn sie fort ist. Dein Leben ist dann nichts mehr wert.«

Das Paar blieb stehen. Sie küssten sich. *Ich hätte Virginia beinahe geküsst. Sie wollte, dass ich es tue, bis sie wieder zu sich gekommen ist und sich von mir abgewandt hat.*

Da kam ihm eine Idee.

Ich könnte ihr einen Heiratsantrag machen. Was habe ich schon zu verlieren? Ich kann ihr genug Geld geben, um den Spiegel zu kaufen, und den Rest für Geschenke verwenden, mit denen ich meinen Antrag untermauern werde. Auf diese Weise bleibe ich anständig und ehrlich, und sie kann frei wählen.

Die Idee entlockte ihm ein Lächeln. Er blickte sich zur Tür des Kasinos um. Tony und Virginia waren immer noch dort drin, und es würde noch eine Weile dauern, bis sie herauskämen. Ihm blieb genug Zeit, seine Pläne vorzubereiten.

Er hastete über die Straße und hielt dann und wann an, um sich von jungen Paaren beraten zu lassen. Schließlich fand er das Restaurant, von dem sie alle berichtet hatten.

Er pochte an die Tür, kräftig und immer kräftiger, bis er Schritte hörte. Ein Mann öffnete die Tür und gähnte.

»Ist dies das beste Restaurant der Stadt?«, fragte Wolf.

Der Mann starrte Wolf an, als wäre der völlig übergeschnappt. »Es ist vier Uhr morgens. Verschwinden Sie.«

»Ich möchte reservieren. Ich brauche das ganze Restaurant für einen Heiratsantrag.«

»Verschwinden Sie!«

Der Mann knallte ihm die Tür vor der Nase zu, und Wolf sah durch das Fenster, wie er zurück zu seinem Bett schlurfte.

Entschlossen griff er in seine Tasche, hielt sein Geld vor das Fenster und schlug mit der Faust auf die Scheibe.

Der Mann wirbelte herum und erstarrte, als er das Geld erblickte.

Wolf ging wieder zur Tür. Gleich darauf öffnete der Mann, nunmehr offensichtlich hellwach.

»Sie müssen sofort mit der Arbeit beginnen«, sagte Wolf. »Die Gerichte, die mir vorschweben, erfordern höchste Aufmerksamkeit, viele Marinaden und Vorbereitungen.«

Der Mann ließ ihn herein, ehe er fortging, um den Rest der Restaurantmitarbeiter zu wecken.

Kurz darauf stand Wolf mitten in der großen Küche, gemeinsam mit einer Horde verschlafener Leute, die noch immer ihre Nachtgewänder trugen. Er gab ihnen allen ein wenig Geld.

»Hören Sie, ich will romantische Speisen! Ein Mahl, das sie umhauen, aber auch an ihren Platz fesseln wird. Ich will, dass sie danach das Gefühl hat, dieses Essen hätte ihr ganzes Leben verändert. Es muss das beste Mahl sein, das je gekocht wurde.«

Der Chefkoch, der offensichtlich mit seiner weißen Mütze zu schlafen pflegte, starrte Wolf erbost an. »Ich bin der beste Koch in allen Neun Königreichen. Die Menschen reisen Hunderte von Meilen, um meine Gerichte zu kosten!«

»So?« Wolf schien wenig beeindruckt. »Nun, meine Verabredung stammt aus einer anderen Dimension, also vermasseln Sie es nicht.«

Relish, der Trollkönig, überprüfte den Apfelhain.

Es war ein hübscher Obstgarten mit großen, Früchte tragenden Bäumen. Die Äpfel waren fest, rot und reif.

Er war schon seit langer Zeit nicht mehr in diesem Teil des Vierten Königreiches gewesen. Dieser Garten in der Nähe von Merrypips Cider-Haus war nur etwa dreißig Meilen von Little Lamb Village entfernt – einem Ort, in dem Trolle, so weit er gehört hatte, keinesfalls willkommen waren.

Er lächelte. *Nun, ich werde ihnen ein Willkommen bereiten, das sich gewaschen hat. Sobald ich die Königin los bin.*

Relish wandte sich um und gab mit der rechten Hand ein Zeichen. Ein Dutzend bewaffneter Trolle folgte ihm daraufhin in den Obstgarten, sorgsam darauf bedacht, sich nur auf dem Gras vorwärts zu bewegen, auf dass niemand ihre Spuren entdecken würde. Er hatte sie dazu angewiesen, so wie zu einer Menge anderer Dinge auch.

Sein engster Vertrauter, zumindest bei dieser Mission, schlich sich neben ihn. »Warum sind wir schon so früh hier, Eure Majestät? Wir werden die Königin erst in einer Stunde treffen.«

»Halt die Klappe!« Relish kniff die Augen zusammen. Sein Vertrauter hatte soeben seinen Rang verloren, aber das würde er erst erfahren, wenn er seinen Auftrag erfüllt hatte. »Versteck dich und deine Leute. Wenn sie eintrifft, darf sie nur mich sehen, und zwar unbewaffnet, oder sie wird umkehren. Hast du mich verstanden?«

Der Troll nickte, ebenso wie die anderen. »Ja, Eure Majestät.«

Sie verschwanden in der Deckung zwischen den Bäumen und ernteten unterwegs ein paar Äpfel. Dieses Heer war wohlgenährt, und langsam gewöhnte es sich an die Annehmlichkeiten des Vierten Königreiches.

Ebenso wie Relish. Er pflückte einen reifen Apfel und biss herzhaft hinein. Saft troff über sein Kinn. Er lächelte.

Das alles wird mir gehören. Bald. Sehr bald.

Virginia hatte nicht gewusst, wie ermüdend es sein konnte, bei einem Kartenspiel zuzusehen.

Ganz besonders, wenn die Spieler einen Krieg um hohe Einsätze führten.

Während der letzten Stunden hatte ihr Vater erst den Troll und dann den Zwerg ruiniert. Nur die alte Dame war noch im Spiel, und sie sah alles andere als erholungsbedürftig aus.

»Bitte, hör auf, Dad«, sagte Virginia. »Bitte. Wir haben mehr als viertausend Goldstücke gewonnen.«

»Vier könnten zu wenig sein«, entgegnete ihr Vater. »Nur noch ein Spiel.«

»Dad, hör auf«, beharrte Virginia. »Du spielst schon die ganze Nacht. Du bist zu müde.«

»Eines noch. Um den ganzen Pott. Ich kann sie schaffen.«

Typisch Dad! Ich hätte wissen müssen, dass so etwas passieren würde.

Beide, er und die alte Dame, hatten vor sich einen Berg von Chips angehäuft und starrten einander kämpferisch an. Virginia seufzte. *Dad hat offensichtlich vergessen, dass es darum ging, den Spiegel zurückzubekommen, nicht darum, der beste Zocker des Kasinos zu werden.*

»Nur noch ein Spiel um den Pott, Schätzchen«, sagte die alte Dame.

Ihr Vater griff nach seinen Chips, und die alte Dame ebenso. Virginia schlug die Hände vor ihr Gesicht. Sie konnte nicht mehr hinsehen.

Lieblich ging die Sonne über Kissing Town auf.

Wolf hatte noch nie einen so schönen Sonnenaufgang gesehen. Er eilte zurück zum Kasino, wobei er sich fragte, ob Virginia ihn ebenso sehr vermisst hatte wie er sie.

Als er näher kam, ging er in Gedanken noch einmal seinen Plan durch.

»Alles ist erledigt, in die Wege geleitet und bereit, und ich habe immer noch Tonnen von Geld übrig. Den Rest werde ich Virginia geben, dann kann sie den Spiegel immer noch …«

Er kam an einem Juweliergeschäft vorbei und blieb wie angewurzelt stehen, verblüfft über seine eigene Dummheit.

»Jemine«, murmelte er. »Ich Idiot. Beinahe hätte ich das Wichtigste vergessen.«

Er betrat den Laden. In den Auslagen befanden sich Juwelen, Halsketten und Uhren aller Arten und Größen. In den Kuckucksuhren an der Wand schienen echte Vögel zu nisten.

Wolf ging geradewegs zu einer Vitrine, wo in Samtkästen alle möglichen Ringe präsentiert wurden, von ganz schlichten bis hin zu unfassbar kostbaren. Manche ruhten sogar in einem Nest aus Blüten. Eine derartige Auswahl hatte er nicht erwartet.

Der Juwelier eilte geschäftig herbei und lächelte Wolf an. »Einen wunderschönen guten Morgen, Sir. Wie kann ich Ihnen helfen?«

»Ich suche einen Verlobungsring«, sagte Wolf, »aber nicht irgendeinen gewöhnlichen Ring.«

Der Juwelier griff sich ans Herz, als hätten ihn Wolfs Worte zutiefst gekränkt. »Wir handeln nicht mit gewöhnlichen Ringen, Sir. Erzählen Sie mir ein bisschen von der Dame. Ist sie groß?«

»Nein«, sagte Wolf, »sie ist sehr zierlich.«

»Schlicht oder schön?«

»Sie ist überwältigend«, sagte Wolf. »Wollen Sie mich beleidigen?«

»Aber gewiss nicht, Sir«, sagte der Juwelier. »Ich versuche nur, den passenden Ring für die Dame zu finden. Manche Ringe können eine Dame geradezu erdrücken.«

»Kein Ring kann schöner sein als mein Mädchen.«

»Oh, Sir, wie romantisch«, sagte der Juwelier. »Das klingt nach dem einen Mädchen unter Millionen.«

»Das ist sie.«

»Dann sollte ich Ihr Auge nicht beleidigen, indem ich Ihnen diese banalen goldenen und diamantbesetzten Verlobungsringe zeige.«

Er griff in die Vitrine und verschloss den Kasten mit den einfacheren Ringen.

»Nicht einmal diese, die von den königlichen Zwergen in Handarbeit angefertigt worden sind.«

Er schloss den Kasten mit den in Blumen gebetteten Ringen.

»Richten Sie Ihr Augenmerk stattdessen auf diese hier.«

Der Juwelier öffnete ein mit Satin ausgeschlagenes Etui. Nur sechs Ringe lagen darin, die zauberhaft funkelten. Kleine Sterne stiegen von ihnen empor und verstärkten den Glanz.

Der Juwelier stellte das Etui ab, und die Ringe hüpften auf und nieder, während Wolf sie betrachtete.

»Nimm mich«, sagte einer der Ringe.

»Nein, nimm mich«, rief der nächste.

Sie sprachen mit dünnen Stimmchen zu ihm, und Wolf war entzückt.

»Sir, ich möchte nicht taktlos erscheinen, aber diese Ringe sind wirklich sündhaft teuer.«

»Geld spielt keine Rolle«, sagte Wolf.

»Sie sind ein wahrer Gentleman, Sir.« Der Juwelier schloss das Etui, wobei er fast Wolfs Finger eingeklemmt hätte.

»In meinen Augen sehen sie wirklich schön ...«

»Oh, nein, nein, Sir«, sagte der Juwelier. »Ich habe da etwas wirklich Einzigartiges für Sie.«

Mit großer Geste wandte sich der Juwelier zu einem purpurfarbenen Vorhang unter den Kuckucksuhren um. Jenseits des Vorhangs lag der wohl schönste und größte Verlobungsring, den Wolf je gesehen hatte, auf einem Nest aus Entendaunen, von dem genug Funken aufstiegen, den ganzen Raum zu beleuchten.

»Das ist ein singender Ring, Sir.«

Wolf lächelte. »Huff-puff. Ein singender Ring. Den muss ich haben.«

Er beugte sich über das funkelnde und blitzende Schmuckstück.

»Wie würd es mich entzücken, deiner Liebsten Hand zu schmücken ...« Der Ring sang tatsächlich.

Der Juwelier sagte: »Die Dame, die diesen Ring auf ihren Finger zieht, hat keine andere Wahl mehr. Sie wird einfach sagen: ›Ich will.‹«

»Wird sie?«

»Keinem singenden Ring wurde je eine Abfuhr zuteil.«

»Niemals?«

»Ich verkaufe ihn mit lebenslanger Liebesgarantie«, sagte der Juwelier.

»Ich nehme ihn«, sagte Wolf.

»Er gehört Ihnen. Für die lächerliche Summe von lumpigen siebentausend Goldwendell.«

Siebentausend Goldwendell? Wolf schluckte. *Das bedeutet: entweder der Ring oder der Spiegel. Aber sobald Virginia den Ring einmal trägt, wird sie den Spiegel ohnehin vergessen ...*

Trotzdem. Vielleicht kann ich handeln. »Siebentausend?«

»Gibt es ein Problem, Sir? Wir führen auch bescheidenere Ringe für weniger bedeutende Damen, falls ...«

»Nein«, sagte Wolf. »Ich nehme ihn.«

Über dem Obstgarten zog die Morgendämmerung herauf.

Die Königin musste ein Lächeln unterdrücken. Nicht weit von ihr stand der Trollkönig. In Natura sah er weniger abstoßend aus als durch ihren Spiegel. Als er sie sah, ging er auf sie zu.

Auch sie ging ihm entgegen. Sie konnten sich ebenso gut auf halber Strecke treffen. Es war so oder so das letzte Mal.

Er öffnete seine Jacke, um ihr seinen Gürtel zu zeigen. »Ich bin unbewaffnet und allein.«

Sie schlug ihren Mantel zurück. »Ebenso wie ich.«

Zehn Fuß voneinander entfernt blieben sie stehen. Sie war froh darüber. Ihr war wenig daran gelegen, ihm noch näher zu kommen.

»Ich habe getan, was Ihr verlangt habt«, sagte der Trollkönig. »Wo also sind meine Kinder?«

Die Königin lächelte. »Um ehrlich zu sein, ich habe keine Ahnung. Ich habe sie nur als Ausrede benutzt, um dich zu einem Treffen zu bewegen.«

Der Trollkönig runzelte die Stirn. »Dann werde ich Euch umbringen.«

»Willst du denn zuvor nicht erfahren, wie mein großer Plan aussieht?«, fragte sie.

»Ich kenne Euren Plan schon lange«, sagte er. »Ihr wollt den falschen Prinzen auf den Thron setzen und das Vierte Königreich selbst regieren.«

Sie trat einen Schritt auf ihn zu. *Er ist tatsächlich so dumm, wie ich vermutet hatte. Gut.*

»Glaubst du, ich habe sieben Jahre im Kerker vor mich hingerottet, nur um eines der Neun Königreiche zu regieren? Ich werde sie alle bekommen.«

»Und wie passe ich in diesen Plan?«, fragte er.

»Tja, nun.« *Das ist das Problem, nicht wahr?* »Ich verstehe, was du meinst.«

»Ich habe genug gehört«, sagte er. »Trolle, erhebt euch.«

Im gleichen Moment stürzte ein Dutzend Trolle aus dem Obstgarten hervor und umzingelte sie. Sie alle trugen Waffen, von denen nicht wenige auf sie gerichtet waren.

Sie schien hoffnungslos in der Falle zu sitzen.

Der Trollkönig umkreiste sie siegesgewiss. *Der Idiot.*

»Damit habt Ihr nicht gerechnet, was?«, fragte er. »Meine Männer haben sich schon vor einer Stunde hier versteckt.«

»Dein Weitblick ist beeindruckend.« Sie sah ihn an, und ihre Lippen verzogen sich langsam zu einem tückischen Lächeln. »Und wärt ihr schon vor zwei Stunden hier gewesen, dann hättet ihr gesehen, wie ich die Äpfel vergiftet habe.«

Der Trollkönig griff sich an die Kehle, und zum ersten Mal, seit sie sich getroffen hatten, sah er furchtsam aus. Um ihn herum fingen die Trolle an zu würgen. Einer nach dem anderen brach zusammen.

»Die korrekte Anwendung von Gift ist eine Wissenschaft für

sich«, sagte sie zufrieden lächelnd. »Und wie es scheint, habe ich genau den richtigen Zeitpunkt gewählt.«

Der Trollkönig krümmte sich. Die Hand an seiner Kehle hatte begonnen, sich um seinen Hals zu verkrampfen. Seine Männer hatten mehr gegessen und starben schneller. Einer nach dem anderen brachen sie nun zusammen. Allein der Trollkönig stand noch, und seine Augen quollen mit einem Ausdruck völliger Verständnislosigkeit hervor.

»Du weißt doch, wie man sagt: Gute Soldaten marschieren auf ihren Bäuchen.« Sie griff nach einem der Äpfel und schob ihn dem Trollkönig in den offen stehenden Mund. Er fiel wie ein gefällter Baum.

Wohlgefällig betrachtete sie ihr Werk. Es war so leicht gewesen, nachdem sie sich daran erinnert hatte, was zu tun war. Sie beugte sich vor und griff nach einem Schwert. Für einen Augenblick hielt sie es hoch erhoben vor ihrer Brust, ehe sie mit der ganzen Macht ihres unausgesprochenen Zorns zustieß.

Eine Frau sollte sich stets eine Trophäe sichern. Dergleichen kann helfen, Andersdenkende im Zaum zu halten.

Das Spiel hatte die ganze Nacht gedauert.

Virginia hatte keine Ahnung, wie spät es war, aber nach ihrer inneren Uhr musste eine Ewigkeit vergangen sein. Alle Gäste des Kasinos hatten sich inzwischen um ihren Spieltisch versammelt. Ihr Vater wirkte noch immer munter und reagierte ebenso rasch wie die alte Dame. Virginia hingegen hatte das Gefühl, dem Spiel nicht länger folgen zu können.

Da schob sich jemand hinter sie. Sie sah sich um. Wolf blickte sie mit einem breiten Grinsen an.

»Wo warst du?«, flüsterte sie.

»Ich habe nur einen kleinen Spaziergang gemacht«, sagte er.

Ihr Vater legte eine Karte ab. Dann spielte die alte Dame aus. Dann ihr Vater. Und dann – Peng! – knallte die Faust ihres Vaters auf das Blatt.

Doch als Virginia genauer hinsah, erkannte sie, dass die Hand der alten Dame unter der seinen lag.

»Tut mir Leid, Schätzchen«, sagte die alte Dame zu Tony. »Mehr Glück beim nächsten Mal.«

Ihr Vater stützte den Kopf auf die Hände, während die alte Dame ihren Gewinn einsammelte. Es mussten Tausende von Goldstücken auf diesem Tisch liegen, genug, den Spiegel gleich zweimal zu bezahlen.

Und ihr Vater hatte alles verloren.

»O nein«, stöhnte Virginia. Sie war pleite. Wolf war pleite. Ihr Vater war pleite. Er hatte nicht einmal mehr genug für ein einziges weiteres Spiel.

Die alte Dame heimste ihren Reichtum ein. Doch dann begann sie, ihn auf zwei Haufen zu verteilen. »Nun«, sagte sie, während sie zählte, »du hast mir bestimmt Glück gebracht, und Geschäft ist Geschäft. Obwohl ich annehme, dass du viel mehr Interesse an Hundekuchen als an diesen Münzen hast.«

Virginia starrte ihren Vater an. Seine Augen wurden riesig. Gleichzeitig wanderten ihre Blicke unter den Tisch.

Auf der anderen Seite neben der alten Dame saß ...

»Prinz!«, rief Tony.

Der Hund trug noch immer das Plakat an seinem Hals, das ihn als Glücksbringer auswies.

»Gute Nacht«, sagte die alte Dame. Sie ließ die Hälfte ihres Gewinns für Wendell auf dem Tisch zurück und ging von dannen.

Prinz Wendell erhob sich auf die Hinterbeine, um seine Einnahmen zu begutachten. Wolf starrte ihn sprachlos an.

Virginia stürzte sich auf die Chips. »Wie viel Uhr ist es?«, fragte sie. »Wir könnten zu spät kommen.«

Irgendwie gelang es ihnen, innerhalb kürzester Zeit die Chips umzutauschen und zur Auktionshalle zu laufen. Als sie eintraten, war die Versteigerung schon in vollem Gange.

Und soeben aufgerufen war ... ihr Spiegel.

»O nein!«, murmelte Virginia.

»Und zum Zweiten«, sagte der Auktionator. »Dreitausendachthundert Goldstücke. Bietet jemand mehr?«

Ein feister Antiquitätenhändler in der vordersten Reihe verschränkte zufrieden die Hände über seinem gewaltigen Bauch.

Offensichtlich glaubte er, der Spiegel würde ihm schon gehören.

»Und zum ...«

»Fünftausend Goldstücke«, brüllte Tony hinter Virginia.

Ein Raunen ging durch die Zuschauer im Saal.

»Fünftausend«, wiederholte der Auktionator. »Bietet irgendjemand mehr als fünftausend Goldstücke?«

Virginia knetete aufgeregt ihre Finger. *Wir haben ihn. Niemand macht mehr Anstalten, mitzubieten!*

»Zum Ersten ... zum Zweiten ...«

»Zehntausend!«, rief eine Stimme auf der anderen Seite der Halle.

Virginia fühlte, wie ein Frösteln von ihr Besitz ergriff. Sie kannte diese Stimme. Sie drehte sich um. Der Jägersmann stand am Rand der Menge und betrachtete sie aus seinen fahlen Augen. Er hatte eine Pfeife in der Hand und sah vollkommen unversehrt aus.

»Das ist der Jägersmann«, flüsterte sie ihrem Vater zu.

»Zum Ersten ...«, sagte der Auktionator.

Ihr Vater sah verzweifelt aus. Sie hatten nicht genug Geld, den Spiegel zu kaufen. Trotzdem sah er sich um.

»Zum Zweiten ...«, rief der Auktionator. »Und zum Dritten. Verkauft an den Gentleman mit der Pfeife. Wie lautet Ihr Name, Sir?«

»Hunter. Ich zahle sofort.« Er folgte den Assistenten des Auktionators, als sie den Spiegel in das Büro im Hintergrund trugen.

»Er gehört uns«, rief Tony entschlossen.

»Und der nächste Posten unserer Auktion«, sagte der Auktionator, »ist eine bemerkenswerte Trollfigur aus 22-karätigem Gold, genannt: ›Gefrorener Zorn‹.«

Virginia hatte die Trolle bisher nicht gesehen. Nun betrachtete sie die Skulptur mit gerunzelter Stirn, ehe sie den Kopf schüttelte. Auch Wolf starrte das Ensemble mit offen stehendem Mund an. Ihr Vater hingegen sah sich nach Prinz Wendell um.

»Also los«, sagte Virginia. »Was stehen wir hier noch herum?«

Sie eilten zum Büro, aber zwei Wachen hielten sie auf.

»Der Zutritt ist nur Käufern erlaubt«, sagte einer der Männer.

Virginia verspürte ein altvertrautes Gefühl der Enttäuschung. Sie führte die Gruppe zurück zur Vordertür und eilte um das Gebäude herum. Es musste eine Hintertür geben. Endlich fand sie sie.

Auch sie war bewacht.

Ihr Vater trat schwer atmend neben sie. »Ist da drin ein Mann, der einen Spiegel ersteigert hat?«, fragte er den Wachmann.

»War«, entgegnete jener. »Er ist gerade gegangen.«

»Nein«, stöhnte Tony. »In welche Richtung ist er gegangen?«

Der Wachmann zuckte die Schultern.

Virginia sah die Straße in eine Richtung hinunter, ihr Vater in die andere. »Du gehst dort lang«, sagte Virginia. »Ich laufe in die andere Richtung.«

Mit Wolf an ihrer Seite hastete sie die Straße hinunter, doch sie konnten ihn nicht entdecken.

Der Jägersmann war verschwunden, und er hatte ihren Spiegel mitgenommen.

Kapitel 36

Virginia fragte sich, warum sie sich hatte überreden lassen, mit Wolf auszugehen.

Sie war furchtbar deprimiert. Nun, da sie den Spiegel an den Jägersmann verloren hatten, würden sie nie mehr nach Hause zurückkehren können. Aber sie würden ihn bestimmt nicht verfolgen, um den Spiegel zurückzuerobern.

Sie konnte nur hoffen, dass das alles war, was er wollte.

Ihr Vater und Prinz Wendell hockten an der Bar des *Ho-Ho-Ho-Hotels* und ließen sich voll laufen. Offensichtlich hatte der Barkeeper sie darüber informiert, dass es in dieser Bar kein Bier gab, denn als Virginia die Treppe herunterkam, hatten beide ein schäumendes rosafarbenes Gebräu vor sich, ihr Vater in einem Glas, Wendell in einer Schüssel. Sie unterhielten sich mit Wolf, der sich feierlich herausgeputzt und sein schwarzes Haar feucht zurückgekämmt hatte.

Er schien hier der einzige männliche Nüchterne, und er war derjenige, der nervös wirkte.

Aus irgendeinem Grund war es ihm wichtig gewesen, mit ihr auszugehen, also hatte sie zugestimmt.

Mit einer Kutsche hatte sie allerdings nicht gerechnet. Das prachtvolle Gefährt wartete vor ihrem Hotel und war geschmückt mit Blumen und Pralinen. Irgendwo in der Nähe spielte ein Streichquartett eine Melodie, die sie noch nie gehört hatte.

Wolf half ihr in die Kutsche, ehe er mit einer Hand seine Tasche umklammerte. Seine Augen waren riesig, und er sah irgendwie mühsam beherrscht aus. Als die Kutsche losfuhr, hielt er ihre Hand mit festem Griff.

»Zum Restaurant, Fahrer«, sagte Wolf. »Und bitte, es soll eine romantische Fahrt werden.«

Virginia lächelte. Sie fuhren los, und die Melodie begleitete sie. »Woher kommt diese Musik?«

»Gefällt sie dir?« Irgendwie schien er das zu hoffen. Plötzlich wurde ihr klar, dass er etwas damit zu tun haben musste. Sie streckte den Kopf zum Kutschfenster hinaus. Auf dem Dach des Wagens saß ein kleines Streichquartett, das so ungerührt dort spielte, als hätte es nie etwas anderes getan.

Als sie den Kopf wieder einzog, sagte Wolf: »Diese Weise habe ich nur für dich komponieren lassen. Sie heißt ›Zeit, sich zu binden‹.«

Sie sah ihn mit einer Mischung aus Neugier und Argwohn an. Ein warmes Lächeln lag auf seinen Lippen, und sie konnte sich kaum von dem Anblick lösen. Erst als die Kutsche anhielt, wandte sie den Blick ab.

Wolf stieg aus und half ihr hinaus. Das Streichquartett setzte sein Spiel fort, während er sie in das Restaurant führte.

Der Anblick im Inneren war überwältigend. Tausende von Kerzen beleuchteten den Saal. Lebende Frösche hüpften in kleinen künstlichen Tümpeln auf jedem der Tische. Noch während Virginia all das in sich aufnahm, eilten Kellner auf sie zu, nahmen ihnen die Mäntel ab und stellten sich in einer Reihe auf, um sie willkommen zu heißen, während der Maître de Cuisine sie zu ihrem Tisch führte.

»Sind wir hier die einzigen Gäste?«, fragte sie.

»Sieht ganz so aus«, sagte Wolf.

Als Virginia sich setzte, erschienen wieder Musiker und begannen, die Weise von vorhin zu spielen. Ein Weinkellner trat an ihren Tisch und schenkte Champagner ein.

Der Maître verbeugte sich vor ihnen und fragte Wolf: »Wünschen Sie, dass wir sofort servieren?«

»Gibt es ein Menü?«, fragte Virginia.

»Ich habe bereits für uns gewählt, mein Liebling«, sagte Wolf.

Sie lächelte ihn an, obwohl sie ein wenig verunsichert war. Er erwiderte ihr Lächeln, und er hatte nie attraktiver ausgesehen.

Die Bar des *Ho-Ho-Ho-Hotels* wurde ihrem Namen wirklich gerecht.

Zuerst hatte Tony das ganze Ambiente als zu grell und aufdringlich empfunden, aber langsam gewöhnte er sich daran. Die Gruftmusik und die leuchtend bunten Zwergenfiguren verliehen dem Ort einen ganz eigenen Charme.

Aber vielleicht lag das auch an den sechs leeren Cocktailgläsern, die vor ihm auf dem Tresen standen. Er konnte sie fühlen, oh ja, das konnte er. Das war kein so angenehmer Schwips, wie er ihn durch Bier hätte herbeitrinken können, aber es war bestimmt besser, als über den Verlust des Spiegels nachzudenken.

Er beugte sich zu Prinz Wendell herab, der, was ziemlich erstaunlich war, tapfer mitgehalten hatte.

»Ich hatte mal ein eigenes Geschäft«, sagte Tony zu Prinz. »Aber ich bin damit zu schnell expandiert. Dann hat mich die Rezession erwischt, und ich habe alles verloren. Mein Geschäft, meine Selbstachtung und meine Frau.« Er hob sein Glas. »Auf Tony Lewis, den größten Versager aller zehn Königreiche.«

Er kippte die scheußlich rosafarbene Flüssigkeit in einem Zug herunter. Sie schmeckte wie Rum mit Zucker. Aber auch das gefiel ihm immer besser.

»Nein, Anthony, ich habe viel schlimmer versagt als du«, sagte Prinz Wendell. »Das war eine Prüfung für meine Befähigung zum König, und ich habe schmählich versagt.«

»Es ist nicht dein Fehler, dass du nun ein Hund bist. Das hätte jedem passieren können.«

Prinz Wendell legte den Kopf auf die Pfoten. Er sah schrecklich unglücklich aus. »Anthony, ich fange an, Dinge zu vergessen. Wie die Namen meiner Eltern. Große Teile meines Lebens verschwinden einfach, als würde sie mir jemand entreißen.«

Tony sah ihn erschrocken an und hoffte, dass nur der Alkohol aus ihm sprach. Wendell war so viel mehr als nur ein Hund.

»Eine Botschaft für Sie.« Der Barkeeper reichte Tony einen Umschlag. In Erwartung einer Nachricht von Virginia öffnete er ihn. Sie hätte in dieser Nacht nicht mit Wolf fortgehen dürfen, aber Tony war nicht in der Stimmung gewesen, sie aufzuhalten.

Er las, schüttelte den Kopf und las noch einmal. Prinz Wendell setzte sich auf und versuchte, die Worte zu erkennen. Tony las ihm die Botschaft vor.

»Binden Sie den Hund an dem Pfosten in der Mitte des Marktplatzes fest. Wenn Sie das nicht innerhalb von fünfzehn Minuten getan haben, werde ich den Spiegel in tausend Stücke zerbrechen.«

Tony wandte sich um. Sie waren allein in der Bar. Wie konnte der Jägersmann wissen, dass sie hier waren?

Er packte den Barkeeper am Kragen. »Wo ist er? Wer hat dir das gegeben?«

»Die Nachricht wurde beim Portier hinterlassen, Sir«, sagte der Barkeeper.

Tony sackte zurück auf seinen Hocker. Nun bereute er jeden einzelnen dieser schäumenden rosaroten Drinks. »O Wendell«, stöhnte er. »Was sollen wir jetzt nur tun?«

Virginia betrachtete das Schloss aus Kartoffelpüree. Ganz besonders gefielen ihr die kleinen Würste, die die Türmchen zierten.

Dieses Essen war zu schön, einfach verzehrt zu werden, aber bisher war es ihr trotzdem gelungen. Und es war wirklich gut.

Trotz allem verbrachte sie mehr Zeit damit, Wolf anzusehen. Er sah gut aus. Er war der Typ von Mann, den stets ein Hauch der Gefahr zu umgeben schien. Der Typ, über den Bücher im Allgemeinen behaupteten, dass sich eine Frau einfach in ihn verlieben musste.

Und er bemühte sich um sie. Er hatte all das geplant, und er war für sie da gewesen, seit sie durch den Spiegel gekommen waren.

»Du hast deine dritte Portion gar nicht angerührt«, sagte Virginia.

Wolf lächelte zärtlich. »Habe ich nicht?« Er betrachtete seinen Teller und seufzte. »Du bist zweifellos das aufgeweckteste Mädchen in allen Neun Königreichen.«

Nun war Virginia an der Reihe zu lächeln. »Ich wette, das erzählst du all deinen Freundinnen.«

»Du bist meine erste Freundin«, sagte Wolf.

»Was?«, fragte Virginia verblüfft. »Erste, so im Sinne von ›allererste‹?«

»O ja«, sagte Wolf. »Ein Wolf bindet sich für das ganze Leben. Bin ich nicht dein erster Freund?«

»Nein, ich war schon mit vielen Kerlen aus.«

»Oh.« Plötzlich sah er sehr enttäuscht aus. Damit hatte sie nicht gerechnet.

»Aber es war nichts Ernstes«, fuhr Virginia fort, und das war die volle Wahrheit. »Ich verschenke mich und mein Vertrauen nicht so leicht. Ich wollte niemals springen, solange ich nicht vollkommen sicher war, dass mich jemand auffängt.«

»Ich werde dich auffangen«, sagte Wolf leise. »Und sollte ich dich aus irgendeinem Grund verfehlen, so werde ich an deinem Bett sitzen und dich gesund pflegen.«

Hinter ihnen schwoll die Musik ihrem romantischen Höhepunkt entgegen. Die Lichter färbten sich rosarot.

Virginia dachte, dass dies die schönste Nacht war, die sie je erlebt hatte. Sie beugte sich zu Wolf vor, und als er sie dieses Mal küssen wollte, zog sie sich nicht zurück.

Als seine Lippen die ihren berührten, fühlte sie, wie ein warmer Strom ihren ganzen Körper erfasste. Alles war plötzlich völlig in Ordnung. Noch nie in ihrem Leben war sie so geküsst worden. Sie wünschte, der Kuss würde nie enden, und das tat er auch lange Zeit nicht.

Dann schließlich lösten sie sich voneinander. Wolfs Augen öffneten sich, und er sah ebenso überwältigt aus, wie sie sich fühlte.

»Jemine«, flüsterte er.

Es war dunkel auf dem Marktplatz, und Tony hatte sein inneres Gleichgewicht noch nicht wiedergefunden. Er war ein wenig betrunken, und das bereitete ihm Sorgen. Schließlich war er schon in nüchternem Zustand kaum zu etwas zu gebrauchen.

Sie hatten den Marktplatz beinahe erreicht. Wendell war bei ihm. Prinz Wendell, der sich diesen unglaublich irrwitzigen Plan hatte einfallen lassen.

»Nein, das werde ich nicht zulassen«, sagte Tony zu Prinz. »Woher sollen wir wissen, dass er uns nicht einfach beide mit seiner Armbrust erschießt? Wir könnten blindlings in eine Falle rennen.«

»Ich kann nur einmal sterben«, sagte Prinz Wendell. »Den Heldentod zu sterben ist die größte Tat, die ein Mann vollbringen kann.«

»Du bist genauso betrunken wie ich«, sagte Tony. »Du weißt nicht, was du da redest.«

Der Marktplatz war verlassen. Tony blieb stehen. »Warte einen Augenblick. Dieser Platz – der Jägersmann muss doch im Stande sein zu erkennen, ob ich dich dort zurücklasse, nicht wahr?«

»Und?«, fragte Prinz.

»Und darum muss er freien Blick auf den Platz haben. Er muss uns von irgendwoher beobachten, von ...«

»Von irgendeinem erhöhten Punkt«, sagte Prinz.

»Genau«, stimmte Tony zu.

Beide blickten auf. Es gab in der ganzen Stadt nur ein hohes Gebäude.

»Der Turm über der Auktionshalle«, sagte Prinz.

Tony nickte. Er ging weiter und sah sich dabei immer wieder verstohlen nach dem Turm um.

»Sieh nicht rauf«, sagte Tony. »Dort oben muss er den Spiegel aufbewahren. Sieh nicht rauf, tu nur so, als würdest du dich wehren.«

Wendell tat, wie ihm geheißen, und er gab wirklich alles bei dieser Vorstellung. Wild scharrte er mit seinen Hundepfoten, zerrte an dem Seil, das Tony ihm um den Hals gebunden hatte, und er bellte und knurrte so grollend, dass Tony sofort das Weite gesucht hätte, hätte es sich um einen anderen Hund gehandelt.

Als sie den Pfosten in der Mitte des Platzes erreicht hatten, begann Tony, ihn dort anzubinden. Prinz Wendell kämpfte noch immer, doch während er zappelte und wimmerte, sagte er: »Mach einen lockeren Knoten. Ich bin schneller als er.«

»Wohin wirst du gehen?«, fragte Tony. »Was, wenn wir uns nicht wieder sehen?«

»Das werden wir«, sagte Prinz.

»Viel Glück, Eure Hoheit«, sagte Tony.

Er tat, als würde er den Knoten festziehen, und ging davon. Prinz Wendell bellte herzerweichend, als wäre er gegen seinen Willen dort zurückgelassen worden. Tony bemühte sich, nicht hinzuhören. Er war keineswegs davon überzeugt, dass ihr Plan funktionieren würde.

Lächelnd beendete Virginia ihr Dessert.

Der kunstvolle, mit Früchten und Sorbet gefüllte Baiser-Schwan schien ihr zu gefallen. Ebenso wie die Blumen, die die Kellner während ihres Dinners um sie herum aufgestellt hatten. Und sie hatte sogar die Melodie mitgesummt. Sie fühlte sich wohl. Damit hatte Wolf etwas Besonderes vollbracht, bedachte man die Tage, die hinter ihnen lagen.

»Was für ein Essen!«, sagte Virginia. »Und die Blumen! Das ist alles so überwältigend.«

Wolf streckte die Hand aus. Zu seiner Überraschung schob Virginia ihre Finger in seine Handfläche. Sie hatte sich in ihn verliebt. Nun wusste er es sicher.

»Virginia«, sagte Wolf, »ich muss dir eine wichtige Frage stellen. Eine sehr, sehr wichtige Frage.«

In diesem Augenblick servierten die Kellner den Kuchen. Er war herzförmig und über und über mit brennenden Kerzen und Wunderkerzen bedeckt. Die Zuckergussporträts von ihm und Virginia waren nicht ganz so realistisch, wie er gehofft hatte, aber sie waren gut genug.

Dennoch wünschte er, die Unterbrechung hätte nicht stattgefunden – es war auch so schon schwer genug –, aber jetzt sah ihn Virginia so zärtlich an, dass er auch diese Störung zu schätzen lernte.

»Ich kann nicht glauben, dass ich das alles erlebe«, sagte Virginia. »Das muss ja ein Vermögen gekostet haben.«

»Das ist nichts verglichen mit dem, was du mir wert bist.«

»Wie sollen wir das nur alles bezahlen?« Das Funkeln schwand aus ihren Augen, und ihre Worte fielen nur teilweise im Scherz. »Wir werden die nächsten zehn Jahre lang Teller spülen müssen.«

Er musste ihre Sorgen zerstreuen. »Es ist alles bezahlt. Zerbrich dir nicht deinen wunderhübschen Kopf darüber. Nun, wie gesagt ...«

Der Ring begann in seiner Tasche umherzuhüpfen, wobei er seinen Gedankenfluss in Mitleidenschaft zog.

»Na los«, sagte der singende Ring. »Ich bin schon ganz begierig, loszulegen.«

»Bezahlt?«, fragte Virginia. »Wie?«

»Ich habe ein Geschenk für dich«, sagte Wolf, ohne auf ihre Frage einzugehen. »Ein ganz besonderes Geschenk.«

Er atmete tief durch und legte das Etui auf den Tisch. Sie sah zu, wie er es öffnete, doch sie lächelte nicht mehr. Der Ring klingelte leise in einem güldenen Glorienschein. Dann begann er zu singen.

»Schönste, die Millionen Herzen brechen kann, Schönste, die ...«

Virginia verschloss das Etui. »Wie hast du das alles bezahlt?«

Er hatte geschworen, sie nicht mehr zu belügen. Außerdem fiel ihm so oder so keine glaubwürdige Lüge ein. »Äh, ja, ich, nun, ich habe letzte Nacht den Jack-Rabbit-Jackpot gewonnen.«

»Letzte Nacht? Aber du hast gesagt, du hättest all dein Geld verloren.«

»Habe ich?« *Oh, huff-puff.* Plötzlich entwickelten sich Dinge ganz anders, als er beabsichtigt hatte. »Nun, ich habe doch etwas gewonnen.«

»Du hast gesagt, du hättest alles verloren.«

»Ja, schon, aber sieh doch, was ich für dich gekauft habe.«

»Lasst mich raus!«, schrie der singende Ring. »Lasst mich raus!«

»Und du hast gesagt, du würdest mich lieben. Du Lügner!«

»Du hast es versaut, du Idiot«, sagte der Ring.

»Wie viel Geld hast du gewonnen?«

Er hatte nicht damit gerechnet, dass sie so wütend reagieren würde. »Ich weiß es wirklich nicht mehr.«

»Hol mich raus, ehe es zu spät ist«, sagte der Ring.

»Wie viel?«, fragte Virginia.

»Ich glaube, es waren ungefähr zehntausend.«

»Zehntausend!«, kreischte Virginia. »Wir hätten den Spiegel zurückkaufen können, und du gibst das ganze Geld für ... Essen aus?«

»Ich habe es nicht für Essen ausgegeben«, sagte Wolf. »Ich habe es für dich ausgegeben.«

»Wir hätten nach Hause gehen können!«, rief Virginia. »Wir hätten endlich nach Hause gehen können! Verstehst du das nicht? Ich gehöre nicht hierher. Ich will nach Hause.«

»Nein, bitte, ich habe noch so viel vorbereitet. Draußen wartet eine Gondel auf uns. Und Feuerwerk und noch viel mehr Zeug.«

Virginia brach in Tränen aus. Wolf hatte Virginia noch nie weinen sehen. Er wusste nicht, was er tun sollte.

»Ich bin dir doch völlig gleichgültig«, rief sie. »Das Einzige, was dich interessiert, bist du selbst.«

»Nein, das ist nicht wahr.« Er griff nach dem Ring. *Ich werde ihr beweisen, wie viel sie mir bedeutet.*

Aber Virginia erhob sich. »Ich will dich nie mehr wieder sehen.«

»Nein!« Auch Wolf sprang auf. Aber Virginia eilte bereits aus dem Restaurant hinaus. »Bitte, Virginia, geh nicht!«

Sie schlug die Tür so heftig zu, dass die tausend Kerzenflammen im Luftzug flackerten.

»Du Versager«, schimpfte der Ring. »Wo ist der Finger? Wo ist der Finger?«

Wolf starrte die geschlossene Tür an. Dann wanderte sein Blick über Virginias verlassenen Platz zu dem Ring.

»Ich hasse dich. Ich hasse dich«, zeterte der Ring.

»Wie konnte ich nur so dumm sein, mir einzubilden, ein Mädchen wie sie könnte sich in ein Tier wie mich verlieben.« Er sank auf einen Stuhl und heulte. So wie er nicht mehr geheult hatte, seit er als junger Wolf den Bau hatte verlassen müssen. Er versuchte aufzuhören, aber vergeblich, also schniefte er, heulte dann wieder und schniefte noch einmal.

Schließlich trat ein Kellner an seinen Tisch. »Möchten Sie … äh … vielleicht noch ein Dessert?«

»Nein, danke«, sagte Wolf tonlos. »Mein Leben ist zu Ende.«

Er wischte sich über die Augen, steckte den Ring in seine Tasche und ging hinaus. Sein Leben war wirklich zu Ende.

Er hatte keine Ahnung, was er nun tun sollte.

Kapitel 37

Prinz Wendell wartete auf dem Marktplatz, und das Seil um seinen Hals rieb an seinem Nacken. Er hoffte, dass der lockere Knoten dem Jägersmann nicht auffallen würde.

Und er hoffte, dass er sich lange genug konzentrieren konnte, um dem Jägersmann zu entwischen. Denn er hatte Tony die Wahrheit gesagt. Er vergaß immer mehr, und er litt unter schrecklichen, hundetypischen Reaktionen. Im Geiste hörte er wieder und wieder die Stimme der Königin.

Ich hoffe, du magst Hunde, Wendell. Du wirst den Rest deines Lebens als ein solcher zubringen.

Bis vor kurzem hatte er geglaubt, ohne größere Schäden aus dieser Sache herauskommen zu können. Nun war er nicht mehr davon überzeugt.

Endlich hörte er ein Geräusch. Der Jägersmann kam über den Platz. Wendell erhaschte einen Hauch seines Geruchs, einer Mischung aus Schmerz, getrocknetem Blut und altem Tod. Das war kein angenehmer Duft.

Der Jägersmann humpelte. Offenbar hatten ihn die anderen in dem Baumhaus wirklich ernsthaft verletzt.

Wendell sah auf und entdeckte Tony auf dem Dach der Auktionshalle. Dann senkte er den Blick wieder. Der Jägersmann war nun schon sehr nahe.

Wendell wartete, bis der Jägersmann nahe genug war, ihn greifen zu können, ehe er sich befreite. Der falsche Knoten löste sich wider Erwarten wie geplant, und Wendell rannte davon.

Im Laufen blickte er über die Schulter und sah, wie der Jägersmann seine Armbrust zückte. Dann hastete er um eine Straßenecke. Vielleicht hatte er Tony doch ein wenig angeschwindelt. Vielleicht konnte er dem Jägersmann nicht entkommen, denn an die Armbrust hatte er nicht gedacht.

Plötzlich fand sich Wendell in einer Menschenmenge wieder. Überall kamen die Leute lärmend und feiernd aus ihren Häusern auf die Straße gelaufen.

Über ihnen explodierten Feuerwerkskörper. Er hatte keine Ahnung, was der Anlass für diesen Tumult war. Heute war kein Feiertag. Oder doch? Hatte er wieder etwas vergessen?

Glocken läuteten von fern, und die Menschen schrien ausgelassen durcheinander. Wendell sah sich um. Der Jägersmann beobachtete ihn, aber er konnte unmöglich schießen, solange all diese Leute um ihn herum waren.

Dann konzentrierte sich Wendell auf das Geschrei der Leute.

»Der Trollkönig ist tot«, jubelte jemand in der Menge. »Prinz Wendell hat den Trollkönig und zwölf seiner Männer getötet. Er ist auf dem Weg nach Hause. Die Krise ist vorüber.«

»Holen Sie sich die Sonderausgabe der *Kingdom Times*!«, schrie ein Zeitungsverkäufer. »Der Prinz kehrt zurück! Glückseligkeit für alle Zeiten!«

Wendell fühlte, wie sich sein Fell sträubte.

»Das ist unmöglich«, murmelte er gedankenverloren. »Das ist eine Lüge. Ich bin Prinz Wendell. Ich bin es!«

»Da kommt er!«, schrie ein Mann. »Da kommt er!«

Wendell wandte sich um und erkannte eine Kutsche. Und da war auch der Hundeprinz, der sich mit heraushängender Zunge aus dem Fenster lehnte. Er hielt etwas in der Hand und winkte den jubelnden Menschen zu.

»Geboren, König zu sein!«, rief die Menge. »Geboren zu herrschen!«

Als die Kutsche vorbeifuhr, konnte Wendell endlich erkennen, was der Hundeprinz in der Hand hielt: Es war der Kopf von Relish, dem Trollkönig.

»Lang lebe Prinz Wendell. Lang lebe Prinz Wendell.«

Wendell sah zu, wie die Kutsche hinter einer Kurve verschwand, und sein Leben zog mit ihr von dannen.

Der Jägersmann war nirgends mehr zu sehen.

Einsam wanderte Wolf durch die Straßen von Kissing Town.

Es war dunkel, und seine Glieder fühlten sich so schwer an, dass er sich kaum regen mochte. *Mein Leben ist vorbei. Das ist es bestimmt.*

Am Fluss blieb er stehen, zog den Ring aus der Tasche und löste ihn aus seiner Verankerung in dem Etui.

»Was tust du da?«, fragte der Ring. »Was hast du vor, du Versager?«

Einen Augenblick sah er den Ring an. *Er hat Recht. Ich bin ein Versager. Ich hätte nie hoffen dürfen, dass Virginia meine Frau werden würde. Sie verdient etwas viel Besseres als mich.*

Mit einer entschlossenen Bewegung schleuderte er den Ring in den Fluss. Die Wasseroberfläche kräuselte sich, dann tauchte ein großer Fisch mit dem Ring im Maul auf. Sein Schwanz schlug herum, und er verschwand für alle Zeiten in der Finsternis.

Wolf starrte den kleinen auslaufenden Wellenbewegungen noch einen Moment nach, bis sie zu einem vertrauten Gesicht verschmolzen.

Das Gesicht der Königin. Sie lächelte ihm zu. »Jetzt hast du erfahren, was ich dir schon die ganze Zeit gepredigt habe. Ohne mich bist du nichts. Komm zurück zu mir. Wirst du dich nun mir wieder anschließen?«

»Ja«, sagte Wolf. Dann zog er allein von dannen, hinein in die dunkle Nacht.

Er war zu betrunken, um auf einem Dach herumzuklettern. Zu betrunken und zu alt. Andererseits hätte er es vielleicht überhaupt nicht auf das Dach geschafft, wenn er nicht betrunken wäre. Vermutlich hätte er bereits auf der Straße bei der verschlossenen Tür aufgegeben.

Tony glitt aus, eine alte Schindel löste sich und zerschellte krachend auf der Straße.

»Sei bloß vorsichtig«, murmelte Tony.

Er hoffte, dass der Jägersmann ihn nicht gehört hatte. Endlich erreichte er den offenen Turm und schlüpfte hinein. Dort waren verschiedene Waffen, aber die Armbrust fehlte. Er konnte nur hoffen, dass Prinz Wendell sich zu schützen wusste.

Tony fand einen großen Sack. Er öffnete ihn und grinste. Darin lag der Spiegel.

Er zog ihn hervor. Das Ding war verdammt schwer. *Großartig.* Nun war er nicht nur zu betrunken und zu alt, er musste auch noch um sein Gleichgewicht kämpfen. Ihm blieb nichts anderes übrig, als sich darauf zu verlassen, dass sämtliche Glücksgötter ihm in dieser Nacht zur Seite stehen würden.

Mit dem Spiegel kletterte er wieder auf das Dach hinaus. Gerade hatte er sich auf den Weg über die Schindeln begeben, als er die Balance verlor, ausrutschte und auf den Rücken fiel.

Tony schrie in höchster Not, während er einige Meter weit über das Dach schlitterte, ehe er nach einem vorstehenden Ziegel griff, um den freien Fall abzuwenden. Dafür musste er jedoch den Spiegel loslassen, der daraufhin bis an die Dachkante rutschte und dann über dem Rand liegen blieb.

Tony starrte den Spiegel einen endlosen Augenblick lang an. *Okay. Die Glücksgötter stehen mir also nicht bei. Aber sie müssen doch wenigstens einem von uns gewogen sein. Vielleicht Virginia? Ich muss es einfach für sie tun.*

Langsam schob er sich die Schräge hinab auf den Spiegel zu. Beinahe berührten seine Finger den vergoldeten Rahmen. Noch ein paar Zentimeter …

Der Spiegel rutschte ein Stück weiter, bis sein Schwerpunkt direkt über der Kante lag. Er kippte auf und nieder wie eine Schaukel.

Tony streckte sich, versuchte, nach dem Spiegel zu greifen. Endlich berührte er ihn, doch da rutschte der Spiegel endgültig über die Kante und verschwand in der Dunkelheit.

Virginia saß auf einer Bank auf dem Marktplatz. Nie zuvor war sie so schnell aus dem Gefühl endlosen Glücks in tiefste Trauer gestürzt. Sie weinte immer noch. Wolf war überhaupt nicht klar, was er getan hatte. Mit einem Schlag hatte er ihr Vertrauen in Männer zerstört und ihre Hoffnung zunichte gemacht, je wieder nach Hause zurückkehren zu können.

»Na ja, zumindest kann es jetzt nicht mehr schlimmer werden«, sagte sie sich.

In diesem Augenblick krachte etwas neben ihr zu Boden und zersprang in tausend Stücke. Sie erschrak, bückte sich und erkannte, dass das, was dort zerschmettert zu ihren Füßen lag, der magische Spiegel war.

Fassungslos sah sie auf und entdeckte das Gesicht ihres Vaters, der unglücklich vom Dach heruntersah.

Jetzt saßen sie endgültig in der Falle. Allein und ohne jede Hoffnung.

»Es ist bestimmt möglich, ihn zusammenzukleben«, sagte Tony.

Er begann, die Einzelteile zusammenzuklauben und in dem Sack zu verstauen, den er gefunden hatte. Virginia hatte sich die ganze Zeit nicht gerührt. Stattdessen betrachtete sie ihren Vater mit einer Miene, die er noch nie an ihr gesehen hatte. Ärger, Wut, endloser Zorn. Und doch sagte sie kein Wort.

»Wirst du mir helfen?«, fragte Tony. »Oder hast du die Absicht, den ganzen Tag hier herumzustehen und nichts zu sagen?«

»Sei froh, dass ich nichts sage.« Ihre Stimme klang rau.

»Wo ist Wolf?«

»Er ist weg, in Ordnung? Er ist dorthin zurückgekehrt, wo er hergekommen ist, wo immer das sein mag.«

Tony sammelte weitere Scherben ein. Nun war er wieder vollkommen nüchtern. Nüchterner als je zuvor in seinem Leben. Er hatte nicht einmal einen Kater. Vermutlich lag das an dem vielen Adrenalin in seinem Blut.

»Du Idiot«, sagte Virginia plötzlich. »Dieser Spiegel war unsere einzige Möglichkeit, nach Hause zu kommen.«

Nun, wenigstens sagt sie mir endlich, wie ihr zumute ist. Aber ich weiß längst, was ich falsch gemacht habe. Ich versuche lediglich, das Beste daraus zu machen und vielleicht irgendeine Lösung zu finden ...

Aber allmählich gewann er den Eindruck, dass es keine gab.

In diesem Moment kam Prinz Wendell zu ihnen zurück, den Schwanz zwischen die Beine geklemmt. Er sah ebenso bestürzt aus, wie Tony sich fühlte.

»Anthony«, sagte Prinz Wendell.

Tony konnte jetzt keinen aristokratischen Hund in seiner Nähe vertragen. »Nicht jetzt.«

»Anthony«, sagte Prinz. »Wie fühlt es sich an, Angst zu haben? Wie fühlt sich das an?«

»Was meinst du damit, wie sich das anfühlt?«, fragte Tony. »Es fühlt sich an wie Angst.«

Und plötzlich wurde ihm klar, was Prinz Wendell ihn da gefragt hatte. Etwas war geschehen. Tony sah Wendell an, sah ihn wirklich an. Aber was er dort sah, war kein Prinz, sondern ein verängstigter Hund.

»Pass auf deine Pfoten auf. Hier liegt Glas«, sagte Tony sanft.

»Mein Verstand lässt mich im Stich«, klagte Prinz. »Mein Gehirn schrumpft.«

Ich kann keine weiteren Katastrophen mehr ertragen! »Das bildest du dir nur ein ...«

»Meine Träume werden immer animalischer. Und wenn ich aufwache, brauche ich länger und länger, bis ich mich erinnere, wer ich eigentlich bin. Und statt dich weiter Anthony zu nennen, möchte ich Herrchen zu dir sagen.«

Seine Worte machten Tony traurig. Er sah Virginia an, aber sie hatte – natürlich – kein Wort von dem gehört, was Wendell gesagt hatte. Sie starrte noch immer auf die Glassplitter wie jemand, der alles verloren hatte.

Vielleicht hatte sie das tatsächlich.

Dann wurde hinter ihm Geschrei laut. Tony drehte sich um. Eine Menschenmenge versammelte sich ganz in der Nähe.

»Da«, schrie ein Mann. »Da ist der Spiegelbrecher!«

»Er hat einen magischen Spiegel zerbrochen!«, rief ein Junge. »Sieben Jahre Pech.«

»Ich bin nicht abergläubisch«, sagte Tony. Dann hörte er ein sonderbares Geräusch. Es war das Geräusch berstenden Glases, und es war furchtbar intensiv. Es war, als käme eine klirrende Woge geborstenen Glases auf ihn zu. Das Geräusch erschütterte ihn zutiefst.

Er sah Virginia an. Wie betäubt starrte sie dem Mob entgegen, und sie schien das schreckliche Geräusch gar nicht zu hören.

»Was ich nicht glaube, kann mir auch nichts tun«, sagte Tony weit tapferer, als er sich fühlte.

Da traf ihn irgendetwas schmerzhaft am Kopf.

»Au!«

Taumelnd griff er sich an die Stirn. Sie blutete. Vor seinen Füßen lag ein Stein.

»Was ist passiert?«, fragte Virginia.

»Ein großer schwerer Stein«, sagte Tony und blickte zum Himmel auf. Ein Vogel flog davon. »Wie groß ist die Chance, dass so etwas passiert?«

Die Menge bewegte sich auf sie zu, und sie sah verdammt bedrohlich aus. Nicht ganz so bedrohlich wie die, die Wolf hatte lynchen wollen, aber auch nicht viel besser.

»Spiegelbrecher!«, schrie ein Mann. »Raus aus der Stadt! wir wollen dein Pech hier nicht.«

»Raus aus unserer Stadt!«

Tony griff nach Wendell. Virginia schüttelte den Kopf, und dann rannten sie los.

Die tobende Menge verfolgte sie bis zum Ende der Kopfsteinpflasterstraßen von Kissing Town, nicht jedoch in die Berge außerhalb der Stadt.

Die Straße war gewunden und schmal und nicht annähernd so gut begehbar, wie Tony gehofft hatte.

Er hatte nichts außer dem Sack in seiner Hand bei sich, in dem sich die Spiegelscherben befanden, die er hatte retten können, und so hoffte er, dass Virginia besser ausgerüstet war.

»Wir können nicht einfach blindlings drauflosrennen«, sagte Virginia. »Wohin gehen wir jetzt?«

»Ich weiß es nicht«, sagte Tony. »Aber in der Stadt konnten wir schließlich nicht bleiben, oder?«

»Anthony«, sagte Prinz Wendell. »Siehst du den Stock da drüben? Wir gehen direkt auf ihn zu. Er hat genau die richtige Größe. Sei ein guter Mann, nimm ihn und wirf ihn dort ins Gras.«

»Ich werde jetzt nicht anfangen, für dich Stöckchen zu werfen«, sagte Tony. »Sonst wirst du noch ganz vergessen, wer du bist.«

»Nun sei doch nicht so. Nur ein einziges Mal.«

»Nein.«

»Einmal«, bettelte Prinz Wendell. Aufgeregt wedelte er mit dem Schwanz und sah ihn flehend an.

»Na gut«, sagte Tony. »Einmal!«

Er ergriff den Stock, von dem Wendell gesprochen hatte, und warf ihn ins Gras. Wendell rannte hinterher und brachte ihn zurück. Sein Schwanz schlug vor Freude so heftig, dass seine ganze Kehrseite in Bewegung geriet.

»Das war toll!«, rief Prinz Wendell. »Wirf ihn noch mal!«

»Nein.«

»Bitte«, bettelte Prinz. »Du willst es doch selbst.«

Wieder hörte er das Geräusch berstenden Glases. Es wurde lauter und lauter. Tony sah sich auf der Suche nach seinem Ursprung um, obwohl er den Verdacht hegte, dass er nichts entdecken würde.

»O nein«, stöhnte er. »Ich höre es wieder. Dieses Unglücksgeräusch.«

»Nun, ich höre gar nichts«, entgegnete Virginia kühl.

Tony wandte sich erneut um und ging ein paar Schritte zurück, um nachzusehen, ob sie verfolgt wurden. Auf einmal schrie er gellend auf, fiel zu Boden und hielt sich jammernd den Fuß.

»Was?«, fragte Virginia genervt.

»Mein Fuß! Mein Fuß!« Vor Schmerzen jaulend rollte Tony hin und her.

Virginia bückte sich, um ihn zu untersuchen. »Halt still!« Sie packte seinen umherzuckenden Fuß und betrachtete ihn eingehend. »Du hast dir einen Nagel reingetreten.«

Sie zog ihn mit einem Ruck heraus, und Tony schrie erneut. Er fühlte, wie Blut in seinen Schuh sickerte. Vater und Tochter betrachteten den großen rostigen Nagel und tauschten einen kurzen Blick. Plötzlich donnerte es.

Der Himmel riss auf, und innerhalb eines einzigen Augenblicks waren er und Virginia bis auf die Haut durchnässt. Tony sah nach oben. Eine gigantische pechschwarze Wolke schwebte über ihnen, doch rundherum war der Himmel strahlend blau.

»Sieh dir das an«, sagte er. »Hier ist der einzige Ort, an dem es regnet. Es regnet auf mich. Sonst sind nirgends Wolken zu sehen. Ich bin verflucht. Ich bin verloren. Sieben Jahre Pech. Auf diese Weise werde ich nicht einmal eine Woche überstehen.«

Virginia bedachte ihn mit einem vernichtenden Blick. »Es regnet auch auf mich, Dad«, sagte sie und ging davon.

Virginia hatte abseits der Straße eine Scheune entdeckt. Sie war kaum noch als solche erkennbar. Das Dach war beinahe vollständig eingestürzt und die Wände mehr als wackelig, aber wenigstens bot sie ein wenig Schutz vor dem Regen.

Sie erzählte ihrem Vater nichts von ihren Befürchtungen, es könnte die nächsten sieben Jahre auf ihn niederregnen und auf jeden, der sich in seiner Nähe aufhielt. Sie wäre nicht in der Lage, das durchzuhalten.

Etwa eine Meile entfernt stand ein Bauernhaus. Vielleicht würde sie, wenn der Regen aufhörte, dort hingehen und um etwas zu essen bitten.

Ihr Vater hockte zusammengekauert in der Scheune und versuchte, den Spiegel wieder zusammenzusetzen. Er ging zu Werke wie bei den Puzzlespielen, mit denen er sich zu Hause oft die Zeit vertrieben hatte. Inzwischen hatte er die meisten Scherben verbraucht, aber es blieben immer noch große Lücken.

»Wir müssen zurückgehen«, sagte Tony. »Es fehlen zu viele Stücke.«

Virginia sackte in sich zusammen. Selbst wenn sie alle Einzelteile hätten, würden sie nie im Stande sein, den Spiegel wieder zusammenzusetzen. Sie hingen für immer hier fest.

Sie ergriff eine größere Scherbe. »Wie sehen die wohl von hinten aus?«, fragte sie, ohne zu wissen, wie sie auf diesen Gedanken gekommen war, und drehte dann ein Stück nach dem anderen um. Ihre Rückseiten waren alle schwarz.

»Was tust du da?«, rief ihr Vater aufgebracht. »Ich hab Stunden gebraucht, sie zu sortieren, und jetzt bringst du wieder alles durcheinander.«

Sie beachtete ihn gar nicht, sondern drehte weiter ein Stück nach dem anderen um, bis sie eines entdeckt hatte, auf dessen Rückseite sich eine Inschrift befand.

»Schau«, sagte sie.

Er starrte die Scherbe einen Augenblick an. Dann half er ihr, bis alle Stücke verkehrt herum vor ihnen lagen. Aneinander gereiht ergab sich so ein rotes Drachenemblem, gefolgt von unvollständigen Worten.

»Das muss ein geheimer Schlüssel sein«, sagte Tony. »Her ... stellt ... den ... Werg ... Wird hier Cannabis angebaut?«

»Cannabis?«, fragte Virginia. »Das ist ein Spiegel. Das ist keine verschlüsselte Botschaft, sondern eine Herkunftsbezeichnung. Her ... stellt ... Hergestellt. Das ist es. Hergestellt von den Werg ...«

»Hergestellt aus dem Werg der Rachenhöhle?«

»Höhe«, sagte Virginia.

»Werg der Rachenhöhe?«

»Nein, da fehlt noch etwas.« Sie verschob die Scherben, bis ihr gefiel, was sie sah. »Hergestellt von den Zwergen der Drachenhöhe.«

Prinz Wendell kam herbei, um die Scherben zu betrachten.

»Kennst du das?«, fragte Tony ihn. Er wartete die Antwort ab, ehe er zu Virginia sagte: »Er glaubt, er kennt es.«

Sie lächelte.

»Gut. Gehen wir hin«, sagte Tony. »Schnell, bevor ich noch mehr Pech auf mich ziehe.«

Virginia blickte durch die offene Schuppentür zu dem Bauernhaus hinüber.

»Lass uns versuchen, von den Bauern ein paar Eier und etwas Käse zu erbitten«, sagte sie.

Ihr Vater schüttelte den Kopf. »Ich höre schon wieder dieses berstende Glas«, klagte er. »Das Geräusch schwillt an und ab wie ein Funksignal. Lass uns gehen, vielleicht findet es uns ja nicht.«

Virginia seufzte kopfschüttelnd. Ebenso gut hätte er hoffen können, dass es niemals regnen würde.

Der Bauer saß auf einem alten Stuhl und sah dem Eisenwarenhändler zu, den er angeheuert hatte, um seine neue Skulptur zu bearbeiten.

Es war furchtbar heiß in dem Raum. Der Händler hatte ein Feuer entzündet, über dem er die Skulptur mit Hilfe einer Winde erwärmte. Das Gold begann herabzutropfen, was der Bauer für ein schlechtes Zeichen hielt.

»Das ist kein Gold«, sagte der Händler.

»Doch, das ist es«, widersprach der Bauer, aber er war längst nicht mehr so überzeugt davon wie noch einen Augenblick zuvor. Irgendwie mochte er die Skulptur mit Namen ›Gefrorener Zorn‹, obwohl die dargestellten Trolle die hässlichsten Kreaturen waren, die er je gesehen hatte.

»Nein«, sagte der Händler. »Das ist Narrengold*.«

»Ich habe sie zu einem Schleuderpreis gekauft, weil sie so unglaublich hässlich ist.«

»Au! Au!«, jammerte plötzlich eine Männerstimme.

Der Farmer starrte den Händler fragend an. Dessen Augen waren weit aufgerissen.

»Woher kam das?«, fragte der Bauer.

Da erzitterte die mittlerweile blasenschlagende Skulptur und begann zu reißen. Der Händler fluchte, und der Bauer harrte der Vorgänge voller Entsetzen. Einige Sekunden später explodierte die Skulptur unter einem goldenen Regen.

Als der Bauer sich von seinem ersten Schreck erholt hatte, sah er drei Trolle zusammengesunken auf dem Boden kauern, als hätten sie sich zum Schlafen niedergelegt.

»Ich fress 'nen Elf«, brüllte der große männliche Troll plötzlich.

Der Bauer sprang auf und trat seinen Stuhl aus dem Weg. Der Händler wischte sich geistesabwesend die Goldtropfen aus dem Gesicht und sah furchtbar verwirrt aus.

* Narrengold: Pyrit, Schwefelkies. A. d. Ü.

»Gummibeine«, klagte der weibliche Troll, als er sich erhob und gleich darauf wieder umfiel. Der dritte Troll erbrach sich über sein Hemd. Sie verhielten sich, als wären sie betrunken, und der Bauer wusste, wie gefährlich betrunkene Trolle waren.

»Wir haben das Trollkönigreich beschämt«, sagte der erste Troll.

»Nur vorübergehend«, erwiderte die Trollfrau.

»Wir werden schmachvoll zur Spitze zurückkehren!«, rief der dritte, während er rückwärts stolperte.

Der Bauer dachte gerade über seine Flucht nach, als es an der Tür klopfte.

»Ich glaube nicht, dass jemand zu Hause ist«, sagte Tony.

Er war dem Geräusch des berstenden Glases nicht entkommen. Mitten auf einem Feld hatte es ihn eingeholt, ins Straucheln gebracht und ihm das Fußgelenk verdreht. Nun stand er vor der Tür eines Bauernhauses und war drauf und dran, um Essen zu betteln. Wie tief konnte man noch sinken?

»Es ist jemand da«, flüsterte Virginia. »Ich höre ein Klopfen.«

Sie pochte erneut an die Tür. Tony hörte, wie das Geräusch berstenden Glases gleich einem Güterzug auf ihn zuraste. Er wollte Virginia gerade fortziehen, als die Tür aufschwang.

Das Bild, das sich ihnen bot, war in mehrerer Hinsicht erschütternd. Im Innern des Hauses standen die drei Trolle, zusammen mit zwei Männern, die über und über von geschmolzenem Gold bedeckt waren.

»O mein Gott«, stöhnte Tony. »Sie sind wieder da!«

»Beim Geruch meiner Schuhe«, sagte Burly. »Die schon wieder!«

»Tötet sie!«, schrie Blabberwort.

Virginia war bereits wie ein Blitz auf und davon, ebenso wie Prinz Wendell. Tony bildete die Nachhut. Er blickte über seine Schulter zurück und sah, wie die Trolle bei dem Versuch, sie zu verfolgen, immer wieder einknickten und sich die schmerzenden Glieder rieben. Die drei schienen noch nicht wieder bei Kräften zu sein.

Endlich haben wir wieder ein bisschen Glück auf unserer Seite, dachte Tony, als er hinter Virginia herhetzte. *Aber wir müssen so weit wie möglich weg von hier, denn nun, wo diese Kanaillen zurück sind, werden sie nicht mehr aufhören, uns zu jagen.*

Kapitel 38

Die Berge, die sie umgaben, waren die höchsten, die Tony je gesehen hatte. Hoch, grau und Unheil verkündend ragten sie empor.

Dankbar für die Marschausrüstung, die Virginia und er gefunden hatten, zurrte er seinen Rucksack fest und betrachtete das Schild vor seiner Nase.

DRACHENHÖHE
SCHÜRFLIZENZ ERFORDERLICH

Auf dem Schild prangte das gleiche kleine Drachensymbol wie auf dem Spiegel, aber es sah sehr alt und verwittert aus. Genauso wie die Zelte rundherum, zerlumpt und vom Wind in Stücke gerissen. Dieser Ort hatte offensichtlich einmal Wanderern als Basislager gedient. Und ebenso offensichtlich tat er das nun schon lange nicht mehr.

»Hier finden wir bestimmt nichts«, sagte Virginia. Ihre Stimme klang furchtsam.

»Nur keine voreiligen Schlüsse«, entgegnete Tony. »Vielleicht müssen wir den Berg nur ein Stück erklimmen.«

Allerdings glaubte er das selbst nicht. Nirgends war ein Gebäude zu sehen, und der Pfad, der in das Gebirge führte, war steil. Er hoffte, dass sie nicht wirklich klettern mussten. Nach all der Lauferei der letzten Zeit war er zwar inzwischen wieder in Form, aber so fit war er nun auch wieder nicht.

Außerdem würde einer von ihnen Prinz Wendell tragen müssen, und das würde sich kaum sehr angenehm gestalten.

Schweigend machten sie sich an den Aufstieg. Der Pfad war schwer begehbar und sehr schmal. Je weiter sie hinaufstiegen, desto dünner wurde die Luft. Tony hatte irgendwo von einer

Krankheit gelesen, die etwas mit dünner Luft zu tun hatte. Er hoffte, dass sie ihn nicht erwischen würde.

Während sie schweigend weitergingen, konnte er über all das nachdenken, was er getan hatte.

Das Schlimmste ist, dass ich den Spiegel zerbrochen habe. Vielleicht. Ich bin in meinem ganzen Leben nicht sonderlich produktiv gewesen. Das Einzige, was mir wirklich gut gelungen ist, ist Virginia. Und sie ist bei mir, und das ist das Beste, was mir je passiert ist.

Sogar, wenn sie wütend auf mich ist ...

Sie hatten kein Wort gewechselt, seit sie mit dem Aufstieg begonnen hatten. Virginia konzentrierte sich ganz auf den Weg, sicher, aber da war noch mehr. Er kannte seine Tochter, und er wusste, dass sie innerlich kochte.

Sie gingen stundenlang bergauf. Der Ausblick auf die Berge und Täler war prachtvoll, aber nach einer Weile ödete ihn sogar die großartige Fernsicht an.

Der Pfad wurde immer schmaler, und Virginia, die die Führung übernommen hatte, blieb stehen. Sie sah auf. Tony folgte ihrem Blick. Der Berg war gewaltig und beängstigend zugleich, und ihn über einen Trampelpfad wie den, der vor ihnen lag, zu erklimmen schien beinahe unmöglich.

»Wenn wir jetzt weitergehen«, sagte Virginia, »können wir vielleicht nicht mehr umkehren.«

»Meine Pfoten sind wund«, jammerte Prinz Wendell.

Tony keuchte und rang nach Atem. »Nur noch eine Stunde«, sagte er. »Dann geben wir auf. In Ordnung?«

Niemand antwortete. Er wertete ihr Schweigen als Zustimmung, also betrat er den Trampelpfad und hoffte, dass sein recht fragwürdiges Glück anhalten würde.

Wendells Schloss war reinlicher und gepflegter als das ihre.

Zufrieden stand die Königin in des Prinzen Schlafgemach und blickte in den Schlosshof hinunter. Sie hatte sich in der Kutsche versteckt, als der Hundeprinz seinen Triumphzug durch das Vierte Königreich absolviert hatte. Die Reise hatte ihm gefallen, obwohl sie ihm zum Schluss hatte verbieten müssen, noch weiter mit dem Kopf des Trollkönigs herumzuspielen.

Als sie am Schloss angekommen waren, hatte der Hundekönig auf ihre Anweisung hin mit seinen Beratern gesprochen – eine erbärmliche Vorstellung – und die Männer von der Kutsche fortgeführt, damit sie sich in das Gebäude schleichen konnte. Fortan musste sie stets darauf achten, nicht gesehen zu werden, verbarg sich hinter Vorhängen und ging jedermann aus dem Weg.

Sie werden meine Anwesenheit noch früh genug entdecken.

»Hier ist es viel schöner als an dem anderen Ort«, sagte der Hundeprinz hinter ihr.

Die Königin wandte sich vom Fenster ab. Der Hundeprinz stand mitten in Wendells Schlafgemach. Sein Hemd war falsch geknöpft, und sein Haar stand wirr vom Kopf ab.

»Niemand hat mir geholfen«, sagte er eifrig. »Ich hab das ganz allein gemacht. Wie gefällt es Euch?«

Er ist wirklich schrecklich hündisch. So begierig darauf zu gefallen, so verstört, wenn irgendjemand mit ihm schimpft. Sie suchte noch nach einer passenden Entgegnung, als es klopfte.

Das Pochen schien von einem ihrer Spiegel zu kommen. Sie enthüllte ihn und erkannte darin Burly, den Troll, und seine Geschwister, bedeckt von sonderbarem Goldstaub. Er klopfte an das Glas des Spiegels, als wäre er eine Tür.

»Hallo! Hallo! Ist da jemand?«, rief Burly.

Dann sahen sie sie und grinsten.

Was für eine widerliche Bande sie doch sind.

»Wir sind wieder da, Eure Majestät«, rief Burly.

»Lebend und grollend«, sagte Blabberwort.

»Und verrückter denn je«, ergänzte Bluebell.

Die Königin konnte nicht anders. Sie musste einfach lachen. Als sie sich wieder unter Kontrolle hatte, sagte sie: »Ich muss gestehen, ich bin äußerst überrascht, euch zu sehen.«

Offensichtlich erfreut über ihr Lächeln, sahen die Trolle einander an. Hinter ihnen zuckte irgendetwas. Undeutlich erkannte sie die Gestalten zweier Männer, die kopfüber an den Füßen aufgehängt worden waren.

»Eure Majestät«, sagte Bluebell, »dürfen wir einen Eurer Spiegel benutzen, um unseren Vater zu rufen?«

»Er macht sich sicher große Sorgen um uns«, sagte Burly.

»Nur ganz kurz, damit wir ihm sagen können, dass es uns gut geht«, sagte Bluebell.

Das Lächeln der Königin erstarb. *Was soll ich ihnen sagen? Sie mögen durchaus noch irgendwie nützlich sein, also sollte ich mir die Troll-Brut warm halten.* »Dann habt ihr die schreckliche Neuigkeit noch gar nicht vernommen?«

»Wir haben gar nichts vernommen«, sagte Bluebell. »Wir waren aus Gold.«

Sie seufzte und bemühte sich, so mitfühlend wie möglich zu klingen. »Euer Vater wurde ermordet.«

Wie vom Donner gerührt erstarrten die drei und sagten eine Weile gar nichts. Dann begannen sie unisono zu jammern und zu schreien. Einige Augenblicke später brach das Geheul abrupt ab. Burly, der Älteste, sprach als Erster.

»Wer hat das getan?«, fragte er.

Dank der langen Reaktionszeit hatte sie sich in Ruhe eine Geschichte ausdenken können. »Das Mädchen«, sagte sie. »Sie hat ihn vergiftet.«

Die Trolle starrten sie an, als wären sie völlig außer Stande, diese Neuigkeiten zu erfassen. Dennoch musste sie das Trio unter ihre Kontrolle bringen. Gelang ihr das nicht, so würden sie alles zerstören.

»Viele schreckliche Dinge sind geschehen, seit ich euch das letzte Mal gesprochen habe«, sagte die Königin. »Meine Freunde, im Namen eures Vaters, schwört, dass ihr sie zur Strecke bringen werdet.«

»Wir schwören es!«, brüllten die drei.

Sie lächelte. Mit diesem Glücksfall hatte sie nicht gerechnet.

Was nun vor ihnen lag, verdiente nicht länger die Bezeichnung Pfad.

Vor ihnen erhob sich ein Berghang, dessen Neigung gerade noch ermöglichte, dass Wendell versuchen konnte, alleine hinaufzukraxeln.

Virginia ging voran, und Tony folgte ihr, wobei er nun schon geraume Zeit auf ein Hundehinterteil hatte starren müssen.

Schließlich legte er die Hände auf Wendells Hinterbacken und schob den Hund über die letzte Klippe. Da hörte Tony wieder das Geräusch berstenden Glases.

Im gleichen Moment fühlte er, wie an seinem Rucksack beide Gurte rissen und das Ding, noch ehe er reagieren konnte, von seinem Rücken rutschte und den Hang hinabpurzelte.

»Nein! Nein! NEIN!«

Hilflos musste er mit ansehen, wie der Rucksack Hunderte Fuß tief unter ihm beim Aufschlag aufplatzte. Proviant, Wasservorräte, Töpfe und Schlafsäcke rollten in verschiedene Richtungen davon.

Virginia über ihm beobachtete die Vorgänge mit einem gewissen Fatalismus. »Ist da irgendwas Wichtiges drin?«

Was für ein Sarkasmus. Man sollte glauben, wenigstens die eigene Tochter brächte ein wenig Mitgefühl auf. Tony zog sich über den Steilhang und legte sich auf den Boden, um zu verschnaufen. »Wie können beide Riemen genau zur gleichen Zeit reißen? Dafür besteht eine Wahrscheinlichkeit von eins zu einer Milliarde!«

»Vielleicht hast du sie auch nur nicht richtig gespannt.« Virginias Tonfall war frostig.

»Natürlich habe ich das«, protestierte Tony. »Das liegt nur an meinem Pech.«

»Yeah«, knurrte Virginia. »Nun, ich habe hier wohl das größte Pech, denn ich muss schließlich mit dir reisen.«

»O ja, bitte, sag es!«, schimpfte Tony. »Sprich dir alles von der Seele. Selbst deine Vorwürfe sind besser als dieses dauernde Schmollen.«

»Ich schmolle nicht.«

Sie vergewisserte sich, dass ihr Rucksack sicher befestigt war. Dann erklomm sie einen beängstigend schmalen Pfad. Prinz Wendell war schon vorausgelaufen, um den Weg zu erkunden. Oder so ähnlich. Irgendwie schien er mehr Spaß an diesem Ausflug zu haben, als das noch vor einer Woche vorstellbar gewesen wäre.

Langsam vermisste Tony den verweichlichten Aristokraten.

»Was hast du eigentlich mit unserem Spiegel auf diesem

Dach gemacht, betrunken, wie du warst?«, fragte Virginia endlich. »Er war unsere einzige Möglichkeit, wieder nach Hause zu kommen.«

»Du bist doch nicht nur wegen des Spiegels sauer«, sagte Tony. »Das ist doch längst gelaufen.«

»Ich habe mein ganzes Leben damit zugebracht, auf dich aufzupassen«, sagte Virginia. »Dann bist du mal, als es wirklich um was ging, fünf Minuten allein und ...«

»Auf mich aufzupassen?«, schrie Tony. »Wer hat dich denn großgezogen? Zwanzig Jahre habe ich mich nur um dich gekümmert. Und wenn ich das nicht zusätzlich zu meiner Arbeit hätte schaffen müssen, dann wäre mein Geschäft vielleicht nicht den Bach runtergegangen. Hast du daran schon mal gedacht? Oder denkst du immer nur an die arme kleine Virginia? Immer nur ich, ich, ich?«

»Manchmal hasse ich dich wirklich«, sagte Virginia.

»So, na, daran bin ich gewöhnt. Hass mich ruhig. Von mir aus kannst du mich von Herzen hassen, wenn es dir dann besser geht.«

Der schmale Pfad, dem sie folgten, gabelte sich. Prinz Wendell wartete an der Wegkreuzung auf sie. Virginia blieb neben ihm stehen. Auch Tony hielt inne und ließ seinen Blick über die Berge schweifen.

»Wir müssen da lang«, sagte Tony.

»Nein, dieser Pfad führt abwärts«, sagte Virginia. »Dort geht es weiter hinauf.«

Prinz Wendell blickte verunsichert von einem zum anderen.

»Das ist unmöglich der richtige Weg«, sagte Tony. »Das ist ein Ziegenpfad.«

»Prinz, sag ihm, dass ich Recht habe«, sagte Virginia.

»Anthony«, sagte Prinz, »ich weiß, das ist furchtbar ungebührlich, aber würdest du ... mich bitte streicheln?«

Tony erschauderte. *Wendell ist uns nun auch keine Hilfe mehr. Ich selbst werde die Führung übernehmen müssen.* »Das ist der richtige Weg.«

»Du kannst deinen Weg gehen, ich nehme meinen«, sagte Virginia.

»Du wirst lachen, das werde ich auch«, entgegnete Tony. »Aber gib mir nicht die Schuld, wenn dich die Drachen erwischen.«

Virginia machte sich auf den Weg. Tony sah ihr nach. *Dieses Mal werde ich nicht nachgeben. Das bin ich meiner Selbstachtung einfach schuldig.*

»Ich meine es ernst«, rief Tony ihr nach. »Ich werde hier entlanggehen, weil dein Weg falsch ist.«

Auch Tony ging los.

Prinz Wendell hockte immer noch unentschlossen an der Gabelung und starrte erst Virginia, dann Tony hinterher. »O nein, keine Entscheidungen«, stöhnte er.

Der arme Hund klingt weder sonderlich glücklich noch im Entferntesten wie ein Prinz. Mit mulmigem Gefühl pfiff Tony, und Prinz Wendell folgte ihm.

Gemeinsam beschritten sie den schmalen Pfad. Tony war dankbar, dass wenigstens Wendell bei ihm geblieben war. Er sorgte sich um Virginia, aber das konnte er keinesfalls zugeben.

»Äh, es liegt mir auf der Zunge«, sagte Wendell vorsichtig, »aber ich komme nicht darauf. Wer bin ich?«

Diese Frage stellt er nun schon zum fünften Mal innerhalb einer Stunde.

»O Gott«, stöhnte Tony. »Fang nicht schon wieder damit an. Du bist Prinz Wendell, in Ordnung? Du regierst das ganze Land um uns herum. Du bist die wichtigste Persönlichkeit des ganzen Königreiches.«

»Rudelführer?«, fragte Prinz.

»Yeah«, sagte Tony, so wenig ihm das auch gefiel. *Es wird immer schlimmer mit ihm.* »Ganz richtig, du bist der Rudelführer.«

»Der Leithund also«, sagte Prinz. »So etwas dachte ich mir.«

Eine Weile zogen sie schweigend weiter. Tony dachte unentwegt an Virginia. Er hätte nie geglaubt, dass sie sich ihm so widersetzen würde. Dieses Land veränderte sie, und nicht zum Besten.

»Prinz Wendell«, sagte Tony, »du bist doch mit mir mitgekommen, weil du wusstest, dass dies der richtige Weg ist, oder?«

»Nein«, sagte Prinz.

»Nein?«, fragte Tony.

»Ich bin nur mit dir gekommen, weil sie kein Wort von dem versteht, was ich sage.«

»Ach so«, sagte Tony. »Na ja, mich versteht sie auch nicht.«

In diesem Moment erklang hinter ihnen erneut das Geräusch splitternden Glases. Tony zuckte erwartungsvoll zusammen. Zwar hoffte er, das Pech würde ihn nicht erwischen, aber er wusste trotzdem, dass es geschehen würde.

Ich werde einfach weitergehen. Genau das werde ich tun. Wie ein unerschrockener Abenteurer. Entschlossen legte er die Hand auf einen Felsen und schrie sogleich vor Schmerzen auf.

Sein Hand steckte in einem lebendigen und überaus aktiven Wespennest. Der Schmerz war unerträglich. Wild umherfuchtelnd schüttelte er seine Hand, und die Wespen flogen davon, abgesehen von denen, die sich nun auf ihn stürzten und ihn weiterhin stachen.

Sind Wespen wie Bienen? Müssen sie sterben, wenn sie jemanden gestochen haben? Tony hoffte es von Herzen.

»Seit wann bauen Wespen ihre Nester so hoch oben in den Bergen? Ich hätte meine Hand überallhin legen können, ohne dass etwas passiert. Das ist einfach nicht zu fassen.«

Wütend schüttelte er das nunmehr unbewohnte Nest von seiner Hand. Die Einzelteile landete zusammen mit toten und sterbenden Wespen am Boden.

Seiner Hand war inzwischen furchtbar geschwollen. Er konnte nur hoffen, dass er nicht allergisch auf das Gift reagierte.

Prinz Wendell sah zu ihm auf. »Ich verliere den Verstand.«

»Das tust du nicht«, sagte Tony. »Und jetzt gib Ruhe.«

»Kannst du mich nicht ein bisschen kraulen?«, bettelte der Hund.

Tony seufzte und setzte sich auf den felsigen Boden. *Der arme Prinz.* Sofort kam Prinz Wendell zu ihm gelaufen und lehnte sich bei ihm an. Tony legte den Arm um ihn.

»Kraulen und streicheln, bitte«, sagte Prinz.

Mit seiner gesunden Hand streichelte Tony den Hund, während er die andere an den Mund presste und an ihr saugte.

Plötzlich versteifte sich Prinz Wendell. »Ich werde zum

Hund«, sagte er. »Ich werde zu einem Hund, und dann gibt es kein Zurück mehr.«

Tony wusste nicht, was er sagen sollte, also streichelte er ihn einfach weiter.

»Müde«, sagte Prinz. »Schläfchen.«

»Ich glaube, ich wäre gern ein Hund«, sagte Tony. »Ich hätte gern jemanden, der sich um mich kümmert, mich füttert, sodass ich mir um nichts Sorgen machen muss. So stelle ich mir den Himmel vor.«

In diesem Moment knirschte etwas hinter ihnen. Tony erschrak. Am felsigen Untergrund tauchten Hände auf, und dann zog sich Virginia den Hang hinauf.

Sie war schmutzig und zerzaust.

»Oh, du hast es also geschafft«, sagte sie.

»Das Gleiche wollte ich auch gerade sagen«, sagte Tony. »Ich bin schon eine ganze Weile hier.«

»Wirklich?«

»Ja, etwa eine Stunde.«

»Ich wusste nicht, dass wir ein Rennen veranstalten, Dad.«

Tony lugte den Abhang hinab. »Und ich wusste nicht, dass das da ein Pfad ist.«

Blabberwort war müde, und ihre Glieder schmerzten.

Jedes Mal, wenn sie in die gleiche Haltung geriet wie zu der Zeit, als sie golden gewesen war, schrien ihre Muskeln vor Schmerzen.

Sie versuchte, die Qual zu ignorieren. Wenn sie an irgendetwas dachte, dann an ihren Dad, und das war ein trauriger Gedanke.

Aber sie und ihre Brüder verfolgten auf der Bergstraße die Spur, die die widerliche Mörderhexe und ihre Begleiter hinterlassen hatten. Einzig ihre Rachegelüste trieben sie weiter, aber Burly war völlig fertig. Ununterbrochen brachte er sich mit seinem Messer Schnittwunden am Arm bei, ohne dass sein Schluchzen auch nur einen Augenblick verstummte.

»Da sind mehr Pfotenspuren«, sagte Blabberwort. »Sie müssen diesen Weg genommen haben.«

Die anderen beiden schien das nicht wirklich zu kümmern. Sie gingen nur mit ihr, weil sie nicht wussten, was sie sonst tun sollten.

»Vater ist tot«, sagte Burly.

Blabberwort wusste nicht, was sie dazu sagen sollte. Bluebell offensichtlich auch nicht. Schließlich entschloss sie sich zu einem Versuch: »Denk an die gute Seite. Nie mehr Schläge.«

»Ohne Angst vor seiner Bestrafung könnten wir endgültig versagen«, sagte Burly.

»Gut, dass wir den alten Bastard los sind«, sagte Bluebell.

Sie grinsten einander an, doch bald erstarb Burlys Lächeln. »Wartet! Wartet mal! Was reden wir denn da? Er war unser Vater. Er hat uns mit zur Jagd genommen.«

»Er hat uns unsere ersten Waffen gegeben«, erinnerte sich Blabberwort.

»Er hat uns gelehrt, wie man ein Folteropfer stundenlang bei Bewusstsein hält«, schwärmte Bluebell.

Wie auf Kommando begannen sie zu schluchzen und zu klagen. Blabberwort fühlte die Tränen heiß wie geschmolzenes Gold über ihre Wangen rinnen.

»Wartet nur, bis wir die Hexe in die Finger kriegen«, sagte Burly. »Wir werden sie in Stücke reißen.«

Das schlechte Wetter hatte sie wieder eingeholt.

Besser gesagt, es hatte ihren Vater gefunden. Virginia suchte unter einem großen Felsüberhang Zuflucht, in der Hoffnung, dass die Gewitterwolken ihrem Vater nicht auch noch dorthin folgen würden.

Sie saß auf einem Steinhaufen und dachte nicht daran, ihrem Vater zu helfen, als er mühsam unter den Felsüberhang kletterte. Prinz Wendell folgte ihm. Irgendwie wirkte er immer mehr wie ein richtiger Hund.

»Hey, du sitzt auf jemandem«, sagte ihr Vater.

Virginia sprang auf und sah, dass es um sie herum noch mehr Steinhügel gab. In jedem steckte ein Schwert und ein verrottetes Banner.

»Glaubst du, hier liegen die Leute, die den Drachen gefunden haben?«, fragte Virginia. »Oder umgekehrt, der Drachen sie?«

Ihr Vater bückte sich und las eine der eingeritzten Inschriften auf den hölzernen Tafeln, die an den Steinhügeln lehnten. »Hier liegt Ivan der Optimist.«

»Diese Gräber sind ziemlich alt«, sagte Virginia. »Ich glaube nicht, dass es hier immer noch Drachen gibt.«

Und dann, plötzlich, erklang ein Grollen hoch oben in den Bergen.

»Das ist verrückt«, sagte Virginia. »Wir müssen tausend Fuß hoch geklettert sein.«

»Wirklich?«, fragte Tony. Er ging an den Rand der Klippe und blickte hinab. Sie folgte ihm. Das Tal lag weit unter ihnen.

Er zuckte, wie er es meistens tat, wenn er dieses schaurige Geräusch hörte. Sie hoffte, dass es einen anderen Grund gab, aber dann, beinahe wie aufs Stichwort, sagte ihr Vater: »Wir sollten heute Nacht, glaube ich, hier bleiben.«

»Auf einem Friedhof?«

»In einer Stunde wird es dunkel. Ich meine, es dämmert doch jetzt schon.«

»Meinst du?«, fragte Virginia, während sie sich umsah. »Ich denke, das sind lediglich die Wolken.«

Aber sie war müde. Sie wollte nicht mehr weitergehen. Sie waren schon zu weit oben, um Holz zu finden, und der Gedanke, die Grabtafeln zu verfeuern, gefiel ihr überhaupt nicht. Also kauerte sie sich neben ihren Vater und Prinz Wendell, um sich aufzuwärmen.

»Hierher zu kommen war eine blöde Idee«, sagte ihr Vater. »Es tut mir Leid.«

Ein Heulen erklang in der Ferne. Virginia blickte auf. Während sie heraufgeklettert war, hatte sie auf einer weit entfernten Klippe einen jungen Wolf gesehen. Der Anblick hatte sie schmerzlich an ihren Wolf erinnert. Sie sehnte sich nach ihm. Sie hätte ihn nicht so davonjagen dürfen.

»Du vermisst diesen Wolf, richtig?«, fragte Tony.

»Ja.«

Sie starrte in die Dunkelheit. Wie sehr sich ihr Leben in dieser kurzen Zeit doch verändert hatte.

»Ich glaube, wir sind am Ende«, sagte Tony. »Sieben Jahre Pech werde ich nicht überleben. Ich bin stolz auf dich, Virginia. Ohne dich wären wir noch nicht mal so weit gekommen.«

»Ich friere«, sagte sie. »Nimm mich in den Arm.«

Er zog sie an sich. Sie hatten sich schon lange nicht mehr umarmt, und es fühlte sich herrlich an.

Dann erst merkte sie, dass sie allein waren. »Wo ist Prinz?«

»O mein Gott«, stöhnte Tony.

Sie sahen sich um, konnten ihn aber nicht finden. Virginia rief: »Prinz! Prinz!«

Aber sie erhielt keine Antwort.

Kapitel 39

Tony konnte sich nicht erinnern, wann er das letzte Mal im Sitzen geschlafen hatte.

An seine Tochter gelehnt, erwachte er steif und frierend. Der Wind fegte bitterkalt über den Felsvorsprung.

Dann sah er, was ihn geweckt hatte. Prinz Wendell – nun eher Hund als Prinz Wendell – kam über den Pfad auf sie zugetrottet. Zwischen seinen Zähnen trug er einen gewaltigen Knochen.

»Wach auf, Virginia. Prinz ist wieder da!«

Prinz blieb vor Tony stehen und ließ den Knochen vor seine Füße fallen.

»Was ist das, Junge?«, fragte Tony. Irgendwie wusste er, dass er den passenden Ton gewählt hatte. »Was hast du da?«

»Großer Knochen, großer Knochen«, sagte Prinz eifrig.

Tony ergriff den Knochen und betrachtete ihn staunend. »Das ist wirklich ein Riesenbursche. So etwas habe ich noch nie gesehen. Woher hast du ihn?«

Prinz begann aufgeregt zu bellen. Tony zuckte zusammen. Er hatte eine Antwort in menschlicher Sprache erwartet.

Virginia erwachte und starrte Prinz und Tony verschlafen an. Sie schien noch unterkühlter zu sein als er, und er musste sie ein bisschen schütteln, ehe sie bereit war, dem Hund zu folgen.

Prinz führte sie über einen verschlungenen Pfad. Verrostete Helme und Rüstungen lagen am Wegesrand. Dann, nach einer Wegbiegung, sahen sie es – das riesige Skelett eines Drachen, das aus einer Höhle herausragte.

Es war so groß wie das eines Brontosauriers, doch wesentlich beeindruckender. Tony trat näher heran. Dieser Drache war schon seit langer Zeit tot. Sein Maul war weit geöffnet und bildete den bizarren Eingang zu der Höhle. Ein verrostetes Schwert steckte dort, wo einst sein Auge gewesen war.

Dieser Ort inmitten der sterblichen Überreste glückloser Ritter, über die der Wind hinwegheulte, war an sich schon schrecklich unheimlich, doch der riesige Drachenkopf stellte den gruseligsten Teil der ganzen Szenerie dar.

Tony folgte Prinz weiter voran, und Virginia schloss sich ihnen an. Schließlich hatten sie das Maul des Drachen erreicht. Es war gigantisch. Allein ein einzelner seiner spitzen Zähne waren so groß wie Virginia.

Tony kletterte um sie herum und half Virginia ins Maul hinein. Dann bahnten sie sich über den Schlund des Drachen einen Weg durch das Skelett.

Vor ihnen mussten schon andere diesen beinernen Pfad genommen haben, denn viele der Knochen waren beschädigt. Glücklicherweise roch es hier nicht nach Verwesung, was, wie Tony vermutete, nicht verwunderlich war, bedachte man, wie lange der Drache schon tot sein mochte.

Schließlich erreichten sie den Schwanz des urzeitlichen Reptils. Und dann befanden sie sich in der eigentlichen Höhle. In ihrem Innern herrschte ein modriger Geruch, und es war hier wärmer, als Tony es erwartet hatte.

Virginia blieb neben ihm stehen, und sie starrten gemeinsam in die Finsternis.

»Hier waren schon andere Leute«, sagte Virginia. »Schau, da liegen Schaufeln und solche Dinge.«

Ganz zu schweigen von den hölzernen Stützpfosten weiter unten in der Höhle. Virginia wühlte in dem Werkzeughaufen und zog schließlich etwas hervor, was Tony zunächst verständnislos beäugte, bis er erkannte, worum es sich handelte. Es war eine altertümliche Fackel mit einem Docht aus Jute, der in Öl getränkt worden war. Die Spitze steckte in einer eisernen Ummantelung, was die Fackel auch zu einer schlagkräftigen Waffe machte.

Virginia entzündete sie mit einem ihrer Streichhölzer. Nie zuvor war Tony glücklicher gewesen, Licht zu haben.

Die Fackel beleuchtete nur ihre direkte Umgebung. An einem

Deckenbalken hing ein weiteres Schild mit dem Drachensymbol in einem roten Kreis. Die Tafel war geschwärzt und verkohlt, als hätte sie jemand mit einem Flammenwerfer bearbeitet, aber Tony konnte die Worte immer noch erkennen:

BETRETEN VERBOTEN!
DRACHEN!
EINDRINGLINGE WERDEN VERSPEIST!

»Drachen?«, las Tony. »Dann gibt es hier wohl mehr als nur den einen.«

»Das Schild ist uralt«, sagte Virginia. »Vermutlich sind sie längst alle tot.«

»Ach, bist du neuerdings auch Drachenexpertin? Drachen können tausend Jahre und älter werden. Bei meinem Glück kann ich mich auch gleich selbst zum Essen zubereiten.«

Virginia ignorierte ihn, was er, wie er vermutete, wohl verdient hatte. Sie betrat den Tunnel. Tony folgte ihr. Hinter sich hörte er Prinz' Klauen über den Boden scharren.

Der Tunnel führte tief in den Berg hinein. Virginia sah Tony an. Sie hatte Angst. Er hatte noch nie erlebt, dass sie Angst hatte.

»Was denkst du?«, fragte sie.

Er zuckte die Schultern. Was blieb ihnen schon anderes übrig? Er jedenfalls wollte nicht wieder unverrichteter Dinge abziehen.

Also gingen sie weiter. Der Tunnel schlängelte sich in die Tiefe. Ein paar Mal flackerte die Flamme unruhig und drohte, auszugehen. In diesen Sekunden bekam Tony einen kurzen Eindruck von der totalen Finsternis, die herrschen würde, sollte die Fackel ganz erlöschen.

»Ich hasse enge Räume«, sagte Tony. »Und dieser Tunnel wird immer enger. Das kann nicht richtig sein. Lass uns zurückgehen. Ich kann schon kaum mehr atmen.«

»Sieh nur«, sagte Virginia, »dort endet er.«

Sie erreichten eine Grotte, in der der Tunnel auf einen zweiten, größeren stieß. Virginia hob die Fackel in die Höhe, als Tony neben ihr stehen blieb. Sie sahen sich in beide Richtungen um, aber das Licht reichte nicht weit genug, ihnen die Entscheidung zu erleichtern.

»Wohin jetzt?«, fragte Virginia.

Er hatte keine Ahnung. Aus der Ferne hörte er ein Donnern.

»Hast du das gehört?«, fragte Tony. »Das ist ein Drache.«

Das Donnern wurde lauter und lauter. Ein Luftzug begleitete es, und Tony dachte unwillkürlich an einen U-Bahn-Schacht. Er drückte Virginia in dem Moment an die Wand, als ein heißer Luftzug über sein Gesicht strich. Gleich darauf rollte ein Zug vorbei.

Er war voller Zwerge, die mit gespreizten Beinen auf dem Waggon saßen. Eigentlich war der Zug kaum mehr als eine Bank auf Rädern. Die Zwerge trugen Schutzhelme mit Lampen, und sie alle sangen aus vollem Hals.

Tony drängte Virginia so weit wie nur möglich zur Seite, während sie die Fackel mit der Hand abschirmte, um die Flamme am Leben zu erhalten.

Als der Zug vorbei war, sahen sie einander staunend an. Nun wussten sie, in welche Richtung sie gehen mussten. Sie betraten den größeren Tunnel und folgten den Schienen.

Sie mussten nicht lange laufen, bis sie den Zug erneut sahen. Er war inzwischen leer, und die letzten Passagiere verschwanden gerade unter einem großen Torbogen. Über dem Torbogen hing ein hölzernes Schild.

HOCHHERRSCHAFTLICHE ZWERGENMINE
DES NEUNTEN KÖNIGREICHES
EINGANG, SCHACHT 761

»Das Neunte Königreich?«, fragte Tony. »Wann haben wir denn das Vierte verlassen?«

»Ich weiß nicht, ob wir das überhaupt haben«, sagte Virginia. »Erinnerst du dich an die Karte in Kissing Town? Das Neunte Königreich ist unterirdisch. Vielleicht können wir einfach durch den Berg gehen und kommen auf der anderen Seite wieder heraus.«

Für Tony klang das nach einer guten Idee.

Sie näherten sich dem Zug. Er hatte an einer unterirdischen Haltestelle angehalten, die ebenfalls mit dem Drachensymbol gekennzeichnet war, dieses Mal in Verbindung mit Hammer und Spitzhacke. Das mächtige Schild wurde von der Rückseite angeleuchtet. Tony konnte sich nicht helfen, er musste an ein schauriges Tor zur Hölle denken.

Auf der anderen Seite des Torbogens befand sich ein Umkleideraum. Von den Zwergen war nichts zu sehen. Lediglich ein schwarzes Loch führte hinab in die Erde.

»Wo sind sie hin?«, fragte Tony.

»Sie müssen da runtergeklettert sein«, sagte Virginia. Sie deutete auf das Loch.

Tony starrte hinein. Und tatsächlich, da war eine hölzerne Rutsche, die irgendwo in der Dunkelheit verschwand. Sie sah sehr glatt aus und hätte ihm viel Freude bereitet, wenn er zwölf Jahre alt gewesen wäre.

»Ich gehe nicht da runter«, sagte Tony. »Man kann das Ende noch nicht mal erkennen. Bei meinem Pech kann man sich ausmalen, wie ich da unten ankomme.«

Auch Prinz lugte über den Rand und wedelte unsicher mit dem Schwanz.

»Tja, aber hier kommen wir auch nicht weiter«, sagte Virginia. »Das ist der einzige Weg.«

Erneut hörte er das Geräusch splitternden Glases. »Das glaube ich nicht«, sagte er.

Virginia kletterte auf die Rutschbahn. »Nun komm schon, Dad. Wenn die Zwerge sie benutzt haben, dann muss sie sicher sein.«

»Wie kommst du darauf? Vielleicht ist sie viel zu eng.«

Prinz warf Tony einen unbestimmten Blick zu, ehe er zur Rutschbahn trottete und sich hinter Virginia setzte.

»Dad?«

»Ich könnte sterben«, sagte er. »Lass uns hier bleiben.«

Erneut erntete er einen trübseligen Blick, der ihm überhaupt nicht gefiel. Dann stieß sich Virginia ab ...

»Nicht«, schrie Tony.

... und verschwand in der Finsternis.

Die Fahrt auf der Rutsche dauerte eine halbe Ewigkeit.

Prinz Wendell, der sich an ihren Rücken gepresst hatte, gab Geräusche von sich, die sie als hündische Freudenbekundungen einstufte. Auf halber Strecke erlosch ihre Fackel, aber sie wusste lange, bevor sie das Ende erreicht hatte, dass es dort, wo sie ankommen würden, hell war. Sie sah die Lichter schon von weitem.

Allmählich nahm die Neigung der Rutschbahn ab, und sie wurden immer langsamer. Am Ende der Fahrt sprang sie rasch ab und tat einen Schritt zurück, in der Hoffnung, ihr Vater würde umgehend folgen. Doch das tat er nicht. Auch Prinz Wendell, der mit ihr neben der Rutschbahn stand, hatte den Blick hoffnungsvoll nach oben gerichtet.

»Komm schon, Dad«, murmelte Virginia. »Du schaffst es.«

Sie sah sich um. Die Rutschbahn endete in einem weiteren Stollen, doch auch hier waren keine Zwerge zu sehen. Aus der Ferne jedoch erklangen Hammerschläge aus dem Schacht.

Sie entzündete ihre Fackel an einer der brennenden Wandfackeln. In diesem Moment hörte sie hinter sich einen Schrei. Sie wirbelte herum. Gerade schoss ihr Vater über das Ende der Rutschbahn hinaus und prallte mit dem Kopf gegen einen der hölzernen Stützbalken. Er krümmte sich vor Schmerzen.

»Du hast es also doch noch geschafft«, sagte sie. Sie half ihm auf.

Gemeinsam liefen sie auf das Ende des Schachts zu, das hinter einer Biegung lag. Dort angekommen verharrten sie, sprachlos über den faszinierenden Anblick, der sich ihnen bot.

Vor ihnen lag ein ausgedehntes Bergwerk, erhellt von Lampen und voller Zwerge bei der Arbeit. Hölzerne Gerüste erlaubten es ihnen, die Felswände zu erklimmen. In dieser riesigen Mine war schon eine Menge abgebaut worden, und beinahe jeder Winkel war über Rampen und Stege zu erreichen.

Am Boden zertrümmerte eine Gruppe Zwerge große Felsbrocken. Sie alle trugen rote Uniformen und kleine schwarze Kappen.

»Was, glaubst du, bauen die hier ab?«, flüsterte ihr Vater.

Virginia hatte nicht die geringste Ahnung.

Eine andere Abteilung war damit beschäftigt, mit ihren Spitzhacken die Gesteinsbrocken von einer silbrigen Substanz zu trennen. Unweit davon untersuchten andere das so gewonnene Material, lasen es aus und schienen Unbrauchbares mit Hilfe ihrer kleinen Kellen auszusortieren.

In der Mitte der Höhle befand sich ein riesiger Kessel mit einer Blasen schlagenden Flüssigkeit, und in der Luft lag ein schwacher Schwefelhauch, vermengt mit dem Geruch von Schweiß.

Sie beobachteten, wie eine Gruppe Zwerge mittels einer Seilwinde einen flachen Gegenstand in den Kessel eintauchte. Sekunden später rief jemand eine Anweisung, und die Arbeiter zogen dieses Etwas wieder langsam aus der Flüssigkeit heraus.

Nach und nach wurde ein funkelnder Spiegel sichtbar. Sämtliche Zwerge ließen nun ihre Arbeit ruhen, um dem Schauspiel zuzusehen. Auch Virginia stockte der Atem.

Für einige Augenblicke hing der Spiegel in der Luft. Dann fing er an zu vibrieren. Virginia trat einen Schritt vor, um besser sehen zu können.

Jetzt hustete der Spiegel und begann zu schreien wie ein Neugeborenes.

»Schaut«, rief einer der Zwerge. »Das Throngeschenk für Prinz Wendell ist fertig.«

Alle Bergleute applaudierten unter wildem Jubelgeschrei. Der Lärm war ohrenbetäubend.

»Hast du gehört, Prinz«, sagte Virginia, »der ist für dich.«

In diesem Moment ertönte ein Krachen über ihr, und sie sprang geistesgegenwärtig zur Seite. Ihr Vater war weniger glücklich. Ein Stalaktit traf ihn direkt am Kopf.

Tony schrie auf und hielt sich den schmerzenden Schädel.

Mit dem Ergebnis, dass jeder einzelne Zwerg in der Mine sich zu ihnen umdrehte. Dann kehrte Totenstille ein.

Virginia stöhnte. *Dad entwickelt sich langsam zu einem ernst zu nehmenden Risiko.*

Eine Gruppe Zwerge setzte sich in Bewegung und kam auf sie zu. Virginia versuchte gar nicht erst davonzulaufen. Sie wusste einfach nicht wohin. Ihr Vater war durch seine Schmerzen viel zu abgelenkt, um überhaupt zu begreifen, in welchen Schwierigkeiten sie steckten, bis die Zwerge sie schließlich erreicht hatten.

Wortlos wurden sie alle drei gepackt und zu einem Holzverschlag gezerrt. Unterwegs beobachtete Virginia, wie die Zwerge den neuen Spiegel zu einem Trockengestell vor dem Büro trugen.

Dann fanden sie sich in einem kleinen Büro wieder. Ein Zwerg, offenbar der Aufseher, saß hinter einem mächtigen Schreibtisch, der von allerlei Papieren bedeckt war. Hinter ihm hing eine Flagge, auf der Zwerge in heroischer Pose in jeder Herstellungsphase eines Spiegels abgebildet waren.

»Ihr kennt die Strafe für das Eindringen in unsere geheimen Spiegelminen, Kameraden?«, fragte der Zwerg.

»Ist es eine schwere Strafe?«, wollte Tony wissen.

»Die Todesstrafe. Dies ist *unser* Berg.«

»Den können Sie gern behalten«, sagte Tony. »Wir wollen nur zurück ins Vierte Königreich.«

»Wir wussten nicht, dass wir etwas Verbotenes getan haben«, sagte Virginia.

»Unwissenheit schützt vor Strafe nicht«, sagte der Zwerg. »Ihr seid illegal in das unterirdische Neunte Königreich eingedrungen, und jeder, der versucht, unsere Geheimnisse zu stehlen, muss sterben.«

»Wir wollen Ihre Geheimnisse nicht«, sagte Virginia. »Wir wollten Sie nur um Hilfe bitten.«

»Wissen Sie«, hob Tony an, »da war dieser magische Spiegel, dem kürzlich ein Unglück widerfahren ist ...«

Die Zwerge, die sie hergebracht hatten, keuchten vor Entsetzen, und der Aufseher hinter dem Schreibtisch sprang erzürnt auf.

»Ihr wart das?«, brüllte er. »Wir hörten, wie der magische Spiegel zerbrach. Wart ihr für diesen Frevel verantwortlich?«

»Nein, ganz und gar nicht«, beteuerte Tony. »Wir haben damit überhaupt nichts zu tun.«

Die anderen Zwerge schüttelten kummervoll ihre Köpfe.

Virginia rückte ein wenig näher an ihren Vater heran. *Ein falsches Wort, und wir sind beide tot.*

»Ist euch klar, was ihr getan habt?«, fragte der Aufseher. »Ihr habt einen der großen Reisespiegel vernichtet. Er ist unersetzlich, ein Stück unserer Legende.«

»Ich habe doch schon gesagt, ich war es nicht«, sagte Tony. »Ich war nicht mal in der Nähe, als es passiert ist.«

»Warten Sie«, sagte Virginia, in der Hoffnung, den Zwerg richtig verstanden zu haben. »Haben Sie gesagt, *einer* der Reisespiegel?«

»Einer, so wie ›einer von vielen‹?«, fragte Tony.

Virginia konnte ein Lächeln nicht unterdrücken, und das kränkte den Aufseher.

»Gefällt euch irgendetwas an unserer Arbeit nicht?«, fragte er. »Wollt ihr die anderen beiden vielleicht auch noch zerstören?«

»Wo sind sie?«, fragte Tony. »Wir müssen sie unbedingt finden.«

»Ihr werdet hier lediglich den Tod finden«, sagte der Zwerg. »Bringt sie zu dem alten Schacht und werft sie hinein.«

»Nein!«, brüllte Tony.

Die Zwerge packten Virginia und ihren Vater. Sie wehrten sich, aber es waren einfach zu viele. Prinz Wendell folgte ihnen, offensichtlich verwirrt. Virginia wusste nicht, ob sie ihn um Hilfe bitten konnte – nicht, dass er überhaupt etwas hätte tun können.

Als die Zwerge sie und ihren Vater durch die Höhle zerrten, schrie einer der Vorarbeiter plötzlich: »Wartet! Seht nur!«

Sämtliche Arbeiter fielen ehrfurchtsvoll auf die Knie. Virginia hatte keine Ahnung, was passiert war.

»Seht in den Spiegel der Wahrheit«, rief der Vorarbeiter. »Seht ihn an!«

Verwirrt blickte Virginia sich um. Alle Zwerge starrten den neuen Spiegel an. Und was sie sah, verschlug ihr fast den Atem. Prinz stand direkt vor ihm, und der Spiegel reflektierte sein Bild, doch nicht als Hund. Im Spiegelbild war ein gut aussehender blonder Mann zu sehen, der auf allen vieren hockte.

Sie hatte gewusst, dass der Hund Prinz Wendell war; sie hatte sogar akzeptiert, dass er sprechen konnte. Aber bis zu diesem Augenblick hatte sie in ihrem tiefsten Inneren nicht begriffen, dass der Hund, der ihr folgte, tatsächlich ein echter Prinz war.

»Seht, das ist Prinz Wendell«, rief der Zwerg. »Der Enkel der bedeutendsten Frau, die je gelebt hat.«

»Das ist richtig«, sagte Tony. »Das ist der Bursche. Und ich bin sein unentbehrlicher Übersetzer.«

Die Zwerge drängten sich um den Spiegel, und Prinz Wendell bellte sein eigenes Spiegelbild an.

»Was ist das für ein Zauber?«, fragte einer der Zwerge.

Virginias Blick wanderte von dem Hund zum Spiegelblick und wieder zurück zu dem Hund. »Du hast mir ja gar nicht erzählt, dass du so gut aussiehst.«

Prinz Wendell betrachtete sich und bellte aufgeregt. Er hob eine Pfote, und der Mensch im Spiegel hob einen Arm.

»Wer seid ihr, Fremde?«, fragte ein Zwerg.

»Wir sind in einer geheimen Mission unterwegs, um Prinz Wendell wieder zu seiner ursprünglichen Gestalt zu verhelfen«, sagte Virginias Vater. »Ich bin für ihn von größter Wichtigkeit.«

»Die Legende hat uns schon vor langer Zeit von einem Tag erzählt, an dem der stolze Prinz auf allen vieren vor uns stehen würde«, sagte ein anderer Zwerg.

»Und dies ist der Tag«, sagte Tony. »Und wir haben Fragen, die dringend einer Antwort bedürfen.«

Unter nicht unerheblichem Tumult erkannten die Zwerge allmählich die Bedeutung der Menschen in ihrer Mitte an. So beschloss man, Virginia, Tony und Prinz Wendell vom Archivar herumführen zu lassen. Er sei am besten geeignet, so erklärten sie, all ihre Fragen zu beantworten.

Virginia hatte nur eine Frage. Sie wollte lediglich wissen, ob es noch einen Spiegel gab, der sie nach Hause bringen konnte. Doch sie beschloss, sich noch ein wenig in Geduld zu üben.

Der Archivar führte sie in eine unterirdische Bibliothek, in der Tausende von Büchern lagerten. Mehr noch war dieser

Raum jedoch ein Spiegelmuseum. Hier gab es jede Art von Spiegel, die Virginia sich vorstellen konnte, und sogar einige, die sie sich keineswegs hätte vorstellen können.

»Spiegel, Spiegel, Spiegel«, sagte der Archivar. »Hier gibt es jeden magischen Spiegel, den Sie sich nur wünschen können.«

Virginia folgte ihrem Vater und beobachtete ihre unterschiedlichen Reflexionen in den verschiedenen Spiegeln. Es war, als ginge sie durch ein Jahrmarkts-Spiegelkabinett. Einige der Exponate ließen sie fett, andere streichholzdürr erscheinen.

Der Archivar erzählte ihnen zu jedem der Spiegel eine Geschichte. Einige dienten allein der Verschönerung des Betrachters – und Virginia stellte fest, dass sie gute Arbeit leisteten. Dann gab es viele sprechende und noch mehr spionierende Spiegel. Virginia war besonders von den Trickspiegeln fasziniert, ihr Vater hingegen zeigte großes Interesse an den Erotikspiegeln, während Prinz Wendell viel Freude an einem Wasserspiegel zu haben schien.

Der Archivar berichtete auch, dass sein Volk dieses Gebiet seit Tausenden von Jahren genutzt hatte, um Quecksilber abzubauen, und dabei gegen die männlichen Drachen hatte kämpfen müssen, die dem Quecksilber verfallen waren.

Er zeigte Virginia eine Phiole mit Quecksilber und erklärte: »Dieses hier ist extrem quecksilbrig. Gewöhnliches Quecksilber ist viel zu träge für die Herstellung magischer Spiegel. Die meisten Versuche, einen magischen Spiegel zu schaffen, schlagen deshalb fehl, aber ...«

»Au!«

Virginia drehte sich um. Ihr Vater hatte mit dem Finger über einen der Rahmen gestrichen und sich dabei einen Splitter zugezogen.

»Sie sind recht ungeschickt«, bemerkte der Archivar.

»Ja, tut mir Leid«, sagte Tony.

»Sie leiden nicht zufällig unter einer Pechsträhne?«

»Wir suchen einen Reisespiegel«, sagte Virginia, sowohl, um so schnell wie möglich von hier zu verschwinden, als auch, um ihrem Vater aus der Patsche zu helfen. »Einen wie den, der zerbrochen ist.«

»Was nichts mit uns zu tun hatte«, fügte Tony schnell hinzu.

Der Archivar studierte Tony misstrauischen Blickes. Dann betrachtete er ein Regal mit alten, in rotes Leder gebundenen Büchern. »Reisespiegel ... Reisespiegel werden schon seit Hunderten von Jahren nicht mehr hergestellt. Ich bezweifle, dass unsere Unterlagen so weit zurückreichen.«

Er öffnete eines der Bücher, ging mit dem Finger die Einträge durch, klappte es wieder zu und schüttelte den Kopf. »Wie ich's mir dachte«, sagte der Archivar. »Aber eine Hoffnung gibt es noch. Sehen wir mal, ob wir Gustav wecken können.«

Virginia blickte ihren Vater fragend an, doch der zuckte nur die Schultern. Wendell wedelte mit dem Schwanz, als wüsste er Bescheid.

Der Archivar führte sie durch die Höhle. Vor einem uralten Spiegel blieb er stehen. Sein Rahmen moderte und roch nach Zahnfäule. Seine Silberschicht war beinahe gänzlich abgerieben, und jemand hatte ihm einen Schal umgelegt, als wäre er ein sehr alter, sehr kranker Mann.

Der Archivar hüstelte. Dann schüttelte er sachte den Rahmen. »Gustav? Besuch für dich.«

Langsam erwachte der Spiegel zum Leben. Virginia verfolgte es mit Staunen.

»Sie müssen laut sprechen«, sagte der Archivar zu ihr. »Er ist ein bisschen schwerhörig.«

Sie nickte und trat vor den Spiegel. »Großer Datenspeicher«, sagte Virginia. »Wir müssen dich etwas fragen.«

»Häh?«, sagte der Spiegel.

»Fragen!«, Tony brüllte. »Wir möchten dich etwas fragen. Über Reisespiegel.«

»Antwort will ich nur erteilen, wenn ihr sprecht in schönen Zeilen«, entgegnete der Spiegel.

»Alle alten Spiegel sprechen nur in Reimen«, erklärte der Zwerg.

Virginia trat einen Schritt zurück. Sie hatte nicht das geringste Talent zum Reimen. Doch ihr Vater schrie: »Steh'n andre Spiegel noch bereit, uns zu befrei'n aus dieser Albernheit?«

»Albernheit?«, murmelte Virginia.

»Drei Spiegel wurden hergestellt, um ihre Pracht weiß alle Welt.«

»Wir sind auf der richtigen Spur«, sagte Tony. »Wo sind die anderen beiden?«

»Häh?«, fragte der alte Spiegel.

Ihr Vater wurde ungeduldig. »Mit unser'm Spiegel ist's vorbei, wo zum Teufel sind die andern zwei?«

»Der erste Spiegel wurd zertrümmert, von einem Tor, den wenig kümmert.«

Virginia sah ihren Vater an, doch der wich ihrem Blick aus.

»Am Busen nun der zweite ruht, das Kneifgetier ihm Übles tut.«

»Am Busen?«, fragte Tony, wobei er Virginia Hilfe suchend ansah. »Kneifgetier?«

»Ein Meerbusen vielleicht?«, überlegte Virginia. »Und mit Kneifgetier meint er wohl Krabben und Krebse.«

»Richtig«, sagte der Archivar. »Einer ist in das große Meer im Norden gestürzt. Ich denke, den können Sie getrost außer Acht lassen.«

»Zu guter Letzt der dritte, geraubt aus uns'rer Mitte.«

»Geraubt?«

»Wer hat ihn geraubt?«, fragte Tony mit angespannter Miene. Virginia fühlte, wie sich ihr Magen verkrampfte. Sie erkannte diesen Ausdruck in seinem Gesicht. Es war der, der jedem neuen Unglücksfall vorausging.

Offensichtlich hatte der Spiegel ihm nicht zugehört, also brüllte Tony: »Komm nun endlich mal zu Potte, und sag, wer raubte die Klamotte!«

»Geseh'n wurd er kein einz'ges Mal, seit die Königin ihn stahl.«

»Die Königin«, sagte Tony. »Damit sind wir einen Schritt weiter.« Nervös sah er sich um, so wie er es nun schon einige Male getan hatte.

Virginia fühlte, wie ihre Handflächen feucht wurden.

»Hilfreich du gewesen bist, doch sag – verdammt – wo sie jetzt ist.«

Das Reimen fiel ihm zunehmend schwerer, aber für den Spiegel schien es gut genug zu sein.

»Nah sie ist und nicht allein, an einem Ort, der nicht ihr Heim. In jenem Schloss haust jetzt das Flittchen, in dem dereinst geherrscht Schneewittchen.«

»Wendells Schloss!«, rief Tony und klatschte in die Hände.

Er trat einen Schritt zurück, und seine Hand schlug gegen einen der anderen Spiegel. Virginia stürzte vor, um ihn aufzufangen, aber sie war nicht schnell genug. Der Spiegel, einer in einer langen Reihe, kippte, und alle anderen folgten ihm wie Dominosteine. Virginia konnte nichts dagegen tun.

»O nein!«, rief ihr Vater verzweifelt. »Nein, bitte, nein!«

Der Krach war überwältigend, als Spiegel um Spiegel aufeinander prallte und in tausend Stücke zerbrach.

»Mörder!«, schrie der Archivar außer sich. »Ihr habt meine Spiegel getötet!«

»Nein«, protestierte Tony. »Es war ein Unfall.«

»Spiegelmörder! Tötet sie! Tötet sie!«

Jemand betätigte eine Sirene und ein Signalton hallte durch die Gänge der Mine.

»Schnell«, rief Tony. »Wir müssen hier raus!«

Virginia versetzte Prinz einen Stoß, und sie rannten so schnell sie konnten, wenngleich sie keine Ahnung hatten, wohin sie sich wenden sollten.

»Der Nächste, der mich ansieht, wird exekutiert«, sagte die Königin.

Wendells gesamte Dienerschaft stand gesenkten Hauptes vor ihr. Sie zitterten vor Angst, als sie nun drohend vor ihnen auf und ab ging. Sie hatten sie entdeckt, und dafür würden sie nun bezahlen müssen. Einige sogar mit ihrem Leben.

»Noch heute werden Boten in alle Neun Königreiche entsandt, jeden König, jede Königin, jeden Kaiser und jeden anderen wichtigen Würdenträger zu Wendells Krönungsball einzuladen.«

Der Hundeprinz stand hinter ihr und klatschte begeistert in die Hände. »Das bin ich«, sagte er.

»Bis dahin wird niemand ohne meine ausdrückliche Anweisung das Schloss verlassen«, sagte die Königin. »Wenn ihr gefragt werdet, so werdet ihr sagen, euer Herr sei zurückgekehrt und wohlauf. Sollte ich erfahren, dass irgendetwas anderes behauptet wird, dann werde ich eure Kinder vor euren Augen töten. Und jetzt zurück an eure Arbeit.«

Die Dienerschaft machte kehrt und schlich schweigend und geduckt davon. Sie war sicher, dieses Gesindel würde ihr keinen Ärger bereiten. Die meisten von ihnen kannten sie bereits und wussten, dass sie keine leeren Drohungen ausstieß.

Sie ging zum Schreibtisch und erhitzte Wendells Siegellack über einer Kerze. Vor ihr lag ein großer Stapel Einladungskarten aus Büttenpapier.

»Feiern wir bald ein Fest?«, fragte der Hundeprinz. »Fein! Und was machen wir, wenn alle hier sind?«

Sie presste das königliche Siegel auf die erste Einladung. »Wir bringen sie um.«

»Seht, da sind sie!«, schrie ein Zwerg hinter ihnen.

»Spiegelmörder!«, brüllte ein anderer.

Virginia rannte, so schnell sie konnte. Plötzlich blieb ihr Vater vor ihr stehen. Der Tunnel, in den sie geflüchtet waren, entpuppte sich als Sackgasse. Ihr einziger Ausweg war eine weitere Rutschpartie.

Sie packte Prinz, sprang auf die Rutschbahn und legte sich flach hin, während sie in die Finsternis sauste. Ihr Vater folgte ihr. Bald wurde sie langsamer. Als sie das Ende erreicht hatte, sprang sie eilends aus dem Weg.

Ihr Vater flog an ihr vorbei und knallte auf den Boden.

»Mein Handgelenk«, jammerte Tony. »Ich habe mir das Handgelenk gebrochen. Ich halte das nicht mehr aus. Ich habe mir das Handgelenk gebrochen!«

»Du musst einfach vorsichtiger sein«, sagte Virginia.

»Ich kann doch nichts dafür. Das liegt nur an dieser verdammten Pechsträhne.« Dann zog er ein langes Gesicht. Er hatte sieben Jahre Pech kassiert, aber nach der letzten Spiegel-Katastrophe war es dreißigmal so viel. »O mein Gott! Wie soll ich das nur überssteeeee…?«

Noch während er das letzte Wort aussprach, verschwand er in einem Loch im Boden.

Virginia starrte über den Rand. »Dad? Dad?«

Etwa dreißig Fuß tief am Boden erkannte sie die flackernde Fackel ihres Vaters, die neben seinem reglosen Körper lag.

Er sah aus, als wäre er tot, aber genau konnte sie das aus der Entfernung nicht beurteilen. Sie sah Prinz an. Er starrte ebenfalls in das Loch.

Schließlich schnappte sie sich seufzend den Hund und machte sich vorsichtig an den Abstieg. Doch sie glitt aus, stürzte sechs Fuß in die Tiefe und landete in einer Staubwolke.

»Dad? Geht es dir gut?«

Sie ergriff die Fackel, die inzwischen erloschen war. Es dauerte eine Weile, bis sie sie wieder entzündet hatte, und als sie schließlich brannte, erkannte Virginia, dass sie ihr letztes Streichholz verbraucht hatte.

Dann hörte sie ein leises Geräusch. Ihr Vater stöhnte. Tränen rannen über sein Gesicht. »Irgendetwas Schlimmes ist passiert. Wirklich. Da muss was gebrochen sein. Ich kann mich nicht bewegen.«

»Ich werde dir helfen«, sagte Virginia. »Versuch einfach …«

»Nein, nicht bewegen!« Er schrie vor Schmerzen. »Ich glaube, ich hab mir das Rückgrat gebrochen.«

Virginia ging neben ihm in die Knie. Er sah schrecklich aus. Auch Prinz starrte ihn wie gebannt an.

»Wenn wir nicht wieder zurückkönnen«, sagte Virginia, »dann müssen wir einen anderen Weg finden, hier herauszukommen.«

Sie hielt die Fackel in die Höhe. Ihr Licht reichte gerade, ein zwölf Fuß großes Gebiet der Dunkelheit zu entreißen. Der Tunnel, in dem sie sich befanden, gabelte sich. Virginia lugte in die verzweigten Gänge hinein, die beide gleichermaßen in tiefer Finsternis lagen. Sie hatte keine Ahnung, in welche Richtung sie gehen sollte.

Die Fackel flackerte unruhig. Sie war beinahe verbraucht. Der Brennstoff reichte höchstens noch für zwanzig Minuten.

»Ich will nicht hier unten sterben«, sagte ihr Vater.

»Das wirst du nicht«, erwiderte Virginia. »Wir werden einen Ausweg finden, und wenn wir in der Dunkelheit herumkriechen müssen, bis wir draußen sind.«

»Ich kann nicht kriechen«, sagte ihr Vater. »Ich kann mich nicht mal bewegen.«

»Dann schleife ich dich eben mit.«

Sie legte die Hände unter seine Schultern, doch er schrie vor Schmerzen, also ließ sie ihn wieder zu Boden gleiten.

Ich weiß nicht, was ich tun soll. Er wird hier unten sterben, und ich will ihn nicht allein lassen.

Doch ich habe keine andere Wahl. Ich brauche Hilfe, und von den Zwergen werde ich bestimmt keine bekommen.

»Okay, Dad, ich werde gehen und nach einem Ausweg suchen«, sagte Virginia. »Und dann komme ich zu dir zurück. Vielleicht kann Prinz einen Ausgang ins Freie wittern. Ich werde ihn mitnehmen und ...«

»Nein«, wimmerte Tony. »Hier gibt es Hunderte von Gängen. Du wirst dich verirren.«

Sie schüttelte den Kopf. »Dad, wir haben keine andere Wahl.«

Er zitterte vor Angst. Trotzdem musste sie ihm noch etwas sagen, was ihm seine Lage sicher nicht erleichtern würde.

»Und ich muss die Fackel mitnehmen, Dad.«

»Aber hier unten ist es stockfinster«, sagte Tony. »Du wirst nicht mehr zurückfinden.«

Er griff nach ihrem Arm wie ein Ertrinkender. Sie musste seine Finger einzeln lösen, um sich zu befreien. Plötzlich sah er aus, als wäre er kaum sieben Jahre alt.

»Ich werde einen Weg finden und zu dir zurückkommen«, sagte sie. »Ich verspreche es dir.«

Sie wühlte in ihrem Rucksack, bis sie das letzte Stück Brot gefunden hatte.

»Ich werde eine Spur aus Brotkrumen legen, damit ich dich wiederfinde.«

Er sah sie an. Und plötzlich war er sonderbar ruhig. *Ich weiß, dass es vorbei ist, und, zum Teufel, sie weiß es auch. Vermutlich werden wir beide hier unten unser Leben lassen, aber das Einzige, was sie tun kann, ist, nicht aufzugeben.*

»Du findest einen Weg, Virginia«, sagte Tony leise.

Sie nickte und küsste ihn auf die Stirn. Prinz Wendell beobachtete sie.

Dann erhob sie sich und machte sich auf den Weg.

Als sie die Gabelung erreicht hatte, wählte sie, ohne zu zögern, den linken Gang. *Wenn ich noch lange darüber nachdenke, wie ich mich entscheiden soll, bin ich ewig unterwegs.*

Und ich habe nicht ewig Zeit.

Kapitel 40

Wer hat mir noch erzählt, dass das Zwergenkönigreich ein scheußlicher Ort ist? Wolf?

Virginias Herz tat einen Sprung. Er hatte in so vielen Dingen Recht behalten. Inzwischen schien sie mit Prinz an ihrer Seite schon meilenweit gelaufen zu sein, und noch immer markierte sie ihren Weg in regelmäßigen Abständen mit Brotkrumen.

Die Fackel rußte, und selbst wenn die Flamme richtig brannte, vermochte sie die Finsternis kaum noch zu durchdringen. Die Höhlen waren kalt, dunkel und größtenteils unheimlich still. Sie war dankbar, dass wenigstens Prinz bei ihr war. Seine Körperwärme und sein regelmäßiger Atem trösteten sie ein wenig.

Nie zuvor in ihrem Leben hatte sie sich so gefürchtet. Ihr Vater hatte sich das Rückgrat gebrochen. Sie saßen fest, es gab weit und breit keine nennenswerte medizinische Einrichtung, und sie wusste nicht einmal, wie sie aus diesem Höhlenlabyrinth je wieder herauskommen sollte.

Sie sehnte sich so sehr nach New York zurück, dass es sie beinahe körperlich schmerzte. Oder wenigstens nach einem freundlichen Gesicht.

Warum nur habe ich Wolf fortgejagt? Wenn er noch da wäre, hätte ich bei Dad bleiben können, während er nach einem Ausweg gesucht hätte.

Vor ihr wurde der Tunnel schmaler. Als Virginia die Verengung erreicht hatte, erkannte sie, dass der Gang in einen schmalen Schacht mündete. Sie war fix und fertig. Nun konnte sie nur noch zurückgehen, aber wie sollte sie ihrem Vater erklären, dass sie versagt hatte?

In diesem Moment huschte Prinz durch den Schacht. Er war

so dunkel, dass sie ihn sofort aus den Augen verlor, also beschloss sie zu warten, bis er zurückkehrte.

Doch er kam nicht.

Sie konnte nicht einfach zurückgehen. Wenn sie nun aufgab, würde ihr Vater sterben. Sie atmete tief durch und kroch ebenfalls in den Schacht.

Für einen Augenblick sah sie gar nichts, doch dann tauchte eine helle Öffnung vor ihr auf. Sie krabbelte auf sie zu und wurde von einer Kälte eingehüllt, die ihr die Luft in den Lungen gefrieren ließ.

Sie trat aus dem Schacht und fand sich in einer Eishöhle von überwältigender Schönheit wieder. Über ihr glitzerten gefrorene Stalaktiten in einem magischen Schimmer. Nun brauchte sie auch ihre Fackel nicht mehr, und sie war dankbar für das Licht. Die Dunkelheit hatte ihr mehr zugesetzt, als sie zugeben mochte.

Prinz Wendell stand in der Mitte der Höhle und bellte aufgeregt, als er sie sah. Sie ging zu ihm und sah, dass er vor einer kreisförmigen Fläche von etwa fünfzehn Fuß Durchmesser stand, die ein schwaches bläuliches Licht abstrahlte. Ihr Blick fiel auf eine Inschrift.

»Für sieben Männer gab sie ihr Leben hin«, las Virginia, »ein Prinz machte sie zur Königin. Im ew'gen Eis dann Ruhe fand, die schönste Frau im ganzen Land.«

Fasziniert betrachtete Virginia den bläulich schimmernden Kreis. Er bestand ganz aus Eis, doch darunter war das Gesicht einer alten Frau mit rabenschwarzem Haar zu erkennen. Noch in ihrem ewigen, eisigen Schlaf war sie wunderschön.

»Guten Tag, Virginia.«

Zu Tode erschrocken wirbelte Virginia um ihre eigene Achse. Da saß die alte Frau auf einem Thron, der aus dem Felsgestein der Höhle herausgemeißelt worden war. Lebend war sie trotz der vielen Falten in ihrer porzellanfarbenen Haut noch schöner, und ihre Augen strahlten in leuchtendem Azur.

»Wer sind Sie?«, fragte Virginia atemlos.

»Du kennst mich«, entgegnete Schneewittchen. »Ich war die alte Frau, die im Wald Feuerholz gesammelt hat. Ich war das verkleidete Mädchen in Kissing Town. Dein Weg war einst der meine, und ich habe versucht, dir zu helfen.«

»Sind Sie ... tot?«

»Nun, ich denke, so könnte man es ausdrücken. Ich trete nur noch gelegentlich als Geist in Erscheinung, aber ich bin nicht ohne Einfluss. Ich habe dich auf meine Art geschützt, indem ich dein Bild vor den Spiegeln der Königin verborgen habe. Aber du wirst schon bald sehen und gesehen werden.«

»Ich verstehe nicht«, sagte Virginia.

Die alte Frau breitete ihre Arme aus, und Prinz Wendell ging schwanzwedelnd auf sie zu. Sie kraulte ihn und streichelte seinen Kopf. »Nun, was hältst du von meinem Enkel?«

Virginia lächelte. *Diese alte Frau ist Schneewittchen. Eine der fünf bedeutendsten Frauen der Neun Königreiche, wie Wolf mir erzählt hat.*

Schneewittchen wartete, bis Virginia antwortete. »Ich mag ihn.«

»Ich glaube, es hat ihm gut getan, ein Hund zu sein«, sagte Schneewittchen.

»Aber er verliert den Verstand«, sagte Virginia.

»Und darum musst du die Dinge nun in die Hand nehmen«, entgegnete Schneewittchen. »Es ist für uns alle von größter Bedeutung, dass er sein Königreich rettet.«

»O nein«, widersprach Virginia. »Dafür bin ich nicht die Richtige.«

»Meine Mutter war eine Königin«, sagte Schneewittchen. »Jeden Tag saß sie mit ihrer Näharbeit am Fenster, blickte hinaus auf den Schnee und sehnte sich nach einem Kind. Eines Tages stach sie sich mit der Nadel in den Finger, und drei Tropfen ihres Blutes fielen in den Schnee, und da wusste sie, dass sie im Kindbett würde sterben müssen.«

Virginia trat näher, begierig, Schneewittchens Worten zu lauschen.

»Mein Vater trauerte lange Zeit um sie, aber schließlich vermählte er sich erneut, um nicht länger allein zu sein. Meine Stiefmutter hielt mit nichts außer ihren Spiegeln Einzug ins Schloss.«

Virginia runzelte die Stirn. *Irgendwie geht es hier dauernd um Spiegel.*

»Jeden Tag schloss sie sich in ihrem Schlafgemach ein, entkleidete sich und sagte: ›Spieglein, Spieglein an der Wand, wer ist die Schönste im ganzen Land?‹ Und der Spiegel schaute durch alle anderen Spiegel der Welt auf die Menschen, die sich gerade in ihnen betrachteten. Dann antwortete er: ›Frau Königin, Ihr seid die Schönste im Land.‹«

Virginia war die Geschichte sehr wohl vertraut, dennoch war es faszinierend, sie auf diese Art zu hören. Sie trat zu Schneewittchen und setzte sich neben sie.

»Damit war sie zufrieden, denn sie wusste, dass der Spiegel die Wahrheit sprach. Das ist allen Spiegeln gemein, Virginia, sogar den eigensinnigsten unter ihnen. Sie zeigen dich so, wie du wahrhaftig bist. Aber du musst gewiss sein, dass du die Wahrheit erfahren willst.«

Virginia schlang die Arme um die Knie und lauschte andächtig. Schneewittchen erzählte ihr die Geschichte, die nur hier und da ein wenig von dem ihr vertrauten Märchen abwich, von dem Tag ihrer Geburt bis zu jenem Augenblick, in dem der Spiegel ihre Stiefmutter darüber aufklärte, dass nun Schneewittchen die Schönste im ganzen Land sei.

Als Schneewittchen ihr erzählte, wie ihre Stiefmutter den Jägersmann angewiesen hatte, sie zu töten, erinnerte sich Virginia schaudernd an den Mann, der sie verfolgt hatte. Für sie war diese Geschichte nicht mehr nur ein Märchen, sondern die grausame Realität, die sie gerade erlebte.

»Der Jägersmann sagte, er wolle mir die wilden Tiere zeigen«, fuhr Schneewittchen fort. »Aber ich sah das wilde Tier in seinen Augen, und als er mich tiefer und tiefer in den Wald hineinführte, wusste ich, dass er mich ermorden wollte. Kannst du dir das vorstellen, Virginia? Plötzlich musst du erkennen, dass deine Mutter dich töten lassen will, weil schon deine bloße Existenz ihr unerträglich ist.«

Virginia fröstelte. Es fiel ihr erschreckend leicht, sich so etwas vorzustellen.

»Als er den Hirschfänger zückte, fiel ich auf die Knie und bat:

›Lass mich leben. Lass mich leben.‹ Und tatsächlich besann er sich und ging unverrichteter Dinge von dannen. Auf dem Heimweg entdeckte er einen verirrten Frischling. Er tötete das Tier, schnitt ihm Lunge und Leber heraus und brachte beides der Königin. Im Glauben, sie äße von mir, verzehrte sie die Innereien in der nächsten Nacht, weil sie hoffte, dass so meine Schönheit auf sie übergehen würde.«

Schneewittchen ergriff Virginias Hand. Ihre Finger waren erstaunlich warm, und die Haut war zart und weich. Dennoch mangelte es ihrem Griff nicht an Kraft.

»Warst du je allein in tiefster Finsternis im Wald?«, fragte sie.

»Ja«, sagte Virginia, während sie sich der jüngsten Ereignisse erinnerte.

»Ich hatte solch furchtbare Angst, dass ich blindlings in die Dunkelheit gelaufen bin. Ich lief und lief, bis ich völlig erschöpft war. Dann sah ich die kleine Hütte.«

»Die Hütte, die wir entdeckt haben!«, rief Virginia. Sie selbst hatte dort ebenfalls Zuflucht gefunden.

Schneewittchen fuhr fort zu erzählen, und wieder verschmolz ihr Bericht mit den Geschichten aus Virginias Kindheit auf eine bittersüße Weise. Im Gegensatz zu ihrer Mutter hatte Virginias Vater ihr vor dem Zubettgehen stets ein Märchen erzählt. Und auch jetzt wirkte die Erzählung beruhigend auf sie. Sie fühlte sich geborgen.

Schneewittchen erzählte ihr alles über die Zwerge, wie sie sich gefreut hatten, dass sie da war, darüber dass sie Menschenkinder schon wegen ihrer Größe mochten. Sie brachte Virginia zum Lachen, als sie berichtete, dass die Zwerge Meister im Furzen waren und jede Nacht mit ihren Decken herumgewedelt und sich gegenseitig beschuldigt hatten: »Wer es hat zuerst gerochen, dem ist es aus dem Arsch gekrochen!«

Virginia konnte sich das Leben in der Hütte mit den sieben kleinen Männern gut vorstellen. Und sie konnte sich ausmalen, wie öde es sein musste, einen solchen Haushalt führen zu müssen. Aber Schneewittchen schien das nicht gestört zu haben.

»Ich dachte, ich hätte meine wahre Berufung, mein wahres Glück gefunden«, sagte Schneewittchen. »Aber auf eine sonderbare Art waren auch sie nicht anders als meine Stiefmutter, denn auch sie wollten nicht, dass ich älter wurde. Es ist sehr wichtig, dass du das verstehst, Virginia, denn ich bin durch eine sehr schlimme Situation in eine wundervolle Umgebung gekommen, und doch war auch das nicht wirklich gut für mich. Sie liebten mich, aber sie wollten, dass ich so klein bleibe wie sie.«

Virginia nickte. Prinz seufzte und rollte sich dicht zu Füßen seiner Großmutter zusammen wie ein Kind, das zufrieden einem schönen Märchen lauschte.

Schneewittchen erzählte Virginia, wie sie die Zwerge vor ihrer Stiefmutter gewarnt hatte und wie jene ihretwegen eine regelrechte Paranoia entwickelt hatten. Und wie die Angst der Zwerge zu ihrer eigenen wurde.

»Aber sie hat Sie doch wirklich verfolgt«, wandte Virginia ein. »Ihre Furcht war gerechtfertigt.«

Schneewittchen lächelte traurig. »Ihre Spiegel haben mich schließlich entdeckt. Sie verkleidete sich als alte Krämerin und wanderte über die sieben Berge zu meinem Haus. Zweimal kam sie zu mir, einmal mit einem Schnürmieder, um mich zu ersticken, ein anderes Mal mit einem vergifteten Kamm. Beide Male bin ich auf sie hereingefallen, aber die Zwerge kamen jedes Mal rechtzeitig von der Arbeit zurück, um mich zu retten.«

Diesen Teil des Märchens hatte Virginia vergessen, umso aufmerksamer hörte sie nun zu.

»Als sie das letzte Mal zu mir kam, hatte sie die schönsten Äpfel dabei, die du dir nur vorstellen kannst«, fuhr Schneewittchen mit bebender Stimme fort, »und dieses Mal blieb sie, um zuzusehen, wie das Leben aus meinem Körper wich. Sie hielt mich in ihren Armen, bis ich vor ihren Augen starb, erstickt an einem Stück Apfel.«

Schneewittchen unterbrach sich und seufzte leise. Virginia drückte ihre Hand, und Schneewittchen erwiderte die Geste.

»Ich frage mich oft, warum ich sie hereingelassen habe. Hatte ich denn vergessen, dass sie böse war? Nein, aber ich wusste auch, dass ich meine Tür nicht ein ganzes Leben lang geschlossen halten konnte.«

Sie sah Virginia an, und ihre Augen füllten sich mit Tränen. Es fiel ihr schwer, Virginia zu erzählen, wie die Zwerge sie fanden und um sie trauerten, und Virginia hatte Mühe, dieser tragischen Geschichte ruhig zu lauschen. Die Zwerge beklagten Schneewittchen drei Tage und drei Nächte. Sie weinten, bis ihre Augen bluteten, und weil sie den Gedanken nicht ertragen konnten, Schneewittchen in der Erde zu begraben, schufen sie für sie einen gläsernen Sarg.

»In goldenen Lettern schrieben sie meinen Namen auf den Sarg«, erzählte Schneewittchen, »und sie vermerkten auch, dass ich eine Prinzessin war, obwohl ich selbst das schon längst vergessen hatte. Dann stellten sie den Sarg auf eine Hügelkuppe im Vorgebirge.«

»In Kissing Town«, sagte Virginia.

Schneewittchen nickte. »Eines Tages kam ein Prinz des Weges und verliebte sich in mich. Er bat die Zwerge, ihm den Sarg zu verkaufen.«

»Aber die Zwerge wollten das nicht, richtig?«, fragte Virginia.

»Zuerst nicht«, sagte Schneewittchen. »Sie sagten ihm, sie würden ihm den Sarg nicht für alles Gold der Welt überlassen, aber er kehrte ein ganzes Jahr lang jeden Tag zurück, und schließlich erkannten meine Freunde, dass er mich ebenso liebte, wie sie es getan hatten. Und so ließen sie zu, dass er seine Leute herbeirief, um den Sarg abzutransportieren. Doch unterwegs stolperten sie und ließen den Sarg fallen, und beim Aufprall löste sich das vergiftete Apfelstück, das in meiner Kehle festgesessen hatte, und plötzlich schlug ich die Augen auf.«

Virginia ertappte sich dabei, dass sie den Atem angehalten hatte, während sie wie gebannt einer Geschichte lauschte, die sie schon ihr ganzes Leben lang kannte.

»Die Zwerge übergaben mich bei der Hochzeit meinem Bräutigam, und ich sah in ihre Augen, die vor Stolz und Schmerz glänzten, und wusste, dass mir etwas ganz Besonderes zuteil geworden war. Sie, die ihre Zuneigung nur sparsam verteilten, hatten mir Liebe geschenkt. Dennoch musste ich sie verlassen, um mein Schicksal zu erfüllen. Das Leben ist voller Irrtümer, aber der größte Irrtum ist, jedem gefallen zu wollen.«

Schneewittchen sprach nun sehr eindringlich. Virginia runzelte die Stirn. Sie wusste, dass die Frau ihr etwas nahe bringen wollte, aber sie verstand nicht, warum Schneewittchen glaubte, dass dies wichtig für sie war.

»Es ist keine Kunst, sich lieb Kind zu machen. Ich wollte es jedem außer mir selbst recht machen, und ich musste erst alles verlieren, ehe ich meine Lektion gelernt hatte. Dank meinem Stolz hatte ich in meinem Glassarg zwanzig Jahre Zeit zu lernen. Doch als ich schließlich erwachte, hatte ich verstanden. Mein Gemahl war ein guter Mann, aber er war es nicht, der mich gerettet hat. Das war ich selbst.«

»Aber was hat das alles mit mir zu tun?«, fragte Virginia.

»Sehr viel«, sagte Schneewittchen. »Du bist kalt, Virginia. Wie bist du so kalt geworden?«

Virginia erschauderte. Schneewittchen legte den Arm um sie, und sie fühlte, wie die Tränen über ihr Gesicht rannen. Es war, als wäre etwas in ihr geschmolzen. Die Tränen flossen ungehemmt, und sie schluchzte leise, und Schneewittchen wiegte sie in ihren Armen wie ein Kind.

»Du bist noch immer das verirrte Kind allein im Wald«, sagte Schneewittchen. »Aber einsame verirrte Mädchen wie wir können gerettet werden, und du stehst an der Schwelle zu wahrer Größe.«

»Das tue ich nicht«, widersprach Virginia, darum bemüht, den Tränenfluss zu ersticken. »Ich bin nutzlos. Ich bin ein Niemand.«

»Eines Tages wirst du sein wie ich«, sagte Schneewittchen. »Du wirst eine große Hilfe für andere verirrte Mädchen sein. Und nun steh auf.«

Virginia erhob sich und wischte sich mit dem Handrücken die letzten Tränen aus dem Gesicht.

Schneewittchen zog einen kunstvollen Spiegel aus ihrem Gewand hervor und reichte ihn Virginia. »Dieser Spiegel wird dir zeigen, was du sehen willst und doch nicht sehen willst.«

Virginia nahm ihn, drehte ihn jedoch so, dass sie sich selbst nicht darin erblicken musste.

»Gift ist die Waffe der Königin«, sagte Schneewittchen. »Und

Gift ist die Waffe, die sie besiegen wird. Du musst den vergifteten Kamm finden, mit dem meine Stiefmutter mich zu töten versucht hat.«

»Aber was kann ich allein schon ausrichten?«

»Klebe nicht an deinen Erfahrungen«, sagte Schneewittchen. »Auch ich habe mich vom gewöhnlichen Leben abgewandt. Ich kenne den Preis. Denke nicht, *werde.*«

Virginia nickte. Dann begann ihre Fackel zu flackern. *Wie lange bin ich schon hier? Ich habe doch nur dieses eine Licht.*

»Meine Fackel erlischt«, sagte Virginia. »Ich werde hier zu Tode kommen.«

»Lass sie nur verlöschen«, entgegnete Schneewittchen, »und umarme die Finsternis.«

»Im Dunkeln werde ich den Weg nicht finden.« Die Flamme war inzwischen winzig. Nun würde sie keine Hilfe mehr holen können.

Schneewittchen legte sacht ihre Hand auf Virginias Arm. »Du darfst nun einen Wunsch äußern, und ich werde ihn dir erfüllen.«

Virginia sah auf. Schneewittchen hatte ihr neue Hoffnung gegeben.

Schneewittchen lächelte. »Doch überlege gut, was du dir wünschst.«

Virginia wusste genau, um was sie bitten wollte. »Ich wünschte, Dads Pechsträhne wäre vorbei und sein Rückgrat nicht gebrochen.«

»Genau genommen sind das zwei Wünsche«, sagte Schneewittchen. »Aber sie sollen dir erfüllt werden.«

Plötzlich drehte sie sich um und wandte den Blick ab. Ihre Haut wurde noch bleicher, als wäre ihr ein schrecklicher Gedanke durch den Kopf gegangen. »Dein Vater ist ... in Gefahr. Geh zu ihm.«

»Ich weiß, aber ...«

»Geh zu ihm. Jetzt. Sofort«, sagte Schneewittchen.

Und Virginia tat, wie ihr geheißen.

Tony hatte noch nie derartige Schmerzen gelitten, Schmerz, so grausam, dass dieser beinahe sein Kamerad zu werden schien.

Er hatte davon gehört, dass unerträglicher Schmerz irgendwann nachlassen würde, wenn der Körper ihm nicht mehr gewachsen war, und das erwies sich als wahr. Wenn er sich nicht bewegte, fühlte er vom Hals abwärts gar nichts mehr.

Manchmal ängstigte ihn das mehr als alles andere.

Auch die Finsternis machte ihm Angst, und er versuchte, sich mit irgendetwas zu beschäftigen. Er zählte seine Atemzüge, dachte über den Sinn des Lebens nach, versuchte zu schlafen.

Er hatte keine Ahnung, wie viel Zeit vergangen war, als er in der Ferne ein schwaches Licht entdeckte. Sein Herz tat einen Sprung. Bis zu diesem Augenblick hatte er geglaubt, er würde hier unten einsam und allein langsam verrecken.

»Virginia«, flüsterte Tony. »Gott sei Dank.«

Seine Wangen wurden feucht. Er wünschte, er könnte seiner Tochter entgegengehen, doch das ließ der Schmerz nicht zu.

»Ich hatte die Hoffnung schon aufgegeben«, sagte er.

»Das war eine kluge Entscheidung.« Doch das war nicht Virginias Stimme. Es war die des Jägersmannes.

»O mein Gott«, stöhnte Tony. Er konnte nichts tun, er war diesem Monster einfach ausgeliefert.

Nun werde ich tatsächlich sterben müssen.

»Ich bewege mich zwar nur noch langsam«, sagte der Jägersmann, »aber ich bekomme immer, was ich will.«

Er stellte seine Lampe ab und sah Tony an. In seinen toten Augen lag nicht die Spur von Mitgefühl. »Wo hat sie den Hund hingebracht?«

Tony antwortete nicht. Schweigen war das Einzige, was ihm geblieben war.

Der Jägersmann sah zu der Gabelung hinüber. »In welche Richtung ist sie gegangen?«

»Fahr zur Hölle«, sagte Tony. »Bei meinem Glück ist es völlig egal, ob du mich umbringst oder nicht.«

»Ich werde dich nicht noch einmal fragen.« Der Jägersmann packte ihn, und der Schmerz durchfuhr ihn wie ein Schwerthieb. Gleichzeitig legte ihm der Jägersmann sein Messer an die Kehle.

»Nur zu«, sagte Tony. »Das kann mich nicht mehr schrecken.«

»Du wirst reden, lange bevor du stirbst.« Er bohrte sein Messer in die Haut neben Tonys Adamsapfel. Tony bereitete sich aufs Sterben vor, als plötzlich – bumm! Etwas traf den Jägersmann am Kopf.

Der Griff des Jägersmannes lockerte sich, und seine fahlen Augen zuckten hin und her. Zwei weitere Hiebe, und er ging zu Boden und lag vollkommen still.

Seine Fackel war mit ihm gefallen. Tony starrte in das flackernde Licht und entdeckte Virginia, die ihre eigene Fackel umklammert hielt. Die Eisenspitze war durch die Wucht der Schläge zerbeult. Unter Prinz Wendells aufmunterndem Gebell begutachtete Virginia ihr Werk.

»Ich glaube, du hast ihn umgebracht«, sagte Tony, so erleichtert wie nie zuvor.

Virginia sah verändert aus. Irgendwie verwirrt und beinahe distanziert, und sie schien sich nicht annähernd so über das Wiedersehen zu freuen wie Tony.

»Steh auf und komm mit«, sagte Virginia.

»Ich habe dir doch gesagt, dass mein Rückgrat gebrochen ist«, protestierte er.

»Das ist es nicht«, widersprach Virginia.

»Doch, es ...« Er bewegte sich. Kein Schmerz. Er konnte seine Arme heben, die Beine beugen. Beinahe hätte er vor Freude geschrien. »Es ist besser. Woher wusstest du, dass es besser ist?«

Grinsend stand er auf, obwohl er sich ein bisschen blöd vorkam. »Das ist unmöglich. Mein Rückgrat war gebrochen!«

»Ich habe etwas Wunderbares entdeckt«, sagte Virginia. »Komm mit.«

»Hast du einen Weg aus diesem Berg gefunden?«

»Besser.« Sie ergriff die Fackel des Jägersmannes und ging in den linken Tunnel hinein. Tony folgte ihr. Sein Körper fühlte sich kräftiger an als je zuvor. Aber vielleicht bemerkte er auch zum ersten Mal, wie gut es sich anfühlte, wenn alles korrekt funktionierte.

»Es gibt etwas Besseres als den Weg hier heraus?«

Sie antwortete nicht, sondern führte sie eilends durch den Tunnel zu einem engen Schacht. Sie krabbelte hindurch, und Tony folgte ihr.

Gleich darauf standen sie in einer weiträumigen Höhle.

»Schau«, sagte Virginia und hielt die Fackel hoch.

Eine Höhle, ein paar Stalaktiten, einige Felsen, weiter nichts.

»Was?«, fragte Tony.

Virginia wirbelte sichtlich aufgewühlt um die eigene Achse. »Aber hier war …«

»Ich dachte, du hättest einen Ausweg entdeckt.«

»Ja.« Wieder hörte sie sich sonderbar abwesend an. Sie führte die Fackel an die Lippen und blies sie aus.

Die Dunkelheit war erdrückend. Tony hätte viel darum gegeben, eine solche Finsternis nie mehr erleben zu müssen. »Was hast du getan? Wir haben keine Streichhölzer mehr.«

»Sei still«, sagte Virginia. »Hörst du das?«

Doch Tony hörte nur Stille. Stille und Dunkelheit. Zumindest war sein Rücken nicht mehr gebrochen, alles andere war schon albtraumhaft genug.

»Hörst du nichts?«, fragte Virginia.

»Was soll ich denn hören?«

Dann vernahm auch er ein leises Geräusch. Ein weit entferntes Rauschen …

Virginia ergriff seine Hand, und Prinz rieb seinen Kopf an Tonys Bein. Gemeinsam gingen sie auf das Geräusch zu. Es wurde lauter und lauter, wie das Grollen näher kommenden Donners.

Schließlich lichtete sich die Finsternis. Tony stellte fest, dass er nach und nach die Umrisse der Felsen und die von Virginia und Prinz erkennen konnte. Der Lichtschein wurde stärker, und als sie dem Geräusch näher und näher kamen, erkannte Tony, dass es das Rauschen von Wasser war.

Nach einer kleinen Biegung standen sie plötzlich im Tageslicht, das sie nach der Finsternis in der Höhle schmerzhaft blendete. Tony musste seine Augen mit der Hand schützen, und als er wieder etwas sehen konnte, wäre er beinahe in Ohnmacht gefallen.

Sie befanden sich direkt an der obersten Stufe eines Wasserfalls, der knapp vor ihnen Hunderte von Fuß in die Tiefe donnerte. Feine Tropfen benetzten sein Gesicht. Ein frischer Wind wehte über das feuchte Felsgestein.

»Sieh nicht nach unten!«, schrie Tony über das ohrenbetäubende Rauschen hinweg. »Prinz, bleib von der Kante weg!«

Virginia lächelte.

Tony lachte. *Wir sind am Leben. Ich hätte nicht geglaubt, dass wir das überleben würden, und doch stehen wir nun hier im Tageslicht und sind diesen grässlichen Höhlen mit heiler Haut entronnen.* »Wir sind wieder im Vierten Königreich«, rief er glücklich.

Virginia blickte sich nach der Höhle um. Erneut schlich der seltsame Ausdruck über ihre Züge. Dann zog sie einen wunderschönen Handspiegel aus der Tasche.

»Woher hast du den?«, fragte Tony.

Virginia hielt sich den Spiegel vor das Gesicht und lächelte. »Spieglein, Spieglein in meiner Hand, wer ist die Schönste im ganzen Land?«

Der Spiegel hüllte sich in Nebel. Tony beugte sich vor, um zuzusehen. Virginias Lächeln verblasste. Beide beobachteten nervös, wie sich aus den groben Umrissen in dem Glas das Abbild einer Frau bildete.

Fast hätte Virginia den Spiegel fallen lassen.

»Nein, nein, nein«, flüsterte sie entsetzt. »Das kann nicht sein ...«

Tony ergriff ihre Hand und drehte den Spiegel zu sich, bis er das Bild erkennen konnte. Und was er sah, wollte ihm fast das Herz zerreißen.

»O mein Gott, Virginia«, stöhnte er. »Das ist deine Mutter!«

Teil 4

Der Prinz, einst bekannt als Hund

Kapitel 41

Sie war erst sieben gewesen, als ihre Mutter sie verlassen hatte, doch sie würde dieses Gesicht immer und überall wieder erkennen. Das war ihre Mutter. Ihre Mutter, die in ihrer purpurroten Robe gerade einmal ein Jahrzehnt älter aussah als am Tag ihres Verschwindens, war ebenfalls in den Neun Königreichen.

»Nein, nein, nein, das kann nicht sein«, sagte Virginia.

Ihre Mutter kam auf ihrer Seite des Spiegels langsam näher. Als sie ihn fast erreicht hatte, riss Tony Virginia den Spiegel aus der Hand und schleuderte ihn fort. Er verschwand in den schäumenden Fluten des Wasserfalls.

»Das war Mom«, sagte Virginia fassungslos. »Sie ist hier. Wie ist das nur möglich?«

Ihr Vater schwieg und starrte mit ungläubigem Kopfschütteln zu Boden.

Lange Zeit herrschte Schweigen. Sie mussten sich auf den gefährlichen Abstieg am Rande des Wasserfalls konzentrieren. Es erforderte einiges Geschick und viel Mühe, Wendell hinabzubefördern, aber schließlich hatten sie alle festen Boden unter den Füßen.

Unten angekommen sahen sie sich einem Hohlweg gegenüber. Der Wasserfall mündete in einen Fluss, der schäumend an ihnen vorbeirauschte. Virginia war ganz durchnässt von dem aufspritzenden Wasser. Unermüdlich ging sie weiter, doch ihre Gedanken kreisten beständig um ihre Mutter.

Ebenso wie die ihres Vaters. Er machte einen so traurigen Eindruck wie schon seit langer Zeit nicht mehr.

»Du hast gesagt, sie würde in Miami leben«, sagte Virginia.

»Irgendetwas musste ich doch sagen«, entgegnete Tony. »Du hast mich immer wieder gefragt.«

Prinz Wendell schnüffelte schwanzwedelnd am Boden. Er entwickelte sich mehr und mehr zu einem richtigen Hund.

»Warum hast du den Spiegel fortgeworfen?«, fragte Virginia.

»Wenn wir sie sehen konnten«, sagte Tony, »dann kann sie uns vielleicht auch sehen, und ...«

»Und was?«, verlangte Virginia zu erfahren. »Was, denkst du, würde sie tun?«

Ihr Vater schüttelte den Kopf. Wendell blieb vor ihnen stehen und bohrte seine Nase in einen Haufen Dreck. Sein Schwanz schlug noch heftiger hin und her. Um sie herum erhoben sich die Berge. Die ganze Gegend lag in stetem Schatten, selbst wenn am Himmel die Sonne schien.

»Wie ist sie hierher gekommen?«, fragte Virginia.

»Sie hat den anderen Spiegel, nicht wahr? Den, den wir suchen.«

Daran hatte Virginia auch schon gedacht, aber sie mochte es nicht zugeben, nicht, wenn sie bedachte, welche Bedeutungsschwere diese Vermutung barg.

Ihr Vater blieb stehen und sah sich um. Prinz Wendell schnüffelte noch immer an derselben Stelle.

»Prinz!«, rief Tony. »Hierher, Junge.«

Prinz tollte schwanzwedelnd auf ihren Vater zu, der sich bückte und den Hund an den Ohren kraulte.

»Ist das noch der richtige Weg zu deinem Schloss?« Ihr Vater legte den Kopf zur Seite, lauschte und sah auf einmal schrecklich traurig aus.

»Nein«, sagte er zu Prinz. »Ich werde jetzt kein Stöckchen werfen. Etwas Bedeutsames ist im Gang. Deine Stiefmutter ist meine Frau, was hältst du davon? Die Königin, deine Stiefmutter ist ...«

Er unterbrach sich, so, als hätte Prinz Wendell wieder etwas gesagt. Dann schüttelte er den Kopf. »Immer nur Stöckchen«, sagte er seufzend zu Virginia. »Er degeneriert schnell.«

Blabberwort bahnte sich mit Hilfe einer Fackel ihren Weg durch die Finsternis.

Sie hasste die Berge. Sie hasste das Zwergenkönigreich. Die

Hexe zu verfolgen hatte überhaupt keinen Spaß gemacht. Wenn die Hexe nicht ihren Vater ermordet hätte, so hätte sie längst aufgegeben.

Ihre Brüder klammerten sich an ihre Fackeln. Sie hatten bereits seit fünf Minuten nicht gequengelt, also war es höchste Zeit für sie, wieder damit anzufangen.

Und tatsächlich, als hätten sie ihre Gedanken gelesen, sagte Burly: »Ich fress 'nen Elf, wir haben uns total verlaufen. Wir rennen schon seit Stunden im Kreis herum.«

»Nein«, sagte Blabberwort. »Schau da.« Sie deutete auf eine reglose Gestalt, die vor ihnen am Boden lag. Es war der Jägersmann, und er sah ziemlich tot aus.

»Wie tief die Mächtigen doch sinken können«, sagte Bluebell.

Blabberwort stieß den Mann mit dem Fuß an, und ihre Brüder folgten ihrem Beispiel.

»Ich nehme seine Stiefel«, sagte Burly.

»Die gehören mir«, sagte Blabberwort.

»Hey, ihr zwei«, sagte Bluebell, »lasst die unsinnige Streiterei über meine neuen Stiefel.«

Burly schubste Blabberwort. Sie schubste ihn zurück. Bluebell geriet zwischen die beiden, und dann schubsten sie sich gegenseitig. Burly erhielt einen harten Stoß und stolperte über den Jägersmann. Die Hand des Jägersmannes schoss vor und packte Burlys Handgelenk.

»Ich lebe noch«, sagte der Jägersmann mit leiser Stimme.

Blabberwort sprang erschrocken zurück und starrte ihn an. Er war schwer verwundet und blutete heftig.

»Helft mir«, sagte er.

»Hilf dir selbst«, rief Burly.

»Yeah«, stimmte Blabberwort zu. »Wann hast du uns denn je geholfen?«

Sie ging davon, und ihre Brüder folgten ihr. Vor ihnen gabelte sich der Tunnel.

»Ihr werdet sie nicht finden«, sagte der Jägersmann.

»Und was hilft dir das?«, fragte Blabberwort. »Du kannst so oder so niemanden mehr jagen. Du bist am Ende.«

»Ich kann nicht kämpfen«, sagte der Jägersmann. »Aber ich

kann sie für euch aufspüren. Bringt mich hinaus ins Tageslicht.«

Blabberwort blieb stehen. Sie wollte nicht in diesen Tunnel gehen und sich für eine Richtung entscheiden müssen. In dieser Dunkelheit war es ohnehin mit jedem Schritt schwieriger geworden, der Hexe auf der Spur zu bleiben.

Ihre Brüder drehten sich nach dem Jägersmann um.

»Und was haben wir davon, wenn wir dir helfen?«, fragte Bluebell. »Was hast du uns anzubieten?«

»Ein Geschäft«, sagte der Jägersmann.

Virginia und ihr Vater nahmen einen schmalen Pfad auf der anderen Seite des Gebirgszuges.

Unter ihnen tobte der reißende Fluss. Prinz Wendell tollte ein Stück voraus und blieb dann und wann stehen, um an einem Felsen zu schnüffeln, sein Bein zu heben oder Tony ein Stöckchen zu bringen.

Ihr Vater ignorierte ihn, so gut er konnte, und zum ersten Mal in Virginias Leben sprachen sie offen miteinander.

»Christine war die Art von Frau, die schon beim Aufwachen schön war«, sagte Tony. »Sie musste sich nie darum bemühen. Aber sie war so neurotisch, dass sie am liebsten ihr ganzes Leben vor dem Spiegel zugebracht hätte. Sie sagte immer: ›Wenn man schön ist, weiß man nie, warum die Menschen einen mögen.‹«

Davon hatte Virginia niemand erzählt. Ihr Vater sprach so oder so nur selten über ihre Mutter.

»Es war mein Fehler«, sagte ihr Vater. »Ich hab sie zur Ehe gedrängt, weil ich nicht glauben konnte, dass dieses wunderschöne Mädchen wirklich mich wollte. Aber sie war damals schon krank, ging regelmäßig zum Seelenklempner und nahm Tabletten. Ich wusste, dass sie auch mit anderen Kerlen ins Bett ging. Sie hat sich nicht mal bemüht, das vor mir zu verbergen.«

Virginia schloss die Augen. *Armer Dad. Ich hatte ja keine Ahnung ...*

»Ich war einfach verrückt nach ihr. Aber davon willst du bestimmt nichts hören. Du willst hören, wie nett sie war, weil sie deine Mutter ist. Die Wahrheit ist, dass sie uns verlassen hat, als sie die Nase voll von uns hatte, und ich glaube nicht, dass sie seither auch nur einen Gedanken an uns verschwendet hat.«

»Das kann ich nicht glauben«, sagte Virginia.

Ihr Vater sah sie traurig an, und Prinz bellte.

Sie blickte auf. Vor ihnen lag ein Wald, der einen halbwegs kultivierten Eindruck machte, so wie bestimmte Wälder in England. Prinz stand vor einem Zaun, der sich über viele Meilen erstreckte. Zwischen zwei Bäumen hing ein großes hölzernes Schild, auf dem stand:

PRINZ WENDELLS HOCHHERRSCHAFTLICHES GUT
UNBEFUGTES JAGEN VERBOTEN!

»Hey, Prinz«, rief Tony, »erkennst du das? Das gehört alles dir. Das ist dein Gut, dein Zuhause.«

Prinz bellte und wedelte mit dem Schwanz.

»Was sagt er?«, fragte Virginia.

»Es ist zu traurig«, sagte Tony. »Er sagt gar nichts, er bellt nur.«

Einige Augenblicke schwieg Virginia betreten, während sie und ihr Vater sich zu Prinz gesellten. Er sprang an Tony hoch, und dieser streichelte ihn geistesabwesend, so, wie man es mit einem Hund gemeinhin macht.

Gemeinsam folgten sie dem Pfad, der sich durch den Wald schlängelte.

»Ich kann mich nicht an die Nacht erinnern, in der sie gegangen ist«, sagte Virginia in der Hoffnung, dieses Gespräch fortsetzen zu können. Sie hatte das Gefühl, als könnte sie ihre eigene Vergangenheit endlich begreifen. »Aber ich erinnere mich an den Morgen danach, als du versucht hast, Frühstück zu machen, und gar nicht wusstest, wie du dich in der Küche zurechtfinden solltest.«

Ihr Vater nickte. »Deine Großmutter war gekommen, um auf dich aufzupassen, weil ich zur Arbeit musste, und sie sagte: ›Sieh nur, sie spielt mit ihren Bären. Sie bewältigt das großartig.‹ Aber du hattest drei Teddybären, und einen hattest du von den anderen getrennt und ihm ganz ernst erklärt, er müsse nun allein zurechtkommen.«

Auch daran konnte Virginia sich erinnern. Die unbeschreibliche Trauer, die sie an diesem Tag empfunden hatte, war nie wirklich verschwunden. Trauer und Verrat. Ihre Mutter hatte sie einfach verlassen – tief im Inneren hatte sie es gewusst, und sie hatte auch gewusst, dass diese Frau sie nie gewollt hatte.

Doch sie hatte stets gehofft, ihre Mutter würde sie eines Tages doch noch lieben.

»Ich glaubte fest, sie käme zurück, weil sie ihre ganze Garderobe zurückgelassen hatte«, sagte Virginia. »Sie hat ihre Kleider doch mehr geliebt als irgendetwas anderes auf der Welt, und ich bin immer wieder in ihr Zimmer geschlichen. Und dann, nach ein paar Monaten, hast du mir gesagt, wir müssten uns von ihren Sachen trennen. Ich erinnere mich, alle Kleidungsstücke ordentlich gefaltet zu haben, in der Hoffnung, dass mir aus einem von ihnen plötzlich ein Brief entgegenflattern würde. Ein Brief an mich, nur an mich, in dem sie mir mitteilt, wie sehr sie mich liebt, und mir den besonderen, geheimnisvollen Grund für ihr Verschwinden erklärt. Ich leide noch heute unter diesem unkontrollierbaren Drang, einfach zu irgendwelchen Leuten zu gehen und zu sagen: ›Wissen Sie, meine Mutter hat mich verlassen, als ich sieben war‹, als würde das alles erklären.«

Und wieder rannen Tränen über ihr Gesicht. *Warum weine ich nur so viel? Liegt das an all dem Stress?* Sie wischte sich das Gesicht ab. *In meinem ganzen Leben habe ich nicht so viel geweint.*

»Ich vermisse sie«, sagte Virginia. »Ich hasse sie, und ich vermisse sie. Manchmal fühle ich mich, als wäre ich in einem Zug unterwegs, der verunglückt, und niemand kommt, um mich zu retten.«

Ihr Vater betrachtete sie lange. Tief empfundene Liebe lag in seinen Zügen. Vielleicht war er auf seine unbeholfene Art für sie da gewesen, auf jeden Fall hatte er es versucht.

Sie zuckte die Schultern. »Ich wollte immer, dass mein Leben wie ein Märchen abläuft, und genau das ist jetzt tatsächlich eingetreten.«

Ihr Vater wirkte bedrückt, als hätte er noch mehr zu erzählen. »Selbst wenn du sie wieder sehen solltest …«, begann er.

»Sie hat mich nie gewollt, nicht wahr?«, unterbrach Virginia. »Darum ist sie fortgegangen.«

»Es war mein Fehler«, sagte Tony. »Unsere Ehe hat nicht funktioniert, und dann wurde sie schwanger. Sie wollte dich ihrer Karriere zuliebe los werden.«

Virginia sah ihn forschend an. Von all dem hatte sie nichts gewusst.

Ihr Vater strich sich mit den Fingern über das schüttere Haar. »Aber ich habe mich durchgesetzt. Sie wollte kein Kind, ich bestand darauf, und dann hatten wir den Salat. So ist das nun mal im Leben. Wärst du nicht geboren worden, dann wärst du nicht bei mir gewesen, aber ...«

»... sie wäre vielleicht noch immer bei dir?«

Er nickte beinahe beschämt, ehe er sich zu ihr umwandte. Plötzlich bedeckte ein rosafarbener Puder sein Gesicht, und er stolperte keuchend über die eigenen Beine.

»Dad!«, schrie Virginia. »Nein!«

Ihr Vater fiel bewusstlos zu Boden.

Lachend tauchten die drei Trolle zwischen den Bäumen auf und warfen kleine Päckchen mit Trollstaub nach ihr. Virginia duckte sich, als einer gegen den Baum hinter ihr prallte.

Sie konnte nicht einmal ihrem Vater helfen. Sie streckte den Arm nach Prinz aus – doch eines der Päckchen traf ihn mitten auf die Nase. Ein Ausdruck hündischer Verwunderung huschte über sein Gesicht, ehe er zusammenbrach.

»Du hast unseren Vater umgebracht!«, brüllten die Trolle. »Aber dieses Mal werden wir dich besser fesseln, du kleine Hexe.«

Sie versuchte davonzulaufen, doch im gleichen Moment wurde auch sie von einem Päckchen Trollstaub getroffen. Es schmeckte nach Kaugummi und machte sie benommen. Sie versuchte, auf den Beinen bleiben. Doch dann stolperte sie und stürzte zu Boden.

Sie hörte Schritte um sich herum, und sie fühlte dumpfe Schläge. Jemand trat sie. Sie spürte, dass sie bewusstlos wurde, so sehr sie auch dagegen ankämpfte.

Das Letzte, was sie hörte, war die Stimme des Jägersmannes.

»Lasst von ihr ab. Ihr habt später noch genug Gelegenheit dazu, wenn die Königin mit ihr fertig ist.«

Virginia fühlte sich, als würde sie von den Toten erwachen.

Sie war so benommen, dass sie nicht einmal mehr wusste, wo sie war. Irgendwelche Leute sangen aus vollem Halse »Saturday Night Fever«. Sie sangen falsch, und mit dem Text stimmte auch irgendwas nicht. Sollte sie sich darüber ärgern? Über Betrunkene, die ein Stück von den Bee Gees misshandelten? Das Bett unter ihr schwankte, und sie brauchte einen Augenblick, ehe sie erkannte, dass dies kein Bett, sondern ein Wagen war.

Vorsichtig öffnete sie die Augen. Sie war an ihren Vater gefesselt, der noch immer bewusstlos war. Die Trolle saßen vorn und grölten. Sie waren betrunken, und Prinz Wendell war bei ihnen. Er war angekettet.

Neben ihnen versuchte der Jägersmann zu schlafen. Er sah schlimm aus. Getrocknetes Blut bedeckte seinen Kopf und sein Bein. Virginia staunte, wie schwer es war, ihn zu töten.

Sie fühlte sich schrecklich schwindelig. Vorsichtig hob sie den Kopf, doch selbst das erwies sich als zu mühsam. Sie schloss die Augen – *nur für einen Moment* – und schlief sofort wieder ein.

Sie träumte, sie stünde in einem Wald. Es dämmerte, und irgendwie hatte sie das Gefühl, diesen Traum schon einmal geträumt zu haben. Wolf stand fünfzehn Fuß von ihr entfernt. Sie wollte zu ihm gehen, ihn berühren, aber sie konnte sich nicht bewegen.

In dem Zwielicht sah er so bedrohlich aus wie ein Raubtier. Sie schloss die Augen. Als sie sie wieder aufschlug, war er näher gekommen.

»Du hast dich bewegt«, sagte Virginia.

»Nein, habe ich nicht«, widersprach Wolf.

Er stand vollkommen reglos hinter ihr. Das Halbdunkel schwand, und es wurde Nacht. Sie streckte die Hand nach ihm aus.

»Ich vermisse dich«, sagte sie. »Ich vermisse dich so sehr.«

Dann wandte sie sich ab. In der Hand hielt sie den magischen Handspiegel. Sie hob ihn, sodass sie hinter sich sehen konnte, doch statt Wolf erblickte sie Schneewittchen in dem Glas.

»Gift ist die Waffe der Königin«, sagte Schneewittchen. »Und Gift wird sie besiegen. Du findest deine Waffe in einem Grab.«

Virginia blickte an sich hinunter. In ihrer anderen Hand hielt sie einen Kamm aus Silber, der vor Juwelen nur so strotzte. Er hatte rasiermesserscharfe Zinken.

»Denke nicht, *werde*«, sagte Schneewittchen.

Erschrocken erwachte Virginia. Der schreckliche Gesang war verstummt. Sie sah auf. Die Trolle waren besinnungslos, und der Jägersmann schlief tief und fest. Das Pferd zog den Wagen nun führerlos hinter sich her.

Virginia packte ihren Vater und schüttelte ihn. »Dad!«, flüsterte sie. »Wach auf.«

Tony schüttelte den Kopf, öffnete die Augen und blinzelte sie an. Er schien sich rasch wieder zurechtzufinden.

»Sie schlafen«, flüsterte sie. »Niemand beobachtet uns. Wir können fliehen.«

»Wie?«, fragte Tony. »Wir sind gefesselt.«

»Wir springen einfach hinten runter«, sagte Virginia. »Sie werden uns nicht sehen.«

»Springen?«, wiederholte Tony. »Wir sind an Händen und Füßen aneinander gefesselt.«

Er wand sich, bis er über den Rand der Ladefläche blicken konnte. Bis zum Boden waren es nur vier Fuß, aber der Wagen fuhr recht schnell, und die Straße bestand aus Steinen und fester Erde.

Virginia konnte ihm die Angst förmlich an der Nasenspitze ansehen.

»Auf keinen Fall«, sagte Tony. »Außerdem: Was wird aus Prinz?«

Virginia schaute zu dem Hund hinüber. Er war an das Vorderteil des Wagens gekettet und lag zwischen den Beinen des Jägersmannes. Die Kette hatte sich um seine Stiefel gewickelt. Sie hatten keine Chance, ihn mitzunehmen, ohne den gefährlichsten Mann aller Zeiten dabei aufzuwecken.

»Wir kommen nicht an ihn ran«, flüsterte Virginia. »Aber wir müssen fliehen.«

Prinz öffnete die Augen, und zum ersten Mal seit langer Zeit flackerte die altvertraute Intelligenz in ihnen auf.

»Ich gehe nicht ohne ihn«, sagte Tony.

Prinz schüttelte den Kopf.

»Was hat er gesagt?«, fragte Virginia.

»Er hat gesagt, ich soll gehen«, flüsterte Tony »Ich kann nicht, Virginia. Ich kann ihn nicht bei diesen Ungeheuern lassen.«

»Denk nicht«, sagte Virginia. »Tu es einfach. Eins. Zwei. Drei.«

Mit vereinten Kräften rollten sie gemeinsam über die Ladefläche des Wagens und landeten hart auf der Straße. Virginia wimmerte, als die Luft aus ihren Lungen wich. Der Aufprall war unglaublich schmerzhaft. Ihr Vater fluchte leise, und sie hatten einige Mühe, sich aufzurappeln. Dann sah Virginia auf.

Der Wagen war ohne sie weitergefahren.

Es dauerte eine Weile, ehe Virginia sich von den Tauen an ihren Füßen befreien konnte.

Noch immer war sie mit eisernen Schellen an ihren Vater gefesselt, aber die Kette war lang genug, ihnen beiden ein wenig Spielraum zu lassen.

Sie standen am Rand des Waldes, und es war beinahe Abend, aber immerhin hatte Virginia eine Vorstellung davon, wo sie sich befanden.

Ihr Vater offensichtlich auch. »Wozu die Flucht, wenn wir so oder so auf direktem Wege zu diesem Schloss gehen?«, fragte er.

»Wir werden eine Waffe finden«, sagte Virginia. »Ich habe es geträumt.«

»So? Schön«, sagte er, »das beruhigt mich ungemein.«

Es wurde bereits dunkel, als sie sich einem hölzernen Wegweiser mit zwei Richtungspfeilen näherten. Der eine zeigte auf die Straße, auf der sie unterwegs waren. Auf ihm stand: *PRINZ WENDELLS SCHLOSS – 39 MEILEN*. Der andere deutete direkt in den Wald hinein, und auf ihm war zu lesen: *PRINZ WENDELLS SCHLOSS – 13 MEILEN*.

»Großartig«, sagte Virginia. »Eine Abkürzung. Wir können sie noch einholen.«

Sie machte sich auf den Weg in den Wald und zog ihren Vater an den Handschellen hinter sich her.

»Moment, Virginia«, rief ihr Vater. »Was glaubst du, warum ist der eine Weg neununddreißig Meilen lang, der andere aber nur dreizehn?«

»Vielleicht ist es eine besonders malerische Strecke«, sagte Virginia. »Woher soll ich das wissen?«

Der Boden unter ihren Füßen war weich.

»Und du meinst nicht, dass die eine Straße vielleicht einen Umweg um irgendetwas herum beschreibt?«, fragte ihr Vater, während sein Fuß in der morastigen Erde verschwand und ein Loch in einem modernden Stück Holz hinterließ.

Virginia zuckte die Schultern. »Vielleicht ist dieser Weg für Fahrzeuge ungeeignet.«

Lange ging sie schweigend weiter. Virginia hatte das Gefühl, die dreizehn Meilen zögen sich endlos. Der morastige Boden behinderte sie, und ihr Vater geizte nicht mit schnippischen Bemerkungen über Abkürzungen.

Endlich erreichten sie ein Gebiet, über dem ein grünlicher Glanz schimmerte. Sie standen vor einem Moor. Das schwache Licht ließ die versunkenen Bäume und das brackige Wasser gerade noch erkennen, und in der Luft lag ein schwerer Modergeruch.

Die Luft war erfüllt von seltsamen Vogelstimmen und unheimlichen Schreien. Ein Frösteln ergriff Besitz von Virginia, als sie ein sonderbares Kreischen vernahm. Das morastige Land wich nun hüfttiefem Wasser, und Virginia und Tony mussten sich mühsam einen Weg von einer kleinen Insel zur nächsten bahnen, die sich wie Moorgeister aus dem Sumpf erhoben.

»Bilde ich mir das nur ein«, fragte ihr Vater, »oder höre ich tatsächlich Pink Floyd?«

Sie hielten inne, und Virginia lauschte. Sie vernahm viele sonderbare Laute, jedoch keine Musik.

»Das bildest du dir ein«, sagte sie. »Ich kann jedenfalls nichts hören.«

Sie sah sich um und glaubte, zwischen den Bäumen das Aufflackern grüner Augen zu entdecken. Sie runzelte die Stirn. *Das habe ich mir vermutlich wieder mal eingebildet, unheimlich genug ist es hier ja.*

Sie gingen weiter.

»Und es ist doch Pink Floyd!«, sagte ihr Vater. »Und zwar ›Dark Side of the Moon‹«.

Erneut blieb Virginia stehen, aber sie hörte nur das Heulen eines Wolfes. *Wolf …* dachte sie voller Sehnsucht. Trotzdem sagte sie so kühl wie möglich: »Das ist nur ein Tier.«

»Ist es nicht«, beharrte Tony. »Es ist das vierte Stück auf der ersten Seite, und ich liebe es!« Er begann, die Kette zwischen ihnen im Rhythmus der Musik, die nur er hören konnte, vor- und zurückschwingen zu lassen.

Virginia versuchte gar nicht erst, ihn davon abzuhalten. Stattdessen konzentrierte sie sich auf das, was vor ihnen lag. Da waren unzählige winzige umherschwirrende Lichtpunkte, die beinahe zu schnell waren, ihnen mit den Blicken zu folgen.

»Was sind das für Lichter, Dad?«

Ihr Vater sah sie verständnislos an, sagte jedoch nichts.

Virginia hatte endgültig genug. *Ich habe einen Fehler gemacht, diesen Weg zu wählen, und es ist besser, es zuzugeben, bevor es zu spät ist.* »Ich glaube, es wäre keine schlechte Idee, umzukehren«, sagte sie.

»O nein«, protestierte ihr Vater. »Ich kehre nicht um, bevor ich nicht die zweite Seite gehört habe.«

Sie starrte ihn an. *Er ist nicht mehr bei Sinnen. Was hat das nur ausgelöst?* Plötzlich tauchten die Lichter direkt vor ihnen auf und sausten dann an ihnen vorbei in die Dunkelheit.

Gleichzeitig erschienen drei Mädchen aus dem Nichts. Genauer gesagt saßen sie anmutig auf einem der Bäume, die aus dem Moor herausragten.

»Wer seid ihr?«, fragte Virginia.

»Wer seid ihr?«, fragte eines der Mädchen.

Sie waren nicht menschlich, aber sie sahen menschlich aus. Abgesehen von den spitzen Ohren und der perfekten Haut erinnerten sie Virginia an hübsche Teenager. Zudem schienen sie zu leuchten, und Virginia ahnte, dass sie Elfen vor sich hatte.

»Jeder glaubt, er käme mit dem Sumpf zurecht«, sagte das erste Mädchen, während es an seinem Ohrring zupfte, einem kleinen Lichtkreis, ähnlich den fluoreszierenden Ringen, die Virginia bei Konzerten gesehen hatte.

»Aber am Ende fallen sie doch alle der Moorhexe in die Hände«, sagte die Nächste.

»Der Moorhexe?«, fragte ihr Vater.

Virginia sah ihn an. Er schüttelte unschlüssig den Kopf. »Es gibt drei Dinge, die ihr auf gar keinen Fall tun dürft«, sagte das erste Mädchen. »Trinkt das Wasser nicht.«

»Esst die Pilze nicht«, sagte das zweite.

»Und egal, was passiert«, sagte das dritte, »schlaft nicht ein.«

»In Ordnung«, meinte Tony. »Das reicht. Zeigt uns einfach, wie wir zurückkommen, und wir nehmen den langen Weg.«

»Dafür ist es jetzt zu spät«, sagte das zweite Mädchen. »Ihr seid verloren.«

»Zu spät«, sagte das erste Mädchen. »Verloren. Verloren.«

Damit verschwanden sie und mit ihnen auch die kleinen Lichter.

Virginia war wieder allein mit ihrem Vater.

Sie ergriff seine Hand, und das nächtliche Moor erschien ihr beängstigender als je zuvor.

Kapitel 42

Es roch nach Schwefel und verdorbenen Eiern. Seine Füße waren nass und die Kette furchtbar schwer.

Tony wurde langsam wirklich müde, und er hatte das schreckliche Gefühl, dass sie sich hoffnungslos verirrt hatten. Auch Virginia gab sich schweigsam und ging mit einer Entschlossenheit voran, die ihm übertrieben erschien.

Gelegentlich schlug sie nach einem Moskito oder einem Käfer, doch das waren die einzigen Geräusche in der Finsternis.

Vor ihnen lag eine weitere kleine Insel. Halb gingen, halb schwammen sie auf sie zu, ehe sie sich auf die bemooste Erde zogen. Sie hätten aufstehen und weitergehen sollen, aber keiner von ihnen rührte sich.

»Das war's«, sagte Tony. »Wir müssen rasten. Nur fünf Minuten. Dort ist trockenes Holz. Wir können ein Feuer machen, und wir haben sogar noch ein paar Eier.«

»Wir dürfen nichts essen«, sagte Virginia.

»Ich bin sicher, das gilt nicht für Nahrungsmittel, die wir selbst mitgebracht haben.«

Er setzte sich auf und zog eine kleine Bratpfanne aus Virginias Rucksack hervor. Dann förderte er die drei Eier zutage, die bei ihrem Sturz von dem Wagen angeknackst worden waren. Virginia lehnte sich gegen einen Baumstamm. Sie wirkte total erschöpft.

»Du wirst doch nicht einschlafen?«, fragte Tony.

»Ich verhungere«, sagte Virginia. »Und ich werde nicht einschlafen.«

Sie schloss die Augen.

»Iss die Pilze nicht«, murmelte sie.

Er sah sich um. Die Pilze waren ihm bisher gar nicht aufgefallen. Sie wuchsen überall auf der Insel. Er hatte sie für Moos gehalten, als sie an Land gekrabbelt waren, aber das schmierige Gefühl unter seinen Händen rührte von Pilzschwämmen her.

Er fröstelte, als er sich aufraffte, um trockenes Holz zu sammeln. Es dauerte eine Weile, bis das Feuer brannte, aber dann tat ihm die Wärme so gut, dass er sie erst genießen wollte, ehe er sich um die Eier kümmerte. Virginia hatte keinen weiteren Ton mehr von sich gegeben, aber Tony war zuversichtlich, dass es ihr besser gehen würde, wenn sie erst etwas gegessen hatte.

Die Wärme des Feuers lullte ihn ein. Er streckte sich ein bisschen aus, damit seine Hose trocknen konnte, und dann schloss er für eine Minute die Augen. Er wusste, dass er nicht einschlafen durfte, und er würde nicht einschlafen. Nicht richtig. Er wollte sich nur ein paar Minuten ausruhen ...

Der Weg durch diesen verrückten Sumpf kostete ihn viel Zeit.

Wann wird Virginia endlich lernen, die Zeichen der Neun Königreiche korrekt zu deuten? Wolf schüttelte milde den Kopf und eilte weiter durch das hüfthohe Brackwasser, begierig, sie endlich wieder zu sehen.

Aber als er sich der Insel näherte, sah er nur noch ihre Füße. Der Rest ihres Körpers war von Ranken bedeckt.

»Virginia!«, brüllte Wolf.

Er kletterte neben ihr an Land und stellte fest, dass die Ranken sich auch um ihren Hals geschlossen hatten und ihr das Leben aus dem Leib zu pressen drohten, und sie merkte es nicht einmal. Er zerrte an den Ranken, befreite sie und umklammerte sie mit beiden Armen.

Aber wenn sie in Schwierigkeiten steckte, dann galt das wohl auch für ihren Vater.

Wolf rüttelte sie wach. »Wo ist Tony?«, fragte er. »Wo ist Tony?«

Mit einem verzweifelten Keuchen schnappte Virginia nach Luft. Sie konnte nicht sprechen. Dann sah Wolf die Handschelle mit der Kette an ihrem Unterarm. Er folgte ihr, bis er Tonys Hand entdeckt hatte.

Tony lag im Wasser. Luftblasen sprudelten aus seinem Mund

hervor. Wolf hievte ihn aus dem Sumpf und riss die Ranken von seinem Gesicht.

Tony würgte und spuckte Wasser aus. »Lichter!«, schrie er. »Die Lichter sind alle ausgegangen.«

Wolf entfernte einige Pflanzenblätter von Tonys Augen, damit er wieder sehen konnte. Dann schleppte er Tony zu Virginia. Sie zitterte.

»O mein Gott«, stöhnte sie. »Halt mich fest.«

Wolf nahm sie in den Arm. Sie zitterte so sehr, dass auch er zu beben anfing. Tony starrte wirren Blickes in die Nacht.

»Ich bin gestorben«, sagte Tony. »Ich bin hier gestorben. Sie haben alle Lichter ausgemacht.«

Wolf sagte nichts. Stattdessen machte er sich daran, die restlichen Schlingpflanzen zu entfernen, an deren Enden winzige Saugnäpfe saßen, die unschöne Schrammen auf Virginias wunderbarer Haut hinterlassen hatten.

Erst als die beiden zur Ruhe kamen, schienen sie seine Anwesenheit wirklich wahrzunehmen, und schließlich sah ihm Virginia direkt in die Augen.

»Wolf«, sagte sie. »Wo kommst du jetzt her?«

Er strahlte sie an. »Ich folge euch schon seit einer ganzen Weile.«

Auch sie lächelte. Sie hatte ihn vermisst, so viel stand fest, und er war froh, dass er sie eingeholt hatte.

Er hätte es nicht länger ertragen, allein zu bleiben.

Virginia litt immer noch ein bisschen unter den Nachwirkungen dieser Nahtod-Erfahrung.

Währenddessen hatte sie einen unheimlichen Traum über einen Palast gehabt, in dem sie ausgerechnet mit ihrem Vater vermählt wurde.

Sie brauchte einige Zeit, die Bilder wieder aus ihren Gedanken zu streichen, und bestimmt würde sie weder Wolf noch ihrem Vater davon erzählen.

Wolf. Sie war so froh, dass er wieder da war. Sie hatte ihn viel mehr vermisst, als sie in Worte fassen könnte. Und er hatte ihr das Leben gerettet.

Nun blieb er bei ihr, als wollte er sie nie wieder loslassen. Seite an Seite ging sie mit ihm durch den Sumpf, froh, in seiner Nähe zu sein.

Vor sich sah sie etwas, das wie ein Spiegelfriedhof aussah. Alte Spiegel und Scherben ragten aus dem Morast hervor. Der Anblick erinnerte an die Spiegelhalle der Zwerge, nur waren diese Exemplare von Schmutz bedeckt. Verschmutzt, tot und dunkel.

Die meisten Spiegel waren schwarz und mit einer schleimigen Substanz überzogen. Als sie sich ihnen näherten, hörten sie zusammenhanglose Stimmen. Einige waren rau und heiser, andere verschlagen und lockend. Nur wenige klangen sanft und verführerisch.

»Seht nur!«, rief ihr Vater, während er an den Spiegeln vorbeideutete. »Das muss das Haus der Moorhexe sein.«

Inmitten des Spiegelfriedhofs erhob sich auf einer winzigen Insel eine alte Holzhütte.

»Sie ist da drin«, sagte Wolf.

Virginia blinzelte. Er hatte Recht. Es gab ein einzelnes Fenster, und das Licht im Inneren der Hütte riss eine schaurige Schattengestalt aus dem Dunkel, die sich über etwas beugte, das an einen brodelnden Hexenkessel erinnerte.

»Was machen wir jetzt?«, flüsterte Tony.

»Auf jeden Fall jeden Laut vermeiden«, sagte Wolf. »Wir werden uns an ihr vorbeischleichen.«

»Bleibt, wo ihr seid, oder ich werfe euch in meinen Kessel!«, erscholl plötzlich eine Stimme. Die Tür der Hütte flog auf, und die Silhouette eines schauerlichen Riesen erschien auf der Schwelle.

»Jemine«, sagte Wolf.

Virginia legte eine Hand auf seinen Arm. Sogar diese Phrase hatte sie vermisst.

Ihr Vater jedoch ging weiter, und nach einem Augenblick zerrte er sie mit sich.

»Tony?«, fragte die Gestalt.

Ihr Vater lachte. Als Virginia näher kam, erkannte sie, dass sie es keineswegs mit einer Frau zu tun hatten, sondern mit einem schrecklich vernarbten Kerl.

»Das ist Clay Face, der Kobold«, sagte Tony. »Wir hatten zusammen eine harte Zeit im Knast.«

»Eine harte Zeit?«, fragte Virginia. »Du warst gerade mal eine Nacht dort.«

Clay Face trat vor und grinste sie an, wobei er sich die schwarze Perücke aus Garn vom Kopf zog. Er sah Wolf einen Augenblick prüfend an, und dann zwinkerte er ihm zu.

»Yeah«, sagte Clay Face. »Du bist der Wolf aus Block E, der all die …«

»Ja«, sagte Wolf, »nett, dich wieder zu sehen, aber wir müssen weiter.«

Clay Face sah zu Virginia und stieß Tony kumpelhaft an. »Hübsche Freundin hast du da.«

»Sie ist nicht meine Freundin«, sagte ihr Vater, peinlich berührt. »Sie ist meine Tochter.«

»Umso besser«, sagte Clay Face. Virginia erschauderte. *Besser für wen?* Aber Clay Face winkte ihnen freundlich zu. »Kommt rein.«

Sie kletterten aus dem Sumpf auf die Insel. Wolf blickte sich über die Schulter um, als hätte er etwas gehört, und Clay Face wurde auf die Handschellen aufmerksam, mit denen Virginia und ihr Vater aneinander gefesselt waren.

»Du hast keine Ketten getragen, als du aus dem Gefängnis geflüchtet bist«, stellte er fest.

»Nein«, sagte Tony. »Damit haben die hier gar nichts zu tun.«

Sie betraten die Hütte, und Virginia fragte sich, ob das eine kluge Entscheidung war. Der Verschlag war winzig, das Holz vermodert, und überall standen Gläser und Flaschen mit geheimnisvollen Flüssigkeiten herum. Über dem ganzen Raum hing ein beißender Geruch. Schwarze Kerzen spendeten spärliches Licht und hinterließen dunkle Wachsflecken auf dem Boden.

Tony griff nach einem Glas, in dem eine Fledermaus lag. »Wir dachten, du wärst die Moorhexe.«

»Die ist schon seit Jahren tot«, sagte Clay Face. »Hier kann man sich wunderbar verstecken, wenn man auf der Flucht ist.«

Virginia war da anderer Ansicht. Sie wusste nicht, wie lange sie es hier aushalten konnte. Nur Wolfs Nähe, dessen Körper sich an den ihren drängte, beruhigte sie ein wenig.

Clay Face setzte sich an einen Tisch, über den sich allerlei Essensreste verteilten. An der einen Seite lehnte ein gewaltiges Beil.

»Legt die Hände auf die Platte«, sagte er zu Virginia und ihrem Vater.

Widerstrebend taten sie, wie ihnen geheißen. Clay Face richtete die Kette gerade auf dem Tisch aus und studierte sie einen Augenblick. »Trollwerk«, sagte er.

Dann ergriff er das Beil. Virginia schrie und wand sich, und ihr Vater verhielt sich nicht anders. Clay Face holte aus und traf die Kette mit aller Kraft. Sie waren frei.

Der Kobold grinste Virginia an. Ihr Herz raste. Zum zweiten Mal in dieser Nacht hatte sie geglaubt, sterben zu müssen.

»Also«, sagte ihr Vater, darum bemüht, seiner Stimme einen ruhigen Klang zu verleihen, »wer war nun diese Moorhexe?«

»Wer sie war?«, fragte Clay Face offensichtlich verwundert. »Ich dachte, das weiß jeder. Kennt ihr die Geschichte von Schneewittchen?«

Virginia lächelte. »Aus allererster Hand.«

Clay Face sah sie eigenartig an, und ihr Lächeln verblasste.

»Nun«, sagte er, »die Moorhexe war die böse Stiefmutter, die versucht hat, Schneewittchen umzubringen. Das Weib, das dauernd mit Spiegeln geredet hat, das war sie. Hierhin hat sie sich geflüchtet, nachdem sie in den glühenden Schuhen tanzen musste. Sie hat den Rest ihres Lebens damit verbracht, Rachepläne zu schmieden, aber sie war zu schwach, diese auch auszuführen. Schließlich hat sie jemanden gefunden, der das für sie übernommen hat.«

Virginia konnte sich des schaurigen Gefühls nicht erwehren, dass er von ihrer Mutter sprach.

»Und wer war das?«, fragte sie.

Clay Face grinste und schob eine schwarze Kerze über den Tisch. »Die Moorhexe liegt im Keller begraben. Warum geht ihr nicht hin und fragt sie?« Er deutete mit einem Kopfnicken auf eine vermoderte Falltür.

Wolf erhob sich hastig. »Nun, das war eine faszinierende Geschichtslektion ...«.

Sie wusste, was er wollte, aber sie wusste auch, dass sie nun nicht mehr zurückkonnte. Sie ergriff die Kerze.

»Virginia«, sagte Tony. »Wozu willst du dir eine Leiche ansehen? Ich dachte, wir hätten es eilig, das Schloss zu erreichen.«

»Was ich suche, ist dort unten«, sagte Virginia.

»Was du suchst?«, fragte Tony. »Wovon sprichst du? Du stammst aus New Jersey, hast du das vergessen?«

Virginia ging zur Falltür und öffnete sie. Der Geruch von Brackwasser, Moder und verwesendem Fleisch schlug ihr entgegen.

»Meine Mutter war hier«, sagte sie. »Ich weiß es.«

Niemand sagte etwas. Virginia nahm die Kerze und stieg die knarrenden Stufen hinab in die Finsternis.

Hier unten gab es noch mehr Spiegel, aber auch diese waren still. Auf den morschen Bodenbrettern befand sich ein dunkler, aufgemalter Kreis, und in dessen Mitte, halb verborgen unter faulenden Pflanzentrieben, stand ein schwarzer Sarg.

Als Virginia näher trat, erkannte sie, dass der Sarg teilweise in die Erde eingelassen war. Sie entdeckte eine Inschrift gleich der in der Gruft Schneewittchens im ewigen Eis.

Doch hier sah sich Virginia nicht einer schönen alten Frau gegenüber. Vor ihr lag ein modriges Skelett.

»Hast du dich verirrt, mein Kind?«, fragte die böse Stiefmutter.

Und als Virginia hinabblickte, bot sich ihr ein unheimlicher Anblick.

Sie war im Central Park, aber die Gegend sah anders aus, als sie ihn in Erinnerung hatte.

Nach einer Weile erkannte sie, dass dies der Park vor zwanzig Jahren war. Die runden Abfalleimer waren längst ausrangiert worden, und neben dem Pfad sah sie ein altmodisches Skateboard mit Metallrollen.

Ihre Mutter, Christine, kam ins Blickfeld. Sie war jünger und sah, bis auf das teure Sweatshirt und die langen Fingernägel, genauso aus, wie sie Virginia im Gedächtnis geblieben war.

Ihre Mutter weinte. Sie schluchzte so heftig, dass sie kaum Luft holen konnte. Sie stürzte gegen einen Baum, sank an seinem Stamm zu Boden und starrte auf ihre Hände, als würden sie nicht zu ihr gehören.

»Hast du dich verirrt?«, fragte da plötzlich eine Stimme. Virginia erkannte sie. Sie gehörte zu der Person, die gerade erst zu ihr gesprochen hatte. Es war die böse Stiefmutter.

Christine sah sich um. Sie war allein. Doch dann sah sie die vagen Umrisse einer Tür vor sich. Eine knorrige Hand mit juwelengeschmückten Fingern erschien in dem dunklen Durchgang. Sie winkte. »Ich werde dir den Weg zeigen.«

Christine starrte die Hand ebenso fasziniert wie entsetzt an.

»Komm mit mir«, lockte die böse Stiefmutter, »und du wirst deinen Schmerz für alle Zeiten vergessen.«

Virginia ertappte sich dabei, wie sehr sie sich wünschte, ihre Mutter würde einfach fortgehen, obwohl sie doch längst wusste, was dann geschehen war. Hätte sie doch nur den Park verlassen und wäre zu ihrem Apartment zurückgegangen, zu der Familie, die sie liebte …

Christine streckte ihre Hand aus und ergriff die knochigen Finger, und Virginia fühlte eine tiefe Enttäuschung, so, als wäre all das gerade erst geschehen.

Die Hand zog ihre Mutter durch den Spiegel und hinein in die Holzhütte im Moor.

Eine uralte Frau stand vor ihr – die böse Stiefmutter in Fleisch und Blut. Sie lächelte, als sie Christine betrachtete, und in diesem Augenblick wusste Virginia, dass ihre Mutter verloren hatte.

»Ich sterbe, aber mein Werk ist unvollendet«, sagte die alte Frau. »Schneewittchens Nachfahren leben noch. Du wirst mein Werk zu Ende führen, und ich werde dir all meine Macht schenken.«

Mit einem Gefühl der Übelkeit erwachte Virginia aus ihrer Vision. Nun wusste sie, was ihrer Mutter widerfahren war. Doch das machte die Dinge nicht leichter. Irgendwie machte es sie sogar schwerer. Ihre Mutter hatte eine Wahl treffen können, und sie hatte sich entschieden, hierher zu kommen, an diesen bösen Ort.

Virginia blickte herab. Die Hand des Skeletts war verkrümmt. Offensichtlich hielt sie etwas fest.

Mit zitternden Fingern löste Virginia die morschen Knochen und fand, was sie gesucht hatte: Vor ihr lag der juwelenbesetzte Silberkamm aus ihrem Traum. Die Zinken sahen noch immer gefährlich spitz aus.

Virginia riss ein Stück Stoff aus ihrem Ärmel und umwickelte damit ihre Hand, ehe sie den vergifteten Kamm an sich nahm. Dann deponierte sie ihn in ihrer Tasche.

Als sie die Stufen wieder hinaufkletterte, hörte sie hinter sich eine brüchige Stimme: »Du bist nichts. Sie wird dich zerschmettern.«

Clay Face erwies sich als ausgezeichneter Gastgeber. Er befreite sie nicht nur von den Schellen, sondern bewirtete sie auch mit Essen und Trinken.

Er wollte auch, dass sie noch ein bisschen blieben, aber Wolf war derjenige, der darauf bestand, dass sie weiterzögen. Virginia widersprach nicht. Sie wusste, sie mussten Prinz Wendell finden, bevor es zu spät war.

Also führte Clay Face sie auf die schmale Veranda und zeigte ihnen einige Orientierungspunkte. »Etwa dreihundert Meter geradeaus, dann links bei den rottenden Eingeweiden, und schon seid ihr draußen. Dauert höchstens zehn, fünfzehn Minuten.«

Welche Erleichterung. Es gab tatsächlich einen Weg aus diesem Sumpf heraus! Sie dankten dem Kobold für seine Gastfreundschaft und Hilfe und machten sich auf den Weg.

Die ersten dreihundert Meter waren schwer, aber als sie die rottenden Eingeweide erreicht hatten – deren Gestank unbeschreiblich war –, wurde der Boden fester.

Wolf blieb stets an Virginias Seite, und sie nahm seine Hand, als sie den Sumpf verließen und wieder in den Wald hineingingen.

Sie sah sich nach ihrem Vater um. Er war ein paar Meter hinter ihnen geblieben, vielleicht aus Feingefühl, um ihnen Zeit zum Reden zu geben.

Vielleicht aber auch nicht. Sie hatte ihm erzählt, was sie im Keller gesehen hatte, und er hatte sehr traurig ausgesehen.

»Wohin bist du gegangen, nachdem du Kissing Town verlassen hast?«, fragte Virginia Wolf.

»Ich, äh, bin einfach so herumgezogen, um über einige Dinge nachzudenken, und vor ein paar Tagen bin ich auf eure Spur gestoßen.«

»Aber wie?«, fragte Virginia. »Wir sind durch einen Berg gegangen.«

»Virginia«, sagte Wolf, »deiner Spur vermag ich sogar durch die Zeit selbst zu folgen.«

Das war Poesie. Nie zuvor hatte jemand so mit ihr gesprochen, und vermutlich würde es auch nie wieder jemand tun. Sie sah ihn an. *Er ist so attraktiv und so ernsthaft. Wenn ich mir vorstelle, dass ich ihn beinahe verscheucht hätte ...*

»Du wirkst so ... verändert«, sagte sie.

»Wir haben uns beide verändert«, sagte er.

Ich muss ihm sagen, was ich fühle. Ist es nicht genau das, was Schneewittchen mich gelehrt hat? Ich muss die Verantwortung für mein Leben tragen. »Ich wollte dich nicht fortjagen. Es war nur einfach alles zu viel, und es ist alles so schnell passiert. Ich mag dich. Ich mag dich wirklich sehr ...«

»Oh«, sagte Wolf.

Sie waren stehen geblieben.

»... und ich wollte dich nicht verletzen«, sagte Virginia.

Sie berührte seine Wange.

Er schmiegte sein Gesicht an ihre Handfläche.

»Ich glaube, ich liebe dich«, sagte sie leise.

Kapitel 43

Kaum zu glauben … Haben diese idiotischen Trolle ihre Aufgabe doch noch erfüllt und Wendell zu mir gebracht!

Zufrieden sah die Königin zu, wie Relishs Nachwuchs ihre Nemesis – nunmehr so sehr ein Hund, dass auch seine Augen nicht länger menschlich wirkten – über den Hauptkorridor seines eigenen Palastes schleiften. Wendell trug einen Maulkorb, aber er versuchte immer noch unter stetem Knurren nach ihnen zu schnappen.

Der Jägersmann stand neben ihr. Es ging ihm besser, aber er war bei weitem nicht wiederhergestellt. Das Mädchen indes schien zäher, als sie beide angenommen hatten.

Aber über sie wollte die Königin jetzt nicht nachdenken. Die Trolle hatten zwei Eisenketten an Wendells Halsband befestigt, aber er war kräftig und wild entschlossen zu fliehen, wenn sich ihm auch nur die geringste Chance dazu böte.

»Ich habe so lange auf dich gewartet«, sagte die Königin zu Wendell. »So viele eintönige Tage im Kerker.«

Die Trolle zerrten ihn näher zur ihr, so sehr er sich auch wehrte.

Sie schob die Hände in ihre Ärmel. Ihre Art einer beruhigenden Geste. »Im Sommer konnte ich den Sonnenschein auf meiner Zellenwand sehen. Ich habe mich nach der Sonne gesehnt, und jedes Mal, wenn sie wiederkam, wusste ich, dass ich ein weiteres Jahr meines Lebens an dich verloren hatte.

Sie lächelte. Prinz Wendell starrte sie nur unbewegt an.

»Wenn all das vorbei ist«, sagte sie, »dann werde ich dich in eine kleine Kiste sperren, bis du dich zusammenrollst und vor Kummer stirbst.«

Er knurrte sie durch den Maulkorb an.

Sie wandte sich an den Jägersmann. »Wo habt ihr ihn gefangen?«

»Etwa fünfzehn Meilen von hier, Majestät«, sagte der Jägersmann.

»So nahe?« *Was haben sie so nahe am Schloss zu suchen gehabt?* »Was ist mit den anderen?«

»Oh, die haben wir umgebracht«, sagte Bluebell.

Sie versetzte ihm einen Schlag ins Gesicht. »Lügner. Törichter Lügner.«

»Wir sind wirklich schrecklich töricht, Eure Majestät.« Blabberwort senkte den Kopf, sodass ihre lächerliche orangefarbene Haarwurst ins Blickfeld kam.

Eine angemessene Frisur für einen Pudel, dachte die Königin, *nicht aber für einen Troll.*

»Aber wir haben den Hund«, sagte Burly überflüssigerweise.

»Du Narr!«, rief die Königin. »Nicht dieser Hund stellt eine Bedrohung für mich dar, sondern das Mädchen.«

Sie schüttelte den Kopf, wohl wissend, dass es noch nicht vorbei war. »Das Mädchen«, wiederholte sie. *Ich kann erst triumphieren, wenn das Mädchen tot ist.*

Sie waren auf einen Hügel im Wald geklettert.

Durch die Bäume konnte Virginia Wendells Palast erkennen. Er sah aus wie ein Märchenschloss, was es wohl auch darstellen sollte.

Wolf trat neben sie. »Die Reise ist zu Ende.«

Sie nickte. Das Schloss lag nur noch fünf Meilen entfernt unter einem Schleier frühmorgendlichen Nebels, umgeben von Seen und Wäldern. Es sah wundervoll aus.

»Wir sind dem Spiegel durch das ganze Land gefolgt«, sagte Tony. »Wer hätte gedacht, dass wir am Ende hier landen würden?«

»Es war unsere Bestimmung, hierher zu kommen«, sagte Virginia.

Ihr Vater sah sie erschrocken an, aber sie kümmerte sich nicht darum. Zum ersten Mal in ihrem Leben vertraute sie ihrer Intuition.

Ihr Vater öffnete ihren Rucksack und zog einen Kochkessel hervor, mit dem er zu einem nahe gelegenen Wasserlauf ging. »Trinken wir noch einen letzten Tee, ehe wir den Rest des Weges hinter uns bringen. Könnte einer von euch Feuerholz sammeln?«

»Ich mache das«, erbot sich Wolf.

»Ich gehe mit dir«, sagte Virginia.

Sie wollte einfach nicht, dass er sie wieder verließ. Sie hatte es kaum ertragen, von ihm getrennt zu sein, obwohl es ihr immer noch schwer fiel, das zuzugeben.

Wunderschön und still war die Morgendämmerung heraufgezogen. Der Wald war herrlich, aber nicht so herrlich wie Wolfs Gegenwart. Ständig sah er sie an, und sie konnte ebenfalls ihre Augen nicht von ihm abwenden. Das Knistern zwischen ihnen war fast körperlich zu spüren.

»Es gibt da etwas, um das ich dich bitten möchte«, sagte Wolf, »und ich glaube, ich habe es verdient, nachdem ich dir so oft das Leben gerettet habe.«

Sie lächelte. »Ich weiß, was du willst, und die Antwort lautet: Ja.«

»Oh«, sagte Wolf, als hätte er damit keinesfalls gerechnet.

Sie standen nur einige Fingerbreit voneinander entfernt.

»Jemine«, sagte Wolf. »Ich will dich so sehr.«

»Ich weiß«, sagte Virginia. »Ich will dich auch.«

»Gut«, sagte Wolf. »Du rennst in den Wald, und ich halte mir die Augen zu.«

»Wie bitte?« Virginia runzelte die Stirn. *Was hat er da gerade gesagt?*

»In den Wald. Ich werde mit geschlossenen Augen bis hundert zählen.«

»Ist das dein Ernst?«

»Aber ja!« *Er scheint es wirklich ernst zu meinen. Diese Sache muss ihm viel bedeuten.* »Ich werde nicht betrügen, das verspreche ich.«

»Darum geht es nicht«, sagte Virginia.

»Na schön, vielleicht werde ich nach fünfzig ein bisschen schneller zählen, aber ich verspreche, du bekommst einen angemessenen ...«

»Ich spiele auf keinen Fall ›Verstecken‹.«

Doch er hatte bereits seine Hand über die Augen gelegt und fing an zu zählen.

»Nein!«, sagte Virginia. *Aber warum wehre ich mich eigentlich so dagegen? Er ist ein Wolf, und außerdem ist hier so oder so alles anders. Und bestimmt wird es ganz lustig werden …*

Sie rannte los. Hinter sich hörte sie ihn zählen.

»Acht, neun, einundzwanzig, zwei-drei-vier-fünf, neun, einunddreißig, zwei, drei, vier, vierzig, eins, zwei drei – Kommeeee!!!«

Sie rannte, so schnell sie konnte, brach durch Brombeergestrüpp und Sträucher und hetzte immer weiter. Dennoch konnte sie ihn bereits hinter sich hören. Dann war plötzlich kein Geräusch mehr zu vernehmen. Virginia hielt inne, um zu Atem zu kommen.

Von Wolf war keine Spur zu sehen. Ihr Herz hämmerte in ihrer Brust. *Diese Sache ist dumm und albern und aufregend zugleich.* Sie lauschte – und reagierte empfindlich auf alles, den Gesang der Vögel, das Rauschen des Windes in den Baumkronen, sogar auf den Geruch eines Pinienbaumes in der Nähe. Plötzlich nahm sie alles viel intensiver wahr.

Da hörte sie Wolf in weiter Ferne durchs Unterholz brechen. Sie lächelte und rannte weiter.

Sie rannte, bis sie glaubte, sie hätte ihn abgehängt. Dann entdeckte sie ein Versteck in einem Gebüsch. Wieder blieb sie stehen und dachte über ihre Strategie nach. *Soll ich mich von ihm fangen lassen oder nicht?*

In diesem Moment sprang er zwischen den Bäumen hervor und riss sie von den Beinen. Ausgelassen wie zwei Welpen rollten sie durch das Unterholz. Sie packte ihn und biss in sein Ohr, und dann küssten sie sich leidenschaftlich und rissen an ihren Kleidern, und sie lächelte, als sich aus dem Spiel etwas entwickelte, das ihr vertraut war, etwas, nach dem sie sich gesehnt hatte.

»Wolf«, flüsterte sie, ehe sie sich in ihrer Hingabe verlor.

Virginia und Wolf brauchen furchtbar lange, um Holz zu suchen.

Tony hatte den Gedanken an Tee schon vor einer Stunde aufgegeben und den Rucksack nach einem kleinen Imbiss durchwühlt. Er vermisste Prinz Wendell. Er hatte gar nicht bemerkt, wie wichtig ihm dieser Hund geworden war.

Dann trat Virginia aus dem Wald. Sie hatte Blätter in den Haaren und Grasflecken an der Hose. Sie lächelte, und er hatte sie noch nie gleichzeitig so glücklich und so verwirrt erlebt.

»Wo ist das Holz?«, fragte Tony.

»Ja«, sagte sie.

»Für das Feuer, du erinnerst dich?«

»Konnte nichts finden«, sagte Virginia, während sie an ihm vorbeiging.

»Du konntest im Wald kein Holz finden?«

Sie antwortete nicht, aber das war auch nicht nötig. Wolf erschien nun ebenfalls auf der Lichtung, und er sah nicht minder verwirrt aus als seine Tochter.

»Hallo, Tony«, sagte Wolf.

»Ich nehme an, du hast auch kein Holz mitgebracht«, fragte Tony.

Wolf ging an ihm vorbei zu Virginia. »Ja, danke«, sagte er.

»Was?« Tony verstand die Welt nicht mehr und drehte sich mit einem Stirnrunzeln zu den beiden um. Dann keuchte er. Wolfs pelziger Schwanz lugte aus seiner Hose hervor und wedelte fröhlich hin und her.

Nach einigem guten Zureden kam Tony doch noch zu seinem Frühstück, doch es war, als äße er allein, denn Wolf und Virginia waren nicht gerade sehr gesprächig.

Während ihrer gesamten Rast vernahmen sie das ferne Rumpeln von Wagenrädern. Als sie fertig waren, gingen sie zum Waldrand hinüber.

Hier verlief eine ordentlich angelegte Kopfsteinpflasterstraße. Das Schloss selbst war keine Meile mehr entfernt. Wachen patrouillierten über die Befestigungsanlagen.

Wieder rumpelte es, und Wolf scheuchte sie zurück zwischen die Bäume. Ein Wagen mit allerlei Vorräten fuhr an ihnen vorbei. Keine Minute später folgte eine unglaublich schöne schwarze Kutsche.

»Sie sind alle unterwegs zum Schloss, um Wendells Krönung beizuwohnen«, sagte Wolf.

»Warum gehen wir dann nicht auch dorthin?«, fragte Tony.

»Weil, wenn ich richtig liege, das nicht mehr Wendells Schloss ist«, sagte Wolf. »Es ist in der Hand der Königin. Und seine Wachen könnten nun als ihre Lakaien dienen. Wir können niemandem mehr vertrauen.«

»Wolf, ich muss dir etwas sagen«, sagte Virginia. »Die Königin ist...«

»Ist was?«, fragte Wolf.

»Sie ist... meine Mutter«, sagte Virginia.

»Das habe ich vermutet, seit ich dich das erste Mal gerochen habe.«

Tony wollte so etwas nicht hören. Er starrte Wolf finster an, doch der schien es gar nicht zu bemerken. Stattdessen legte er seinen Mantel ab.

»Wir sollten warten, bis es dunkel ist, ehe wir versuchen, ins Schloss einzudringen«, sagte er.

»Und was machen wir bis dahin?«, fragte Tony.

Wolf formte eine Kugel aus seinem Mantel und benutzte sie als Kopfkissen. Während er die Augen schloss, sagte er: »Schlafen. Wir sind erschöpft, oder nicht?«

»Ganz bestimmt.« Virginia legte sich zu ihm auf den Boden und bettete ihren Kopf auf seiner Brust.

»Hab ich irgendwas verpasst?«, fragte Tony.

Die Königin stand am Fenster und betrachtete den Sonnenuntergang.

Sie überlegte fieberhaft, was dieses Mädchen und ihre Freunde eigentlich von ihr wollten, aber sie kam nicht drauf, und das ärgerte sie.

»Soll ich das Signal geben, mit den Krönungsfeierlichkeiten zu beginnen?«, fragte der Jägersmann.

»Sie werden sich unter die Gäste mischen«, murmelte sie. »In einem Moment, in dem sie glauben, ihnen könnte nichts geschehen.«

Das wohl prächtigste Feuerwerk aller Zeiten erhellte den Himmel über den Neun Königreichen.

Wendells Palast erstrahlte unter unzähligen Lichtern und sah mehr denn je wie ein richtiges Märchenschloss aus. Liebliche Walzerklänge erfüllten die Nacht.

Virginia ging zwischen Wolf und ihrem Vater. Sie hatten sich den Gästen angeschlossen, die zu Fuß zum Palast unterwegs waren. Außer ihnen trugen alle edelste Garderobe. Ihre Kleidung aber war schlammverkrustet, und zum ersten Mal bemerkte Virginia die Zweige in ihrem Haar.

Hinter sich hörte sie das Rumpeln von Wagenrädern. Alle Gäste traten beiseite, als eine goldene Kutsche vorbeifuhr. Virginia erhaschte einen kurzen Blick auf das junge Mädchen in dem Gefährt.

»Eine Prinzessin«, flüsterte jemand. Weitere prächtige Kutschen mit offensichtlich hochherrschaftlicher Fracht kamen des Weges.

Für einen hoffnungsvollen Moment glaubte Virginia, sie könnten sich einfach unter das Fußvolk mischen und sich so mit ins Schloss hineinschmuggeln. Bis sie die Wachen am Ende der Zugbrücke entdeckte, die die Einladungen sämtlicher Gäste kontrollierten.

»Was machen wir jetzt?«, fragte Virginia.

In diesem Moment wurden zwei Wachposten auf sie und ihre schmutzigen Kleider aufmerksam. Einer von ihnen deutete auf sie und ging davon, um mit einem Mann zu sprechen, der hier offenbar das Sagen hatte.

Wolf packte ihren Arm und zog sie unter die Brücke. Tony folgte ihnen. Mit einem Kopfnicken deutete Wolf auf ein Gitter auf der anderen Seite. Dann glitt er ins Wasser und schwamm davon.

Im Burggraben schwimmen? Weiß Wolf denn nicht, was da alles hineingeworfen wird? In einigen Schlössern gibt es nicht mal ein Abwassersystem. Virginia seufzte. *Aber vermutlich ist das auch nicht schlimmer als so manch anderes Abenteuer auf dieser Reise.*

Sie ließ sich in das kalte Wasser gleiten, und ihr Vater tat es ihr leise fluchend gleich. Gott sei Dank hatte er sie in öffentlichen Teichen das Schwimmen gelehrt. Sie hatten sich gar einen Wettbewerb ausgedacht, in dem es darum ging, wer am lautlosesten ein Gewässer durchschwimmen konnte.

Wolf erreichte die Mauer auf der anderen Seite als Erster. Er packte das Gitter und rüttelte daran. Als Virginia auf ihn zuschwamm, erkannte sie, dass er es nicht aushebeln konnte.

»Ich hatte gehofft, es wäre locker«, sagte Wolf.

»So kommen wir nicht weiter«, murrte ihr Vater.

»Das ist ein Fallgatter«, sagte Wolf. »Vielleicht können wir unter ihm hindurchschwimmen. Der Schacht dahinter muss irgendwo im Schloss enden.«

»Irgendwo?«, fragte Virginia.

Sie starrte durch das Gitter. Es stimmte, dahinter lag ein Gang, aber das Wasser reichte bis zur Decke, und es war zu dunkel, um zu erkennen, wohin er führte.

»Vergiss es«, sagte ihr Vater.

Wolf ignorierte ihn. »Folgt mir, falls ich nicht innerhalb einer Minute wieder zurückkomme. Dann bin ich entweder durchgekommen, oder ich stecke fest.«

»Nein!«, rief Virginia.

Doch er war schon untergetaucht und verschwunden. Virginia war deprimiert. *Er könnte dort drin ertrinken. Wie soll ich damit nur fertig werden?* Angstvoll lugte sie durch das Gitter, konnte aber nichts erkennen.

»Ich werde auf keinen Fall in diesem stockdunklen Schacht herumtauchen«, sagte ihr Vater. »In der Hoffnung, dass ich *irgendwo* wieder herauskomme.«

Wolf kehrte nicht zurück. Sie hatten lange genug gewartet. »Er muss einen Weg gefunden haben.«

»Warum glaubst du das?«, fragte Tony. »Vermutlich ist ihm nur die Luft...«

Sie atmete tief ein und tauchte. Für einen Augenblick hatte sie das Gefühl, dass dies das Dümmste war, was sie in ihrem ganzen Leben getan hatte, und dann wurde ihr klar, dass sie keine andere Wahl hatte.

Sie tastete sich über das schleimige, algenbedeckte Gemäuer

voran. Noch nie war sie durch ein so dunkles Gewässer geschwommen. Mit den Füßen rudernd tauchte sie weiter, stets in der Hoffnung, ein Licht zu entdecken.

Als sie das Gitter passiert hatte, ließ sie sich nach oben treiben, wohl wissend, dass das Wasser bis zur Decke reichte, die sich auch kurz darauf über sich ertastete. Hätte sie dies vergessen, hätte sie sich den Kopf an einem Sturz angeschlagen. Offenbar war dies einst ein geheimer Zugang gewesen.

Langsam ging ihr die Luft aus. Ihre Lungen schmerzten, bettelten nach Sauerstoff. Trotzdem schwamm sie in dem Wissen weiter, dass ihr nichts anderes mehr übrig blieb, und dann durchbrach sie plötzlich wie ein Korken die Oberfläche.

Sie schnappte so tief nach Luft wie noch nie in ihrem Leben und war froh, selbiges nicht dort unten verloren zu haben.

Wolf hatte sich bereits auf einen Sims hochgezogen. Um ihn herum brannten Fackeln. Sie befanden sich in einer Art Kellerraum.

»Niemand da«, sagte er, als er ihr aus dem Wasser half.

»Ich dachte, ich müsste da unten sterben«, keuchte sie. »Es war stockfinster.«

Die Sekunden zogen dahin, und sie ertappte sich dabei, wie sie gebannt in das tintenschwarze Wasser starrte.

»Wo ist Dad?«

Unentwegt suchten ihre Augen die Oberfläche nach ihm ab, in der Hoffnung, dass er bald auftauchen würde und nicht wieder in Schwierigkeiten steckte.

»Der Schacht war am oberen Ende sehr schmal«, sagte Wolf.

Sie ballte eine Hand zur Faust. *Er muss es einfach schaffen. Er muss!*

Schließlich erhob sie sich. *Ich werde ihn suchen müssen.* Gerade machte sie sich bereit, nach ihm zu tauchen, als ihr Vater wie ein Delphin durch die Oberfläche stieß. Keuchend schnappte er nach Luft.

»Ich wäre beinahe ertrunken«, stieß er hervor.

»Nur nicht gleich übertreiben«, sagte Wolf, während er ihm aus dem Wasser half. Er klopfte Tony auf den Rücken, und der spuckte noch mehr Wasser aus. Virginia verzog das Gesicht.

Ganz bestimmt werde ich ihm nie erzählen, was ich über Burggräben weiß.

Tony brauchte einige Minuten, ehe er bereit war, sich wieder zu rühren. Triefend gingen sie weiter, und als sie um eine Mauerecke kamen, erkannte Virginia, dass sie sich in Wendells Weinkeller befanden.

»Schau, ob du Handtücher findest«, sagte Tony.

»Handtücher?«, fragte Virginia. »In einem Keller? Wir brauchen Waffen.«

»Psst«, sagte Wolf.

Bald entdeckten sie den Kellerausgang und stiegen die Treppe hinauf, die an der Küche vorbeiführte. Virginia warf einen Blick hinein. Niemand achtete auf sie. Die Diener waren hektisch damit beschäftigt, das Festmahl vorzubereiten. Sie konnte gegrilltes Rindfleisch und Ente riechen, doch mehr Gerüche konnte sie nicht identifizieren. Ihr Magen knurrte vernehmbar. Schwimmen machte sie stets hungrig.

Sie erreichten die Empfangshalle des Erdgeschosses. Als gerade einige Gäste hindurchgeführt wurden, erkannte Virginia ihre Chance. Sie bedeutete ihrem Vater und Wolf, ihr zu folgen, und dann durchquerten sie, blickgeschützt durch eine lange Reihe livrierter Diener, hastig das Foyer. Hinter einer Glastür konnte Virginia weitere Gäste sehen, die sich im großen Ballsaal versammelt hatten.

Wolf führte sie eine Treppe hinauf in die oberen Stockwerke. Virginias Herz pochte heftig. Bisher hatten sie Glück gehabt, aber sie hatte keine Ahnung, wie lange es noch dauern mochte, bis irgendjemand sie entdeckte.

Die Treppe endete in einem wundervoll geschmückten Korridor, der prachtvoller ausgestattet war als alles, was Virginia je in Manhattan gesehen hatte.

»In diesem Stockwerk liegen die königlichen Gemächer, wenn ich mich nicht täusche«, flüsterte Wolf, »und die Königin wird sich so nahe wie möglich bei ihrem Hundeprinzen eingerichtet haben. Ich vermute deshalb, dass sie unseren Prinzen in den nächsten Raum gesperrt hat.«

Wolf öffnete eine Tür und sah sich um. Der Raum war klein

und schlicht. »Vielleicht habe ich mich doch geirrt«, murmelte er.

Doch Virginia hatte das Gefühl, schon einmal hier gewesen zu sein. Sie betrat die Kammer. »Das ist ihr Zimmer.«

Ihr Vater schob Wolf über die Schwelle und schloss die Tür hinter ihnen. Virginia ging zu einem der großen begehbaren Kleiderschränke und öffnete ihn. In seinem Inneren standen fünf Spiegel, an die Wand gelehnt wie Mumien.

»Seht euch die an«, rief Tony.

Die Spiegel waren mit Leinentüchern abgedeckt. Virginia zog eines der Tücher fort, und Wolf und ihr Vater folgten ihrem Beispiel, bis alle Tücher entfernt waren.

Ihr Vater stand vor dem letzten Spiegel in der Reihe. »Das ist er«, sagte er. »Das ist der andere Reisespiegel.«

Er sah zumindest vertraut aus. Der schwarze Rahmen glich dem des anderen Spiegels, außerdem hatte er die gleiche Größe und Verzierung.

Wolf trat hinter Virginia, als ihr Vater den Riegel an der Seite des Rahmens betätigte.

Knisternd erwachte der Spiegel zum Leben, und langsam schälte sich aus der Reflexion ein neues Bild heraus. Erst die Freiheitsstatue, dann Manhattan und schließlich der Central Park.

»Schaut nur«, sagte Tony. »Das ist Manhattan. Wir können nach Hause gehen. Wir haben es geschafft.«

Virginia sah ihren Vater nachdenklich an, während Wolf sie aufmerksam beobachtete. Nun konnten sie die Neun Königreiche verlassen, das wusste sie, aber es wäre nicht richtig. Schneewittchen hatte ihr gesagt, dass sie ihrem Herzen folgen müsse, und ihr Herz sagte, dass sie noch nicht bereit war, zu gehen.

»Was? Was ist los?«, fragte Tony aufgeregt. »Komm schon, was hängen wir hier noch herum? Lass uns gehen.«

Sie schüttelte den Kopf. »Ich kann noch nicht.«

»Bist du übergeschnappt?«, fragte Tony. »Wir haben ihn endlich gefunden. Wolf, sag du es ihr. Wir müssen gehen.«

Wolf rührte sich nicht, stattdessen runzelte er die Stirn.

»Ich muss sie erst sehen«, sagte Virginia.

»Virginia, sie ist nicht deine Mutter«, sagte Tony. »Was immer sie jetzt sein mag, sie ist nicht Christine, nicht die Frau, die wir gekannt haben.«

»Wir wurden hierher geführt«, sagte Virginia. »Verstehst du das nicht? Es ging nie um den Spiegel, sondern allein darum, uns hierher zu bringen, um sie zu treffen.«

Ihr Vater packte ihren Arm, als wollte er sie in den Spiegel hineinzerren. »Wir müssen nach Hause gehen, solange wir noch die Chance dazu haben.«

»Nein.« Virginia rammte buchstäblich ihre Absätze in den Boden. »Ich muss sie sehen.«

»Dein letzter Wunsch sei dir gewährt.«

Wolf, Tony und Virginia fuhren gleichzeitig herum. Hinter ihnen stand die Königin, und sie hatte den Jägersmann an ihrer Seite.

Virginia sah ihre Mutter lange Zeit einfach nur an. Sie war kleiner, als Virginia sie in Erinnerung hatte, und die Zeit hatte in ihrem Gesicht einige Falten hinterlassen, aber sie war noch immer genauso schön wie früher.

Als Virginia endlich ihren Blick losriss, bemerkte sie, dass Wolf sich vor ihrer Mutter verbeugt hatte.

»Seid Ihr mit mir zufrieden, Majestät?«, fragte er.

Virginia erschrak.

Die Königin nickte. »Sehr gute Arbeit, mein Lieber.«

Wolf durchquerte die Kammer, nahm sich ein Stück Konfekt aus einer Schale, warf es in die Luft und fing es mit den Lippen wieder auf. Dann lächelte er kalt.

»Ich dachte, es wäre das Beste, ich bleibe bei ihnen und sorge dafür, dass sie Eure Pläne nicht stören«, sagte Wolf.

Er meint es ernst. Darum hat er sich so ausweichend gegeben. Er hat die ganze Zeit für sie *gearbeitet.*

»Was hast du getan?« Virginia wich vor ihm zurück. »Nein, nein, nein, nein, nicht du!«

Ich liebe ihn. Er liebt mich. Er kann mich nicht betrogen haben. Er hat gesagt, Wölfe gehen Bindungen fürs ganze Leben ein und dass ich die Richtige für ihn bin …

»Das ist ganz einfach, Virginia«, sagte Wolf. »Ich gehorche der Königin.«

Sie fühlte sich, als hätte ihr jemand einen Dolch ins Herz gestoßen.

Ihr Vater trat auf die Königin zu. »Christine«, sagte er. »Was machst du hier? Erkennst du uns denn nicht?«

Die Königin sah Vater und Tochter an, als wären sie vollkommen verrückt. »Ich habe euch noch nie gesehen.«

»Natürlich hast du das«, sagte Virginia. Mit dieser Sache kam sie besser zurecht als mit Wolf. »Ich bin deine Tochter Virginia.«

»Christine, ich bin's, Tony. Sieh nicht einfach durch mich durch. Ich bin Tony. Dein Mann.« Ihr Vater trat einen Schritt näher, doch der Jägersmann stieß ihn zurück.

Die Stimme der Königin wurde gefährlich leise. »Ich sagte, ich weiß nicht, wer ihr seid.«

»Mom, wir sind aus New York hergekommen. Der Stadt, in der du früher gelebt hast.«

Plötzlich wirkte die Königin verändert. Mit echter Verunsicherung in den Augen betrachtete sie Virginia. Doch der Augenblick zog schnell vorüber.

»Das ist lediglich ein Zauber, der mich ablenken soll«, sagte sie.

»Majestät, wir müssen uns für die Krönungszeremonie vorbereiten«, sagte der Jägersmann.

»Dafür haben wir noch genug Zeit«, entgegnete die Königin. »Lasst mich mit dem Mädchen allein.«

Ihr Blick fiel auf Tony. »Bring diesen Mann runter in den Kerker und hol mir Wendell. Wolf, du gehst in die Küche.«

Wolf verbeugte sich noch einmal, wobei er es vermied, Virginia anzusehen. Dann ging er, und ihr Herz ging mit ihm. *Schneewittchen hat Recht behalten. Ich kann nicht darauf warten, gerettet zu werden.*

Ich muss mich selbst retten.

Der Jägersmann zerrte ihren Vater aus dem Raum.

Die Königin betrachtete Virginia noch einen Augenblick, ehe sie zu einer Tür ging, die zu einem Ankleideraum führte. Sie versuchte nicht, sie von einer Flucht durch den Spiegel abzuhalten, ja, sie schaltete den Spiegel nicht einmal ab.

Virginia wusste nicht, was sie tun sollte. Sollte sie fliehen und versuchen, später zurückzukehren, um ihren Vater zu retten? Oder sollte sie bleiben und abwarten, welche Gelegenheiten sich ihr hier bieten würden?

»Ich habe dich schon lange Zeit durch meine Spiegel gespürt«, sagte die Königin, als sie sich umzog. »Aber dein Bild blieb mir stets verwehrt. Wie kommt das, was glaubst du? Auf mich wirkst du nicht sonderlich mächtig. Hat dir jemand geholfen? Irgendeine tote kleine Heroin, die dich zu einer ernsthaften Widersacherin aufbauen wollte?«

Virginia griff in ihre Tasche und zog vorsichtig den vergifteten Kamm hervor.

»Möchtest du heute Abend gern tanzen?«, fragte die Königin. »Ich habe bestimmt irgendetwas, das du anziehen könntest. Ein hübsches Mädchen wie du sollte nicht ihr Leben lang abseits stehen.«

Die Königin kehrte in ihr Blickfeld zurück. Virginia verbarg den Kamm, den sie wie eine Waffe umklammert hielt, hinter ihrem Rücken.

Die Königin trug nun ein wunderschönes weißes Ballkleid. Wie ein kleines Mädchen hob sie den Rockzipfel an.

»Gefällt es dir?«, fragte die Königin. »Man sollte nicht zu oft dunkle Farben tragen.«

Sie ging zu ihrem begehbaren Schrank und bewunderte sich in einem ihrer Spiegel.

»Ich bin deine Tochter«, sagte Virginia leise.

Die Königin lachte. »Ich habe keine Tochter.«

»Du bist vor langer Zeit durch den Spiegel gegangen, so wie ich«, sagte Virginia.

Die Königin sah sie an. »Was weißt du über Reisespiegel?«

»Ich weiß, dass ich durch sie zurück nach Hause kommen kann«, sagte Virginia. »Und du auch. Du gehörst ebenso wenig hierher wie ich.«

»Du bist eine sehr gute Lügnerin«, sagte die Königin. »Wir sollten uns zusammentun.«

Sie ging zum Reisespiegel und legte ihre Hand auf seinen Rahmen.

»Wenn das der Ort ist, von dem du gekommen bist, warum gehst du dann nicht einfach wieder nach Hause? Geh nur. Ich werde dich nicht aufhalten.«

Virginia sah erst den Spiegel an und dann die Königin, während sie an diesen Augenblick der Unsicherheit zurückdachte. *Wenn ich ihre Abwehr durchbrechen kann, vielleicht kann ich dann mit meiner wahren Mutter sprechen und dem allen ein Ende bereiten.*

»Du siehst oft hindurch, nicht wahr?«, fragte Virginia. »Des Nachts siehst du hindurch und fragst dich, wie es zu Hause sein mag.«

Die Königin betätigte den Riegel am Rahmen des Spiegels und schaltete ihn ab. »Bist du sicher, dass du keinen Apfel möchtest? Du beäugst sie schon, seit du hergekommen bist.«

Virginia hatte die Äpfel bis zu diesem Moment nicht einmal bemerkt. Sie lagen auf dem Tisch und waren so knackig-frisch und rot wie die der Peeps. Plötzlich wurde ihr bewusst, wie hungrig sie war.

»Nimm dir einen, wenn du Hunger hast«, sagte die Königin.

Virginia streckte die Hand nach einem der Äpfel aus, hielt sich dann jedoch zurück. *Es ist nicht mein eigener Wille gewesen, einen Apfel zu essen, sondern der der Königin.*

»Was?«, fragte die Königin. »Glaubst du, ich will dich vergiften? Wirklich, du liest zu viele Schauergeschichten.«

Die Königin nahm sich einen Apfel und biss hinein. Dann bot sie Virginia den Rest an. Virginia schüttelte den Kopf.

»Was haben die Leute dir erzählt?«, fragte die Königin. »Ich bin auch nicht schlechter als jeder andere hierzulande.«

»Warum haben dann alle Angst vor dir?«

»In dieser Welt gibt es nur Schwarz und Weiß. Dazwischen existiert nichts. Und wir alle spielen unsere Rollen.

»Ich glaube nicht an Schicksal«, sagte Virginia.

Die Königin lächelte. »Aber das Schicksal glaubt gewiss an dich.«

Kapitel 44

»Du bist meine Mutter«, sagte Virginia.

Der Raum war plötzlich dunkler geworden, und sie fühlte sich seltsam, hier, in diesem begehbaren Schrank, allein mit einer Frau, die einmal jemand anders gewesen war.

Was hat die böse Stiefmutter gesagt? Sie hat der Königin all ihre Macht geschenkt? Was bedeutet, dass ich eine magische Schlacht schlagen muss, ohne auf eigene Zauberkraft zurückgreifen zu können.

»Aber vielleicht sehe ich auch nur aus wie deine Mutter«, sagte die Königin. »Hast du darüber auch nur einmal nachgedacht? Hast du je daran gedacht, dass dies alles nur ein grausamer Zaubertrick sein könnte? Denn ich bin nicht deine Mutter. Und offen gestanden will ich es auch nicht sein, denn für mich bist du ein Nichts.«

»Warum hast du mich verlassen?«

Die Königin ließ von dem Reisespiegel ab und kam auf Virginia zu. Kaum eine Handbreit entfernt blieb sie stehen. Nun waren sie einander so nahe wie seit vielen Jahren nicht mehr. Die Augen der Königin waren kalt, kälter als alles, was Virginia je gesehen hatte.

»Du warst unerwünscht«, sagte die Königin. »Das ist offenkundig.«

Virginia runzelte die Stirn.

»Hast du das nicht insgeheim immer gespürt? Ehrlich?« Die Stimme der Königin klang sanft, hypnotisierend. »Komm und betrachte uns beide im Spiegel. Spiegel lügen nicht.«

Sie führte Virginia zu einem anderen Spiegel. Virginia starrte ihr eigenes Spiegelbild an. Tatsächlich sah sie, wie die Züge ihres Vaters mit denen ihrer Mutter verschmolzen und etwas Einzigartiges hervorbrachten. Sie selbst. Die Königin stand neben ihr, und die Ähnlichkeit war auf beiden Seiten unverkennbar.

Es wurde noch dunkler, und irgendwie schien alles nur noch in Zeitlupe abzulaufen.

»Spieglein, Spieglein an der Wand …«

Virginia taumelte, kämpfte darum, bei Bewusstsein zu bleiben. Alles wurde dunkler, langsamer, und der Raum begann sich um sie herum zu drehen. »Was tust du mir an?«

Der Spiegel zeigte sie neben der lächelnden Königin, aber irgendetwas schien nicht in Ordnung zu sein.

»Wer ist die Schönste …«

Virginia starrte den Spiegel an und kämpfte mit aller Kraft gegen die drohende Ohnmacht. »Was tust du?«

Sie zwang sich, ihren Blick vom Spiegel abzuwenden, und als sie den Kopf zur Seite drehte, sah sie sich und die Königin in einem anderen Spiegel.

Doch die Königin stand nicht untätig neben ihr. Stattdessen hatte sie ihre Hände um Virginias Hals gelegt und war dabei, sie zu erwürgen. Irgendwie haftete diesem Augenblick etwas sonderbar Vertrautes an.

Virginia riss sich los, und die Königin wich zurück. Offensichtlich hatte sie nicht damit gerechnet, dass ihr Opfer sich befreien würde. Virginia legte eine Hand an ihre Kehle. Nun fühlte sie den Schmerz. Ihre Lungen verlangten nach Luft, schlimmer noch, als sie es nach der Tauchpartie getan hatten.

Es war wieder heller geworden.

»Du verblüffst mich«, sagte die Königin. »Niemand hat sich meiner so lange erwehren können. Also? Warum bist du hier?«

»Um dich zu finden«, sagte Virginia. »Um mit dir zu reden, dir klarzumachen …«

»Du bist gekommen, um mich zu töten.«

»Nein, selbstverständlich nicht«, widersprach Virginia.

»Aber ich werde dich zuerst töten. Jetzt, in diesem Augenblick.« Die Königin kam auf sie zu.

Virginia streckte ihr die Faust entgegen. »Bleib mir vom Leib, oder …«

»Oder was?«

Virginia öffnete die Hand. Der Kamm war fort.

»Suchst du das hier?« Lachend zog die Königin den Kamm aus ihrem Gewand hervor. In ihren Händen sah er geradezu bösartig aus. Er funkelte wie eine Reihe rasiermesserscharfer Reißzähne. »Wie lange, glaubst du, reden wir miteinander? Na, was denkst du?«

»Fünf Minuten«, sagte Virginia.

»Über eine Stunde«, entgegnete die Königin. »Ich weiß alles über deine jämmerlichen Pläne. Du glaubst, Schneewittchen würde dich beschützen. Aber Schneewittchen ist tot. Darum hetzt sie ein kleines Mädchen mit veralteter Magie auf mich.«

Die Königin untersuchte den Kamm, sorgsam darauf bedacht, dass ihre Finger nicht die Zinken berührten.

»Was für herrliche Juwelen«, sagte sie. »Die schlimmsten Dinge zeigen sich oft in der schönsten Verpackung. Ist er vergiftet?«

»Nein.«

Die Königin strich sich mit dem Kamm durch das Haar. Virginia hielt die Luft an.

»Du kleine Lügnerin«, sagte die Königin. »Würde dieser Kamm durch meine Haut dringen, so wäre ich auf der Stelle tot. Trotzdem ist er sehr schön.«

Sie wickelte eine dicke Strähne ihres Haares um einen Finger und benutzte den Kamm, um sie am Kopf festzustecken. Dann betrachtete sie sich im Spiegel.

Virginia erinnerte sich, was ihr Vater über ihre Mutter erzählt hatte. Sie war besessen von ihrer eigenen Schönheit. Tatsächlich kam ihr die Art, wie die Königin sich im Spiegel bewunderte, vertraut vor.

»Seit ich am Leben bin«, fragte Virginia, »hast du mich da jemals auch nur einen Moment geliebt?«

Die Königin wandte sich vom Spiegel ab, und als ihr Blick auf Virginia traf, wirkte sie erneut verunsichert.

Dann wurde die Tür aufgerissen, und auch dieser Augenblick der Unsicherheit war vorbei.

»Mylady«, sagte der Jägersmann, als er den Raum betrat, »wir haben ein Problem mit dem Prinzen.«

Die Königin blinzelte, offensichtlich verwirrt, ehe die vertraute Maske ihre Züge verhärtete. »Nimm das Mädchen mit runter und schließ sie ein. Ich werde mich nachher mit ihr befassen.«

»Nach was?«, fragte Virginia. »Was willst du all den Menschen antun?«

»Nicht mehr, als du mir antun wolltest«, sagte die Königin.

Die Gäste im Ballsaal repräsentierten alle Neun Königreiche.

Elfen und Zwerge und andere wichtige Persönlichkeiten vergnügten sich beim Tanz. Ein Mann, aus dessen Smoking Stacheln hervorragten, lächelte drei gleich aussehenden Tänzerinnen zu. In einer Ecke, unübersehbar betrunken und ein Ärgernis für sämtliche anderen Gäste, hockte der Enkel des Nackten Kaisers. Diener folgten ihm auf Schritt und Tritt und versuchten, seine Blöße so gut wie möglich mit riesigen Straußenfedern zu bedecken.

Ein schwerer Eichentisch zog sich über die ganze Länge des Raumes, bereit, alle Gäste zu verköstigen bis auf jene, die an einer besonderen Tafel im Vordergrund saßen.

Kerzen in prächtigen Kandelabern verbreiteten ihr warmes Licht über all den prachtvoll gekleideten Menschen. Die Musik war überwältigend, der Raum umso mehr. Alle Gäste schienen sich gut zu amüsieren, aber sie warteten dennoch gespannt auf den Mann des Abends, Prinz Wendell.

Lord Rupert, der für die Krönung zuständig war, klatschte in die Hände, um die Aufmerksamkeit auf sich zu lenken. »Königliche Hoheiten, Lords und Ladys, meine Damen und Herren, darf ich Euch nun eine Vision wahren Liebreizes präsentieren, die Göttin des Tanzes und der Nacht, Königin Aschenputtel.«

Ein Raunen ging durch die Menge. Schon seit langer Zeit hatte niemand mehr das legendäre Aschenputtel zu Gesicht bekommen.

Unzählige Augenpaare blickten zur Eingangstür, als das zweihundert Jahre alte Aschenputtel den Ballsaal betrat. Sie war noch immer schön, wenn auch nicht mehr jung. Diener eilten herbei, um ihr die Stufen hinunterzuhelfen, doch sie entließ sie mit einer knappen Handbewegung.

Mit wiegendem Gang bewegte sie sich voran. Einige der Männer pfiffen bewundernd, was sie mit einem Lächeln quittierte. Ihre goldenen Schuhe klapperten leise auf dem Boden des Ballsaals.

Aschenputtel ging zu ihrem Platz am Kopfende der Tafel für königliche Gäste. Sämtliche gekrönten Häupter erhoben sich respektvoll von ihren Plätzen und ergriffen ihre Gläser.

Aschenputtel wandte sich um und winkte der Menge freundlich zu. Dann, als sie Platz nahm, zeigte sich ihre Erschöpfung. Sie ging nur noch selten aus, und dieser Auftritt war recht anstrengend.

»Wo ist Prinz Wendell?«, fragte sie.

Eine Zelle war schlimmer als die andere.

Tony entwickelte allmählich eine tiefe Abneigung gegen Gefängnisse. Seine neue Behausung war dunkel und feucht, und es gab kein Fenster.

Aber Mäuse.

Er lehnte sich an die Wand und schüttelte den Kopf. Nie hätte er gedacht, dass Wolf sie verraten würde. Er hatte geglaubt, Wolf würde seine Tochter lieben. Zumindest stand zweifelsfrei fest, dass Virginia ihn liebte.

Und jetzt war die arme Virginia mit ihrer Mutter allein, und Tony hatte keine Ahnung, wie er ihr helfen konnte.

Dann hörte er ein Klirren auf dem Korridor. Gleich darauf erschien der Jägersmann, der seine Tochter mit sich schleifte. Er schloss die Zellentür auf und stieß Virginia hinein, ehe Tony Gelegenheit bekam, sich auf ihn zu stürzen.

Schweigend verschloss der Jägersmann die Tür und ging davon.

Virginia landete neben Tony auf dem Boden. Er kniete nieder. »Alles in Ordnung?«

Sie schüttelte den Kopf. Dann fing sie an zu weinen. »O Dad, was ist nur mit ihr geschehen?«

Er legte den Arm um ihre Schultern. Er wusste nicht, wie er

sie trösten konnte. Die Wahrheit war dazu wenig geeignet, dennoch musste sie sie erfahren.

Er zog Virginia dicht an sich und sprach mit sanfter Stimme: »Weißt du, in den Monaten, bevor sie gegangen ist, wurde es von Tag zu Tag schlimmer mit ihr. Sie war verrückt. Ich habe niemals darüber gesprochen, was in jener Nacht geschehen ist, in der sie uns verlassen hat. Du hast dich an nichts erinnert, das war gut so, und ich wollte dich nicht beunruhigen.«

Dies war viele Jahre sein ganz persönliches dunkles Geheimnis gewesen, eine Sache, die ihn sowohl mit Scham als auch mit Sorge erfüllte. Er allein trug die Schuld, denn er hatte Christine genötigt, dieses Kind zur Welt zu bringen, und beinahe hätte er dadurch alles verloren, was er liebte.

»Ich kam in dieser Nacht spät nach Hause, und sie versuchte ...«

Er schüttelte den Kopf. Nachdem er die Wahrheit so lange für sich behalten hatte, kam sie jetzt nur mühsam über seine Lippen.

»Sie wusste nicht, was sie tat«, sagte Tony. »Sie war krank im Kopf. Sie schluckte alle möglichen Beruhigungsmittel und ...«

»Was ist passiert?«, fragte Virginia.

»Ich kam nach Hause, und sie hat ... dich gebadet«, erzählte Tony. »Das ganze Badezimmer war voller Dampf. Irgendwie sah sie völlig weggetreten aus, und ihre Augen glänzten wie die einer Wahnsinnigen. Zuerst hab ich dich gar nicht gesehen. Ich bin zu ihr gegangen, weil ich wissen wollte, wo du bist.«

Er hielt inne. Sein Herz klopfte so heftig, als wäre er bis zur Erschöpfung gerannt.

»Dann hab ich dich unter Wasser gesehen. Ihre Hände lagen an deiner Kehle. Sie hat versucht ...«

Er konnte den Satz nicht beenden.

»Was soll das heißen?«, fragte Virginia mit zitternder Stimme.

Er sah sie an, und die Erkenntnis, dass ihre Mutter versucht hatte, sie zu töten, zeichnete sich unübersehbar auf ihren Zügen ab.

»Das glaube ich nicht«, sagte Virginia. »Das ist nicht wahr.«

»Wäre ich nur eine Minute später gekommen, dann wärst du jetzt nicht hier. Und das ...«

»Nein!«, schrie Virginia. »Das ist nicht wahr!«

Er beendete seinen Satz trotzdem. »Das war die Nacht, in der sie uns endgültig verlassen hat.«

Die Königin führte den Hundeprinzen aus seinem Zimmer.

Wenigstens sah er nun wie ein Prinz aus. Er trug Wendells prachtvolle weiße Paradeuniform, auf der Abzeichen aller Art prangten. Sein blondes Haar war ordentlich gescheitelt, und sie hatte ihn gelehrt, beim Stehen Haltung zu bewahren. Nun musste sie ihn nur noch dazu bewegen, den Mund zu halten.

»Hör mit dem Gemurmel auf«, sagte die Königin.

»Ich will doch nur meine Ansprache üben.«

Sie hielt ihn fest und überlegte, wie sie ihn unter Kontrolle halten konnte. Unten im Ballsaal konnte viel schief gehen, und sie war außer Stande, ihn ständig zu beobachten.

Endlich beugte sie sich vor, küsste ihn auf die Wange und flüsterte: »Wenn du deine Sache heute gut machst, dann kannst du jedes Mädchen in der Stadt haben.«

In diesem Augenblick kam der Jägersmann ins Zimmer. Er führte den echten Prinz Wendell an einer Eisenkette mit sich. Er trug noch immer den Maulkorb. Als er den Hundeprinzen erblickte, erstarrte er.

»Du!«, sagte der Hundeprinz.

Wendell zerrte an seiner Kette und versuchte sich auf den Hundeprinzen zu stürzen.

»Sie dürfen sich nicht berühren!«, rief die Königin panisch. »Halte sie auseinander! Wenn sie einander berühren, ist alles verloren.«

Der Jägersmann zerrte Wendell an seiner Kette zurück.

»Die Gäste werden langsam ungeduldig, Mylady«, sagte der Jägersmann.

»Lass sie warten, und bring diesen Hund zum verabredeten Ort. Ich werde gleich nachkommen, ich muss nur noch eine Sache erledigen.«

Sie rauschte an ihm vorbei, wobei sie sorgfältig darauf achtete, dass sich Hundeprinz und echter Prinz nicht zu nahe kamen. Dann stieg sie die Hintertreppe hinunter. Der Hundeprinz folgte ihr auf dem Fuße, während er sich heimlich nach Wendell umblickte.

Die Königin schleppte den Hundeprinzen mit in die Küche.

Dort türmten sich faulende Pflanzen, rottende Wurzeln, saure Beerenfrüchte und schwefelhaltige Pülverchen. Jede schädliche Zutat, die ihr in den Sinn gekommen war, war in diesem Raum zu finden, von Klassikern wie Arsen bis hin zu Raritäten wie Zwergengift.

Wolf hielt eine weiße Schnecke, während der Koch damit beschäftigt war, sie zu zerschneiden, um sodann die noch immer zappelnden Einzelteile in einen großen Kessel über dem Feuer zu werfen.

Da bemerkte Wolf die Königin. Er lächelte. »Alles steht bereit.«

Sie wandte sich dem Koch zu.

Nervös verbeugte sich der Mann. »Das gefährlichste Gift, das je gebraut wurde, Eure Majestät, wie Ihr befohlen habt.«

Sie ging zum Kessel und hielt ihre Nase über die brodelnde Flüssigkeit. Sie verströmte einen schweren süßlichen Geruch, der von einem scheußlich sauren Dunst begleitet wurde.

»Und es riecht viel versprechend«, sagte sie. »Hast du gekostet?«

Der Koch zitterte. »Natürlich nicht, Eure Majestät.«

»Wie willst du dann wissen, ob dies wirklich das gefährlichste Gift ist, das je gebraut wurde?«

Der Koch starrte sie fassungslos an.

»Nun?«

Mit zitternden Händen griff der Koch nach einem kleinen Holzlöffel und tauchte ihn in das Gebräu. Mit kaum einem Tropfen der Flüssigkeit zog er ihn am ganzen Leibe bebend wieder aus dem Topf hervor.

»Koste!«, befahl sie mit ihrer magischen Stimme.

Vorsichtig benetzte er seine Zunge mit einem Hauch der tödlichen Mixtur. Eine Sekunde später weiteten sich seine Augen, er stolperte einen Schritt zurück und stürzte um Atem ringend zu Boden. Er zuckte noch genau zweimal, dann lag er reglos da.

Die Königin lächelte. *Perfekt. Ich benötige ein wirklich starkes Gift, denn wäre es nur eine Spur schwächer, so würde am Ende einer der Schwachsinnigen womöglich überleben.*

»Ich denke, so ist es gut«, sagte die Königin. »Wolf, dir gebührt die Ehre.«

Er schob einen silbernen Servierwagen herbei, auf dem hundert silberne Pokale standen.

»Mein Wolf«, sagte die Königin, während sie ihn beobachtete. »Mein listiger kleiner Wolf. Eine Weile hast du mir ziemlichen Kummer bereitet, weißt du das?«

»Als Ihr mich aus dem Gefängnis befreit habt, habe ich mich bereit erklärt, Teil Eures Planes zu werden«, sagte er. »Und ein Wolf hält sein Wort.«

»Nach dieser Nacht, wenn ich über die Neun Königreiche herrsche, werden Wölfe sehr wichtig sein. Ich werde sie für meine Geheimpolizei rekrutieren, und du wirst ihr Kommandant sein.«

»Sicher.« Er lächelte bösartig. »Huff-puff, dieses Mal werden nicht die Wölfe aus der Stadt gejagt, und die Bauern ahnen noch gar nicht, was sie schon sehr bald beißen wird.«

Die Königin lächelte, ergriff den Arm des Hundeprinzen und ging hinaus. Es gab noch immer viel zu tun. Sie führte ihren Schützling an seinen Platz am Kopf der Treppe und ermahnte ihn zu warten, bis die Fanfare geblasen und sein Erscheinen angekündigt wurde. Das hatte sie unzählige Male mit ihm geübt und ihn bei Erfolg stets mit einem Knochen belohnt. Sie wusste, dass er es schaffen konnte.

Dann suchte sie den echten Wendell auf, der angebunden und mit seinem Maulkorb hinter einem schweren Vorhang am anderen Ende des Saales hockte. Von dort aus konnte sie alles überblicken.

Die Gäste wurden unruhig, und allerlei Gerüchte machten die Runde, in denen die Sorge um Wendells Abwesenheit zum Ausdruck kam. Die Königin lächelte. *Nein, sie werden sich nicht mehr lange um Wendell sorgen müssen.*

Wie erwartet erklang nun die Fanfare und brachte die Meute zum Schweigen. Der Lordkanzler trat vor.

»Ich ersuche die ehrenwerten Gäste nun um Aufmerksamkeit für seine Hoheit, den zukünftigen König des Vierten Königreiches, den Enkel Schneewittchens. Majestäten, Lords und Ladys und all die anderen, ich präsentiere den Mann des Abends, den Helden des Tages, die Hoheit des Jahres, den unvergleichlichen Prinzen Wendell Winston Walter White!«

Alle Köpfe ruckten in Richtung der Tür am Kopfende der Treppe, doch niemand erschien.

Die Königin empfand das vertraute Gefühl der Enttäuschung. Sie hatte sich für einen Hund entschieden, weil Hunde für ihre Treue bekannt waren. Würde sie nun deshalb hinter ihm stehen müssen, damit er seine Aufgabe meisterte?

Gerade als sie bereit war, zu ihm zu gehen, entdeckte sie den Hundeprinzen auf dem Treppenabsatz. Er trug den Lammfellmantel, den ihm die Bewohner von Little Lamb Village geschickt hatten, obwohl sie es ihm nicht gestattet hatte. Offensichtlich hatte er sich ihr in diesem einen Punkt widersetzt.

Der Hundeprinz sah schweigend auf all die Menschen hinunter, und sie fürchtete, er hätte seinen Text vergessen. Dann aber grinste er und ... rutschte vor aller Augen das Treppengeländer hinunter! Am liebsten hätte sie sich angesichts dieses Debakels abgewandt, doch sie konnte nicht wegsehen. Unten angekommen, sprang er kraftvoll vom Handlauf herunter und lächelte.

Die Gäste applaudierten. Aschenputtel jedoch erhob sich mit gerunzelter Stirn.

Der Hundeprinz schritt durch den Raum und verbeugte sich mit großer Geste. »Ein königliches Willkommen zu meiner Krönungsfeier!«

Der Applaus hielt an, während er sich auf den Thron setzte, zu beiden Seiten von Königen und Königinnen flankiert. *So weit, so gut*, dachte die Königin. *Nun fehlt nicht mehr viel, und er hat es geschafft.*

Der Hundeprinz winkte den Musikern, die einen Walzer zu spielen begannen. Sekunden später war der Raum voller tanzender Paare.

Aschenputtel beugte sich zu dem Hundeprinzen hinüber, und die Königin hatte Mühe zu verstehen, was sie sagte.

»Wir freuen uns, Euch so gesund und munter wieder zu sehen«, sagte Aschenputtel. »Es gab Gerüchte, ein Unglück hätte Euch heimgesucht.«

»O nein«, sagte der Hundeprinz, »ich war nur in meinem Königreich spazieren, weiter nichts.«

Die Falten auf Aschenputtels Stirn wurden tiefer. Der Hundeprinz wandte sich von ihr ab und lächelte einer jungen Prinzessin zu, die neben seinem Thron stand. Sie erwiderte sein Lächeln, bis ihr bewusst wurde, dass er an ihr schnüffelte.

Die Königin sehnte sich danach, ihm einen kräftigen Hieb auf seine dumme kleine Nase zu verpassen, aber das musste warten.

Ihr Plan war beinahe vollendet.

Virginia konnte die Musik hören.

Im Ballsaal, der sich irgendwo über den Schlosskerkern befinden musste, wurde ein Walzer gespielt, und sogar das Scharren von Füßen war zu vernehmen. Noch in dieser Nacht würden sie den Hundeprinzen zum König machen und ihrer Mutter viel zu viel Macht verschaffen.

»Es muss eine Möglichkeit geben, sie aufzuhalten«, sagte Virginia. »Ich kann nicht glauben, dass wir so weit gekommen sind, nur um jetzt zu versagen.«

»Sieh mal, was ich entdeckt habe, als du noch nicht hier warst«, sagte ihr Vater. »Das haut dich um.«

Er deutete auf die Mauer. Ein anderer Gefangener hatte die Zeit seiner Inhaftierung dazu genutzt, sich auf den Mauersteinen zu verewigen: *WILHELM GRIMM, Anno 1805.*

»Grimm?«, fragte Virginia, »glaubst du, das ist der ...?«

»Natürlich«, sagte Tony.

»Was steht denn darunter?«, fragte Virginia.

»Das ist Deutsch«, sagte Tony. »Ich weiß nicht, was das bedeutet: *Wenn Sie fliehen wollen, müssen Sie die Hebel drehen.*«

»Ich spreche Deutsch«, sagte ein dünnes Stimmchen hinter ihnen.

»Ich auch«, sagte eine weitere Stimme. »Das schönste Wort in dieser Sprache lautet ›Käse‹.«

Virginia blickte zu Boden. Zwei Mäuse waren durch ein kleines Loch in ihre Zelle gekrabbelt.

»Na großartig«, sagte Tony. »Deutsch sprechende Mäuse.«

»Was bedeutet das?«, fragte Virginia und deutete auf die Inschrift.

»Das bedeutet, wenn ihr wollen fliehen, ihr müssen drehen Hebel«, sagte eine der Mäuse.

Sie sprachen offensichtlich nicht sehr gut deutsch.

»Fliehen?«, fragte ihr Vater.

»Hebel?«, fragte Virginia.

Sie untersuchte die ganze Zelle. Weit und breit war kein Hebel zu sehen. Dann entdeckte sie die eisernen Ringe, die in den Wänden verankert waren, um Gefangene daran aufzuhängen. Im gleichen Augenblick griff auch schon ihr Vater nach einem der Ringe und drehte ihn, doch nichts geschah.

»Versuch es mit dem anderen«, sagte er.

Virginia umschloss den anderen Eisenring und drehte ihn nach links. Wieder passierte nichts.

»Dreh ihn in die andere Richtung.«

Als sie ihn nach rechts drehte, öffnete sich eine kleine Geheimtür, gerade so groß wie der Deckel einer Mülltonne. Die Ziegelsteine hingen an verborgenen Scharnieren. Als die Tür schließlich ganz offen war, strömte ihnen eine staubige Wolke schlechter Luft entgegen.

»Ihr schuldet uns ein großes Stück Käse«, sagte die Maus.

Einige Augenblicke starrte Virginia unschlüssig in das Loch in der Wand. Dahinter lag ein langer Gang. Schließlich drängte sie ihren Vater beinahe gewaltsam zum Aufbruch.

»Schnell, schnell!«, sagte sie. »Vielleicht können wir noch etwas tun!«

Sie krochen in den Tunnel der Freiheit entgegen.

Kapitel 45

An wie vielen Bällen habe ich teilgenommen? Bei Hundert hatte Aschenputtel aufgehört zu zählen.

Natürlich erinnerte sie sich immer noch an ihren ersten Ball. Das war der beste von allen gewesen. Von da an war alles Weitere vorhersehbar gewesen. Dann und wann fiel etwas vor, das die Sache interessanter machte, doch derartige Gelegenheiten waren äußerst selten.

Sie hatte indes das Gefühl, dieser Ball könnte sich zu einer solch seltenen Angelegenheit entwickeln.

Die Musik verstummte, und der Lordkanzler, albern, wie Lordkanzler zu sein pflegen, klopfte mit seinem Zeremonienstab auf den Boden.

Aschenputtel unterdrückte ein Gähnen. Wenn sie sich schon nicht erinnern konnte, wie viele Bälle sie miterlebt hatte, so konnte sie sich umso weniger daran erinnern, wie viele langweilige Ansprachen sie gehört hatte.

Und das war vermutlich ein Segen.

»Bis zu seinem einundzwanzigsten Geburtstag«, begann der Lordkanzler, »war der Thron verwaist. Doch bevor der Prinz zum König wird, muss er uns beweisen, dass er die Tugenden der Tapferkeit, der Weisheit und der Demut beherrscht.«

Der Lordkanzler sah auf, und Aschenputtel folgte seinem Blick. Für einen Augenblick dachte sie, sie sähe einen Jäger, aber das konnte ja nicht sein. In ihrer Geschichte war nie ein Jäger vorgekommen, und daran würde sich auch nichts ändern.

Trotzdem machte der Lordkanzler einen nervösen Eindruck. Vielleicht fürchtete er, der gute Prinz Wendell würde die vor ihm liegende Prüfung nicht bestehen. *Das* wäre gewiss eine interessante Wendung.

Aschenputtel lächelte sanft.

Der Lordkanzler fuhr fort: »Lasset den ersten Herausforderer vortreten.«

Leaf Fall, die anmutige Elfenkönigin, erhob sich und ging auf den Prinzen zu. Leaf Fall war eine besonders zarte Elfe. Aschenputtel war stets darauf bedacht, sich von Elfen so weit wie möglich fern zu halten, ganz besonders, seit sie über zweihundert Jahre alt war. Elfen sahen immer aus wie heranwachsende Mädchen, und sie hatten eine unverschämt zarte, glatte Haut. Ein Vergleich mit ihnen war einfach nicht nett.

»Ihr wollt an diesem Tag eine große Verantwortung auf Eure Schultern laden«, sagte Leaf Fall zu dem Hundeprinzen, »und ich frage mich, seid Ihr tapfer genug, zu uns zu stoßen?«

Aschenputtel zog eine Braue hoch. Wer hätte eine solche Frage schon von einer Elfe erwartet?

Der Lordkanzler klopfte dreimal mit seinem Zeremonienstab. »Seine Tapferkeit wird geprüft.«

Die Gäste schlossen sich dem üblichen Ritual an. »Erzählt uns die Geschichte!«, riefen sie. »Es war einmal. Es war einmal.«

Der Prinz machte an diesem Abend einen recht sonderbaren Eindruck. Scheinbar verlegen schlug er die Hände vor das Gesicht. Dann erhob er sich. Die Gäste ergingen sich in vielen Ooohhs und Aaahhs, und Aschenputtel verkniff sich einen Seufzer. Wenn sie schon zu viele Bälle erlebt und zu viele Reden gehört hatte, so stand außer Zweifel, dass sie noch mehr ermüdende »Es-war-einmal«-Geschichten über sich hatte ergehen lassen müssen.

Sie bereitete sich also auf eine weitere vor.

»Meine Geschichte ist kurz und anspruchslos«, sagte der Prinz, womit er die übliche Einleitung geschickt umging. »Der Trollkönig bedrohte dieses schöne Reich. Ich forderte ihn zum Kampf heraus, Mann gegen Hund, und er war mächtig und schrecklich. Er zog sein Schwert, und wir kämpften, und er trieb mich zurück an einen Baum, und gerade als er mich durchbohren wollte, schlang ich meinen Schwanz um seinen Schwertarm und fiel auf alle viere. Ich knurrte, und er stürzte sich auf mich, und dann schlug ich meine Pfoten und Zähne in seinen Leib und riss ihm die Kehle heraus.«

Aschenputtel richtete sich kerzengerade auf. Diese Geschichte war in der Tat überraschend. Etwas Ähnliches hatte sie noch nie gehört.

Stille trat ein. Dann begann jemand zu applaudieren, und bald stimmte der ganze Saal mit ein.

Und während jedermann dem Prinzen zujubelte, sagte Leaf Fall: »Er hat die erste Prüfung bestanden. Wendell ist ein König der Tapferkeit.«

Der Applaus nahm zu, und die Menge begann zu skandieren, dass der Prinz von nun an Wendell der Tapfere sei.

Das Orchester begann wieder zu spielen, und der Tanz ging weiter. Wendell konzentrierte sich unterdessen auf die jämmerliche Prinzessin, die er schon zuvor bedrängt hatte.

Sie rückte in Aschenputtels Richtung von ihm ab. Vermutlich erhoffte sich das naive Ding ihren Schutz. Während sie näher kam, hörte Aschenputtel den Prinzen sagen: »Wärt Ihr sehr erbost, wenn ich ein wenig an Eurem Hinterteil schnüffelte?«

Nun zog Aschenputtel gleich beide Brauen hoch. *Junge Leute. Was mag ihnen als Nächstes einfallen?*

Der Tunnel war furchtbar eng.

Virginias Schultern schrammten zu beiden Seiten an den Wänden entlang. Ihr stämmiger Vater hatte noch größere Probleme voranzukommen, doch er bemühte sich, die Sache mit Humor zu meistern.

»Langsam entwickle ich mich zu einem erfahrenen Ausbrecher«, sagte er.

Sie musste ihn antreiben, schneller zu kriechen. »Na los«, sagte sie. »Der Gang wird nicht ewig so eng bleiben.«

»Doch, das wird er«, widersprach eine der sprechenden Mäuse hinter ihnen.

Virginia stöhnte. Sie wusste nicht, wie lange ihr Rücken diese Haltung noch ertragen konnte, und sie rieb sich allmählich die Knie wund.

Schließlich hatte ihr Vater das Ende des Ganges erreicht. Er mündete in einen gemauerten Durchlass. Dankbar richtete sie sich auf. Ihr Vater hatte die Hand in seinen schmerzenden Rücken gestemmt, beklagte sich jedoch ausnahmsweise nicht. Stattdessen ging er zu einer Holztür und öffnete sie.

Sie folgte ihm über die Schwelle und fand sich in einer Art Waffenkammer wieder. Rostige Schwerter, Schilde und anderes Kriegswerkzeug hingen an der Wand. Virginia betrachtete sie eingehend, ehe sie sich schließlich für eine Streitaxt entschied.

»Nimm auch eine Waffe«, sagte sie zu ihrem Vater.

»Warum?«, fragte er. »Wir können doch gar nicht damit umgehen. Lass das Zeug hier.«

Sie bedachte ihn mit einem vernichtenden Blick und sagte sehr langsam und bestimmt. »Nimm ... eine ... gottverdammte ... Waffe ... Dad!«

So hatte sie noch nie mit ihm gesprochen. Also nahm er ein Schwert von der Wand und versuchte, es hochzuheben.

Das Gewicht der Waffe kugelte ihm beinahe beide Arme aus.

Der Lordkanzler und sein Gepoche mit dem Zeremonienstab bereiteten Aschenputtel Kopfschmerzen.

Sie legte eine mit Ringen geschmückte Hand an ihre Stirn und wünschte sich, die ganze Sache wäre endlich vorbei.

»Die Zeit für die zweite Herausforderung ist gekommen«, erklärte der Lordkanzler soeben. »Ich darf Königin Rotkäppchen die Dritte, Regentin des Zweiten Königreiches, nach vorne bitten.«

Aschenputtel kniff die Augen zusammen. Tatsächlich, dort kam Königin Rotkäppchens Enkelin. Königin Rotkäppchen selbst war schon eine echte Zerreißprobe gewesen. Sie hatte sich stets für ungemein wichtig gehalten, dabei hatte sie nichts weiter getan, als ihr Großmütterchen davor zu bewahren, von einem Wolf verspeist zu werden. Mit all der Not, die sie, Aschenputtel, selbst erlitten hatte, war das wohl kaum zu vergleichen.

Die Enkelin von Königin Rotkäppchen hatte nicht einmal einen richtigen Namen. Sie war zwar ein nettes junges Mädchen, aber sie war bei weitem nicht aus dem gleichen Holz wie ihre Großmutter.

Königin Rotkäppchen die Dritte erschien neben dem Prinzen, gekleidet in dem traditionellen Mantel mit der lächerlichen roten Kappe auf ihrem Kopf. Zumindest war der Umhang neueren Datums und mit echtem Fell besetzt.

»Welche Weisheit habt Ihr während Eurer jüngsten Reise durch Euer Königreich erwerben können?«, fragte Königin Rotkäppchen.

»Das ist eine knifflige Frage«, sagte der Prinz. »Ich habe jede Straße beschritten, an jeder Hecke geschnüffelt, ich bin durch das ganze Land gestreift und habe Knochen gefunden.«

Knochen? Interessant. Aschenputtel lehnte sich auf ihrem Stuhl zurück. Sie sehnte sich danach, sich ihrer goldenen Schuhe zu entledigen, doch wenn sie das tat, würde sie ihre geschwollenen Füße später nicht wieder hineinquetschen können.

»Ich fand einen großen Haufen von hundert frischen, saftigen Knochen«, sagte der Prinz. »Aber sie waren so groß, dass ich jeweils nur einen tragen konnte, und ich wusste, bis ich zurück wäre, wären die übrigen entdeckt worden, also nahm ich einen und vergrub die anderen neunundneunzig.«

Das ergibt keinen Sinn. Aschenputtel beobachtete, wie die Speichellecker rundherum versuchten, sich einer passenden Reaktion zu befleißigen. Zunächst durch Stille, dann durch leise gemurmelte Worte der Bewunderung wie »brillant« oder »schlau« oder »hervorragender militärischer Verstand«. *Um Himmels willen. Womöglich hat er wirklich von Knochen gesprochen.*

Aber die dumme kleine Königin Rotkäppchen war offenbar anderer Ansicht, und so sagte sie: »In der Zeit des Friedens Reserven für den Krieg zurückzulegen ist eine wahrhaft weise Entscheidung.«

Der Lordkanzler pochte mit seinem Stab auf den Boden. »Er hat die zweite Prüfung bestanden.«

Aschenputtel presste die Hand gegen ihre Stirn, als alle um sie herum zu rufen begannen: »Weiser Wendell, weiser Wendell.«

Wolf hörte, wie der Page die Mitternachtsstunde verkündete. *Zeit für den Aschenputtelwalzer.*

Er wartete wie befohlen, bis er das Poltern der Damenschuhe auf dem Boden hörte. Dann schob er seinen Wagen an die Küchentür und sah zu, wie sämtliche junge Männer einen einzelnen Schuh aus einem Haufen wählten und sich aufmachten, dessen Eigentümerin zu finden. Diese würde sodann bei diesem Tanz ihre Partnerin sein.

Wolf grinste. *Wie dumm sie doch sind. Hätte ich zuvor die ganze Zeit getanzt, so hätte ich mir gemerkt, welche Schuhe meine Liebste trägt. Aber dergleichen scheint für diese Leute wohl eine zu große Verstandesleistung darzustellen.*

Die Männer knieten vor den Frauen nieder und versuchten, ihnen den ergatterten Schuh überzustreifen. Das Ganze dauerte nicht so lange, wie Wolf erwartet hatte. Innerhalb weniger Augenblicke hatte die Musik zu spielen begonnen, und die meisten Gäste vergnügten sich wieder auf der Tanzfläche.

Er schob seinen Wagen weiter und überreichte all denen, die sich nicht an dem Tanz beteiligten, einen gefüllten Pokal. Er würde den größten Teil dieses Walzers benötigen, all die Kelche auszuteilen, und wenn der Tanz vorbei wäre, würden auch die Tänzer zugreifen.

Denn für den Toast zu Ehren des neuen Königs benötigte jeder von ihnen einen wohl gefüllten Pokal.

Tony gewöhnte sich langsam an das Schwert.

Es war schwer, aber er vermochte es schon bald recht gut zu handhaben. Und Virginia hatte Recht behalten. Mit einer Waffe in der Hand fühlte er sich gleich viel besser.

Aus der Waffenkammer waren sie in einen steinernen Turm gelangt, in dem eine Wendeltreppe in unendliche Höhen zu führen schien. Über ihnen erklang ein weiterer Walzer, und die Musik war nun schon viel lauter als zuvor.

Sie waren schon eine ganze Weile die Treppe hinaufgestiegen, als sie mittendrin auf einen Gang stießen.

»Und jetzt?«, fragte Virginia.

»Den Gang entlang«, sagte Tony.

»Nein. Wir können noch nicht weit genug oben sein. Wir müssen die Treppe noch ein Stück hinaufsteigen.« Sie eilte die Stufen hinauf.

Tony blieb vor dem Gang stehen. »Warum fragst du mich überhaupt, wenn du so oder so machst, was du willst?«

Doch sie hörte ihn nicht. Sie ging einfach ohne ihn weiter, bis sie eine Tür erreicht hatte, und er hatte Mühe, sie einzuholen. Als er schließlich bei ihr angelangt war, rang er keuchend um Atem.

Die Musik war nun sehr laut. Langsam reifte in Tony die Erkenntnis, dass er Walzer nicht ausstehen konnte.

»Ich habe die Stockwerke gezählt«, sagte Virginia. »Wir müssten uns jetzt auf einer Höhe mit dem Ballsaal befinden.«

Tony drückte vorsichtig die Klinke und schob die Tür auf. Sie öffnete sich ein paar Finger breit, doch weiter kam er nicht. Die Tür schlug wieder zu.

»Sie ist nicht verschlossen, aber da liegt etwas Schweres auf der anderen Seite.«

»Nun komm schon, Dad. Uns läuft die Zeit davon. Streng dich ein bisschen an.«

Also strengte er sich an, und Virginia unterstützte ihn mit ganzem Körpereinsatz. Gemeinsam gelang es ihnen, die Tür aufzustemmen.

Dahinter warteten die drei Trolle.

»Scheiße!«, rief Tony, während er die Tür eilends wieder zuzog.

»Häutet sie! Häutet sie!«, brüllten die Kreaturen auf der anderen Seite.

Tony rammte sein Schwert unter die Klinke und verkeilte es so, dass die Tür von der anderen Seite her nicht mehr geöffnet werden konnte.

Wütend rüttelten die Trolle an der Tür. »Brecht sie auf!«

Tony packte Virginia und riss sie herum. »Zurück!«, rief er. »Schnell, versuchen wir es auf dem anderen Weg!«

Sie rannten die Stufen hinab in den Gang hinein. Nach kurzer Zeit hatten sie bereits eine Tür erreicht.

»Sie ist verschlossen.« Virginia trat einen Schritt zurück und hob ihre Axt. Tony gab sich die größte Mühe, ihr nicht im Weg zu stehen.

Da bemerkte er, wie dick das Türblatt war. »Das dauert zu lange«, sagte er. »Ich gehe zurück zur Treppe. Sie ist so schmal, dass mich höchstens ein Troll auf einmal angreifen kann.«

»Nicht, Dad!«, protestierte Virginia. »Sie werden dich umbringen!«

Das werden sie nicht, oder doch? Einen Augenblick starrte er seine Tochter verunsichert an. Dann lächelte er. *Es ist alles in Ordnung. Das alles liegt längst nicht mehr in meinen Händen.*

»Es ist okay«, sagte er. »Das ist dein Schicksal.«

»Ich werde dich nicht zurücklassen, Dad.«

»Geh schon«, sagte Tony. »Du musst all diese Leute retten. Kümmere dich nicht um mich.«

Er rannte zur Treppe zurück, und sie hörte ihn rufen: »Warte nicht auf mich, Kind. Geh einfach. Ich werde hier bleiben und sie aufhalten.«

Während er durch den Gang schritt, nahm er sich von der Wand ein neues Schwert samt Schild. Zum ersten Mal in seinem Leben hatte er keine Angst, obwohl er im Begriff war, sich den grausamen Trollen allein entgegenzustellen.

Er stieg die Stufen wieder hinauf. Auf halbem Wege hörte er, wie über ihm die Tür nachgab. Eine Sekunde später stürmten die Trolle heraus.

Tony packte sein Schwert, hob sein Schild, und schon standen die Angreifer ihm gegenüber.

»Sieg den Trollen!«, brüllte Burly, als er sich mit einer Axt auf Tony stürzte.

Tony wehrte den Angriff mit seinem Schwert ab. Er kämpfte wie ein Wahnsinniger und hielt die Trolle auf der schmalen Treppe auf, so gut es ihm möglich war, um Virginia wenigstens für eine Weile den Rücken freizuhalten. Das war das Einzige, was er nun noch für sie tun konnte.

Die Trolle hieben unermüdlich auf ihn ein. Funken stoben, als ihre Äxte gegen die Steinmauern schlugen. Dann erkannte Tony seine Chance und stach nach Burly.

Burly wich zurück, doch Blabberwort trat sogleich an seine Stelle.

Sie war noch nicht vom Kampf erschöpft, und sie bewegte sich weit schneller als ihr Bruder. Mit einem kraftvollen Hieb ihrer Axt traf sie Tonys Arm.

Der Schmerz war ebenso unerwartet wie heftig. Tony schrie auf.

»Jetzt haben wir ihn!«, brüllte Blabberwort. »Er ist verletzt.«

Unter Triumphgeheul preschten sie vor, droschen unentwegt auf Tonys Schild ein und trieben ihn erbarmungslos zurück.

Virginia hörte ihren Vater schreien.

Sie blickte sich über die Schulter um. Einen Augenblick überlegte sie, ob sie ihm zu Hilfe eilen sollte, doch dann wurde ihr klar, dass sie ihm nicht helfen konnte. Er hatte Recht. Alles hing nun allein von ihr ab.

Ein weiteres Mal schlug sie kraftvoll mit der Axt zu, und dieses Mal klaffte ein Loch in der Tür, gerade groß genug, dass sie ihre Hand hindurchzwängen konnte. Sie entriegelte das Schloss von der anderen Seite, stieß die Tür auf und rannte weiter.

In den Ballsaal wurde soeben die hässlichste Krone der Welt hineingetragen.

Dieses Ding hätten sie wirklich längst aus dem Verkehr ziehen sollen. Aschenputtel sah zu, wie ein Page sie dem Prinzen brachte.

Sie seufzte. *Diese Krone ist schlicht unpassend. Protzig und viel zu groß, und irgendwie kann ich mir das Ding nicht auf dem Kopf des Prinzen vorstellen.*

»Wenn niemand seinen Anspruch in Frage stellt«, sagte der Lordkanzler gerade, »dann werde ich mit der feierlichen Zeremonie …«

»Halt!« Aschenputtel erhob sich mühsam. Die goldenen Schuhe setzten ihr immer mehr zu. »Ich werde ihn befragen.«

Ruhe kehrte in dem Ballsaal ein, und in der Stille glaubte sie für einen Moment, sie würde den Prinzen bellen hören.

Bellen?

Wendell hielt eine Hand an seine Lippen, als hätte er gehustet. »Werdet Ihr?«, fragte er.

Forschend blickte sie ihn an. »Seid Ihr wirklich der, der Ihr vorgebt zu sein?«

Plötzlich machte der Prinz einen nervösen Eindruck. »Ich bin ... ich bin ...«

Sie runzelte die Stirn. »Seid Ihr tatsächlich Prinz Wendell, Enkelsohn Schneewittchens und damit jener Mann, der den Thron erben soll?«

Der Prinz lockerte seinen Kragen. Irgendwie wirkte er verloren. Mit furchtsamer Miene wandte er sich zu dem Vorhang hinter sich um. Dann schloss er die Augen und sagte: »Nein. Ich bin ein Betrüger.«

Allenthalben stöhnten die Gäste auf. Rufe hallten durch den Saal. Aschenputtel wartete. Offensichtlich war er noch nicht fertig.

»Ich bin kein Prinz«, sagte er. »Ich bin ein Gemeiner. Ich werde nie so groß sein wie Schneewittchen. Manch einer ist geboren zu führen, aber ich bin ein Rudeltier. Ich bin kein Befehlshaber, ich bin ein Apportierhund. Ich möchte mir am liebsten diese königlichen Kleider vom Leibe reißen und über die Felder laufen. Ich will diesen Job nicht. Ich werde ihn nicht antreten. Ich bin unwert.«

Im ganzen Saal herrschte Totenstille. Aschenputtel studierte den Prinzen lange und eingehend. *Wenn ich doch eine solche Ansprache von Rotkäppchen der Dritten oder irgendeinem anderen Enkelkind der großen Monarchen gehört hätte. Sie alle dachten, sie wären besser als ihre Großeltern, dabei würden sie ihnen nie das Wasser reichen können.*

Sie nickte langsam. Noch immer wusste sie nicht, warum sie so beunruhigt war, doch dann sagte sie: »Nun denn, er hat auch die dritte Prüfung gemeistert und seine Demut bewiesen.«

Jemand applaudierte, und das lächerliche Ritual ging weiter, als andere Gäste riefen: »Welch Offenheit, welch Ehrlichkeit.«

Natürlich nutzte der Lordkanzler den Augenblick, um wieder mal mit seinem albernen Stab zu klopfen.

»Prinz Wendell hat alle drei Prüfungen gemeistert«, verkündete der Lordkanzler. »So lasset uns denn zur Krönung schreiten.«

Verzweifelt kämpfte Tony in der Nachhut Virginias um sein Leben.

Wieder und wieder schlug er mit seinem Schwert zu. Die beiden verbliebenen Trolle hatten ihn in den Gang hineingetrieben, trotzdem würde er nicht zulassen, dass sie in die Nähe seiner Tochter gelangten.

Irgendwie gelang es ihm, sich Blabberwort mit dem Schild und Bluebell mit dem Schwert vom Halse zu halten. Seine Kraft erlahmte, aber dann dachte er daran, wie sehr Virginia seine Unterstützung brauchte.

Also steckte er all seine verbliebene Energie in den Kampf. »Zeit, ein paar Trollen in ihren hässlichen Arsch zu treten!«, brüllte er.

Wild mit dem Schwert fuchtelnd trieb er die beiden zurück. Kurz taumelte er unter einem Hieb Blabberworts, raffte sich aber sogleich wieder auf und stieß ihr sein Schwert in den Arm.

Die Musik hatten Virginia in die Irre geführt.

Der Gang mündete oberhalb des Ballsaales, nicht unter ihm. Sie befand sich auf einer Galerie, etwa dreißig Fuß über dem Boden. Die Walzerklänge hallten von der gläsernen Kuppel hoch über ihrem Kopf wider, was dazu geführt hatte, dass sie den Ballsaal in größerer Höhe vermutet hatte.

Sie rannte auf die Treppe zu, die in den Saal hinunterführte, als sich eine große Hand über ihren Mund legte.

»Du wirst dich aufs Zuschauen beschränken müssen«, sagte der Jägersmann.

Er zog sie brutal an sich und hielt sie unerbittlich fest, so sehr sie sich auch zur Wehr setzte.

Unten feierte die Menge den Hundeprinzen, als wäre er tatsächlich Prinz Wendell.

Jemand klopfte mit einem Stock auf den Boden. »Erhebt Euch, König Wendell.«

Der Hundeprinz hielt einen Kelch in der Hand und hatte die Lippen zu einem breiten Grinsen verzogen. Wolf stand vor ihm. Virginia hörte auf, sich zu wehren, und sah zu, wie der Mann, den sie liebte, ihm den restlichen Punsch einschenkte.

»Es ist Zeit, einen Trinkspruch auszubringen, Majestät«, sagte Wolf.

Der Hundeprinz sah an ihm vorbei. Virginia folgte seinem Blick. Die goldenen Vorhänge auf der Rückseite des Raumes waren einen Spalt weit geöffnet, und in dem Spalt konnte Virginia die Königin sehen. Sie hielt den echten Prinzen Wendell fest und lächelte aufmunternd.

»O ja«, sagte der Hundeprinz. Langsam erhob er sich.

»Der königliche Trinkspruch!«, schrie einer der Gäste.

Der Hundeprinz hob seinen Pokal. Jeder im Saal folgte seinem Beispiel, mit Ausnahme von Wolf, der das Gesicht zu einer schauderhaften Miene verzogen hatte.

Nun verstand Virginia. Das war es, was Schneewittchen gemeint hatte. Die Königin würde sie alle vergiften. Der Griff des Jägersmannes um ihren Mund spannte sich, als wüsste er, dass sie eine Warnung ausrufen wollte.

»Auf ewigen Frieden«, rief der Hundeprinz, »und all die Knochen, die wir abnagen dürfen.«

»Auf ewigen Frieden«, wiederholte die Menge, »und all die Knochen, die wir abnagen dürfen.«

Virginia wehrte sich mit aller Kraft, als der Hundeprinz seinen Kelch leerte. Sie konnte sich nicht befreien. Alle Gäste führten nun ebenfalls ihre Pokale an die Lippen und tranken, als hätten sie kein Gift, sondern Wein vor sich.

Der Hundeprinz setzte sich grinsend zurück auf seinen Thron. »Das habe ich wirklich gut gemacht.«

In diesem Moment brach eine alte Frau mit goldenen Schuhen am Tisch zusammen. Als die Hofdamen herbeieilten, um ihr zu Hilfe zu kommen, brachen auch sie zusammen. Dann fiel eine wunderschön gekleidete Elfe rücklings von ihrem Stuhl.

Der Hundeprinz bemühte sich, auf den Beinen zu bleiben,

doch auch er hatte keine Chance. Die Gäste schrien durcheinander, als einer nach dem anderen leblos zusammenbrach.

»Gift!«, schrie eine Frau mit einer roten Kappe. »Wir wurden ...« Sie brach ohnmächtig zusammen, ehe sie ihren Satz beenden konnte.

Die restlichen Gäste rannten panisch zur Tür und stürzten unterwegs zu Boden. Andere versuchten vergeblich, über sie hinwegzuklettern, ehe auch sie das Bewusstsein verloren.

Wolf beobachtete das Geschehen mit teilnahmsloser Miene. Er hatte im Auftrag der Königin einen Massenmord begangen, und es schien ihn einen Dreck zu kümmern.

Der Jägersmann hielt Virginia noch immer im festen Griff, aber sie hatte so oder so nicht mehr den Drang, sich zu befreien. Sie konnte einfach nicht glauben, was sie sah.

Bald gab es im ganzen Ballsaal nur noch eine Person, die aufrecht dastand: Wolf. Alle anderen waren tot.

Bluebell, der Troll, kämpfte noch immer.

Tony blutete aus vier verschiedenen Wunden, und er war viel älter und schwächer als dieser verdammte Troll. Er wusste nicht, wie lange er noch würde standhalten können.

Wieder und wieder prallten Axt und Schwert krachend aufeinander, und schließlich zerbrach Tonys Waffe unter einem Hieb in zwei Teile.

Bluebell lachte triumphierend und hob seine Axt.

Doch Tony war größer als der Troll, und er hatte immer noch eine Waffe: seinen Schild. Mit letzter Kraft zog er damit Bluebells eins über. Der Troll taumelte zurück und fiel bewusstlos zu Boden.

Entkräftet rutschte Tony an der Wand zu Boden. So erschöpft war er in seinem ganzen Leben nicht gewesen. Trotzdem durfte er jetzt nicht zaudern.

»Komm schon, Junge«, ermahnte er sich.

Er wankte, stolperte, stürzte und zwang sich wieder und wieder aufzustehen.

Der Jägersmann zerrte Virginia die Stufen hinunter.

Langsam überwand sie den Schock und wurde immer wütender. Sie hatte das Antlitz des Bösen gesehen und erkannt, dass es das Gesicht ihrer eigenen Mutter war.

Die Königin war hinter dem Vorhang hervorgekommen und hatte den echten Wendell mit sich gezerrt. Wolf stand noch immer neben seinem Servierwagen und beobachtete seine Umgebung, als wäre sie für ihn nicht real.

Die Königin entdeckte Virginia und lächelte.

»Du bist wirklich ein beharrliches Mädchen«, sagte sie, als sie vor ihr stehen blieb.

Virginia reckte das Kinn vor. Der Jägersmann hatte seine Hand von ihrem Mund genommen, nun, da sie niemanden mehr warnen konnte. »Wirst du mich jetzt auch umbringen?«

»Ich denke, ich werde dich gehen lassen«, sagte die Königin. »Wenn ich auch nicht weiß, warum.«

»Du weißt genau, warum«, widersprach Virginia.

»Geh«, sagte die Königin. »Geh, solange du noch kannst.«

Der Jägersmann ließ sie los. Niemand hielt sie nun noch auf. Sie konnte gehen, wann und wohin sie wollte.

»Nein!«, sagte Virginia.

»Was willst du noch? Du warst ein Unfall, Mädchen. Ich hätte dich schon bei der Geburt umbringen sollen.«

Virginia erstarrte, holte aus und schlug ihrer Mutter mit aller Kraft ins Gesicht. Zwanzig Jahre des Zorns lagen in diesem Schlag. Die Königin taumelte zurück.

»Wie kannst du es wagen, so mit mir zu reden?«, sagte Virginia. »Wie kannst du nur?«

Langsam hob die Königin die Hand zum Mund, ehe sie zu dem Jägersmann sagte: »Töte sie! Sofort, oder ich werde es selbst tun!«

»Ja, Mylady«, sagte der Jägersmann. Er legte die Armbrust an und zielte auf Virginia.

In diesem Moment stürzte sich Wolf mit derartiger Wucht auf ihn, dass beide Männer zu Boden gingen.

Der Schuss löste sich und ein Pfeil schoss schnurgerade durch die Luft. Mit einem lauten Knall durchschlug er das gläserne

Dach über dem Ballsaal. Der Jägersmann entrang Wolf die Armbrust und trieb ihn mit harten Schlägen in das Gesicht zurück.

Verzweifelt rief Virginia seinen Namen. *Mein Gott, er hat mir schon wieder das Leben gerettet.*

Der Jägersmann zog sein Jagdmesser, als es über ihnen vernehmlich knirschte. Der Pfeil war durch die gläserne Kuppel zurückgekommen und sauste nun mit rasender Geschwindigkeit Richtung Erde. Nur Sekunden später bohrte er sich geradewegs in das Herz des Jägersmannes.

Wolf entfuhr ein überraschter Aufschrei, als der Körper schwer auf ihn stürzte, der starke Pfeil dabei durch seine Jacke drang und sie beide am Boden festnagelte.

»Jemine«, stöhnte er. So sehr er sich bemühte, er vermochte sich nicht zu befreien.

Entsetzt starrte die Königin den toten Jägersmann an, ehe sie sich zu Virginia umwandte. Rasend vor Wut bohrte sie ihre Fingernägel in die Kehle ihrer Tochter und versuchte, sie zu erwürgen.

Virginia wehrte sich verzweifelt, konnte die Hände der Königin aber nicht von ihrem Hals lösen. Die Frau war außergewöhnlich stark.

Sie konnte kaum noch atmen. Die Königin drückte immer fester zu, und der Schmerz war fast nicht auszuhalten. Nur mit Mühe hielt sich Virginia auf den Beinen.

Langsam wurde es dunkel um sie. Möglicherweise hatte sie sich noch nicht von ihrer letzten Ohnmacht erholt.

Wolf lag noch immer hilflos am Boden.

Sie würde allein zurechtkommen müssen, aber sie wusste nicht, was sie tun konnte.

Sie versuchte, die Königin wegzustoßen, sie zu schlagen, nach ihr zu treten, doch nichts funktionierte. Dann, als bereits Sterne vor ihren Augen explodierten, fiel ihr Blick auf den eisernen Kamm. Mit der letzten ihr verbliebenen Kraft riss sie ihn der Königin aus dem Haar und stieß ihn der selbst ernannten Herrscherin tief in den Nacken.

Die so Attackierte erstarrte und ließ von der Kehle ihres Opfers ab. Keuchend schnappte Virginia nach Luft.

Mit einem Wutschrei zog die Königin den Kamm aus ihrem Nacken. Blut spritzte auf ihr schneeweißes Gewand. Entsetzt starrte sie auf die Zinken, die dunkelrot schimmerten.

»Du hast Blut vergossen …« Die Königin griff sich in den Nacken.

Virginia wich voller Grauen vor ihr zurück.

Unsicher machte die Königin einen Schritt auf sie zu, ehe sie auf die Knie fiel. Langsam sah sie zu Virginia auf, dann blickte sie auf ihre Hand. Ihre Finger lösten sich, und der Kamm fiel zu Boden.

»Nein, nein, bitte, nein!«, rief Virginia, als ihr bewusst wurde, was sie getan hatte, und eilte zu ihrer Mutter.

In diesem Moment erschien ihr Vater über ihnen auf der Galerie. »O mein Gott! Was ist denn hier passiert?« Und ohne eine Antwort abzuwarten, hastete er die Stufen hinunter.

Virginia schloss ihre Mutter in die Arme. »Bitte, du darfst nicht sterben.«

Nun, da der Bann gebrochen war, hatten sie vielleicht noch eine Chance.

»Bitte«, flüsterte Virginia. »Bitte erinnere dich, wer du wirklich bist.«

»Was macht das schon?«, fragte die Königin. Ihre Stimme war kaum mehr als ein heiseres Flüstern.

Virginias Vater hatte sie inzwischen erreicht.

Wie von einem bösen Fiebertraum geschüttelt, warf sich die Königin nun hin und her. Für einen Augenblick verwandelte sich ihr Gesicht in das der bösen Stiefmutter Schneewittchens, grausam und verbittert im Moment ihrer Niederlage. Dann verschwand die Vision, und zurück blieb ein Gesicht, an das Virginia sich kaum mehr erinnern konnte.

Das Gesicht ihrer wahren Mutter, die sie so lange nicht gesehen hatte. Ihre Züge waren sanft, und ihr Blick war zärtlich, als sie ihre Tochter ansah. »Weine nicht um mich«, sagte sie. Sie hob den Kopf und flüsterte mit ersterbender Stimme: »Ich habe meine Seele verkauft.«

»Nein!«, schrie Virginia. »Ich lasse dich nicht einfach gehen! Nicht jetzt!«

Doch es war zu spät. Ihre Mutter schloss die Augen und starb in ihren Armen.

Virginia war wie gelähmt. Sie fühlte sich wie in einem bösen Traum, und es war, als ob die Zeit plötzlich stehen geblieben war.

Ihr Vater kniete neben ihr nieder und löste ihren leblosen Leib behutsam aus Virginias Griff. Dann nahm er seine Tochter fest in seine Arme.

Wolf, der sich endlich hatte befreien können, gesellte sich zu ihnen. Sein Gesicht war grün und blau von den Schlägen des Jägersmannes. Für einen kurzen Augenblick stand er mit hilfloser Miene neben ihnen, dann verschwand er aus Virginias Blickfeld.

Jemand anderes rührte sich. Plötzlich richtete sich der Hundeprinz auf. »Ich hab wohl zu viel Champagner getrunken«, murmelte er.

Auf der anderen Seite des Saales kamen die Zwillingsschwestern zu sich. »Was ist passiert?«, fragten sie wie aus einem Munde.

Plötzlich kam Bewegung in den ganzen Saal. Menschen erwachten wie aus einem tiefen Schlaf. Verblüfft lehnte sich Tony zurück und beobachtete die Vorgänge.

Virginia richtete sich verwirrt auf.

»Warum seid ihr nicht tot?«, fragte Tony.

»Trollstaub«, erklärte Wolf. Er stand mit Prinz Wendell hinter ihnen und befreite ihn von Maulkorb und Kette. »Ich habe das Gift gegen ein Quäntchen Trollstaub ausgetauscht, damit es auch überzeugend wirkt.«

Das war das Beste, was Virginia seit langem gehört hatte.

Wolf hatte endlich die Kette gelöst, und Wendell war frei. »Na los!«, rief Wolf.

Prinz Wendell rannte quer durch den Saal und sprang dem erschrockenen Hundeprinzen direkt auf die Arme.

Wendell veränderte sich zuerst. Für einen Augenblick sah es aus, als hielte er sich selbst. Dann stand er aufrecht da, während sich die Hände des Hundeprinzen in Pfoten verwandelten und sein Gesicht wieder die Züge eines Hundes annahm.

Innerhalb weniger Augenblicke hatten die beiden ihre ursprüngliche Gestalt zurückgewonnen.

»Das war's dann wohl«, sagte Wolf lächelnd.

Wendell gab sich der Wiedererlangung seines menschlichen Körpers mit offensichtlicher Erleichterung hin. »Ich bin wieder da«, rief er. »Ich bin wieder da.«

Dazu, ebenfalls wieder ganz der Alte, bellte der Hundeprinz aufgeregt, wobei er so heftig mit dem Schwanz wedelte, dass es schien, als würde er jeden Moment davonfliegen.

»Wolf«, begann Tony, »warst du die ganze Zeit auf unserer Seite?« Ihr Vater schien erleichtert zu sein.

Virginia war es ganz gewiss.

Rund um sie herum erhoben sich die Menschen. Eine Frau mit goldenen Schuhen, bei der es sich nur um Aschenputtel handeln konnte, sagte: »Ich wusste es. Irgendetwas war hier von Anfang an nicht in Ordnung. Ich wusste es.«

Sie deutete auf die tote Königin.

»Sie war es«, sagte die Elfe. »Prinz Wendell hat uns vor der bösen Königin gerettet.«

Wendell ging zu seiner Stiefmutter und beugte sich über sie. Sanft berührte er ihre Haut. Sie war wirklich und wahrhaftig tot. Sein Blick wanderte zu Virginia.

Sie erkannte seine Augen. Vor scheinbar endlos langer Zeit hatte sie diesen Blick zum ersten Mal im Gesicht eines Hundes gesehen. Eines Hundes, der ihr vom Central Park nach Hause gefolgt war.

Er hat alles gehört, alles gesehen und alles verstanden.

Und das tat er noch.

In den Augen des Prinzen lag ein Ausdruck großer Traurigkeit – und noch größerer Erleichterung.

Kapitel 46

Virginia stand am Turmfenster und blickte hinaus auf den schier endlosen Wald.

Die Berge schimmerten silbern in der Ferne, und sie fühlte sich irgendwie leer, aber wenigstens war sie nicht mehr müde.

Sie trug das Gewand, ein wunderschönes langes Kleid, das Wendells Dienstboten ihr angelegt hatten. Jemand hatte ihr Blumen ins Haar gesteckt. Schon bald wurde sie erwartet, doch sie war nicht sicher, ob sie es schaffen würde.

Hinter ihr erklang ein leises Geräusch, und sie stellte fest, dass Wolf ins Zimmer getreten war. Zaghaft kam er auf sie zu und überreichte ihr einen Strauß Wildblumen.

Sie rochen betörend.

»Ich habe vor der Tür auf dich gewartet, meine Liebste«, sagte Wolf leise. »Du hast beinahe zwei Tage geschlafen.«

»Ich habe gar nicht gewusst, wie müde ich war.« Ihre Stimme klang ruhig, doch so fühlte sie sich nicht. Sie wandte sich ab. Ihr Leib erbebte, und obwohl sie sich dagegen wehrte, rannen erneut Tränen über ihr Gesicht.

»Ich habe sie umgebracht«, sagte sie mit erstickter Stimme.

Zärtlich legte er den Arm um sie. »Es war nicht deine Schuld. Es war …«

»Ich weiß, es war mein Schicksal.« Das hatte sie sich selbst schon hundert Mal gesagt, und doch konnte sie es nicht begreifen.

»Du hast etwas Großes vollbracht«, sagte Wolf. »Für sie und für alle anderen. Du musst aufhören, dich selbst dafür anzuklagen.«

»Diese ganze … Reise«, sagte sie stockend, während sie sich die Tränen aus dem Gesicht wischte. »Das alles hat für mich lange Zeit keinen Sinn ergeben, und dann, als ich die Königin fand und sah, dass sie meine Mutter ist, da glaubte ich, alles zu verstehen. Ich dachte, ich würde wieder mit ihr vereint sein. Doch nun endet alles so grausam, nun ist es so viel schlimmer als zuvor, schlimmer noch als die Tatsache, sie einst verloren zu haben.«

»Das ist nicht das Ende der Geschichte«, sagte Wolf. »Nur das Ende eines Kapitels.«

»Worte«, seufzte Virginia wenig überzeugt.

Er streichelte ihre Wange. In seiner Geste lag so viel Zärtlichkeit, dass Virginia erneut die Tränen in die Augen schossen.

»Geh, und verabschiede dich von ihr«, sagte Wolf. »Lass sie los.«

»Ich kann nicht«, schluchzte sie. »Ich kann nicht.«

Sie löste sich von ihm und floh aus dem Zimmer.

Inzwischen war das Glasdach repariert und die Blutflecken vom Boden des Ballsaals entfernt worden.

Aber Virginia konnte dennoch ihren Blick nicht von der Stelle abwenden, an der der Leichnam ihrer Mutter gelegen hatte. Es war, als wäre sie noch immer da.

Um sie herum hatte sich eine Menschentraube gebildet, und das Fest war in vollem Gange. Ihr Vater stand in einem prachtvollen Anzug neben ihr, Seite an Seite mit Wolf. Wolf sah besser aus als je zuvor. Er schenkte ihr ein liebevolles Lächeln, doch sie erwiderte es nicht.

Eine Fanfare erklang, und König Wendell betrat den Ballsaal. Frenetischer Applaus wurde laut, und von überall her ertönten Jubelschreie. Der König trug seine Krone und er strahlte eine Reife aus, die Virginia ihm nicht zugetraut hatte.

Sofort stürzte sich Wendell in die Feierlichkeiten und lud Virginia, Tony und Wolf zu sich auf das Podest ein. Jemand führte den Hund zu Tony, den Virginia nach wie vor Prinz nannte.

Einer der Höflinge erklärte ihnen, wie sie sich aufzustellen hatten: zuerst Virginias Vater, dann Prinz, dann Wolf und schließlich Virginia. Ihr Blick schweifte über die geladenen

Gäste. Inzwischen drängten sich mehrere Hundert Leute in dem Saal.

»Und nun«, sagte König Wendell, »zur Belohnung für ihre unglaubliche Tapferkeit im Angesicht schrecklichster Gefahr, verleihe ich meinen lieben Freunden die höchsten Auszeichnungen meines Königreiches.«

Der ganze Saal brach in Beifall aus. Virginia zwang sich zu lächeln.

König Wendell trat vor Tony. »Zuerst«, sagte er, »meinem Interimsdiener Anthony. Seht euch meinen Freund an. Er ist nicht länger ohne Rückgrat, suhlt sich nicht mehr in Selbstmitleid.«

»Danke«, sagte Tony.

»Nun ist er kein übergewichtiger Feigling mehr, der lieber flieht als kämpft.«

»Ich glaube, ich kann mir jetzt vorstellen, worauf das hinauslaufen soll«, meinte Tony.

»Kein selbstverliebter Kerl, angetrieben von Neid und Habgier.«

»Bitte nur die Medaille.« Tony räusperte sich.

»Er hat sich in einen wahren Helden verwandelt. Wer könnte tapferer sein als Anthony, unser Held?«

Tony wirkte plötzlich größer als sonst. Der Höfling öffnete ein samtgepolstertes Etui mit Medaillen. Wendell nahm eine von ihnen heraus und befestigte sie mit einer Nadel an Tonys Revers. Ihr Vater drehte sich strahlend zu ihr um. Offenbar war er ziemlich stolz auf sich.

Aber ich bin auch stolz auf ihn, dachte Virginia. *Dieses Abenteuer hat ihm wirklich gut getan.*

»Und für diesen Hund, der so lange leiden musste«, fuhr König Wendell fort, »habe ich eine ganz besondere Medaille. Zudem soll dieses arme missbrauchte Tier von nun an in einer prächtigen goldenen Hundehütte neben einem nie schwindenden Berg frischer Knochen wohnen. Er mag urinieren und defäkieren, wo immer es ihm beliebt, und meine Diener werden ihm folgen und seine Hinterlassenschaften beseitigen.«

Die Höflinge in der vorderen Reihe zuckten wenig erfreut zusammen. Virginia musste ein Lächeln unterdrücken. König

Wendell bückte sich, um dem Hund seine Medaille zu verleihen, als er plötzlich innehielt.

Leise sagte er zu einem seiner Bediensteten: »Vielleicht sollte ich ihn lieber nicht berühren. Wer weiß, was dann passiert.«

Einer der Diener befestigte sogleich die Medaille an Prinz' Halsband. Der Hund wedelte fröhlich mit dem Schwanz.

König Wendell machte einen großen Bogen um ihn und ging dann zu Wolf, der kerzengerade und voller Stolz auf seine Auszeichnung wartete.

»Für diesen Wolf«, sagte Wendell, »habe ich keine Medaille.«

Erstauntes Gemurmel wurde laut, und Virginia fröstelte. Wolf machte einen enttäuschten Eindruck.

»Huff-puff, das ist wieder mal typisch«, murrte er.

»Stattdessen,« fuhr König Wendell fort, »rufe ich für alle Wölfe in meinem Königreich eine Amnestie aus. Von nun an sollen Wölfe hierzulande als Helden geachtet werden, denn es war auch ein edler Wolf, der die Neun Königreiche gerettet hat.«

Wolf verbeugte sich und winkte der jubelnden Menge zu. »So ist das mit den Wölfen«, sagte er.

Schließlich wandte sich König Wendell Virginia zu, und ein sanfter Ausdruck trat in seine Augen.

»Was nun Virginia betrifft«, sagte er, »wie kann ich dich je für das belohnen und entschädigen, was du getan und was du verloren hast?«

Er griff in seine Tasche und holte eine getrocknete Blume hervor.

»Diese Blume hat Schneewittchen mir geschenkt, als ich sieben Jahre alt war. Es war der Tag, an dem sie das Schloss für immer verlassen hat. Sie sagte, ich würde sie eines Tages wieder sehen, obwohl sie selbst niemals zurückkehren würde. Nun verstehe ich ihre Worte.«

Gerührt nahm Virginia die Blume entgegen und sah Wendell in die Augen, und die Besonderheit jenes Augenblicks, den sie gemeinsam in der Höhle erlebt hatten, machte diesen Moment umso ergreifender. Sie konnte sich keine schönere Belohnung für all diese schrecklichen Tage vorstellen.

»Eine Trockenblume?«, flüsterte Tony. »Ich dachte, du hättest dir mindestens die Kronjuwelen verdient.«

»Psst.« Virginia brachte ihn zum Schweigen und barg die Blume schützend in ihrer Hand.

»Bringt nun diese widerlichen Trolle herein,« rief Wendell.

Relishs idiotische Kinder wurden, an Händen und Füßen aneinander gekettet, hereingeführt. Die drei sahen furchtbar aus, verängstigt, traurig und vollkommen hoffnungslos.

»Bitte, Eure Majestät«, sagte Bluebell, »es tut uns schrecklich Leid, dass wir so ein Durcheinander verursacht haben.«

»Durcheinander?«, fragte König Wendell. »Auf den Versuch, mich umzubringen, steht die Todesstrafe.«

»Wirklich?«, fragte Burly. »Ich fress 'nen Elf, das ist hart.«

»Wir beanspruchen diplomatische Immunität«, erklärte Blabberwort.

»Ihr werdet enthauptet«, sagte König Wendell angewidert. »Schafft sie fort.«

Sofort fielen die drei auf die Knie, begannen zu heulen und um Gnade zu betteln. Sogar Virginia bekam langsam Mitleid mit ihnen. Doch zu ihrer Überraschung war es ihr Vater, der nun vortrat, um für sie zu sprechen.

»Eure Majestät«, sagte Tony. »Was Ihr vor Euch seht, sind drei arme, verirrte Straßenkinder, die nie eine Chance hatten, weil sie auf der falschen Seite des Lebens haben aufwachsen müssen. Dies ist der Tag, zu vergeben und zu vergessen. Ein Tag für einen neuen Anfang.«

König Wendell studierte die Trolle, als hätte er sie noch nie aus diesem Blickwinkel heraus betrachtet. »Ich bin bewegt von deinen Worten«, sagte er. »Aber nur ein bisschen. Sie sind immer noch Trolle.«

»Das Trollkönigreich ist ohne Führung«, gab Tony zu bedenken. »Schickt diese drei da zurück, damit sie die Monarchie wieder aufbauen. Gebt ihnen noch eine letzte Möglichkeit, sich zu bewähren.«

König Wendell seufzte. »Na schön, ihr seid frei. Bringt sie weg.«

Die Umstehenden jubelten, als die Trolle abgeführt wurden. Virginia wusste allerdings nicht, ob sie dies taten, weil Wendell sie verschont hatte oder weil sie endlich von hier verschwanden.

»Ich werde auf dem Thron sitzen«, sagte Burly zu seinen Geschwistern, während sie abgeführt wurden.

»Du kannst auf dem Scheißhaus sitzen«, erwiderte Blabberwort.

»Ich kann als Einziger lesen, ohne die Finger zu benutzen«, warf Bluebell ein.

So stritten sie weiter, während sie zur Tür hinausgezerrt wurden.

König Wendell klatschte in die Hände. »Nun, ich denke, es ist an der Zeit zu speisen.«

Während die anderen auf den Speiseraum zustrebten, löste sich Virginia aus der Menge und ging zum Mausoleum.

Der steingemauerte Raum war groß und bot den Särgen vieler Verstorbener Platz. Die Luft war kalt und roch nach Staub.

In der Mitte stand ein offener Glassarg auf dem Boden, in dem der Leichnam ihrer Mutter lag.

Virginia betrachtete sie eine Weile in stummer Trauer, dann legte sie ihr die Trockenblume, die Wendell ihr überreicht hatte, in die kalten Hände und küsste ihre Stirn.

Als sie neben dem Sarg niederkniete, fiel ein Sonnenstrahl durch ein hoch gelegenes Fenster herein und badete den Sarg in seinem Licht.

»Als ich noch klein war«, sagte Virginia leise, »hattest du einen Pelzmantel. Du bist in mein Zimmer gekommen, und ich konnte dein Parfüm riechen. Du hast mit dem Fell über mein Gesicht gestrichen, und da wusste ich, dass du mich wirklich liebst.«

Tränen rannen über ihr Gesicht, und dieses Mal versuchte sie nicht, sie zurückzuhalten. »Ich wollte nur dein kleines Mädchen sein, ich wollte nur, dass du mich liebst.«

Sie legte den Kopf auf die Brust ihrer toten Mutter und weinte. Sie weinte, bis sie keine Tränen mehr hatte. Dann stand sie auf, um zu gehen. Ein letztes Mal sah sie ihre Mutter an, dann lächelte sie.

Die getrocknete Blume hatte zu blühen begonnen.

Virginia wusch sich das Gesicht und kämmte ihr Haar, ehe sie zu dem Bankett zurückkehrte.

Sie fühlte sich nun viel besser.

Das Mahl wurde bereits serviert. Sie war eigentlich nicht hungrig, aber sie wollte auch nicht allein sein.

Wolf saß neben ihrem Vater. Beide sahen sie, und Wolf winkte ihr zu. »Hier drüben, schöne Dame.«

Hastig schob er seinen Stuhl zur Seite und nötigte die Gäste an der langen Tafel, ihr Platz zu machen. Als sie sich setzte, sagte er: »Was möchtest du essen?«

Virginia zuckte die Schultern.

»Genau«, sagte ihr Vater, »du musst etwas essen.«

Beide hatten offenbar ihre Freude an der Feier, und sie wusste, dass sie das alles mehr als verdienten.

»Nun«, sagte sie lächelnd, »vielleicht werde ich ein bisschen Fisch essen.«

»Fisch ist sehr gut«, rief Wolf fröhlich. »Garçon, frischen Fisch, sofort.«

Ein Bediensteter stellte einen Teller vor ihr ab. Auf ihm lag eine köstlich zubereitete Forelle. Sie griff nach dem Besteck, als ihr bewusst wurde, dass ihr Vater und Wolf sie beobachteten.

»Es geht mir gut«, sagte sie. »Wirklich.«

Mit der Gabel spießte sie ein Stück des zarten Fisches auf und wollte gerade hineinbeißen, als sie innehielt. In dem Fisch war etwas, und dieses Etwas ... sang. Sie starrte auf ihren Teller. Im Bauch des Fisches lag ein Ring.

»Reich mir deinen Finger, denn weichen werd ich nimmer«, sang der Ring.

Wolf klatschte entzückt in die Hände. »Das ist mein Verlobungsring. Du hast es geschafft.«

»Selbstverständlich«, sagte der Ring. »Singende Ringe finden immer ihr Mädchen.«

»Das ist Schicksal«, sagte Wolf. »Zieh ihn auf deinen Finger.«

Sprachlos sah Virginia ihn an. Der Ring war sogar noch schöner, als sie ihn in Erinnerung hatte.

»Er hat eine schrecklich lange Reise hinter sich«, sagte Tony.

Sie nahm den Ring und sah Wolf an. »Ich werde ihn nur ausprobieren, okay?«, sagte sie. »Ich bin zu jung zum Heiraten, und außerdem glaube ich so oder so nicht an die Ehe.«

»Ich auch nicht«, sagte Wolf lachend. »Zieh ihn trotzdem an.«

»Ich bin eine moderne Frau«, sagte Virginia und streifte den Ring über ihren Finger. Er funkelte und versprühte winzige Sterne.

»Was für ein zarter Finger«, sang der Ring.

Ihr Vater wandte sich kichernd ab und fuhr fort, dem Gast neben sich von seinen Heldentaten zu berichten.

Virginias Blick wanderte von dem Ring zu Wolf. »Er ist wundervoll, aber ich bin noch nicht bereit ...« Sie versuchte, den Ring wieder abzunehmen, doch er saß fest.

»Wenn ich einmal drauf bin«, erklärte der Ring, »geh ich nicht mehr runter. Nie und nimmer!«

»Ich werde nicht heiraten«, sagte Virginia.

»Natürlich wirst du«, entgegnete Wolf. »Unser Kind braucht schließlich einen Vater.«

»Ich möchte keine Kinder, danke.«

»Dafür ist es jetzt wohl ein bisschen zu spät«, sagte Wolf strahlend.

Sie erstarrte. »Was willst du damit sagen?«

»Nun, in dir wächst ein Wolfsjunges heran«, erklärte Wolf.

»Hah!«, rief Virginia. »In deinen Träumen vielleicht!«

»Warte ab, dann wirst du es schon merken«, sagte Wolf. »Ein pelziger süßer Kerl, genau wie ich, nur viel kleiner. Glaube mir, ich bin ein Wolf. Ich weiß so etwas.«

Er lächelte und strich zärtlich mit der Hand über ihren Bauch. »Und ich weiß, dass es ein zauberhaftes Kind werden wird.«

Virginia schüttelte langsam den Kopf. Das war einfach zu viel für sie.

»Wir bekommen ein Baby«, sang der Ring. »Ein Baby.«

Und dann schlich sich ein Lächeln auf ihre Züge.

Es war sonderbar, im Schlafgemach der Königin zu stehen. Aber das Gefühl, das sie hier beim ersten Mal befallen hatte, die Anwesenheit von etwas unaussprechlich Bösem, war fort.

Sie kauerte vor dem Reisespiegel, ihre Hand ruhte auf dem verborgenen Riegel. In dem matten Glas erkannte sie, dass König Wendell, Wolf, ihr Vater und der Hund gerade das Zimmer betraten.

Virginia erhob sich und wandte sich zu ihnen um. »Und du willst wirklich bleiben?«, fragte sie ihren Vater.

»Warum nicht?«, entgegnete Tony. »Was soll ich denn zu Hause? Mich von Murray zusammenscheißen lassen? Mir als Hausmeister die Seele aus dem Leib schuften? Und vergiss nicht, ich werde immer noch wegen bewaffneten Banküberfalls gesucht.«

Er tätschelte den Hund, und Virginia musste lächeln. Ihr Vater hatte sich stets einen Hund gewünscht, und nun hatte er einen. Und einen sehr guten obendrein, der jetzt mit dem Schwanz wedelte und ein breites Hundegrinsen grinste.

»Mach dir keine Sorgen«, sagte ihr Vater. »Ich werde nur ein paar Wochen bleiben und dann zurückkommen.«

Virginia glaubte ihm kein Wort. »Willst du in der Nähe von Mom bleiben?«, fragte sie.

Er zuckte die Schultern. »Ich weiß es nicht.«

Virginia betätigte den Mechanismus am Spiegel und die beeindruckende Skyline von Manhattan samt Freiheitsstatue erschien. König Wendell starrte die Bilder an, als könnte er nicht glauben, dass seine Erinnerung zutraf.

Sie drehte sich zu ihrem Vater um. Sie wollte ihn nicht verlassen. Er schenkte ihr ein trauriges Lächeln.

»Wie auch immer«, sagte er, »du kannst eine kleine Pause von mir bestimmt gut gebrauchen.«

Sie bückte sich und streichelte den Hund. Das war leichter, als ihrem Vater in die zärtlich blickenden Augen zu sehen. Zum ersten Mal in ihrem Leben würden sie nun voneinander getrennt sein.

Sie erhob sich. »Wir sehen uns bald wieder«, sagte sie. »Ich liebe dich, Daddy.«

Seine Augen füllten sich mit Tränen. »Du hast mich nicht mehr Daddy genannt, seit du ein kleines Mädchen warst.«

Sie küsste und umarmte ihn. Er drückte sie so fest an sich, dass sie fürchtete, ihre Rippen müssten brechen.

Schließlich entließ er sie aus seinen Armen und ergriff Wolfs Hand.

»Wir sehen uns, Großvater«, sagte Wolf grinsend.

Dann ging er gemeinsam mit Virginia durch den Spiegel.

Bevor alles um sie herum schwarz wurde, hörte Virginia ihren Vater verwirrt fragen: »Großvater?« Sie musste lächeln. *Das wird ihn eine Weile beschäftigen.*

Einen Augenblick später traten sie hinaus in den Central Park. Es war Nacht, und sie waren allein.

Sie schob ihre Hand unter Wolfs Arm, als sie zwischen den Bäumen hindurchschlenderten. »Früher hatte ich nachts im Park immer Angst, aber nun nicht mehr«, sagte Virginia.

Sie führte ihn zu einer Bank. Dort setzten sie sich, und er legte den Arm um sie.

Die gleißende Lichterflut und die gedämpfte Geräuschkulisse des nächtlichen Manhattans wirkte auf einmal sehr seltsam auf Virginia. *Diese laute, technisierte Welt ist mir tatsächlich fremd geworden, und doch habe ich sie vermisst.*

Wolf lächelte sie an. »Was machen wir jetzt?«

Sie erwiderte sein Lächeln. »Nichts«, sagte sie. »Gar nichts.«

Sie legte den Kopf an seine Schulter. *›Glück für alle Zeiten‹ ist keine leere Phrase. In den Tagen, die ich in den Neun Königreichen verbracht habe, habe ich gelernt, dass viel mehr dahinter steckt.*

Wenn ich nur jeden Tag bewusst und mit ganzem Herzen lebe, dann werde ich auch für alle Zeiten glücklich sein können.

Ihr Blick schweifte durch den Park. Wolfs Körper neben ihr fühlte sich warm und vertraut an. *Wölfe binden sich ein Leben lang. Und die meisten Menschen tun das auch.*

Sie legte eine Hand auf ihren Bauch, und der Ring begann leise zu singen.

Dies ist wahrhaftig ein magischer Ort. Ich habe es einfach nur noch nicht bemerkt.

Die Saga geht weiter...
vgs
DIE CHRONIK DER UNSTERBLICHEN
DIE BLUTGRÄFIN
WOLFGANG HOHLBEIN
Wolfgang Hohlbein
Band 6
Die Blutgräfin
geb. € 22,90 (D)
ISBN 3-8025-2935-9
Erscheint: Februar 2004
vgs
Überall im Buchhandel oder unter www.vgs.de